HARTENSTRIJD

Ook verschenen van Tracy Rees bij Xander Uitgevers

Het geheim van Silvermoor (2021)

Het familiegeheim van Florence Grace (2021)

De rozentuin (2022)

Het brievenspoor (2022)

De lelievallei (2023)

TRACY REES

Hartenstrijd

XANDER

Uitgegeven door Xander Uitgevers
www.xanderuitgevers.nl

Oorspronkelijke titel: *The Love Note*
Oorspronkelijke uitgever: Quercus
Vertaling: Erica Disco
Omslagontwerp: Studio Marlies Visser
Omslagbeeld: Trevillion
Belettering omslag: Select Interface
Auteursfoto: Ludwig Esser
Zetwerk: Michiel Niesen, ZetProducties

Eerste druk 2023

ISBN 978 94 0162 061 1 | NUR 302

Voor mijn schatten van ouders.
Veel liefs, zoals altijd. Jullie zijn top!

DEEL 1

ZOMER

Bloedheet en vreselijk benauwd

1

In de zomer van 1925 leek er op ieders lippen slechts één vraag te liggen: met wie zou Blue Camberwell in het huwelijksbootje stappen?

'Iedereen brandt van nieuwsgierigheid!' verkondigde Juno Forrester met veel bombarie in de *Richmond Gazette*.

Blue liet de krant op een bijzettafeltje vallen en leunde met haar hoofd tegen het raam. Op het gazon waren mensen druk in de weer met de voorbereidingen voor het feest ter ere van haar eenentwintigste verjaardag. Obers stalden champagneglazen zo helder als diamanten uit op lange tafels die waren gedekt met gladgestreken witte tafellakens. Bedienden die speciaal voor vanavond waren ingehuurd stonden op ladders om feestverlichting in de bomen op te hangen en ook het latwerk ermee te versieren. In het tuinhuisje zette Midge zorgvuldig een grammofoon klaar voor de pauzes die het jazzkwartet zou nemen. Blues vader was nergens te bekennen.

Hoewel ze nu al wist dat ze er alleen maar neerslachtig van zou worden, pakte ze de krant weer op en las verder.

Zou vanavond, wanneer haar eenentwintigste verjaardag wordt gevierd, dan eindelijk onze prangende vraag worden beantwoord? Vergeet niet, het blijft gissen! Toch is het een belangrijke gelegenheid en ik ken persoonlijk drie heren die smoorverliefd zijn op de jongedame in kwestie.

Drie heren? Verliefd op haar? Dat was nieuws voor Blue.

Of er nu een verloving wordt aangekondigd of niet, dit belooft het evenement van het jaar te worden. Op de gastenlijst staat een aantal van de meest vooraanstaande namen uit onze regio en ondergetekende is zo bevoorrecht dat ze een uitnodiging heeft ontvangen, die ik op dit moment in mijn hand houd (compleet met kleurrijk gelakte nagels, uiteraard). Beste lezers, ik beloof jullie morgen een volledig, waarheidsgetrouw verslag te brengen. Nu moet ik ervandoor, het is tijd om mijn goeie goed aan te trekken!

Zacht grommend liet ze de *Gazette* in de prullenmand vallen. Vergeefs waarschijnlijk, aangezien Midge hem er vast weer uit zou vissen om het artikel aan haar plakboek toe te voegen. Blue was het gewend dat haar leven in de meest extravagante bewoordingen werd beschreven. De beeldschone Blue, die in een kasteel woonde met haar knappe vader, haar deugdzame stiefmoeder en de elf in de tuin... Ze was bevoorrecht, dat wist ze best, maar voor niemand was het leven zo zwart-wit. Al die mensen die brandden van nieuwsgierigheid stond een fikse teleurstelling te wachten. Ze zouden vanavond niet te horen krijgen met wie Blue ging trouwen, om de eenvoudige reden dat ze het zelf nog niet wist. Zij was vooral bezig met haar droom om schrijfster te worden, niet met romantiek. Al was dat natuurlijk geen voer voor de roddelrubrieken.

Uren later viel de schemering in boven de uitgestrekte tuin van Ryan's Castle, dat in werkelijkheid helemaal geen kasteel was, maar een elegant rijtjeshuis in georgiaanse stijl op Richmond Hill. Het was zo genoemd door een van de vorige eigenaren, om redenen die inmiddels in de vergetelheid waren geraakt. De naam was echter blijven hangen, een naam die Blue altijd evenzeer eigenzinnig als mooi had gevonden. Haar fantasie werd geprikkeld door wie die Ryan geweest was en waarom hij zijn huis tot kasteel had gedoopt.

Haar dagelijkse uitdossing van een kuitlange rok, een blouse en veterschoenen had ze verruild voor de verplichte avondkledij. Ze droeg de kleur waar ze om bekendstond, schitterend blauw, zoals de vlinders in Richmond Park. De japon was door Midge gemaakt. Hij bestond uit een zijden onderjurk met franjes aan de onderzijde van de rok en een lage taille, met daaroverheen een laagje chiffon bezet met duizenden piepkleine blauwe kraaltjes. Het chiffon was zo teer en de kraaltjes waren zo zwaar dat de jurk waarschijnlijk niet tegen dansen bestand was. Het was een japon voor één avond, met liefde gemaakt.

Blues oudere zus had de puntjes op de i gezet. Hoewel Merrigan inmiddels een getrouwde vrouw was met een eigen huis en een dochtertje (de achttien maanden oude Cicely, met haar engelachtige gezichtje en haar harde tetterstemmetje) was ze nog steeds de meest modebewuste van de twee zussen. Ze had Blues outfit afgemaakt met zilverkleurige muiltjes met lage hakjes en een zilverkleurige hoofdband die ze laag op haar voorhoofd droeg en waar vlak boven haar rechteroor een verfijnde schelpvormige versiering op zat.

'Jij bent de schoonheid van ons tweeën,' had Merrigan bestraffend gezegd toen Blue haar twijfels had geuit over de schelp. 'Ik ben hooguit aantrekkelijk, maar jij bent degene bij wie al die opsmuk geen verspilde moeite is!'

Blue had een spottend lachje laten horen. Niemand zou Merrigan 'hooguit aantrekkelijk' noemen. Haar moderne boblijn paste perfect bij haar sluike notenbruine haar, ze had ondeugende donkere ogen waarmee ze vanaf honderd meter afstand een man zou kunnen schaken en ze kwam zelfverzekerd over, alsof ze altijd op het punt stond om iets stouts te doen. Vergeleken bij haar voelde Blue zich soms maar kleurloos en ouderwets. Ze was lang en dun, en de nieuwste mode hing om haar heen alsof ze niet meer was dan een oude kleerhanger (wat volgens Merrigan nou juist de bedoeling was.) Haar ogen waren bruin, net als die van haar zus, maar haar lange haar was blond en waaierde losjes golvend over haar voorhoofd. Nu was het opgestoken om een bobkapsel te imiteren, maar overdag droeg ze het tot grote afschuw van Merrigan vaak los. Ze had volle lippen en haar neus was een vrouwelijkere variant van het kromme exemplaar van haar vader. Een haakneus, noemde ze het vaak klaaglijk.

'Een haakneus!' riep Merrigan dan. 'Dat is geen haakneus, schat. Het is een schattig dopneusje!'

Inmiddels kwamen de gasten aan en stond de hele familie Camberwell klaar om hen te verwelkomen. Blue had haar arm door die van Merrigan gehaakt. Merrigans man Lawrence Miller stond achter zijn vrouw, met zijn handen om de enkels van hun dochtertje, dat op zijn schouders zat en niet al te zachtzinnig met haar voetjes tegen zijn borst probeerde te trappen. Achter Blue stond haar vader en naast hem stond Midge.

Blue mompelde en glimlachte maar wat terwijl de gezichten aan haar voorbijtrokken. Het waren gezichten die ze al haar hele leven kende, mensen met wie ze was opgegroeid. Toen ze naar de schitterend uitgedoste, roezemoezende mensenmassa keek, kon ze een moment lang slechts verliezen en littekens zien. Dit waren mensen die de oorlog hadden doorstaan en die lijdensweg ieder op hun eigen manier min of meer te boven waren gekomen. Even voelde het alsof al het uiterlijk vertoon van het prachtige huis, de schitterende jurk en het gelukkige gezin van haar afviel en haar wonden bloot kwamen te liggen. Dat gevoel bekroop haar wel vaker, het zorgde ervoor dat ze niets als vanzelfsprekend beschouwde. Snel riep ze zichzelf tot de orde. Dit was niet het moment om zich zo te voelen, het moest een heuglijke avond worden. Die lieve Midge had zoals altijd kosten noch moeite gespaard om er een mooi feest van te maken. Blue zocht haar hand en gaf er een kneepje in. Midge kneep zachtjes terug.

Nadat de meeste gasten waren gearriveerd, maakte Blue een rondje. Ze nam zoenen, cadeaus en complimenten in ontvangst, reageerde met een geduldige glimlach op vragen over haar liefdesleven en pareerde op elegante wijze Juno Forresters verzoek om een 'primeur uit eerste hand'. Hoewel Blue haar niet zo goed kende, mocht ze de praatgrage, vastberaden dertiger met haar voorliefde voor tulbanden wel. Desalniettemin vroeg ze zich af of de lezers van de *Gazette* tegenwoordig nog wel zo geïnteresseerd waren in de huwelijksvooruitzichten van vrouwen.

Niet dat Blue geen belangstelling voor de liefde had. Wie was er nou romantischer aangelegd dan een schrijfster? Een schrijfster in de dop, corrigeerde ze zichzelf. Juno had een keer tegen haar gezegd dat mensen die schrijver wilden worden de meest romantische mensen op aarde waren. Echte schrijvers hadden geen tijd voor romantiek, had ze daaraan toegevoegd, terwijl ze bedachtzaam een walm sigarettenrook had uitgeblazen. Zij hadden het te druk met het halen van hun deadlines. Daarom had Blue nooit situaties opgezocht die haar doel in de weg zouden kunnen staan, en ze was niet van plan om daar nu alsnog mee te beginnen.

'Hallo, Blue. Jeetje, wat zie je er mooi uit!'

Toen Blue zich omdraaide, zag ze haar goede vriend Foster Foxton staan. Vrolijk omhelsde ze hem. De Foxtons en de Camberwells kenden elkaar al generaties lang. Het waren twee vooraanstaande families die ook nog eens bij elkaar om de hoek woonden. Fosters oudere zus Tabitha was Merrigans beste vriendin en was voordat Merrigan getrouwd was kind aan huis geweest in Ryan's Castle. Foster was drie jaar jonger dan Blue.

'Jij ziet er ook goed uit, Floss.' Zo had ze hem als kind altijd genoemd. 'Leuk feestje, vind je niet?'

Foster knikte en keek om zich heen. Hoewel hij inmiddels al zeventien was, was hij nog net zo verlegen als vroeger.

'Hoe gaat het op school?' vroeg Blue.

'Ach, je weet wel,' verzuchtte hij. 'Ik kom er nou eenmaal niet onderuit om een degelijke opleiding te volgen.'

'Jeetje, dat klinkt niet zo best. Gaat alles wel goed?'

Na een korte aarzeling glimlachte hij onzeker. 'Ja, prima.'

'Hoe gaat het met je muziek?' vroeg ze verder. Volgens Tabitha was hij erg getalenteerd, maar hij had nog nooit voor Blue gespeeld. 'O, Floss, zou je vanavond misschien iets voor ons willen spelen? Dat zou echt geweldig zijn.'

Verschrikt keek hij haar aan. 'O nee, dat kan ik echt niet. Zet dat maar uit je hoofd.'

'Alsjeblíéft, Flossy?'

'Het spijt me, Blue.' Hij keek haar gekweld aan. 'Voor jou zou ik zoiets heel graag doen. Je bent zo… Maar ik kan het gewoon niet. Niet met al die mensen erbij.'

Door de angstige blik in zijn ogen kreeg ze medelijden met hem. 'Laat maar, dan gaan we gewoon plezier maken.'

De avond ging in een roes voorbij. Blue danste tot haar voeten pijn deden, waaronder een paar keer met Dorian Fields, de knapste man in Richmond. Ze lachte onbedaarlijk, omhelsde iedereen en glimlachte om de opmerkingen die ze opving wanneer niemand wist dat ze meeluisterde.

'Wie is Vadertje Tijd daar?' fluisterde een jonge vrouw die Blue niet herkende.

Toen Blue haar blik volgde, verbaasde het haar niet dat de vrouw op haar vader doelde. Kenneth Camberwell, oorlogsheld met meerdere militaire onderscheidingen, afgestudeerd aan Cambridge, toegewijd vader, was een bijzondere verschijning. Op de een of andere manier hadden de oorlog en het daaropvolgende tragische verlies van zijn eerste echtgenote zijn levenslust er niet minder op gemaakt. Hij was het soort man bij wie andere mensen graag in de buurt wilden zijn, omdat hij meer uit het leven leek te halen dan alle anderen. Zwier, charisma en joie de vivre, het waren allemaal termen die Juno regelmatig over hem bezigde in de roddelrubriek. Zo nu en dan verviel ze zelfs in taalgebruik als 'de perfectie zelve' of 'om van te kwijlen'.

Blue was dol op haar vader, maar naarmate de avond vorderde en hij steeds meer dronk, begon ze wanhopige blikken uit te wisselen met Merrigan en Midge. Ja, het was de eenentwintigste verjaardag van zijn geliefde dochter. Ja, hij was de gastheer van een heerlijke soiree, de koning van dit kasteel. En nee, er schuilde geen greintje kwaad in hem. Zijn uitgesproken, jongensachtige charme werd echter alsmaar roekelozer. Net als een plotselinge rukwind op zee kon Kenneth Camberwell soms verwoestende gevolgen hebben. Dat was Blue wel gewend, maar zelfs zij had niet kunnen voorzien wat hij vanavond in petto had.

'Dames, heren, en iedereen die nog niet zeker weet in welke categorie hij valt!' verkondigde hij tot hilariteit van de aanwezigen. Daarna rinkelde hij met een van Midge' kristallen belletjes om de mensen naar binnen te lokken. De bel ging stuk en er kwam meteen een bediende met stoffer en blik aangesneld. Midge deed even haar ogen dicht, terwijl Kenneth op de vijfde trede van de trap sprong. 'Mag ik even uw aandacht, alstublieft? Zoals jullie allemaal weten vieren we vanavond dat mijn beste, mooiste dochter jarig is!'

Blue slaakte een zucht. Hoe meer gincocktails haar vader achteroversloeg, hoe tactlozer hij werd. Naast haar hoorde ze Merrigan verontwaardigd snuiven. Dit zou hij morgen zeker te horen krijgen.

'Ze is vandaag eenentwintig geworden, en niemand is zo beeldig als zij!' riep Kenneth stralend vanaf zijn verhoging. 'Lieveling, kom je er even bij?'

Blue baande zich een weg door de menigte. Natuurlijk wilde hij een toespraak houden, natuurlijk moest het glas worden geheven. Ze hoopte alleen dat het niet al te tenenkrommend zou worden. Grijnzend maakte ze een kleine reverence en probeerde ze zich op de goede sfeer in het vertrek te concentreren. Midge ging onderaan de trap staan en haar aanwezigheid stelde Blue een beetje gerust.

'Eenentwintig jaar geleden,' vervolgde Kenneth, 'schonk mijn vrouw, dat wil zeggen mijn eerste vrouw, Audra, me een kronkelend, krijsend bundeltje vreugde...'

Als hij zijn verhaal helemaal bij haar geboorte begon, had ze nog wel even de tijd om weg te dromen. Ze liet haar blik langs de aanwezigen dwalen. Juno stond druk mee te schrijven bij de kwartjesplant. Avis, de enige bediende die ze nog in vaste dienst hadden, zag er stralend uit in haar beste jurk. Foster staarde Blue aan met een en al aanbidding op zijn jonge, met sproeten bezaaide gezicht en zelfs vanaf deze afstand was zijn adamsappel goed te zien. Zijn zus Tabitha stond naast een knappe vreemdeling en als Blue zich niet vergiste, liet ze haar hand onder de slippen van zijn jasje glijden, in de richting van zijn achterwerk. Snel wendde Blue haar gezicht af. Ze ving de blik op van Dorian, die naar haar knipoogde. En daar had je die schat van een Elf, die al zo lang bevriend was met de familie dat je bijna zou vergeten dat ze geen bloedverwanten van elkaar waren. Hij straalde bijna net zo veel vaderlijke trots uit als Kenneth.

Op dat moment zei haar vader iets waardoor haar aandacht werd getrokken. 'Hier in Ryan's Castle zijn we ons bewust van de geruchten over met wie Blue zal gaan trouwen. Dat vragen wij ons ook af!' Hij knikte en liet een stilte vallen om van het gelach te genieten.

Blue fronste haar wenkbrauwen. Dit was niet haar idee van een felicitatiespeech.

'Het grote nieuws is...'

Iedereen wachtte met ingehouden adem af.

'... dat er geen groot nieuws te melden is!' vervolgde hij op vertrouwelijke toon. 'Momenteel gaat er niemand aan kop in de strijd om de hand van mijn lieve dochter.'

Er stegen teleurgestelde geluiden op en Juno's pen bleef vruchteloos boven het papier zweven.

'Maar,' ging hij verder, 'ik heb een plan bedacht! Er gaat niets boven de huwelijkse staat en ik wil Blue laten kennismaken met het geluk dat ik heb gekend, het geluk dat ik met haar geliefde moeder deelde.'

Geschokt porde Blue hem in zijn ribben.

'Wat?' vroeg hij. 'O ja, én het geluk dat ik nu met mijn huidige vrouw deel, uiteraard.'

Blue wierp een blik op Midge, die haar gezicht strak in de plooi hield.

'Ja, ja, wat een geluk dat ik dit nog mag meemaken,' vervolgde Kenneth, zich duidelijk van geen kwaad bewust.

Blue stootte hem nog een keer aan.

'Nou en of, nou en of. Goed, vandaag zat ik eens tussen Blues oude spulletjes te neuzen, sentimenteel als ik ben, en ik stuitte op een kinderboek. Ze was vroeger dol op sprookjes, net als de meeste kinderen, stel ik me zo voor. Al had Merrigan altijd meer belangstelling voor boeken over stoomtreinen.' Hij grinnikte. 'Dit was het lievelingsboek van Blue, een verhaal over een oude koning die de hand van zijn dochter belooft aan de eerste de beste jongeman in het koninkrijk die de draak weet te verslaan. Welnu, in Richmond zijn er natuurlijk geen draken, alleen een paar ganzen en koeien in het weiland daar verderop. Toch zette het me aan het denken. Welke proeve van bekwaamheid zou ik kunnen verzinnen? Welke eis zou ik kunnen stellen aan aanbidders die het hart van mijn dochter willen veroveren?'

'Papa!' riep Blue uit. Dit ging toch niet écht de kant op die ze vermoedde?

Juno stond weer verwoed te schrijven, met een koortsachtige blik in haar ogen. Foster slikte moeizaam, ze zag zijn adamsappel vanaf hier op en neer gaan. Ze vreesde dat hij een beetje verliefd op haar was. Wat gênant, ze beschouwde Floss als een broertje.

'Hoop, zo zei Aristoteles, is de droom van iemand die wakker is,' vervolgde Kenneth op dramatische toon. 'Op welke eigenschappen van mijn toekomstige schoonzoon hoop ik als liefhebbende vader? Tja, dat is niet zo moeilijk. Eerzaamheid, vriendelijkheid, kracht, enzovoort. Daar zullen alle vaders wel hetzelfde over denken. Uiteindelijk moet mijn dochter echter de keuze maken, zíj moet iemand vinden met wie ze de rest van haar leven gelukkig kan zijn. En zoals jullie allemaal weten is Blue schrijfster.'

Weer stootte ze hem aan. Ze wilde niet dat haar persoonlijke ambities in het openbaar werden besproken.

Haar vader bleek niet te stuiten. 'Schrijvers zijn een slag apart. Aan de ene kant gaan ze volledig op in de wereld om zich heen, aan de andere kant kunnen ze erg in zichzelf gekeerd zijn. Gevoelig, veranderlijk, en eerlijk gezegd het grootste gedeelte van de tijd verwarrend. Een man die indruk op zo'n vrouw wenst te maken moet niet alleen haar hart veroveren, maar ook haar fantasie weten te prikkelen. Daarom stel ik voor dat iedereen die haar het hof wil maken haar een brief schrijft.'

'Papa! Hou nou toch op, alsjeblieft!'

'Kenneth, schat...' Midge liep naar hem toe en legde haar hand op zijn arm.

'Een anonieme brief,' ging Kenneth onverstoorbaar verder, 'die ze onbevooroordeeld kan lezen. Haar keuze zal slechts gebaseerd zijn op de band die de mannen door middel van hun woorden weten te smeden, niet op de dingen die ze misschien al van hen denkt te weten. Volgend jaar op deze zag zullen we haar beslissing bekendmaken.'

'Nee, geen sprake van!' riep Blue uit.

'Gedurende het verglijden van vier seizoenen,' besloot Kenneth op poëtische wijze, 'hebben jullie de tijd om mijn dochter te veroveren. Dus nu het bijna middernacht is, op deze heuglijke dag...'

Blue keek op de klok. Lieve help, het was inderdaad bijna twaalf uur. Haar vader had zichzelf weer eens overtroffen met zijn gevoel voor dramatiek.

'... doe ik jullie een plechtige belofte. De man die Blues hart door middel van een brief weet te veroveren, krijgt mijn zegen om met haar te trouwen. Wat? O. Ja, Midge, je hebt gelijk. Nu wil ik een toost uitbrengen. Op mijn dochter, die vandaag volwassen is geworden.' Hij hief zijn glas. 'Op Ishbel Christina Camberwell, beter bekend als het lievelingetje van Richmond.'

De klok sloeg middernacht, alsof er een soort toverkracht werd verleend aan iets wat niets meer had moeten zijn dan dronkenmanspraat. Toen de gasten het glas hieven, glinsterden de randen daarvan als feeenstof onder het licht. 'Proost!'

2

De volgende ochtend waren de vrouwen in Kenneths leven vreselijk nijdig op hem. Toen hij tegen het middaguur zijn door gin veroorzaakte roes nog steeds niet had uitgeslapen, beenden ze zonder hem het huis uit. Niet veel later zaten ze samen met Tabitha languit op een picknickkleed in Richmond Park. Het was bloedheet en vreselijk benauwd, beklaagde Midge zich, terwijl ze zichzelf koelte toewapperde met *The Ladies' Quarterly* en zich nog verder terugtrok in de schaduw van haar parasol. Door de warmte, de champagne en de domper op het feest waren ze allemaal in een slecht humeur.

Met dit weer was het inderdaad bloedheet in het park, maar hun eigen tuin was geen optie nu daar allerlei bedienden luidruchtig bezig waren om de rommel van gisteravond op te ruimen. En bij de rivier was het nu veel te druk…

Het was al bijna twee uur toen Kenneth de heuvel op kwam strompelen.

'O, jij bent het maar,' zei Merrigan met een verbeten trek om haar mond. 'Zal ik een stukje opschuiven zodat je naast je béste dochter kunt gaan zitten?'

Kenneth kreunde. 'Het spijt me vreselijk, lieve Merry. Jij bent natuurlijk net zo goed mijn beste dochter.'

Omdat er op het kleed geen ruimte meer was, moest Kenneth wel op het gras naast hen neerstrijken. Hij droeg een crèmekleurige pantalon, waaruit eventuele grasvlekken vrijwel onmogelijk te verwijderen zouden zijn. Toen Midge hem met opeengeklemde kiezen aankeek, slaakte hij een zucht. 'Het is gewoon te warm en ik ben te moe om te blijven staan, popje. Zelfs al zou er een laag modder van tien centimeter liggen.'

'Het is te warm en je bent te moe en te drónken.' Blue keek hem verontwaardigd aan. 'Volgens mij ben je nog steeds niet nuchter. Hoeveel moet een vader wel niet drinken om zijn eigen dochter in de uitverkoop te gooien?'

'Om precies te zijn, woedende dochter van me, heb ik het nooit over een geldbedrag of het uitwisselen van goederen gehad, dus je kunt me er in alle redelijkheid niet van beschuldigen dat ik je in de uitverkoop heb gegooid... O, lieve help.' Bij het zien van de afkeurende gezichten om zich heen slaakte hij nogmaals een zucht. 'Ik heb het flink verprutst, hè?'

'Ja,' zei Blue. 'Zeg dat wel.'

Tabitha, met haar groene ogen, wierp hem een grijns toe. 'Noem me ouderwets, maar ik vind het wel romantisch. Deed mijn vader zoiets maar voor mij.'

'Jij hebt toch geen gebrek aan aanbidders?' vroeg Midge. 'Ik heb nog nooit iemand ontmoet die zo populair is bij de heren.'

'Dat zijn geen mannen met wie ik zou willen trouwen, schat,' legde Tabitha uit. 'Wie zou mij nou als echtgenote willen? Daar gedraag ik me veel te slecht voor.'

'Hou daar dan mee op,' stelde Merrigan voor.

'Dat kan ik niet, Merry, het is veel te leuk om stout te zijn. Wees niet te streng voor die knappe vader van je, Blue. Hij bedoelde het goed en eigenlijk was het best schattig.'

'Schattig? Zo zou ik het niet willen noemen. Het is nota bene 1925! Behalve in Ryan's Castle dan, waar we kennelijk zijn teruggekeerd naar de middeleeuwen. Alles draait niet meer om trouwen. Wij vrouwen werken, we hebben stemrecht. Welnu, wij niet, daar zijn we nog te jong voor, maar sommige vrouwen wel. Midge, bijvoorbeeld. Tijden veranderen.'

'Tijden veranderen, ja,' gaf Tabitha toe, 'maar ze zíjn nog niet veranderd. Dat is een belangrijk verschil. De meeste ouders willen nog steeds dat hun kroost een goed huwelijk sluit. Wel in families zoals de jouwe en de mijne, althans. Ik weet dat mijn ouders hoge verwachtingen hebben van Foster en mij. Een van ons zal hen zeker teleurstellen.'

'Hoe het ook zij, je kunt het me toch niet kwalijk nemen dat ik hoopte dat mijn eigen vader me niet zou veilen als een koe op een veemarkt! Wat bezielde je, papa?'

'Dat weet je zelf ook wel.' Kenneth duwde zijn zonnebril omhoog, maar hij kromp meteen in elkaar en liet hem snel weer zakken. 'Ik werd voortgedreven door gin, in combinatie met bubbels. Met daarbij nog een vlaag van nostalgie, van verlangen naar eenvoudiger tijden, naar romantiek. In mijn jolige, onbezonnen toestand wilde ik iets opvallends doen, iets waardoor de goden je zouden opmerken en... een bijzondere man naar je toe zouden sturen.'

Blue trok een bedenkelijk gezicht. 'Hoe doe je dat toch? Zelfs wanneer je je boekje te buiten gaat, weet je nog bijna aandoenlijk over te komen. Het punt is...'

'Ik weet het, het was onnozel van me, maar schat, zoals Aristoteles al zei, "geen enkele grote geest heeft ooit bestaan zonder een vleugje waanzin".'

'"Kenmerkend voor wijsheid is dat zij geen wanhopige dingen doet,"' wierp Blue tegen.

Kenneth kneep zijn ogen tot spleetjes. 'Socrates?'

'Thoreau.'

'Aha. Hoe dan ook, het was geen veiling. Het was gewoon een... uitnodiging aan jongemannen om hun bedoelingen kenbaar te maken, mochten ze dat willen.'

'Die uitnodiging had dan van mij moeten komen! Nu lijkt het net of ik niet in staat ben om zelf een partner te vinden, terwijl meerdere mensen toch zeggen dat ik... Nou ja, ik ben toch best bekoorlijk, of niet?'

'Niet in die rok,' mompelde Merrigan.

'Natúúrlijk ben je bekoorlijk! Bovendien weet iedereen dat je niet zomaar een mooi popje bent dat op een echtgenoot zit te wachten. Daarom zei ik er juist bij dat je schrijfster bent en dat ze brieven moeten sturen. Daarmee wilde ik duidelijk maken dat de eerste de beste man voor jou niet goed genoeg is. Alleen heb ik het vreselijk verknoeid.' Met een kreun ging hij op zijn buik liggen.

'Zet je hoed eens op, schat,' merkte Midge op. 'Zo krijg je nog een zonnesteek.'

Tabitha gooide hem zijn panamahoed toe, zodat die op zijn achterhoofd belandde.

Hij graaide ernaar en zette hem goed.

Het lukte Blue nooit om lang boos te blijven, vooral niet op haar vader. 'Ach, waarschijnlijk neemt toch niemand het serieus. Iedereen weet dat je nogal kunt overdrijven en onzin begint te verkondigen wanneer je een paar drankjes ophebt. Er zal nog wel even over nagepraat worden, maar daarna waait het wel weer over en kan ik in alle rust verder met wat ik zelf belangrijk vind.'

'En dat is?' vroeg Merrigan zich hardop af, terwijl ze in de picknickmand rommelde. Ze had zo haar bedenkingen over de keuzes die Blue maakte.

'Ik vrees dat je het mis hebt, Blue,' mijmerde Tabitha. 'Volgens mij heeft je vader iets gedaan wat niet zijn bedoeling was.'

'Wat, mij voor schut zetten?'

'Nee, hij sprak tot de verbeelding. Iedereen hing aan zijn lippen toen hij die toespraak hield. Misschien was het onnozel, ouderwets en domweg onrealistisch, maar stiekem verlangt iedereen daar toch naar? Als ik een man was, zou ik zelf een brief naar je schrijven! Mensen hebben een doel nodig, een betekenis. Dat missen we in deze tijd. Volgens mij zullen er best wat jonge mannen zijn die de uitdaging aangaan. Ik denk dat heel Richmond het komende jaar op jouw ervaringen zal teren.'

'Nonsens!' Blue bekogelde Tabitha met een broodje, dat afketste op haar wang en in het gras belandde. 'Natuurlijk zal er niemand schrijven! Als iemand me… Lieve help, het hóf wil maken, om maar eens een absurde term te gebruiken, klopt hij gewoon bij ons aan en nodigt hij me uit om samen een wandeling langs de rivier te maken! Niemand schrijft nog brieven, dat schreef Juno Forrester een paar maanden geleden nog in de *Gazette*. En romantiek bestaat niet meer, dát heeft ze laatst nog geschreven.'

'Juno keek nog het meest verheugd van iedereen. Lieverd, volgens mij is de romantiek zojuist weer nieuw leven ingeblazen.'

Blue ging op haar rug liggen, schermde haar ogen af met haar hand en staarde naar de strakblauwe lucht. 'Nonsens,' zei ze nogmaals, maar dit keer klonk het iets minder zelfverzekerd.

3

De volgende ochtend was alles weer bij het oude. Het tijdelijke personeel was vertrokken, op naar de volgende opdracht. Merrigan was weer thuis bij haar man, en het vochtgehalte in Kenneths hersencellen was weer op peil, zodat hij weer normaal kon functioneren.

Blue had zich voorgenomen dat vandaag eindelijk de ideale dag om te schrijven zou worden. Wat haar betrof betekende dat vroeg opstaan, met een kopje met iets verkwikkends erin naar het bedauwde gazon staren en om zeven uur, nog voor het ontbijt, hard aan het werk gaan. In werkelijkheid liep het anders. Ze versliep zich en rammelde vervolgens van de honger, zodat ze nu om elf uur in haar nieuwe bloemetjesbadjas de krant zat te lezen, onder het genot van geroosterd brood met gerookte haring.

Het verschil tussen haar verwachtingen en hoe de wereld daadwerkelijk was had haar altijd dwarsgezeten. Haar moeder had over de geweldige gave beschikt om de wereld te vullen met magie. Het was makkelijk om terug te verlangen naar die vervlogen jaren, maar Blue hield zich altijd in wanneer ze zichzelf daarop betrapte. Het verleden kon je niet terughalen, die harde les had ze inmiddels wel geleerd.

Ze was nog maar tien geweest toen de oorlog was uitgebroken en alles overhoop had gehaald. Haar vader was halsoverkop vertrokken, net als de vaders van haar vriendinnen. Audra was voorzichtig geweest met wat ze de meisjes vertelde, maar Blues verbeelding had de leemtes zelf ingevuld. Ze had de donderwolken die zich boven de wereld hadden samengepakt kunnen voelen, ze had geweten dat de zorgeloze tijd van naar elfjes zoeken in de tuin, van haar ouders die haar samen in slaap zongen, voorbij was.

Ze had ontdekt dat haar vader weg was om het land te beschermen, omdat de wereld zo verdorven was dat duizenden mensen elkaar doelbewust en stelselmatig om het leven brachten. Die werkelijkheid had er in combinatie met haar zorgen om Kenneth voor gezorgd dat Blue was veranderd van een vrolijk kind dat overal magie in wist te ontdekken, in een teruggetrokken kind dat alles van een afstandje gadesloeg of vluchtte in een boek, waar alles een stuk draaglijker was. Wat Audra ook zei, ze kon haar niet beschermen tegen de waarheid achter de oorlog.

'Wat een gevoelig kind!' fluisterde Avis vaak.

Tegen de tijd dat de oorlog voorbij was, was Blue veertien. Richmond was veranderd. De banketzaal van het Star and Garter Hotel, waar ze voorheen regelmatig feestjes bezocht, was in een ziekenhuis veranderd. Veel mensen die ze gekend had leefden niet meer. Huishoudens waren uit elkaar gevallen omdat de bedienden tijdens de oorlog meer konden verdienen in munitiefabrieken. Blue was regelmatig de wanhoop nabij. Ze had het gevoel dat de vrolijke wereld die ze altijd had gekend niet echt had bestaan.

Toen was Kenneth thuisgekomen, veilig en wel, tegen alle verwachtingen in. 'Laat je niet leiden door wanhoop, Blue,' smeekte hij haar. 'Ik weet hoe verleidelijk dat is, maar geloof me, elk leven dat op die manier verwoest wordt is een kleine zege voor de vijand. Wat hebben we eraan dat we de oorlog hebben gewonnen als de tegenstanders nu nog steeds de ene na de andere man of vrouw laten sneuvelen? Daar hebben we niet voor gevochten. Wat we voorheen hadden, was wél echt. In de werkelijkheid is ruimte voor heel veel dingen, zowel goed als slecht. Zorg ervoor dat jouw werkelijkheid zo mooi mogelijk wordt. Dat valt niet mee, maar het is onze plicht. Het gaat om het heden, lieverd, niet om het verleden en niet om de toekomst. De oorlog was verschrikkelijk, maar hij is voorbij. Nu gaan we verder met ons leven.'

Kort daarna brak de Spaanse griep echter uit en al snel kostte die

Audra het leven. Audra, de laatste persoon die nog lief en magisch was, zo voelde het tenminste voor Blue. Ze dacht dat het verdriet haar de kop zou kosten, maar geleidelijk aan kwam ze er weer bovenop. Anders, maar in sommige opzichten nog beter. Nu wist ze hoe veerkrachtig ze kon zijn, ook al had ze voordien nooit gedacht dat ze sterk was. Ze had het overleefd, hoewel het aanvankelijk niet méér dan overleven was. Op meer durfde ze niet te hopen.

Uiteindelijk was ze toch weer die betovering gaan voelen. Heel even maar, wanneer er een vogeltje langsfladderde of ze zich getroost voelde door een straaltje zonlicht. Al die dingen schreef ze op, ze verzamelde ze als schatten. Zo ging het leven verder. Blue zou er altijd naar blijven verlangen om betoverd te worden en als ze de keus had, zou ze er altijd voor kiezen om inspiratie te putten uit de kleine, mooie dingen en niet meer terug te vallen in die oude wanhoop.

Soms was het flink aanpoten, maar hier was ze dan. Eenentwintig jaar, helemaal volwassen, met heel veel om dankbaar voor te zijn, al kwam ze niet aan schrijven toe omdat ze was bezweken voor de verleiding om Juno's nieuwe artikel over haar feest te lezen. De lange versie was gisteren geplaatst, met een volledig, enthousiast verslag van de toespraak van haar vader. Nu stond er een opgetogen klinkende samenvatting in. Als iemand het nog niet via via had gehoord, zou hij het zeker alsnog in de krant lezen.

'Een brief voor u, juffrouw Blue.' Haar overpeinzingen werden verstoord door de donkerharige Avis, die op haar vijftigste nog steeds mooi en welgevormd was en haar een witte envelop op een zilveren dienblaadje kwam brengen.

'Dank je, Avis. Hoe gaat het met je?'

'Goed, bedankt, juffrouw Blue. Ik word altijd vrolijk als de zon schijnt.'

'Ik ook. Tijd voor een kopje?'

'Nee, juffrouw Blue, ik heb een taart in de oven staan.' Avis haastte zich weer de kamer uit.

Met een glimlach keek Blue haar na. Als het aan Avis lag, werd er de hele dag door gebakken. Ze stak de briefopener met het handvat van onyx tussen de envelop en las de brief.

'O, lieve help,' zei ze, en ze las de brief nog eens.

Blue, mijn lieveling,

Jeetje, wat ben je prachtig. Goeie genade, nu heb ik het zomaar opgeschreven. Ik wilde nog wel zo verfijnd overkomen, maar ik heb al vijf velletjes briefpapier verscheurd en dit is het laatste velletje van mijn zus, dus kan ik er maar beter iets van maken.
Blue, ik heb je meer lief dan een vogel zijn nest, dan een mus zijn lied, dan een koe haar uiers. Je bent het mooiste meisje dat ik ooit heb gezien en ik aanbid je.
Als je mijn brief zou beantwoorden en misschien, op een dag, mijn meisje zou willen zijn, zou ik de gelukkigste jongen op aarde zijn. Ik weet zeker dat ik je gelukkig kan maken, Blue. Zonder prijs te geven wie ik ben, aangezien je vader heeft gezegd dat ik dat niet mag doen, kan ik wel zeggen dat jij en ik uit dezelfde soort familie komen, dat we een rijke geschiedenis hebben. Een relatie zou ons heel natuurlijk afgaan. Volgens mij zouden we onafscheidelijk zijn. Dat zou ik dolgraag willen. Van mij zou je mogen schrijven, Blue. Het maakt me niet uit als mijn vrouw wil werken. Ik ben jong en modern en wil niets liever dan dat jij gelukkig bent. Ik zou zelfs voor je vioolspelen, als we met zijn tweeën waren.
Schrijf me alsjeblieft terug, liefste. Als je je brief achterlaat in de uitsparing in de oude appelboom in je tuin, haal ik hem daar op. Dat zou romantisch zijn, vind je niet? Zeg alsjeblieft van wel.
Volgens mij heb ik al te veel prijsgegeven. Misschien heb je al geraden wie ik ben, maar op de avond van je feest kon ik er alleen maar aan denken dat ik je moest schrijven. Ik moest tegen je zeggen wat ik voor je voel. Voor nu onderteken ik slechts met:

Een stille bewonderaar

Blue betrapte zichzelf erop dat ze tijdens het lezen op haar lip zat te bijten en slaakte een diepe zucht. Dit moest dan anoniem voorstellen! Toen ze de brief weer opvouwde en terug in de envelop stopte, had ze het warm en voelde ze zich beverig. Daarna stond ze op en beende het huis door, op zoek naar haar vader.

'Papa!' schreeuwde ze.

4

Delphine Foley droomde van haar zus. In de droom waren de meisjes een jaar of acht en dobberden ze in een roeibootje op een rustige blauwe zee, ook al hadden ze dat in werkelijkheid als kind nooit gedaan. De kleine Delphine in de droom deed haar ogen dicht en verwonderde zich over het gevoel van het schommelende bootje en de zon die haar gezicht verwarmde. Het voelde alsof ze veilig in een enorme wieg lag, alsof er over haar gewaakt werd door een vriendelijke aanwezigheid. Het liefst wilde ze daar voorgoed blijven, maar een hand pakte haar schouder beet en probeerde haar uit de boot te schudden.

Wacht eens even, ze kon niet zwemmen, ze zou verdrinken! Ze worstelde, ze smeekte, maar er kwam geen geluid over haar lippen. Terwijl ze in het water tuimelde, hoorde ze een stem naar haar schreeuwen dat dit het einde van de rit voor haar was…

Foley!

Haar ogen vlogen open en ze werd gillend wakker.

Alleen was het Foley niet, maar een jongeman met een platte pet op zijn hoofd, die haar opgelaten aankeek. Hij liet haar schouder los en deed een stap naar achteren, met zijn handen omhoog alsof hij onder arrest stond. 'Het spijt me, juffrouw, ik wilde u niet laten schrikken, maar dit is het einde van de rit, ziet u? Richmond. Het leek me beter om u wakker te maken.'

Verward keek Delphine om zich heen. Ze was geen acht meer, maar bijna twintig jaar ouder, en zat niet in een bootje, maar in de metro. Toen ze merkte dat ze onderuitgezakt op haar stoel zat, rechtte ze snel haar rug en probeerde ze wat meer waardigheid uit te stralen.

Richmond?

'Goed, juffrouw.' De jongeman deinsde achteruit alsof ze een gevaarlijke crimineel was. 'Dan ga ik maar eens.'

'O,' zei Delphine. De laatste tijd kostte het haar vaak moeite om de juiste woorden te vinden. 'D-Dank u wel,' riep ze hem na. 'Vriendelijk van u.' Ze was opgelucht toen ze hem zag knikken, want ze was hem echt dankbaar. Als hij haar niet had gewekt, was ze misschien wel helemaal teruggereisd naar waar ze was begonnen! Maar toch... Richmond?

'Echt, Delphine, wat ben je toch een dommerik,' mompelde ze. De enige woorden die haar tegenwoordig gemakkelijk te binnen wilden schieten waren woorden om zichzelf te bekritiseren.

Ze stond op en volgde het voorbeeld van de overige passagiers door haar bagage te pakken, maar dit maakte geen deel uit van het plan. Deze onverwachte omweg bracht haar van de wijs. Ze snakte naar een kop koffie en een momentje om haar laatste restjes vastberadenheid bij elkaar te rapen. Misschien zou ze die kunnen vinden in haar handtas, tussen de andere ontoereikende spullen die ze had meegenomen om zich op de toekomst voor te bereiden. Een te lege portemonnee, een broodje ham, een verwassen zakdoekje en nog meer van dat soort dingen. Het verstandigste zou zijn om terug te keren, want haar kaartje was maar geldig tot aan London Victoria. Anders zou ze in het ergste geval in de problemen kunnen komen, en in het gunstigste geval zou ze een toeslag moeten betalen die ze zich nauwelijks kon veroorloven.

Ze stapte uit op het bovengrondse station. Zonlicht en schaduw wierpen met dank aan een paar overhangende bomen strepen op het spoor. Verwonderd keek Delphine omhoog. Ze was nog nooit op zo'n lommerrijk station geweest. Over de ruime perrons liepen mensen die met een glimlach hun kaartje aan de controleurs lieten zien. Delphine slikte nerveus.

Volgens de stationsklok was het iets na tienen. Ze had gewacht tot Foley naar zijn werk was vertrokken en daarna was ze nog een uur gebleven, voor het geval dat hij onverwacht naar huis zou komen. Dat was al eens eerder gebeurd. Toen was hij per ongeluk op zijn vrije dag naar het werk gegaan en had hij haar bij terugkomst op het stoepje voor de deur zien kletsen met hun overbuurvrouw Muriel. Uitgerekend op dat moment had Delphine iets gezegd over mannen, die hulpeloos waren wanneer ze hun eigen eten moesten klaarmaken. Het was maar een terloopse opmerking geweest, ze had het gezegd om begripvol over te komen, omdat Muriels man Frank zonder uitzondering om de vier uur iets te eten wilde hebben. Aangezien Muriel niet zo'n keukenprinses was, vond ze dat een hele uitdaging.

Foley sleepte haar mee naar binnen, foeterde haar uit omdat ze zich respectloos over hem had uitgelaten (alsof hij ooit ook maar een boterham had gesmeerd!) en verweet haar dat ze haar tijd verkwanselde. Ze wilde zeggen dat ze het hele huis al geveegd had en dat zijn stoofpot voor die avond al klaarstond, dat ze alleen even was gaan zitten omdat Muriel zo'n kletskous was en je niet zo snel van haar af kwam wanneer ze je eenmaal aanklampte. Alleen kon ze in die tijd al niet meer uit haar woorden komen, dus het enige wat eruit kwam was: 'F-Foley, ik heb geveegd... Ik... Ik heb... s-stoofpot gemaakt. M-Muriel...'

Met een smalende lach liet hij één schouder hangen, in een parodie op de lichte scheefstand die zij had. Net als zij kromp hij in elkaar, zodat hij op een boze kabouter uit een naargeestig sprookje leek. Stamelend aapte hij haar na: 'Ik... Ik... Foley, Foley, Foley.' Daarna pakte hij de zware ijzeren pan waarin de stoofpot nog stond te pruttelen van het fornuis en goot de inhoud over haar heen. Met zijn vuist sloeg hij een tand uit haar mond. Daar had ze van geleerd dat ze er niet op kon vertrouwen dat Foley echt weg was. Een waardevolle les.

Vanochtend had ze na een uur gewacht te hebben snel haar spullen gepakt. Uit angst dat hij de tas zou vinden had ze dat niet eerder gedurfd, maar in gedachten had ze het al heel vaak geoefend. Ze wist precies waar alles lag en hoefde geen tijd te verdoen met zoeken. Na vijf minuten was ze de deur al uit.

Muriel kwam als een duveltje-uit-een-doosje tevoorschijn. Alle vrouwen in die buurt waren hetzelfde: opgesloten tussen vier muren, onderdrukt en op van de zenuwen. 'Delphine! Waar ga jij zo vroeg naartoe? Ik hoopte dat we samen een kopje thee konden drinken.'

Delphine wist dat het verdacht zou overkomen als ze gewoon doorliep. Niet dat de buren haar zouden tegenhouden als ze wisten dat ze aan Foley probeerde te ontkomen. Waarschijnlijk zouden ze dat alleen maar toejuichen, maar het leek Delphine voor iedereen beter als zo min mogelijk mensen ervan afwisten. Daarom had ze alleen een grote handtas meegenomen, naast het schoudertasje dat ze altijd bij zich droeg.

'Hallo, Muriel. Covent Garden. Een v-verrassing voor F-F-Foley. Geheim. Z-Zo weer terug… Langskomen?'

'O, dat is goed! Ik heb een lekkere pruimencake gebakken. Je mag gerust een plakje, als ik de verrassing mag zien. Is het voor zijn verjaardag? Hoe laat ben je er? Rond twaalf uur? Of later?'

'Rond twaalf uur. L-Lekker, pruimencake. De gr-gr… tot ziens, Muriel.'

'De groetjes, Delphine.'

Daarna had ze zich naar de metro gehaast. Nu, in het onbekende Richmond, bewoog ze zich langzaam voort en vroeg ze zich af of ze er wel verstandig aan had gedaan om binnen vijftien kilometer afstand van Foley te blijven. Al kon ze zich niet voorstellen dat ze hem hier ooit zou tegenkomen. Het mocht dan niet zo ver weg zijn, het voelde als een andere wereld.

5

De foto in het ovale zilveren lijstje was gemaakt op 10 december 1920, de dag waarop Margaret Fawcett Midge Camberwell was geworden. Ze was een lange vrouw met hoekige trekken. Destijds was ze negenendertig geweest en had ze tot voor kort het volste recht gehad om zich in maagdelijk wit te hullen. Haar sluier hing in nette plooien aan een lage hoofdband, drie of vier jaar voordat lage hoofdbanden in de mode raakten. Kenneths dochters, en nu ook háár dochters, hadden erop gestaan.

Kennelijk was ze op de een of andere manier best modieus. Als Midge Camberwell had ze op magische wijze een nieuwe gedaante aangenomen. Haar rijzige, bepaald niet wulpse gestalte was plotseling benijdenswaardig, omdat de laatste mode haar perfect paste. Kleding had ze tegenwoordig volop, al vond ze het na vijf jaar nog steeds moeilijk om haar lichaam als een pluspunt te beschouwen.

Daar was ze op haar trouwdag, met een bezorgde blik in haar bruine ogen en een neus die zo smal was dat hij eruitzag alsof een schilder hem met één haal van zijn kwast op het doek had gezet. Ze klampte angstvallig de hand van haar bruidegom vast alsof ze geen vrouw van middelbare leeftijd was, maar een kind van vijf. En hij was zo knap, zo vreselijk knap...

Met een zucht zette ze de foto terug op de piano en ging verder met het schikken van de lelies. Een merkwaardig koppel, Kenneth en zij. Hoe uitgerekend zij erin was geslaagd om Kenneth Camberwell te strikken was haar een raadsel, en ze wist dat alle andere vrouwen in Richmond er ook zo over dachten. Zo veel geluk hebben had maar één nadeel: het bracht je uit balans en omdat je er nooit op durfde te vertrouwen dat de liefde van je man oprecht was, leefde je constant in de vrees dat alles je weer afgenomen zou worden. Die altijd aanwezige, allesoverheersende angst zette zijn onzichtbare klauwen in je ziel en dreef je ertoe om verschrikkelijke dingen te denken. Erger nog, hij dreef je ertoe om verschrikkelijke dingen te dóén.

De lelie trilde in haar hand, waardoor het okergele stuifmeel op de piano neerdaalde. Snel zette ze de bloem in de vaas, ging met haar armen om zich heen geslagen bij het raam staan en haalde diep adem.

'Midge?'

Ze draaide zich met een ruk om toen ze Kenneths stem vanuit de deuropening hoorde. In zijn lichte linnen pak en jasje van blauw satijn zag hij er erg elegant uit. Door de schittering in zijn ogen maakte haar hart een sprongetje, ook al wist ze dat ze eigenlijk al veel te oud was voor dat soort dwaasheid.

'Schat, waarom ben je nog niet omgekleed? We moeten over vijf minuten weg.'

Meteen zonk de moed haar in de schoenen. Het ontbijt ter gelegenheid van de vijftigste verjaardag van Roberta Grady. Eerst had ze ertegen opgezien, daarna was ze het op miraculeuze wijze vergeten, en nu was het opeens zover. 'O nee. Het spijt me verschrikkelijk, Kenneth. Ik was het helemaal vergeten.'

Ongelovig keek hij haar aan. Zelf vergat hij nooit een sociale verplichting. 'Lieve help, schat. Hoe krijg je het toch telkens weer voor elkaar? Ga je maar snel omkleden, ik wil niet te laat komen.'

Ze trok een gezicht. 'Moet dat echt? Kun je niet een keertje zonder mij gaan? Zeggen dat ik hoofdpijn heb, of iets dergelijks? Ik heb niet genoeg tijd om me mooi te maken en ik heb er helemaal geen zin in.'

Zijn ogen werden groot. 'Waarom niet?'

'Nou, om te beginnen ken ik de mensen daar niet zo goed. En ze zijn soms een beetje...' Kritisch. Minachtend. Intimiderend. Om nog maar te zwijgen van het feit dat geen enkele vrouw de verleiding kon weerstaan om met haar man te flirten.

'Och, ze vallen best mee. Trouwens, jij bent altijd mooi. Trek gewoon een mooie jurk aan, dan gaan we.'

'Kenneth, ik denk echt niet...'

Hij was al naar haar toe gelopen, pakte haar handen beet en glimlachte. 'Toe nou, schat. Voor mij?'

Daar was Midge niet tegen opgewassen. 'Goed dan, geef me vijf minuten.' Ze werd beloond met een stralende glimlach. 'Alleen...' Ze aarzelde. Hoe kon ze nou vragen wat ze wilde zonder als een klein kind te klinken? 'Je... houdt me toch wel gezelschap, hè?'

'Je gezelschap houden? Er komen nog zeker dertig mensen!'

'Dat weet ik wel, maar als we daar zijn en iedereen met jou wil praten... hou je mij dan ook een beetje in het oog?'

'Natuurlijk, schat! Ik wil juist dat je het goed naar je zin hebt. Bobbie kan nogal een draak zijn, daar heb je gelijk in, maar de anderen vallen best mee. Het wordt vast gezellig.'

Toen Midge de kamer uit liep, kostte het haar moeite om niet te sjokken. Boven trok ze snel een uitwaaierende zijden jurk tot halverwege haar kuiten aan, met een lijfje dat was bezaaid met piepkleine zaadpareltjes. Godzijdank zat haar haar redelijk netjes, al was het net een paar centimeter langer dan een bob, wat noch bij de modieuze, noch bij de traditionele types in de smaak zou vallen. Ach, voor een knipbeurt had ze nu toch geen tijd. Met haar vingertop klopte ze wat rood op haar lippen en vervolgens wreef ze het er weer af, want ze was het nog steeds niet gewend om zich op te maken. Daarna was ze klaar.

Het ontbijt werd geserveerd in de Peach Tree, een populair restaurant met een grote eetzaal midden in Richmond. Het eerste wat Midge zag toen ze over de drempel stapte, was een enorme boezem, schaars gekleed in smaragdgroen.

Achter de boezem ging Roberta schuil, die haar verlekkerde grijns op Kenneth richtte. 'Kenneth, schattebout!' riep ze uit, terwijl ze naar hem toe liep. 'Eindelijk, je bent er. Nu kan het feest pas echt beginnen.

Ik heb die gin besteld die je zo lekker vindt, speciaal voor jou. Kom, geef me eens een verjaardagszoen.'

Het was een bevel dat hij niet kon negeren, en hij maakte aanstalten om haar een kus op haar wang te geven. Halverwege draaide ze echter plotseling haar gezicht naar hem toe, zodat zijn zoen op haar rood gestifte lippen terechtkwam. 'Bobbie, deugniet die je bent!' Hij wreef langs zijn mond en keek verbaasd naar de felrode veeg op de rug van zijn hand. 'Gefeliciteerd, meisje. Je ziet er prachtig uit.'

Die hoffelijke kant van hem vond Midge heel aantrekkelijk. Al zou waarschijnlijk geen enkele vrouw het prettig vinden om te zien dat Roberta Grady haar man zoende en haar weelderige boezem tegen hem aan drukte terwijl ze in zijn oor murmelde. Trouwens, ze zag er helemáál niet prachtig uit! Haar haar was nog een paar tinten zwarter dan de vorige keer dat ze haar hadden gezien en ze was gekleed als een... Die gedachte maakte Midge maar niet af. Dat zou niet netjes zijn. Roberta kon er niets aan doen hoe ze eruitzag. Haar gedrag had ze echter wel zelf in de hand, en dat was helaas nog vele malen erger. Ze had haar rug naar Midge toe gedraaid en zat nu midden in een lange, samenzweerderige monoloog doorspekt met zinnen als 'Weet je nog die keer dat we...'.

Gelukkig stak Kenneth zijn hand uit om Midge naar zich toe te trekken. 'Kijk, Midge is er ook!' merkte hij op.

Hij had écht oog voor haar!

'Ach, natuurlijk,' zei Roberta met een nietszeggende blik, ook al hadden ze elkaar al meerdere keren gezien en was ze zelfs op hun bruiloft geweest. 'Hallo.'

'Gefeliciteerd, Bobbie,' zei Midge vriendelijk. 'Vijftig, hè? Dat zou je niet zeggen.' Daar was geen woord aan gelogen, ze leek geen dag jonger dan zestig. 'Ik verheug me erop om het te vieren.'

'Geweldig.' Roberta keek om zich heen. 'Ah, daar heb je Evaline Robinson en Millie Cuthbert. Die zul je vast aardig vinden.'

Toen Midge over haar schouder keek, zag ze twee piekfijn uitgedoste vrouwen staan, met hun hoofden naar elkaar toe gebogen om de laatste roddels door te nemen. 'O, fijn,' zei ze beleefd. 'Misschien kun je ons straks aan elkaar voorstellen.'

'Mijn hemel, doe niet zo ouderwets, Midge! Zo formeel gaan we hier niet met elkaar om. Ga gewoon naar hen toe en stel jezelf voor. Je vrouw heeft het vast prima naar haar zin met de dames, Kenneth. Kom jij maar met mij mee.' Met die woorden sleepte ze hem mee, als een bakker die met een zak meel sjouwt.

Met open mond keek Midge hen na. Ze had nooit geweten wat ze van vrouwen zoals Bobbie moest denken. Zelf zou ze zich nooit zo doorzichtig gedragen. Kenneth wierp haar over zijn schouder nog een blik toe die tegelijkertijd verontschuldigend, quasi-angstig en geamuseerd was. Daarna bleef Midge alleen achter. Aarzelend keek ze om zich heen. Wat Bobbie ook had beweerd, Evaline en Millie zagen er niet uit alsof ze gestoord wilden worden. Op dat moment gooide een oudere man met een peper-en-zoutkleurige snor die haar deed denken aan Kenneths scheerkwast van dassenhaar een mantel naar haar toe. In een reflex ving ze hem op, maar daarna staarde ze hem verbouwereerd aan.

'Nou, blijf daar niet zo staan, meisje!' blafte hij. 'Ga mijn jas eens ophangen.'

Midge trok haar wenkbrauwen op. 'Ik werk hier niet, meneer. Ik ben hier te gast.'

'Meen je dat nou? Potverdorie.' Paars aangelopen van schaamte griste hij de mantel weer uit haar handen en ging er snel vandoor.

Fraai was dat. Toen een ober haar een glas bubbels aanbood, nam ze het aan, hoewel ze niet zo'n drinker was en het pas halfelf 's ochtends was. Met haar glas toog ze naar een rustig hoekje van waaruit ze kon uitkijken naar bekende gezichten, op Kenneth kon wachten en haar lot kon overpeinzen.

Oppervlakkig bezien waren er maar weinig vrouwen die zo veel geluk hadden gehad als Midge Camberwell. Het geluk had haar relatief laat in het leven gevonden, lang nadat ze de hoop had opgegeven dat zoiets ooit zou gebeuren, en dat maakte het des te bijzonderder. Over

Blue werd ook gezegd dat ze een bevoorrecht leven leidde, alleen was het niet zo eenvoudig. Zeker, Blue had in veel opzichten geluk gehad, maar ook bij haar had het leven zijn sporen achtergelaten. Niet alleen was haar kindertijd overschaduwd door de oorlog, daarna was haar moeder ook nog eens overleden en was hun gezinnetje ingestort. Die verschrikkelijke, tragische gebeurtenis had ervoor gezorgd dat Midge het geluk had gevonden.

Als Audra nog had geleefd, zou Kenneth nu nog steeds dolgelukkig met haar zijn, tot over zijn oren verliefd. Dan zouden Merrigan en Blue hun moeder nog hebben, zou Elf zijn dierbare vriendin niet zijn kwijtgeraakt en zou Midge nog steeds Margaret zijn en in East Dulwich bij haar moeder wonen, verstikt door haar middelmatige, maagdelijke leven. Als Kenneth niet gebroken was geweest van verdriet, had hij haar nooit zien staan. Zij was saai en gewoontjes, hij was adembenemend knap en had veel bereikt. Haar leven was tot nu toe kleurloos geweest, dat van hem juist heel opwindend.

Toch hadden ze alleen maar op een avond naar hetzelfde feest hoeven gaan om daar verandering in te brengen. Zij was een vage kennis van de gastvrouw geweest en was alleen uitgenodigd om de zaal vol te krijgen, hij was de eregast van de gastheer. Zelfs als gebroken weduwnaar zonder doel in zijn leven gaf Kenneth nog kleur aan een evenement. Uiteindelijk belandden ze op hetzelfde moment op het balkon omdat ze ondanks de kou even aan de drukte wilden ontsnappen. Hij vond bij haar een luisterend oor en zo ontstond er een band. Na afloop zei hij dat hij het verfrissend had gevonden dat ze zo vriendelijk en onbevangen was geweest. Andere vrouwen deden alsof ze met hem meeleefden, maar hoopten stiekem dat ze zelf een kansje bij hem zouden maken als ze maar lang genoeg wachtten. Vrouwen zoals Roberta. Midge had inderdaad oprecht met hem meegeleefd en zou nooit haar pijlen op iemand als Kenneth Camberwell hebben gericht. Zelfs als ze alle hoop op een huwelijk nog niet had laten varen, zou ze de lat nooit zo hoog hebben gelegd.

Er bloeide een vriendschap tussen hen op die al snel uitgroeide tot meer. Zelfs toen hij met haar naar bed ging, had ze geen snode plannen met hem. Ze geloofde niet dat hij haar mooi vond, ze maakte zichzelf niet wijs dat hij van haar hield. Hij had gewoonweg behoefte aan lichamelijk contact na zo lang celibatair te hebben geleefd, hij wilde gewoon een emotionele band met iemand voelen om de duistere leegte na het verlies van Audra op te vullen. Meer was het niet.

Margaret was een ouderwets meisje. Of liever gezegd, een ouderwetse vrouw. Niet het type dat zich bezighield met de vleselijke lusten, omdat ze niet zo in elkaar zat en omdat ze niet zo was opgevoed. Toch had ze daar met Kenneth wel voor gekozen, omdat ze zo veel van hem hield en omdat ze het loodzware juk van haar maagdelijkheid geen moment langer kon dragen. Vaak zijn het de afwijkende beslissingen waardoor we oog in oog komen te staan met wie we in wezen zijn, de schaduwen die licht en helderheid brengen. Hoe kuis en damesachtig Margaret Fawcett ook was, op de avond dat Kenneth met tranen op zijn prachtige gezicht en met trillende handen van verlangen bij haar was gekomen, had ze ja tegen hem gezegd, omdat ze wist dat ze daar anders de rest van haar leven spijt van zou houden.

Ze hield zichzelf voor dat ze niet meer dan één nacht moest verwachten. Terwijl hij de spelden uit haar haar haalde, sprak ze zichzelf in gedachten streng toe: zelfs als het leven morgen weer zijn normale beloop neemt, mag je van geluk spreken dat je dit hebt meegemaakt. Dit was niet het moment voor verstand, maar voor verleiding. Deze Margaret voelde zich begeerd door een aantrekkelijke man als Kenneth Camberwell, al was het maar voor even. Deze Margaret was hem op een onconventionele manier tot steun, in plaats van zich alleen maar aan de regeltjes te houden. Dat besef werkte net zo bedwelmend als het gevoel van zijn handen die haar kousen afrolden, het wond haar net zo op als zijn adem op haar lippen. Daarna werd haar leven nooit meer als vanouds.

Meteen de volgende ochtend verbrak ze haar belofte aan zichzelf en begon ze te verlangen naar meer. Het voelde niet alsof ze van geluk mocht spreken, ze was woedend omdat ze hier negenendertig jaar op had moeten wachten, omdat dit haar niet eerder gegund was.

Tussen hun eerste kennismaking en hun bruiloft zaten maar tien maanden. Toen hij haar ten huwelijk vroeg, probeerde ze het hem uit het hoofd te praten. Ze had haar trots en hield te veel van hem om te willen dat hij verstrikt zou raken in zijn goede manieren, maar hij bleef aandringen.

Sinds ze getrouwd waren, was haar leven helemaal anders geworden. Plotseling had ze niet alleen een echtgenoot, maar ook twee geweldige stiefdochters. Ze woonde in een huis dat voor haar aanvoelde als pure luxe en begaf zich in kringen waar ze nooit van had durven dromen. Nu het zover was, voelde ze zich echter als een vis op het droge.

Er werd een bel geluid om aan te geven dat iedereen aan tafel mocht. Opgelucht gaf Midge daar gehoor aan. De komende uren zou ze in elk geval naast Kenneth kunnen zitten. Ze zag hem aan komen lopen vanaf de andere kant van de bar, niet met Roberta maar met de beeldschone Cassandra Tilley aan zijn arm. Dus hij was erin geslaagd om zich aan de klauwen van Bobbie te ontworstelen, maar was haar niet komen opzoeken, dacht ze met een zucht. Niet dat ze zich zorgen maakte. Kenneth was een fatsoenlijke man en Cassandra was ongeveer net zo oud als Blue. Toch kon ze niet ontkennen dat ze het irritant vond dat hij zo van alle aandacht genoot.

Eenmaal bij de tafel stond haar nog een teleurstelling te wachten. Er was namelijk een vaste tafelschikking en zij had een plaatsje toebedeeld gekregen tussen twee mannen die ze nauwelijks kende. Dan zal Bobbie wel naast mijn man zitten, dacht ze terwijl ze woedend plaatsnam. Daar kreeg ze geen gelijk in, maar de werkelijkheid was bijna net zo erg. Kenneth zat aan het hoofd van de tafel, alsof hij een rol van betekenis had in Bobbies leven en de gastheer van dit evenement was. En Kenneth vond het heerlijk om de gastheer te spelen! Met zijn grappen zorgde hij ervoor dat de mensen die het dichtst bij hem zaten krom lagen van het lachen. Midge zat te ver weg om hem te kunnen verstaan. Het voelde alsof ze in de schaduw zat, ergens waar de zon niet kon komen.

Ach, het was maar één ochtend, hield ze zichzelf voor. Ze deed haar best om het gesprek op gang te houden met de mensen om zich heen, die best vriendelijk bleken te zijn. Uit haar ooghoeken zag ze echter dat de stoel naast Kenneth wel een draaideur leek. Telkens wanneer ze ernaar keek, had een andere vrouw dat plekje opgeëist.

Toen het eindelijk voorbij was, kwam Kenneth vrolijk naar haar toe. 'Ik heb je gemist, Midgey.' Stralend sloeg hij zijn arm om haar middel. 'Heb je het naar je zin gehad? Ik zei toch dat het gezellig zou worden?' Hij drukte zijn neus tegen haar wang.

Voor de verandering liet ze hem niet begaan, ze was niet in de stemming. Nadat ze hun jassen hadden gehaald, vertrokken ze in een wervelwind van afscheidswensen waar maar geen eind aan leek te komen. Tijdens de wandeling naar huis hoorde ze tandenknarsend alle roddels aan die Kenneth aan zijn kant van de tafel had opgevangen. Misschien zou ze er iets van moeten zeggen, maar vrouwen van haar leeftijd waren het niet gewend om tegen hun man in te gaan. Trouwens, Midge was er inmiddels heel goed in om haar mond te houden. Daar hing voor haar heel veel van af.

Eenmaal terug in Ryan's Castle voelde het alsof de wereld opeens weer klopte. Het was haar veilige haven. Vanaf de eerste keer dat ze hier een voet over de drempel had gezet, had ze het gevoel gehad dat ze hier thuishoorde, ook al was Audra de oorspronkelijke vrouw des huizes. Eerst was Midge verliefd geworden op Kenneth, daarna op dit huis.

Ze wilde hier nooit meer weg, en ook niet bij Kenneth en de meisjes. Het was vast irrationeel, maar toch was ze aldoor bang dat ze op een dag verstoten zou worden. Die angst hing als een schaduw over haar leven en liet haar zo lang ze wakker was geen moment los.

6

Op Richmond Station zat het Delphine voor het eerst in lange tijd mee. De controleur was in een verhitte discussie verwikkeld met een mollige vrouw in een lavendelkleurige blouse en gebaarde ongeduldig dat alle andere mensen gewoon door moesten lopen. Zodoende kon ze zich door de mensenstroom mee het station uit laten voeren en stond ze al snel in een mooie straat vol juwelierszaken, hoedenwinkels en een chocolaterie, allemaal winkels met luxeartikelen die zij zich nooit zou kunnen veroorloven. Pas na een hele tijd kon ze haar blik losrukken van al die pracht en praal, maar daarna ontdekte ze iets nog veel mooiers: een zonovergoten park omringd door prachtige oude huizen van rode bakstenen, begroeid met lichtpaarse bloemen. In het wit gehulde mannen speelden cricket, het elegante geluid van hun slagen tegen de bal weerklonk door de ochtendlucht.

Haar blik viel op een theesalon en ze ging naar binnen voor een kop thee en een gebakje, ook al kostte haar dat iets van het driftig bij elkaar gespaarde geld dat ze nodig had om… tja, om van te leven. Hoewel het als een ongekende luxe voelde om haar angsten een uurtje naast zich neer te leggen, voelde het wel als een luxe die ze zich kon permitteren. Haar ontsnapping maakte haar gevaarlijk euforisch.

Toch gaf dit haar ook de gelegenheid om weer een beetje tot zichzelf te komen. Ze was uit de koers geraakt, en nu ze op haar plattegrondje van de ondergrondse keek, zag ze hoe dat had kunnen gebeuren. Het was haar bedoeling geweest om op het station London Victoria uit te stappen, maar kennelijk was ze in slaap gevallen en had ze haar halte gemist. Dat was niet erg verrassend, want ze had al in geen jaren een fatsoenlijke nachtrust gehad. Waarschijnlijk kwam het door de opluchting dat ze weg was bij Foley en dat huis, al was het veel te voorbarig om niet meer op haar hoede te zijn.

Op de klok aan de muur zag ze dat het nog vroeg was. Muriel zou zich nog niet eens afvragen waar ze bleef. Het was nog niet te laat om haar oorspronkelijke plan te hervatten, namelijk om vanaf London Victoria de trein naar Sussex te nemen, waar een oude schoolvriendin van haar woonde. Hun vriendschap was al zo lang geleden verwaterd dat Delphine zelfs nooit iets over haar tegen Foley had gezegd, wat haar nu heel goed uitkwam. Hoewel ze al jaren niets meer van Betty had gehoord, was ze nooit vergeten in welk dorp ze woonde, dus was ze van plan om daar navraag te doen. Aangezien Betty altijd een goede band met haar ouders had gehad, hoopte Delphine dat ze niet ver bij hen vandaan was gaan wonen. Als ze Betty kon vinden, zou het wel goed komen. Foley mocht dan slim en vastberaden zijn, hoe zou hij erachter kunnen komen waar ze was nadat ze Londen had verlaten? Dat was zoeken naar een speld in een hooiberg. Ze wist zeker dat Betty haar zou helpen. Per slot van rekening waren ze ooit goed bevriend geweest.

Deze onverwachte omweg had haar echter van haar stuk gebracht. Ze had nooit kunnen denken dat ze zo onder de indruk zou zijn van schoonheid en welvaart, per slot van rekening had ze het bijna achtentwintig jaar zonder weten te stellen. Stom genoeg wilde ze dat ze hier kon blijven, maar haar enige mogelijkheid was zich aan het plan houden. Ze zou nog steeds rond het middaguur in een trein naar Sussex kunnen zitten, terwijl Muriel de pruimencake aansneed en haar elk moment verwachtte.

'Bent u hier een dagje op bezoek, juffrouw?' vroeg de serveerster toen ze Delphine de rekening kwam brengen.

Natuurlijk zag ze er niet uit alsof ze hier uit de buurt kwam, dus knikte ze.

'Gaat u hierna naar de rivier?' vervolgde het meisje opgewekt, alsof toeristen dat altijd deden.

'W-W...'

'Waar? Gewoon recht oversteken door het park, juffrouw, en daarna het pad blijven volgen. Vijf minuutjes, hooguit.'

Om het zichzelf niet te moeilijk te maken, knikte Delphine maar weer terwijl ze wat muntjes bij elkaar zocht. 'B-B-Bedankt,' zei ze voordat ze vertrok.

'Och, dat arme schaap!' riep de serveerster uit, nog voordat Delphine buiten gehoorsafstand was.

Ze bloosde. Nu zou ze regelrecht terug moeten gaan naar het station. Het verstandigste was om zo snel mogelijk zo ver mogelijk bij Foley uit de buurt te komen, maar ze wilde de rivier zien. Ze wilde weten of die net als de huizen, de mensen en de lucht op de een of andere manier anders was, hier in Richmond. Het stukje van de Theems dat ze het beste kende, vlak bij het huis van haar moeder in Aldgate, was een somber bruin gekleurd, slibberig lint dat onder de Tower Bridge door kronkelde.

Hier was het écht anders. Ze kwam uit bij een breed, zonovergoten wandelpad geflankeerd door statige witte gebouwen. Hier was de rivier groen. Er waren meerdere bruggen en op de oevers stonden de wilgen dicht op elkaar. Een reiger steeg op uit het bladerdak en scheerde over de rivier. Eenden kwaakten en zwanen snaterden luid, alsof ze een gesprek met elkaar voerden. Het was prachtig. Delphine had nooit geweten dat ze zo naar schoonheid hunkerde, tot nu toe. De hemel wist dat ze daar zelf nog nauwelijks mee in aanraking was gekomen.

Ze trok haar sjaal omhoog om haar gezicht te verbergen. Het was er het weer niet naar om een sjaal te dragen, maar ze had wat extra kledingstukken aangetrokken die niet in haar tas pasten. Hoewel ze het gloeiend heet had, vond ze het toch het prettigst om zichzelf te bedekken.

Nu ze de rivier had gezien, was het tijd om verder te gaan, maar toch aarzelde ze. Hoe zou het zijn om hier te wonen? Wat deed het met je om elke ochtend te ontwaken te midden van al dat moois, om je dagen te slijten omringd door prachthuizen en paleizen, door wilgen en dromerig water?

Ze besloot zichzelf nog een laatste luxe toe te staan. Een korte wandeling langs de rivier, tot aan die elegante witte brug daar, en dan weer terug. Ze zou zo langzaam mogelijk lopen en zich uit alle macht concentreren op elke centimeter, elke voetstap. Als ze dat deed, zou deze plek misschien een blijvende indruk op haar achterlaten. Dan zou ze dit misschien nooit vergeten. Misschien kon zij daardoor op de een of andere manier ook wel haar stempel op deze plek drukken... Misschien zou ze op een dag weer hierheen gevoerd worden, wanneer alles veranderd was. Als bij toverslag. Om dat voor elkaar te krijgen, zou ze zich heel diep moeten concentreren.

7

'Hij is natuurlijk van Foster!' zei Blue een tikje verhit, nadat Merrigan en Tabitha de brief hadden gelezen en in lachen waren uitgebarsten. Zelf zag ze er de lol niet van in. Ze zaten bij de rivier, op de zoveelste prachtige late zomerochtend. Merrigans kleine Cicely lag in een mandje te doezelen, alsof ze Mozes was. De wilgen lieten weemoedig hun takken hangen in het water waarin de bomen, de lucht en de eeuwigheid werden weerspiegeld.

'Ja, je hebt gelijk,' wist Tabitha uit te brengen, met tranen van het lachen in haar ogen. 'Dat is zijn handschrift en het briefpapier is van mij. Dus hij heeft al mijn briefpapier opgemaakt? Jeetje, broertjes zijn echt gemeen. Wees maar blij dat jullie er geen hebben… O.' Met een ruk ging ze rechtop zitten. 'Het spijt me vreselijk, meiden. Hemeltje, hoe kan ik nou zoiets zeggen? Ik bedoelde niet…'

'Het geeft niet, Tab, we weten wat je bedoelde,' stelde Blue haar gerust. 'Dit gaat om jouw broertje, niet om het onze. Alleen is die hele kwestie met Foster echt niet grappig.'

'Natuurlijk wel,' wierp Merrigan tegen.

'Niet waar! Die arme jongen. Ik heb al tegen papa gezegd dat hij er met zijn bevlieging voor heeft gezorgd dat een goede vriend van ons straks een gebroken hart heeft. Dankzij hem denkt Jan en alleman nu dat hij een kans bij me maakt, terwijl dat helemaal niet zo is!'

'Foster is zeventien,' merkte Tabitha met samengeknepen ogen op. 'Zijn hart lijkt me niet het orgaan waar hij zich zorgen om maakt.'

'Tab! Schaam je!'

'Ach, het is toch zo? Vat het niet verkeerd op, maar zodra jij hem afwijst, vindt hij wel iemand anders om naar te smachten. Het is niet het einde van de wereld. Hij komt er heus wel overheen.'

Toen Blue terugdacht aan zijn verlangende blik tijdens haar feest, aan zijn adamsappel die op en neer had gewipt, was ze daar niet zo zeker van. Ze hoopte dat Tab gelijk had, maar zeventien was een lastige leeftijd waarop je gevoelens des te heviger werden wanneer iedereen om je heen deed alsof ze niets voorstelden. Zelf hield ze graag rekening met andermans gevoelens. Je wist nooit wat er in iemand omging.

'Als je je zo'n zorgen om hem maakt, moet je hem misschien maar een kans geven, Blue,' stelde Merrigan met een duivelse glimlach voor. 'Zoals hij zelf al zegt, komt hij uit een goede familie. En je mag gewoon blijven werken!'

Nu moest Blue alsnog glimlachen. De gedachte dat die onbeholpen, klungelige Foster, die ze al kende sinds hij een baby was, zou bepalen wat ze wel en niet mocht doen, was best vermakelijk. 'Nee,' zei ze, met haar blik gericht op een drietal eenden dat neerstreek op de rivier en drie overlappende sporen achterliet.

'Wil je soms beweren dat je Tabs broer niet aantrekkelijk vindt? Vind je dat niet beledigend, Tab?' vroeg Merrigan, die niet vies was van een beetje stoken.

'Helemaal niet,' zei Tabitha, terwijl ze op haar ellebogen achteroverleunde. 'Hij is een schat, maar hij is zo'n klungel. Hij is lang niet zo geestig, knap of charmant als ik. Gelukkig is de weegschaal naar mijn kant doorgeslagen, al zeg ik het zelf. Wie probeert er nou een meisje te paaien met praatjes over uiers?'

'Dat vind ik ook uitermate verontrustend.' Merrigan schaterde het uit, waardoor Cicely wakker werd en een verontwaardigde kreet slaakte.

Blue sloeg haar ogen ten hemel en ging met haar rug naar hen toe zitten. Die twee waren hilarisch, maar konden ook erg vermoeiend zijn wanneer je veel aan je hoofd had. Ze had haar vader opdracht gegeven om Foster de eerste de beste keer dat hij hem zag duidelijk te maken dat die hele toespraak maar onzin was geweest. Hij had deze puinhoop aangericht, nu moest hij het ook maar oplossen. Ze hoopte dat daarmee de kous af zou zijn.

Naar de vogels kijken vond ze altijd heerlijk. Zwanen, ganzen en eenden kwamen hier met tientallen bij elkaar. Vogels van allerlei pluimage, mijmerde ze. Daarna haalde ze snel haar notitieboek en potlood tevoorschijn, want ze vond het een fraaie zinsnede. Al was het natuurlijk onmogelijk voor te stellen wanneer die woorden ooit van pas zouden komen. Ze had notitieboeken vol met dit soort aantekeningen, die op het moment van opschrijven goud waard leken, maar uiteindelijk op geen enkele manier te gebruiken waren.

'Eskadercommandant Gans!' riep Kenneth altijd toen Blue nog klein was en verrukt naar een paar overvliegende ganzen zwaaide. Die herinnering toverde een glimlach op haar gezicht.

Haar blik viel op een gestalte die verderop langs de rivier liep, in de richting van de oude victoriaanse sluis. Het was een vrouw en ze maakte een ondraaglijk eenzame indruk op Blue. Ze ging rechtop zitten en schermde haar ogen af tegen de zon om het beter te kunnen zien. Misschien viel de vrouw zo op door haar sjofele jas, of misschien door het feit dat ze überhaupt een jas aanhad met dit weer. En dan de houding van dat arme ding! Ze schuifelde voort alsof het haar grote moeite kostte om de ene voet voor de andere te zetten. Haar hoofd was gebogen en als Blue zich niet vergiste, stonden haar schouders in een vreemde hoek. Ze ziet er verloren uit, dacht Blue meelevend.

'Kijk eens...' begon ze, maar op dat moment barstte er een hels kabaal los. Er klonk gekletter en geschreeuw en het volgende moment verscheen er nota bene een páárd ten tonele. Het was Albert, het paard van de melkboer, zag ze meteen. Zijn witte vacht zag crèmekleurig van het zweet, zijn tuig en één afgebroken wagenas zwiepten wild heen en weer toen hij op de Richmond Bridge afstevende. Er steeg gegil op van enkele wandelaars en picknickende mensen die maakten dat ze wegkwamen. Dat gold echter niet voor de vreemdeling. Zij schuifelde gewoon maar voort, alsof ze doof was voor al het kabaal.

'Is ze dronken?' vroeg Tabitha, die Blues blik volgde. 'Waarom gaat ze niet opzij? Hé, pas op!' Ze zwaaide er verwoed bij.

De vrouw ploeterde gewoon verder, terwijl Albert voortdenderde. Zijn hoeven gleden weg op de straatklinkers, de versplinterde as zwaaide gevaarlijk dicht langs zijn eigen benen.

'Straks valt hij nog.' Blue sprong op. 'Of hij loopt die vrouw omver.' Schreeuwend rende ze op de vrouw af. 'Hé, ga opzij, uit de weg! Een op hol geslagen paard!'

Op het laatste moment schrok de vrouw op uit haar gedachten en deed wankelend een stap opzij. Alleen ging ze de verkeerde kant op, en ze belandde met een grote plons in de rivier.

Blue aarzelde. Met al je kleren in het water vallen was niet ideaal, maar het deed in elk geval geen pijn. Ondertussen kwam Albert onrustig tot stilstand, afgeremd door de loshangende as. Als het paard op deze stenen ten val kwam, zouden zijn knieën aan gort zijn en zou er waarschijnlijk een einde komen aan zijn loopbaan. Paul, die voor de melkboer werkte, zou dan voor de kosten moeten opdraaien. Ze sprong voor Albert op het pad, zich in de verte bewust van de kreten van haar zus, en zwaaide vastberaden met haar armen naar het briesende dier. 'Hou op, Albert!' schreeuwde ze, terwijl hij schokkerig en uitglijdend een poging deed om te steigeren. Zijn voorste hoeven zwaaiden ergens in de buurt van Blues gezicht en ze hoorde Merrigan weer een kreet slaken, maar ze dook snel tussen zijn benen en ramde haar schouder tegen zijn indrukwekkende borst. Daarna pakte ze de teugels vlak bij zijn kin beet en trok ze hard omlaag. 'Ophouden!' beval ze opnieuw, en tot haar opluchting voelde ze de vechtlust uit het dier verdwijnen. 'Rustig maar,' mompelde ze. 'Druktemaker die je bent. Nu ben je veilig. Blijf maar rustig staan.'

'Dank u, juffrouw Blue, dank u!' riep Paul, die op hen af kwam rennen. Blue bleef de teugels vasthouden toen hij met zijn handen Alberts benen aftastte. 'Volgens mij zijn we goed weggekomen, juffrouw, zo te zien is hij prima in orde. Ik sta bij u in het krijt.'

'Welnee, Paul. Ik ben allang blij dat hij niet is gevallen.'

'Anders ik wel. Ik had mijn baan wel kwijt kunnen raken. Tjonge, niet iedere jongedame zou er zo voor hebben durven springen.'

Het volgende moment werd Blue verpletterd door een zusterlijke omhelzing. Merrigan drukte haar dicht tegen zich aan en bleef maar 'O, Blue' zeggen.

'Waar is die vrouw gebleven?' wilde Tabitha weten, die met het babymandje aan haar hand achter Merrigan aan was gekomen. 'Die vrouw die in de rivier is gevallen?'

'Hemeltje, ja!' Blue rende naar de waterkant. Eén gruwelijk moment lang zag ze alleen de boten en de vogels en stelde ze zich voor dat het groene water zich boven het hoofd van de vreemde vrouw had gesloten. Toen wees Merrigan ergens naar en zag Blue een donker, nat hoofd dat op en neer dobberde als een zeehond. De vrouw klampte zich uit alle macht vast aan de zijkant van een roeiboot en zag er doodsbang uit. Ze moest ontzettend geschrokken zijn.

'Gaat het?' riep Blue. 'Zwem hiernaartoe! Het is niet ver. Wij trekken je er wel uit.'

Zonder antwoord te geven bleef de vrouw zich vastklampen.

'Volgens mij kan ze niet zwemmen,' merkte Paul op. 'Wil jij Albert even vasthouden, juffrouw Blue? Dan ga ik haar helpen.' Hij sprong op een boot en van daaruit naar een andere, tot hij bij de boot aankwam waaraan de vrouw zich vastklampte. De boot schommelde toen hij erin sprong en de vrouw slaakte een kreet omdat ze haar grip verloor.

Blues handen vlogen naar haar mond, maar binnen een mum van tijd had Paul zich al op zijn knieën laten zakken. Hij greep de vrouw bij de kraag van haar jas en hield haar als een kitten vast. 'Pak mijn hand, juffrouw,' hoorden ze hem zeggen.

'Jeetje, wat opwindend allemaal,' mompelde Tabitha, terwijl ze het mandje op het pad neerkwakte om alles beter te kunnen volgen.

'Dat is mijn kind, geen emmer,' protesteerde Merrigan.

'Ze is loodzwaar! Ze lijkt wel een kleine neushoorn.'

Op de een of andere manier wist Paul de vrouw via de ene naar de andere boot naar de stenen kade te slepen, waar Blue en de anderen stonden te wachten. Daar hees hij haar omhoog en pakten Tabitha en Merrigan haar armen beet om haar op het droge te trekken. In een doorweekte, vormeloze hoop zakte ze op de straatklinkers ineen. Paul trok zichzelf omhoog, bedankte Blue nogmaals en voerde Albert mee.

Blue knielde naast de onbekende vrouw. 'Gaat het, liefje? Nu ben je veilig. Wij gaan voor je zorgen. Hoe heet je?'

De vrouw ging zitten en keek om zich heen. Haar mond ging een paar keer open en dicht, maar er kwam geen geluid uit.

Waarschijnlijk was ze met stomheid geslagen, dacht Blue. Ze keek naar de doorweekte, zware kleding, naar de ongelijke schouders en de grote driehoekige vlek op haar linkerwang, een geboortevlek misschien. Verder had ze een knap gezicht met donker haar dat momenteel als een nat lint om haar heen hing en grote blauwe kijkers die eruitzagen alsof ze al te veel gruwelijke dingen had gezien. 'Hoe heet je?' vroeg Blue nogmaals voorzichtig. 'Ik ben Ishbel Camberwell, maar mijn vrienden noemen me Blue.'

8

Langzaam maar zeker kwam Delphine weer bij haar positieven. Wonder boven wonder had ze het overleefd. De val in het water, de angst om te verdrinken, het had allemaal griezelig veel op haar droom in de ondergrondse geleken. Haar kleren waren drijfnat van het penetrant ruikende rivierwater. Ze had gewild dat deze plek een onuitwisbare indruk op haar zou maken, maar dit ging net een stapje te ver.

Drie onbekende gezichten, allemaal van beeldschone, elegante jonge vrouwen, staarden haar aan. Dit was niet het moment voor wat Foley 'onzinnige Delphine-gedachten' noemde. Eén vrouw in het bijzonder, met goudblonde lokken, donkere ogen en een bleke huid, keek haar meelevend aan.

'... mijn vrienden noemen me Blue,' zei ze.

'D-D-Delphine,' wist Delphine uit te brengen, terwijl ze een natte hand uitstak.

Het goudharige meisje, Blue, schudde hem. 'Wat een mooie naam. En wat zul je geschrokken zijn. Woon je hier in de buurt?'

In een heel andere wereld. Delphine schudde haar hoofd.

'Kom dan maar met ons mee, dan kun je bij ons thuis opdrogen. Zo kun je niet verder.'

'Nee!' De gedachte dat ze nog meer vertraging zou oplopen terwijl ze al te lang had getreuzeld zorgde ervoor dat ze opeens prima uit haar woorden kon komen. 'Het is warm.' Korte, eenvoudige zinnen gingen haar het beste af. Daardoor kwam ze nogal bruusk over, maar de tactvolle toon die ze liever zou aanslaan was altijd nét buiten bereik. 'Ik droog wel op. Bedankt.'

‘Nonsens,’ zei een van de andere jongedames. Ze leek veel op Blue, maar had donker in plaats van blond haar, was wat voller en had een expressief gezicht. ‘Je zult misschien geen kouvatten, maar die natte kleren zitten toch helemaal niet lekker. Trouwens, je ziet eruit als een vogelverschrikker. Kom mee, het is hier vlakbij.’

‘Inderdaad,’ zei het derde meisje, met zwarte krullen en ogen zo groen als gras. ‘Waar zijn je spullen? Delphine, was het toch? Had je een handtas bij je? O... dat is hem toch zeker niet?’

Delphine volgde haar blik en zag tot haar afgrijzen haar handtas wegdrijven over de rivier. Als ze zich niet vergiste, dreef de lange, als een paling ogende band van haar schoudertas er vlak achter. Onwillekeurig begon ze te jammeren.

‘Jeetje, dus toch,’ concludeerde het meisje met de groene ogen. ‘Verdraaid, zeg. Zal ik aan de bootjesverhuurders vragen of ze erachteraan willen gaan?’

‘Het valt te proberen,’ zei het bruinharige meisje. ‘Ga maar snel, liefje. Geen tijd verdoen met flirten, hè?’

Daarna waren er nog maar twee vrouwen over. Zussen, dat wist Delphine bijna zeker. Niet alleen omdat ze op elkaar leken, maar vooral omdat er iets vanzelfsprekends was aan de manier waarop ze met elkaar omgingen. Zo schoven ze allebei hun hand onder Delphines oksels om haar overeind te helpen, zonder er woorden aan vuil te hoeven maken.

‘Maak je maar geen zorgen,’ zei Blue. ‘Tab krijgt je tas wel terug, ze gaat nooit een uitdaging uit de weg. Anders is het overigens ook niet het einde van de wereld, want we kunnen je best wat geld lenen zodat je weer naar huis kunt. Waar woon je?’

Delphine kon letterlijk geen woord uitbrengen.

Ik ben van huis weggelopen en kan niet meer terug. Ik heb me al vijf jaar niet meer veilig gevoeld. Dit was niet alleen mijn geld voor vandaag, het was alles wat ik had. Dit is wel het einde van de wereld... Al die gedachten raasden door haar hoofd, maar verder kwamen ze niet.

‘Laat maar,’ zei Blue, alsof ze aanvoelde dat er iets niet in orde was.

'Eerst gaan we eens schone kleren en iets warms te drinken voor je regelen. Tab komt straks wel achter ons aan. Je hoeft je écht geen zorgen te maken.' Het klonk vastberaden en ze haakte haar arm door die van Delphine, zonder acht te slaan op het rivierwater dat in de mouw van haar mooie citroengele jurk drong. Zo liepen ze weg, eerst een stenen trap op en daarna heuvelop.

Het huis was nog erger dan Delphine had gevreesd, dat wil zeggen veel statiger en mooier. 'W-Wonen jullie h-hier?' vroeg ze verwonderd toen ze de grote koele hal in stapten.

Blue knikte. 'Ik bof maar, vind je niet? Ik zeg "ik", niet "we", want Merrigan is al getrouwd en woont nu om de hoek. Dat is haar dochtertje, Cicely.'

Nu zag Delphine pas de baby in het mandje liggen. Opnieuw welde er een emotie in haar op waardoor ze opeens weer uit haar woorden wist te komen. 'O! Wat een engeltje. M-Mag ik... O, het spijt me, dat kan natuurlijk niet. Ik b-ben nat.'

'Haar vasthouden?' vroeg Merrigan. 'Natuurlijk mag dat. Nou ja, nadat je je hebt afgedroogd, tenminste. Daarna mag je gerust je gang gaan, ze is dol op knuffelen.' Ze liep weg en riep iemand die Midge heette.

'Kom maar mee,' zei Blue, met uitgestoken hand.

Het gebaar zag er heel natuurlijk uit, heel zusterlijk. Dat had Delphine zo gemist dat ze haar hand aanpakte.

'Dit is mijn kamer,' vertelde Blue toen ze een vertrek in liepen dat pastelblauw was geschilderd. De kleur deed Delphine denken aan paleizen en prinsessen en allerlei dingen waaraan ze normaal gesproken nooit dacht. Er hing witte vitrage voor het raam dat uitzicht bood op een tuin. Delphine ving een glimp op van een groen gazon waarover blaadjes rondwervelden. In de kamer stonden ronde potten boordevol blauwe, roze, paarse en crèmekleurige bloemen, en er hing een kroonluchter behangen met kristallen druppeltjes. Er ontsnapte haar een zucht van verwondering. Al dat moois had iets betoverends.

'Ik vraag me af...' Blue nam haar eens goed op. 'Merrigan is ongeveer even lang als jij, maar ik denk dat haar kleding je veel te ruim zal zitten. Jij bent slank, net als Midge en ik, maar wij zijn langer. Ik zal eens even rondneuzen.'

Toen Blue een grote kast opentrok, vergaapte Delphine zich aan alle kleuren die ze daar zag.

'Dit is misschien wel wat.' Blue overhandigde haar een roze jurk. 'En dit misschien.' Er volgde nog een crèmekleurig vestje. 'Ondergoed...' mompelde ze, waarna ze wat onderkleding en een donzige witte handdoek pakte. 'Ik zal je even alleen laten. Fris je maar lekker op aan de wastafel en kom naar beneden wanneer je klaar bent. Ik zet het theewater alvast op. Heb je verder nog iets nodig?'

Delphine schudde haar hoofd. 'Je bent z-zo lief voor me. Ik w-wil niet...'

'Doe het toch maar.' Blue gaf een kneepje in haar arm. 'Neem de tijd.' Met die woorden liep ze de kamer uit.

Toen Delphine alleen achterbleef, voelde ze zich volkomen perplex. Dat Blue haar zo vertrouwde! Ze was een volslagen vreemdeling en het was vast overduidelijk dat ze uit een heel ander milieu kwam. Er lagen halskettingen en oorbellen op de kaptafel, samen met allerlei prullaria, boeken en sjaals... Zo voor het grijpen! Natuurlijk was Delphine geen dief, maar hoe kon Blue dat nou weten? Niet iedereen is zoals Foley, dacht ze ontroerd. Daarna trok ze haar natte kleren uit en friste ze zichzelf op.

9

Wat een dag! Alsof Bobbies verjaardag nog niet voor genoeg opwinding had gezorgd, had Midge nauwelijks haar zijden jurk kunnen uittrekken voordat haar stiefdochters waren teruggekomen van hun picknick aan de rivier met een onbekende vrouw en een verhaal over een op hol geslagen paard. Zoiets gebeurt alleen in Ryan's Castle, dacht Midge vertederd, terwijl ze met Merrigan meeliep om te kijken wat ze kon doen.

Toen het arme schaap dat de meisjes uit de rivier hadden gevist beneden kwam, bracht Midge hun echter alleen thee en warme broodjes, met een glaasje brandy erbij voor de nieuwkomer, en liet het verder aan hen over. De vrouw zag er meelijwekkend uit en maakte zich klein in Blues oude roze jurk, alsof ze het niet verdiende om die te dragen. Midge had het idee dat de vrouw het niet aan zou kunnen als er zich nóg iemand om haar zou bekommeren.

Daarom trok ze zich maar terug in de salon, waar ze een paar uur geleden nog de lelies in de vaas had geschikt. Na alle opwinding van die ochtend was het prettig om even alleen te zijn. De crèmekleurige bloemen straalden in de middagzon. Audra glimlachte haar in al haar schoonheid toe vanuit haar lijst boven de haard, een schilderij waarbij de trouwfoto van Kenneth en zijn eigenaardig uitziende tweede vrouw verbleekte.

Midge ging voor het schilderij staan, zo eerbiedig als een kerkganger voor een religieuze afbeelding. Audra had een beeldschoon gezicht en een gulle glimlach, net als Blue. Haar donkere, golvende haar glansde als een kastanje in de zon. Ze was absoluut het soort vrouw op wie alle mannen verliefd werden. Het gekke was dat Midge soms wilde dat ze er nog was. Niet als Kenneths vrouw natuurlijk, maar als een vriendin van haar. Ze had nooit veel vriendinnen gehad.

Nu had ze Kenneth natuurlijk, maar het viel niet mee om haar kwetsbaarheden of sombere gevoelens met hem te delen. Daarnaast had ze Elf. Met hem was het makkelijker om over somberheid te praten, maar hij bleef een man en met een vriendin was het toch anders.

Merrigan en Blue waren twee schatten van meiden, maar als hun stiefmoeder vond Midge het niet gepast om bij hen uit te huilen. Trouwens, ze wilde hen helemaal niet belasten met de dingen die haar dwarszaten, want ze hield zielsveel van hen.

Ze had het heel spannend gevonden om kennis met hen te maken. Twee begaafde, verfijnde jongedames, hoe zouden zij over haar denken? Twee meisjes die hun moeder veel te vroeg hadden verloren. Wat zouden ze ervan vinden als Midge zich bij hun gezin voegde? Op dat moment was Audra nog maar twee jaar daarvoor overleden.

Ze had nooit kunnen vermoeden dat ze zo hartelijk ontvangen zou worden. De meisjes waren blij dat hun vader niet langer alleen was en keken ernaar uit om haar te leren kennen, om weer een moederfiguur te hebben. Ook waren ze erg opmerkzaam. Ze zagen dat Midge onzeker was en deden er alles aan om te laten zien dat ze haar waardeerden. Inmiddels hadden de drie vrouwen een hechte band met elkaar. Midge hoopte maar dat Audra dat fijn vond.

Met een ruk wendde ze zich van het schilderij af. Eigenlijk zou ze daar niet zo vaak naar moeten staren. Het was geen orakel, het kon haar geen verlossing bieden.

Dat bracht haar op een idee. Een manier om alles te vergeten wat er vroeger gebeurd was. Een manier om zich nuttig te voelen, net als de jonge vrouwen van tegenwoordig, met hun plannen en ambities. Iets wat alleen van haar was. Ze keek om zich heen en vroeg zich af of ze het zou durven. Het was een prachtige kamer waar niets aan was veranderd sinds Midge hier haar intrek had genomen, want wat viel er nog te verbeteren aan iets wat al perfect was? Aan de andere kant was verandering juist goed, nietwaar? Daar draaide het om in het leven, volgens Elf. Misschien zou het haar goeddoen om een project te hebben. Het zou haar kunnen helpen de dagen door te komen, de angst te verlichten. Ja, een project. Ze zou het huis opnieuw inrichten.

10

'Ik kan niet naar huis! Dat kan niet, echt niet!' riep Delphine uit. Verbluft deed ze er het zwijgen toe. Niet alleen omdat ze het zonder te stotteren had gezegd, maar vooral omdat het helemaal niet haar bedoeling was geweest om het te zeggen.

De jonge vrouwen waren weer met zijn drieën. Tabitha Foxton, de vriendin van de twee zussen, was teruggekeerd met het bericht dat Delphines tassen waren verzwolgen door de Theems. Sindsdien bestookten ze haar alle drie met vragen. Natuurlijk kenden ze haar omstandigheden niet. Voor hen was het de normaalste zaak van de wereld om haar te helpen terug naar huis te gaan, alsof dat iets zou oplossen.

Ze had het niet willen uitleggen. Na jarenlang met Foley te hebben samengeleefd was ze niet meer in staat om wie dan ook in vertrouwen te nemen, laat staan een stel onbekenden. Bovendien was ze bang. Stel dat er in een huishouden zoals dit werd neergekeken op vrouwen die bij hun echtgenoot weggingen? Ook al waren het de jaren twintig, voor de meeste mensen was het huwelijk nog steeds heilig. Straks stonden ze erop om haar terug te brengen. Met mensen wist je het maar nooit, daar was Delphine inmiddels wel achter gekomen. Alleen leken deze dames vastbesloten om zich over haar te ontfermen.

'Heb je thuis een telefoon, zodat we je man kunnen bellen?'

'Waar woon je? Wat kost een kaartje daarnaartoe?'

'Wil je dat een van ons met je meegaat om aan je man uit te leggen dat hij de komende tijd goed voor je moet zorgen?'

'Daar heb je toch een man voor!'

'Niet alleen dáárvoor, schat.'

'Tab!'

Uiteindelijk was Delphine onder de druk bezweken, en nu moest ze zich wel nader verklaren. Tot nu toe had ze alleen uit beleefdheid een slokje genomen van de brandy die mevrouw Camberwell haar was komen brengen, want ze was niet zo'n drinker en vond het niet lekker smaken. Nu sloeg ze de rest in één keer achterover om zichzelf moed in te drinken en deed ze vervolgens met horten en stoten het hele verhaal uit de doeken. Het leek een eeuwigheid te duren en de andere vrouwen hoorden haar met open mond aan. Ze kreeg bijna medelijden met hen toen een bijzonder lastige medeklinker ervoor zorgde dat ze op een cruciaal moment bleef steken, maar ze moest het hun nageven dat ze haar niet onderbraken. Toen ze bij het einde van haar verhaal aankwam, bleef ze even naar haar handen zitten staren.

Omdat het stil bleef, keek ze op. 'Als j-jullie me het g-geld k-k-kunnen lenen voor de reis naar Sussex, b-beloof ik dat ik jullie z-zo snel mogelijk zal t-terugbetalen. Dan moet ik wel eerst een b-b-baan zien te vinden, maar ik z-zweer dat ik het niet zal v-vergeten.' Ze durfde bijna niet te hopen dat ze ja zouden zeggen.

'Ja, natuurlijk,' zei Blue meteen. 'En een stel schone kleren, een boek om in de trein te lezen en iets te eten voor onderweg, en wat je verder maar nodig hebt. Maar...'

'Wat?' Merrigan keek haar zus aan alsof ze haar gedachten kon lezen.

'Kunnen we niets anders doen om te helpen?' Blue pakte Delphines hand beet. 'De politie bellen? Je ondersteunen? Je zou hier bij ons kunnen blijven. Zo'n man hoort achter de tralies thuis!'

'Blue,' waarschuwde Merrigan haar.

Hoewel Delphine wist dat Blue het goed bedoelde, voelde ze zichzelf verkrampen. Alleen al de gedachte om de confrontatie aan te gaan met Foley of om aan de politie te vertellen wat hij had gedaan was te angstaanjagend voor woorden. Blue mocht dan misschien in een wereld leven waarin er een duidelijk onderscheid was tussen goed en fout en waar het recht altijd zegevierde, Delphine kwam uit een heel andere wereld.

'Het spijt me,' zei Blue. 'Ik weet er natuurlijk niet veel van, maar ik vind het geen prettig idee dat je in je eentje zo'n lange reis wilt maken. Stel dat je je vriendin niet kunt vinden? Stel dat ze is verhuisd?'

Daar had Delphine geen antwoord op. Die vragen had ze uit haar hoofd moeten zetten om überhaupt te kunnen vertrekken, net als de vraag of ze welkom zou zijn bij Betty thuis. Het was zestien jaar geleden dat ze elkaar gezien hadden en inmiddels zou Betty wel getrouwd zijn. Wat zou haar man hiervan denken? Wat voor iemand zou hij zijn? Zouden ze wel ruimte voor haar hebben, al was het maar voor een paar nachten?

Op zich was het niet zo erg om een beroep te doen op hun goedheid tot ze een baan had gevonden, maar iedereen wist dat de werkloosheid in andere delen van het land nog hoger lag dan in Londen. Ze had geen idee hoe Betty er financieel voor stond. Stel dat ze aanklopte bij mensen die het zelf vreselijk zwaar hadden en die in feite vreemden voor haar waren? Wat moest ze doen als ze geen werk kon vinden en de Camberwells niet kon terugbetalen?

'Dat is een goede vraag, lieverd,' zei Merrigan, op zachtere toon dan gewoonlijk. Het koosnaampje was tot Delphines verbazing aan haar gericht. 'Ik begrijp wel dat je geen beter plan had, maar het is niet helemaal onfeilbaar. Er mankeert nog het een en ander aan.'

Delphine kreeg tranen in haar ogen. Opeens drong het tot haar door dat het een ontzettend lange dag was geweest, en het was nog maar net na het middaguur. Het leek wel een heel leven geleden dat ze naast Foley was ontwaakt uit haar onrustige slaap en toen hij haar aanstootte stilletjes was opgestaan om zijn ontbijt klaar te maken en hem uit te zwaaien omdat hij naar zijn werk in de haven ging.

Ze keek om zich heen in de kamer. Hoge schuiframen met gordijnen in de kleur van oud goud, opzijgehouden met dikke embrasses, een hoogpolig kleed op een geboende vloer, een haard met een marmeren schoorsteenmantel bezaaid met ornamenten, foto's en haastig neergelegde sporen van de bewoners: sleutels, briefjes, een oorbel. In de tuin tjilpten vogels en de staande klok tikte de seconden gestaag weg. Het voelde alsof ze duizend kilometer van huis was, maar Foley was maar een ritje met de ondergrondse hiervandaan, bedacht ze huiverend.

'Rustig maar, je had geen beter plan,' zei Merrigan weer. 'Dit was de enige mogelijkheid, denk ik?'

Delphine knikte.

'Nu is dat misschien niet meer zo.'

Delphine aarzelde. Ze kon haar oren niet geloven. Een paar minuten geleden had ze het nog te veel gevraagd gevonden dat ze haar mee naar huis namen. Nu ze hier zat, voelde ze zich nog steeds een indringer, maar ze voelde zich wel veilig. Aangezien haar kleine beetje onafhankelijkheid was meegevoerd door de Theems, zou ze hulp van iemand moeten aannemen. Misschien waren deze vrouwen nu geen grotere onbekenden van haar dan Betty na al die jaren was.

'Precies!' Blue wierp haar zus een dankbare blik toe. 'Nu niet meer.'

Voorlopig was het de bedoeling dat Delphine een paar nachten in Ryan's Castle zou blijven, terwijl ze allemaal goed nadachten over hoe het verder moest. Delphine vond het overweldigend om zich zo veilig te voelen. Hier zou Foley haar nooit kunnen vinden. Dezelfde opluchting die ze die ochtend in de metro had gevoeld daalde als een deken van mist over haar neer. Ze wilde niets liever dan gaan liggen en in een diepe slaap wegzakken.

Eerst moesten ze de situatie echter aan Midge voorleggen, die ze in gedachten verzonken aantroffen in een kamer verderop in de hal. Ze heette Delphine met een warme handdruk welkom. 'Vanavond zetten we iets speciaals voor je op het menu, Delphine,' beloofde ze.

Daarna moest Delphine nog kennismaken met de heer des huizes, meneer Camberwell. Inmiddels was Merrigan met Cicely naar huis gegaan en had Tabitha zich uit de voeten gemaakt om oude kleren uit te zoeken voor Delphine, aangezien ze kleiner was dan Blue en magerder dan Merrigan. Zodoende ging alleen Blue met Delphine naar de studeerkamer van haar vader, een rustig vertrek met uitzicht op de straat en gevuld met boekenplanken. Delphine had nog nooit zo veel boeken bij elkaar gezien. De meeste ervan hadden een bruine kaft.

'Papa,' zei Blue, en toen hij opkeek vervolgde ze: 'Ik wil je aan iemand voorstellen. Dit is Delphine. Ze blijft een paar nachten bij ons logeren. Er zit nogal een verhaal achter, mogen we het vertellen?'

Meneer Camberwell, Kenneth, zoals hij graag wilde dat ze hem noemde, was een droomman, net zo warm en meelevend als zijn dochter. Perfecte mensen in een perfect huis, dacht Delphine. Hij zag er ook net zo uit als Blue, lang en slank, met een karakteristieke neus en dik goudblond haar dat naar achteren golfde vanaf zijn hoge voorhoofd. Zijn ogen waren schitterend grijs in plaats van het dromerige bruin van Blue, maar verder viel de appel duidelijk niet ver van de boom. Hij voerde hen mee naar binnen, gebaarde dat ze moesten gaan zitten, verontschuldigde zich voor de oncomfortabele stoelen en luisterde naar haar verhaal toen Blue het uit de doeken deed.

'Goeie god,' zei hij na afloop verontrust. 'Afschuwelijk, gewoonweg afschuwelijk. Wat vreselijk om te horen. Natuurlijk moet je bij ons komen logeren, ik zou niet anders willen. Doe alsof je thuis bent, Delphine, en neem maar van mij aan dat we er alles aan zullen doen om je te helpen. Het leven werpt ons soms de verschrikkelijkste dingen voor de voeten, maar het is verbazingwekkend wat een mens aankan. "Genezen is een kwestie van tijd, maar soms is het ook een kwestie van mogelijkheden," aldus Hippocrates. Laat ons je die mogelijkheid bieden, liefje.'

Delphine vroeg zich af wat deze elegante vaderfiguur, met zijn prachtige huis en zijn vriendelijke gezin, had meegemaakt waardoor hij zulke dingen zei. De oorlog, nam ze aan. Bij mannen was het tegenwoordig bijna altijd de oorlog. Ze knikte en bedankte hem. Hoewel ze graag nog veel meer had willen zeggen, durfde ze het niet eens te proberen.

Het was warm en benauwd in de studeerkamer en de vermoeidheid overmande haar opnieuw. Toen Blue dat zag, hielp ze haar overeind.

‘Bedankt, papa. Je bent geweldig. Misschien vergeef ik je die streek die je me hebt geleverd wel, omdat je je zo om Delphine bekommert.’

Wat voor streek, vroeg Delphine zich af.

‘Ah.’ Kenneth stond op en omhelsde zijn dochter. ‘Ik voel me echt vreselijk schuldig, Blue. Als het kon, zou ik het terugnemen. Alleen, eh… vanochtend is er helaas weer een brief voor je gekomen.’ Hij pakte een envelop van zijn bureau.

Blue klemde haar lippen op elkaar en Delphine zag haar schouders op en neer gaan.

‘Bespaar me je toorn, liefste dochter,’ smeekte Kenneth, maar half voor de grap.

‘O, papa, ik weet nu al dat ik niet voorgoed boos op je kan blijven, maar…’

‘Nog een dag of wat?’ opperde hij.

‘Misschien een week.’ Ze glimlachte en stopte de brief in de zak van haar jurk terwijl ze Delphine mee de kamer uit loodste.

Ze bracht haar naar een logeerkamer, prachtig ingericht, rustig en schoon. Tijd om nog meer op te merken had Delphine niet, voordat ze in de diepe, droomloze slaap viel waar ze zo naar verlangde.

11

Blue was zo van haar stuk gebracht door Delphines verhaal dat ze zich meteen naar Elf toe repte. Hij woonde in wat ze de cottage noemden, achter in de tuin. In feite was het eerder een soort blokhut. Het huisje had er al lang voordat de familie Camberwell er was komen wonen gestaan, dus ze hadden geen idee wie het had gebouwd of waarom. Als kind hadden Merrigan en Blue er vaak diefje-met-verlos gespeeld met Tabitha en, toen hij oud genoeg was, Foster, die regelmatig in de gevangenis was beland. Aan het einde van een lange dag spelen waren ze dan bedekt met spinnenwebben terug naar huis gesjokt.

Toen Elf bij hen was ingetrokken, had Audra er stof afgenomen, geveegd en de vloeren geboend. Ze had zelfs gordijnen en een sprei genaaid, ook al was ze geen handig type en had ze regelmatig in haar vingers geprikt en dingen geroepen die niet gepast waren voor een dame.

Er was niets aan de cottage veranderd sinds de dag dat Elf was aangekomen. Merrigan en Blue, toen vijftien en elf, hadden arm in arm toegekeken en zich afgevraagd wie die vreemde man was en waarom hij bij hen in de tuin kwam wonen.

'Meisjes, dit is mijn goede oude vriend Miles Elphwick,' zei Audra. 'Miles, dit zijn Merrigan en Ishbel. Haar roepnaam is Blue.'

Natuurlijk was hij daarna meteen Elf gedoopt.

Sindsdien was hij als een tweede vader voor hen. Hij was een jaar of twee ouder dan Kenneth en terwijl Kenneth spontaan en wispelturig was, hield Elf net als Blue van dagdromen en nadenken. Destijds wisten ze nog niet waarom hij daar woonde, maar het was al snel duidelijk geworden dat het eerste jaar van de oorlog erg zwaar voor hem was geweest. Nu hoorde hij net zo thuis in Ryan's Castle als zijzelf. Het voelde alsof hij er altijd al had gewoond. 'Straks raakt hij nog overwoekerd met mos,' zei Merrigan soms. Daar zat wel een kern van waarheid in, want Elf kwam zelden de cottage uit en waagde zich zelfs nog minder vaak buiten Richmond Hill. Blue kon zich geen leven zonder hem voorstellen.

Elf was zo'n nieuw, mysterieus wezen, een psychoanalyticus. Welnu, helemaal nieuw waren die natuurlijk niet, maar lang niet iedereen had er een in zijn tuin. Hij had zelfs een tijdje samen met de grote Carl Jung gestudeerd in Zwitserland. Elf dacht veel na over het collectieve onbewuste, over leven na de dood en andere kwesties uit de transpersoonlijke psychologie.

Blue kon altijd bij hem terecht wanneer ze zich ongelukkig voelde. Vlak na Audra's dood had alleen Elf haar kunnen troosten. Merrigan en haar vader gingen op in hun eigen verdriet. Andere mensen bedoelden het goed, maar zeiden steeds dingen als 'ze is nu op een betere plek', 'de tijd heelt alle wonden', of, in het geval van een besnorde vriend van haar vader, 'vooruit met de geit, ouwe reus'. ('Ik had het nooit geloofd als ik het niet met eigen oren had gehoord, liefje,' zei Merrigan vaak verwonderd wanneer ze terugdacht aan die tijd.)

Vandaag had de hitte van de afgelopen tijd zijn hoogtepunt bereikt. De lucht was zo dik geworden als vloeipapier en had de kleur van een blauw geslagen oog. Er was onweer op komst, al was de eerste klap nog niet gevallen. Blue roffelde op Elfs deur en ging zonder zijn reactie af te wachten naar binnen.

'Ah, daar zullen we het lievelingetje van Richmond hebben.' Hij keek op van zijn werk en zette zijn bril af. Zoals gewoonlijk lag er een rommelige stapel boeken op zijn bureau, stond er naast hem op de vloer nog een vervaarlijk overhellende tweede stapel en was zijn bureau bezaaid met papieren. Tegenwoordig ontving hij nog zelden patiënten, maar hij studeerde nog net zo hard als altijd.

Blue omhelsde hem. 'Kun je me niet anders noemen?' Ze lachte even. 'Ik begin die bijnaam behoorlijk beu te worden.'

Elf liet die vertrouwde glimlach zien waardoor hij altijd van die kleine oogjes kreeg en stond op om in een kastje naar een bord en een paar chocoladebiscuitjes te zoeken. 'Ishbel, mijn jonge vriendin,' corrigeerde hij zichzelf, waarna hij haar het bord gaf en zelf met twee biscuitjes in zijn hand naar de bank liep. 'Zo beter?'

'Ja.' Blue nam haar gebruikelijke positie in, in zeemeerminstijl op het rode tapijt op de vloer, en nam een hap.

Elf deed hetzelfde, waardoor er kruimels op zijn mosgroene pullover van onbestemde origine terechtkwamen.

Blue haalde drie brieven uit de zak van haar jasje en stak hem die toe. 'Drie!' zei ze. 'Ontvangen in een week tijd. Ik dacht dat die onzin inmiddels wel overgewaaid zou zijn, maar kennelijk ben ik veel te optimistisch geweest. Ik kan nog steeds niet geloven dat mijn vader zoiets idioots heeft gedaan.'

Elf schudde zijn hoofd. 'Troost je, hijzelf ook niet. Helaas kan niemand de tijd terugdraaien en hebben we allemaal onze onnozele kanten.'

'Het is zo'n inbreuk op mijn privacy,' verzuchtte ze. 'Inmiddels word ik al bang als ik de postbode hoor. Het laat me maar niet los. Moet ik een brief terugsturen met een duidelijke uitleg, of zal het eerder voorbijgaan als ik nergens op reageer? Het ene moment denk ik aan die arme mannen die maar zitten te wachten zonder ooit iets te horen en vind ik dat ik ze moet schrijven, het volgende moment word ik weer boos, want waarom zou ik mijn tijd eraan moeten verspillen om die brieven te beantwoorden? Ik heb hun helemaal niet gevraagd om me te schrijven! Hoe kan ik nou vorderingen maken als auteur als ik elke vijf minuten moet stoppen om een liefdesbrief te schrijven? Of liever gezegd het tegenovergestelde daarvan.'

'Heb je echt helemáál geen interesse, Blue? Drie brieven, en geen daarvan vind je ook maar in de verste verte verleidelijk? Je hebt er immers de leeftijd voor.'

Blue probeerde hem een dodelijke blik toe te werpen, maar daar was ze niet zo goed in. 'Geen denken aan!' riep ze verontwaardigd uit. 'Mannen zouden me alleen maar afleiden. Hemeltjelief, ik ben pas eenentwintig. Ik heb nog eeuwen de tijd. En schrijven is zo...'

Ze maakte haar zin niet af. Het was moeilijk uit te leggen hoeveel het schrijven voor haar betekende. Het op papier zetten van gedachten, beelden, woorden en ideeën gaf haar hoop, het leek al haar zorgen weg te kunnen nemen. Sinds ze dat had ontdekt, kon ze niet meer anders dan schrijven om orde in de wereld te scheppen. Ze wilde constant naar manieren zoeken om het verdriet te overstijgen en het goede te eren.

'Hoe gaat het eigenlijk met het schrijven?'

Blue was blij dat Elf haar steunde, zeker omdat Merrigan zo haar twijfels had bij haar ambities. Niet dat ze geen vertrouwen had in Blues talent, maar ze vond dat haar zusje zichzelf niet moest terugtrekken en 'met haar ziel onder haar arm moest rondlopen', zoals zij het noemde. 'Dat is toch geen leven!' zei ze dan. 'Je raakt volkomen geobsedeerd wanneer je aan het schrijven bent, Blue. Wij zouden gerust een half jaar kunnen verdwijnen zonder dat je het in de gaten had. Wordt het niet eens tijd dat je een eigen leven opbouwt? Dat je een gezin sticht? Tegen komma's en alinea's kun je 's nachts niet aankruipen.'

Daar dacht Blue anders over. Veel van haar gelukkigste uurtjes had ze lezend in bed doorgebracht. Toen Merrigan zo begon, zei ze echter alleen: 'Als jullie een half jaar zouden verdwijnen, zou dat een geweldig verhaal opleveren. Waar zouden jullie naartoe gaan... en waarom?'

Haar zus had haar beteuterd aangekeken.

'Traag, frustrerend, moeizaam,' zei ze nu tegen Elf. Op haar gezicht brak een brede glimlach door. 'In één woord geweldig! O, Elf, ik vind niets zo opwindend als schrijven. Ik kan nog niet trouwen, echt niet. Ach, ik weet ook wel dat ik niet voorgoed in Ryan's Castle kan blijven wonen, maar ik wil nog zo veel bereiken. Als ik een artikel of twee heb kunnen publiceren en de ruwe versie van een afschuwelijke roman in de hoek van mijn kamer ligt, dán voel ik misschien de vrijheid om over andere dingen na te denken. Zover ben ik alleen nog lang niet.'

'Daar zit misschien wel wat in,' mijmerde Elf. 'Soms is het makkelijker om je op één ding tegelijk te concentreren.'

'Als ik heel eerlijk ben, moet ik wel toegeven dat Merrigan een punt heeft,' zei Blue. 'Tijdens het schrijven trek ik me inderdaad terug uit het echte leven. Zou er iets mis met me zijn?'

Elf keek om zich heen naar zijn bureau, naar zijn boeken en papieren. 'Volgens mij vraag je dat aan de verkeerde persoon. Dit is mijn leven, dit domein vol gedachten en ideeën. We weten echter allebei dat de reden dat ik hier ben niet te benijden valt. Ach, ik ben er tevreden mee, maar jij zou dat niet zijn. Je bent nog jong en mooi. Je zou niet gelukkig zijn als je nu op deze manier zou leven.'

'Dat weet ik,' verzuchtte Blue. 'Dat weet ik heus wel, maar soms verlang ik ernaar om me volledig terug te trekken. Stel je eens voor hoe het zou zijn om geen tijd te hoeven verdoen aan praten, eten of een borstel door je haar halen... maar dat zou niet erg praktisch zijn, vermoed ik.'

Elf knikte. 'Merrigan zou er ook zeker het hare van denken.'

Precies op dat moment barstte het onweer eindelijk los. Er klonk een harde donderklap en opeens striemde de regen tegen de ramen.

Blue schoot in de lach. 'Ja, daar zou Merrigans reactie wel zo ongeveer op neerkomen.'

Elf grinnikte met haar mee. 'Heb je vandaag al iets geschreven?'

'Nee,' zei ze met een zucht. 'Er is iets gebeurd. Iets heel erg tragisch, Elf. Ik was met Merry en Tab bij de rivier. Het was mijn bedoeling om vroeg te vertrekken, bij te praten met de meisjes en daarna thuis aan het werk te gaan, maar...'

Weer deed ze het verhaal van Delphine uit de doeken, maar hoewel ze het tegenover haar vader voor Delphines bestwil zo beknopt mogelijk had gehouden, kon ze deze keer haar hart laten spreken.

'Waarom doen mensen toch zulke dingen, Elf? Soms ben ik de wanhoop nabij, echt waar. Ik bedoel, in de oorlog zijn er zo veel mensen gewond geraakt of omgekomen. Hebben we daar dan helemaal niets van geleerd? Hoe kan een man zijn eigen vrouw nou slaan? En het ging verder dan slaan alleen, daar ben ik van overtuigd. Ze heeft niet veel gezegd, praten kost haar moeite, maar ik kan aan haar gezicht zien dat ze een hel heeft doorgemaakt.'

'Die arme vrouw. Wat bedoel je ermee dat praten haar moeite kost? Is ze verlegen?'

'Het gaat verder dan verlegenheid. Ze ziet eruit alsof ze het liefst van de aardbodem zou verdwijnen. Ze stottert flink, maar dat is eerlijk gezegd nog lang niet het ergste. Het lijkt wel of haar gedachten haar telkens ontglippen, alsof ze op het randje van bewusteloosheid zweeft, al is ze niet flauwgevallen.'

'Dissociatie. Als mensen lange tijd onder grote druk hebben geleefd, kunnen ze zichzelf loskoppelen van de realiteit om te overleven.'

Blue knikte. 'Dat kan ik me nog herinneren van nadat mama net was gestorven. In die tijd kon ik in een kamer zitten zonder ook maar iets van de gesprekken om me heen mee te krijgen. Alsof alleen mijn lichaam aanwezig was.'

'Precies. Misschien wordt je vriendin als je maar vriendelijk genoeg tegen haar bent na verloop van tijd wel weer de oude en wordt het dan ook makkelijker voor haar om te communiceren.'

'Hopelijk heb je gelijk. Ik kan het gewoon niet aanzien, Elf. Soms kan ik de wereld en al die wrede dingen die er gebeuren gewoonweg niet aan. Maar kijk eens, wat een wonder!' Ze knikte naar de dieppaarse lucht achter het raam, naar de wuivende bomen en de striemende regen om de blokhut en de bliksemflitsen die zo nu en dan de tuin verlichtten. Schoonheid gaf haar altijd kracht. Ze stond op om water voor de thee op te zetten en stak het eigenzinnige fornuis aan met een handigheid die voortkwam uit jarenlang oefenen. 'Ga maar verder met je werk, Elf. Ik blijf hier nog wel een tijdje zitten lezen totdat het onweer is overgetrokken.'

Ze zette voor hen allebei een kop thee, pakte nog een paar biscuitjes en ging op haar vaste plekje zitten, in de buurt van het raam waarachter de regen neerkletterde. Ze probeerde een van de obscure, esoterische boeken van Elf te lezen, maar na een paar bladzijden begon het haar al te duizelen, dus haalde ze de brieven uit haar zak.

12

Blue, mijn lieveling,

Weet je, ik heb nooit eerder echt nagedacht over jou en mij, maar bij nader inzien denk ik dat we geweldig bij elkaar zouden passen! Ik weet dat je vader heeft gezegd dat de brieven anoniem verstuurd moeten worden, maar volgens mij heb ik daar het geduld niet voor. Trouwens, we kennen elkaar al zo lang dat ik amper iets kan schrijven zonder te verraden wie ik ben.
Hij zei ook dat ik je fantasie moet prikkelen. Welnu, laat ik meteen maar zeggen dat ik niet zou weten hoe ik moet beginnen. Een romanticus ben ik niet, als je onder romantiek tenminste die kleine gebaren en daden verstaat die een geheime taal spreken. Dat soort dingen kan ik niet bedenken, dat zit gewoonweg niet in me. Ik lees geen boeken, ik bewonder geen schilderijen en ik kan geen traan laten om vioolmuziek. Ik hou van mijn leven, van mensen en de dingen die er gebeuren. Ik hou van de echte wereld, die zie ik veel liever dan een droombeeld. Dus ik schrijf je niet op de manier die je vader heeft voorgesteld. Ik wil je fantasie niet prikkelen. Ik wil niet door Ken voor je uitgekozen worden.
Eerlijk gezegd weet ik niet eens waarom ik je schrijf. Ik zou ook gewoon naar je toe kunnen gaan om een praatje met je te maken. Of je meenemen de rivier op, als ik dacht dat we de hitte zouden overleven! Toch heeft het wel iets, het idee om te schrijven. Misschien ben ik gewoon laf. Misschien vind ik het makkelijker om

een beleefd afwijzend briefje van je te krijgen dan de ongelovige uitdrukking op je gezicht te zien en je te horen zeggen: 'Doe niet zo onnozel, Dorian! We zijn vrienden, meer niet.' Toch denk ik niet dat ik dit puur uit lafheid doe. Het heeft iets intiems om dit alles op te schrijven. Daardoor kan ik beter zeggen wat ik wil dan als ik gewoon met je praat. Misschien is dat idee van je vader toch zo gek nog niet.
We hebben altijd veel plezier gehad samen, jij en ik, en we hebben nog nooit onenigheid met elkaar gehad. Ik vind het altijd fijn om je te zien. Eigenlijk begrijp ik zelf niet goed waarom ik hier nooit eerder aan heb gedacht. Ik ben niet goed in prietpraat, zoals tegen een meisje zeggen dat haar ogen als de sterren zijn (die van jou lijken echt op de sterren, maar jij kunt vast wel tien betere manieren bedenken om ze te beschrijven en ik durf te wedden dat iedere malloot die je schrijft hetzelfde zegt).
Ik wil me opdoffen en met je gaan dansen, Blue. Ik wil champagne met je drinken tot we ons licht in het hoofd voelen, maar niet dronken zijn. Ik wil met je dansen, alleen met jou, alsof er verder niemand bij is, en daarna wil ik met je naar buiten gaan en op onvaste benen in het maanlicht lopen. Laten we een keer samen uitgaan, laten we het erop wagen. Maar alleen als jij het wilt. Zo niet, dan hoop ik dat we vrienden kunnen blijven. Je kunt het me niet kwalijk nemen dat ik het wilde proberen.

Liefs en een ondeugende zoen,
Dorian

Beste juffrouw Camberwell,

Hopelijk bereikt deze brief u, gezond en tevreden in uw kasteel! U kent mij niet, maar toen ik het uitgebreide verslag van juffrouw Forrester over uw feest in de krant las, moest ik glimlachen. Haar woorden wekten de indruk van een jonkvrouw uit een sprookje, handenwringend en zuchtend in haar toren, waar ze droomt van de ware liefde. Wanneer ik naar uw foto kijk (u bent erg mooi, als ik zo vrij mag zijn) vermoed ik echter dat de werkelijkheid een stuk anders is.

Volgens mij bent u een erg moderne vrouw, zij het misschien met een ouderwetse ziel. Volgens mij doet u uw best om elke dag van het leven te genieten en hebt u interesses en ambities die verder reiken dan een echtgenoot en een gezin, al verlangt u daar wellicht ook naar. Ik kan me zo voorstellen dat u gemengde gevoelens had over de aankondiging van uw vader. (Heeft hij u wel gewaarschuwd? Juffrouw Forrester schreef dat u net zo verbaasd keek als de overige aanwezigen.)

Waarom ik me, als volslagen vreemdeling, een voorstelling van u probeer te maken? Ik kan niet ontkennen dat het artikel me intrigeerde. Allereerst viel mijn blik op die foto van een mooie jongedame. Ik ben nu eenmaal een tweeëndertigjarige romanticus, een vrijgezel die op een dag zijn zielsverwant hoopt te vinden. En dan het verhaal! Het is moeilijk in te denken dat zulke dingen tegenwoordig nog gebeuren en ik moet toegeven dat het me een beetje van mijn stuk heeft gebracht. U bent niet het bezit van uw vader, een voorwerp waar om gestreden kan worden. Toch ben ik aan deze brief begonnen, ook al hebben we elkaar nog nooit ontmoet en kan ik me niet voorstellen waarom een dame zoals u haar kostbare tijd zou willen verdoen aan het lezen van het geneuzel van onbekenden. Het voelt heel eigenaardig om tegen mijn eigen gezonde verstand in te gaan.

Het is niets voor mij om deze brief te schrijven, maar als we alleen dingen zouden doen die bij ons passen, zou ons wereldje wel heel klein worden. Ik durf best een dwaas te zijn, als dwaasheid ervoor kan zorgen dat er onverwachte deuren voor me opengaan. Zo niet, dan is er nog geen man overboord. Alleen hebt u dan uw tijd verspild aan het lezen van deze brief, ik hoop dat u me dat kunt vergeven.

Uw fantasie prikkelen? Hoe zou ik dat nou moeten doen? Onze fantasie is misschien wel ons kostbaarste bezit, zo subtiel als de kleuren van de zee en zo persoonlijk als een vingerafdruk. Uw fantasie zal niet precies hetzelfde werken als die van mij, en de mijne werkt niet precies zo als die van uw vader of van mijn jonge neefje. En ook niet zoals die van de jongedame die me zojuist mijn derde kop koffie kwam brengen, want ik zit dit in de Silver Spoon te schrijven. Ze is er duidelijk niet van gediend als mannen een tafeltje in haar café bezet houden om brieven te schrijven. Toch vind ik dit een aangename manier om de ochtend door te brengen.
Hopelijk ziet u deze brief niet als een inbreuk op uw privacy. Ik hoop dat u zich net zo gezegend voelt als u eruitziet en dat u niet alleen mooi bent, maar ook gelukkig. Toch zou ik het niet netjes vinden om u geen retouradres te geven, al is het maar om u de kans te geven om me te laten weten dat ik u niet meer mag schrijven. Ik woon niet in Richmond, ik verblijf hier nog een maand of twee in de buurt voor zaken, dus als u contact met me wilt opnemen, kunt u altijd een berichtje voor me achterlaten in The Pheasant in Barnes.

Warme groet,
L.W.

Blue, mijn lieveling,

Jeetje, wat ben je prachtig. Goeie genade, nu heb ik het zomaar opgeschreven…

Blue kon het niet verdragen om de brief van die arme Foster nog een keer te lezen. Hij kwam zo gretig over, het was gewoon gênant!

Ze wilde wel geloven wat Tab had gezegd, dat zijn woorden het gevolg waren van een kalverliefde en zijn libido, maar ze wist dat Foster niet zo was. Of misschien was ze gewoon naïef en zaten alle jongens zo in elkaar.

Als je mijn brief zou beantwoorden… zou ik de gelukkigste jongen op aarde zijn.

Had ze er wel goed aan gedaan om haar vader te vragen met hem te praten? Ze had gedacht dat als hij zijn woorden terugnam, alles daarmee ongedaan zou worden gemaakt. Was het daar echter niet te laat voor? Foster had háár geschreven, hij had dingen tegen haar gezegd die ze nooit zou kunnen vergeten. En nu voelde ze zich vreselijk.

Schrijf me alsjeblieft terug, liefste.

Misschien moest ze dat maar doen. Ze zou het niet te beladen maken en niet laten blijken hoe schuldig ze zich voelde. Gewoon een paar woorden om hem vriendelijk op zijn plek te zetten. Of kon ze het toch beter aan haar vader overlaten? Hemeltje, ze wist het echt niet. Voor dit soort situaties bestonden geen etiquetteregels. Dit was, zoals ze van Kenneth Camberwell gewend was, ongekend.

Wat die andere brieven betrof… ze kon amper geloven dat die een glimlach op haar gezicht hadden getoverd. Nadat ze er zo veel stampij over had gemaakt, was ze bijna te trots om het toe te geven, maar per slot van rekening was ze ook maar een mens. Ze kon er niets aan doen dat ze zich gevleid voelde en dat haar nieuwsgierigheid was gewekt. De mysterieuze L.W., die beweerde dat hij haar intrigerend vond, vond zij op haar beurt ook best intrigerend. En dan Dorian! Zij had er ook nooit bij stilgestaan dat ze méér dan vrienden zouden kunnen zijn, en dat zou ze nu ook niet moeten doen. Dat zou ze écht niet moeten doen…

13

Aangezien Avis boodschappen aan het doen was, repte Midge zich naar de deur toen er werd aangebeld. Daar stond Clemmie Foxton, de moeder van Tabitha en Foster. 'Wat een aangename verrassing,' zei Midge welgemeend.

Clemmies man kon soms hopeloos ouderwets uit de hoek komen, en het leek Midge niet prettig voor Foster om in zijn voetsporen te moeten treden. Anthony had hoge verwachtingen van zijn kinderen en tot nu toe zette Tabitha vooral de bloemetjes buiten, terwijl Foster nog minderjarig was. Het was niet moeilijk voor te stellen dat er zich donkere wolken samenpakten boven het gezin. Zelf was Clemmie aangenaam gezelschap. Ze was vrouwelijk en mooi, en Midge vond haar des te aardiger omdat ze een van de weinige vrouwen in de buurt was die niet elke gelegenheid aangreep om met Kenneth te flirten.

'Wil je binnenkomen? Avis is er even niet, maar als je tijd hebt, kan ik wel thee voor ons zetten.'

'Heel graag.' Clemmie liep met een vriendelijke glimlach naar binnen.

Nadat Midge haar in de salon had achtergelaten, met uitzicht op het prachtige, langgerekte gazon, liep ze snel naar de keuken om een dienblad klaar te maken. 'Ik heb zelfs een cake gevonden,' kondigde ze aan toen ze zich weer bij haar buurvrouw voegde.

'Dat verbaast me niets, hier in Ryan's Castle. Avis is goud waard. Mevrouw Porter kan een heerlijke zondagse lunch bereiden, maar van zoetigheid houdt ze niet.'

‘Ik zal een stukje citroencake voor je afsnijden,’ bood Midge aan, terwijl Clemmie tegenover haar ging zitten.

‘Hopelijk vind je het niet vervelend dat ik onaangekondigd langskom,’ begon Clemmie. ‘Ik kwam hierlangs op de terugweg van mijn lunch op de damessociëteit en…’ Opeens kreeg ze een bezorgde blik in haar ogen.

‘Gaat alles wel goed met je, Clemmie?’ vroeg Midge.

‘Het gaat om Foster. Ik wilde gewoon even met iemand praten die het misschien begrijpt, en toen dacht ik aan jou. Tabitha heeft zeker niks over hem tegen je gezegd, of wel?’

Midge was verbaasd, maar ze voelde ook iets van tevredenheid. Clemmie en zij hadden nooit een vertrouwensband met elkaar gehad. Ze schonk de thee in en leunde achterover. ‘Nee, maar ik denk dat ze eerder met Merry of Blue zou praten dan met mij. Wat is er aan de hand?’ Ging dit over die verdraaide brief? Wist Clemmie daar wel van? Midge wilde niemand verraden.

‘De laatste tijd vind ik hem erg neerslachtig. Anthony zegt dat ik het me maar inbeeld en dat ik me niet zo druk moet maken.’

O, Midge hoopte echt maar dat dit niet over de brief ging. ‘Hij heeft een lastige leeftijd.’

‘Ja. Anthony kan weinig geduld opbrengen voor Fosters… kwetsbare kant, maar ik ben zijn moeder en ik heb het gevoel dat er iets mis is.’

‘Is hij misschien verliefd?’

Verbaasd keek Clemmie haar aan. ‘O! Daar had ik nog niet eens aan gedacht. Hij komt nog zo kinderlijk op me over. Er is vast iets aan de hand op school, Midge. Dat weet ik bijna zeker.’

Dus dit ging niet over de brief, dacht Midge opgelucht. ‘Ligt de werkdruk te hoog? Hij heeft nog maar een jaar te gaan voordat hij gaat studeren, toch?’

‘Inderdaad, dat zal ook wel meespelen, zeker aangezien Anthony zulke hoge verwachtingen van hem heeft. Aan de andere kant is Foster heel pienter, dus ik denk niet dat het daaraan ligt.’ Clemmie speelde met een van haar krullen, een gebaar dat Midge haar dochter ook vaak zag maken. 'Mag ik tegen je zeggen wat ik denk, al heb ik daar geen enkel bewijs voor?'

'Natuurlijk.'

'Zoals je weet is Foster altijd dol geweest op muziek maken. Hij speelde altijd viool en had het vaak over zijn muziekleraar. Hoe getalenteerd die man was, hoe inspirerend hij hem vond. De laatste tijd heeft hij het nooit meer over hem en speelt hij ook geen viool meer. Toen ik hem ernaar vroeg, zei hij dat meester Mathews vindt dat hij niet erg getalenteerd is. Sindsdien lijkt het alsof hij alle hoop heeft laten varen. Volgens mij heeft die man hem zijn liefde voor muziek afgenomen. Soms vraag ik me zelfs af of hij... hem pest. Volgens Anthony is dat onzin en is het een vooraanstaande school waar alleen de allerbeste docenten werken. Bovendien hecht hij weinig waarde aan muziek. Hij vindt dat musiceren alleen een hobby zou moeten zijn, maar volgens mij denkt Foster daar heel anders over.'

'Hemeltje! Wat vreselijk, Clemmie. Dit hoor ik voor het eerst, ik vrees dat ik geen nieuw licht op de zaak kan werpen. Kan ik iets voor je doen?'

'Dat is lief van je, bedankt. Nee, ik denk dat ik hem voorlopig maar gewoon goed in de gaten blijf houden. Wie weet zit ik er volkomen naast, dus ik kan zijn leraar niet zomaar zwartmaken. Kan dit alsjeblieft tussen ons blijven? Anthony zegt steeds dat ik het moet laten rusten. Hij houdt van Foster, maar volgens mij beschouwt hij het als kritiek op hemzelf, op de school die hij heeft uitgekozen, als ik steeds zeg dat er iets mis is.'

'Ik begrijp het.' Midge hield met een vragende blik de theepot omhoog, maar Clemmie schudde haar hoofd. 'Je laat het me toch wel weten als ik iets voor je kan doen?'

Clemmie knikte en at de rest van haar cake op. 'Goeie genade, wat heerlijk dit. Ja, dat zal ik zeker doen. Dank je, Midge. Het was fijn om mijn hart eens te kunnen luchten.'

De klok sloeg drie uur en Clemmie dronk snel haar thee op. 'O jee, ik had helemaal niet door dat het al zo laat was. Ik moet ervandoor.'

Ze stond op en keek om zich heen. 'Ryan's Castle is echt een fijne plek, vind je niet? Ik heb deze kamer altijd al prachtig gevonden.'

Dit was niet het moment om tegen Clemmie te zeggen dat ze van plan was om de inrichting op de schop te nemen. Midge liet haar uit en ging daarna terug naar de salon om de kopjes af te ruimen. Deed ze hier wel goed aan? Iedereen vond het huis mooi zoals het was. Iedereen!

Sinds haar besluit om de inrichting te veranderen had ze er geen gras over laten groeien. Eerst was ze naar Kenneth gegaan om haar plannen uit de doeken te doen (puur uit hoffelijkheid, want hij gaf haar altijd carte blanche wanneer het om het huishouden en de financiën ging). Daarna had ze urenlang door het blad *Country Life* gebladerd en aantekeningen gemaakt. Ze had de leren opbergmap tevoorschijn gehaald die Merrigan en Lawrence haar cadeau hadden gedaan, maar die ze tot nu toe nooit had gebruikt. Het was fijn om er nu iets mee te kunnen doen. Daardoor voelde ze zich erg wereldwijs.

Ze had altijd bewondering gehad voor de jongere generatie. Blue met haar ambitie om auteur te worden, Tabitha met haar buitensporige gedrag. Dat zou zij op hun leeftijd nooit gedurfd hebben. Soms vroeg ze zich af hoe het zou zijn om zelf een doel in haar leven te hebben, iets waar ze haar ziel en zaligheid in kon leggen. Had muziek ook zo veel voor Foster betekend? Had die leraar misschien zijn geheime droom de grond in geboord? Ze hoopte maar dat er niets ergers aan de hand was. Het was een vreselijke gedachte dat zo'n lieve jongen misschien gepest werd. Wanneer ze hem weer zag, zou ze eens wat beter op hem letten, al was hij al heel lang niet meer op bezoek gekomen.

Inmiddels puilde haar opbergmap uit. Haar hoofd begon te tollen bij de gedachte aan alles wat er moest gebeuren, maar in elk geval bleef er daardoor geen ruimte over voor sombere gedachten. Nadat ze een paar vellen met ideeën en lijstjes aan de kant had gelegd, pakte ze een tijdschrift. Ze had zich voorgenomen om telkens maar een paar kamers tegelijk onder handen te nemen, zodat ze altijd ergens de rust zou kunnen opzoeken. Voorlopig had ze drie ruimtes in gedachten.

Allereerst de keuken. Hoewel het een ruim vertrek was dat brandschoon werd gehouden, was het dringend aan vernieuwing toe. Het waren immers de jaren twintig. Midge wilde broodroosters, waterkokers, een elektrische oven! Ook wilde ze Kenneths slaapkamer onder handen nemen. In de tussentijd kon hij in zijn kleedkamer slapen, of bij haar.

De salon, deze prachtige salon, was de derde kamer. Die zou ze in een diepe, aardeachtige groene kleur laten schilderen. Met al dat licht dat door de openslaande ramen naar binnen viel, kon de kamer die donkere kleur best hebben. Als het toch nog wat frisser mocht, kon ze sierlijsten en accenten aanbrengen in het roomwit en geel dat nu in de mode was. Met een heerlijke mengeling van opwinding en rust bladerde ze verder door haar tijdschrift. Ze zou nieuwe fauteuils bestellen en de piano naar de tegenovergelegen muur verplaatsen. Bovendien zou ze Audra's portret ergens anders hangen. In een andere kamer, die ze niet zo vaak gebruikten.

14

'Zeg, Blue,' zei haar zwager terwijl hij de zitkamer in liep, 'ligt het aan mij of is die vrouw knettergek geworden?'

'Sst!' siste Blue. Ze keek op van haar werk en wees naar de sofa, waar Delphine opgekruld als een slaapmuis lag te dutten. Ze was hierheen gekomen om te lezen, maar binnen een half uur was het boek op de grond gegleden als een debutante die een flauwte kreeg. Dat verbaasde Blue niets, want Delphine viel om de haverklap in slaap.

Lawrence sloeg theatraal zijn hand voor zijn mond en maakte een verontschuldigend gebaar.

De 'paar dagen' die Delphine van plan was geweest om te blijven, waren inmiddels verlengd tot bijna een week. De reden daarvoor was dat ze sinds haar aankomst vrijwel niets anders had gedaan dan slapen. Met iemand die altijd sliep, kon je geen plannen maken. Blue vond dat ze eruitzag als iemand die betoverd was, heel klein en tenger, met haar ogen dicht. Haar ene wang was tegen het kussen gedrukt en de andere, met de roze vlek erop, werd aan het zicht onttrokken door haar lange, golvende haar dat veel op dat van Blue leek, maar dan donkerder.

'Weer zo eentje,' had Merrigan verzucht, wars van elk hoofd dat zich niet aan de laatste mode onderwierp.

Delphine had meteen tranen in haar ogen gekregen. Ze moest nog leren dat ze zich beter niets kon aantrekken van Merrigans uitgesproken mening.

'Is ze dat?' fluisterde Lawrence, die overdreven op zijn tenen naar Blue toe kwam lopen. 'Het verdwaalde meisje?'

‘Het weggelopen meisje, kun je beter zeggen. Dat arme ding is uitgeput.’

‘Een kwalijke zaak, heel kwalijk.’ Hij bukte zich om Blue een kus op haar wang te geven.

Hij was lang, had een guitig, knap gezicht en steil, glanzend haar in precies dezelfde notenbruine kleur als dat van Merrigan. Kennelijk trouwden mensen wel vaker met iemand die op hen leek. Lawrence was heel modieus, met een scherpe zijscheiding in zijn haar en een bruine snor die keurig in een halve cirkel op zijn bovenlip was getrimd. Persoonlijk hield Blue niet zo van mannen met een snor, maar zij hoefde dan ook niet met hem samen te leven.

Ze grijnsde. ‘Wat heeft mijn zus nu weer gedaan?’

‘Hè? O nee, ik bedoelde die andere vrouw.’

Blue keek hem vragend aan.

‘Midge,’ verduidelijkte hij. ‘Ze draaft een beetje door met de nieuwe inrichting, vind je ook niet?’

‘O, is dat zo?’ vroeg Blue verbaasd. Ze had het zo druk gehad met Delphine, de liefdesbrieven en het korte verhaal dat ze probeerde te schrijven dat het nauwelijks tot haar was doorgedrongen waar Midge zich mee bezighield. ‘Wat is er dan?’

Hij trok een stoel naast Blue en ging erop zitten. ‘Ze wil het nieuwste van het nieuwste voor in de keuken. Een elektrische broodrooster, een elektrische oven, een elektrische waterkoker. Ja, ik weet wat je denkt, ze mag zelf bepalen wat ze wil hebben, maar luister nou even naar me. Ze wil zelfs een koelkast!’

Blue trok een bedenkelijk gezicht. Keukenapparatuur vond ze doorgaans niet zo interessant.

‘Dat is niet veilig,’ legde Lawrence uit. ‘Het is geen kwestie van smaak, die dingen lekken gas! Er zit een compressor in, die werkt doordat… O, laat ook maar.’ Toen hij Blues blik wazig zag worden, kwam hij snel ter zake. ‘Het komt erop neer dat het giftig is. En koelkasten kunnen ontploffen. Dat komt best vaak voor.’

‘Dat klinkt niet goed,’ gaf Blue toe.

'Nee, dat zei je vader ook. Nou, dat heeft-ie geweten! Ze begon erover dat dit háár project is en háár beslissing. Daarop zei hij dat hij achter al haar beslissingen staat, zolang zijn hele huishouden geen gevaar loopt om eraan dood te gaan. Toen zei zij dat hij overdreef, dus zei ik...'

Hij zweeg even toen Delphine zachtjes kreunde, maar ze schoof alleen een beetje heen en weer voordat ze weer rustig verder sliep.

'Dus zei ik,' vervolgde hij op zachtere toon, 'dat Ken gelijk had en dat er inderdaad gevallen bekend zijn van ontplofte koelkasten.'

'En?'

'Ze ging door het lint!'

'Hoe bedoel je?'

'Ze slingerde een boek naar mijn hoofd. Letterlijk, het boek dat op de keukentafel lag. Best wel hard.' Vertwijfeld wreef hij over zijn wang. Nu Blue hem eens wat beter bekeek, zag ze dat hij daar inderdaad een rode plek had. 'Daarna stormde ze de keuken uit.'

Blue fronste haar wenkbrauwen. 'Wat vreemd. Misschien heeft ze te veel hooi op haar vork genomen. Het lijkt me best wel belastend om een huis opnieuw in te richten, zeker als je hoopt dat iedereen het eindresultaat mooi zal vinden.'

'Nou, gooien kan ze nog als de beste,' zei Lawrence. 'Praat jij eens met haar, Blue. Ik wil niet elke keer dat ik hier kom bang hoeven zijn dat ik bekogeld word.'

'Zal ik doen,' mompelde Blue, terwijl haar blik alweer naar haar laatste alinea dwaalde. Kon ze die retorische vraag op het einde beter weghalen of laten staan?

'Dat is nog niet alles!' Lawrence verstoorde haar overpeinzingen door op haar arm te tikken. 'Volgens Merry is ze geobsedeerd door die bijbel van haar.'

'Bijbel?' Blue had helemaal niet gemerkt dat Midge de laatste tijd zo bezig was met het geloof.

'Ja! *Hoe je van je huis een thuis maakt*, of hoe het ook heet, van die Harriet Orpington-Whistle. Merry zegt dat ze het overal mee naartoe zeult en er dag en nacht in zit te lezen. Ze citeert er zelfs voortdurend uit, alsof Orpington een kruising is tussen een hoogleraar en God!'

Blue had inderdaad gehoord dat Midge het de laatste tijd vaak over ene Harriet had, maar ze had gedacht dat dat een nieuwe vriendin van haar was. 'Merkwaardig,' beaamde ze. 'Het lijkt me duidelijk dat ze een beetje te ver doordraaft. Ik praat wel met haar, maak je geen zorgen. Kan ik verder nog iets voor je doen, of kan ik weer verder met mijn verhaal?'

'Ik had gehoopt even kennis te kunnen maken met jullie nieuwe gast. Zal ik rustig daar gaan zitten tot ze wakker wordt? Ik zal je niet storen.'

Blue trok één wenkbrauw op. Lawrence was van nature een stoorzender, hij had ongeveer hetzelfde effect als een puppy in de kamer. Aan de andere kant wilde ze hem liever niet wegsturen, dus verdiepte ze zich weer in haar verhaal. In elk geval zou hij niet op haar pantoffels beginnen te knagen.

15

Een uur later werd Delphine wakker. Door het open raam streek er een satijnzacht briesje langs haar heen. De laatste tijd voelde ze zich aldoor gedesoriënteerd en ontwaakte ze op de vreemdste plekken. Op banken, op stoelen, in de tuin... Vermoeid kwam ze overeind. Blue zat aan tafel en staarde naar de muur. In een leunstoel achter haar zat een onbekende man te slapen, zachtjes snurkend en met zijn hoofd achterover gezakt.

Toen Blue zag dat Delphine wakker was, gebaarde ze naar hem. 'De man van Merrigan,' legde ze uit. 'Hij wilde met je kennismaken. Zullen we naar de tuin gaan? Ik heb hier al lang genoeg gezeten.'

'H-Heb je v-veel kunnen schrijven?'

'Vijf regels.'

Buiten voelde de lucht aan als een warm bad. Delphine vond het heerlijk in de tuin van Ryan's Castle. Het gazon, dat op dit moment geelgroen en een tikje dor was, was bezaaid met bloemblaadjes en twijgjes van de bomen en struiken eromheen. Al dat groen bood niet alleen beschutting voor het gezin, er huisden ook allerlei vogels. Delphine lag graag in de schaduw te luisteren naar het vrolijke gekwinkeleer waardoor de tuin afgezonderd leek van de rest van de wereld.

Ze streken neer op de grond onder de kersenboom. Blue leek in gedachten verzonken, dus zeiden ze een tijdje niets tegen elkaar. Hoewel het een aangename stilte was, besloot Delphine deze uiteindelijk toch te verbreken. Ze haalde diep adem, ordende haar gedachten en stelde toen, heel langzaam, haar eerste vraag zonder te stotteren.

'Zit je aan je verhaal te denken?'

Blue glimlachte. 'Ja, en aan nog een heleboel andere dingen. Ken je dat, dat er allerlei gedachten als vlinders in je hoofd rondfladderen, allemaal tegelijkertijd?'

Daar dacht Delphine even over na. 'N-Nee. Ik niet. Eén d-ding tegelijk, meestal.' Ze was voornamelijk bezig met overleven. Met zorgen dat alles wat Foley haar had opgedragen klaar was voordat hij thuiskwam, zodat hij geen reden had om boos op haar te worden. Niet dat hij een reden nodig had, maar ze wilde zeker niets doen om de kans te vergroten. Bovendien was ze erachter gekomen dat je maar beter niet kon nadenken als je niets had waar je vrolijk van werd. Maar, vroeg ze zich nu af, als je niet nadacht en niet communiceerde, wat bleef er dan nog van je over? Ze was veranderd in een egeltje, opgerold tot een bal, wachtend tot het gevaar was geweken. Dat had ze graag allemaal aan Blue willen vertellen. Ze besloot een poging te wagen.

'Mijn m-man was nogal veeleisend en ik wilde niet dat hij boos op me zou worden. Dus c-concentreerde ik me op één ding tegelijk... Dat is een gewoonte geworden.'

'Dat begrijp ik.' Blue ging op haar zij liggen om Delphine aan te kunnen kijken. 'Ik weet dat ik het al vaker heb gezegd, maar ik vind het heel erg wat je is overkomen, Delphine.'

'Dank je.'

'Denk je dat het wel goed met je komt? Dat je er weer bovenop zult komen? Dat je een manier zult vinden om gelukkig te worden? Je weet toch dat we er alles aan willen doen om je te helpen?'

'D-Dat waardeer ik m-meer dan ik k-kan zeggen.' Delphine haalde diep adem. 'I-Ik zou willen dat ik b-beter uit mijn woorden kwam. Ik vind het vreselijk dat ik niet gewoon kan p-p...' Gefrustreerd sloeg ze op de grond. 'Praten.'

'Hoelang heb je daar al last van?'

'Sinds F-F-Foley. Hij z-zei dat alles wat ik zei s-stom was. Hij s-schreeuwde de hele t-tijd tegen me. Hoe l-luidruchtiger hij werd, hoe s-stiller ik werd. Nu ben ik mijn stem kwijt, of zoiets. Nee, niet mijn stem, maar...' Ze drukte haar hand tegen haar keel en zuchtte. Hoe moest ze dit nou uitleggen?

'Niet je echte stem, maar je vermogen om te praten en jezelf uit te drukken?' opperde Blue.

Delphine knikte. Precies.

'Daar heb ik eens over nagedacht. Het klinkt vast onnozel, maar zou het helpen als je dingen opschrijft? Het hoeft niet, hoor. Ik denk altijd dat schrijven voor iedereen goed is, omdat ik het zo graag doe, maar dat geldt niet voor iedereen. Merrigan moet er niets van hebben. Als je je gedachten echter niet goed onder woorden kunt brengen, kan het misschien helpen om ze op papier te zetten. Laatst kreeg ik een brief van... een vriend.' Blue bloosde, waardoor Delphine zich afvroeg wat het verhaal hierachter was. 'Hij zei dat schrijven heel intiem is. Volgens hem kan hij op papier beter zijn gevoelens onder woorden brengen dan wanneer hij praat. Dat deed me aan jou denken.'

Delphine dacht er eens over na. Op school was ze niet bepaald leergierig geweest, maar in die tijd had ze ook andere dingen aan haar hoofd gehad. En de gedachte om iets op te schrijven bij Foley thuis, waar hij het zou kunnen vinden, was nog afschrikwekkender dan praten. Hier had ze echter het voordeel van stilte en privacy. Ze had gezien hoe tevreden Blue eruitzag wanneer ze verdiept was in haar notitieboek. Zelfs wanneer ze niet zat te schrijven, maar gewoon met haar pen op de bladzijde of tegen haar tanden tikte, benijdde Delphine haar omdat ze zo in haar werk kon opgaan. Als ze zich voorstelde dat ze zelf een dagboek zou gaan bijhouden, moest ze zich indenken dat ze een heel andere vrouw was dan de Delphine die angstig was weggedoken voor haar vader, die met Foley was getrouwd omdat ze had gedacht dat hij anders was en er op de ergst denkbare manier achter was gekomen dat ze het mis had. Een Delphine die kon nadenken, schrijven en misschien weer kon deelnemen aan het leven zou zich niet bedreigd voelen door Foley. Ze knikte. 'Dat wil ik wel proberen. Goed idee.'

'O, fijn!' Blue keek haar verheugd aan. 'Ik kan je wel een pen en een notitieboek geven, als je wilt. Ik heb er een heleboel.'

‘B-Bedankt dat je zo met me b-begaan bent. W-Waar zat je nog meer aan te denken?’

‘Allerlei dingen. Wat ik met mijn leven wil doen. Hoe ik mijn verhaal zal afronden. Of mijn zus gelijk heeft en ik erover zou moeten nadenken om te trouwen. Daarnaast vertelde Lawrence daarnet dat Midge volkomen geobsedeerd is door het opnieuw inrichten van het huis. Ik vroeg me af hoe dat komt. Misschien ligt het aan de tijd van het jaar.’

Delphine keek haar vragend aan. Wat een hoop gedachten! Blue deed haar denken aan een zwaan, elegant en beeldschoon om te zien. Net zoals een zwaan echter van die vreemde poten had die onder water maar door bleven peddelen, leek er in Blues hoofd een soort motortje te zitten dat nooit stilstond. Ze had niet geweten dat Blue zich afvroeg of ze moest trouwen. En waarom zou deze tijd van het jaar moeilijk zijn voor Midge? Die vraag stelde ze als eerste.

Blue kneep haar ogen tot spleetjes, alsof ze pijn had. ‘Dat ligt nog steeds gevoelig,’ zei ze. Een korte zin, zonder opsmuk. Precies zoals Delphine deed wanneer praten haar te zwaar viel.

‘O, zeg maar niks!’ flapte ze eruit. ‘Het s-s-spijt me dat ik ernaar vroeg.’

‘Nee, ik wil het je graag vertellen, als je er nog een treurig verhaal bij kunt hebben. Je hebt er zelf al genoeg.’

‘Vertel maar.’

‘Mijn moeder is kort na de oorlog gestorven,’ begon Blue.

Delphine had natuurlijk al wel begrepen dat Midge de tweede vrouw van Kenneth was, maar meer wist ze niet.

‘Het was ironisch, in de slechtste zin van het woord. We waren zo blij dat papa heelhuids was thuisgekomen van het front, en toen ging onze moeder dood. Aan de Spaanse griep.’

Delphine knikte. Zelf had ze ook mensen gekend die tijdens de pandemie waren omgekomen, maar gelukkig niemand die zo dicht bij haar stond als haar moeder. De ziekte had een kwart miljoen Britse levens geëist en zo kort na de oorlog had het gevoeld alsof het land die klap nooit meer te boven zou komen.

'De rest kun je zelf wel invullen. Mijn moeder was het kloppend hart van dit gezin. We hielden zielsveel van haar...' Haar ogen vulden zich met tranen en Delphine zag dat ze diep ademhaalde om zichzelf weer in de hand te krijgen. 'Enfin, twee jaar later leerde mijn vader Midge kennen en... welnu, sommige mensen waren geschokt dat hij zo snel hertrouwde. Wij waren allang blij, want we maakten ons grote zorgen om hem. We zouden iedereen die hem houvast wist te bieden met open armen hebben verwelkomd. Toch was dit niet zomaar iemand. Midge bleek een ontzettend lieve vrouw te zijn die van ons houdt... We boffen maar met haar, maar ze heeft het niet altijd makkelijk gehad. Het was niet papa's bedoeling om wreed te zijn, maar hij is altijd van mijn moeder blijven houden en soms leek het wel of zijn hart niet helemaal bij Midge lag, terwijl zij haar hart juist vol overgave aan hem had geschonken. Gelukkig ging het na verloop van tijd wel beter. We zijn een echt gezin geworden, begrijp je?'

'Dat kan ik merken.'

'En toen... raakte Midge in verwachting.'

Delphine zette grote ogen op, maar ze voelde meteen dat het verhaal een akelige wending zou krijgen. 'O. Heeft ze het kindje verloren?'

Hoofdschuddend beet Blue op haar onderlip. 'Nee, de baby werd geboren,' zei ze zacht. 'Percy, ons kleine broertje. Hij was zo'n schatje. Merrigan en ik waren na al die jaren dolblij dat we er een broertje bij kregen. We waren dol op hem, net als papa natuurlijk. Zijn eerste zoon! Het voelde als een nieuw begin, als het voorjaar dat aanbrak na een lange, strenge winter. Je kunt het je vast niet voorstellen.'

Dat kon Delphine wel. Zo voelde zij zich ook, nu ze hier was.

'Op een dag, toen Percy ongeveer zes maanden was, ging Midge een dagje met hem op pad. Papa was er niet, dat vond Midge altijd vreselijk. Hij is best een knappe man, vind je niet? Er hangen altijd vrouwen om hem heen. Merrigan en ik waren een paar dagen in Bath op bezoek bij oude vrienden van ons. Midge was ook uitgenodigd, maar in die tijd voelde ze zich nogal overweldigd. Ze was nog maar net moeder geworden, deed 's nachts amper een oog dicht, en dan al die spullen die je moet inpakken telkens wanneer je ergens naartoe gaat... Ze kon niet veel hebben en huilde heel vaak, terwijl dat helemaal niets voor haar is.'

Delphine knikte. Midge was inderdaad het toonbeeld van zelfbeheersing, heel elegant en welgemanierd. De komst van een baby kon echter zelfs de vrolijkste vrouw nog klein krijgen, dat had ze vaak genoeg gezien.

'Ze schaamde zich ervoor en vond het makkelijker om in haar vertrouwde omgeving te blijven, waar Avis haar kon helpen. Dus bleef ze hier, maar ze begon zich ontzettend te vervelen. Ze vloog tegen de muren op en besloot een dagje uit te gaan.'

Delphine hoorde het verhaal aan met een vreselijk gevoel van naderend onheil. In gedachten zag ze de kleine Percy voor zich, een engelachtig jongetje met Kenneths charmante glimlach en de zachtaardige blik van Midge.

Een tijdlang was Blue stil, in gedachten verzonken. Daarna streek ze over haar gezicht en vertelde verder. 'Het duurde een eeuwigheid om weg te komen. Nadat ze zijn sokken had aangedaan, trok hij ze meteen weer uit, ze moest nog een keer terug om zijn flesje te halen... Zodoende kwam ze pas rond het middaguur in Esher aan. Daar ging ze eerst naar een broodjeszaak. Ze ging liever niet met hem naar een restaurant, omdat hij vreselijk tekeer kon gaan wanneer hij huilde. Het was een warme dag, dus ging ze met hem naar het park...' Blue aarzelde. Ze was steeds zachter gaan praten, en Delphine kon merken dat de zinnen er werktuiglijk uit kwamen. Waarschijnlijk had Midge dit verhaal al honderd keer verteld en had Blue het in gedachten nog eens duizend keer beleefd.

'Ze ging onder een boom zitten, zodat Percy in de schaduw kon liggen,' vervolgde Blue met een zucht. 'Aangezien hij lag te slapen, begon ze een boek te lezen. Toen viel ze zelf ook in slaap. Ze zei dat ze doodmoe was, dat het een hele onderneming was geweest om met een baby naar Esher te gaan.' Blue keek Delphine aan. 'Dat kan ik me wel voorstellen, jij niet? Ik bedoel, het is heel rustgevend om in de zon te zitten en moeders zijn vaak doodmoe, zegt men althans. Ze kon er niets aan doen dat ze in slaap viel, maar volgens mij heeft ze het zichzelf nooit vergeven.'

'Natuurlijk kon ze er niets aan doen.' Delphine pakte Blues pols beet. 'M-Moet je mij eens zien. Een s-slaapmuis. Het is m-moeilijk om je ertegen te verzetten als je zo moe bent dat je nauwelijks kunt ademhalen. En toen ze wakker werd?'

'Was Percy verdwenen.'

'O, Blue. Wat verschrikkelijk.'

'Ik kan nog steeds niet... Ik bedoel, het is nu drie jaar geleden en we weten nog altijd niet... Leeft hij nog? We hebben geen idee. Misschien is hij daar nog ergens, gelukkig en gezond, hopen we. Of misschien is hij wel dood. Uit het leven gerukt voordat hij er goed en wel aan begonnen was. Of, en dit is de ergste mogelijkheid, misschien leeft hij nog wel, maar is het een lijdensweg voor hem. Dat zou ik verschrikkelijk vinden. Tegenwoordig hoor je de vreselijkste verhalen.'

'Weten jullie zeker dat iemand hem heeft meegenomen? K-Kan hij niet zijn afgedwaald? Nee, d-daar was hij natuurlijk te k-klein voor.'

'De politie heeft overal navraag gedaan, maar niemand had een baby zien kruipen. Er is nooit een... stoffelijk overschot gevonden, maar uiteindelijk is zijn reiswiegje wel aangetroffen in een vuilnisbak in de buurt van het station. Het heeft er alle schijn van dat iemand hem heeft ontvoerd, zich van de wieg heeft ontdaan en in de trein is gestapt. Het is moeilijk om niet aan een monster te denken. Een ontvoerder. Een babydief. Het kan echter ook iemand zijn geweest die wanhopig graag moeder wilde worden, iemand die verblind was door verlangen en daardoor een verkeerde keuze heeft gemaakt... Het verlies van hem heeft een wond in onze ziel geslagen, maar in dat geval zou hij tenminste gelukkig zijn. Dan zou hij niet beter weten.'

'H-Hoe zijn jullie hier al d-die jaren mee omgegaan? Wat vreselijk voor je familie.'

Treurig schudde Blue haar hoofd. 'Kun je je voorstellen hoe het zou zijn als hij hier nu nog was, Delphine? Als hij door de tuin zou rennen, achter vlinders aan zou zitten, over zijn eigen voeten zou struikelen en weer overeind geholpen zou moeten worden? Ik zie de hele tijd voor me hoe het zou zijn als hij nog bij ons was. Zou hij verzot zijn op treinen en bussen? Zou hij kunstzinnig of sportief zijn? Ik stel me steeds voor dat hij hier nog is, waar hij thuishoort. Zo zou het moeten zijn. Alleen is dat niet de realiteit. De realiteit is dat we niet weten waar hij is.'

Delphine keek om zich heen in de tuin. Even zag ze het beeld dat Blue had geschetst voor zich. 'Hoe reageerde je vader op het n-nieuws? I-Is er een g-grote zoektocht geweest?'

'Ja, de kranten stonden er een tijdlang vol mee. Wie hem ook heeft meegenomen, diegene heeft heel veel geluk gehad of had een goed plan en heeft gewoon zijn kans afgewacht. Mijn vader was er kapot van. Kun je het je voorstellen? Eerst raakte hij mijn moeder kwijt, daarna zijn zoon. En Midge… tja, die was volkomen over haar toeren. De eerste weken sloot ze zichzelf op in haar kamer, ze kon ons niet onder ogen komen en zei dat ze het zichzelf nooit zou vergeven. Uiteindelijk kwam ze er weer een beetje bovenop, maar ik zweer je dat ze sindsdien wat van haar kleur verloren heeft. Het is rond deze tijd gebeurd, drie jaar geleden, misschien gedraagt ze zich daarom een beetje vreemd en heeft ze Lawrence daarom een boek naar zijn hoofd geslingerd.'

'D-Dat zou kunnen,' beaamde Delphine. 'Het v-verbaast me dat ze zo kalm overkomt.'

'Het leven gaat verder, dat hoef ik jou niet te vertellen. Het is de zoveelste klap om te verwerken, het zoveelste verlies. Toch hebben we ook heel veel om dankbaar voor te zijn. We hebben elkaar, en inmiddels zijn Lawrence en Cicely erbij gekomen. In materieel opzicht hebben we niets te klagen, terwijl veel mensen geen dak boven hun hoofd hebben en niet fatsoenlijk te eten krijgen… Het is een harde wereld en wij krijgen onze portie ellende, net als ieder ander. Dat hoort er volgens mij gewoon bij.'

Delphine wist niet wat ze moest zeggen. Ze voelde het allemaal: de paniek van Midge toen ze wakker was geworden en had ontdekt dat haar kindje weg was, de misselijkmakende taak om het aan haar man en stiefdochters te vertellen, de ontreddering, de angst en de hoop. Bovenal voelde ze dat Blue ermee worstelde om wijs te worden uit een wereld die tegelijkertijd zo mooi en zo wreed kon zijn. Ze realiseerde zich dat ze nog steeds Blues pols vasthield en drukte een kus op haar hand voordat ze haar losliet.

Daarna keek ze naar de donkerblauwe lucht. Twee zwaluwen vlogen triomfantelijk rondjes en de zon was zo fel dat ze de contouren van haar eigen wimpers kon zien. Eerder had Blue aan haar gevraagd of ze er weer bovenop zou komen, of ze een manier zou kunnen vinden om verder te gaan na wat Foley haar had aangedaan. Nu drong het tot haar door dat als dit gezin ondanks alles de draad had kunnen oppakken, zij dat ook moest kunnen. Tot nu toe was ze daar niet zeker van geweest.

DEEL 2

HERFST

Tijd om de koe bij de hoorns te vatten

16

Lieve Foster,

Mijn vader is een ezel. Hij had die toespraak nooit moeten houden! Schrijf me alsjeblieft niet nog meer van die hartverscheurende brieven. Ik kan het niet verdragen dat jij, een van mijn oudste en dierbaarste vrienden, gekwetst wordt. Zoals papa je al heeft uitgelegd, heb ik hem nooit gevraagd die toespraak te houden. Ik wil helemaal niet trouwen, Foster! Niet met jou, maar ook niet met iemand anders. Vat het alsjeblieft niet persoonlijk op en vergeet niet dat je nog jong bent. Dat zeg ik niet om je gevoelens te bagatelliseren, maar je hebt nog alle tijd om iemand te vinden om van te houden. Je kunt nog op heel veel meisjes verliefd worden voordat je je gaat settelen. Een slimme, vriendelijke jongen zoals jij heeft een prachtige toekomst voor zich. Ik hou van je, maar alleen als een vriend. Wat mij betreft blijven we altijd vrienden, maar meer niet. Als je echt om me geeft, leg je daar dan alsjeblieft bij neer. Zet dit van je af en zoek een mooi meisje van je eigen leeftijd dat je op het volgende feest dat je bezoekt ten dans kunt vragen. Beloof het me, alsjeblieft, blijf niet naar me smachten!

Je vriendin,
Blue Camberwell

Het moest gewoon gezegd worden. Zoals beloofd had Kenneth er met Foster over gesproken en had hij zijn excuses aangeboden omdat hij de jongen valse hoop had gegeven. Sindsdien had Foster haar echter nog drie brieven geschreven, waarin hij Blue steeds wanhopiger had gesmeekt om een briefje voor hem achter te laten in de uitsparing in de appelboom. Ze was vastbesloten geweest om zich niet te laten meeslepen door deze schertsvertoning. Ze wilde potverdorie auteur worden, geen echtgenote! Daarom had ze zich voorgenomen om Foster de volgende keer dat ze hem zag erop aan te spreken. Hij was echter niet meer op bezoek gekomen en toen Blue naar Tabitha ging, was hij nergens te bekennen. Zelfs zijn onverschillige zus gaf nu toe dat het misschien niet zomaar een bevlieging was. Zijn laatste brief had Blue een knoop in haar maag bezorgd.

Ik hou van je, Blue. Het is hopeloos. Zonder jou ben ik alle gevoel voor richting kwijt. Ik ben mezelf niet en kan me nergens op concentreren. Niet op mijn familie, niet op mijn studie en zelfs niet op mijn muziek. Vroeger waren die dingen belangrijk voor me, nu is daar niets meer van over.

Nadat Blue haar brief in een envelop had gestopt en Fosters naam erop had geschreven, liep ze ermee de tuin in. Ze vroeg zich af hoe hij de brief in de appelboom zou kunnen vinden nu hij nooit meer bij hen thuis kwam, maar hij had heel duidelijk geschreven dat hij wilde dat ze haar reactie daar achterliet. Ze hoopte maar dat ze een ferme, maar vriendelijke toon had aangeslagen. Dat de boodschap zou overkomen. Toen ze de brief eenmaal in de boom had gestopt, voelde het alsof er een last van haar schouders viel.

De hete, benauwde zomerdagen waren als dikke stroop overgevloeid in september, en opeens kon Blue weer ademhalen. De ochtenden waren zo heerlijk helder en koel dat ze telkens al opstond voordat de anderen uit bed waren en naar de rivier ging, waar de eerste gevallen bladeren onder haar laarzen knarsten. Overdag was het nog steeds zomers warm, maar tijdens deze ochtendwandelingen, waarop ze niet alleen liep, maar ook schreef, moest ze haar favoriete, door Merrigan verafschuwde gebreide vest dicht om zich heen slaan tegen de kou. Haar gedachten kabbelden dromerig voort, terwijl de zwanen door de nevel boven de rivier gleden.

De herfst was altijd al haar favoriete jaargetijde geweest. De vurige kleuren, het scherpe licht, de heerlijke geur. Struiken die gebukt gingen onder de bramen en het geritsel en gespetter van vogels die zich klaarmaakten voor de winter. De herfst maakte het makkelijk om te accepteren dat verandering onvermijdelijk was. Al het oude viel weg en werd weer opgenomen door de natuur. Zo was het nu eenmaal. Later zouden er nieuwe dingen voor in de plaats komen, die zich nu nog schuilhielden als opgetogen kinderen die wachtten tot je met ze kwam spelen.

Blue schreef meer dan ooit. Nu de romantiek haar was opgedrongen, voelde ze zich des te vastberadener om carrière te maken. Ze had eindelijk twee humoristische stukken afgerond over het leven in Richmond, waarvan ze hoopte dat een plaatselijke krant ze zou willen plaatsen. Ze had Juno Forrester al een brief gestuurd om te vragen of ze ernaar wilde kijken voordat Blue ze naar een uitgeverij zou sturen. Jammer genoeg was Virginia Woolf een jaar eerder uit Richmond vertrokken, anders was Blue met een manuscript naar haar toe gegaan en had ze de schrijfster gesmeekt er een blik op te werpen. Daar had ze vaak over gefantaseerd, maar ze was altijd te verlegen geweest om het daadwerkelijk te doen. Nu niet meer, nu was ze klaar om haar connecties in te zetten, om risico's te nemen. Deze tijd van het jaar gaf haar ongekend veel energie. Het was tijd om de koe bij de hoorns te vatten.

Vanuit die gedachte had ze ook een brief gestuurd aan L.W. in The Pheasant, en een aan Dorian, met wie ze zoals hij had voorgesteld was gaan dansen. Ze kende Dorian al jaren en had hem altijd ontzettend knap gevonden, als een filmster of een model uit een sigarettenadvertentie. Hij had donker haar, blauwe ogen, gebeeldhouwde trekken en een glimlach die bewees dat elektriciteit niet alleen voorbehouden was aan telegraaflijnen en gloeilampen.

Ondanks, of misschien wel vanwege, zijn knappe uiterlijk had Blue nooit romantische gedachten over hem gehad. Het had haar altijd vermoeiend geleken om de arm van zo'n man te sieren. Dorian was ook geen type dat bescheiden was over zijn zegeningen. Hij was ijdel en zelfverzekerd en schonk vrouwen aandacht alsof hij snoepjes uitdeelde aan een groep kinderen. Dankzij zijn opgeruimde karakter en omdat hij altijd in was voor een pleziertje, was hij echter zeker niet onuitstaanbaar. Door de jaren heen hadden Blue en hij een soort vriendschappelijke band met elkaar opgebouwd, al was het altijd oppervlakkig gebleven. Ze kwamen elkaar vaak tegen op feestjes en uitstapjes en dan werd er altijd heel wat af gelachen.

Zijn brief had haar van haar stuk gebracht. Het was verwarrend dat ze na Foster, die ze als een jonger broertje beschouwde, op deze manier was benaderd door Dorian, die als een soort charmante verre neef voor haar was. Ze mocht hem graag, ze had zelfs bewondering voor hem. Toch was het nooit bij haar opgekomen dat ze misschien iets met elkaar gemeen zouden kunnen hebben. Zijn brief had echter van een onverwachte diepgang getuigd en ze was onder de indruk van zijn welbespraaktheid. De gedachte om die knappe, vermakelijke adonis één avond voor zichzelf te hebben was niet te weerstaan. Daarom had ze, ondanks haar weerzin tegen de liefdesbetuigingen die haar vader over haar had afgeroepen, zonder dat iemand het wist 'ja' tegen hem gezegd.

Het was een verrassend plezierige avond geworden. Ze hadden de hele avond gedanst, champagne gedronken onder de sterren en met elkaar gepraat. Hoewel ze niet veel met elkaar gemeen bleken te hebben, had ze toch genoten van hun gesprekken. Een week later hadden ze een boottochtje gemaakt, op de eerste dag dat het wat koeler was geweest. Gisteren waren ze tijdens de lunch samen gaan wandelen.

Tot haar opluchting had niemand het tot nu toe in de gaten. Misschien had Merrigan gewoonweg de hoop opgegeven voor haar zus. Midge was nog steeds afgeleid en haar vader was zo vaak op pad dat hij er niet altijd op kon letten waar zijn dochter uithing. Delphine, die nog steeds bij hen logeerde, kende Richmond nog niet goed genoeg om haar wenkbrauwen op te trekken wanneer Dorian ter sprake kwam. Tot nu toe had Blue in alle rust haar gang kunnen gaan, maar waar was ze nu eigenlijk mee bezig? Hadden ze verkering? Als die vraag haar was gesteld zou ze het in alle toonaarden ontkend hebben, maar ergens moest ze toegeven dat dit wel erg veel van verkering weg had.

Dorian was heel galant en stelde geen eisen, dus voelde ze geen haast om een beslissing te nemen of er een naam aan te geven. Daardoor kon ze zonder schuldgevoel naar L.W. schrijven. In zijn brief stonden dingen die ze interessant had gevonden. Dingen die haar bezig waren blijven houden en ervoor hadden gezorgd dat ze de brief nog eens had gelezen om ze beter in zich op te kunnen nemen. Dingen die, al gaf ze het niet graag toe, haar fantasie hadden geprikkeld. Haar vader moest eens weten!

Een volslagen vreemdeling… een romanticus… een vrijgezel.

'Onze fantasie is misschien wel ons kostbaarste bezit', had hij geschreven. 'Zo subtiel als de kleuren van de zee en zo persoonlijk als een vingerafdruk.'

Daar was Blue het roerend mee eens. Bovendien vond ze dat zijn brief van een groot inlevingsvermogen getuigde. Hij had precies verwoord hoe ze over het grootse gebaar van haar vader dacht.

Ik kan me niet voorstellen waarom een dame zoals u haar kostbare tijd zou willen verdoen aan het lezen van het geneuzel van onbekenden.

Daarnaast vond ze zijn afsluiting erg mooi verwoord.

Ik hoop dat u zich net zo gezegend voelt als u eruitziet en dat u niet alleen mooi bent, maar ook gelukkig.

Het viel haar op dat hij bijna niets over zichzelf had verteld. Bovendien zou hij natuurlijk best lelijk kunnen zijn. Oerlelijk. Zijn brief was echter slechts een openingszet geweest, dacht ze. Hij verwachtte niet dat ze belangstelling zou hebben, dus was het logisch dat hij het kort had gehouden. Daarom, hoewel ze fel tegen was op haar vaders verzoek om haar te schrijven en hoewel ze niets van deze man wist, schreef ze hem terug en vroeg ze wat ze wilde weten. Waarom zou ze haar eigen glazen ingooien?

17

Midge wilde een broodrooster met een afbeelding van een Keltische knoop op de bovenkant. Daarvan had ze een advertentie in *The Times* zien staan en ze vond het er heel elegant uitzien.

Het was een twistpunt tussen haar en Kenneth geworden, maar gelukkig leidde het niet tot grote ruzies. Zo nu en dan plaagde hij haar er alleen een beetje mee. Nu ook weer, in de keuken, die geleidelijk een nieuw uiterlijk kreeg, met oudroze wanden met citroengele sierlijsten en overal glanzende zwarte accenten. Midge was vooral erg in haar nopjes met de glazen greepjes aan de kasten, want ze hechtte veel waarde aan details.

Het hele gezin was bij elkaar gekomen om Avis te helpen een chocoladerumtaart te bakken voor Delphines verjaardag. Hun hulp bestond echter vooral uit het stiekem opsnoepen van de ingrediënten.

'Luister nou even, schat. We zijn geen van allen ook maar in de verste verte van Keltische afkomst! Er stroomt geen druppeltje Keltisch bloed door onze aderen. Maar goed, als mijn lieve vrouw een Keltische broodrooster wil dan zal ze die krijgen en zal ik mijn uiterste best doen om mijn geroosterde brood als een ware Kelt te verorberen. Als je wilt, trek ik zelfs een bontmantel aan en zet ik een helm op, mijn liefste.'

'Die droegen de Vikingen toch, papa?' vroeg Merrigan, terwijl ze aandachtig chocoladekrullen oppakte en een voor een opat.

'De Kelten volgens mij ook,' zei Blue. 'Zij moesten immers ook warm blijven.'

'Ik heb nog nooit een meisje ontmoet dat niet van bontmantels hield,' merkte Kenneth grijnzend op.

'Alsof jij ooit een bontmantel hebt gehad!' riep Merrigan uit. 'Jij bent zo ongeveer de minst ruige man die ik ken, papa. Als jij de Vikingen zou aanvoeren tijdens een verrassingsaanval, zou je dat met een panamahoed op je hoofd doen.'

'Jullie stellen je aan,' zei Midge opeens. Ze zag er nogal verhit uit en haar ogen schitterden fel, al kon dat natuurlijk ook door de warmte van de oven komen.

'Ja, dat klopt,' gaf Kenneth toe. 'Zo zijn we nu eenmaal.'

'Moet dat nou de hele tijd? Er zijn ook serieuze zaken in het leven, weet je.'

'Zoals broodroosters?'

'Ja!' schreeuwde Midge. Ze zette met een klap een blik gekonfijte kersen neer en beende naar de deur. 'Zoals broodroosters.'

Kenneth, Avis, Merrigan en Blue staarden elkaar verbouwereerd aan.

Met bonkend hart vluchtte Midge de keuken uit. Wat vreselijk gênant, nu was ze alweer in woede uitgebarsten. Snel liep ze naar haar kamer. Daar was een aparte nis die iedere andere vrouw misschien als kleedkamer zou hebben gebruikt, maar die zij had ingericht als werkkamertje, met een tafel voor haar naaimachine en planken voor haar stoffen en manden met andere benodigdheden. Dit was haar domein, een kleurrijk en praktisch ingericht hoekje te midden van de elegantie van rond de eeuwwisseling die de rest van het huis kenmerkte, een stijl die helemaal bij Audra paste.

Midge had altijd al genaaid. Toen ze nog jonger was geweest, had ze wel gemoeten. In die tijd hadden ze weinig geld gehad en had ze door haar vaardigheden met naald en draad oude jurken en mantels nieuw leven kunnen inblazen. Soms, voor speciale gelegenheden, had ze zelfs iets nieuws gemaakt. Na verloop van tijd had ze er plezier in gekregen en ze kon het ook nog eens erg goed, waardoor aan de keurige kleding van haarzelf en haar moeder niet te zien was dat ze krap bij kas zaten.

Dat was deels de reden dat ze als reservegast welkom was geweest in dezelfde kringen waarin Kenneth zich begaf. Misschien was ze niet opwindend, maar ze zag er altijd uit om door een ringetje te halen.

Nu ze met Kenneth getrouwd was, kon ze zich het soort materialen veroorloven waar ze voorheen slechts van had kunnen dromen. Behalve zijde, chiffon en verfijnde biesjes waren er nu moderne ontwikkelingen zoals ritsen en drukknopen, die aankleden heel makkelijk maakten (net als uitkleden, zei Tabitha vaak met een ondeugende knipoog). Daardoor had ze nog meer plezier gekregen in het naaien. Tegenwoordig maakte ze alleen nog kleren omdat ze het leuk vond en omdat ze trots was op haar vaardigheden. Bovendien vond ze het heerlijk dat ze nu kleren voor de meisjes kon maken. Bijna niets maakte haar zo blij als hun verrukte kreten wanneer ze hun iets nieuws gaf. Telkens wanneer ze zich vergaapten aan iets in een tijdschrift, spitste Midge haar oren. Als ze het erover hadden wat ze aan een kledingstuk zouden veranderen, bijvoorbeeld welke kleur ze mooier zouden vinden, prentte ze dat in haar geheugen. Daarna pikte ze als het enigszins mogelijk was de foto en trok zich terug in haar werkkamertje totdat het kledingstuk af was. Ze had zichzelf nooit creatief gevonden, maar dit was haar manier om de dromen van haar meisjes werkelijkheid te maken. Elk steekje bracht ze met liefde aan.

Heel lang had ze gedacht dat naaien niet hetzelfde zou zijn zonder dat ze ritmisch op het voetpedaal zou trappen en het vliegwiel hoorde ratelen, maar toen Kenneth haar vorig jaar een compacte elektrische Singer voor haar verjaardag gaf, was ze meteen verkocht. Hoewel haar oude naaimachine nog steeds een ereplaatsje in haar werkkamer had, gebruikte ze tegenwoordig vooral het nieuwe apparaat. Het zoemende geluid maakte haar rustig en als ze hier aan haar tafel zat, leek de wereld heel even te kloppen.

Momenteel werkte ze aan een rok voor Blue. Hij werd iets langer dan in de mode was, van nachtblauw katoen. Merrigan zou hem afschuwelijk vinden, maar Blue droeg het liefst dit soort praktische kleding, die losjes en comfortabel zat wanneer ze met haar leren tas vol notitieboeken door Richmond kuierde. Zelfs in dit eenvoudige klusje kon Midge volledig opgaan, zodat haar ademhaling als vanzelf rustiger werd en ze weer kalmeerde. Al snel was de rok af en rekte Midge zich uit, maar de herinnering aan haar uitbarsting in de keuken drong zich meteen weer aan haar op. Ze was zich ervan bewust dat ze iedereen van streek maakte.

Die arme Avis had zich ernstige zorgen gemaakt toen Midge was begonnen over alle nieuwe apparaten die ze wilde aanschaffen.

'Zit ik straks zonder werk, mevrouw C?' had ze gevraagd. 'Dat zal wel even wennen worden. Ik ben dol op dit gezin, als ik zo vrij mag zijn.'

'Zonder werk?' Dat was niet eens bij Midge opgekomen. 'Hemeltje, Avis, zonder jou zouden we ons geen raad weten. Dat is wel het laatste wat we willen. Hoe kom je daar nou bij?'

'Als u straks een waterkoker, een broodrooster en een dure nieuwe oven hebt... dan blijft er voor mij veel minder werk over, nietwaar?'

'O, maar we hebben nog steeds iemand nodig die de waterkoker, de broodrooster en de oven bedient, lieve Avis. Iemand die het eten bereidt. In een huis zo groot als dit is er altijd wel iets te doen. Je hoeft niet bang te zijn dat je zonder werk komt te zitten. Nooit.'

Sindsdien zorgde ze ervoor dat ze Avis in haar beslissingen betrok en niet zomaar haar plannen meedeelde, maar door hun gesprek was ze wel gaan inzien hoe erg ze met zichzelf bezig was. Eerlijk gezegd wist ze niet goed waarom ze zo gespannen was. Ze was vol goede moed en met de beste bedoelingen begonnen aan de nieuwe inrichting van het huis, maar inmiddels was het project een eigen leven gaan leiden. Op de een of andere manier leek het van cruciaal belang om een nieuwe invulling te geven aan Ryan's Castle, de tijdloze woning waar iedereen zo dol op was.

Het huis straalde iets dromerigs uit, vooral vroeg in de ochtend. Het leek wel of het geen zin had om wakker te worden, alsof het verleden er als een gouden gloed omheen hing en niet af te schudden was. Klampte het huis zich vast aan die goeie ouwe tijd, toen het gezin nog intact was en alles was zoals het hoorde? Probeerde zij, Midge, stiekem alle sporen van Audra uit te wissen en haar stempel op het huis te drukken? Met een zucht liet ze haar hoofd in haar handen rusten. Wat was jaloezie toch vreselijk.

Net als schuldgevoel, overigens. In de zomer had het gevoeld alsof alleen haar project haar wat frisse lucht kon bieden, alsof dat haar enige hoop was om in leven te blijven. Ze haatte augustus met zijn strakblauwe luchten, die haar elk jaar weer herinnerden aan wat er die gruwelijke dag was gebeurd. Misschien probeerde ze dát wel uit te wissen, niet Kenneths eerste huwelijk. De kleine Percy was weg, en dat was helemaal haar schuld.

Zelfs nu schrok ze soms nog 's nachts wakker omdat ze dacht dat ze hem hoorde jammeren. In werkelijkheid was ze altijd tandenknarsend opgestaan wanneer hij 's nachts huilde. Ze had altijd al veel slaap nodig gehad, en in die tijd had het gevoeld alsof ze het nooit zou volhouden. Nu zou ze er echter alles voor overhebben om hem terug te krijgen. Hoe uitgeput, irrationeel en bleek ze ook zou worden, ze zou die nachtelijke krijspartijen met open armen verwelkomen als dat betekende dat die vervloekte dag nooit had plaatsgevonden. Hoe mooi ze het huis ook opnieuw inrichtte, Percy kreeg ze er niet mee terug.

Kon ze het beter bij die drie kamers houden en de rest van het huis ongemoeid laten? Als ze dat deed, zouden die drie vertrekken uit de toon vallen en zou de visite zich telkens afvragen wat haar bezield had. Zou ze alles gewoon terugdraaien? Dat leek al net zo belachelijk, en het zou getuigen van een enorme spilzucht. Hoofdschuddend bedacht ze dat doorzetten de enige optie was. Misschien voelde ze zich gewoon van haar stuk gebracht omdat het oude en het nieuwe in huis momenteel niet met elkaar in evenwicht waren. Misschien zou het eindresultaat wel overeenkomen met haar oorspronkelijke visie en zou ze zich daarna weer op haar gemak voelen.

Het zou een fris geheel worden en Kenneth zou zijn ogen uitkijken. Aan dat nieuwe, modieuze interieur zou Juno Forrester vast wel een stukje willen wijden. Midge zou haar kunnen uitnodigen voor een exclusieve bezichtiging. Ze zou zelfs een brief naar Harriet Orpington-Whistle kunnen sturen, compleet met foto's, om haar te vertellen hoezeer ze haar had geïnspireerd. Het zou best eens kunnen dat Harriet Ryan's Castle dan zou noemen in een boek of een artikel voor een tijdschrift. Misschien zou ze zelfs wel op bezoek komen en Midge een leerplaats aanbieden. Stel je voor dat ze op haar leeftijd nog carrière zou maken, dat ze alsnog een moderne vrouw zou worden!

Godzijdank was de herfst eindelijk aangebroken. Die bracht wat verkoeling en beloofde verandering. Gerustgesteld zonk Midge weg in een vrolijkere dagdroom. Doorgaan was de enige optie. Ze vroeg zich af wat Kenneth ervan zou vinden als ze boven de veranda een mintgroen geschilderd balkon in Regency-stijl zou laten aanleggen.

18

Delphine was uit de keuken verbannen, maar dat vond ze niet erg. Een paar dagen geleden was het toevallig ter sprake gekomen dat ze morgen achtentwintig zou worden en nu dreef de geur van zoet gebak de trap op. Ze glimlachte. Wanneer had ze voor het laatst een verjaardagstaart gekregen? Jaren geleden. Niet lang voordat ze haar baan in het kindertehuis had opgezegd om met Foley te trouwen. De meisjes hadden een appeltaart voor haar gebakken en haar geplaagd met wat er tijdens de huwelijksnacht stond te gebeuren.

Delphine huiverde toen dat schrikbeeld zich weer aan haar opdrong, maar ze hield zichzelf voor dat het voorbij was. Gedane zaken namen geen keer, het had geen zin om daarover te piekeren.

Nu ze niet meer zo veel sliep, had ze af en toe momenten waarop ze tot rust kwam en de herinneringen weer naar boven kwamen. Voorheen had ze nooit een moment rust gehad. Op haar vijftiende was ze gaan werken in een bloemisterij in Whitechapel. Daarna had ze een tijdje bij mensen thuis als schoonmaakster gewerkt. Uiteindelijk was de baan in het weeshuis, of het tehuis, zoals ze het liever noemden, haar in de schoot gevallen. Dat werk had ze het allerleukst gevonden. Als ze Foley niet had leren kennen, had ze daar vast en zeker nog gewerkt. Na de bruiloft was ze dag in, dag uit in touw geweest om het huishouden draaiende te houden en boodschappen te doen voor haar man. De beste baan van de wereld, werd het huwelijk in damesbladen ook wel genoemd. Delphine dacht daar anders over.

Ze liep met twee treden tegelijk de trap op en ging naar haar kamer. Bezig blijven, niet nadenken…

Alleen had ze niets te doen. Haar blik viel op het notitieboek en de pen die Blue haar gegeven had. Tot nu toe had ze nog maar één poging gedaan om iets te schrijven. De aanblik van zo'n lege bladzijde had iets afschrikwekkends. Niet dat Delphine het niet gewend was om zich geïntimideerd te voelen, maar toen ze de pen had gepakt en het notitieboek had opengeslagen, had dat bijna aangevoeld als een gewelddadige confrontatie.

Op dat moment was ze weer veranderd in de kleine Delphine Painter die het moeilijk vond om zich in de klas te concentreren en het gefluister en gegiechel over de vreemde vlek op haar gezicht te negeren. De kleine Delphine, die 's avonds nadat ze haar moeder had geholpen in het huishouden probeerde haar huiswerk te maken bij het karige licht van een olielamp en die snel haar boeken wegmoffelde wanneer ze haar vader hoorde binnenkomen. De kleine Delphine, die thuis werd mishandeld en er op school met haar gedachten niet bij was, die haar best deed op proefwerken maar nooit de cijfers haalde waar ze van droomde. 'Domme Delphine,' noemden de kinderen haar, en hoewel de leraren hun daarvoor een standje gaven, was aan hun gezichten te zien dat ze het niet met hen oneens waren.

Toen ze het notitieboek had opengeslagen, was die crèmekleurige lege bladzijde een verzamelplaats geworden voor alle lelijke dingen die Foley ooit tegen haar had gezegd. Daarmee zou ze een heel boek kunnen vullen. 'Stommeling. Gebochelde. Gek wijf. Nietsnut. Schurftlijer. Gedrocht. Je bent maar voor één ding goed en zelfs daar bak je niet veel van…'

Met een klap had ze het notitieboek weer dichtgeslagen. Blue had het echter aan haar gegeven zodat ze haar eigen stem weer zou kunnen ontdekken, niet om naar die van Foley te luisteren. Zou ze hem zelfs dit kleine stukje van zichzelf nog laten afpakken? Of zou ze het nog een keer proberen?

Delphine liet haar slaapkamerdeur op een kier staan. Een van de dingen die ze zo fijn vond aan dit huis was dat haar privacy er werd gerespecteerd. Hier zou niemand komen binnenstormen en eisen aan haar stellen. Ze hadden haar een kleine logeerkamer aan het uiteinde van de overloop gegeven. Er stond een ouderwets hemelbed en er was een knop waarmee je een elektrische lamp met een kap van meerkleurig glas kon bedienen. Aan een muur hing een spiegel met vergulde lijst, waar ze nu voor ging staan. Alsof ze de confrontatie aanging met een belager keek ze zichzelf in de ogen.

Grote blauwe ogen waar een verslagen blik in lag. 'Tenenkrommend,' had Foley ze genoemd. 'Deerniswekkend.' Hoewel ze misschien, als er een andere uitdrukking in had gelegen, wel mooi waren geweest. Blue had ze zelfs beeldschoon genoemd. Ze waren omlijst door pikzwarte wimpers, wat voor een opvallend contrast zorgde.

'Mijn mooie meisje,' verzuchtte een andere stem in haar hoofd. Die van haar moeder. Al waren de woorden 'mijn arme, mooie meisje' vaker over haar lippen gekomen sinds haar vader haar gezicht met het strijkijzer had bewerkt.

Ze draaide haar hoofd naar links. Het enige waar ze oog voor had was dat litteken, een roze driehoek op haar wang, die ter hoogte van haar wenkbrauw uitliep in een vage punt. Haar oog was ongedeerd gebleven. Het ooglid was glad, haar zicht nog scherp. Ze kon zich nog herinneren dat haar vader met het strijkijzer in zijn hand op haar af was gekomen, met zijn andere hand opgeheven alsof hij haar wilde slaan. Die hand had ze in de gaten gehouden, daarvoor was ze weggedoken, omdat ze ondanks alles nooit had kunnen denken dat hij het strijkijzer zou gebruiken. Nu draaide ze haar gezicht naar rechts. Een gave witte huid, een hoog jukbeen, een bescheiden kin. Toen ze nog heel klein waren, had Esther haar altijd Sneeuwwitje genoemd.

Ze keek zichzelf recht in de spiegel aan. Spiegeltje, spiegeltje aan de wand. Wie ben ik nu?

Het was lang geleden dat ze naar zichzelf had gekeken. Naar haar litteken keek ze vanzelfsprekend niet graag en ze had zichzelf nooit mooi gevonden, zelfs niet zonder. Ze had nooit de kans gekregen om een gezonde dosis ijdelheid te ontwikkelen. Sinds ze met Foley was getrouwd, was ze haar gezicht gaan verafschuwen vanwege haar zichtbare imperfecties. Dat gezicht hoorde bij wie ze was: dom, waardeloos, alleen goed voor...

Nee! Dat was de mening van één man. Plus haar vader. Twee mannen dus, eigenlijk. Ze had altijd gedacht dat er iets mis met haar moest zijn waardoor ze dat over zichzelf had afgeroepen. Nu werd het tijd om daar nog eens over na te denken. Ze staarde zichzelf in de ogen, tot ze iets van acceptatie begon te voelen. Ze zag een meisje dat slechte kaarten in handen had gekregen. Niemand zou er geld om hebben durven verwedden dat ze een glansrijk leven tegemoet ging. Ze was geslagen, gekleineerd en ontmoedigd om een beter leven na te streven. De dromen die ze als jong meisje had gehad waren aan diggelen geslagen. Desondanks had ze een goede baan gevonden, vrienden gemaakt. Met haar blik strak op zichzelf gericht dacht ze eraan terug dat ze tijdens de oorlog elke dag naar haar werk was gegaan, problemen had opgelost en ervoor had gezorgd dat alles op rolletjes liep. In het tehuis hadden de kinderen, die arme zieltjes zonder moeder, haar eraan herinnerd dat er heel veel mensen waren die pech hadden.

Daarna was Foley in haar leven gekomen, een man die gebukt ging onder de gruwelen van de oorlog, zo beweerde hij. Zijn lichaam was gespierd, door zijn tijd als militair en later door zijn werk als havenarbeider. Onaantrekkelijk was hij niet, als je tenminste van een sluwe blik en spitse gelaatstrekken hield. Delphine vond dat ze niet in de positie verkeerde om te bedenken of ze iemand die belangstelling voor haar toonde knap vond, of niet. Misschien was het daar al misgegaan.

Ze was veel te vaak gekwetst. Het verdriet stond net zo duidelijk op haar gezicht te lezen als de afdruk van het strijkijzer, maar ze was er nog. Ze was ontsnapt, hoe rommelig dat ook verlopen was. Op de een of andere manier had het lot haar naar een betere plek gebracht. Haar grootste angst was dat Richmond, net als het kindertehuis, maar een tijdelijk toevluchtsoord zou blijken te zijn van haar rampzalige leven.

Stel dat Foley haar op het spoor kwam? Stel dat iemand anders haar zou willen kwetsen en ze nog steeds niet wijs genoeg zou zijn om het aan te zien komen en een andere keuze te maken?

Ze bleef kijken, terwijl de angst in haar opwelde en haar platte borst op en neer ging. Dat mocht ze niet laten gebeuren. Ze moest meer inzicht in haar situatie krijgen. Misschien zou ze eens kunnen praten met de man die de anderen Elf noemden. Hij was ervoor opgeleid. Natuurlijk zou ze hem niet kunnen betalen, maar hij kwam erg vriendelijk over. Misschien zou hij wel bereid zijn om haar te woord te staan, al was het maar één keer. Dan zou het echter wel schelen als ze fatsoenlijk uit haar woorden wist te komen. Anders zou het gesprek de hele dag duren!

Uiteindelijk keerde ze zich van de spiegel af en keek naar het notitieboek en de pen op de kleine tafel. Ze zagen er allebei heel mooi uit, zoals te verwachten viel van iets wat Blue bezat. Het notitieboek was van bruin leer, de vulpen was roze, en nu waren ze van haar. Ze liep ernaartoe alsof het een dolle stier betrof. Ze ging aan de tafel zitten en pakte de pen op.

Domme Delphine! Een drie voor je proefwerk, je leert het ook nooit!

Haastig stond ze weer op.

Blue schreef niet vaak aan een tafel. Meestal zat ze op het gazon, met haar rug tegen een boom en met haar knieën opgetrokken. Of met haar benen naast zich opgetrokken in een fauteuil, terwijl ze om de paar woorden die ze had geschreven een slok chocolademelk nam. Delphine pakte het notitieboek en de pen en ging ermee in de erker zitten. Dat was nu al haar favoriete plekje. Er lagen comfortabele kussens en ze vond het heerlijk om het veranderen van de seizoenen van achter het raam gade te slaan. Ze sloeg het notitieboek open en streelde de eerste bladzijde, alsof ze vriendschap probeerde te sluiten met een nerveus paard. Daarna haalde ze diep adem.

Ik ben Delphine Painter. Of eigenlijk Delphine Foley. Zo heet ik sinds ik getrouwd ben, maar die man beschouw ik niet meer als mijn echtgenoot. Hij heeft geen enkele zeggenschap meer over me en ik bestrijd alles wat hij ooit over me gezegd heeft. Nu volgt wat ik over mezelf weet.

Ze aarzelde een hele poos en tikte met de pen tegen haar tanden terwijl ze naar de tuin staarde. De geelgroene tinten gingen nu over in goud en brons. Misschien wist ze wel helemaal niets.

Ze haalde nog eens diep adem en begon op een nieuwe regel. *Wat ik over mezelf weet*, schreef ze opnieuw.

Ik hou van aardbeien. Mijn zus Esther is mijn beste vriendin, ook al heb ik haar al drie jaar niet meer gezien. Hier in Richmond, bij mijn nieuwe vrienden, ben ik veilig. Ik mis mijn moeder. Ik mis mijn zus. Ik mis mijn oude baan en de vriendinnen die ik daar had. Ik kijk nu naar een tuin die er prachtig bij ligt.

Daar hield ze op. Het was niet veel, maar het was tenminste íéts. Een hele alinea! Ze concentreerde zich weer op het papier. Het voelde nu al als een goede vriend.

19

Toen de brief werd bezorgd, spatte de wereld uiteen in felle kleuren en mogelijkheden. Blue haastte zich naar de cottage en hoorde onderweg door de herfstachtige tuin de eekhoorns druk hun wintervoorraad bij elkaar scharrelen. Er kringelde lilagrijze houtrook omhoog vanuit de tuin van hun naaste buren, de Larraby's, en Blue bleef staan om de heerlijke geur op te snuiven. Binnenkort was het tijd voor het herfstfeest van de Camberwells, een kleine bijeenkomst voor familie en goede vrienden. Dan zouden ze een kampvuur maken, platen draaien en dansen op het gazon. Als het mogelijk was om verliefd te worden op een seizoen, zou de herfst voor Blue de ware zijn.

Ze trof Elf tijdens zijn middagdutje en lachte toen hij sputterend wakker werd en er een paar boeken van zijn buik op de grond gleden.

'Thee?' vroeg hij nadat hij rechtop was gaan zitten.

Blue schudde haar hoofd. Met één hand reikte ze hem een blikje cacao aan, met de andere haalde ze als een goochelaar op een kinderfeestje een doosje toffees tevoorschijn.

'Och, je bent een engel.' Met een stralend gezicht stond hij op om melk aan de kook te brengen. 'Ik had dringend behoefte aan iets zoets. Wat voert je hierheen, Blue?'

Ze leunde tegen de deurstijl en keek naar Elf, die in de keuken bleef rommelen. 'Ik had je al een paar dagen niet gezien. En nu... heb ik deze gekregen!' Ze haalde de brief uit haar zak.

'Alweer een?' vroeg hij meelevend. 'Toch niet weer van Foster? O, Blue. Leidt dit je niet vreselijk af?'

'Nee, ik heb niets meer van Foster gehoord. Mijn briefje is trouwens wel uit de appelboom verdwenen, ik heb geen idee hoe hij dat gedaan heeft. Hopelijk is de boodschap nu overgekomen. Dit is iets anders! Had ik al verteld dat ik Juno Forrester heb geschreven om te vragen of ze eens naar mijn werk zou willen kijken?'

Elf knikte en schonk de melk met opperste concentratie in. 'Jazeker. Heeft ze ja gezegd?'

'Ja, maar dat is nog niet alles!'

'Nou, vertel op, lieve Ishbel.' Hij droeg de mokken naar de woonkamer, zodat ze hun vaste zitplaatsen konden innemen. 'Ik kan niet wachten!'

Blue haalde het deksel van het felgekleurde doosje met toffees. 'Ze heeft niet alleen ja gezegd, ik heb mijn werk ook al opgestuurd en nu heeft ze teruggeschreven dat ze het geweldig vindt!'

'Blue! Dat is geweldig nieuws, lieve schat. Ik weet dat auteur zijn een onzeker bestaan is, dat er in dat wereldje niets vaststaat. En dan zo'n compliment van een echte journalist! Dat moet je wel hoop geven. Wat zei ze precies?'

Ze grijnsde. Elf sloeg de spijker op zijn kop. Ze voelde zich heel onzeker over haar werk, alsof ze niets te melden had en nog niet volledig gevormd was. Bijna dagelijks vroeg ze zich af of het waanzin was om te denken dat ze het ooit zou leren. Ze gaf Elf de brief en keek toe terwijl zijn blik over de regels gleed.

'"Een mooie zinsbouw en een levendig gevoel voor stijl,"' las hij goedkeurend knikkend hardop. Even later vervolgde hij: '"Intelligent zonder hoog van de toren te blazen, plezierig zonder misleidend te zijn."' Over de rand van zijn bril heen keek hij Blue aan. 'Ik moet zeggen dat juffrouw Forrester hierdoor behoorlijk in mijn achting stijgt.'

'Lees nou verder!' spoorde ze hem aan.

'"Voor iemand met zo weinig ervaring ziet je werk er erg veelbelovend uit. Naar mijn bescheiden mening zou er voor jou een carrière zijn weggelegd in de journalistieke of misschien zelfs de literaire wereld, mits je bereid bent er hard voor te werken."'

Blue trappelde verheugd met haar voeten op het tapijt en trok vervolgens haar knieën dicht tegen zich aan. 'Die Juno! Misschien zelfs de literaire wereld, Elf? Betekent dat dat ze denkt dat ik een roman zou kunnen schrijven?'

'Volgens mij wel. Misschien kun je eens met haar afspreken en het haar vragen. O, wat is dit?' Zijn wenkbrauwen schoten omhoog.

Blue wist dat hij bij de laatste alinea was aangekomen, die ze inmiddels uit haar hoofd kende.

'"Ik ben zo vrij geweest om je stukken aan onze hoofdredacteur, Gordon Whiskett, voor te leggen. Meneer Whiskett vraagt zich af of je, wanneer het je schikt, eens bij hem op kantoor zou willen langskomen. Tussen ons gezegd en gezwegen, 'wanneer het je schikt' moet je niet te letterlijk opvatten. In werkelijkheid is hij er vrijwel nooit. Daarom heb ik een kijkje in zijn agenda genomen, en hij is aanstaande donderdagmiddag aanwezig, mocht je dan tijd hebben."'

Elf vouwde de brief dicht en gaf hem terug aan Blue. 'Goh, wat zou hij willen bespreken?'

'Ik weet het niet, maar het is bij me opgekomen...'

'Ik vraag me af...' zei Elf op hetzelfde moment. 'Neem me niet kwalijk, liefje, ga jij maar eerst.'

'Nee, ik ben benieuwd wat jij wilde zeggen.'

'Nee, zeg jij het nou maar.'

Uit ervaring wist Blue dat ze zo de hele dag konden doorgaan. 'Zou hij willen dat ik een stukje voor de krant schrijf?'

'Dat dacht ik nou ook. Stel je voor, Blue! Misschien krijg je wel een opdracht!'

'Ik wil geen valse hoop koesteren,' merkte ze weifelend op. 'Misschien wil hij me alleen spreken omdat ik zo'n belangstelling heb voor schrijven.'

'Ach, hij zal zijn burgerplicht vast erg serieus nemen, maar als hij het echt zo druk heeft als juffrouw Forrester schrijft, kan ik me niet voorstellen dat hij daar tijd voor heeft. Hij moet iets van plan zijn.'

'Zou het echt? O, ik hoop zo dat je gelijk hebt.'

Stralend keek hij haar aan. 'Blue, mijn lieveling. Vandaag de *Richmond Gazette*, morgen *The Times*!'

20

'Er is weer een brief voor u, juffrouw Blue,' zei Avis de volgende ochtend.

Blue kon merken dat ze haar best deed om discreet om te springen met de plotselinge brievenstroom, maar haar donkere ogen sprankelden van nieuwsgierigheid en haar vingers leken te jeuken om de brief open te scheuren.

Merrigan, Lawrence en Cicely waren langsgekomen voor het ontbijt. 'Van wie is die brief?' wilde Merrigan weten. 'Een aanbidder?'

Haar vader, die naast haar zat, trok één wenkbrauw op. '"Hoe ver weg lijken de sterren, en hoe ver is onze eerste kus, en ah, hoe oud mijn hart."'

'Nee.' Blue griste de brief uit de handen van Avis. 'Je hoeft Yeats niet te citeren, papa.'

Sceptisch keek Merrigan haar aan. 'Waarom heb je daar niets over gezegd? Je weet toch hoe graag ik wil dat je liefdesleven wat spannender wordt?'

'Het is geen brief van een aanbidder, maar van een oude vriend. Ik lees hem straks wel. Hoe gaat het op je werk, Lawrence?'

Merrigan kreunde. Haar man was architect, het meest frustrerende beroep van de jaren twintig. Er waren maar weinig mensen die genoeg geld hadden om een huis te bouwen en door de schaarste in bouwmaterialen sinds de oorlog had Lawrence de afgelopen jaren maar weinig opdrachten gehad. De meeste daarvan waren gefinancierd door Kenneth, die dolgraag wilde helpen. Helaas was er wel meer dan één persoon nodig om de problemen in het land op te lossen.

Lawrence haalde zijn schouders op. 'Het lijkt iets beter te gaan sinds die nieuwe huisvestingswet is aangenomen. Nu komt het geld tenminste goed terecht. Misschien kan ik over een tijdje wel weer op locatie werken en echte huizen bouwen, in plaats van op kantoor schaalmodellen van lucifers te maken.'

Toen het bezoek een tijdje later vertrok, nam Blue zich voor om hier iets over te schrijven. Drie jaar geleden had Lawrence haar op haar verzoek meegenomen naar een van de overvolle wijken. Wat ze daar had gezien, had haar heel erg van streek gemaakt. Er woonden tot wel drie gezinnen samen in een flatje, met slechts één gezamenlijk toilet. Lawrence had verteld dat er soms wel vier of meer gezinnen op hetzelfde punt water moesten tappen. Vooral de verhalen van de kinderen die Blue had gesproken, had ze hartverscheurend gevonden. Eén snoezig jongetje met een hoofd vol blonde krullen had een infectie opgelopen omdat hij in zo'n kleine ruimte woonde met zijn oudere broertjes en zusjes die allemaal ziektekiemen meebrachten van school. Een dokter konden ze zich niet veroorloven en de infectie had ertoe geleid dat hij doof was geworden.

Blue had direct haar portemonnee getrokken, maar toch had ze zich schuldig gevoeld. Nadat dat geld op was, zouden die mensen daar nog steeds wonen, en zij kon gewoon weer terug naar huis. Na afloop was ze nog weken stilletjes en emotioneel geweest, waardoor Lawrence had gezworen dat hij haar nooit meer mee zou nemen.

Hoe zou het gaan als meneer Whiskett haar een baan aanbood? Als journalist kon ze niet alleen maar in Ryan's Castle blijven en verhaaltjes schrijven. Ze zou eropuit moeten om onderzoek te doen, misschien wel naar beladen kwesties. Ook al dacht ze nu dat ze alles voor zo'n baan over zou hebben, je wist pas echt hoe iets was door het te doen.

Als ze erover schreef, zou ze echter misschien wel een verandering teweeg kunnen brengen. Dat zou het hartzeer dubbel en dwars waard zijn. Stel je voor dat ze betaald zou krijgen om artikelen te schrijven en daarmee ook nog eens mensen kon helpen! Dankzij Lawrence wist ze dat de situatie inmiddels iets begon te verbeteren, dus het artikel hoefde niet alleen maar deprimerend te zijn.

Ze was zo enthousiast over het idee dat ze pas na ruim een uur schrijven dacht aan de brief die ze had ontvangen. Een reactie van L.W., eindelijk!

Waarom 'eindelijk'? Snel riep ze zichzelf tot de orde. Het was nog maar een week geleden dat ze hem geschreven had. Wat had ze dan in 's hemelsnaam verwacht? Ongeduldig maakte ze de envelop open. Er viel een klein fotootje uit. Na een korte aarzeling legde ze het met de bedrukte kant omlaag op tafel en las eerst de brief.

Beste juffrouw Camberwell,

Wat fijn dat ik een brief van u heb ontvangen! Ik had helemaal niet verwacht dat u terug zou schrijven. U hebt me een heel gelukkig man gemaakt.
Ik ben blij te horen dat u goede vorderingen maakt op het gebied van uw schrijfambities en dat uw familie en vrienden van de zinderende zomer hebben genoten. Eerlijk gezegd hou ik zelf meer van de herfst en wacht ik elk jaar vol verwachting het verkleuren van de bladeren af. Ik vraag me af van welk seizoen u het meeste houdt. Voor mij gaat er niets boven de schoonheid van dat heldere licht, de frisheid van de vroege ochtend, de vurige kleuren, al verlang ik wel naar een gelijkgestemde ziel met wie ik arm in arm door de gevallen bladeren kan wandelen en die verrukt naar een fladderend roodborstje of een overvloed aan glanzende bramen wijst.
Laat ik niet te ver doordraven! Misschien bent u wel een echt zomermeisje, houdt u meer van het voorjaar of bent u een door de wol geverfde winterveteraan en maakt u subiet een einde aan onze kortstondige correspondentie of schrijft u terug dat u niets dan minachting voelt voor mijn voorkeur. Maar nee, daar bent u te vriendelijk voor, dat kan ik merken aan de toon van uw brief.

U hebt me meerdere vragen gesteld, en ik zal trachten die naar tevredenheid te beantwoorden. Volgens mij had ik eerder al geschreven dat ik niet getrouwd ben. Mijn eerste liefje, Clara Billings, heeft mijn hart gebroken toen ik acht was. Sindsdien valt er op romantisch gebied weinig interessants te melden. Ik werk als hoedenmaker. Niet dat ik hoeden ontwerp voor leden van het koningshuis of iets dergelijks, ik maak alledaagse hoeden voor gewone mensen, maar dat doe ik met trots en plezier. Mijn hoeden worden verkocht in de winkel van mijn familie en de zaken gaan goed. Momenteel verblijf ik in Sheen, omdat ik daar in de buurt een aantal besprekingen heb met ontwerpers, leveranciers en kopers. Dat is makkelijker dan telkens op en neer reizen vanaf mijn eigen woonplaats, St. Albans. Ik moet bekennen dat ik soms ook blij ben met de afwisseling. Thuis ben ik zo nu en dan eenzaam, zonder iemand die aan het einde van de dag op me wacht of met wie ik 's ochtends een gepocheerd ei kan eten.

Ik heb geen zussen, maar wel één broer, Graham. Hij is getrouwd en heeft een jonge zoon, Amory, een heerlijk kind dat de boel flink op stelten kan zetten. Mocht u het niet weten, Amory betekent 'beroemde heerser'. Niemand kan beweren dat mijn broer niet is gezegend met een flinke dosis hoogmoed!

Waarschijnlijk vindt u de details over mijn leven niet zo fascinerend dat u nog meer wenst te horen, dus zal ik het bij deze voornaamste feiten houden. Mocht u nog meer willen weten, dan vertel ik er graag over, zo gedetailleerd als u maar kunt verdragen. Ik moet bekennen dat ik me nu al verheug op uw volgende brief, al hoeft u zich zeker niet verplicht te voelen om te reageren. Tot slot, juffrouw Camberwell, sluit ik een kleine foto van mezelf bij. Het leek me wel zo eerlijk om u mijn gezicht te laten zien, aangezien ik het uwe al in de krant heb kunnen bewonderen en ik graag wil dat we op gelijke voet met elkaar staan. Hopelijk vindt u het niet te vrijpostig van me.

Nogmaals bedankt voor uw zeer onderhoudende brief. Ik wens u alle goeds toe.

Hoogachtend,
Latchley Winterson

Blue las de brief meteen nog een keer. Een hoedenmaker. St. Albans. Latchley Winterson! Wat een heerlijk romantische naam. Een open en enthousiaste, maar toch bescheiden manier van doen. En een medeliefhebber van de herfst! Ze pakte de foto en kneep haar ogen dicht. Niet lelijk zijn, niet lelijk zijn, wenste ze vurig, voordat ze haar ogen weer opendeed.

Hij was niet lelijk. Knap was hij ook niet, althans niet zo knap als Dorian Fields, maar dat gold voor de meeste mannen. Hij zag er iets ouder uit dan hij was. Een rijpe man van tweeëndertig dus, geen Peter Pan. Zouden ze er merkwaardig uitzien, samen? Ze dacht van niet. Niemand zou hem voor haar vader aanzien. Zijn kleding oogde keurig, maar pretentieloos. Zo te zien zat zijn haarkleur tussen licht en donker in en had hij lichte ogen. Blauw of grijs? Lichtbruin of groen? Op dat moment verfoeide ze zwart-witfotografie. Hij had een hoekige kin en een rustige gezichtsuitdrukking. Hij lachte niet, maar er speelde een glimlachje om zijn mondhoeken en ze vond hem eruitzien als iemand met wie je graag zou willen praten. Haar eigen lippen krulden zich in een glimlach, al wist ze niet goed waarom.

21

Overweldigend!

Zo luidde een van de kopjes op de advertentiepagina van de *Richmond Gazette.*

Advertentie getiteld 'Vakbekwaam inwonend dienstmeisje gezocht' is gesloten vanwege een overvloed aan reacties. Hoogachtend.

Met een glimlach sloeg Delphine de bladzijde om. Uit die overvloed aan reacties was zíj het vakbekwame meisje dat was uitgekozen. Aan het eind van de week zou ze Ryan's Castle verlaten, al had ze van de Camberwells waarschijnlijk voorgoed mogen blijven. Zelf had ze dat ook wel gewild, maar haar trots liet het niet toe. Ze moest weer op eigen benen leren staan en ze zou zelfs in Richmond blijven, alleen iets lager op de heuvel. Ook zou ze haar vriendschap met Blue en Merrigan kunnen voortzetten, een vriendschap waarvan ze nog steeds niet goed kon geloven dat die echt bestond. Voortaan zou ze haar eigen geld weer gaan verdienen en vlak bij die goudgroene rivier mogen wonen. Wat een geluk!

Ze zou nooit vergeten dat ze de rivier hier voor het eerst had gezien, en ook niet dat ze er vervolgens door een onverhoedse beweging in was gevallen en dat het troebele groene water zich boven haar hoofd had gesloten. Toen ze naar adem snakkend weer op het droge was geholpen, had ze nooit kunnen denken dat ze haar nieuwe thuis had gevonden. Het lot moest dat echter al bepaald hebben op het moment dat ze in Richmond wakker was geworden in de metro. Waarom zou ze anders zo getreuzeld hebben? Waarom was ze anders gered door de vriendelijkste familie op aarde?

Daarna was er nog een wonder gebeurd. Toen ze de advertentie in de krant had zien staan, had ze niet geweten bij wie ze solliciteerde. Er stonden alleen het postbusnummer van de krant en de initialen P.G. bij. Dat bleek niemand minder dan Paul Greenbow te zijn, de vriendelijke melkboer door wiens paard ze in de rivier terecht was gekomen. Het leven nam haar bij de hand, dat was aan alles te merken. Ook al was ze daardoor in een rivier gevallen.

Paul en zijn vrouw bleken in een cottage aan Old Palace Lane te wonen, naast Pauls ouders Fanny en Stephen. Die laatste twee werden al een dagje ouder en hun gezondheid liet te wensen over, maar doordat Stephen tot aan zijn pensionering als tabakshandelaar had gewerkt, hadden ze een appeltje voor de dorst waarvan ze een inwonende hulp in dienst konden nemen. Paul had niet zijn hele leven in een winkel willen werken, dus bracht hij 's ochtends de melk rond voor de plaatselijke melkboer en hielp hij de rest van de dag op de melkveehouderij. Delphine zou bij zijn ouders intrekken, voor het huishouden zorgen en de boodschappen doen, waardoor ze het beetje energie dat ze nog hadden konden gebruiken om van het leven te genieten. Van tijd tot tijd zou ze ook in het buurhuis moeten bijspringen, omdat Pauls vrouw Sylvia kort geleden het leven had geschonken aan een tweeling. Alsof dat al niet overweldigend genoeg was!

Nadat ze de advertentie had gezien, was het hele gezin, inclusief Merrigan, Avis, Elf en zelfs Tabitha, om de keukentafel gaan zitten om te bespreken wat ze moest doen. Gelukkig kon Delphine op dat moment al lang genoeg wakker blijven om een samenhangend gesprek te voeren. Nu ze zich veilig voelde, dagenlang had doorgebracht in de tuin en had geslapen, geslapen en nog eens geslapen, voelde ze zich eindelijk weer zichzelf. Ze had er een gewoonte van gemaakt om elke ochtend in haar notitieboek te schrijven. Door de dag in haar eigen gezelschap te beginnen leerde ze zichzelf beter kennen. Langzaam hervond ze ook haar stem, al was het in eerste instantie alleen op papier.

Het voelde vreemd om het onderwerp te zijn van een familiebespreking. Hoewel de tijden veranderd waren, zou zeker niet elke familie van hun stand iemand zoals zij zo goed behandelen. De Camberwells leken zich echter niets aan te trekken van het begrip 'iemand zoals zij'. Voor hen was ze gewoon Delphine en hoorde ze er inmiddels helemaal bij.

'Niet dat ik je kwijt wil,' zei Midge, 'maar kun je niet beter zo ver mogelijk bij die bruut vandaan proberen te komen? Zou het niet beter zijn om naar Betty toe te gaan? Zou je daar niet veiliger zijn?'

Kenneth knikte. 'Inderdaad, jouw veiligheid staat voorop. Aan de andere kant is het wel zo dat je in Sussex eigenlijk niemand kent. Ik vraag me af of het wel de oplossing is om naar een jeugdvriendin toe te gaan met wie je al meer dan vijftien jaar geen contact meer hebt. Wat ook zou kunnen, is dat ik je geld geef om ergens anders opnieuw te beginnen, waar je maar wilt. Dan zou je nog verder weg kunnen gaan dan Sussex.' Delphine wilde bezwaar maken, want het voelde alsof ze verbannen werd, maar Kenneth stak zijn hand op. 'Met dat idee heb ik even gespeeld, maar ik heb het al verworpen. Het lijkt me niet goed voor je om er helemaal alleen voor te staan. Het is niet makkelijk om opnieuw te beginnen op een plek waar je niemand kent. Ik zou niet weten hoe Foley je waar dan ook zou kunnen vinden, maar als dat hier gebeurt, heb je ons tenminste nog. Dan kunnen wij je beschermen.'

'Dat is waar,' zei Blue. 'Samen staan we sterk.'

Delphine knikte. 'Richmond is misschien niet v-ver weg, maar het is een heel andere wereld dan waar ik vandaan kom. De m-meeste mensen hebben niet eens door dat er nog meer werelden bestaan. Het kan ze niets schelen.' Dat was waar. Grote delen van Londen waren nog steeds naoorlogse getto's, terwijl hier in Richmond de kastanjebomen met hun groene bebladerde hoofden knikten en de wilgen wegdroomden langs de rivier. Waar je ook woonde, het was makkelijker om niet na te denken over hoeveel beter of slechter je het had kunnen treffen. 'Ik denk niet dat F-F-Foley ooit zou vermoeden dat ik op een p-plek als deze geaccepteerd zou worden,' vervolgde ze. 'Daarvoor k-kijkt hij te erg op me neer.'

'Wat een walgelijke man.' Tabitha streek krachtig een lucifer af, alsof ze wilde dat de hele situatie in vlammen zou opgaan. Daarna stond ze op en zette een raam open om de rook naar buiten te kunnen blazen.

'Heeft Foley geen connecties in deze buurt?' wilde Kenneth weten. 'Geen reden om hier te komen, voor zijn werk of anderszins?'

Delphine zei van niet.

'Mooi zo.' Hij knikte. 'Dan weet ik zeker dat dit de beste plek voor je is, dat we niet bevooroordeeld zijn omdat we je graag dicht bij ons willen houden.'

Zijn woorden gaven Delphine een warm gevoel vanbinnen.

'Ik wil alleen één ding van je vragen, lieverd,' vervolgde hij. 'Het hoeft je plannen niet in de weg te staan, maar ik moet het vragen.' Hij stond op en nam een trekje van Tabitha's sigaret. 'Zullen we hem aangeven?' vroeg hij. 'Ik kan het niet uitstaan dat hij gewoon kan wegkomen met wat hij heeft gedaan, terwijl jij nog steeds in angst leeft omdat, God verhoede, jullie wegen elkaar weer zouden kunnen kruisen. Wat je ook besluit, wij staan achter je, maar ik zou me een stuk prettiger voelen als dat stuk uitschot achter de tralies zat.'

'Van mij mag hij daar wegrotten,' viel Midge hem bij.

Delphine kreeg een brok in haar keel en kon geen woord uitbrengen.

'En dan nog iets,' zei Merrigan. 'Je bent met hem getrouwd. Stel nou dat je iemand anders ontmoet? Op deze manier blijft hij altijd een blok aan je been. Op een dag zul je misschien van hem willen scheiden. Is het dan niet beter als je nu al aangifte tegen hem doet?'

Het huilen stond Delphine nader dan het lachen. Ze had hier juist gemoedsrust gevonden door niet aan Foley te denken. Door gewoon te accepteren dat het gebeurd was, maar dat het nu voorbij was en ze opnieuw kon beginnen. Het deed er niet toe of ze ongebonden was, of niet. Wie zou haar nu willen? Trouwens, wie zou zij nog willen? Na wat Foley haar had aangedaan, zou ze nooit meer intiem kunnen zijn met een man. Hoewel haar spraak in rap tempo vooruitging, begon ze meteen weer te hakkelen wanneer ze zich gespannen voelde, en de gedachte aan Foley riep allerlei heftige emoties bij haar op.

'N-Nee, a-alsjeblieft,' smeekte ze. 'Ik k-kan hem nooit meer zien. Ik moet er niet aan denken. D-Dat wil ik niet. Ik kan het niet!'

Kenneth leek niet tevreden met haar antwoord. 'Natuurlijk zullen we je nergens toe dwingen, liefje. Daar hoef je je niet druk om te maken, maar wil je nog even luisteren naar wat ik te zeggen heb?'

Vervolgens droeg hij allerlei argumenten aan waarom ze aangifte zou moeten doen tegen Foley, waarom ze hem voor de rechter zou moeten slepen. Delphine hoorde echter alleen een doffe ruis, als een krachtige wind. Het idee alleen al om terug te gaan naar Whitechapel, om aan de politie te moeten vertellen hoe het was om met Foley samen te leven, was verschrikkelijk. De gedachte dat ze naar de rechtbank zou moeten en dat Foley daar misschien ook zou zijn, terwijl ze zich in zijn bijzijn voelde als een slak zonder huisje... Het gesprek om haar heen klonk als een draadloze ontvanger die je maar niet op de juiste golflengte kreeg afgestemd. Blikkerige klanken die werden weggedragen door golven van ruis, voordat je ze kon opvangen. Het geraas klonk steeds harder, haar angst groeide...

En het volgende moment werd ze door Elf overeind geholpen van de vloer en streelde Blue haar haar terwijl ze geruststellende woordjes mompelde. Verbaasd met haar ogen knipperend keek Delphine om zich heen.

'Je bent flauwgevallen,' legde Merrigan uit, terwijl ze boven tafel haar hand vastpakte. 'Papa, het gaat haar te snel. Je hebt volkomen gelijk, maar dit kan ze nu niet aan.'

'Ik hou mijn mond al,' zei Kenneth. 'Het spijt me, Delphine. We zullen niet verder aandringen. We blijven gewoon achter je staan en zorgen ervoor dat je niets overkomt. Wat vind je daarvan?'

Delphine knikte dankbaar. Tabitha bracht haar een glas water, dat ze naar binnen klokte, en bood haar een sigaret aan, die ze afsloeg. De wereld kantelde nogmaals en kwam weer in balans.

'Hoe gaan we dit dan aanpakken?' vroeg Kenneth. 'We willen geen leven vol angst en leugens voor je, maar er zullen toch maatregelen genomen moeten worden.' Zo kwam er een nieuwe discussie op gang.

Behalve de Camberwells, Tabitha en Elf kende niemand in Richmond haar echte naam. Die was makkelijk aan te passen, zeker aangezien ze Foleys naam niet wilde houden. De familie was het er niet mee eens dat ze gewoon weer haar meisjesnaam zou aannemen, dus kozen ze uiteindelijk voor de alledaagse, maar aangenaam klinkende naam Brown.

Zodoende was ze als Delphine Brown naar het sollicitatiegesprek gegaan en was ze aangenomen. Voortaan zou ze in Richmond onder deze naam bekendstaan.

Delphine begreep best dat het in de ogen van de familie Camberwell niet ideaal was om te leven onder een valse naam, nog steeds door het huwelijk verbonden aan een bruut, met altijd een donkere wolk boven haar hoofd omdat ze hem op een dag misschien nog eens zou tegenkomen. Alleen was leven met een donkere wolk boven je hoofd altijd nog beter dan dag in, dag uit een vreselijk leven leiden. Het was zelfs meer dan ze ooit had durven dromen.

22

Midge was zich aan het klaarmaken om naar bed te gaan toen er op haar deur geklopt werd. Kenneth, wist ze meteen.

'Kom binnen, schat!' riep ze met bonkend hart. Soms kwam hij 's avonds laat naar haar toe om na te praten over de afgelopen dag. Dat vond ze altijd heerlijk, maar nu hoopte ze dat er meer achter zat.

Ze hoorde dat de deur openging en over de crèmekleurige vloerbedekking sleepte. Zelf zat ze voor de spiegel. Ze had net haar haar losgehaald en stond op het punt haar parelsnoer af te doen, maar ze aarzelde, met haar handen ter hoogte van haar nek. Kenneth hield van parels. Snel kneedde ze wat volume in haar haar. Als het loshing, maakte dat haar smalle gezicht wat zachter. Alsof het bij haar avondritueel hoorde, spoot ze een geurtje op haar polsen en sleutelbeenderen, in plaats van haar gezicht dik in te smeren met crème.

'Liefste,' zei Kenneth. Toen ze zich op haar krukje naar hem toe draaide, zag ze dat hij twee glaasjes port vasthield. Hij glimlachte naar haar en drukte een kus op haar voorhoofd. Daar had ze een hekel aan. Op je voorhoofd gekust worden was iets voor kinderen.

'Ik hoef niet, je weet dat ik niet graag port drink,' sloeg ze het aangeboden glaasje af. Daar had ze meteen spijt van toen hij beide glazen wegzette en zich omdraaide. Is het nou zo moeilijk om een slaapmutsje te drinken met je echtgenoot?

Kenneth ging op haar bed zitten. 'Over een paar dagen gaat Delphine weg,' zei hij.

'Ja.' Midge nam naast hem plaats. 'Zou het wel goed komen met haar?'

Hij pakte haar handen beet. 'Ik weet zeker dat ze het naar haar zin zal hebben op haar werk. De Greenbows zijn goede mensen en Delphine is zo dankbaar dat ze waarschijnlijk nog blij zou zijn als ze bij hen in de kelder moest slapen.'

Midge glimlachte. 'Dat zullen ze vast niet van haar verlangen, schat, maar je hebt wel gelijk.'

'Doen we hier wel goed aan, Midge? Is ze daar wel veilig? Stel dat die schoft haar opspoort? Wist ik maar meer over hem, over hoe hij te werk gaat. Ik durf er alleen niet naar te vragen.'

Midge streek een dikke goudblonde lok uit zijn gezicht en haalde haar vingers door zijn haar om het helemaal naar achteren te duwen. Het kostte haar moeite om het niet stevig vast te klampen met haar vuist, want zijn haar was een van de vele mooie dingen aan hem. Toch wist ze zich te beheersen. Hij maakte zich zorgen, dat was een van de talloze redenen dat ze van hem hield. Ondanks al zijn tekortkomingen en ongevoeligheden was hij een goed mens met een groot hart. 'Ik ken je, Kenneth. Ik weet dat het je niet loslaat, dat je alsmaar probeert te bedenken wat we nog meer zouden kunnen doen...'

'Het voelt alsof we ons er te gemakkelijk van afmaken,' zei hij met een smekende uitdrukking op zijn gezicht. 'Ik wil het goed doen voor haar.'

'Dat doe je ook. Dat heb je al gedaan. We kunnen haar nergens toe dwingen en ik kan niets beters bedenken dan wat ze nu doet, behalve dan aangifte doen tegen die vreselijke man. Zoals je hebt gezien, is ze daar nog niet sterk genoeg voor. Troost je, zelf is ze ervan overtuigd dat ze geen sporen heeft achtergelaten.'

'Hoe weet je dat?'

'Blue heeft het me verteld, nadat ze het er met Delphine over had gehad. Kennelijk heeft ze van tevoren niets ingepakt, zodat hij niet zou merken wat ze van plan was. Om geen argwaan te wekken heeft ze ook geen koffer meegenomen. Ze heeft tegen haar buurvrouw gezegd dat ze naar Covent Garden ging en heeft met haar afgesproken om na afloop bij haar op bezoek te komen. Het zag eruit alsof ze gewoon een paar boodschappen ging doen. Die afschuwelijke kerel van haar zal pas gemerkt hebben dat er iets niet in de haak was toen hij die avond thuiskwam en Delphine al hier bij ons was.' Met een tevreden knikje voegde ze eraan toe: 'Zelfs als hij haar meteen is gaan zoeken, hoe zou hij haar dan ooit moeten vinden? Ze is niet eens op de plek terechtgekomen waar ze van plan was naartoe te gaan! Zelfs als de kaartjesverkoper zich haar nog weet te herinneren, van de honderden passagiers die hij die dag heeft gezien, ze heeft een kaartje naar London Victoria gekocht. Als hij daar op zoek gaat, zal hij niets vinden.'

Kenneth gaf een kneepje in haar hand. 'Dat is een geruststellende gedachte. Je hebt gelijk, ze is een volwassen vrouw. Het is niet aan mij om te bepalen wat het beste voor haar is. Zeker aangezien ik me niet eens kan voorstellen wat ze heeft doorgemaakt.' Zijn gezicht betrok. 'Ik dacht dat ik tijdens de oorlog al genoeg gruwelen had gezien, maar dat soort wreedheden blijken niet alleen op het slagveld plaats te vinden, maar zelfs bij doodgewone mensen thuis. Ze is mishandeld door haar eigen man! Hoe kun je als vrouw nog verder nadat je zo bent behandeld?'

Midge schudde haar hoofd. 'Ik heb geen idee, liefste. Mijn echtgenoot is een goede, vriendelijke man.' Na een korte aarzeling voegde ze eraan toe: 'En nog een knappe man ook.' Toen hij haar vragend aankeek, knikte ze. 'Door jouw handen heb ik niets dan goedheid ervaren, Kenneth. Zoals je weet, is er nooit een ander geweest. Ik heb godzijdank nooit een slechte man gehad. Alleen maar jou.'

Soms kan onverschilligheid echter net zo veel pijn doen als wreedheid, siste een geniepig stemmetje in haar hoofd. Ze schrok er zelf van. Alsof de dingen die haar kwetsten, de achteloze opmerkingen, de bewondering voor andere vrouwen, de constante bevestiging dat zij zijn tweede keus was, ook maar in de verste verte te vergelijken waren met wat Delphine had meegemaakt.

Hij is een goed mens, sprak ze het geniepige stemmetje toe. *We hebben een goed huwelijk.*

Nou, wat een goed huwelijk, zeg, sneerde het stemmetje terug. *Negeerde hij je daarom soms tijdens dat ontbijt om met Roberta Grady en al die andere vrouwen te kunnen praten? En keek hij je daarom toen je* er later iets van zei aan met een charmante, ongelovige uitdrukking op zijn gezicht en zei hij dat je volwassen bent en dat hij je kindermeisje niet is?

Dat was hard aangekomen. Hij wist dat ze verlegen was, dat ze zich niet op haar gemak voelde in haar nieuwe sociale kringetje. Als er een vrouw als Roberta in de buurt was, die hoog van de toren blies en geen kans onbenut liet om tussen hen in te komen, kroop Midge in haar schulp. En Kenneth was te dol op aandacht om dan nog oog voor haar te hebben.

Kenneth zou me nooit bedriegen. Daar is hij te rechtschapen voor.

Er zijn een miljoen kleine manieren om iemand te verraden zonder vreemd te gaan.

'Genoeg!' schreeuwde Midge.

Geschrokken keek Kenneth haar aan.

'Het spijt me, schat.' Ze lachte en probeerde zichzelf weer in de hand te krijgen. 'Ik stelde me gewoon voor hoe het zou zijn… zo'n huwelijk… en dat wil ik helemaal niet. Ze is zo'n schat van een vrouw. Gelukkig is ze hier veilig.'

'Ja, je hebt gelijk. Dank je, lieverd. Je bent een grote troost voor me.'

Een grote troost? Was dat alles?

'Ga nu maar naar bed.' Hij drukte nog een kus op haar voorhoofd en stond op om te vertrekken.

'Wacht even, schat. Zullen we toch samen een glaasje port drinken? Over leukere dingen praten?'

Hij keek verbaasd.

Snel liep ze naar de kaptafel om de glaasjes te pakken. Haar satijnen kamerjas viel open en ze zag zijn blik langs haar nachthemd met kanten biesjes glijden. Toen ze hem zacht op zijn mond zoende, zag ze dat hem iets begon te dagen. Eindelijk.

'Misschien blijf ik toch nog maar een tijdje hier, vrouw van me.' Grijnzend boog hij zich voorover om haar een echte zoen te geven.

Zijn vrouw, dacht Midge, en ze zoende hem terug. Ik ben zijn vrouw. Hij is mijn man. Hij is van mij, van mij, van mij.

23

Op een nevelige ochtend klopte Blue al vroeg op Delphines deur om naar de rivier te gaan.

Even keek ze Blue verdwaasd aan, met haar haar nog in de war, daarna wist ze het weer. 'Ik kom er zo aan.' Terwijl ze rechtop ging zitten, voelde ze de kou in de lucht.

'Kleed je maar rustig aan, dan zie ik je zo beneden in de hal.'

Gisteravond hadden ze het erover gehad dat Delphine het steeds fijner vond om in haar notitieboek te schrijven. Blue had haar bezworen dat schrijven nog het allerfijnst was op een bankje tijdens een vroege herfstochtend, en gezegd dat ze het ook eens moest proberen. Omdat Delphine wist dat die momenten heel kostbaar en intiem waren voor Blue, voelde ze zich vereerd door de uitnodiging. Op haar beurt was Blue door het dolle heen omdat haar suggestie Delphine had geholpen en ook nog eens gelukkig maakte. Hoewel Delphine ervan overtuigd was dat haar schrijfsels niet konden tippen aan die van Blue, hadden ze de liefde voor schrijven wél met elkaar gemeen. Dat maakte hun toch al ontluikende vriendschap des te sterker.

Alle Camberwells (en daar rekende Delphine ook Tabitha toe) waren vriendelijk, grappig en ontzettend lief. Ze zorgden allemaal voor haar, door haar te voorzien van kleding en een veilig onderkomen, maar Blue was de enige die erover had nagedacht wat zou kunnen helpen tegen het stotteren, die haar boeken leende die haar zouden kunnen inspireren en die haar betrok bij haar eigen liefhebberijen, zoals deze wandeling.

Blue had gelijk gehad. Op dit tijdstip, in dit jaargetijde, was het heerlijk bij de rivier. De struiken hingen vol met felgekleurde bessen en het water lag er rustig bij, gehuld in een lichtgroene mist die eruitzag als chiffon. Blue leek een beetje somber, maar Delphine was niet van plan daarnaar te vragen. Als ze haar erover wilde vertellen, kwam dat vanzelf wel.

Dus liet ze haar gedachten de vrije loop en hoopte vurig dat ze elkaar nog regelmatig zouden blijven zien nadat ze aan het eind van de week bij de familie Greenbow was ingetrokken. Ze had geen twijfels over haar besluit. Inmiddels woonde ze al meer dan een maand in Ryan's Castle, veel langer dan de 'paar dagen' die aanvankelijk de bedoeling waren geweest. Hoewel ze het er prima naar haar zin had, wilde ze graag onafhankelijk zijn. Als je arm was, was je trots het enige wat je bezat. Zelfs die had Foley haar afgenomen, maar hij was er nu niet meer en ze wilde geen misbruik maken van de goedheid van deze mensen.

Een tijdlang liepen ze in een gemoedelijke stilte over het pad dat van de ene brug naar de andere voerde, vergezeld door het geluid van hun zachte voetstappen en zo nu en dan een nijdige kreet van een zwaan of gans.

'Hier,' zei Blue na een poosje, en ze gingen met hun notitieboeken op een bankje zitten. De sfeer tussen hen was nog steeds aangenaam, maar voor de verandering was Delphine meer aan het schrijven dan Blue. Die staarde voor zich uit en leek niet tevreden, maar eerder verdrietig.

Uiteindelijk porde Delphine haar in haar zij. 'Hé, juffie, waar zit je met je gedachten?' Blue was veel beschaafder dan zij, was veel hoger opgeleid en had veel grootsere ideeën over het leven. Delphine had vaak het gevoel dat ze als een verwonderd kind achter haar aan sjokte door haar magische wereld. Toch was Blue zo zachtaardig dat Delphine het bij haar aandurfde om zichzelf te zijn, om haar te plagen, vragen te stellen en haar mening te geven. Per slot van rekening was Delphine de oudste van de twee. Qua levenswijsheid was zij in het voordeel, dus leken ze elkaar perfect aan te vullen.

Met een zucht porde Blue terug. 'Let maar niet op mij. Ik zit weer eens te piekeren.'

'Over het werk bij de krant of over de brieven?'

'Beide, eigenlijk.' Ze rommelde in haar tas en haalde er een opgevouwen exemplaar van de *Gazette* en een witte envelop uit. De krant gaf ze aan Delphine, opengeslagen bij een foto van Blue en een foto van een knappe man die Delphine niet kende, van elkaar gescheiden door slechts enkele regels tekst.

De aandachtige lezer herinnert zich vast nog de aankondiging van Richmonds eigen Kenneth Camberwell, tijdens het eenentwintigste verjaardagsfeest van zijn dochter Blue. De man die door middel van een brief haar hart zou weten te veroveren, zou met haar mogen trouwen, zo kregen we te horen. De afgelopen weken heeft de Gazette *gepoogd het liefdesleven van de blonde schone op de voet te volgen, al viel er tot op heden weinig te melden. Daar komt nu verandering in!*

Het lievelingetje van Richmond, Blue Camberwell, is de laatste tijd meermaals gesignaleerd in het gezelschap van de charmante Dorian Fields, zoon van Tristan Fields, bankier en een graag gezien figuur.

'We zijn gewoon vrienden.' Meer commentaar heeft de blozende Blue nooit op hun relatie willen geven. Gisteravond verscheen ze echter in okergeel satijn gehuld aan de arm van de delicieuze Dorian op het verjaardagsfeest van Violet Larraby en leken de twee het erg gezellig met elkaar te hebben. Zijn de twee oude vrienden door de veelbesproken toost van haar vader tot het besef gekomen dat ze van elkaar houden? Wie zal het zeggen. Toen deze razende reporter er navraag naar deed, reageerde de delicieuze Dorian met een knipoog.

'O jee,' zei Delphine. Ze wist hoe vreselijk Blue het vond om zichzelf in de krant te zien staan en dat ze hoopte dat de aandacht voor haar zou overwaaien. Zelf dacht Delphine dat dat nog wel een poosje kon duren, en van Tabitha wist ze dat zij er hetzelfde over dacht. 'Hij is wel een knapperd, zeg,' merkte ze op. 'Met dat gezicht zou hij zo reclame kunnen maken voor sigaretten, vind je niet?'

Blue knikte. 'Knap is hij zeker,' beaamde ze, 'maar het is niet... We zijn niet... O, door dit soort artikelen voelt het zo... onontkoombaar. Dat ik ooit met iemand zal moeten trouwen, bedoel ik. Papa zou me natuurlijk nooit houden aan wat hij gezegd heeft, maar ik weet dat hij heel graag wil dat ik me ga settelen. Dat zou hem dolgelukkig maken. Voor Merrigan heeft het heel goed uitgepakt en hij vindt het geweldig dat hij er nu een schoonzoon en een kleinkind bij heeft. Hij staat graag aan het hoofd van een grote familie, maar ik kan dit niet forceren. Ik wil geen overhaaste dingen doen. En dan is dit er ook nog.' Ze haalde een brief uit de envelop en overhandigde die aan Delphine.

Blue, mijn lieveling,

Ik weet dat je gezegd hebt dat ik je niet meer moet schrijven, maar ik kan niet anders. Niet omdat ik je in verlegenheid wil brengen, maar ik zie het zo duidelijk voor me, jij en ik. Ik heb er alles voor over, Blue, álles om jou gelukkig te maken. Ik ben een goed mens en deze wereld is zo wreed. Daar zouden we elkaar tegen kunnen beschermen. Als ik me voorstel dat jij met iemand anders zou gaan, iemand die je zou kunnen kwetsen, voel ik me radeloos. En als ik probeer mezelf met iemand anders voor te stellen, zoals jij zei... Dat kan ik niet! Ik kan het niet, Blue, ik kan de hoop niet opgeven. Denk er alsjeblieft nog eens over na. Laat me je alsjeblieft mee uit nemen. Een etentje? Een concert? Een wandeling in het park? Zeg jij het maar. Laat een briefje voor me achter in de appelboom en ik zal doen wat je wilt.

Voor eeuwig de jouwe,
Foster

'O jee,' zei Delphine weer. Tot haar schrik zag ze tranen in Blues ogen blinken.

'Hij is zo'n schat,' zei Blue met een stem die verstikt klonk door de emoties, 'maar nu word ik gewoon bang van hem. Waar heeft hij het over? Elkaar beschermen tegen een wrede wereld? Dat klinkt helemaal niet als de Foster die ik ken.'

Bedachtzaam keek Delphine haar aan. 'Hij is duidelijk dolverliefd op je. Weet je zeker dat je niet...'

'Heel zeker! Delphine, dat zou voelen alsof ik met mijn broertje zoende. Ik heb nóóit op die manier aan hem gedacht en dat zal ook nooit gebeuren, maar ik geef wel om hem! En ik heb er alles aan gedaan om hem dat duidelijk te maken. Waar komt dit opeens vandaan? Het is nooit eerder ter sprake gekomen. Ik weet wel dat papa die toespraak heeft gehouden, maar daardoor kan hij toch niet verliefd op me zijn geworden?'

'Nee, zo werkt het niet. Ik weet niet veel van romantiek, maar ik weet heel zeker dat je niet verliefd kunt worden omdat iemand anders dat graag wil. Ik krijg een vreemd gevoel bij die brief, jij niet? Bijna alsof er... iets mis is, of zoiets. Toch mag je je niet laten leiden door wat Foster wil, of door wat je vader wil, of door wie dan ook. Je weet zélf toch wat je wilt?'

Blue knikte. 'Ik wil schrijven. Ik wil de kans aangrijpen die Juno me heeft gegeven, waar dat ook toe mag leiden. Ik wil met Dorian omgaan, of met wie ik maar wil, als mij het uitkomt, en ik wil geen overhaaste dingen doen.'

'Nou dan. Ik weet maar al te goed hoe het is om gedwongen te worden tot dingen die je niet wilt. Maak je over je vader maar geen zorgen. Misschien wil hij wel graag dat je gaat trouwen en kinderen krijgt, maar hij houdt van je. Hij zal het heus wel begrijpen. Ik zou willen dat mijn vader ook maar een greintje van zijn vriendelijkheid had gehad. En Foster... Ik weet het niet. Kan Tabitha niet met hem praten?'

Nadenkend kneep Blue haar ogen tot spleetjes. 'Misschien wel,' mompelde ze. 'Ik zal er eens over nadenken. Dank je wel, ik voel me nu al beter. Hij laat het zo eenvoudig klinken, alsof ik er gewoon voor kan kiezen om op die manier van hem te houden. Door hem voel ik me ontzettend wreed!'

Delphine snoof verachtelijk. 'Dat is wel het laatste wat je bent. Hij is gewoon het spoor bijster. Ga jij nou maar gewoon verder met je leven! Morgen mag je op gesprek komen bij de krant. Het wordt eens tijd dat er iets positiefs gebeurt, iets wat alleen om jou draait.'

Delphine voelde zich verontwaardigd bij de gedachte dat iemand Blue een schuldgevoel aanpraatte. Ze had weinig geduld met mannen en de verschillende manieren waarop ze hun zin konden doordrijven. Fosters bewering dat Blue iets zou kunnen krijgen met iemand die haar zou kunnen kwetsen, daar kreeg Delphine de rillingen van. Wat wist Foster Foxton, de jonge, beschermd opgevoede, verwende telg van een van de voornaamste families uit Richmond, daar nou van?

24

Donderdag brak aan en bracht niet alleen Blues afspraak met Gordon Whiskett met zich mee, maar ook een felle wind en een waterig zonnetje. 'Zal ik een paraplu meenemen?' vroeg Blue zich hardop af. 'Daar heb ik echt geen zin in.'

'Doe het toch maar!' zei Merrigan, die opkeek van haar krant. 'Wat heb je toch tegen die dingen? Paraplu's zijn een ontzettend degelijke, praktische uitvinding.'

Blue trok haar neus op. 'Degelijk, praktisch. Twee woorden die dodelijk zijn voor de ziel.'

Merrigan sloeg haar ogen ten hemel. 'Er is niks mis met praktisch zijn. Je kunt wel romantisch ingesteld zijn en zonder paraplu van huis gaan, maar als het op weg naar je afspraak regent, kom je daar aan als een verzopen kat en maak je straks heel zijn bureau nat. Daar is niks romantisch aan, dat is gewoon stom.' Daarna bekeek ze Blue eens goed. 'Je bent nerveus,' zei ze op mildere toon. Ze sloeg de krant dicht en stond op om haar zusje te omhelzen. 'Het komt wel goed, schat, je doet het vast geweldig. Je zult een verpletterende indruk op hem maken, of je nu nat of droog bent. Dit is nog maar het begin, let maar op.'

Blue drukte haar zus dicht tegen zich aan en haalde diep adem. 'Dank je, Merry. Je hebt gelijk, ik ben nerveus. Laat ik toch maar zo'n verrekte paraplu meenemen.'

'Weet je wat, ik loop wel met je mee. Dan draag ik de paraplu, hou hem boven je als het regent, zet je af voor de deur van de *Gazette* en maak me discreet uit de voeten. Wat maakt het uit als je op de terugweg doorweekt raakt?'

Blue schoot in de lach. Was dit de definitie van liefde voor je familie? Meegaan in de grillen van de ander? 'Dank je wel. Je bent de beste zus die er is.'

'Natuurlijk ben ik dat. Als er een prijs voor de beste zus bestond, zou ik die zeker winnen. Toe, niet zo treuzelen, anders kom je nog te laat. Wacht, niet zo.'

Merrigan had Blue overgehaald om een clochehoed op te zetten, die iedere vrouw volgens haar iets elegants en mysterieus gaf. Blue droeg echter niet graag hoeden omdat ze haar zicht belemmerden, dus had ze het ding nogal halfslachtig op haar hoofd gezet.

Merrigan trok het hoedje met een harde ruk naar voren en omlaag. 'Kijk nu eens in de spiegel.'

Ze had gelijk, de stijl paste perfect bij Blues gezicht. Haar brede mond en parmantige kin staken prachtig af bij de gebogen lijnen van de cloche.

Merrigan trok één blonde lok naar voren om het geheel af te maken. 'Perfect. Dit staat je beeldig, in combinatie met dat grijze mantelpakje.'

Daarna vertrokken ze.

De redactie was gevestigd in een rood bakstenen gebouw van onbestemde leeftijd in de buurt van het station. Even liet Merrigans nonchalante houding haar in de steek en zag Blue oprechte opwinding in haar donkerbruine ogen sprankelen. 'Succes en geniet ervan, slim zusje van me,' zei ze enthousiast. 'Je weet dat ik je meer dingen gun dan alleen het schrijven, maar dat wil niet zeggen dat ik geen bewondering voor je heb en niet achter je sta. Grijp je kans!'

Blue keek haar na voordat ze naar binnen liep. Geniet ervan, prentte ze zichzelf in. Grijp je kans.

Ze werd begroet door een receptioniste met de glanzendste lippenstift die ze ooit had gezien. Even had ze het idee dat ze niet de redactie van een plaatselijke krant, maar een Hollywoodstudio was binnengewandeld.

'Kersen,' zei de receptioniste toen ze Blue zag kijken. 'Vind je die nieuwe lippenstiften met een smaakje ook niet geweldig? Ik ben Sheila. Welkom bij de *Gazette*.'

Sheila ging haar voor naar een groot vertrek op de eerste verdieping, waar zeven of acht bureaus her en der verspreid stonden. 'Daar is het.' Ze knikte naar een deur met een glazen paneel aan de andere kant van de ruimte. 'Je kunt gewoon aankloppen en meteen naar binnen gaan.'

Blue voelde zich opgelaten toen ze door het vertrek liep. Achter de bureaus zaten mannen. Sommige hadden de hoorn van een telefoon in hun hand, andere waren verdiept in een artikel of bladerden achteloos door grote naslagwerken. Het merendeel droeg een overhemd met een stropdas en een colbert, en ze sloegen haar allemaal gade, de een met wat meer belangstelling dan de ander. Van Juno was geen spoor te bekennen.

Goh, dacht Blue. Hoe zou het zijn om hier elke dag te werken? Als enige vrouw?

Toen ze halverwege was, hoorde ze een harde stem. 'Ben je verdwaald, schatje? Het warenhuis is verderop in de straat. Hier zijn geen zijden kousen te krijgen, vrees ik.'

Die opmerking overviel haar zo dat ze zich met een ruk omdraaide, haar evenwicht verloor en tegen een hoge potplant botste, die omviel en het dichtstbijzijnde bureau raakte.

'O jee,' zei diezelfde stem weer. 'Dat is geen veelbelovend begin.'

Het begin waarvan, vroeg Blue zich af, terwijl ze zichzelf tot de orde riep. Ze moest haar aandacht niet verspillen aan zo'n stomme ezel. De hoofdredacteur wachtte op haar.

Gordon Whiskett was een jaar of vijftig en zijn leeftijd was hem goed aan te zien. Hij was kaal, op een paar grijze strengen na die in rechte lijnen achterovergekamd waren, waardoor zijn hoofd eruitzag alsof het roze met grijs gestreept was. Hij droeg een bril en had zijn mouwen opgerold alsof hij met iets heel intensiefs bezig was, zoals het ter wereld helpen van een kalf. In werkelijkheid was hij verdiept in een thesaurus.

Toen Blue binnenkwam, keek hij op. 'Juffrouw Camberwell,' zei hij meteen, terwijl hij opstond om haar de hand te schudden. 'Bedankt dat u gekomen bent.'

'Geen enkel probleem, meneer Whiskett. Ik ben blij dat u me wilde ontvangen.'

'Mooi zo, mooi zo. Zeg maar Gordon. Bij de *Gazette* zijn we allemaal veel te druk om ons om formaliteiten te bekommeren.'

Blue glimlachte. 'Goed, Gordon. Ik ben Ishbel.'

'Ja, dat weet ik. Ik word over een half uur bij een relletje verwacht, dus ik moet het kort houden.'

Met opgetrokken wenkbrauwen keek Blue hem aan. Ze had niet gedacht dat een rel iets was wat op afspraak gebeurde, het woord suggereerde dat zoiets spontaan ontstond.

'Dat stuk dat je naar Juno hebt gestuurd, over de financiering van onderwijs...' Hij rommelde wat in een stapel papieren.

Toen Blues oog op het opvallende briefhoofd van Ryan's Castle viel, gaf ze het artikel aan hem.

'Ha, bedankt. Welnu, het is uitstekend geschreven, dat is alles.'

'Is dat alles?' Had hij haar alleen uitgenodigd om dat te zeggen?

'Ja. Ik bedoel, meestal bevat zo'n artikel wel wat onnodige vulling of hier en daar een slecht gekozen vergelijking. Dan moet ik eraan te pas komen. Hier valt echter niets op aan te merken. Het is erg professioneel geschreven.'

Haar hart maakte een sprongetje. 'Bedankt. Ik kan je niet vertellen hoeveel dat voor me betekent. Ik heb altijd schrijfster willen worden en...'

'Ja, nou, je bent op de goede weg. Enfin, Griggs ligt eruit.'

'Griggs?'

'Ja. Hij is tijdens de oorlog gewond geraakt aan zijn been. Het blijft maar opspelen en daar heeft hij het behoorlijk zwaar mee, maar we proberen er het beste van te maken. Een eersteklas schrijver, die Griggs.'

'O,' zei Blue. 'Goed om te horen.'

'Twee weken geleden is hij ten val gekomen. Hij moest naar de dokter en ga zo maar door... Om een lang verhaal kort te maken, het komende half jaar is hij uit de roulatie. Normaal gesproken zou ik iemand anders in dienst nemen, maar Griggs levert echt goed werk.'

'Ik begrijp het.'

'Daarom kwam ik op het idee om de baan voor hem vrij te houden. Natuurlijk kan ik hem niet doorbetalen, maar in elk geval heeft hij dan nog een baan wanneer hij weer is opgeknapt. Beter dan niets. Meer kan ik niet voor hem doen.'

'Dat vind ik heel fideel van je.'

'Ja. Mooi zo. En, wil je het?'

'Neem me niet kwalijk?'

'Zou jij het komende half jaar, of hoelang het ook mag duren, fulltime voor ons willen schrijven? Natuurlijk is het niet waarschijnlijk dat je na afloop nog kunt blijven. Als Griggs zijn baan terug wil, kan hij die krijgen en volgens mij zijn de anderen hier de rest van hun leven niet meer weg te slaan. Het is wel een kans om ervaring op te doen, misschien helpt dat om een functie bij een andere krant te bemachtigen.'

Dat kon je wel stellen! Blue glimlachte breed. Gebeurde dit echt? Als ze al twijfels had gehad over de dagelijkse realiteit van een bestaan als verslaggever, waren die nu op slag verdwenen. Dit wilde ze. 'Voor de zekerheid, meneer... Gordon. Dus je biedt me een tijdelijke functie aan? Hier op de redactie? Je wilt dat ik hier elke dag naartoe kom en reportages maak en artikelen schrijf en... en... enzovoorts?'

'Precies. Maandag kun je beginnen, als je wilt. Stipt om negen uur. Juno legt je de rest wel uit.'

'Eh... geweldig! Ja, dat wil ik heel graag. Ontzettend bedankt.'

'Mooi, dan ga ik maar eens. Kom je er zelf uit?'

'Natuurlijk. Ik zal er maandag zijn. Je kunt op me rekenen, Gordon.'

'Uitstekend. Goed, waar zijn mijn sleutels?'

'Hier.' Blue pakte ze van de vensterbank. 'Tot ziens.'

Bij de deur bleef ze even staan en vroeg ze zich af of ze iets moest zeggen over de ongepaste opmerking die die verslaggever had gemaakt. Ze besloot het niet te doen. Gordon was haar baas, niet haar beschermer. Als ze een werkende vrouw wilde worden, zou ze zelf de strijd moeten aangaan. Hoewel, tot nu toe had ze alleen een stomme opmerking naar haar hoofd geslingerd gekregen. Zo veel stelde dat nou ook weer niet voor.

Terwijl ze door het kantoor liep, keek ze iedereen stralend aan. Een paar mannen glimlachten terug en een aantal mompelde vriendelijk 'goedemorgen', wat haar nog meer goede moed gaf.

Bij de deur botste ze tegen een man op. Hij had erge haast en raakte haar best hard. 'Neem me niet kwalijk, juffrouw!' riep hij uit.

Meteen klonk die scherpe stem achter haar weer. 'O, wat een genot om zo'n onhandige moeke op de werkvloer te hebben. Ik kan het iedereen aanraden.'

Toen Blue zich omdraaide, zag ze een man van een jaar of vijfentwintig. Hij was knap, maar op een alledaagse manier, met een donker omrande bril. Hij zat achterovergeleund op zijn stoel en nam haar spottend op. Een ander woord had ze niet voor zijn gezichtsuitdrukking, dacht ze terwijl ze automatisch synoniemen probeerde te bedenken. 'Ik ben geen moeke,' kaatste ze terug. 'Mijn zus heeft een kind, maar ik niet. Anders zou ik het me vast nog wel herinneren. Ik dacht dat journalisten altijd de feiten op een rijtje hadden.'

'Goed gedaan, juffrouw,' zei de man tegen wie ze op was gebotst grinnikend nadat hij met haar mee de hal in was gelopen en de deur achter hen had dichtgedaan. Hij had warrig lichtbruin haar en donkerbruine ogen. Niet knap op een alledaagse manier, dacht Blue. Sterker nog, helemaal niet knap. Hij klonk niet zo beschaafd als zijn collega daarbinnen en was niet half zo netjes gekleed. Ze mocht hem meteen. 'Bent u juffrouw Camberwell?' vroeg hij met een vriendelijke glimlach.

'Ja, inderdaad.' Ze stak hem haar gehandschoende hand toe. 'Ishbel.'

Hij schudde haar de hand. 'Barnaby Tanner, ik werk hier nu ongeveer een jaar als verslaggever. Het spijt me dat ik tegen je op botste. Je hebt je toch niet bezeerd, hoop ik?'

'Welnee. Aangenaam kennis te maken, Barnaby. En je vriend daarbinnen? Gedraagt hij zich altijd zo?'

'Over het algemeen wel, ja. Althans, wanneer er vrouwen in de buurt zijn. Hij is van mening dat die hier niet thuishoren, zie je. Hij vindt dat ze banen inpikken die mannen hard nodig hebben nu ze weer thuis zijn na de oorlog en een gezin moeten onderhouden.'

'Ik begrijp het. En jij, Barnaby? Denk jij er ook zo over?'

Hij lachte. 'Wacht maar tot je me een paar weken kent en vraag het me dan nog eens. Ik heb vijf zussen. Vier van hen hebben een baan. Daar ben ik zo trots als een pauw op. Ik ben wat je noemt, of wat je aartsvijand Robert Cauderlie daarbinnen zou noemen, een vooruitstrevend mens. Dus hier ben ik dan, Barney Tanner, een vooruitstrevend mens, tot je dienst.'

Blue glimlachte. 'Meneer Whiskett heeft me gevraagd om hier vanaf maandag te komen werken. Als invaller voor iemand die Greggs of Jeggs heet...'

'Jimmy Griggs. Ja, vreselijk wat hem is overkomen. We wisten allemaal al dat Whisky jou voor die functie ging vragen. Cauderlie is er witheet over. Al helemaal sinds Gordon je artikel over de hele redactie heeft laten rondgaan met de mededeling dat we daar nog een voorbeeld aan zouden kunnen nemen. Cauderlie vindt het niet prettig als iemand beter presteert dan hij.'

'O, lieve help. Dat was misschien niet zo tactvol van hem.'

'Die ouwe Whisky heeft net zo veel tact als een biscuitje, maar dat zijn we allemaal wel gewend. Van Cauderlie zul je geen last meer hebben. Hij blaft harder dan dat hij bijt... al blaft hij wel erg veel, moet ik zeggen. Hij heeft je toch zeker niet afgeschrikt?'

'Geen denken aan! Deze kans... Ach, ik kan je niet vertellen hoe blij ik daarmee ben.'

Hij grijnsde ontwapenend. 'Het doet me goed dat te horen. Kom, dan loop ik met je mee naar beneden.'

'Nee, alsjeblieft, ik heb je al lang genoeg opgehouden.'

'Onzin. Er zitten daar acht mannen, maar niet één is er mans genoeg om een dame naar buiten te begeleiden.' Hij bood haar zijn arm aan.

Die nam Blue aan, genietend van zijn ouderwetse manieren. Bij de uitgang namen ze afscheid van elkaar. 'Bedankt voor het hartelijke welkom, Barnaby.' Blue zwaaide naar Sheila en liep met verende tred naar buiten, een nieuwe baan en minstens één ontluikende vriendschap rijker. Niet slecht voor een bezoekje dat slechts een kwartier had geduurd.

Toen Blue thuiskwam, was Merrigan de eerste persoon die ze zag. Ze was in de hal bezig haar hoed op te zetten en haar handschoenen aan te trekken. 'Dat was snel. Ging het niet zoals je gehoopt had?'

'Beter nog.' Grijnzend vertelde Blue haar het nieuws.

'Lieve hemel! Mijn zusje, een echte baan! Je wordt een werkende vrouw, je gaat iets doen wat je heerlijk vindt. O, Blue, ik ben zo blij voor je, zo trots. Ik kan nu al niet wachten om een artikel in de krant te lezen met jouw initialen eronder, B.C.'

'I.C.,' corrigeerde Blue haar. 'Op de redactie en onderaan mijn artikelen gebruik ik de naam Ishbel. Dat klinkt professioneler. Blue is voor thuis.'

'Gelijk heb je. Zo mag ik het horen. Nu moet ik er echt vandoor, lieverd. Ik heb Lawrence beloofd om voor de verandering eens eerder dan hij thuis te zijn, maar zullen we morgen afspreken? Dan kun je me alles vertellen. Om elf uur ga ik met Delphine naar de kapper. Daarna misschien?'

'Met Delphine naar de... Eh, ja, prima. Tot dan.'

Tot Blues grote frustratie was er niemand thuis, net nu ze stond te trappelen om haar nieuws wereldkundig te maken. Ze rende naar de cottage. 'Elf, je zult het niet geloven!' riep ze op weg naar binnen.

'Je mag een artikel schrijven voor de *Gazette*!' jubelde hij terwijl hij opsprong. 'Ik wil er alles over horen.'

'Beter nog, Elf. Ik heb een baan! Het is maar voor een half jaar, maar daarna... Ach, wie weet hoe het verder zal gaan wanneer ik die ervaring eenmaal op zak heb. Stel je eens voor hoeveel ik daar zal kunnen leren! O jee, Elf, wat is er aan de hand?'

Haar vrolijkheid ebde weg toen hij zijn gezicht afwendde, zijn bril afzette en in zijn neusbrug kneep, alsof hij daar pijn had.

'Wat is er? Ben je ziek?'

Bezorgd glimlachte hij naar haar. 'Nee, ik ben niet ziek, alleen… nou ja, geschokt. Bedoel je nou dat je van plan bent om elke dag de hele dag op kantoor te gaan werken?'

Haar bezorgdheid sloeg om in verbijstering. 'Ja, natuurlijk!'

'Heb je er wel goed over nagedacht? Ik bedoel, hoeveel bedenktijd heeft die Whiskett je gegeven?'

'Geen, maar ik heb ook niet om bedenktijd gevraagd.'

'Je wilt toch niet beweren dat je meteen ja hebt gezegd?'

Blue aarzelde. Ze had het duidelijk niet goed uitgelegd. 'Elf, ik mag als schrijfster aan de slag! Tegen betaling. Een half jaar lang. Dat is honderd keer meer dan ik verwacht had. Waarom zou ik daar geen ja tegen zeggen? Waarom kijk je me aan alsof ik de gevangenis in ga?'

Elf liet zich op de bank zakken. 'Het spijt me dat ik niet zo enthousiast ben, maar dit overvalt me een beetje. Het ene moment hoopte je nog op een opdracht en nu ga je opeens voltijds aan het werk als verslaggever? Je weet hoe beschermd je bent opgevoed. Je bent een… een dame! Hoe kun je nou door heel Londen gaan rondlopen met die… die nieuwsjagers die god weet wat uithalen? Ik weet niet of dat wel gepast is.'

'Denk je dat ik het niet kan?' vroeg Blue met een klein stemmetje.

'Nee, zo zit het niet. Schrijven kun je wel. Alleen vraag ik me af of dat wel het soort omgeving is waarin jij kunt opbloeien. Je bent zo gevoelig, Blue. Ik heb je al talloze keren in tranen gezien om de harde realiteit van deze wereld. In die baan krijg je daar nog veel vaker mee te maken, neem dat maar van mij aan.'

Op dat moment gebeurde er iets heel opmerkelijks. Hij bracht al haar ergste onzekerheden onder woorden, maar tegen alle verwachtingen in werd ze daardoor juist nog vastbeslotener om te bewijzen dat die onzekerheden niet terecht waren.

'Ze zullen verwachten dat je net zo hardnekkig en ongevoelig wordt als zij,' voegde Elf er verbitterd aan toe.

'Hoeveel verslaggevers ken jij eigenlijk?' vroeg Blue verontwaardigd. Het klonk alsof hij een complete beroepsgroep over één kam scheerde. 'Je wíst dat ik dit wilde.'

‘Ik dacht dat je zo nu en dan opdrachten zou aannemen om een reputatie als vakkundige, scherpzinnige schrijfster op te bouwen. Ik dacht dat je híér zou blijven om aan je literaire ambities te werken. Ik dacht dat je een roman wilde schrijven!’

‘Dat wil ik ook! Zo makkelijk is het echter niet, Elf. Ik moet ervaring opdoen.’

‘Niet dit soort ervaring. Daar heb je niets aan.’

‘Het maakt niet uit wat voor ervaring!’ hield Blue vol. Ze keek om zich heen in dit vredige toevluchtsoord dat tien jaar geleden door haar moeder voor Elf was ingericht en waar sindsdien niets meer aan was veranderd. Ze bedacht hoe merkwaardig, maar ook fijn het was dat hij bij hen in de tuin woonde en zelden wegging. Hij was een soldaat die was gebroken door de oorlog, een psychiater die geen patiënten meer ontving. Plotseling besefte ze dat hij bang was. Bang voor een leven buiten Ryan’s Castle, bang voor verandering. Nu kwam daar ook nog eens de angst bij dat zij zou falen. Misschien was die angst wel terecht. Als een van hen dat toegaf, zou alles misschien goed komen. Hij had altijd gezegd dat de waarheid wonderen kon verrichten.

‘Ik ben bang, Elf,’ bekende ze. ‘Mijn leven zal veranderen, het zal moeilijk en zwaar worden. Ik weet niet hoe ik me straks staande moet houden.’

Smekend keek hij haar aan. ‘Doe het dan niet. Het is nog niet te laat om te schrijven dat je je bedacht hebt. Als je bang bent, doe het dan niet.’

Elf was altijd haar belangrijkste raadgever geweest. Dit was de eerste keer dat hij iets zei wat haar volkomen verkeerd in de oren klonk. Misschien hoorde dat wel bij volwassen worden: slechte raad leren herkennen, zelfs wanneer die afkomstig was van de mensen van wie je het meeste hield. Dit was zíjn manier, bedacht ze. Hij liet zich leiden door angst, maar zij zou de uitdaging aangaan. Als het misging, had ze het in elk geval geprobeerd.

25

Hoewel Delphine weinig te verliezen had gehad toen ze in de zinderende augustushitte Whitechapel had verlaten, was ze het weinige wat ze bezat toch kwijtgeraakt aan de machtige Theems. Nu bood de herfst haar een nieuw begin. Haar oude gevoelens van angst en zelfverachting hadden zich teruggetrokken in de koele, lange schaduwen en het honingkleurige licht riep nieuwe emoties in haar op: hoop, dankbaarheid en het idee dat alles mogelijk was. De dag waarop ze Ryan's Castle als Delphine Brown verliet, begon veelbelovend. Ditmaal had ze een koffer vol met afdankertjes van Tabitha, stuk voor stuk even mooi. Bovendien was ze niet alleen: Blue en Midge liepen met haar mee, ook al was het slechts tien minuten wandelen en was ze geen kind dat voor het eerst naar school ging, maar een vrouw die aan een nieuwe baan begon.

De familie Greenbow, zowel de oudere als de jongere garde, was zo vriendelijk en gemakkelijk in de omgang dat ze zeker wist dat ze zich bij hen op haar gemak zou voelen. Ze vroegen de dames Camberwell binnen voor een kop thee en ze gingen allemaal, werkgevers, werkneemster en rijke mensen van hoger op de heuvel, samen aan tafel zitten. Blue nodigde iedereen uit voor het herfstfeest in de tuin van de Camberwells.

'Wel komen, hoor,' drukte Midge hun op het hart. 'We zien elkaar veel te weinig en wij zouden het heel gezellig vinden.'

'Kom binnenkort eens bij ons langs, Delphine!' zei Blue tijdens het afscheid. 'Zo snel je kunt. We gaan je missen.'

'Jullie zien haar zondag weer,' zei de jongere mevrouw Greenbow, die haar handen vol had aan haar baby's. 'Dan gaan we allemaal bij mijn ouders op bezoek en kan Delphine een vrije dag nemen.'

Delphine schoot in de lach. Zondag, dat was overmorgen al! Feestjes en vrije dagen, nog voordat ze zelfs maar begonnen was? Wat was dit voor baan?

Nadat de Camberwells vertrokken waren, begon ze met wat kleine klusjes. De afwas, het opmaken van de bedden en stof afnemen. Daarna stelde Fanny voor dat ze haar spullen zou gaan uitpakken. 'Dit is per slot van rekening je nieuwe huis. We roepen je wel als we je nodig hebben, liefje.'

Ze had een piepklein kamertje aan de voorzijde van het huis, met uitzicht op de straat die naar de rivier leidde. Het eerste wat ze deed was het tafeltje voor het raam zetten en haar notitieboek en pen erop leggen. Daar zou ze de hele dag wel kunnen zitten om naar de voorbijlopende mensen te kijken. Tussen het huis en de straat lag een kleine, keurige voortuin en ze verlangde ernaar om de wisseling van de seizoenen terug te zien in al die takken en bloemen. Ze had nu al een roodborstje van de boom naar het muurtje en weer terug zien fladderen, en er stond een prachtige magnolia.

Ze legde haar weinige bezittingen op een plank naast een kleine ovale spiegel in een houder van teakhout. Een kam, lippenstift, mascara en een potje gezichtscrème, allemaal gekregen van Blue. Eerste levensbehoeften, volgens haar. Ze keek in de spiegel en haalde de kam door haar haar. Dat was zo gebeurd. Gisteren had Merrigan haar meegenomen naar de kapper om een boblijn te laten knippen. Hoewel Delphine heel goed doorhad dat Merrigan zich ten doel had gesteld om de hele wereld van een boblijn te voorzien, leek het haar wel praktisch tijdens het werk. Bovendien ging er niets boven een nieuw kapsel wanneer je je anders wilde voelen. Delphine Foley had lang, zwaar haar als fonteinkruid gehad. Delphine Brown was een moderne, werkende vrouw. Zij had een boblijn!

'Je moet wel je nek wassen nu je haar zo kort is,' had Tabitha haar gisteren geplaagd.

Geschrokken greep Delphine naar haar nek. Was die vuil?

'Ze maakt maar een grapje,' zei Merrigan. 'Ze heeft het niet eens zelf bedacht, want ik zei dat ook tegen haar toen ze haar haar in een bob liet knippen.'

'Jij hebt het anders ook maar in een tijdschrift gelezen!' kaatste Tabitha terug.

Het maakte Delphine niet uit wie het grapje bedacht had, ze was allang blij dat ze zichzelf niet te schande had gemaakt met een ongewassen nek.

26

Het was allemaal te gladjes verlopen, dacht Blue op zondagmiddag toen ze met Merrigan, Tab en Delphine in Richmond Park zat te picknicken. Het was een van die perfecte septemberdagen waarop koperkleurige blaadjes neerdwarrelden op het hoge gras en de hemel strakblauw was. Ze was gerustgesteld over Foster. Tabitha had een hartig woordje met hem gewisseld en haar verzekerd dat hij zijn avances zou staken. Blue was zo opgelucht geweest, en zo blij met haar baan bij de krant, dat ze de meiden in vertrouwen had genomen over Dorian en L.W. Daar had ze nu spijt van.

'Latchley? Wat is dat nou voor naam?' wilde Merrigan weten. 'Hij klinkt als een plantage-eigenaar uit het diepe zuiden! Als iemand die aan een sigaar lurkend over zijn veranda ijsbeert.'

'Dat doet hij niet.'

'Hoe weet jij dat nou? Je hebt hem nog nooit ontmoet! Voor hetzelfde geld zegt hij allemaal dingen tegen je die niet waar zijn.'

'Dat maakt het juist zo interessant.'

'Hoe bedoel je? O nee, je gaat toch niets met hem afspreken? In vredesnaam, Blue! Ben je wel goed bij je hoofd? Heb je soms te veel naar leestekens zitten turen?'

'Niet te geloven dat je iets met Dorian hebt,' zei Tabitha verwonderd. 'Ik bedoel, hij is best wel een schatje, Blue. Denk je dat het iets zou kunnen worden?'

'Wat kan mij Dorian nou schelen?' jammerde Merrigan. 'Mijn zusje staat op het punt iets af te spreken met een volslagen vreemdeling, de een of andere engerd. Straks maakt hij misbruik van haar en laat hij haar met een gebroken hart achter.'

'Tja,' zei Blue, knabbelend op een grasspriet, 'je hebt zelf gezegd dat ik er vaker op uit moet.'

Tabitha grinnikte.

'Hou toch op!' Haar zus gaf haar een pets tegen haar bovenbeen. 'Wees nou eens serieus, Blue.'

'Dat ben ik ook. Merrigan, je zei zelf dat ik zou moeten nadenken over de liefde, dat ik op zoek moest naar een echtgenoot. Daar wilde ik niets van weten. Je stond dan misschien niet achter dat wilde plan van papa, maar je zei wel, op de avond van 18 augustus om precies te zijn, dat het goed voor me zou zijn als ik daardoor eens wat meer aan mannen ging denken.'

'Dat is waar, edelachtbare, ik was erbij.' Grijnzend stak Tabitha haar hand op alsof ze een verklaring onder ede aflegde.

'Jij bent er altijd bij,' bromde Merrigan. 'Je zou bijna denken dat je zelf geen dak boven je hoofd hebt.'

'Nu heeft iemand daadwerkelijk gedaan wat papa zei. Hij heeft mijn fantasie geprikkeld, of in elk geval mijn interesse gewekt, en jij doet alsof de wereld vergaat. Het is ook nooit goed!'

'Blue, zeg nou zelf. Wat voor man schrijft naar een vrouw die hij helemaal niet kent?'

'Iemand die is aangemoedigd. Door onze vader, welteverstaan.'

'Ik bedoel... wat voor ongetrouwde man van tweeëndertig stuurt nou een brief naar een veel jongere vrouw die hij nog nooit met eigen ogen heeft gezien?'

'Een man die niet ongetrouwd wil zijn?' opperde Tabitha.

'Enfin,' zei Blue, die genoeg had van dit onderwerp. 'Onze briefwisseling is een prettige afleiding, maar dit kan niet eeuwig zo doorgaan. In zijn laatste brief stelde hij voor om elkaar eens in het echt te zien.'

'Dat geloof ik graag,' brieste Merrigan.

'Het is erg verleidelijk, moet ik zeggen. Ik heb nog niet teruggeschreven, want ik wil geen overhaaste dingen doen en ik ga ook nog met

Dorian om. Je kunt me niet verwijten dat ik maar op één paard wed. Ik wil dit gewoon verder uitzoeken. Misschien is hij in het echt heel anders en kan ik mijn tijd er beter niet aan verdoen om hem nog meer brieven te schrijven. Of misschien is hij wel ontzettend aardig, maar niets voor mij. In dat geval kan ik daar maar beter nu achter komen. Ik zou overdag met hem kunnen afspreken, in een openbare gelegenheid. Ik zou zelfs iemand kunnen vragen om een oogje in het zeil te houden. Tab of Delphine, misschien. Jij niet, Merrigan. Als ik hem in het echt kan zien en spreken, weet ik hoe de vork in de steel zit. In elk geval beter dan nu.'

Merrigan zuchtte dramatisch. 'Het klinkt mij allemaal vreselijk in de oren. Wat vind jij, Delphine?'

'Ik vind dat ze het moet doen.'

Merrigan ging rechtop zitten. 'Meen je dat nou? Ik had juist verwacht dat jij erop tegen zou zijn.'

'Nee,' reageerde Delphine zacht. 'Je weet het maar nooit. F-F-Foley en ik hebben elkaar op de gebruikelijke manier ontmoet en verkering met elkaar gekregen. En moet je nu eens kijken. Achteraf bezien waren er allerlei kleine dingetjes waardoor ik het had kunnen zien aankomen, maar op dat moment had ik niets in de gaten. Ik zou niet weten waarom dit riskanter zou zijn dan alle andere manieren waarop je iemand kunt ontmoeten.'

'Volgens mij heb je gelijk,' viel Tabitha haar bij. 'Veel mensen leren elkaar kennen op een feestje of zelfs bij de bushalte, en dat vindt iedereen doodnormaal. Het ene huwelijk pakt geweldig uit, het andere is een regelrechte ramp. Wie weet, misschien vinden mensen het over een tijdje wel de gewoonste zaak van de wereld om brieven naar onbekenden te sturen en later pas te besluiten om kennis met elkaar te maken.'

'Och, doe niet zo belachelijk!' Merrigan snoof verachtelijk.

'Zei je nou dat je een foto van hem hebt, Blue?' vroeg Delphine nieuwsgierig.

Blue glimlachte. 'Ja, maar die willen jullie vast niet zien.' Toen de anderen verontwaardigde kreten slaakten, zocht ze lachend de foto op en gaf die aan Delphine.

'Hij ziet er niet verkeerd uit,' merkte Delphine op. 'Zo te zien zitten al zijn vingers en tenen er nog aan, zoals mijn moeder zou zeggen.'

Ongeduldig griste Tabitha de foto uit haar handen. Daarna trok ze haar neus op. 'O, Blue. Meen je dat nou?'

'Hoe bedoel je?' vroeg Blue verongelijkt.

'Ach, hij is niet lelijk, maar Blue, zou je hem echt kunnen verkiezen boven een knappe kerel als Dorian?'

'Dat weet ik niet. Dorian is... Ach, we hebben het grootste plezier samen, maar ik weet niet of hij wel bij me past.'

'Deze man ziet eruit alsof hij thuishoort op een boerderij op de Buiten-Hebriden! Ik zou hem nooit een hoed voor me laten ontwerpen.'

'Nou ja, zeg. Hij is best modieus, al is hij niet een en al glamour, zoals Dorian. Ik zie modebewustheid niet als een eerste vereiste voor een goede echtgenoot.'

'Het kan geen kwaad,' probeerde Tabitha nog.

'O, in 's hemelsnaam!' riep Merrigan uit. 'Geef hier.' Ze rukte de foto uit Tabitha's hand, bekeek hem eens goed en gaf hem weer terug aan Blue.

'Nou?'

'Nou...' Merrigan zag er geërgerd uit. 'Ik vind het echt ongehoord.'

27

Op de terugweg naar Old Palace Lane moest Delphine de hele tijd aan hun gesprek denken. Ze hoopte maar dat ze Blue goede raad had gegeven, al betwijfelde ze of het iets uitmaakte. Blue mocht dan zachtaardig zijn, koppig was ze ook. Als ze Latchley Winterson in het echt wilde zien, zou dat ook gebeuren.

Onwillekeurig dacht Delphine terug aan de tijd dat ze Foley had leren kennen. Dat was aan het begin van 1919 geweest, toen ze een vrije dag had gehad. Haar moeder was vergeten wortels te kopen, dus ging Delphine naar de markt om er een paar te halen. Daar kwam ze Peggy tegen, de oude dame die aan het einde van hun straat woonde. Terwijl ze samen over de markt slenterden, zagen ze Foley, die heel galant aanbood om Peggy's tas voor haar te dragen. Hij was een vriend van de neef van haar kleinzoon, of zoiets. In elk geval wist hij wie Peggy was.

Nadat hij Delphine en Peggy had thuisgebracht, had hij Delphine tot haar stomme verbazing gevraagd of ze zin had om de volgende avond iets met hem te gaan drinken. De meeste mannen keken, net als de meeste vrouwen trouwens, met iets van medeleven of zelfs met walging naar haar. Niemand had ooit zo naar haar gekeken als Foley, met een brede glimlach, alsof het Kerstmis was en zij een taart. Ze kon zich niet voorstellen waarom hij zo naar haar keek, dus vroeg ze hem ernaar in de pub.

Daarop zei hij dat ze er lief en vriendelijk uitzag. 'Er zijn niet zo veel aardige vrouwen,' merkte hij op.

Pas veel later was het tot haar doorgedrongen dat alleen een man die geen hoge dunk had van het vrouwelijk geslacht zoiets zou zeggen. Destijds vatte ze het op als een compliment, wat voor haar een zeldzaamheid was.

Hun verkeringstijd duurde een half jaar en ze genoot van zijn gezelschap. Of misschien vond ze het prettig om überhaupt gezelschap te hebben. Ze hield van haar moeder, maar dat was natuurlijk niet hetzelfde. Sinds Esther getrouwd was, was het zelfs nog stiller in huis. Foley sprak vol zelfvertrouwen met haar over zijn ervaringen in de oorlog, de plaatsen die hij had gezien en zijn mening over allerlei zaken, die hij maar al te graag gaf. Hij was best hoffelijk en niet onaantrekkelijk. Al met al kon Delphine haar geluk niet op. Eén keer vroeg ze hem verlegen of haar fysieke onvolkomenheden hem niet stoorden. Helemaal niet, zei hij daarop. Verder was ze best mooi en door alles wat hij in de oorlog had gezien was hij wel wat gewend.

Delphine lachte ongelovig terwijl ze zich de trappen naar de rivier af haastte. Eerder had ze er nooit zo bij stilgestaan, maar nu besefte ze pas hoe onzeker ze destijds was geweest. Hoe had ze het ooit als een compliment kunnen opvatten dat ze best meeviel vergeleken bij de gruwelen die hij in de oorlog had aanschouwd? Niet dat ze nu zo'n hoge pet ophad van zichzelf, maar na haar tijd bij de familie Camberwell en na het lezen van de brief van L.W. aan Blue drong het pas tot haar door hoe afschuwelijk het was wat Foley tegen haar gezegd had. In die tijd had ze zich zo lelijk gevoeld dat hij in elk geval een eerlijke indruk op haar had gemaakt. Daardoor had ze zich laten verleiden.

Ze had zich er zo druk over gemaakt of zij wel goed genoeg voor hém was dat er geen ruimte was overgebleven voor andere twijfels. Ze had zich nooit afgevraagd of hij wel echt zo was als hij zich voordeed, of hij haar gelukkig zou kunnen maken. De enkele keer dat hij een driftbui kreeg, bood hij daar zijn excuses voor aan en legde uit dat het de naweeën van de oorlog waren. Dat maakte haar nog zekerder van haar zaak. Als hij net als zij beschadigd was, zouden ze des te beter bij elkaar passen. Het betekende dat ze hem meer te bieden had. Een schoonheid was ze niet, maar hij zou wel op haar troost en begrip kunnen rekenen.

Ze waren overhaast in het huwelijk getreden en daar had ze nog steeds spijt van. Uiteindelijk had ze echter aan hem kunnen ontsnappen en nu lag er een nieuw leven voor haar. Het contrast met haar oude leven was zo groot dat ze het soms niet kon bevatten.

Dat gevoel bekroop haar vooral in de avonden. Wanneer ze voor de familie kookte, deed dat haar eraan denken dat ze het avondeten had klaargemaakt voor Foley, met één oog op de klok, doodsbang dat ze iets zou verknoeien. Zelfs wanneer dat niet gebeurde, wilde dat niet zeggen dat ze veilig was. Door zijn gespannen, kritische gezicht wanneer hij eindeloos zat te kauwen had ze zelf nauwelijks een hap door haar keel kunnen krijgen. Nu stond de familie Greenbow erop dat ze tijdens het avondeten bij hen aanschoof. Als ze aanstalten maakte om de tafel af te ruimen, hielden ze haar tegen. 'Blijf zitten,' zeiden ze dan. 'Doe maar rustig aan. Neem nog een biscuitje.'

De avonden met Foley waren het ergst geweest. Nu, nadat de Greenbows naar bed waren gegaan, ging Delphine met het licht uit bij haar raam staan. Dan keek ze naar de vossen die met ogen als schijnwerpers voorbijslopen of naar verliefde stelletjes in de schaduwen, op weg naar de rivier. Haar grootste wens was dat dit geluk eeuwig zou mogen duren.

28

Toen Blue eenmaal bij de krant werkte, had ze helemaal geen tijd meer om aan een ontmoeting met L.W. te denken. Op maandagochtend verscheen ze stipt op tijd op de redactie. Het eerste wat ze zag nadat ze de deur van het kantoor had opengetrokken, was het laatdunkende gezicht van Robert Cauderlie.

'Goedemorgen, Lady Ishbel.' Met een zelfgenoegzaam lachje pakte hij een hoed en een mantel van de kapstok naast de deur. 'Of moet ik "het lievelingetje van Richmond" zeggen?'

Haar mond viel open, maar ze kreeg zichzelf snel weer in de hand. 'Goedemorgen, meneer Cauderlie,' zei ze met een gespannen knikje. Ook al was de sfeer op de redactie nog zo informeel, ze kon zich er niet toe zetten hem Robert te noemen. Om de een of andere reden had ze er helemaal niet bij stilgestaan dat ze bij de krant ging werken die haar privéleven op de voet volgde. Ze vroeg zich af hoe ze daarmee moest omgaan en vond het des te spijtiger dat Cauderlie het verband al wel had gelegd.

Gelukkig ging hij de deur uit en had ze de hele ochtend om zonder zijn sarcastische opmerkingen aan haar nieuwe omgeving te wennen. Juno was erg behulpzaam. Ze liet haar zien waar alles stond, legde uit hoe het archiveringssysteem werkte en stelde haar voor aan haar collega's. 'Het is je gelukt, meisje,' zei ze met een vluchtige glimlach. 'Je hebt talent. Ik ben blij dat ik je heb kunnen helpen.'

Blue gaf een kneepje in haar hand, maar daarop schudde Juno haar hoofd. 'Niet hier. Geen meisjesachtig gedoe, zoals Cauderlie zou zeggen. We zijn hier om te werken!' Ze zei het echter met een knipoog.

Deze keer had Blue meer tijd om haar omgeving in zich op te nemen dan tijdens haar vorige bezoek. Het niet bij elkaar passende meubilair, de ronde plafondlampen, de typemachines, de telefoons die op een standaard met een houder voor een notitieblok stonden, al kwam ze er al snel achter dat de bijbehorende potloden steevast ontbraken. Alle bureaus waren bezaaid met papieren en niemand zette de naslagwerken terug op de plank. Blue had een mahoniehouten bureau vol krassen naast dat van Juno, dat gemaakt was van goedkoop zwartgelakt hout.

'Jij deelt een bureau met Will Slee,' legde Juno uit, 'al is het niet waarschijnlijk dat jullie hier ooit tegelijkertijd zullen zijn. Mocht dat toch gebeuren, dan is er altijd wel iets te doen. Zoals je inlezen, telefoontjes plegen of wat dan ook.' Naast het bureau stond een hoge kwartjesplant en er vlakbij was een raam, waardoor Blue een glimp kon opvangen van de straat, de gebouwen aan de overkant en de bovenzijde van de voorbijrijdende bussen.

Barnaby Tanner was er ongeveer een uurtje, tot hij in allerijl weg moest om verslag uit te brengen van een bijeenkomst van de hengelsportvereniging in Twickenham. 'Pas wanneer je je met vis en aas mag bezighouden, waan je je een echte journalist,' zei hij met een knipoog toen hij vertrok. 'Let maar op.'

Bij Blue stonden er die week echter geen vis en aas op het menu. Net zomin als de misnoegde opmerkingen van onderbetaalde brouwerijmedewerkers in Ealing, de huizencrisis of het slot van de Exposition Internationale des Arts Décoratifs et Industriels Modernes in Parijs op 25 oktober. Ook mocht ze niets schrijven over de ophef die ontstond toen een groep elitaire jongeren in Twickenham een feest organiseerde waarop champagne de enige toegestane drank was en waar iedereen die werd betrapt op het drinken van iets anders werd gedwongen om een kledingstuk uit te trekken. Nee, alles van nationaal belang, alles wat een maatschappijkritische blik vereiste, glipte haar door de handen en belandde op de andere bureaus om onder andere initialen geschreven en uitgegeven te worden. Blue mocht zich alleen bezighouden met mode en roddels.

Aanvankelijk dacht ze dat het kwam doordat ze nieuw was. Ze begreep best dat ze onderaan de ladder moest beginnen, dus toog ze vol goede moed naar het theepartijtje van de haakclub voor dames en het verlovingsfeest van Sally Varney. Ze stortte zich vol overgave op haar werk en was trots op zichzelf omdat ze zo veel enthousiasme wist op te brengen voor zulke onbeduidende kwesties. Per slot van rekening viel ze in voor Jimmy Griggs. Ze betwijfelde of hij op pad zou zijn gestuurd om zijn kritische kijk op jurken van kunstzijde te geven. Aan de andere kant kreeg ze door die eenvoudige opdrachten wel de gelegenheid om aan haar nieuwe ritme te wennen.

De reacties op haar komst waren wisselend. Juno ontving haar met open armen en was blij dat er nog een vrouw op de redactie kwam werken. Barnaby was nog net zo vriendelijk en humoristisch als tijdens hun eerste kennismaking. Cauderlie bleef een ellendeling en de reacties van de andere mannen liepen uiteen van ongeïnteresseerd tot enthousiast. Een van hen, Spencer Clayton, bleek een beetje té enthousiast. Blue kwam er al snel achter dat ze beter bij zijn vlezige handen uit de buurt kon blijven. Soms verlangde ze ernaar om uitgebreid te lunchen met Merrigan, of om van alles en nog wat te bespreken met Elf in de betoverende omgeving van zijn cottage. Wat konden mensen toch tegenstrijdig zijn, dacht ze. Ze had dit zo graag gewild, en dat deed ze nu nog steeds, maar toch viel het haar zwaar om het nest te verlaten. Desalniettemin zou ze gewoon blijven proberen om hogerop te komen. Hoeveel theepartijtjes ze daarvoor ook moest bezoeken.

Bovendien waren er ook lichtpuntjes die haar werkdagen wat aangenamer maakten. Op donderdag zag ze na haar werk Delphine bij de receptiebalie staan, waar ze net toegaf aan Sheila's dringende verzoek om aardbeienlippenstift te proberen. Lippenstift met een smaakje was voor Sheila net zo belangrijk als een boblijn voor Merrigan was.

Delphine begroette haar met een brede aardbeirode glimlach. 'Ik wilde je verrassen,' zei ze. 'Ik heb een uurtje vrij. Zullen we thee gaan drinken?'

Blue voelde haar hart opzwellen door dat attente gebaar. 'Ik wil niets liever.' Stralend haakte ze haar arm door die van Delphine.

Op vrijdagmiddag vertrok ze rond dezelfde tijd als Barnaby van kantoor en kwam hij naast haar lopen. Het was haar opgevallen dat hij er altijd een tikje verfomfaaid uitzag en dat zijn dikke bos strokleurig haar een eigen wil leek te hebben, maar dat deed niets af aan zijn vriendelijke manier van doen.

'Je woont op de heuvel, toch?' vroeg hij.

'Ja. En jij?'

'In Acton. Ben je op weg naar huis?'

'Ja. Alhoewel, ik moet eerst nog langs de schoenmakerij om iets op te halen voor mijn zus.'

'Zal ik met je meelopen? Ik heb met een vriend afgesproken in The Roebuck, dus ik moet toch die kant op. Of wil je liever even alleen zijn om je hoofd leeg te maken na je eerste week bij de *Gazette*?'

'Het lijkt me gezellig als je met me meeloopt. Vind je het niet vervelend dat ik nog naar de schoenmakerij moet? Het duurt maar twee minuten.'

'Helemaal niet. Ik ben toch aan de vroege kant.'

Zodoende haalden ze eerst Merrigans schoenen en liepen ze daarna langzaam de heuvel op, terwijl Blue hem vertelde over haar eerste werkweek.

'Je verveelt je,' concludeerde Barnaby.

'Stierlijk,' gaf ze toe. 'Niet dat ik arrogant ben, hoor. Ik weet dat je als nieuwkomer niet kunt verwachten dat je meteen met de beste verhalen aan de haal mag gaan. Maar… de jaarlijkse jeu-de-boules-en-loterij-avond van het tandheelkundig instituut in Richmond?'

Barnaby schoot in de lach. 'Je zou je gezicht eens moeten zien!' gierde hij uit. 'Al is het eigenlijk niet om te lachen. Niet dat ik je wil ontmoedigen, maar volgens mij komt het niet doordat je nieuw bent.'

'O?'

'Volgens mij ligt het eraan dat je een vrouw bent en... tja, uit een goed milieu komt en...'

'En?'

'Neem me niet kwalijk dat ik het zeg, maar je bent best aantrekkelijk, I.C. Door die combinatie kom je op de gevestigde orde nou niet bepaald over als een doortastende journalist.'

'Op Gordon, bedoel je? Hij heeft me zelf in dienst genomen!'

'O, Gordon houdt zich niet met dat soort dingen bezig. Voor hem is het alleen van belang dat je goed kunt schrijven. Alleen vertegenwoordigt hij de gevestigde orde wel. Cauderlie, en types zoals hij op meer invloedrijke posities. Bovendien moet hij aan het moreel van zijn werknemers denken. Ongeveer de helft van de mannen op de redactie vindt het geweldig dat je er bent. Voor de oorlog werkten mannen en vrouwen alleen regelmatig samen in de agrarische sector, nietwaar? De helft van ons vindt het juist fijn dat er een vrouw bij gekomen is. Trouwens, voordat jij er was, had Spencer alleen Juno om zich aan te vergrijpen, en zij slaat iedereen die iets probeert meteen bewusteloos. Hij moet er nog achter komen dat jij er ook niet van gediend bent, dus droomt hij er nu van dat hij je een keer zal mogen zoenen in de ontvangsthal, als alle anderen al naar huis zijn.'

Blue huiverde. 'En de andere helft?'

'Dat weet je al.'

'Voor hen ben ik een knap, nutteloos, rijk poppetje dat ze maar moeten dulden.'

'Een poppetje dat een baan inpikt die voor een man bestemd is, alleen omdat je iets wilt bijverdienen. "Terwijl de man die in de loopgraven heeft gevochten verbitterd, wanhopig, radeloos moet toezien,"' zei Barnaby. 'Dat citaat komt overigens uit een artikel over dit onderwerp. Het mogen dan de jaren twintig zijn, je bent nog steeds een uitzondering, Ishbel.'

Ze zuchtte. 'Het klopt wel dat ik het geld niet nodig heb. Soms vraag ik me af of ik me schuldig zou moeten voelen.'

Spottend trok Barnaby zijn wenkbrauw op. 'Je voelt je niet schuldig, maar je vindt dat dat wel zou moeten? Wat is daar het nut van? Bedoel je dat je vader genoeg geld heeft om je te onderhouden? Dat geldt ook voor Cauderlie! Van een man verwacht niemand dat hij op de zakken van zijn familie teert. Als ik me niet vergis, wil je iets bereiken als schrijfster, toch?' Ondanks zijn innemende karakter en zijn ongepolijste voorkomen had hij een scherpzinnige blik in zijn ogen, merkte Blue. Hij sprak snel en vol passie.

'Ja. Ik móét gewoon schrijven. Dat is mijn manier om dingen te leren begrijpen. Het maakt deel uit van wie ik ben, en ik wil mijn eigen geld kunnen verdienen met iets wat ik graag doe. Niet met iets sufs zoals medicijnen klaarleggen of jurken verkopen.'

'Ik verkoop ook niet graag jurken.'

Ze schoot in de lach. 'Wat kun jij droog uit de hoek komen, zeg.'

'Zo word je vanzelf als je het langer dan een maand uithoudt bij de *Gazette*, let maar op. Niet dat het een slechte werkplek is, maar de onzin die je er soms moet aanhoren... Hoe dan ook, jij hebt net zo veel recht om daar te zijn als ieder ander. Meer nog zelfs, als je je carrière zo serieus neemt dat je bereid bent om het vak te leren tussen de jeu-de-boulende tandartsen. Dat kan niet iedereen zeggen. Spencer en Roger zijn tijdens de oorlog in het vak gerold omdat ze waren afgekeurd voor de militaire dienst, en ze zijn er nooit meer mee gestopt. Zonder dit werk zou Roger overdag alleen maar in de pub rondhangen, daar is hij zich terdege van bewust. Een baan draait nooit alleen om het salaris. Trouwens, stel dat je vader onverhoopt al zijn geld zou verliezen? Als je op eigen benen kunt staan, heb je altijd iets om op terug te vallen.'

Blue keek hem verheugd aan. 'Dank je, Barnaby. Zo denk ik er ook over. Je hebt vast veel van je zussen geleerd.'

'Nee, zij van mij,' zei hij grijnzend. 'Ik heb hun alles geleerd wat ik weet!'

'Ik zou dolgraag meer over hen horen, maar we zijn er al. Hier woon ik.'

'Een prettige avond, Ishbel.'

'Jij ook. Tot maandag.'

Die avond had Blue het gevoel dat er een last van haar schouders was gevallen. Natuurlijk was het geen prettige gedachte dat vrouwen nog steeds zo vijandig werden behandeld op de werkvloer, dat haar geslacht bepalend was voor de opdrachten die ze kreeg, dat er nog zo veel mensen waren die vonden dat vrouwen niet net zo veel recht hadden op een leuke baan en een eigen inkomen als mannen. Bovendien was het nou ook weer niet zo dat alle mannen zo goed voor vrouwen zorgden, dacht ze verhit. Daarvoor hoefde je niet verder te kijken dan Delphine en Foley. Toch was het een opluchting om eens vrijuit te kunnen praten over de weerstand waar ze op stuitte en mee worstelde, maar die ze normaal gesproken niet kon benoemen omdat niemand anders dat deed. Barnaby Tanner was recht voor zijn raap en dat hielp haar om alles helder te zien.

Op maandag zag ze hem nauwelijks, aangezien hij de hele ochtend op pad was en zij de hele middag. Toen ze hem tussendoor op straat tegenkwam, begroette ze hem hartelijk.

'Ik moet snel naar binnen om mijn aantekeningen uit te werken,' zei hij, 'maar gisteravond heb ik eens nagedacht over wat je zou kunnen doen.'

'Wat aardig van je, Barnaby.'

'Ach, ik kan het gewoon niet uitstaan dat die hypocriete lui zo wars zijn van verandering. Hoe gaat het nu? Ik kan me voorstellen dat het beschrijven van al die sociale aangelegenheden niet erg uitdagend is.'

'Daar heb je gelijk in, maar toch heb ik er wel het een en ander van opgestoken. Aan mijn eerste artikelen heeft Gordon nog flink wat moeten aanpassen, maar nu heb ik de slag te pakken, geloof ik.'

'Mooi zo, dan kun je in je vrije tijd misschien andere dingen schrijven. Op de redactie kun je je feiten checken en onderzoek doen. Telkens als je klaar bent, leg je een exemplaar op Whisky's bureau. Zolang je de opdrachten blijft doen die hij je geeft, heeft hij niets te klagen. Ik durf te wedden dat je vroeg of laat zijn interesse zult wekken en dat hij dan iets van je publiceert. Op die manier kun je misschien verder komen en hoef je je in elk geval niet te vervelen.'

Dat zou inderdaad een stap in de juiste richting kunnen zijn. Als ze het niet deed, zou haar portfolio wanneer Jimmy Griggs over een half jaar terugkwam niets anders dan zinloos geneuzel bevatten. 'Dat ga ik doen,' zei ze. 'Wat een geweldig idee. Bedankt, Barnaby.'

Hij nam zijn hoed even af en liep op een drafje naar binnen.

In gedachten verzonken ging Blue op weg naar Kew, waar de kleindochter van de een of andere lady gedoopt zou worden. Gordon had haar een lijst met acht gerenommeerde namen gegeven die er zeker zouden zijn en haar de opdracht gegeven om tot in detail te beschrijven wat ze aanhadden.

29

Na verloop van tijd begon Delphine te wennen aan haar nieuwe baan en leerde ze de omgeving wat beter kennen. Ze was niet meer bang voor haar eigen schaduw en de mensen in de winkels en op het postkantoor herkenden haar al snel als het nieuwe 'meisje' van de familie Greenbow. Als je telkens wanneer je naar buiten ging minstens drie of vier voorbijgangers bij naam kon groeten, kreeg je vanzelf het gevoel dat je deel uitmaakte van de gemeenschap, bedacht ze met een glimlach tijdens het boodschappen doen.

Alle vier de Greenbows waren ontzettend aardig. Paul en Sylvia waren drukbezette mensen die blij en dankbaar waren dat Delphine er was om hen te helpen. Stephen en Fanny hadden bij elkaar opgeteld genoeg kwaaltjes om een medische encyclopedie te kunnen vullen. Het gebeurde regelmatig dat ze ten val kwamen of flauwvielen en het bed moesten houden en een dokter nodig hadden, maar tussendoor genoten ze met volle teugen van het leven.

Fanny was dol op het theater en bezocht alle voorstellingen binnen een redelijke afstand. Zo nu en dan ging Delphine met haar mee. Ze was diep onder de indruk van het mooie victoriaanse theater dat weggestopt lag in Little Greene en genoot van het enthousiasme van de spelers bij het amateurtoneel in de buurtcentra. Haar favoriet was een schooltoneelstuk, een beknopte versie van *Een midzomernachtsdroom*, waarin een jong familielid van Sylvia Erwtenbloesem speelde. De vleugels van Puck vielen twee keer af, Mosterdzaad vergat waar ze was en sjorde haar rok omhoog om zich eens lekker te krabben en het hele script werd opgevoerd met hoge piepstemmetjes die weinig aandacht hadden voor logica of interpunctie. De opgewonden sfeer die er onder de trotse ouders heerste, had Delphine echter diep ontroerd. Ze had gewild dat Esther en zij zo waren opgegroeid.

Delphine was nog maar kort getrouwd toen Esther doorkreeg dat er iets mis was. Aangezien ze zich niet realiseerde hoe erg het was en Foley ten onrechte aanzag voor een weldenkend mens, probeerde ze met hem te praten. Nadat ze was vertrokken, reageerde hij zijn woede op Delphine af en dreigde hij ook Esther te slaan als ze er ooit nog over zou beginnen. Een paar jaar lang had Esther de situatie met lede ogen aangezien, omdat Delphine dat graag wilde. Uiteindelijk was het makkelijker geweest om elkaar helemaal niet meer te zien, en zo had Foley het ook het liefst.

Inmiddels had Delphine een rijk sociaal leven. Doordeweeks zag ze Blue meestal één of twee keer. Tegen de tijd dat Blue klaar was met werken, had Delphine haar karweitjes voor die dag af en had ze alles klaargezet voor het avondeten, zodat ze er even tussenuit kon voordat ze moest koken. Vaak dronken ze snel een kopje thee als de nabijgelegen theesalon open was, of anders in de piepkleine 'keuken' bij Blue op kantoor. Zo nu en dan waren Juno of Sheila er ook bij, maar meestal grepen Blue en Delphine deze momenten aan voor openhartige gesprekken over privézaken die ze alleen aan elkaar vertelden.

Het werd steeds vroeger donker en 's avonds kroop ze vaak diep weg onder de dekens, las ze boeken die ze van Blue had geleend en dacht ze na over de goede dingen die haar overkwamen. Ze leerde de buren kennen, bewonderde de zwanen, kocht voor het eerst wat spulletjes om haar kamer in te richten en bedacht wat ze aan zou trekken naar het herfstfeest van de Camberwells. Daarnaast schreef ze veel en bracht ze bezoekjes aan het theater. Er ging een wereld voor haar open en dat wilde ze dolgraag aan haar moeder en Esther vertellen. Ze wilde het met hen delen. Telkens probeerde ze zichzelf in herinnering te brengen dat ze bevrijd was van Foley en weer een eigen leven had, dat ze daar tevreden mee moest zijn.

Alleen was het niet genoeg.

Inmiddels zag ze wel in dat de familie Camberwell gelijk had: op deze manier kon ze niet voluit leven. Niet dat ze dacht dat er iets anders opzat, maar misschien moest ze toch eens aanhoren wat Kenneth erover te zeggen had.

Op haar eerstvolgende vrije avond kwamen ze daarom bijeen in de onlangs opnieuw ingerichte salon van Ryan's Castle, die nu groene muren had en nog naar verf rook. De keuken werd momenteel dusdanig onderhanden genomen dat die onbruikbaar was, dus was Avis een paar dagen op bezoek bij haar tante. Zodra er één kamer af was, ging Midge verder met de volgende. Er lag voor nog minstens zes kamers een ontwerp klaar.

'Ik ben ontzettend blij dat je besloten hebt hierover te praten, liefje,' zei Kenneth, terwijl hij een bodempje sherry voor Delphine inschonk. 'En dat dat je nu gemakkelijker afgaat. Je ziet er goed uit, als ik zo vrij mag zijn.' Hij ging bij de open haard staan en hield zijn handen achter zijn rug. Boven hem hing een nieuw schilderij gemaakt door Laura Knight, waar Elf laaiend enthousiast over was.

Midge, Merrigan en Blue zaten met een serieuze uitdrukking op verschillende banken en chaise longues. Zelf zat Delphine bij het raam en deed ze haar best om zich te concentreren. Ze kon nu al merken dat haar gedachten afdwaalden. Niet bang zijn, hield ze zichzelf voor. We gaan alleen maar praten.

'Zo, lieverd,' vervolgde Kenneth. 'Waar wil je beginnen?'

'Ik w-w-w...' stamelde Delphine. Het leek haar geen goed teken dat alleen de gedachte aan Foley er al voor zorgde dat ze niet meer uit haar woorden kon komen. De afgelopen weken was praten zo gemakkelijk gegaan dat ze bijna was vergeten hoe moeilijk het kon zijn. Ze haalde diep adem. Je hoeft niets te doen wat je niet wilt, sprak ze zichzelf moed in. Het is maar een gesprek.

'Volgens mij ben ik er niet aan toe om daadwerkelijk iets te doen.' Smekend keek ze om zich heen. 'Eerlijk gezegd denk ik niet dat ik daar ooit aan toe zal zijn. Ik w-wil gewoon weten wat jullie ervan denken, maar ik wil jullie niet het idee geven dat ik nu van plan ben om F-F-Foley aan te pakken.'

'We willen je nergens toe dwingen,' stelde Midge haar gerust. 'We begrijpen heel goed hoe moeilijk dit voor je is en dat het je eigen beslissing moet zijn.'

Toen Delphine de meisjes zag knikken, kreeg ze een brok in haar keel van opluchting. 'Dank je wel. Alleen moet ik alsmaar denken aan wat jullie hebben gezegd. Dat hij hier niet mee weg mag komen. Dat ik niet vrij ben. Ik mis mijn moeder en mijn zus, maar ik ben b-bang om contact met hen op te nemen. Gisteren zag ik een woonboot. Die was in felle kleuren geschilderd, had een schoorsteentje en er speelden kinderen op het dek. Dat wilde ik zo graag aan Esther vertellen, maar dat kan niet. Daarom wil ik graag horen wat jullie te zeggen hebben, al denk ik niet dat het iets zal uitmaken omdat F-Foley...' Gefrustreerd haalde ze haar schouders op.

'Denk maar even niet aan hem,' stelde Midge voor, terwijl ze reikhalsde om naar de nieuwe serveerwagen van mahoniehout te kijken.

'Een gin and it, lieveling?' bood Kenneth aan. 'Een whisky met spuitwater?'

'Alleen een glaasje tonic, graag. Dank je, schat.' Ze wendde zich weer tot Delphine. 'Allereerst moet je weten dat er manieren zijn om contact op te nemen met je familie zonder dat die man je daardoor op het spoor kan komen. Daar kunnen we het later wel over hebben, want ik weet dat Kenneth graag iets tegen je wil zeggen.'

'Het zal natuurlijk niet gemakkelijk worden,' nam hij het woord, terwijl hij zijn vrouw een glas overhandigde. 'In onze cultuur zijn we altijd aangemoedigd om dit soort problemen binnenskamers te houden. Je weet hoe mensen zijn. Niemand wil de pijnlijke waarheid onder ogen zien als er een manier is om eronderuit te komen, maar tijden veranderen.'

Hij zweeg even om zijn gedachten op een rijtje te zetten en vervolgde toen: 'Er is een tijd geweest dat de autoriteiten een oogje dichtknepen voor dit soort zaken. Vrouwen waren het eigendom van hun echtgenoot, en hij bepaalde hoe er met hen moest worden omgegaan. Heb je weleens gehoord van de "unwritten law"?'

Delphine schudde haar hoofd.

'Dat is het idee dat een man het recht heeft om zijn vrouw te straffen wanneer ze in de fout gaat. Door haar te slaan nadat hij haar met een andere man heeft betrapt, bijvoorbeeld.'

'Ik zou het eerder ongeschreven waanzin willen noemen,' bromde Merrigan, die daarmee precies Delphines gedachten onder woorden bracht.

'Daar heb je volkomen gelijk in, maar daar gaat het juist om. Onlangs heeft een rechter een soortgelijke uitspraak gedaan. Ik weet niet meer hoe hij het noemde, *unwritten folly*, ongeschreven dwaasheid, of iets dergelijks. Hij heeft er korte metten mee gemaakt dat mannen zich op die ongeschreven regel kunnen beroepen. Die zaak heb ik met veel belangstelling gevolgd, maar jammer genoeg is er ook slecht nieuws te melden. Sinds de oorlog lijkt de vooruitgang weer teniet te zijn gedaan.'

'W-Waarom dan?'

'Ja, waarom, papa? Ik had eerder verwacht dat het andersom zou zijn.' Blue trok een bedenkelijk gezicht. 'In veel andere opzichten zijn vrouwen er juist op vooruitgegaan.'

'Dat zou weleens precies de reden kunnen zijn, Blue. Sommige mannen voelen zich er niet prettig bij dat vrouwen meer vrijheden hebben overgehouden aan de oorlog.'

'Bijvoorbeeld dat vrouwen banen inpikken die voor mannen bedoeld zijn...' mompelde Blue, met haar gedachten bij de minachtende uitdrukking op het gezicht van Robert Cauderlie.

'Exact. Er is steeds meer weerstand tegen vrouwen en hun nieuwe verworvenheden.' Kenneth zuchtte. 'Ik heb al een aantal schokkende verhalen gelezen. Dus Delphine, ik begrijp waarom je er zo tegen opziet en zal altijd eerlijk tegen je zijn over de stand van zaken. Dat gezegd hebbende is er wel reden tot hoop. Zoals de uitspraak van die rechter laatst. In zijn slotopmerkingen zei hij zinnige dingen over hoe mannen en vrouwen met elkaar zouden moeten omgaan. Daar was ik diep van onder de indruk. Daarnaast is er nog de aandoening shellshock…'

'Is dat niet gewoon de zoveelste smoes waardoor mannen met dit soort gedrag kunnen wegkomen?' vroeg Merrigan nijdig.

'Dat had gekund, maar volgens de berichten die ik gelezen heb, lijkt het daar niet op. Over vrouwen is jarenlang beweerd dat ze om het minste of geringste hysterisch kunnen worden, terwijl van mannen nooit is onderkend dat ze over enige emotie beschikken. Nu beginnen mensen vragen te stellen. Vrouwen zijn geen eigendom en mannen zijn geen alleenheersers die hun eigendom verdedigen. Die nieuwe ideeën lijken mensen te dwingen om de waarheid nog eens grondig onder de loep te nemen. Delphine, ik zou je niet aanraden om je veiligheid hiervan te laten afhangen, maar ik wil wel dat je weet dat er ook intelligente mensen rondlopen, met de juiste denkbeelden, die ze tot uiting brengen in de rechtszaal. Mocht je ooit besluiten actie te ondernemen, dan is het grootste euvel dat je destijds geen aangifte hebt gedaan. Dat bedoel ik niet als kritiek, want ik heb er alle begrip voor. Het betekent echter wel dat het moeilijk te bewijzen zal zijn. Ik vraag me af… Welnu, onze huisarts, dokter Harcourt, is erg discreet. Als je toch iets wilt laten vastleggen, zouden we hem kunnen vragen je te onderzoeken. De uitslag van dat onderzoek zou natuurlijk strikt vertrouwelijk blijven. Misschien zijn er nog sporen van… neem me niet kwalijk dat ik het zeg… oude verwondingen die hij misschien kan noteren. Nogmaals, de beslissing is aan jou, meisje. Verder doe ik er het zwijgen toe. Ik wil me nergens mee bemoeien en ik wil je niets opdringen, maar nu je een vriendin van ons bent, wilde ik het ook niet onbesproken laten. Ik wilde niet dat hij je nog zo in zijn macht zou hebben.'

'Ik begrijp het,' zei Delphine nuchter. 'D-Dat stel ik erg op prijs. Die dokter… Ik weet het niet. Wat zou hij… Ik bedoel…'

'Misschien kunnen we het er een andere keer over hebben wat dat onderzoek precies inhoudt,' stelde Midge voor. 'Alleen jij en ik, als getrouwde vrouwen onder elkaar.'

Delphine knikte.

'Wacht er alleen niet te lang mee, mocht je het overwegen,' drukte Kenneth haar op het hart.

Delphine besefte dat hij er ondanks haar bedenkingen nog steeds van droomde om Foley zijn gerechte straf te doen ondergaan. Daardoor ging ze zelfs nog meer om hem geven.

'Daar hebben we het nog wel over,' zei Midge met een knikje naar Delphine. 'Hoe zit het met haar moeder? Haar zus? Wat kunnen we daaraan doen, Kenneth?'

Delphine slaakte een zucht. Waar had ze toch zulke goede vrienden aan verdiend? 'F-Foley zei altijd dat ik te d-dom was om weg te lopen. Misschien had hij wel gelijk, want ik heb London Victoria niet eens gehaald en ben door stom toeval hier terechtgekomen. Ik mag van geluk spreken dat ik jullie heb leren kennen.'

'Goed. Dan nu Foley.' Kenneth deed een stap naar haar toe, maar bleef toen staan, alsof hij niet te gretig wilde overkomen. 'Ik wilde je nog vragen wat voor soort man hij is, Delphine. Dat hij wreed is, is me wel duidelijk, maar is hij slim of dom? Heetgebakerd of kil? Is hij misschien een beetje gestoord? Zou hij shellshock als excuus kunnen opvoeren? Ik wil gewoon...' Hij klemde zijn kaken opeen en Delphine zag dat hij de gedachte aan Foley amper kon verdragen. 'Het zou misschien schelen als ik hem wat beter begreep.'

Delphine wilde ook niet aan Foley denken of over hem praten, maar daarvoor was ze nu eenmaal hiernaartoe gekomen. 'I-Ik weet niet of hij gestoord is. In het begin, voordat we getrouwd waren, gaf hij de oorlog de schuld van zijn driftbuien. Natuurlijk had hij ook verschrikkelijke dingen gezien. Hij heeft een poosje als krijgsgevangene in Holzminden gezeten. Soms kon hij uit het niets ontploffen, de rest van de tijd was hij vreselijk kil. Alleen met zijn blik kon hij me al pijn doen, als je begrijpt wat ik bedoel. Na verloop van tijd ontdekte ik een patroon in de manier waarop hij met me omging. Ik... had het gevoel dat hij het vaker had gedaan, maar dat heeft hij natuurlijk nooit tegen me gezegd. Zou dat betekenen dat hij krankzinnig was, of gewoon een slecht mens? Ik heb geen idee. En of hij slim is? Ja, ik ken niemand die zo slim is als hij.'

30

Het herfstfeest van de Camberwells vond later plaats dan gewoonlijk, zodat de eetkamer afgemaakt kon worden en ze de gasten iets te eten konden voorzetten. De verbouwing van de keuken was nog in volle gang, maar die kreeg toch niemand te zien en er kon in elk geval weer gekookt worden.

Blue stond met haar armen om zich heen geslagen bij het kampvuur in de tuin. Door de twee weken uitstel was de sfeer iets anders dan anders. Normaal gesproken werd het feest gekenmerkt door de felle kleuren en het stralende licht van oktober, maar nu, op de eerste dag van november, was het donkerder, killer en somberder. Dat beviel Blue wel. Het had op de een of andere manier iets mysterieus, iets heidens.

Ze had al een trui over haar lange indigoblauwe jurk heen aangetrokken. Eigenlijk zou ze nu binnen de gasten moeten opwachten en al die mooi uitgedoste mensen met fonkelende juwelen moeten begroeten voordat ze zich inpakten tegen de kou en naar buiten gingen, maar ze kon de lokroep van de vlammen niet weerstaan. Hun brandende hart betoverde haar en dat de wind haar kapsel in de war maakte en dat het vuur haar wangen besprenkelde met kleine roetvlekjes was een kleine prijs om voor die magie te betalen.

Trouwens, het was een kleine, besloten aangelegenheid. Er zou niets over het feest in de krant verschijnen, Juno zou niet komen. Op het werk gingen ze vriendschappelijk met elkaar om, dus had Blue er goed op moeten letten dat ze niets tegen haar zei over haar plannen buiten werktijd. Juno had als opdracht om Blues liefdesleven op de voet te volgen. Hoe kon het ook anders? Ze was de enige andere vrouw die bij de *Gazette* werkte en Blue kon immers niet over zichzelf schrijven. Ook al leefde Juno met Blue mee omdat ze niet de hoofdrol wilde vertolken in een roddelrubriek, ze nam haar werk heel serieus. Trouwens, ze vond het zelf net zo goed fascinerend.

'Ik kan er niets aan doen,' had ze op verontschuldigende toon gezegd. 'Ik ben journalist, ik ben een vrouw en ik heb zelf geen liefdesleven. Hoe graag ik je ook mag en hoe erg ik je ook respecteer, je zult echt moeten wennen aan die bemoeizucht van me.'

Het was makkelijk geweest om het stil te houden, want de *Gazette* stond momenteel bol van de artikelen over de aankomende festiviteiten voor Remembrance Day. Blue kon het weten, want ze had er zelf een stuk aan gewijd. Er waren ongeveer zeventig dames ingezet voor de verkoop van de kunstklaprozen, die in Petersham werden vervaardigd. In de krant werd veel gediscussieerd over de muziek die tijdens de parade gespeeld zou moeten worden. Sommigen wilden traditionele koperen instrumenten, anderen pleitten voor houten blaasinstrumenten of zelfs strijkers, voor de afwisseling. 'Mits er binnen het programma genoeg aandacht is voor de krijgsmacht,' plaatsten ze daar als kanttekening bij. Controversiëler had Blue het tot nu toe als journalist nog niet meegemaakt.

Hun beide naaste buren, de Larraby's en de Waldegraves, waren uitgenodigd, evenals Delphine, de Greenbows en uiteraard de familie Foxton. Zelfs Foster zou kennelijk zijn opwachting maken. Daar was Blue blij om. Ze had hem al drie maanden niet meer gezien en hoopte vurig dat dit betekende dat hij over haar heen was.

Ook Dorian zou erbij zijn. Bij die gedachte maakte Blues hart een sprongetje. Hij was zo lang en knap, zo vrolijk en charmant. Zo hartelijk en dol op zoenen. Ze wist nog steeds niet wat ze van hun relatie vond, ze kon zich niet voorstellen dat ze ooit mevrouw Fields zou worden en wilde nog steeds kennismaken met L.W., maar de gedachte aan Dorian wist haar altijd op te vrolijken. Op kantoor wachtte haar de ene na de andere uitdaging en thuis was de spanning om te snijden nu Midge alsmaar zenuwachtiger en geïrriteerder werd, maar Dorian maakte haar gewoon aan het lachen.

Ondanks haar deadlines had ze er de afgelopen week meermaals over gedagdroomd om met hem rond dit kampvuur te dansen, om door hem te worden meegetrokken tussen de bomen, in zijn armen. Hij had een bedwelmende uitwerking op haar, net als champagne. Zou dit dan lust zijn? Daarnaast mocht ze hem ook graag. Al met al vond ze de liefde en alle bijbehorende raadsels maar ingewikkeld.

Opeens stond hij naast haar. Dorian, zo vroeg al? Hij stond er juist om bekend dat hij altijd *fashionably late* kwam. Ze was ervan uitgegaan dat ze eerst tijd met haar familie zou kunnen doorbrengen en pas later, wanneer hij terugkwam van een of ander avontuur, de volwassen Blue zou moeten worden. De Blue die hij het hart op hol bracht, die met hem wilde zoenen. In plaats daarvan kwam hij als eerste aan. Blijkbaar wilde hij indruk op haar maken.

Hij zoende haar en sloeg bezitterig zijn arm om haar schouders. Daar had ze niet op gerekend. Het volgende moment voegde de familie Greenbow zich bij hen en namen Blue en Dorian de rol van gastvrouw en gastheer op zich, waardoor ze nog erger in de war raakte. Desondanks vond ze het prettig om te merken dat hij zo vriendelijk en vrolijk tegen hen deed.

'Waar is Delphine?' vroeg ze.

'Die staat binnen met Midge te praten,' legde Fanny uit. Daarna begon ze aan een uitgebreid relaas over het toneelstuk dat ze de vorige avond hadden bijgewoond.

Stephens ogen schitterden in de gloed van het kampvuur toen hij de avond met zijn vrouw herbeleefde en Paul en Sylvia hoorden het allemaal geamuseerd aan. Fanny vertelde graag honderduit over het theater en Blue luisterde met alle liefde naar haar, want ze vond het fijn om haar zo enthousiast te zien.

Toen Dorian zich onverwachts van haar losmaakte om naar binnen te gaan, viel haar op hoe koud die zijde van haar lichaam aanvoelde zonder hem, maar ook dat Fanny een tikje gekwetst leek omdat hij halverwege haar zin wegliep.

De schaduwen werden steeds langer. Delphine kwam naar buiten en Blue heette haar welkom met een innige omhelzing. Even later kwam Elf aanwandelen vanuit de cottage en ging hij met meneer Larraby de discussie aan over Freud. Blue wist niet precies wanneer de buren waren aangekomen, het leek wel of ze waren meegevoerd door de herfstbries.

Dorian kwam terug, trok Blue een klein eindje bij de anderen vandaan en begon de laatste roddels in haar oor te fluisteren. Achter haar ving ze flarden op van nog meer gesprekken, maar het was moeilijk om haar blik los te rukken van Dorian. Even later maakte Tabitha haar opwachting in de tuin. Ze nam een dramatische pose aan in de deuropening, waardoor iedereen in de lach schoot en 'O, Tab!' mompelde.

Nadat Tabitha haar blik over de aanwezigen had laten gaan, beende ze op Blue af. 'Foster is er,' fluisterde ze, waarna ze zich tot Dorian wendde. 'Hallo, Dorian. Wat zie je er weer knap uit vanavond.'

Haar vleierij gaf Blue de kans om aan Dorians hand te ontsnappen, die al vrijwel de hele avond als een magneet aan haar arm vastgeplakt zat. Blue wilde niet dat Foster bij binnenkomst meteen zou zien hoe intiem Dorian en zij met elkaar omgingen. Ze voegde zich bij haar vader en Midge om meneer en mevrouw Foxton welkom te heten. Anthony Foxton leunde vanwege een oude oorlogswond zwaar op zijn wandelstok en zat midden in een tirade over het bankwezen. De immer glamoureuze Clemmie Foxton sloeg haar ogen ten hemel naar Midge en gaf haar man een klopje op zijn arm om hem een beetje in toom te houden.

Foster verschuilde zich als een schichtig hondje achter hen, ook al was hij kind aan huis in Ryan's Castle. Midge begroette hem hartelijk en zei dat er volop gevulde eieren en slagroomsoesjes waren, zijn twee lievelingshapjes.

Hij bedankte haar glimlachend.

Blue gaf hem een kus op zijn wang, vastbesloten om te zorgen dat alles weer bij het oude zou worden. 'Ik heb je gemist, Floss,' zei ze openhartig. 'Wat fijn dat je er bent. Kom, dan warmen we ons op bij het vuur en kun je me alles vertellen over school en je muziek. Ik werk sinds kort bij de krant, wist je dat?'

Hij slikte moeizaam en schraapte zijn keel. 'Dat zei Tab, inderdaad,' wist hij schor uit te brengen. 'Je bent heel pienter, Blue.'

Toen hij achter haar aan naar het kampvuur liep, zag ze in de gloed van de vlammen dat hij was afgevallen, terwijl hij om te beginnen al behoorlijk mager was geweest. Zijn kraag hing losjes om zijn nek en de huid onder zijn ogen zag er tot haar grote schrik papierdun uit.

'Er valt eigenlijk niet zo veel te vertellen, Blue. Het vioolspelen heb ik opgegeven. Kennelijk had ik toch niet veel talent. Nog een geluk dat ik niet heb opgetreden tijdens je verjaardagsfeest, vind je niet? Pa zegt dat ik de advocatuur in moet, dus nu ben ik hard aan het studeren. De wet zit behoorlijk complex in elkaar.'

'Ben je wel gelukkig? Ik bedoel, met hard studeren is niets mis, maar je moet het wel zelf willen.'

'Dat is wel de minste van mijn zorgen,' zei hij schouderophalend.

Ze slikte. Ging dit om haar? Moest ze het hem op de man af vragen? 'Wat bedoel je?'

'O, niets. De laatste tijd zijn er een paar dingen gebeurd… Blue, gaat het wel goed met jóú?'

Zijn vraag overviel haar. Ze had zich zo druk om hem gemaakt dat ze zich niet kon voorstellen waarom hij zich zorgen om haar zou maken. 'Met mij? Beter dan ooit. Behalve dan dat ik me zorgen om je maak… Waarom vraag je dat in vredesnaam?'

Hij schuifelde opgelaten heen en weer. De vlammen wierpen een roze gloed op zijn gezicht, maar ze benadrukten op de een of andere manier nog eens extra hoe bleek hij was. 'Er is een jongen… Welnu, er is iets gebeurd op school en… Tja…' Gefrustreerd schudde hij zijn hoofd. 'Laat ook maar. Het is een saai onderwerp. Niets voor een feestje. Als jij maar gelukkig bent.'

'Gaat het wel, Foster?' vroeg ze zacht. 'Ik heb je al zo lang niet meer gezien en het spijt me, je weet wel, van de brieven. Ik wil graag vrienden met je blijven, zoals we altijd zijn geweest. Je bent er inmiddels toch wel overheen?'

Nu puntje bij paaltje kwam, kon ze het toch niet laten om ernaar te vragen, niet nu ze zijn uitgemergelde gezicht voor zich zag in het licht van het vuur. Ze zag hem zoeken naar de juiste woorden en met zijn glanzend gepoetste zwarte schoen over het gras vegen. O jee, was ze er nou maar niet over begonnen.

Uiteindelijk keek hij met een verloren blik in zijn ogen op, alsof hij een heleboel wilde zeggen maar niet wist waar hij moest beginnen. 'Blue, ik...'

Uitgerekend op dat moment dook Dorian naast hen op, die duidelijk ontsnapt was aan de charmes van Tabitha. 'Hallo, Foxy, beste kerel!' begroette hij Foster met een stevige handdruk. Door zijn opgewekte aanwezigheid leek Foxton nog een paar tinten bleker te worden. 'Goed je te zien. Wanneer ga je naar de universiteit, dit jaar nog of volgend jaar? Goeie genade, voordat we het weten ben je al volwassen.'

Foster leek met zijn mond vol tanden te staan, maar Dorian ging onverstoorbaar verder. 'Dan zal het binnenkort ook wel tijd worden dat ik me ga settelen, al zou dat wel jammer zijn voor de dames! Trouwens, mocht je op dat gebied nog tips nodig hebben, dan kun je altijd bij me terecht, Foxy. Ik ben best bereid om mijn ervaring met je te delen. Wat zeg je ervan, Blue? Wil je met me trouwen?' Hij sloeg zijn arm om haar heen en gaf een kus op het puntje van haar neus.

Blue kon wel door de grond zakken. Ze hoopte dat het vuur haar zou verzwelgen en haar tot as zou laten vergaan. Naar Foster durfde ze niet te kijken. Die kuchte en begon vervolgens zo hard te hoesten dat Dorian hem een klap op zijn rug gaf. En hij bleef maar praten. 'O, wist je dat nog niet, beste kerel? Ja, Blue en ik hebben besloten het er eens op te wagen. Pas sinds dat toespraakje van haar vader, hoor. Ik heb haar een brief geschreven. Niet dat het ooit eerder bij me was opgekomen om iets met haar te beginnen, maar ik dacht: ach, waarom ook niet? Dus hou het nieuws maar goed in de gaten. Je zus hoeft nog niet op zoek naar een feestelijke hoed, maar we zijn wel een mooi koppel, al zeg ik het zelf.'

Foster zag eruit alsof hij zich verraden voelde, een andere omschrijving was er niet voor.

Blue zette haar handen stevig tegen Dorians borst. 'Dorian, ga even met iemand anders praten, wil je? Kijk, daar is mijn zus. Ga even een praatje met haar maken. Alsjeblieft.'

Dorian keek haar lichtelijk gekwetst en danig in de war aan, deed alsof hij zijn niet-bestaande hoed afnam voor Foster en slenterde weg.

Later zou ze het weer moeten goedmaken met hem, maar op dit moment was Foster haar enige zorg. 'Het spijt me,' zei ze nogmaals, terwijl ze zich afvroeg of ze zich ooit genoeg bij hem zou kunnen verontschuldigen. 'Hij weet het niet. Het was niet zijn bedoeling om... En we gaan niet... O, hemeltje. Floss, zo zit het helemaal niet. Ik bedoel, qua leeftijd zou hij goed bij me passen en... maar het is niet serieus. Helemaal niet. Hij maakte maar een grapje.'

'Het geeft niet, Blue,' onderbrak Foster haar. 'Je bent me geen verklaring schuldig. Je bent een volwassen vrouw en mag zelf bepalen met wie je omgaat. Dorian is heel knap en opwindend, dat ziet iedereen. Alle jongens kijken naar hem op. Het zat er dik in dat hij het beste meisje in de stad zou krijgen. Je hoeft je niet schuldig te voelen.'

Blue voelde zich niet op haar gemak. Werkte het zo? Dat de beste man het beste meisje kreeg? En wat betekende dat eigenlijk, 'de beste'? Waren ze allebei even knap? Had hij evenveel lef als dat zij levenslust had? Had hij haar inderdaad 'gekregen'?

'Dank je, Foster. Dat is heel ruimhartig van je. Ik meende wat ik zei. Ik wil graag vrienden met je blijven. Kan dat?'

'Natuurlijk, Blue,' zei hij zacht. 'Natuurlijk.'

Dus begon ze hem te vertellen over haar beslommeringen op de redactie, want ze wilde hem dolgraag geloven.

31

Het was bijna middernacht. Met kippenvel op haar armen liep Midge naar binnen om te controleren of de haard in de salon goed brandde, voor degenen die liever binnen de warmte opzochten. Dat was altijd haar taak, terwijl Kenneth zich om het kampvuur bekommerde. Op dit moment was iedereen nog buiten.

Op de drempel bleef ze even staan om naar de aanwezigen te kijken en zichzelf een moment van voldoening te gunnen. Alles was vanavond goed verlopen en iedereen had zich goed vermaakt. Van tevoren was ze erg nerveus geweest, want dit was de eerste keer dat iemand anders dan Tabitha en Delphine de nieuwe inrichting had gezien. Ze zou het zich erg hebben aangetrokken als de gasten haar keuzes smakeloos of overbodig hadden gevonden. Ryan's Castle was hier een begrip en achteraf bezien kon ze nauwelijks geloven dat ze het had aangedurfd om het interieur op de schop te nemen.

Iedereen was echter vol lof geweest, met name Clemmie Foxton en Blanche Larraby. Clemmie had een voortreffelijke smaak en Blanche hechtte erg aan tradities, dus als zij het mooi vonden, moest Midge wel iets goed hebben gedaan.

Het was heel fijn dat Delphine en de familie Greenbow er waren. Ze was blij dat ze waren gekomen. Blue met een man samen zien was wel vreemd, maar zeker niet slecht. Kenneth was er dolblij mee. Hij wilde niets liever dan zijn dochter gelukkig zien, en als je het hem vroeg betekende dat dat ze moest trouwen. Het viel niet te ontkennen dat Dorian erg charmant was. Of hij bij Blue paste, was een tweede. Op het eerste gezicht waren ze een mooi stel, maar Blue was een gevoelige jonge vrouw. Dorian leek eerder een type dat het leven nam zoals het kwam. Natuurlijk kon dat juist positief zijn, maar Midge kon zich niet voorstellen dat Blue haar leven zou doorbrengen met iemand met wie ze geen diepgaande gesprekken kon voeren over dingen die zij belangrijk vond.

Toen Midge haar blik over het gezelschap liet gaan, zag ze dat haar knappe echtgenoot druk in gesprek was met de andere mannen en dat de dames Greenbow met Merrigan stonden te babbelen. Tabitha praatte met haar broer, maar toen Midge eens goed naar zijn gezicht keek, trof die aanblik haar als een mokerslag. Hij leek helemaal geen oog te hebben voor Tab, maar stond als aan de grond genageld naar de 'boomgaard' te staren, zoals de Camberwells het groepje van vijf fruitbomen midden op het gazon noemden. Ze volgde zijn blik en zag daar Dorian en Blue staan, in een innige omhelzing. Tot haar opluchting maakte Blue zich al snel weer van hem los om zich bij de overige gasten te voegen, met Dorian in haar kielzog. Foster zag er echter nog steeds uit alsof hij gehypnotiseerd was. Even kreeg Midge een akelig voorgevoel. Het was niet goed om iemand zo te adoreren, dat wist ze beter dan wie dan ook.

Ze dacht terug aan wat Clemmie haar had toevertrouwd. Vanavond hadden ze nog geen kans gezien om elkaar onder vier ogen te spreken en trouwens, dit was de eerste keer sinds Blues verjaardag dat Midge Foster had gezien. Werd hij onvriendelijk behandeld op school? Miste hij zijn muziek? Of gedroeg hij zich alleen vanwege Blue zo?

Er stak een felle windvlaag op, die bladeren en stof naar binnen blies. Midge huiverde. De herfst rukte onverstoorbaar op, verandering was onvermijdelijk. Binnen stookte ze het vuur flink op.

DEEL 3

WINTER

De bladeren vallen, het licht verdwijnt,
alles staat in het teken van de dood

32

De winter komt eraan. Zelf heb ik nooit van de winter gehouden, maar misschien wordt dat dit jaar wel anders. Ik heb altijd gedacht dat mensen alleen van de winter houden als ze zich er geen zorgen om hoeven te maken om warm te blijven, als ze alleen maar hoeven te denken aan dingen als cadeaus en feestjes. Ben ik nu ook zo iemand?
Misschien wordt het deze winter beter, maar echt goed zal het niet worden. Ik vraag me af of dat wel mogelijk is. De winter is donker, nat en koud en maakt alles moeilijker. De bladeren vallen, het licht verdwijnt, alles staat in het teken van de dood.

Ze klapte haar notitieboek dicht en keek uit het raam, verbaasd dat ze zich nog somber kon voelen nadat ze de laatste tijd zo veel geluk had gehad. Toch voelde ze zich al zo sinds ze zich afgelopen week door dokter Harcourt had laten onderzoeken. Midge was een grote steun voor haar geweest. Ze was met haar meegegaan en had haar na afloop op een kop thee getrakteerd, maar desondanks was het een vreselijke ervaring geweest. De dokter was heel voorzichtig te werk gegaan, precies zoals de Camberwells hadden beloofd, maar door het onderzoek waren alle nare herinneringen weer naar boven gekomen, terwijl het juist haar bedoeling was geweest om het achter zich te laten zodra ze wist dat ze alles had gedaan wat binnen haar macht lag.

De winter kreeg vat op haar en ze miste haar familie ontzettend. Hoewel ze er urenlang met de Camberwells over had gesproken, wist ze nog steeds niet goed wat ze moest doen. Ze durfde haar moeder en zus niet te schrijven. De gedachte om op papier te zetten dat ze een nieuw leven had opgebouwd, ook al was het nog maar kort, had een verlammende uitwerking op haar. Natuurlijk zou ze ook nooit meer teruggaan. Ze had overwogen om iemand anders bij haar moeder langs te sturen, maar de Camberwells zouden lelijk uit de toon vallen in die buurt, en ze vond het erg veel gevraagd. Haar angst vertaalde zich in een soort lusteloosheid. Ze probeerde zich alsmaar voor te houden dat het voor iedereen beter zou zijn als ze vermist bleef. Misschien was dat wel de prijs die je moest betalen voor veiligheid, comfort en een beetje gemoedsrust. Daardoor ontstond er ook ruimte voor weemoed en spijt.

De takken van de magnolia in de tuin waren kale, donkere, kronkelende vormen. Het miezerde en de voetstappen op straat klonken snel, alsof iedereen haast had om een warm, droog heenkomen te zoeken.

Zelf wilde ze ook ergens naartoe, besloot ze. Ryan's Castle. Het was haar vrije dag en het was weekend, dus misschien was Blue wel thuis. Als ze tegen Blue zei dat ze een gruwelijke hekel aan de winter had, zou Blue ongetwijfeld haar bruine ogen wijd opensperren en minstens tien redenen opsommen om van de winter te houden. Delphine wilde zich graag door haar laten overtuigen.

Snel ging ze de regenachtige straat op. De rivier liet ze vandaag links liggen, want er was niets zo treurig als de aanblik en het geluid van regen die op het water viel. Toen ze langs de fourniturenwinkel kwam, schoot haar te binnen dat ze vorige week een shilling van Merrigan had gekregen om een paar linten voor Cicely's snel groeiende kastanjebruine haar te kopen. Merrigans schoonouders logeerden bij haar, waardoor ze weinig tijd overhield om dat soort inkopen te doen. Delphine ging naar binnen en omdat er niemand achter de toonbank stond, snuffelde ze zelf wat rond tussen de felle kleuren. Ze legde de witte en pastelroze linten die Merrigan nadrukkelijk had genoemd apart en koos ook nog een smaragdgroen en een scharlakenrood exemplaar uit, omdat Merrigan ook om 'een of twee kleuren' had gevraagd. Zelf had ze als kind nooit linten in haar haar gedragen. Haar moeder had haar

haar altijd naar achteren gebonden met de katoenen strikband van een oude schort die was weggedaan omdat er een schroeiplek op zat.

Nadat Delphine een tikje op de bel op de toonbank had gegeven, haastte Mary, de dochter van de eigenaar, zich door de deur achterin naar binnen. 'Bedankt voor het wachten. Wat kan ik voor u...' Toen zag ze Delphine en slaakte ze een kreetje.

'Mary? Gaat het wel?' Delphine was het gewend dat mensen schrokken wanneer ze haar voor het eerst zagen, maar Mary en zij hadden elkaar al meerdere keren gezien. De mensen hier waren inmiddels aan haar uiterlijk gewend.

Mary zette grote ogen op en sloeg haar hand voor haar mond, alsof haar anders nog een kreet zou ontsnappen.

'Mary! Wat is er aan de hand?'

'Het spijt me, juffrouw, neem me niet kwalijk.' Mary liet haar hand zakken en greep de rand van de toonbank vast, niet in staat om haar blik van Delphine af te wenden. 'Alleen... Juffrouw, iedereen denkt dat u dood bent!'

Delphine stormde de heuvel op, met het exemplaar van *News of the World* dat ze aan Mary had ontfutseld onder haar arm. Haar hoofd hield ze gebogen, voor het eerst in lange tijd bang om om zich heen te kijken. Ze bonkte op de deur van Ryan's Castle en hoopte vurig dat er iemand thuis zou zijn.

De deur ging open.

'O, godzijdank!' zei ze, maar toen zag ze Avis' gezicht. 'Dus jij hebt het ook gezien.'

'Kom binnen, juffrouw Delphine.'

Toen Avis de deur achter haar dichtdeed, kreeg Delphine het gevoel dat ze in een echt kasteel was aangekomen, met stevige muren die haar konden beschermen tegen de buitenwereld.

'Wacht maar even in de keuken,' zei Avis. 'Het water kookt al. Ik zal iedereen laten weten dat je er bent.'

Delphine deed wat haar was opgedragen en passeerde meerdere

deuren die op een kier stonden. Daarachter zag ze ladders staan en kwam de geur van verfdampen haar tegemoet. De keuken begon al vorm te krijgen. Het nieuwe ontwerp paste goed bij de oorspronkelijke inrichting en de omstreden broodrooster met de Keltische knoop prijkte trots op het aanrecht. De muren werden gesierd door gewaagde ingelijste foto's van dames in ragfijne jurken en katten met snoezige snorharen. Op tafel stond een kop koffie en lag een krant opengeslagen op de bladzijde die Delphine nooit meer wilde zien.

Ze ging aan tafel zitten, met haar hoofd in haar handen.

'Delphine!' Blue, Kenneth en Elf kwamen een paar minuten later binnenvallen en Blue gaf haar een kus. 'Neem me niet kwalijk, schat,' zei ze. 'De meeste kamers zijn... Ach, je snapt het wel. Daarom waren we thee gaan drinken bij Elf.'

'Midge is bij haar moeder op bezoek,' vulde Kenneth aan. 'Vertel ons maar wat er gebeurd is, dan praten wij haar later wel bij. Avis had het over een krantenbericht?'

Delphine knikte en schoof de krant van Avis naar hen toe.

'O nee,' zei Blue op klaaglijke toon, toen ze de gedetailleerde compositietekening van Delphine zag. Door het perfect weergegeven litteken van het strijkijzer, de grote ogen en de delicate gelaatstrekken leed het geen twijfel dat zij het was. Het enige verschil was dat Delphine op de schets lang haar had.

De krantenkop luidde: DELPHINE FOLEY. VERMIST SINDS AUGUSTUS. NAAR MEN AANNEEMT OVERLEDEN.

'Lieve help.' Elf trok een kruk naar de tafel toe en ging erop zitten.

Blue en haar vader gingen achter hem staan om stilletjes het artikel te lezen.

Ondertussen pelde Delphine de vochtig geworden bladzijden van de krant die ze had meegenomen van elkaar en sloeg hem op de betreffende pagina open. Avis kwam binnen en las over haar schouder mee, terwijl Delphine tot zich door liet dringen wat ze in de fournituren-winkel al vluchtig had gelezen. Cicely's linten lagen nog steeds op de toonbank, besefte ze nu.

Volgens het artikel waren er in de buurt van Greenwich twee dameshandtassen aangespoeld op de oever van de Theems en gevonden door Al Black, de waard van de Chime and Chalk. Hij had de tassen naar de politie gebracht. Na uitvoerig onderzoek waren ze geïdentificeerd als de tassen van Delphine, de beminde vrouw van George Foley, die op een augustusochtend van huis was gegaan en nooit meer was teruggekeerd.

> *'Ze zei dat ze rond het middaguur langs zou komen,' aldus buurvrouw Muriel Thackeray. 'Ik had haar een lekkere pruimencake in het vooruitzicht gesteld, maar ik heb haar nooit meer gezien.'*
> *'Onze band was heel innig,' stelde Foley (38). 'Ik treur al maanden om haar en nu is mijn grootste angst bewaarheid. Haar moeder en zus zijn in diepe rouw, net als ik. Een betere vrouw zou een man zich niet kunnen wensen. Ik zal haar nooit vergeten.'*

Volgens het artikel zou er komende donderdag een besloten herdenkingsdienst worden gehouden in de St. Josephkerk in Aldgate.

'Lieve help,' zei Blue uiteindelijk.

Kenneth keek Delphine nuchter aan. 'Dit is zo ongeveer de grootste tegenslag die we konden krijgen, behalve dan dat Foley in Richmond zou opduiken. Hier zullen een heleboel vragen over gesteld worden.'

'Wat moeten we in vredesnaam zeggen?' vroeg Blue.

'Ik stel voor dat we zo dicht mogelijk bij de waarheid blijven, maar het wel vaag houden,' opperde Elf. 'Misschien iets in de trant dat je vervreemd bent van je familie. Je zou kunnen zeggen dat je het misverstand omtrent je dood hebt rechtgezet, maar dat je hier in alle anonimiteit wilt blijven. Misschien zal dat een poosje tot speculaties leiden, maar dat waait vast wel weer over.'

'Och, je arme moeder,' merkte Blue op. 'Nu móéten we wel contact met haar opnemen, Delphine. We kunnen haar toch niet in de waan laten dat je dood bent! Hierdoor moeten we wel open kaart spelen, vind je niet, papa?'

'Ik denk het wel,' mijmerde hij. 'Elf, volgens mij heb jij ook gelijk. We kunnen dit vast wel op diplomatieke wijze aanpakken en wachten tot het weer overwaait. Als je het mij vraagt, is het grootste gevaar nu dat iemand die weet dat Delphine hier in Richmond is bij toeval aan de praat raakt met iemand die Foley kent. Zo iemand zou met de beste bedoelingen een hoop ellende kunnen aanrichten.'

'Dat is nog niet eens het ergste,' zei Delphine.

'Wat dan wel?' wilde Blue weten.

'Het ergste is dat Foley me altijd zal blijven zoeken. Je hebt toch gelezen wat hij zei? "Ik zal haar nooit vergeten."'

'Hemeltje,' reageerde Elf. 'Ik dacht dat hij alleen de treurende weduwnaar uithing.'

'Dat komt doordat je hem niet kent. Er staat niet voor niets een afbeelding bij.' Ze wees naar haar gezicht. 'Met dit litteken val ik overal op. Ik kan niet eens doen alsof het om mijn tweelingzus gaat, of iets dergelijks. Nu hij mijn tassen heeft, weet hij zeker dat ik bij hem ben weggegaan. Dit is zijn manier om me te laten weten dat hij weet wat ik gedaan heb en dat hij er alles aan zal doen om me te vinden. En dat alles onder het mom dat hij zo veel om me geeft. Ik zei toch dat hij slim is?'

33

Uiteindelijk werd Midge naar Aldgate gestuurd. Ze trok oude kleren aan en droeg haar kapsel en make-up niet volgens de laatste mode. Toen ze in de metro stapte, kreeg ze het merkwaardige gevoel dat ze weer Margaret Fawcett was, dat haar bruiloft en haar leven als Kenneths vrouw slechts een droom waren geweest.

Natuurlijk had Kenneth zelf willen gaan. Hij had zich er niet prettig bij gevoeld dat zijn vrouw het zou doen, maar Midge had volgehouden dat Anne Painter misschien meer prijs stelde op een bezoekje van een onbekende vrouw dan van een onbekende man. Trouwens, had ze er zachtjes aan toegevoegd, zelf was ze ook een moeder die een kind was kwijtgeraakt.

Eenmaal in de metro ging ze niet zitten lezen, maar verloor ze zichzelf in haar gedachten en verdween het ritmische geluid van de trein op het spoor naar de achtergrond. Ze dacht aan Delphine en hoe dit voor haar moest zijn. Ze dacht aan Blue, die indrukwekkend veel doorzettingsvermogen toonde in haar nieuwe baan, maar die Midge miste nu ze zo vaak van huis was. Ze dacht aan Kenneth en aan Percy, zoals altijd. En bovenal dacht ze eraan hoe fijn ze het vond om even weg te zijn van huis. Door al dat herinrichten kwamen de muren eerlijk gezegd soms op haar af.

Van alle plekken waar ze heen had kunnen gaan, waren er echter maar weinig waar ze met zo veel tegenzin naartoe zou gaan als naar Oost-Londen. Behalve Esher kon ze eigenlijk geen ergere plek bedenken. Ze wilde niet herinnerd worden aan die noodlottige dag waarop haar leven in één klap veranderd was. Dit was echter niet bedoeld als een dagje uit, ze had een belangrijke taak te volbrengen en moest het hoofd koel houden.

Op de drukke straten zou Midge Camberwell misschien opvallen, maar Margaret Fawcett was onbeduidend, altijd al geweest. Ze had Delphines routebeschrijving in haar geheugen geprent en liep via de hoofdweg naar de Smith's Arms, waar ze links afsloeg. Vervolgens kwam ze langs Gadsby's Pie House en het armenhuis, waar het een komen en gaan was van vermoeid ogende mensen. Bij een theesalon waar in zwarte hoofdletters KARBONAADJES, STEAKS, SCHELVIS, BOKKING op de wit geschilderde bakstenen gevel stond, sloeg ze rechts af. Twee vrouwen met afgedragen zwarte strohoedjes die waren volgeladen met vreselijk zwaar uitziende glazen kersen lachten uitbundig en slurpten paling in gelei naar binnen uit witte theekopjes. Op een muurtje stond een jongetje met een bolhoed te tapdansen.

Ze hoopte wel dat ze er vandaag uitzag als Margaret Fawcett, maar ze vóélde zich Midge Camberwell. Onwillekeurig werd ze droevig van het gebrek aan ruimte en groen. Er reden veel autobussen, soms wel drie naast elkaar. Daardoor moest ze denken aan Richmond Hill, de rivier en het park. Ze was gewend geraakt aan het goede leven.

Ter hoogte van de groenteboer sloeg ze een straat met rijtjeshuizen en zwarte lantaarnpalen in. Eenmaal aangekomen bij nummer zeven klopte ze aan. Alsjeblieft, wees thuis, smeekte ze Anne Painter in gedachten. Ze had een tijdstip uitgekozen waarop Delphine dacht dat haar moeder er waarschijnlijk zou zijn, maar natuurlijk viel dat niet met zekerheid te zeggen.

Al snel werd er opengedaan. Midge zag een kleine vrouw staan, net zo tenger als haar dochter, die naar buiten tuurde alsof daar nooit iets goeds op haar kon wachten.

'Mevrouw Painter,' zei Midge vriendelijk. 'Neem me niet kwalijk dat ik u stoor, maar ik wil iets belangrijks met u bespreken. Mag ik vragen of u alleen bent?' Het was van het grootste belang dat ze dat eerst zeker zou weten, hadden ze gezamenlijk besloten. God verhoede dat Foley op bezoek was en haar over Delphine zou horen praten. Dat was nog een reden waarom Midge hierheen was gegaan in plaats van Kenneth. Als een man bij een vrouw aanklopte en vroeg of ze alleen thuis was, zou dat erg dreigend overkomen.

De vrouw aarzelde en keek argwanend om zich heen. 'Wat doet dat ertoe?'

'Wat ik te zeggen heb ligt nogal gevoelig. Misschien wilt u het liever voor zich houden. Het is niets ergs, neem dat maar van me aan.' Midge hield haar blik vast en probeerde iets moederlijks uit te stralen, iets sympathieks. Ze was nooit zo goed in dat onuitgesproken, bovennatuurlijke gebeuren, dat was eerder iets voor Blue. Misschien werkte het echter toch wel, want Anne hield de deur voor haar open. 'Ja, ik ben alleen. Kom maar binnen.'

'Dank u.' Midge stapte het huis in, dat zo smal was dat het voelde alsof de twee buurhuizen er uit alle macht tegenaan drukten. Ze gingen naar een groezelige woonkamer met dikke gordijnen waardoor er amper een spoortje licht naar binnen kwam. Dat kwam goed uit, want zo hadden ze tenminste privacy. Ze keek om zich heen en spitste haar oren. Aan de andere kant van de muur hoorde ze gebonk en gelach, maar dit huis leek inderdaad leeg.

Aangezien de vrouw haar geen stoel aanbood, stak ze meteen van wal. 'Mevrouw Painter, mijn naam is Margaret Camberwell. Ik ben een vriendin van uw dochter.'

'O nee, niet Esther ook. Is alles goed met haar?'

'Nee, ik heb het niet over Esther, maar over Delphine. Mevrouw Painter, ze heeft me gevraagd naar u toe te gaan.'

Opeens leek het alsof Anne een lichtje opging. Met fonkelende ogen pakte ze de handen van Midge beet. 'Delphine? Leeft ze dan nog? Gaat het goed met haar?'

'Heel goed. Ze is gezond, gelukkig en veilig. Alleen mist ze u en haar zus vreselijk.'

'Ik wist het wel!' riep Delphines moeder uit. 'Ik wíst het. O, mevrouw... Hoe heet u ook alweer? Drinkt u een kopje thee met me mee?

Alstublieft. Ga zitten, ik wil dat u me alles vertelt!'

'Natuurlijk. Camberwell is de naam. Zeg maar Midge, hoor. Dat doet Delphine ook.' Ze liet zich op een pluizige groene bank zakken die een paar centimeter dieper inzakte dan ze had verwacht.

'O, ik ben zo blij dat u gekomen bent!' riep Anne vanuit de keuken, die van hieraf niet te zien was. 'Ik hoopte zo dat ze was weggelopen. Ik mis haar vreselijk, al zagen we haar de afgelopen maanden toch al niet vaak meer. Toen ze haar tassen vonden... Tja, toen wist ik niet meer wat ik moest denken.' Even later kwam ze terug met een dienblad en een theepot. Door de opwinding morste ze telkens met de melk en gleden de kopjes van de schoteltjes.

'Ga maar zitten,' zei Midge uiteindelijk en ze schonk voor hen allebei in.

'Zo,' zei Anne. Ze nam tegenover Midge plaats, op een stoel met een lattenrug en een donkerrode zitting. Haar gelijkenis met Delphine was treffend.

'Jullie lijken op elkaar,' zei Midge met een glimlach.

Daardoor werd de uitdrukking op Annes gezicht nog zachter. 'Het spijt me, mijn gedachten gaan alle kanten op. Ik kan gewoon niet geloven... Dit is toch geen grap, hè? O god, Foley. U gaat hem toch niet vertellen waar ze is?'

'Zeker niet! Daarom vroeg ik juist of u alleen was. Voordat ik wegga, moeten we een verklaring bedenken voor het geval dat iemand vraagt wie ik ben. Delphine dacht dat iemand het misschien zou merken als er een onbekende bij u op bezoek kwam en er iets over zou zeggen.'

'Daar heeft ze gelijk in.' Anne knikte. 'Ja, dat lijkt me verstandig. Goed, mevrouw, waar is ze?'

'Zeg maar gerust Midge, dan zeg ik Anne, als dat mag. Delphine woont nu in Richmond.'

'Richmond? Dat ligt in het westen, toch? O, niet eens zo ver hiervandaan! Het doet me goed om te weten dat ze maar net buiten deze grote mierenhoop is.' Ze maakte een gebaar dat de straat buiten het raam en de hele stad moest omvatten.

'Nog geen twintig kilometer hiervandaan,' beaamde Midge. 'Ze denkt elke dag aan je.' Daarna legde ze uit hoe Delphine per ongeluk in Richmond terecht was gekomen en hoe ze de Camberwells had leren kennen. Ze vertelde wat ze nu voor de kost deed, dat ze haar haar in een boblijn droeg en dat iedereen dol op haar was. Ze beschreef de rivier en het huis van de familie Greenbow en kwam tot slot aan bij de dag waarop ze het artikel in de *News of the World* hadden zien staan.

'Dat gaf de doorslag. We hadden het er al een hele poos over om contact met je op te nemen, maar we durfden het niet aan. Tot we zagen dat er een herdenkingsdienst gehouden zou worden. Daardoor besloten we dat we je persoonlijk moesten inlichten, en we dachten dat ik van alle leden van onze familie het minst zou opvallen.'

'Ik zal het tegen niemand zeggen, daar kun je van op aan. Behalve Esther dan, natuurlijk. Dat mag toch wel? Dat zou Del zelf ook graag willen. Die man maakte haar het leven zuur en daar konden we verdomme geen van allen wat aan doen. Neem me niet kwalijk, mevrouw. Midge. Hij heeft ervoor gezorgd dat ze het contact met Esther verbrak, hij heeft Esther zelfs bedreigd toen ze tegen hem zei dat hij Del met rust moest laten. Daarom zei Del uiteindelijk dat ze beter weg kon blijven, voor haar eigen bestwil. Op het laatst mocht ze zelfs niet meer met mij omgaan. Ik had haar al maanden niet meer gezien toen hij hier briesend binnen kwam vallen en erop stond om het huis te doorzoeken. Ik had geen idee dat ze van plan was om bij hem weg te gaan. Dat is maar goed ook. Dit was de enige manier.'

'Delphine zou het heel fijn vinden als je een keer bij haar op bezoek kwam. Zou dat kunnen, denk je? Volgt hij je niet?'

Anne slaakte een diepe zucht. 'Volgens mij niet. In het begin heb ik me dat wel afgevraagd, en na die eerste keer is hij nog een paar keer hiernaartoe gekomen. Van de buren hoorde ik dat hij rondvraag heeft gedaan, maar dat is het voordeel van deze buurt. Het nieuws dat ik ten einde raad was en geen idee had waar ze uithing ging als een lopend vuurtje. O, wat zou ik haar graag zien.'

'Dan moet je wel voorzichtig zijn. Zorg dat het lijkt alsof je ergens anders naartoe gaat.'

'Ja, ja! Ik zou tijdens het spitsuur kunnen gaan, eerst de verkeerde kant op kunnen reizen en dan in de menigte opgaan… Wanneer zal ik komen?'

'Het lijkt me beter om nog een poosje te wachten. Eerst moet je die vreselijke herdenkingsdienst nog bijwonen om geen argwaan te wekken, en daarna kun je misschien wachten tot de aandacht voor dat krantenartikel een beetje is weggeëbd.'

'Nog vóór Kerstmis?' Hoopvol keek Anne haar aan. 'Zou dat lang genoeg zijn? Ik zou haar dolgraag voor die tijd zien.'

Midge dronk haar laatste restje thee op. 'Dat lijkt me net lang genoeg. Bovendien zou het niet zo vreemd zijn als je in die tijd een reisje maakte, vind je wel? Na het verlies van je dochter zou je hier in de decembermaand toch niet in je eentje willen blijven?'

'Zeker niet,' zei Anne grijnzend. 'Ik zou er kapot van zijn. Er liggen hier zo veel herinneringen. Dan kan ik maar beter naar mijn nicht in Chorleywood toe gaan, nietwaar?'

'Inderdaad.' Midge zette haar kopje neer. 'Anne, als je langer dan een dag wilt blijven, ben je van harte welkom om bij ons te komen logeren. Zoals ik al zei, zijn we erg op Delphine gesteld. Ze is een goede vriendin van mijn stiefdochters en we willen graag dat ze gelukkig is. Denk er maar eens over na. Ik schrijf ons adres liever niet op, maar wil je het in je geheugen prenten? Het is makkelijk te onthouden.'

'Dat zal ik doen. En Midge, die herdenkingsdienst op donderdag? Ik kan je verzekeren dat iedereen zal denken dat onze Del er niet meer is en dat ik geen idee heb hoe ik nu verder moet. Ik zal de rol van rouwende moeder met verve spelen.' Ze grijnsde verheugd.

Kort daarna vertrok Midge. Ze hadden afgesproken dat Anne zou doen alsof Midge haar nog kende van jaren geleden, uit de kerk waar ze destijds kwam, en dat ze het artikel had gezien en was langsgekomen om Anne te condoleren.

'Dag, Vivienne. Bedankt dat je gekomen bent. Het spijt me dat ik je niet meteen herkende, na al die jaren. God zegene je,' riep Anne haar na.

Midge glimlachte. Anne bleek behoorlijk overtuigend toneel te kunnen spelen. Toch wilde ze niet te lang blijven. Delphines verleden was een stuk tastbaarder voor haar geworden nu ze in het huis was geweest waar ze als kind zo vreselijk was mishandeld door haar vader. Ze hield haar omgeving nauwlettend in de gaten en verwachtte op elke straathoek een donkere gestalte te zien, maar ondanks haar scherpe blik zag ze geen pezige mannen met een spits gezicht en sloeg niemand acht op haar.

34

Pas in december slaagde Blue erin om eindelijk iets met L.W. af te spreken. Het werk slokte al haar tijd op, zeker omdat ze elk vrij moment aangreep om onderzoek te doen en langere stukken te schrijven. Op 16 november had een piloot genaamd Alan Cobham Londen verlaten om naar Zuid-Afrika te vliegen, een vlucht van bijna dertienduizend kilometer. Was Blue gevraagd daar iets over te schrijven? Natuurlijk niet. Cauderlie schreef er een stuk over voor de *Gazette*, terwijl hij niet eens geloofde dat Cobham het zou redden! Daarom was Blue nog harder gaan werken dan voorheen, want ze wilde niet voorgoed over theekransjes blijven schrijven. Ze dompelde zich volledig onder in woorden, ideeën en de vraag hoe je ideeën onder woorden moest brengen. Soms had ze het gevoel dat ze niets anders deed dan schrijven. Op kantoor, 's avonds, zelfs wanneer ze een feest bijwoonde of een nieuwe schoenenlijn inspecteerde, was ze in gedachten bezig met wat ze er later over zou schrijven. En in haar vrije tijd correspondeerde ze met L.W.

Door de omstandigheden werden haar brieven alsmaar korter, terwijl die van hem juist langer werden.

Beste juffrouw Camberwell,

Wat ben ik blij dat we weken na mijn idiote opwelling om u te schrijven nog steeds met elkaar corresponderen. Onze briefwisseling doet me veel genoegen. Ik heb vooral genoten van uw beschrijving van het herfstfeest van uw familie, van het kampvuur en de

vonken die ronddansten op die donkere novemberavond.
Deze briefwisseling is een aangenaam tijdverdrijf voor me geworden. Mijn werk gaat me dankzij mijn ervaring gemakkelijk af en de eenzame, rustige avonden zijn het uitgelezen moment om lange brieven te schrijven, al weet ik dat u zelf niet de luxe van zo veel vrije tijd hebt. Misschien teer ik wel een beetje op uw ervaringen. Ik heb mezelf nooit beschouwd als een saaie piet, maar ik geniet met volle teugen van uw verhalen over uw eerste schreden op de werkvloer. Een nieuwe omgeving, een belangrijke uitdaging, een kans om iets te leren. Misschien heb ik toch behoefte aan wat meer afwisseling.
Ik heb een prettig leven, juffrouw Camberwell, maar de laatste tijd is er maar van weinig opwinding sprake. Alleen over onze ontluikende vriendschap, als ik zo vrij mag zijn. Het is zo fijn om iemand te kennen die echt een luisterend oor biedt (al kan ik in dit geval misschien beter spreken van een lezend oog!). Vandaag kwam ik langs een weiland waarin vier met modder besmeurde paarden hoofd aan staart stonden, als een bloemenketting gemaakt van paarden. Daar moest ik om glimlachen en ik moest meteen aan u denken. Heb ik gelijk dat u ook blij zou worden van die aanblik? Zulke momenten zijn een geschenk, maar het plezier wordt des te groter wanneer je het met iemand kunt delen. Ik hoop dat u het goed vindt dat ik dat met u blijf doen.
U hebt nu een veeleisende baan waar u overdag uw tijd aan besteedt. Uw avonden zijn gevuld met de overige artikelen die u schrijft. U woont bij uw familie en bent omringd door vrienden. Het verbaast me dat u nog tijd overhoudt om mij te schrijven, hoewel ik dat erg op prijs stel. Voelt u zich alstublieft niet verplicht om net zo'n lange brief terug te schrijven. Het is niet mijn bedoeling om u onder druk te zetten met mijn enthousiaste schrijfsels! Hopelijk bieden mijn brieven u wat afleiding na een lange dag en herinneren ze u eraan dat u een vriend hebt die met warme gevoelens aan u denkt.

Mocht u toch tijd hebben om terug te schrijven, dan ben ik erg benieuwd naar een aantal zaken. Ten eerste, hoe vorderen uw plannen om aan de vloek van de roddelrubriek te ontkomen? Ten tweede, wanneer en hoe gaat u die vervelende collega van u nou eens op zijn plek zetten? Moet ik een huurmoordenaar op hem afsturen? En ten derde, is uw keuken al af?
Tot slot sluit ik een artikel bij dat ik in een tijdschrift van mijn schoonzus tegenkwam, over dames op de werkvloer. Er staan wat mij betreft zinnige dingen in en het bevat zelfs een passage over een journalist, dus ik dacht dat het u wel zou interesseren en wellicht zelfs inspireren.

Zoals altijd wens ik u alle goeds en verblijf ik vol bewondering voor uw energie en ambitie,
Latchley Winterson

Het ontroerde Blue hoe attent en bemoedigend hij overkwam. Ze vond het heerlijk om zijn brieven open te vouwen en te zien hoeveel zorg hij eraan had besteed om haar te schrijven. Hoewel ze het tot nu toe voor zich uit had geschoven, wilde ze hem nog steeds ontmoeten. Ze was ervan overtuigd dat als je langer dan een maand hetzelfde over iets bleef denken, je ernaar moest handelen. December was natuurlijk een drukke maand, maar ze zag ook wel in dat er waarschijnlijk nooit een rustig moment zou aanbreken. Ze was van plan om het extra werk te laten liggen tot het nieuwe jaar en volop te genieten van de gezelligheid van de feestdagen.

In gedachten noemde ze hem nog steeds L.W. Latchley was nou eenmaal een hele mond vol en in eerste instantie had ze hem alleen als L.W. gekend. Bovendien noemde ze in gedachten iedereén bij zijn initialen sinds ze bij de *Gazette* was gaan werken. Juno was J.F., Barnaby was B.T., Will was W.S. Alleen voor Cauderlie maakte ze een uitzondering. Nare man, zo noemde ze hem in gedachten!

Ze spraken op een regenachtige avond met elkaar af in de eetzaal van het Amberley Hotel. Toen ze zich naar binnen haastte en haar paraplu in de paraplubak kwakte, blij dat ze ervanaf was, zat hij al op haar te wachten. Een ober ging haar natte mantel ophangen en L.W. wachtte beleefd tot ze zover was. Snel wierp ze een blik op haar spiegelbeeld in het raam, al viel er nu niet veel meer aan te doen. Het volgende moment kwam hij naar haar toe en zei met een glimlach: 'Juffrouw Camberwell. Wat fijn om u eindelijk te ontmoeten.'

Blue droeg een boterbloemgele zijden jurk met een verlaagde taille en een watervalhals. Verder was het een eenvoudige jurk, de prachtig glanzende stof en haar slanke figuur spraken voor zich. Ze droeg een paarse hoofdband, een gewaagde keuze in combinatie met het geel. Door het paars leek haar haar de kleur van boter te hebben en waren haar ogen donkerder dan ooit.

Blue had het haar zus ten strengste verboden om haar in het Amberley te bespioneren. 'Jij werpt hem toch alleen maar dodelijke blikken toe,' had ze gezegd. 'Ik kan me niet ontspannen als jij aan de andere kant van de zaal naar ons zit te loeren.'

'Je had het al zo lang niet meer over hem gehad dat ik hoopte dat je het idee had laten varen,' bromde Merrigan.

Zodoende had Tabitha de taak op zich genomen en zou ze straks arriveren met haar eigen afspraakje. 'Hij hoeft niet te weten wat we in ons schild voeren, schat,' zei ze stellig. 'Het enige wat hij hoeft te weten is dat hij boft dat hij me mee uit eten mag nemen.'

Blue was blij dat ze nog even de tijd had voordat Tabitha kwam. Ze hadden bedacht dat als L.W. een gestoorde maniak bleek te zijn die Blue in mootjes wilde hakken, hij dat waarschijnlijk niet tijdens hun eerste half uur in het Amberley zou doen. En inderdaad, hij wekte niet de indruk dat hij dergelijke neigingen had toen hij haar meevoerde naar een tafeltje bij het raam, haar stoel voor haar aanschoof en vroeg of het er niet te veel tochtte. Nadat hij tegenover haar had plaatsgenomen en een andere ober hun cocktails was komen brengen, slaakte ze een diepe zucht en glimlachte. Daar was hij dan. In het echt kon ze dingen zien die op de foto niet duidelijk waren geweest.

Zijn haar was donkerblond, of lichtbruin, afhankelijk van de lichtinval. Zijn ogen waren blauw, maar niet zo helder als die van Dorian. Die van L.W. hadden een zachtere tint, zoals een oude jas waar Blue dol op was. Er speelde de hele tijd een lachje om zijn mond en hij maakte een verlegen indruk, maar niet zo erg dat Blue het gevoel had dat ze haar best moest doen om hem op zijn gemak te stellen.

Ze vroegen elkaar of de reis goed was verlopen, bestelden iets te eten en kwamen erachter dat ze een compleet tegenovergestelde smaak hadden. Daarna vielen ze even stil en bedacht Blue hoe vreemd deze situatie eigenlijk was.

'Merkwaardig, nietwaar?' Hij glimlachte alsof hij dolgraag het ijs wilde breken. 'We hebben elkaar al zo vaak geschreven dat alle gebruikelijke gespreksstof tijdens een eerste kennismaking nu overbodig is. Vanavond ging ik hiernaartoe met het gevoel dat ik met een oude vriendin had afgesproken, maar in werkelijkheid kennen we elkaar helemaal niet. Nu moet ik het beeld dat ik van je had laten varen zodat ik de echte Ishbel Camberwell kan leren kennen.'

'Misschien helpen de cocktails wel,' zei ze gekscherend, terwijl ze zijn glas aantikte met het hare. 'Je hebt gelijk, het is heel merkwaardig als een denkbeeldige vriend opeens in een echt mens verandert. Zo had ik geen idee dat je graag oesters lust. Dat valt me van je tegen.'

Hij schoot in de lach. 'Ik vrees dat de teleurstellingen zich vanaf nu zullen blijven opstapelen. Wacht maar tot je erachter komt dat ik stiekem van koude chocolademelk hou, of dat ik niets van jazz begrijp. Ik moet bekennen dat ik niet erg verfijnd ben.'

Blue kreeg pretlichtjes in haar ogen en maakte een tuttend geluid. 'In mijn vrije tijd doe ik niets anders dan schrijven,' kaatste ze terug. 'Mijn mooiste jurken zijn besmeurd met inkt. Ik ben in feite een kluizenaar, ik leef voornamelijk op biscuitjes en koffie en mijn rechterhand ziet eruit als een klauw omdat ik zo vaak een pen vasthou.'

'Het idee van de Gekke Hoedenmaker is niet uit de lucht komen vallen. Wist je dat er vroeger kwik werd gebruikt om vilt te vervaardigen? Welnu, ik ben dol op de geur van vilt. Ik snuffel er continu aan.'

‘Ik gebruik nooit een paraplu. Vanavond uitgezonderd.’

Hij leunde achterover en keek haar met fonkelende ogen aan. ‘Proberen we elkaar nu af te schrikken?’

Verleidelijk keek Blue terug. ‘Als de verwachtingen niet te hooggespannen zijn, wordt het meestal een plezierige avond. Bent u bang, meneer Winterson?’

‘Als de dood,’ gaf hij toe. ‘Laten we drinken op het confronteren en overwinnen van onze angst.’ Hij hief het glas.

De avond kabbelde rustig voort. Op een gegeven moment kwam Tabitha binnen, gehuld in een smaragdgroene jurk bezaaid met lovertjes en met de onontbeerlijke metgezel aan haar arm. ‘Blue, schat!’ kirde ze. ‘Wat een toeval dat ik jou hier tegenkom. Heerlijk om je te zien. Charlie ken je wel, nietwaar?’

‘Wat leuk jullie te zien.’ Blue stond op om hun allebei een zoen te geven. ‘Mag ik jullie voorstellen aan mijn goede vriend Latchley Winterson? Latchley, dit is Tabitha Foxton, de vriendin over wie ik je verteld heb, en dit is Charlie Larkin.’

Ze gaven Latchley beiden een hand en Tabitha bekeek hem als een luipaard dat een grazende antilope in het oog kreeg. Blue vroeg zich af wat ze van hem dacht.

‘Geweldig om je even gezien te hebben, Blue. Aangenaam met u kennisgemaakt te hebben, meneer Winterson. We zullen jullie in alle rust verder laten eten. Charlie kan niet wachten om me op champagne te trakteren, nietwaar, schat?’

‘Vooruit dan maar,’ reageerde Charlie vaag.

Ze gingen aan de andere kant van de eetzaal zitten, zo ver bij hen vandaan dat Blue zou kunnen doen alsof ze er niet waren. Wat was Tab toch een schat.

‘Ze is precies zoals je haar hebt beschreven,’ merkte Latchley op. ‘Nu ik naar Richmond ben gekomen om kennis met je te maken, voelt het eerlijk gezegd alsof ik een verhaal binnen ben gestapt en de personages leer kennen. De afgelopen maanden heb ik je brieven met zo veel plezier gelezen dat ik alles voor me zag.’

'In het echt zijn we vast lang niet zo interessant, maar inderdaad, Tab is een geval apart.'

Tijdens het diner praatten ze honderduit: over hun families, hun dromen en hun tekortkomingen. Latchley vertelde veel over zijn broer en neefje en zijn wens om ooit zelf kinderen te krijgen. Als hij over het ontwerpen van hoeden praatte, klonk het fascinerend. Het waren echter vooral de kleine dingetjes waardoor Blue zich bij hem op haar gemak voelde. Ze hadden veel met elkaar gemeen. Zo hielden ze allebei van wandelen, aten ze graag gepofte kastanjes met kerst, gingen ze graag naar de bioscoop en verzamelden ze boeken. Het voelde alsof ze met iemand uit haar eigen familie praatte, alleen was hij geen familie, maar een aantrekkelijke vreemdeling.

Blue voelde zich een beetje onbezonnen door het kaarslicht, de cocktails en het feit dat L.W. duidelijk bewondering voor haar had. Toen hij vroeg of ze elkaar nog eens konden zien, antwoordde ze: 'Natuurlijk.' Ze stond niet stil bij Dorian of Merrigan of andere mensen die er misschien iets op aan te merken zouden hebben. L.W. was een vriend van haar... en wie weet zou hij op een dag zelfs wel meer worden.

In de lobby van het Amberley namen ze afscheid van elkaar. 'Zal ik met je meelopen naar huis, Ishbel?' bood hij aan. 'Het is koud en donker en ik zou me geen echte heer voelen als ik het niet deed.'

'Dat hoeft niet,' zei Blue. 'Het station is hier vlak bij en mijn huis ligt voor jou niet op de route. Ik maak deze wandeling heel vaak. Ga maar naar huis, alsjeblieft. Je hebt een veel langere reis voor de boeg dan ik.'

Zodoende nam hij met tegenzin afscheid van haar, met een zoen op haar wang en de belofte dat ze elkaar nog vaker zouden zien. Omdat Blue deze avond wilde koesteren, nam ze een omweg naar huis, langs het theater waar de voorstelling nog maar net was afgelopen. Het publiek stroomde Richmond Green op, nog napratend over hun avond. Wat heerlijk, dacht Blue. Misschien ga ik binnenkort ook wel met L.W. naar een voorstelling. Daarna liep ze verder langs de rivier, luisterend naar de roep van ongeziene vogels, en over de stenen traptreden bij de brug terug naar de heuvel, bedwelmd door geluk.

In de warme, aangenaam verlichte hal van Ryan's Castle wachtte haar echter schokkend nieuws. Foster Foxton had geprobeerd zich van het leven te beroven.

35

Kenneth bracht Blue met de auto naar het ziekenhuis. In haar gele zijden jurk voegde ze zich bij Tabitha in haar groene lovertjes, en ze klampten zich aan elkaar vast terwijl ze op nieuws wachtten. Tabitha's ouders waren er ook. Hoewel Blue het vreselijke gevoel had dat ze haar er niet bij wilden hebben omdat zij misschien de oorzaak van alle ellende was, wilde ze Tab en Foster niet alleen laten voordat ze wist dat alles goed zou komen. Trouwens, ze zag de Foxtons amper. Anthony bleef ondanks zijn slechte been maar door de gangen ijsberen en Clemmie hing aan zijn arm en ijsbeerde met hem mee.

Zij was degene die de Camberwells had gebeld met het slechte nieuws. Door haar moederinstinct had ze geweten dat ze het ergste moest vrezen, al was de situatie niet zo zwart-wit als die in eerste instantie had geleken. Kennelijk was Foster, die normaal gesproken zo verstandig en ingetogen was, naar het verjaardagsfeest van een vriend gegaan en had hij daar bijna een hele fles rum en ook nog flink wat whisky gedronken. Hij was met spoed naar het ziekenhuis gebracht en werd nu behandeld tegen alcoholvergiftiging. Niemand wist zeker of hij het met opzet had gedaan.

Net als Clemmie had Blue echter een akelig voorgevoel. Zelfs al had hij niet bewust geprobeerd zichzelf van het leven te beroven, dan nog was het niets voor hem om zo onachtzaam te zijn. Hoe je het ook wendde of keerde, het was een wanhoopsdaad geweest. Blue was niet de enige die zich schuldig voelde. Tabitha nam het zichzelf kwalijk dat Foster haar tegen hun moeder had horen zeggen dat ze naar het Amberley ging omdat Blue uit eten zou gaan met een man die ze alleen kende van de brieven die ze elkaar hadden geschreven. Op dat moment had ze gedacht dat Foster al naar het feest was vertrokken.

Zijn moeder voelde zich ook schuldig, daar was ze nu eenmaal zijn moeder voor. 'Ik had iets moeten zeggen, iets moeten doen,' mompelde ze in het voorbijgaan. 'Ik wíst gewoon dat er iets aan de hand was.'

Ook Fosters vriend Andrew Barton was naar het ziekenhuis gekomen. Hij was op hetzelfde feest geweest. 'Ik had hem moeten tegenhouden,' lispelde hij, terwijl hij op onvaste benen door de gang zwalkte. 'Alleen had ik zelf ook een paar glaasjes gedronken en ik... ik heb het niet gemerkt. En vervolgens heb ik alles verkeerd gedaan. O god, als hij doodgaat, heb ík dat op mijn geweten!'

'Rustig maar, jongen,' zei Kenneth snel, toen hij Tabitha's verslagen gezicht zag. 'Hij gaat niet dood en jij hebt geprobeerd hem te helpen, dat weten we allemaal. Kom, dan maken we even een ommetje.'

'Het is wel waar,' fluisterde Tabitha nadat ze waren weggelopen. 'Hij heeft alles gedaan wat volgens de dokter niet had gemoeten. Hij heeft hem koffie gegeven, wat schijnbaar uit den boze is omdat alcohol en koffie er allebei voor zorgen dat je uitgedroogd raakt. Daarna heeft hij een hele tijd met hem rondgelopen, maar Floss was zo dronken dat hij telkens omviel, waardoor hij nu onder de schrammen en blauwe plekken zit. En toen Floss niet nuchter werd, heeft hij hem laten slapen. Volgens de dokter blijft je lichaam tijdens je slaap alcohol opnemen. Stel je voor, eigenlijk werd hij alsmaar dronkener toen hij daar lag! Daar moet je toch niet aan denken. Normaal gesproken drinkt hij nooit zo veel. Dat arme schaap moet ze even niet op een rijtje hebben gehad.'

'Hoe is hij hier gekomen?' vroeg Blue zacht.

'Uiteindelijk kreeg hij een toeval. Ik weet het, dat klinkt verschrikkelijk, maar achteraf bezien is het maar goed, want daardoor kreeg een van de andere jongens eindelijk in de gaten hoe ernstig het was en belde hij zijn vader. De beste man kwam meteen, heeft Foster snel naar het ziekenhuis gebracht en belde daarna onze ouders.'

'Wat kunnen ze nu voor hem doen?'

'Ze hebben een buis ingebracht om hem te helpen ademhalen en hij ligt aan een infuus om zijn vochthuishouding en suikerspiegel weer op peil te krijgen. Ze denken dat hij een goede kans maakt om er weer bovenop te komen, maar zeker weten doen ze het niet. O, Blue, had ik maar niet zo hard gelachen om zijn brieven aan jou. Jij zei al dat het niet grappig was.' Op haar beeldschone gezicht stond niets dan berouw te lezen. 'Ik ben zó kwaad op hem, maar hij is mijn broertje en ik hou van hem.' Ze keek Blue aan, huiverend en met haar groene ogen vol tranen, waardoor ze deden denken aan de zee.

Blue dacht precies te weten wat Tabitha voor zich zag: de ene na de andere herinnering aan Foster als klein jochie. Zelf zag ze het ook voor zich. Hoe ze met zijn vieren over het gazon van Ryan's Castle hadden gerend, schreeuwend als een stel wilden. Fosters knokige knieën en zwoegende ellebogen toen hij had geprobeerd te ontsnappen aan zijn grote zus en haar vriendinnen. Foster die in bomen klauterde en eruit viel. De keren dat ze Foster hadden vastgebonden, maar hij zich kronkelend als een aal wist los te wurmen. Hij was de jongste geweest, ze hadden altijd geintjes met hem uitgehaald, maar toch had hij in alle opzichten onaantastbaar geleken. Wat ze hem ook hadden aangedaan in hun rol van cowboy, ridder van de ronde tafel of hulpje van de sheriff van Nottingham, hij was er altijd bovenop gekomen, met een lach. Blue kon alleen maar bidden dat dat nu ook zou gebeuren. 'Het spijt me zo, Tab,' fluisterde ze. 'Ik zou het verschrikkelijk vinden als dit iets met mij te maken had.'

'O, Blue, ik ook! Ik heb zo ongeduldig tegen hem gedaan toen ik laatst met hem ging praten. Ik heb gezegd dat hij je niet meer moest lastigvallen en dat hij zich niet zo moest aanstellen. Niet bepaald het toonbeeld van de meelevende zus, hè? Ik had geen idee... Als hij het haalt, neem ik hem voortaan wel serieus en zal ik echt proberen hem te begrijpen, dat zweer ik.'

Om twee uur 's nachts stond Kenneth erop om Blue mee naar huis te nemen. 'Ik weet dat je wilt blijven, maar daar schiet Foster niets mee op en jij hebt je slaap hard nodig.'

Ze stonden er nog over te kibbelen toen de pers kwam opdagen in de gedaante van Barnaby Tanner. Die zag er verfomfaaid uit en droeg een platte pet en een ruimvallende regenjas. 'Ishbel!' riep hij uit. 'Wat doe jij hier in vredesnaam?'

'Barnaby! Een vriend van me is... onwel geworden. Wat doe jij hier?'

'Ik moet verslag doen van een uit de hand gelopen feest. Een stel rijke scholieren heeft het op een zuipen gezet. Eentje is uit het raam gevallen. Op de begane grond, maar toch. Een ander was er zo slecht aan toe dat hij dacht dat hij Stanley Baldwin was en de straat op is gerend om voorbijgangers te vragen op hem te stemmen. Weer een ander is met spoed hierheen gebracht omdat hij op sterven na dood was, heb ik begrepen.'

'Ja, maar Barnaby, dat is niet zomaar een verhaal, je hebt het over mijn vriend.'

'Ja, Barnaby, alsjeblieft!' riep Tabitha. Hoewel ze hem nooit eerder had gezien, greep ze hem in haar wanhoop bij zijn revers. 'Noem hem alsjeblieft niet bij naam in de krant! Hij is mijn broertje. Zoiets heeft hij nog nooit gedaan. Hij wil naar de universiteit. Mijn ouders zijn ten einde raad. Alsjebliéft, Barnaby!'

Hij keek verwonderd naar haar, in haar glinsterende groene lovertjesjurk. Blue vond haar eruitzien als een bosnimf die zichzelf een boblijn had laten aanmeten. Ze maakte zo'n radeloze, verdrietige indruk dat iedere man haar redder in nood zou willen zijn. Haar mascara had strepen achtergelaten op haar wangen en haar rode lippenstift was uitgelopen omdat ze angstvallig op haar lippen had gebeten.

Barnaby dirigeerde haar voorzichtig naar de dichtstbijzijnde stoel. 'Ik zal discreet zijn,' beloofde hij. 'Aangezien het om een vriend van Ishbel gaat... Dus het gaat niet goed?' Hij keek Blue vragend aan.

'Heel slecht.' Ze knikte, maar aarzelde vervolgens. Ook al beschouwde ze hem als een vriend, hij was een collega en zo lang kenden ze elkaar nog niet. Als hij hierheen was gestuurd om een artikel te schrijven, had hij er alle belang bij om zich grondig in de zaak te verdiepen. Hij nam zijn werk heel serieus, omdat hij van zijn vak hield en het salaris nodig had. Cauderlie zou vast geen moment hebben geaarzeld om alle gruwelijke details op te tekenen. Dat zou Barnaby misschien niet zo snel doen, maar konden ze echt van hem verlangen dat hij een deel van het verhaal achterwege liet? 'Ik weet dat het veel gevraagd is,' zei ze zacht, 'maar hij is een jeugdvriend van me. Tabitha hier is zijn zus, maar ik beschouw haar ook als een zus van mij. Hij is een lieve jongen, een prima knul. De laatste tijd heeft hij een paar tegenslagen te verduren gehad en hij is op een leeftijd waarop dergelijke dingen hard aankomen. Vanavond heeft hij een inschattingsfout gemaakt en... Als we hem verliezen, zou dat voor ons allemaal...' Ze begon te huilen. Het was een lange avond geweest en de plotselinge overgang van haar euforische stemming naar deze toestand had haar misselijk gemaakt. Ze moest er niet aan denken dat haar afwijzing ervoor had gezorgd dat Foster zo veel had gedronken, dat ze op wat voor manier dan ook verantwoordelijk kon zijn voor het feit dat hij misschien zou sterven.

Toen Barnaby haar tranen zag, deed hij een stap naar haar toe en strekte zijn arm uit.

Blue liet zich door hem omhelzen en huilde even uit op zijn schouder, totdat ze zichzelf weer tot de orde riep. 'Hemeltje,' zei ze, en ze veegde met de rug van haar hand langs haar ogen. 'Wat onprofessioneel van me. Ik schaam me diep.'

'Je bent nu niet aan het werk,' zei hij, terwijl hij naast Tabitha ging zitten en zijn notitieboek erbij pakte. Even dacht Blue dat hij vragen zou gaan stellen, maar in plaats daarvan las hij stilletjes zijn aantekeningen door en borg vervolgens het notitieboek weer op. 'Ik heb voldoende. Met dat verhaal over Stanley Baldwin zal Gordon al dik tevreden zijn.' Tegen Tabitha vervolgde hij: 'Ik hoef niets over je broertje te schrijven.'

'O, dank je wel, je bent een engel! Blue, stel je me even voor aan je vriend? Ik heb mezelf compleet voor schut gezet door hem zo vast te klampen en te smeken, en hij is zo aardig voor me.'

'Natuurlijk, neem me niet kwalijk. Tab, dit is Barnaby Tanner, een collega van me bij de *Gazette*. Hij heeft me erg geholpen en op mijn gemak gesteld. Barnaby, dit is juffrouw Tabitha Foxton.'

Nadat ze elkaar de hand hadden geschud, stond hij op. 'Blue?' vroeg hij met een glimlachje.

'Lang verhaal. Zo noemen mijn vrienden en familie me. Het leek me professioneler om op het werk mijn echte naam te gebruiken.'

Hij knikte. 'Dat verhaal moet je me later nog maar eens vertellen. Pas goed op jezelf en op je jonge vriend. Ik hoop dat hij het redt.' Met die woorden ging hij ervandoor.

'Zal hij er echt niets over in de krant zetten?' vroeg Tabitha, die hem angstig nakeek. 'Het is toch jullie werk om verslag uit te brengen van alle feiten?'

Blue haalde haar schouders op. 'Zelf schrijf ik alleen over theekransjes.'

'Die Barnaby lijkt me wel een fatsoenlijke kerel.'

'Dat is hij volgens mij ook, Tab.'

Nadat Kenneth de Foxtons meerdere malen op het hart had gedrukt dat ze hem moesten bellen wanneer er nieuws was of als hij iets voor hen kon doen, wist hij Blue eindelijk over te halen om mee naar huis te gaan. Alle sporen van haar avond met L.W. leken uitgewist te zijn, behalve dan haar gele jurk. Pas toen ze een glimp van zichzelf opving in de spiegel, moest ze er weer aan denken dat ze voordat ze naar het ziekenhuis was gegaan heerlijk had gedineerd in een hotel en volop had gelachen. Ze trok de jurk uit, maar ging niet naar bed. In plaats daarvan ging ze gehuld in een paar oude kleren in haar slaapkamer voor zich uit zitten staren, tot de zon opkwam en er werd gebeld met het nieuws dat Foster het zou halen. Daarna kwamen de tranen weer. Zo hard had ze al niet meer gehuild sinds Percy was verdwenen.

36

Midge zwierf door de bossen aan de rand van Richmond Park en verzamelde armen vol hulst en klimop om het huis mee te versieren. Het was koud en een zilvergrijze mist leek de horizon te hebben opgeslokt. In het bos hing hier en daar een flard, als feeënstof tussen het donkergroene gebladerte. Midge droeg een broek en stevige schoenen, maar ze wilde dat ze eraan had gedacht om haar handschoenen aan te trekken. Haar handen waren rood en geschaafd.

Het voelde vreemd om nu alweer de voorbereidingen voor Kerstmis te treffen. Sinds het verlies van Percy leek de tijd steeds sneller te gaan, alsof het leven haar op die manier probeerde te straffen. Merkwaardig genoeg was hij maar één kerst bij hen geweest, maar drukte hij nog steeds zijn stempel op de feestdagen. Dit jaar zou hij oud genoeg zijn geweest om bepaalde voorkeuren te hebben qua eten, om zich te verheugen op de cadeaus, om rond te rennen en het huis te vullen met zijn vreugdekreten. De meisjes zouden hem tot op het bot verwend hebben en Kenneth zou hem hebben meegenomen voor het mannenwerk, zoals het halen van de kalkoen of de boom. Al die dingen die ze moest missen hingen als kerstslingers om haar heen. Waar zou Percy toch zijn?

Normaal gesproken vergezelde Blue haar op deze jaarlijkse strooptocht, maar deze keer was ze aan het werk. Natuurlijk had Midge ook tot het weekend kunnen wachten, maar ze had zich vandaag rusteloos gevoeld en had gedacht dat de frisse lucht haar misschien goed zou doen.

Die vreselijke toestand met Foster had haar diep geraakt, net als hen allemaal. Midge besefte dat zij een van de velen was die zich schuldig voelden. Op het feest had ze aan zijn gezicht gezien dat er iets heel erg mis was. Ze wist beter dan wie dan ook wat voor vreselijke dingen iemand kon doen die emotioneel extreem onder druk stond. Misschien had ze iets moeten zeggen, maar tegen wie dan? Met zijn familie had hij al een hechte band, hij was het stralende middelpunt, hun grote trots. Blue kon er niets aan doen dat haar bestaan een kwelling voor hem was, ze had hem niet aan het lijntje gehouden of onvriendelijk behandeld. Hoe had Midge als getrouwde vrouw van middelbare leeftijd ervoor kunnen zorgen dat Foster, een hopeloos verliefde jongeman met heel zijn leven nog voor zich, het weer wat zonniger ging inzien? Waarschijnlijk had ze niets kunnen zeggen waar hij iets aan had gehad, maar toch wilde ze dat ze het had geprobeerd. Alweer iets om zich schuldig over te voelen.

Ze ging op een omgevallen boomstam zitten en keek om zich heen. Donker kreupelhout, witte mist, rode bessen... een sprookjesachtig geheel. Het schoot haar te binnen dat Delphines zus haar altijd Sneeuwwitje had genoemd. Alleen had Delphine geen problemen gehad met een boze stiefmoeder, maar met een gewelddadige echtgenoot. Midge had een hekel aan het woord stiefmoeder. Niet dat zij een boze stiefmoeder was, verre van zelfs. Op dat gebied kon ze zichzelf weinig kwalijk nemen.

Rood is uitermate geschikt als accentkleur, maar mag nooit de hoofdrol opeisen, citeerde ze Harriet Orpington-Whistle in gedachten, terwijl ze naar de hulstbessen keek. Zonder al die kennis en het nieuwe interieur waarmee ze bezig was, zou ze zich geen raad weten.

Achteraf bezien kon ze nauwelijks geloven hoe ondankbaar ze was geweest toen ze zwanger was geraakt. Het was een moeilijke tijd geweest met Kenneth. Ze had er nooit aan getwijfeld dat hij haar trouw was, per slot van rekening was hij een deugdzaam mens. Dat betekende echter niet dat er geen steekje loszat aan hun huwelijk. Van buitenaf zag het er goed uit, maar in het hele netwerk van stiksels, draden en knopen dat alles bij elkaar moest houden, gingen allerlei emoties om. Ze had hem er vaak op betrapt dat hij met een gekwelde blik naar het portret van Audra staarde. Eén keer had ze hem zelfs slapend aangetroffen in zijn studeerkamer, met een foto van Audra in zijn hand en de sporen van zijn tranen nog duidelijk zichtbaar op zijn gezicht in het licht van de lamp boven zijn stoel.

Audra was echter een geval apart. Midge had nooit verwacht dat ze het van haar zou kunnen winnen. Veel erger vond ze het hoe hij naar andere vrouwen keek wanneer ze samen uitgingen. Als hij niet met haar getrouwd was, zou hij in die tijd hebben gemerkt dat zijn aandacht zo nu en dan weer werd getrokken door een mooie vrouw, of dat hij soms onverwacht in lachen uitbarstte tijdens een grappig gesprek en zich opgelucht herinnerde hoe het voelde om te bewonderen en bewonderd te worden. Op een dag zou hij er weer aan toe zijn geweest om iemand lief te hebben. En dat gebeurde ook, alleen was er een probleem: hij was intussen al hertrouwd.

Toen Midge hem met Christie Dawson-Hobbs had gezien, had ze geweten dat hij veel te vroeg was getrouwd. Voor zover ze wist, brachten Kenneth en Christie nooit tijd alleen met elkaar door. Op feestjes en tijdens diners was het Midge, en waarschijnlijk vele anderen, echter wel duidelijk dat die twee een bijzondere band met elkaar hadden. Christie was jong, mooi en getalenteerd. Ze was net zo blond als Audra donker was geweest, maar ze had dezelfde onbevangen uitstraling en goede manieren. Ze was een lieve vrouw en was altijd beleefd tegen Midge, totdat Kenneth de kamer binnenkwam en ze alles en iedereen om zich heen vergat. Dat kon Midge haar niet kwalijk nemen, al brak haar hart bij de gedachte dat de man van wie ze zo veel hield verlangde naar een andere vrouw dan een van zijn twee echtgenotes.

Midge twijfelde er geen moment aan dat hij met Christie getrouwd zou zijn als hij haar niet had gehad. Zij had hém echter niet ten huwelijk gevraagd! Ze was zelfs een keer zo dapper geweest om hem te vragen of hij niet te hard van stapel liep. Daar was hij fel tegenin gegaan. Hij bezwoer haar dat hij van haar hield, dat hij zich zonder haar gewoonweg niet door die moeilijke tijd heen zou kunnen slaan. Dat zou hij niet overleven. Aangezien het een kwestie van leven en dood leek te zijn, had ze maar ja gezegd.

Niet dat ze zichzelf had wijsgemaakt dat het allemaal een romantische droom zou worden, maar ze had wel gehoopt dat er tussen hen iets moois zou kunnen opbloeien. Ze had nooit gedacht dat er behalve Audra iemand in zijn leven zou komen die haar zo onzeker zou maken.

Christie was klein en tenger, terwijl Midge slungelachtig was, haar gezicht was rond en verfijnd, dat van Midge lomp en smal. Vergeleken bij haar gouden lokken zag het haar van Midge eruit als vaal geworden stro, en haar zelfverzekerde houding stelde alle tekortkomingen en onzekerheden van Midge in een ongunstig daglicht.

Uitgerekend in die tijd was Midge zwanger geraakt. Heel even had ze gedacht dat het alles zou oplossen, dat Kenneth en zij nu een unieke band met elkaar zouden krijgen waarbij Christie zou verbleken. Het liep echter anders. Kenneth was dolblij met het nieuws en was erg begaan met Midge. Hij zorgde goed voor haar, maar wanneer ze uitgingen en Christie en de andere mooie vrouwen bij hen uit de buurt tegenkwamen, voelde Midge zich nog onzekerder dan voorheen. Al die vrouwen zagen er nog net zo stralend uit als altijd, terwijl zij uitdijde en opzwol. Ze kreeg last van stemmingswisselingen en had zichzelf niet meer in de hand. Voor haar voelde de zwangerschap aan als een vernedering die negen maanden duurde. Ze moest vaak overgeven, had enorme hikbuien, snikte het uit tot haar gezicht rood aanliep en smeekte Kenneth om toenadering te zoeken in de slaapkamer, want dat verlangen was niet geblust door de zwangerschap. Tegelijkertijd zag hij de oogverblindende Christie naar hartenlust foxtrotten, altijd tot in de puntjes beheerst. Het was een martelgang.

Na de geboorte van hun zoon had Midge nog steeds het gevoel dat ze tekortschoot. Kenneth en de meisjes waren dol op Percy, terwijl Midge vooral chagrijnig, moe en bang was. Haar positie binnen het gezin was sterker dan ooit. Veel vrouwen zouden zich misschien met opzet in deze positie hebben gemanoeuvreerd, maar over haar plekje in Kenneths hart was ze onzekerder dan ooit. Als ze hem alleen dierbaar was omdat ze de moeder van Percy was, stelde dat in haar ogen weinig voor.

Inmiddels was Percy weg, was Christie Dawson-Hobbs met een jonge aristocraat getrouwd en naar het afgelegen graafschap Cheshire verhuisd en stond Kerstmis weer voor de deur. Midge begreep nog steeds niet goed wat haar was overkomen. Had God haar gestraft omdat ze niet genoeg van Percy had gehouden? Of moest ze zich troosten met het feit dat haar liefdesrivalen Audra en Christie waren weggevallen, waardoor zij met Kenneth en de meisjes een rustig leven kon leiden in Ryan's Castle? Misschien had het wel zo moeten zijn.

Met een zucht stond ze op. Ze had zo veel takjes verzameld dat het dwaas was om ze in haar eentje te dragen. Even overwoog ze de helft hier op een nette stapel achter te laten en vanavond terug te gaan met Kenneth, of misschien met een kruiwagen, maar ze snakte ernaar om lichamelijke inspanning te leveren. Ze wilde worstelen met eenvoudige dingen, ze wilde het zichzelf moeilijk maken. Dus nam ze die hele berg in haar armen. Haar voeten raakten verstrikt in de klimop, de hulstblaadjes prikten haar en ze kon nauwelijks iets zien toen ze naar huis strompelde. Zo nu en dan liet ze iets vallen en ze zag er waarschijnlijk net zo excentriek uit als wanneer ze echt met een kruiwagen door de straten van Richmond had gelopen.

'Hallo, Midge!' riepen de buren her en der.

Midge groette opgewekt terug, ook al kon ze door die enorme bos in haar handen niet zien tegen wie ze het had.

37

Delicieuze Dorian heeft er volgens welingelichte bronnen een concurrent bij in de strijd om het hart van Beeldschone Blue uit Ryan's Castle! Gisteravond werd de jongedame gespot toen ze het Richmond Theatre verliet aan de arm van een aantrekkelijke vreemdeling wiens naam ze weigert prijs te geven. Het toneelstuk was een bewerking van Een ideale echtgenoot *van Oscar Wilde, en ondanks haar literaire ambities en grote talent slaagt Blue erin om ook haar eigen liefdesverhaal alsmaar spannender te maken. Net als mevrouw Cheveley in het toneelstuk is Blue 'overdag een genie en 's avonds een schoonheid'. Tegen de tijd dat het zomer is, zal haar knappe vader Kenneth Camberwell, de plaatselijke filantroop en reformist, misschien inderdaad een ideale echtgenoot bekend kunnen maken!*

'Het spijt me, Blue, ik kon niet anders,' zei Juno.

'Het had erger gekund,' verzuchtte Blue. 'Bedankt dat je me getalenteerd hebt genoemd.' Ze keek er al naar uit om tijdens de feestdagen wat meer tijd met haar familie door te brengen. Soms was het best benauwend dat ze bij de krant werkte die haar privéleven op de voet volgde.

De kerstviering van de *Richmond Gazette* begon ermee dat ze zich na het werk druppelsgewijs van de redactie naar de pub begaven. Blue was nooit eerder in een pub geweest en voelde iets van opwinding toen Juno en zij hun hoeden opzetten om samen te vertrekken. Ze was blij dat Juno erbij was, want het voelde best gewaagd om in haar eentje een dergelijk etablissement te betreden. Juno had daar maling aan, maar zij was dan ook wel wat gewend, zoals Merrigan altijd zei.

Toen ze in de Schooner aankwamen, waren alleen Gordon, Cauderlie en Spencer er. De moed zakte Blue meteen in de schoenen. Cauderlie kon ze echt niet uitstaan, en in een gezelschap van vijf mensen was het vrijwel onmogelijk om de handtastelijke Spencer te ontwijken. Ze hoopte maar dat de anderen niet lang op zich zouden laten wachten.

'Wat willen jullie van me drinken, dames?' vroeg Gordon.

Juno bestelde een halve pint Old Snifty, een onsmakelijk ogend donker bier dat de mannen per hele pint dronken. Blue vond de geur niet erg aanlokkelijk, maar het leek haar niet gepast om hier een gin and it of een glas champagne te bestellen, dus vroeg ze om een glas tonic.

'Goh, je bent wel echt een dame, hè?' merkte Cauderlie met een minzaam lachje op.

Blue haalde haar schouders op, want ze zag niet in wat daar mis mee was.

Toen Gordon naar de bar liep, boog Spencer zich voorover om de vrouwen welkom te heten met een natte zoen. 'Tijdens de feestdagen hoeft het allemaal niet zo formeel, of wel soms, meiden?' pufte hij. Zijn gezicht was roze aangelopen en Blue vroeg zich af hoeveel pinten hij al gedronken had.

Cauderlie zag het allemaal grijnzend aan en Juno gaf Spencer een harde mep tegen zijn arm. 'Jeetje, wat saai,' beklaagde ze zich. 'Daar zitten we dan, in een pub met meneer Grijpgraag en een relikwie van twee eeuwen geleden. We hadden beter nog even op kantoor kunnen blijven, Blue.'

'Had dat maar gedaan,' viel Cauderlie haar bij. 'Iemand moet die stukjes over parels en kousen toch schrijven, schat.'

Juno sloeg geen acht op hem. 'Jij werkt momenteel wel aan iets interessants, nietwaar, Spencer?'

Hij knikte. 'Een humaninterestverhaal,' vertelde hij. 'Over de vreselijke dingen die mannen doen wanneer hun hart is gebroken door een onbeantwoorde liefde.'

Blue kromp in elkaar. Dit ging toch zeker niet over Foster? Had Gordon er soms lucht van gekregen dat er meer achter het verhaal zat dan Barnaby had opgeschreven? Of had Barnaby er toch iets over gezegd?

'Daar sta ik altijd van te kijken,' merkte Cauderlie op.

'Dat geloof ik graag,' kaatste Juno terug. 'Ik kan me niet voorstellen dat jij ook maar iets om een vrouw zou kunnen geven. Doe me alsjeblieft een lol en ga nooit trouwen.' Met een glimlach nam ze haar drankje van Gordon aan.

'Enfin,' vervolgde Spencer, 'ik doe al een poosje onderzoek naar dit onderwerp. Zoals jullie misschien weten hebben heel wat militairen die na hun terugkeer van het front de bons hebben gekregen van hun vrouw of vriendin een eind gemaakt aan hun leven omdat ze geen andere uitweg meer zagen.'

Nerveus nam Blue een slokje van haar tonic.

'Eén man had wel een heel bijzondere aanpak. Nadat zijn vriendin hem aan de kant had gezet, maakte hij er een gewoonte van om jassen te stelen en aan stukken te scheuren. Stel je voor! Daardoor ben ik me eens gaan verdiepen in de gekke dingen die mannen doen vanwege de liefde.'

Blue huiverde. 'Dat lijkt me vreselijk deprimerend,' mompelde ze.

'Dat verbaast me niets,' bemoeide Cauderlie zich er weer mee. 'Al dat leed en de harde werkelijkheid van het gewone leven zijn natuurlijk nogal overweldigend voor een meisje dat haar aanbidders heeft opgeroepen om haar hart te veroveren door middel van een brief. Ik denk dat ik mijn volgende artikel maar over jou schrijf. Juno heeft het al druk genoeg.'

'O, dus jij bent díé Camberwell!' riep Spencer uit. Anders dan bij zijn collega's viel het kwartje bij hem nu pas. 'Zozo, dat had ik nog niet in de gaten.'

Cauderlie sloeg zijn ogen ten hemel.

Nijdig keek Blue hem aan. Ze wisten allemaal hoe vreselijk ze het vond dat de krant over haar bleef schrijven, maar Gordon had verzucht dat ze voor haar geen uitzondering konden maken. Alleen Cauderlie genoot er zichtbaar van dat de aanstormende verslaggever I.C. en de beeldschone Blue, het lievelingetje van Richmond, een en dezelfde persoon waren. Hoewel hij niets dan minachting koesterde voor de societyrubriek leek hij dolgraag iets over haar te willen schrijven. Tot nu toe had Juno haar uit de wind gehouden, maar desalniettemin baarde het haar zorgen dat Foster die verhalen over haar zo makkelijk zou kunnen lezen. Dat ze als hartenbreekster werd neergezet vond ze al erg genoeg, maar ze moest er niet aan denken dat Foster zo over haar dacht.

Al sinds hij door het oog van de naald was gekropen verlangde ze ernaar om met hem te praten, alleen wist ze niet of dat verstandig was. Ze wilde niet ten koste van hem haar geweten proberen te sussen, maar ze was al eens een broertje kwijtgeraakt. Destijds had ze niets kunnen doen om Percy terug te krijgen, maar misschien kon ze nu wel iets zeggen om Foster te helpen. Terwijl de anderen steeds uitgelatener werden door de Old Snifty, raakte zij steeds meer in zichzelf gekeerd.

Toen Will en Roger aankwamen, maakten ze een praatje met Blue over hun plannen voor kerst, waardoor de tijd wat sneller voorbijging. Even later kwam Sheila binnen en praatten ze een tijdje over de wonderen van waterproof mascara en wimperkrullers. Blue besloot te blijven totdat Barnaby er was, zodat ze hem prettige kerstdagen zou kunnen wensen. Een uur later was iedereen er, behalve hij. Het was druk in de pub en Blue stond tegen een muur aan gedrukt en kon de gesprekken om zich heen amper volgen. Haar gedachten waren nog steeds bij Foster, en bijna zonder het zelf te beseffen stond ze op om te zeggen dat ze ervandoor ging.

'Arm rijkeluismeisje,' merkte Cauderlie spottend op. 'Ze wil zo graag iets bijverdienen om nieuwe jurken van te kopen, maar op de werkvloer kan ze haar draai niet vinden. Dan maar terug naar haar kasteel, waar ze de zuivere lucht kan opsnuiven en een bad met geurige olie kan nemen.'

Blue negeerde hem, omhelsde alle anderen en haastte zich vanuit de drukke pub de koude vooravond in. Eenmaal buiten snoof ze de lucht diep op – de zuivere lucht! Normaal gesproken kon ze best haar mannetje staan tegenover Cauderlie, maar sinds wat er met Foster was gebeurd was ze nergens meer zeker van. Wat gaf haar het recht om van het leven te genieten terwijl hij door haar zo ongelukkig was? Wat gaf haar het recht om liefde en romantiek na te jagen terwijl ze zijn hart had gebroken? Ze had gedacht dat ze volwassen begon te worden en een realistischere kijk op de wereld begon te krijgen, maar soms was de werkelijkheid gewoonweg onverdraaglijk.

Ze wilde inderdaad naar haar toevluchtsoord, waar ze zich getroost voelde door haar vertrouwde omgeving, haar familie, haar mooie kamer, haar schrijfwerk en haar boeken. Was dat verkeerd? Of was het gewoon een teken van gezond verstand? Hoe dan ook voelde het alsof ze nog niet naar huis kon. Voordat ze van gedachten kon veranderen, ging ze halverwege de heuvel linksaf naar The Vineyard, waar de familie Foxton woonde. Ze roffelde op de deur en bleef huiverend in de koude wind op de bovenste trede staan.

De deur werd opengedaan door de knecht. Aangezien Blue kind aan huis was, liet hij haar meteen binnen in de warme hal. 'Komt u voor juffrouw Tabitha?'

'Zou ik meneer of mevrouw misschien kunnen spreken, als ze thuis zijn?' Blue rilde nog steeds, ook al had ze het niet meer koud. Ze was bang dat ze niet welkom was, dat ze zouden vinden dat haar iets te verwijten viel. Diep in haar hart vond ze dat zelf ook.

'Ze zijn allebei in de bibliotheek, juffrouw. Ik loop wel even met u mee.'

'Blue!' riep Clemmie uit, toen ze opkeek van de *Gazette*. Zij en haar man zaten tegenover elkaar bij de haard en zagen eruit als de ideale echtelieden. 'Ben je op zoek naar Tab?'

Beeldde Blue het zich nou in, of leken ze zich geen van beiden op hun gemak te voelen?

'Nee, ik kom voor jullie. Het spijt me dat ik onaangekondigd binnen kom vallen, maar ik wist niet zo goed… Nou ja, ik was toch in de buurt…' Blue riep zichzelf tot de orde. Als ze dit deed, moest ze het ook goed doen. 'Mag ik even gaan zitten? Ik blijf niet lang.'

'Natuurlijk, liefje.' Anthony kwam moeizaam overeind. Het duurde altijd even voordat zijn been gewend was aan de overgang tussen zitten en staan. Hij gebaarde naar zijn stoel, trok er een krukje bij en ging daar zelf op zitten.

Op dat moment viel Blues oog pas op de titel van het grote boek dat hij had zitten lezen en dat nu met de kaft naar boven op tafel lag: *Een studie naar endogene en reactieve depressies*.

'Betrapt!' gaf Anthony toe. 'We zijn ons aan het inlezen. Omdat we hem beter willen begrijpen, snap je?' Zijn poging om opgewekt te klinken kwam gemaakt over.

'Daar wilde ik het met jullie over hebben,' zei Blue. 'Om te beginnen wil ik zeggen dat ik het vreselijk vind wat Foster en jullie allemaal doormaken. Ik begrijp heel goed dat jullie bezorgd om hem zijn.'

'Dank je, Blue,' reageerde Clemmie.

'Verder wil ik nog zeggen… Welnu, dat het me spijt. Je weet wel, omdat… O jee. Tja, ik weet dat dit misschien door mij komt en dat vind ik een vreselijke gedachte, maar als ik iets had kunnen doen om het makkelijker voor hem te maken…'

'Nee, Blue,' onderbrak Anthony haar met een klopje op haar arm. 'Jou valt niets te verwijten. We kennen je al je hele leven, we weten dat je niet het type bent dat met de gevoelens van een man speelt. Je bent een volwassen vrouw, eenentwintig alweer, klaar om te trouwen. Denk je dat wij erom zouden staan te springen als je morgen met Foster in het huwelijksbootje zou stappen? We willen dat hij eerst nog allerlei andere dingen onderneemt, voordat hij zo'n belangrijke stap zet.'

'Natuurlijk,' zei Blue opgelucht. Zo had ze het nog helemaal niet bekeken, maar hij had natuurlijk gelijk. Zij paste net zomin bij Foster als hij bij haar. Het leek wel of iedereen dat doorhad, behalve hijzelf.

'Ik ben wel boos, Blue,' gaf Clemmie toe, 'maar niet op jou. Op wie dan wel? Geen idee. Ik heb een tijdje geprobeerd om boos te zijn op je vader omdat hij die idiote speech heeft gehouden, maar verder probeert niemand zichzelf daardoor van het leven te beroven. Ik wist niet eens dat Foster je geschreven had, totdat Tabitha het ons vertelde na die vreselijke nacht in het ziekenhuis. Ik ben boos geweest op Foster, omdat hij zich zo onredelijk heeft gedragen en ons dit heeft aangedaan. En ik ben zéker boos geweest op die man, Mathews...'

'Schat, hier hebben we het al eerder over gehad,' probeerde Anthony haar te sussen.

'Welke Mathews?' wilde Blue weten.

'Fosters muziekdocent,' legde Anthony uit. 'Mijn vrouw is ervan overtuigd dat hij Foster op de een of andere manier het leven zuur maakt, maar ik heb al gezegd dat dergelijke dingen niet aan de orde zijn op zo'n vooraanstaande school.'

'Anthony kan zich niet voorstellen dat Foster gepest wordt. Hij vindt dat een Foxton daarboven moet staan, maar echt waar, Blue, volgens mij gaat dit niet alleen om jou. Ongeveer een half jaar voor je eenentwintigste verjaardag merkte ik al dat hij veranderd was. Het lijkt wel of hij verwelkt is, als een anjer.'

'Dat is de leeftijd,' zei Anthony op een toon alsof hij dat al veel vaker had gezegd. 'Dit is voor hem het moment om volwassen te worden, om afstand te doen van zijn kinderlijke genoegens en erover na te denken hoe hij hogerop kan komen in de wereld.'

'Nee, daar ligt het niet aan. Volgens mij is er iets of iemand waardoor hij heel ongelukkig wordt, Blue. Alleen wil hij het niet aan mij vertellen omdat ik zijn moeder ben.'

'O, Clemmie.' Blue wist niet goed wat ze moest zeggen. Ze voelde het verdriet in golven van de oudere vrouw af slaan. 'Wil je dat ik met hem ga praten? Dat wil ik met alle liefde doen, als je denkt dat het zou helpen. Misschien ben ik wel de laatste persoon die hij nu wil zien, maar ik wil dat hij weet hoeveel ik om hem geef, al is het misschien niet op de manier die hij graag zou willen.'

'Bedankt voor het aanbod, Blue. Jij hebt het nu vast ook niet makkelijk, maar op dit moment staat hij niet zo stevig in zijn schoenen. Misschien kunnen we beter nog even wachten en dan vragen of hij ervoor openstaat,' zei Clemmie.

Blue knikte. 'Dat lijkt me een goed idee. Beter dan zelf proberen uit te vogelen waar hij behoefte aan heeft. Zolang hij maar geen gevaar loopt...' Ze begon te huilen.

Clemmie reikte over de tafel heen naar haar hand. 'De tijd heelt alle wonden, liefje. Dat weet jij beter dan wie dan ook. Nu lijkt het onmogelijk, maar we hopen dat hij na verloop van tijd weer op de goede weg zal raken en dat we hier dan allemaal vol verbazing op terug zullen kijken. Daar bid ik voor.'

'Dan ga ik dat ook doen,' snifte Blue, volkomen uitgeput. Ze was blij dat ze Foster vanavond niet onder ogen hoefde te komen.

38

Naarmate de winter vorderde, hervond Delphine haar kalmte. In het begin had ze gedacht dat haar dat nooit meer zou lukken. Ze schrok van elk geluidje en zag Foley in iedere man van een bepaalde lengte of leeftijd. O, wat voelde ze zich opvallend. Alsof ze rondliep met een groot spandoek waarop stond 'Dit is de vrouw uit de *News of the World*'.

Er hadden best wat mensen naar het artikel gevraagd. Het was meermaals gebeurd dat ze een winkel binnen was gelopen en de aanwezige vrouwen haar met open mond hadden aangestaard. In zo'n geval deed ze wat ze met de Camberwells had afgesproken: ze beantwoordde hun vragen zo direct mogelijk zonder in details te treden.

In het begin vond ze het moeilijk. Ze stotterde weer en het duurde vaak lang om haar eenvoudige verklaring eruit te persen. Dat bleek echter een voordeel te zijn, want het nodigde niet uit om meer vragen te stellen. De familie Camberwell deed haar best om de geruchtenstroom te stoppen. Delphine wist dat ieder van hen discreet iets had ingefluisterd in de juiste oren. Uiteindelijk leken de mensen genoegen te nemen met de verklaring dat ze een akelige tijd achter de rug had en dat het nu was opgelost. De belangstelling nam sneller af dan Delphine had durven hopen, in het openbaar althans, en ze had steeds minder het gevoel dat ze opviel. Hoewel ze zich nog steeds niet veilig voelde, ging het leven gewoon verder zoals voordat dat artikel verscheen.

Nu het bijna Kerstmis was, voelde ze ondanks de onvolkomenheden in haar leven voor het eerst iets van opwinding. Tijdens haar jeugd was de feestvreugde al snel de kop ingedrukt door haar vader. Haar moeder had haar best gedaan en de meisjes allebei een tot op de draad versleten kous gegeven zodat ze wanneer ze op de ochtend van eerste kerstdag wakker werden, verrast konden worden met kleine mirakels zoals een sinaasappel, een snoepje of een penny. Aan die traditie was een eind gekomen toen haar man de kousen van de schoorsteenmantel had gerukt voordat de meisjes ze hadden kunnen uitpakken en hij de inhoud ervan uit het raam in de sneeuw had gegooid. Ze mochten niet naar buiten en moesten aanzien dat hun presentjes werden opgeraapt door andere kinderen of vertrapt door paarden.

Tijdens haar huwelijk met Foley was Kerstmis niets minder dan een marteling geweest, omdat hij daardoor een extra dag thuis was. Het ergste waren nog wel de momenten waarop hij in de pub was. Niet omdat ze hem dan miste, maar omdat ze vreesde voor de toestand waarin hij thuis zou komen.

Kerstmis in Richmond was een heel ander verhaal, had Delphine gemerkt. Niet alleen de familie Camberwell maakte er een groot feest van en liet haar de waarde daarvan inzien, ook bij de Greenbows werd aldoor gefluisterd en gegiecheld. Ze weken snel uiteen wanneer andere leden van het gezin een kamer binnenkwamen en schiepen er een kinderlijk genoegen in om plannetjes te smeden. Tijdens Delphines vorige bezoek aan Ryan's Castle had ze tot haar verbazing gezien dat alle kamers waren versierd met groen. Hulst, klimop, sparren- en maretakken lagen overal verspreid als groene sneeuw en verspreidden de heerlijke geur van het bos door het huis. Kennelijk had Midge dat allemaal verzameld. Het leek wel of ze het hele park had kaalgeplukt!

Delphine was zowel door de Greenbows als de Camberwells uitgenodigd om kerst bij hen te vieren, en ze waren al snel overeengekomen dat ze de feestdagen op de heuvel zou doorbrengen. In de dagen daarvoor zou ze de familie Greenbow toch vaak genoeg zien, en het leek gepaster om kerst te vieren met vrienden dan met vrienden die tevens haar werkgevers waren.

Ze wist dat ze haar dagen niet mocht laten overschaduwen door de dreiging van Foley.

Naarmate er meer weken voorbijgingen zonder hem werd dat haar steeds duidelijker. Elke dag was een geschenk, maar ze wist ook dat ze altijd op haar hoede moest blijven en nooit mocht vergeten dat hij er was. Dat was moeilijk met elkaar te verenigen. Het voelde alsof er aan de ene kant van haar geest een kille, donkere pilaar van herinneringen was geplaatst. Ze mocht nooit te ver afdwalen van die pilaar, hij moest altijd binnen bereik blijven, maar ze mocht er ook niet tegenop botsen. In feite was het ondoenlijk, maar toch slaagde ze erin om elke dag pleziertjes te beleven, groot en klein. Daarnaast was bidden belangrijk voor haar geworden. Dat had ze al niet meer gedaan sinds ze een klein meisje was en ze vond het ook niet belangrijk waar ze precies in geloofde, want de gebeden kwamen spontaan in haar op. Elke ochtend wanneer ze de voordeur uit liep deed ze een gebedje ter bescherming en elke avond wanneer ze zich onder de warme dekens liet glijden zei ze een dankgebedje.

Over een week was het al kerst en vandaag was haar vrije dag. Blue hoefde ook niet te werken, dus hadden ze afgesproken om samen te lunchen en de dag door te brengen als twee dames uit Richmond die met volle teugen van het leven genoten. Voor Delphine was dat heel bijzonder.

Haar cadeaus voor de Greenbows had ze al gekocht. Voor Fanny had ze een boek: *De betovering van april* van Elizabeth von Arnim. Voor Sylvia had ze een doos met haar favoriete fruitsnoepjes gekocht, met een prachtige paarse strik eromheen. Dit was de eerste keer dat ze luxeartikelen als boeken en snoepjes had kunnen kopen. Voor Stephen had ze zakdoeken uitgezocht. Ze had ook nog nooit een cadeau voor een man gekocht, en nu besefte ze pas hoe moeilijk dat was. Eerst dacht ze dat het haar simpelweg aan inspiratie ontbrak, tot Blue haar verzekerde dat het echt heel moeilijk was om iets voor een man uit te zoeken. Aan Paul zou ze goede tabak geven, omdat Sylvia haar had bezworen dat hij daar het allergelukkigst van werd.

Het was vreemd om kerstcadeautjes uit te zoeken voor mensen die geen familie van haar waren, maar ze troostte zichzelf door erover te fantaseren wat ze voor haar moeder en Esther zou kopen als ze de mogelijkheid had om hun iets te geven. Een mooie speld voor Esther, een omslagdoek voor haar moeder... Of, als ze rijk zou zijn, allerlei luxeartikelen voor vrouwen: handcrème, parfum en juwelen. Ze slaakte een zucht. Misschien zou het ooit zover komen.

Ze had met Blue afgesproken op de brug die Richmond verbond met Twickenham, dus wandelde ze langs de rivier en klauterde daarna de stenen traptreden op. Zoals altijd verwonderde ze zich over het uitzicht vanaf de brug, over het jadegroene kronkelende lint dat zich tot in de verte uitstrekte en waarop het een drukte van belang was, zowel van mensen als van vogels. Het was een heldere dag, waardoor Delphine het gevoel kreeg dat ze zich niet meer zo tegen de winter moest verzetten. Ook dit seizoen had zo zijn charmes. Zoals jezelf op een stralende dag dik inpakken in een oude warme mantel van Tab en een wandeling maken. Ze was dol op die jas. Hij was paars, met een voering van donkerblauwe zijde en een stijlvolle ceintuur die ze om haar middel kon knopen. Voor haar was die jas een ongekende luxe, maar dat had Tabitha weggewuifd.

'Ach, dat oude lor paste toch niet meer bij me, schat.'

Delphine stond naar een reiger te kijken die van een boom naar de rivier en weer terug scheerde toen ze achter zich een zachte stem hoorde. Een stem die ze al heel lang niet meer gehoord had.

'Delphine,' zei de stem. 'Del!'

Het voelde alsof het bloed in haar aderen stolde. Alle andere geluiden verdwenen naar de achtergrond, totdat ze alleen nog die gedempte stem kon horen.

'Del?'

Langzaam draaide ze haar hoofd om en zag niet Blue staan, maar twee vrouwen met een hoed op, een beetje sjofel in hun versleten zwarte jassen.

Even dacht ze dat haar stem haar in de steek zou laten. 'Ma,' zei ze met een brok in haar keel. 'Esther. Zijn jullie het echt? Zijn jullie echt hierheen gekomen?'

Ze knikten allebei afwachtend.

'O, ma,' wist ze ademloos uit te brengen, terwijl ze haar hart voelde opzwellen van vreugde. 'O, ma!' Ze sloeg haar armen om haar moeder heen.

Hoewel Anne haar leven lang was afgestraft wanneer ze genegenheid toonde, omhelsde ze haar dochter zonder aarzelen terug, midden op straat.

Daarna eiste Esther haar beurt op. Ze rukte hen van elkaar los en drukte zich stevig tegen Delphine aan. 'Hé, grote zus,' mompelde ze. 'Ik ben er. We blijven twee hele dagen!'

'Hoe dan?' vroeg Delphine, terwijl ze zich van haar losmaakte. 'Meen je dat nou? Heeft Blue dat geregeld?'

'Nee, Midge,' antwoordde Anne. 'Of eigenlijk hebben ze het allemaal samen gedaan. Je weet dat Midge bij me op bezoek is geweest? Zij heeft ons uitgenodigd om wanneer het veilig was bij hen te komen logeren. Natuurlijk wilden we geen misbruik maken van haar gastvrijheid, dus heeft Esther al haar spaargeld meegenomen om voor één nacht een kamer te kunnen huren. Het leek ons beter om onze komst niet aan te kondigen, zodat Foley ons niet zou kunnen opsporen, snap je? Eerst zijn we naar hun huis gegaan om te vragen waar we jou konden vinden. Toen we daar eenmaal waren, wilden ze er niets van weten dat we naar een herberg zouden gaan. Nu logeren we alsnog bij hen.'

'En warempel, ze zeiden tegen ons dat we precies op je vrije dag zijn gekomen. Als dat geen goed moment is, weet ik het ook niet meer. Blue zei dat ze met je had afgesproken, dus heeft ze ons in haar plaats gestuurd om je te verrassen!'

'O.' Met de rug van haar hand streek Delphine langs haar ogen. 'Wat een schatten zijn het toch.'

Anne knikte. 'Ze zeiden dat je ons wel zou willen rondleiden en ons alle plekken waar je graag komt zou willen laten zien. Vanavond worden we weer bij hen thuis verwacht voor het diner.'

Delphine knikte en liet het allemaal even op zich inwerken. 'O, ma!' zei ze weer. 'O, Esther. Dit is zo'n fijne plek, jullie zullen het geweldig vinden. Kunnen we echt de hele middag met elkaar doorbrengen, alleen met zijn drietjes? Zoiets hebben we nog nooit samen gedaan! Voordat we naar het huis gaan waar ik nu woon, wil ik jullie de rivier laten zien. We kunnen ook nog theedrinken en een gebakje eten in een theesalon waar ik weleens kom, dan kunnen jullie me alles vertellen…' Haar stem stierf weg toen ze hen naar haar zag staren. 'Wat is er?'

'Delphine, lieverd, wat prááț je goed!' zei haar moeder. 'Je hebt nog niet één keer gestotterd, elk woord komt er duidelijk uit.'

'Ik heb je nog nooit zo veel horen zeggen,' merkte Esther verwonderd op. 'Moet je jou nou eens zien, je bruist van de plannen en de energie. En je kleren! Je ziet er rijk uit, Del. Je bent beeldschoon.'

Delphine lachte en het drong tot haar door dat ze dat al heel lang niet meer had gedaan, zelfs niet sinds haar stemming en omstandigheden er zo op vooruit waren gegaan. 'Esther, je kraamt weer eens onzin uit.' Ze giechelde. 'Beeldschoon zal ik nooit worden, dat weet je best. Rijk ben ik ook niet. Als bediende heb ik maar een bescheiden loontje. Maar Tabitha, een vriendin van de familie Camberwell, is ook vrij tenger, dus toen ik hier net was, heeft ze me wat oude kleren van haar gegeven. Tegen de tijd dat het winter werd, heb ik ook nog deze jas van haar gekregen. Mooi, hè? Ik had nooit gedacht dat ik nog eens zo'n jas zou bezitten. Zij heeft een nieuwe gekocht, een groene die bij haar ogen past, dus mocht ik deze hebben. Volgens mij is paars mijn lievelingskleur.'

Haar moeder gaf een kneepje in haar arm. 'Je bent een echte kletskous geworden, met je nieuwe vrienden en je lievelingskleuren. Vertel maar verder terwijl je ons de omgeving laat zien, goed? Dit is een bijzondere dag, de bijzonderste dag ooit. Laten we er geen seconde van verspillen.'

Het werd inderdaad de bijzonderste dag ooit. Delphine had het gevoel dat ze in een sprookje beland was. In het echte leven had ze nog nooit zoiets meegemaakt. Hier was ze dan, op haar favoriete plek, met haar moeder en zus, en ze hoefden de hele dag niets te doen behalve plezier maken. Het mooiste was nog wel dat zelfs haar moeder hier anders leek. Toen Delphine haar een half jaar geleden voor het laatst had gezien, was het haar zoals altijd opgevallen hoe moedeloos ze eruitzag. Alle narigheid die ze had meegemaakt, haar onvermogen om haar dochters een beter leven te geven en het feit dat Delphine het zo slecht had, hadden ervoor gezorgd dat haar levenslust was uitgedoofd. Zelfs wanneer het Delphine lukte om een uurtje bij haar op bezoek te gaan, wilde Anne nooit het huis uit om eens over de markt te wandelen. Ze wilde niet eens rustig gaan zitten om bij te praten onder het genot van een pot thee. In plaats daarvan had ze telkens opnieuw dezelfde vragen gesteld. Zoals: 'Hoe moet het nou toch, Del?', 'Waarom heb ik je geen beter voorbeeld gegeven?' of: 'Stel nou dat hij je vermoordt? Hoe moet het dan verder?'

Allemaal vragen waarop Delphine geen antwoord had gehad.

Vandaag, in Richmond, had Anne weer een schittering in haar ogen en keek ze voor de verandering belangstellend om zich heen. Misschien kreeg ze door die nieuwe omgeving wel een andere kijk op het leven. Of misschien was ze gewoon opgelucht dat haar dochter niet dood was.

Nadat Delphine hun de rivier, het theater en het park had laten zien, merkte ze dat haar moeder er vermoeid uitzag en een beetje begon te sjokken. Daarom nam ze hen mee naar een theesalon en bestelde voor hen alle drie thee met gebak.

'Wel heb je ooit.' Verwonderd keek haar moeder om zich heen naar de witte tafelkleden, de blinkende houten zijtafels, het porseleinen serviesgoed met bloemetjespatroon en de geüniformeerde serveersters met hun netjes opgestoken haren.

Esther grijnsde en zette vervolgens grote ogen op. 'O, dat was ik bijna vergeten! Meneer Camberwell heeft me gevraagd je dit te geven.' Ze rommelde in haar tas en haalde er een vierkante witte envelop uit. 'Hij zei dat er een kerstkaart in zit, maar dat je hem nu al open moet maken.'

Delphine vroeg zich af waarom hij wilde dat ze haar kerstkaart een volle week voor Kerstmis zou openen, maar dat werd haar al snel duidelijk. Er was namelijk een briefje van tien pond bijgesloten. In de kaart was geschreven:

Een vrolijk kerstfeest voor onze lieve nieuwe vriendin. We dachten dat je vóór de feestdagen misschien meer aan dit geschenk zou hebben dan erna. Alle goeds, de familie Camberwell.

Delphine had er heel wat om durven verwedden, tien pond om precies te zijn, dat ze haar oorspronkelijk iets anders cadeau hadden willen doen. Waarschijnlijk hadden ze dit aangegrepen als een excuus om haar geld toe te stoppen waarmee ze haar familie kon verwennen. Misschien zou ze zo'n groot gebaar niet moeten accepteren, maar ze wist nu al dat ze het toch zou doen, bedacht ze grijnzend.

'Dat moet wel een heel bijzondere kaart zijn,' merkte Esther op.

'Inderdaad.' Delphine stopte hem zonder te laten zien wat erin zat in haar tas. Ze wist al hoe ze anders zouden reageren. O nee, hou maar, het is van jou, wij hebben niets nodig…

Maar Delphine had andere plannen.

39

Met een zucht ordende Blue wat papieren op haar bureau. Ze moest nog een artikel afmaken voordat ze naar huis kon om kerst te vieren, maar na een hele dag hard werken was de fut eruit.

Blue was dol op Kerstmis. Audra had er altijd iets magisch van gemaakt. Blue herinnerde zich sneeuwpoppen in de tuin, speurtochten rondom het huis op kerstavond en sprookjes bij de brandende haard. Ze herinnerde zich dat haar vader onder de maretak een kus op haar blonde hoofd had gedrukt en wist nog dat ze in de naar gemberkoek geurende keuken marsepein mocht uitrollen voor de taart, terwijl haar moeder en Avis culinaire hoogstandjes klaarmaakten.

Een tijdlang leek het alsof de magie samen met Audra was verdwenen. De eerste twee kerstvieringen na het overlijden van haar moeder waren vreselijk geweest. Hun eerste kerst met Midge was op zijn best twijfelachtig te noemen, aangezien iedereen zich overdreven beleefd door alle plichtplegingen heen had geslagen. Op dat moment had Blue zich afgevraagd of Kerstmis voorgoed bedorven was.

Het jaar daarop had Midge haar draai echter gevonden in Ryan's Castle. Ze had de meisjes aangemoedigd om mooie herinneringen op te halen aan de kerstdagen die ze als kind hadden gevierd. Dat had een helende uitwerking op hen gehad en in december merkten ze dat het Midge ook op ideeën had gebracht. Natuurlijk had ze nooit een kerst met Audra kunnen nabootsen, dat had ze niet eens geprobeerd, maar ze was er wel in geslaagd om de kerststemming op haar eigen manier aan te wakkeren.

De manier waarop Midge het aanpakte was eleganter, volwassener, maar de meisjes werden zelf ook groter. Langzaamaan werden ze dol op deze manier van kerstvieren. Tegenwoordig organiseerden ze cocktailparty's voor de buren en hadden de speurtochten plaatsgemaakt voor een wandeling met de hele familie in het park, ongeacht het weer, waarna ze thuis warme chocolademelk met een scheutje brandy gingen drinken. Audra had het huis altijd op eigenzinnige wijze versierd, met veel gekleurd glas, grappige kerstpoppetjes en mooie snuisterijen op onverwachte plekken, zoals een lila veren boa aan de schoorsteenmantel of een zilveren kistje, tot de rand toe gevuld met snoep, op het tafeltje in de hal. Nu werd het huis gedecoreerd met traditioneel groen, eenvoudige lampjes en gouden linten. Wanneer er sneeuw lag, maakte Midge echter steevast een sneeuwpop als de anderen niet thuis waren, en ze doste hem of haar altijd hilarisch uit. Blue en Merrigan vonden het heerlijk om bij thuiskomst een ijzige bezoeker aan te treffen in het cricketjasje van Kenneth of een oude ochtendjas. Eén jaar stond er zelfs een sneeuwvrouw die was getooid met Blues met lovertjes bezaaide hoofdband, Merrigans lange blauwe kralenketting en de satijnen avondhandschoenen van Midge! Ze zag er heel verleidelijk uit. Op die manier wist Midge hen elk jaar weer aan het lachen te maken en hield ze ook nog eens de herinnering aan Audra in leven.

Blue bedacht dat het niet makkelijk voor Midge kon zijn geweest om in Audra's voetsporen te treden. Tegenover de meisjes had ze zich altijd heel grootmoedig opgesteld. Ze had nooit iets akeligs over hun moeder gezegd of geprobeerd haar plaats in te nemen. Alleen daarom waren Blue en Merrigan al dol op haar.

Met een zucht keek ze weer naar het vel papier voor zich. Tot nu toe had ze alleen de titel opgeschreven, meer niet. Het moest een verslag worden van het kerstfeest van de familie Hatley-Gardner, waar Blue namens de krant naartoe was gestuurd. Ze was echter ook uitgenodigd als gast.

'Belangenverstrengeling,' had Cauderlie afkeurend gezegd, alsof het om een rechtszaak of een parlementair overleg ging. Alsof er bij hém geen sprake was geweest van belangenverstrengeling toen hij een week geleden een hatelijk stukje had geschreven waarin hij had geïnsinueerd dat de brieven als gevolg van Kenneths toespraak nog steeds binnenstroomden bij de familie Camberwell.

Stomme man, dacht Blue, die het vreselijk vond dat het schrijven haar uitgerekend nu zo veel moeite kostte. Ze maakte zich zorgen om Midge en zou het liefst naar huis gaan om haar te helpen met de voorbereidingen voor Kerstmis. De laatste tijd maakte ze zich altijd wel om iemand zorgen, realiseerde ze zich. Als het Delphine niet was, was het Foster wel, en als het Foster niet was, was het Midge. Zou ze er ooit nog op kunnen vertrouwen dat het goed ging met iedereen om haar heen?

'Lastig, hè?' zei een stem in haar oor.

Toen ze zich geschrokken omdraaide, zag ze dat Cauderlie over haar schouder meekeek. Het drong tot haar door dat ze nog steeds naar de lege pagina zat te staren en op haar duimnagel beet, terwijl de inkt uit haar pen op het bureau druppelde.

'Ik bedoel, je moet bedenken wat je wilt zeggen, en in welke volgorde. En dan moet je ook nog eens in staat zijn om letters te vormen en woorden te spellen! Dat is nogal wat voor die kleine vrouwenhersentjes, nietwaar? Ach, over een paar uur zul je wel klaar zijn. Ik ga alvast naar huis om lekker kerst te vieren. Jammer voor je, Blue.'

Nijdig keek ze hem aan. Vlerk, dacht ze. Ongemanierd, barbaars, lomp... zwijn! Kerst was aan types zoals hij niet besteed. 'Ga dan maar gauw,' zei ze. 'Er zijn nog honderden andere vrouwen die je kunt beledigen, verspil je gave niet alleen aan mij. Als je toch bezig bent, probeer dan meteen een paar kinderen aan het huilen te maken. O, en de naam is Ishbel.' Ze vervloekte de dag dat hij haar bijnaam was gaan gebruiken.

Cauderlie maakte een buiging en vertrok.

Verdwaasd keek ze om zich heen. Was ze nog als enige over? Alle andere bureaus stonden er verlaten bij en behalve haar bureaulamp waren alle lichten gedoofd. Ze stond op en tuurde uit het raam. Buiten was het al donker, maar overal hing feestverlichting en het was een drukte van belang op straat. Ergens daarbuiten was haar familie. Ze wilde helemaal niet hier zijn om over de nieuwe parels van Penelope Hatley-Gardner te schrijven.

'Ishbel, de afgelopen drie kwartier heb je niets anders gedaan dan zuchten!' klonk een geamuseerde stem vanuit de schaduwen.

Opnieuw schrok ze zich een hoedje. Waarom slopen al haar collega's hier zo zachtjes rond? 'Wie is daar? Waar ben je?' vroeg ze gepikeerd.

'Het spijt me, ik ben het maar.' Barnaby kwam in het schijnsel van haar bureaulamp staan. 'Niet dat ik je in de gaten hou, maar...' Hij keek naar haar bureau. 'Je hebt nog geen woord op papier staan.'

'Ik heb al een titel,' snauwde ze.

Met opgetrokken wenkbrauwen merkte hij op: 'Niet zo'n goede.'

'Goh, bedankt. Wat doe je hier eigenlijk? Waarom zat je daar in het donker?'

'Dat zal ik je laten zien.' Hij gebaarde dat ze met hem mee moest lopen naar wat het personeel de 'keuken' noemde, een afgescheiden maar erg kleine ruimte. Zo klein dat het eigenlijk geen ruimte zou mogen heten. Er stond een tafeltje, een waterkoker met een ingebouwd verwarmingselement (om de eindeloze dorst naar koffie en thee van de journalisten te lessen) en er hing een plank die gevuld was met biscuitjes, kopjes en zo nu en dan een vergeten sandwich die inmiddels beschimmeld was. Door het raampje had je een verrassend mooi uitzicht over de daken van Richmond, het station en de spoorlijn die in de richting van Waterloo en nog verder voerde. Hoewel er geen lamp brandde, viel er net genoeg licht van de lantaarnpaal buiten naar binnen om iets te kunnen zien. Barnaby had een kruk naar binnen gesleept en Blue zag een notitieboek en een pen op de tafel liggen.

Nu begreep ze het. Het had iets knus en stiekems om zo in het donker te zitten, en de contouren van de daken en het bochtige spoor spraken erg tot de verbeelding. Er ging niets boven zo'n plekje om je creativiteit de vrije loop te laten, dat wist ze maar al te goed. Zelf had ze ook heel wat uren doorgebracht in erkers, rustige hoekjes en nisjes. Het notitieboek lag opengeslagen bij een volgeschreven pagina.

'Mag ik?' vroeg ze aarzelend, omdat ze instinctief aanvoelde dat dit geen krantenartikel was en wist hoe onzeker auteurs over hun werk konden zijn.

Hij gebaarde dat ze haar gang mocht gaan.

Ze begon te lezen over een man die op zoek was naar werk en alsmaar wanhopiger over straat dwaalde. Op de volgende bladzijde maakte ze kennis met een ander personage, een vrouw die aan het tuinieren was in Kent. Ze keek hem aan. 'Een roman?'

Hij knikte.

'Gebruik je geen typemachine?'

'Kan niet. Typen is voor journalistiek, pen en papier zijn voor fictie. Vraag me niet waarom, het is gewoon zo.'

'Wat heerlijk,' zei Blue. 'Dit alles, bedoel ik. Een eigen plekje, het uitzicht, het licht, de roman. Heb je al veel geschreven?'

'Veertig bladzijden tot nu toe, hoofdzakelijk waardeloos.'

'Het leest anders erg vlot,' mompelde ze, terwijl ze verder las over de vrouw in Kent die inmiddels appels aan het plukken was.

'Dat is een van de beste stukjes,' gaf hij grijnzend toe.

'Ik vind het knap van je. Zelf heb ik een paar korte verhalen geschreven, maar dat vond ik eerlijk gezegd verdraaid lastig. Ik heb altijd een roman willen schrijven. Het was de bedoeling om daar dit jaar aan te beginnen, maar toen ik deze baan kreeg, had ik er de energie niet meer voor.'

Hij glimlachte. 'Het komt nooit goed uit om een roman te schrijven, heb ik gemerkt. Misschien moet je er gewoon aan beginnen. Zelfs al schrijf je maar vijf regels per week, alle beetjes helpen.'

Blue voelde een tinteling door zich heen gaan. 'Je hebt gelijk. Ik was die droom van me bijna vergeten. Het leven heeft me... een andere richting op geduwd. Nu ik dit zo zie, krijg ik weer zin om het te proberen. Waar gaat het over?'

Hij keek op zijn horloge. 'Heb je vandaag soms geen zin om naar huis te gaan, Ishbel?'

'Juist wel. Het is kerst en ik mis mijn familie. Als de plumpudding overkookt of de speciale kaarsen niet bezorgd worden, is mijn stiefmoeder misschien al hoorndol geworden tegen de tijd dat ik er ben. Alleen moet ik eerst dit artikel afmaken.'

'Het artikel waaraan je nog moet beginnen?'

'Dat, ja.'

'Hoe lang moet het eigenlijk worden?'

'Vijfhonderd woorden.'

'Kom op, dat kost je maar tien minuten werk. Wat zeg je ervan als ik nog een paar abominabele zinnen probeer te schrijven terwijl jij aan de slag gaat? Nog even de schouders eronder zetten, zoals Gordon zou zeggen, dan kunnen we daarna samen weggaan. Op die manier móét je wel opschieten, anders kom ik door jou te laat thuis.'

Blue sloeg haar ogen ten hemel, maar ze kon inderdaad wel een stok achter de deur gebruiken. 'Goed dan. Bedankt dat je de druk nog wat hoger opvoert. Blijf jij maar in je vreemde keukenkantoortje zitten, dan zeg ik het wel wanneer ik klaar ben.'

Om de een of andere reden ging het stukken beter nu ze wist dat ze niet alleen was. Bovendien zou ze een roman gaan schrijven! Ze nam zich voor om er nog tijdens de feestdagen aan te beginnen, en die gedachte deed wonderen voor haar concentratievermogen. Het enige wat haar er nog van weerhield om die nieuwe literaire uitdaging aan te gaan was dit korte artikel over een feest… en dat kon ze met haar ogen dicht schrijven!

Binnen de kortste keren was ze klaar. Ze legde het stuk op Gordons bureau, samen met een dunne map met nog vier artikelen waar ze de afgelopen twee maanden aan had gewerkt en een kerstkaart.

'Prettige kerstdagen, baas', had ze erin geschreven. 'Ik hoop dat je deze map wilt doorlezen. Niet bepaald materiaal voor de *Gazette*, daar ben ik me van bewust, maar hopelijk zie je hierdoor wel wat ik in mijn mars heb, en misschien ken je iemand die me verder kan helpen. Of laat me op zijn minst één fatsoenlijk artikel per week schrijven! Warme feestgroet aan jou en je familie. I.C.'

‘Zal ik met je meelopen naar huis?’ bood Barnaby aan toen ze de vrieskou in stapten.

‘Dat ligt helemaal niet op je route,’ protesteerde ze. ‘Ik maak deze wandeling heel vaak.’ Als ze een shilling zou krijgen voor elke keer dat ze dat zei, zou ze tegenwoordig een aardige extra bron van inkomsten hebben, dacht ze bij de herinnering aan de twee heerlijke avonden die ze laatst nog met L.W. had doorgebracht.

‘Ik wil het graag. Trouwens, heb je misschien zin om nog iets te drinken in The Roebuck, voordat we naar huis gaan? Per slot van rekening zijn we elkaar misgelopen op het bedrijfsfeestje.’

Blue trok haar neus op. ‘Dat is waar, ja. Ik moet bekennen dat ik door die ervaring een afkeer heb gekregen van pubs, maar het lijkt me wel fijn om de feestdagen in te luiden met een drankje.’

‘Mooi zo. Ik denk dat het je in deze pub beter zal bevallen en zo niet, dan gaan we de volgende keer gewoon naar een koffiehuis.’

‘Afgesproken.’

Ze zetten er stevig de pas in en sloegen bij de Terrace Gardens rechts af, zodat ze boven de weilanden kwamen te lopen.

‘Prachtig, hè?’ verzuchtte Blue. ‘Ik woon hier nota bene, maar ik krijg er nooit genoeg van.’

Hij keek haar aan. ‘Je bent blij met wat je hebt, dat is een mooie eigenschap. Het is hier inderdaad prachtig.’

‘Vertel eens wat meer over waar jij woont, over je familie. Je had het erover dat je vijf zussen hebt. Hoe heten ze?’

‘Ella, Daphne, Grace, Mavis en Polly.’ Uit de manier waarop zijn stem zachter werd toen hij bij Polly’s naam aankwam, maakte ze op dat zij zijn lievelingszus was. ‘Ik heb ook nog twee broers, Lewis en Philip. Ella is het zelfstandigst van ons allemaal. Ze huurt een kamer in een huis waar nog zes meisjes wonen die allemaal als typiste bij hetzelfde bedrijf werken. Lewis is getrouwd en woont met zijn vrouw en zoontje verderop in de straat. Daphne en Grace zijn bij hen ingetrokken zodat we allemaal iets meer ruimte hebben. We hebben een hechte band met elkaar, en dat is maar goed ook.’

'Hemeltje,' zei Blue, die zich een voorstelling probeerde te maken van een gezin met acht kinderen. 'Hoe oud ben jij, Barnaby?'

'Zesentwintig, maar denk nou niet dat ik zo'n type ben dat voorgoed bij zijn moeder wil blijven wonen zodat de was voor hem gedaan wordt. We zijn arm, Ishbel, heel arm. Vroeger waren we zelfs nog armer, maar nu we allemaal een baan hebben, op Polly na dan, kunnen we wat geld opzijzetten. Ik zal je eerlijk zeggen, het is best vervelend om met zo veel mensen in zo'n kleine ruimte te wonen. Ik bedoel, als kind waren we niet anders gewend, maar nu we volwassen zijn, valt het ons allemaal zwaar. Alleen zouden we aan het eind van de maand niets overhouden als we allemaal een eigen onderkomen zochten. Trouwens, de huizen liggen tegenwoordig niet voor het oprapen, dus maken we er maar het beste van. Misschien zijn er over een paar jaar wel meer huizen op de markt en hebben we tegen die tijd genoeg gespaard om er een te kopen. Of misschien wel ieder een eigen huis!' Hij lachte. 'Dat is mijn bedoeling tenminste.'

'Indrukwekkend,' zei Blue. 'Ik begrijp dat het niet makkelijk is, maar het scheelt vast om een doel te hebben waar je naartoe kunt werken.'

'Ja, dat geeft wat houvast.'

Ze kwamen aan bij The Roebuck, een zestiende-eeuwse herberg hoog op de heuvel. Barnaby hield de deur voor haar open en ze stapten naar binnen in een sfeervol vertrek met ramen en nisjes waarin kaarsen waren neergezet en een plafond met dikke houten balken. Blue vond het er enig. Ze had het gevoel dat ze een avonturenroman was binnengewandeld. Anders dan in de overvolle Schooner zaten er maar vier of vijf kleine groepjes mensen rustig met elkaar te praten. En in plaats van de handtastelijke Spencer of de gemene Cauderlie was ze hier met Barnaby. Ze voelde zich meteen op haar gemak en nam zijn aanbod om haar op een pint 'best mild' te trakteren aan, ook al had ze zoiets nog nooit geproefd.

Nadat hij een rustig zitje voor hen had uitgezocht, liep hij naar de bar.

Blue keek opgetogen om zich heen. Hoewel de pub maar een paar minuten lopen bij Ryan's Castle vandaan lag, was ze er nog nooit geweest. Er deden allerlei verhalen de ronde over het verleden van de pub, over struikrovers die de edellieden uit Richmond hadden beroofd, over piraten die over de Theems waren komen aanroeien om hun buit te stallen bij een meelevende en uiterst corrupte herbergier. Het kostte haar geen enkele moeite om zich voor te stellen dat hier na honderden jaren nog steeds vergeten schatten verborgen lagen. Een zilveren schaal met prachtige gravures van druiven en ronddartelende hazen verstopt in het dak, een zak munten achter een spleet in een muur, een robijnen halsketting onder de houten vloer. Stiekem begon ze met de neus van haar schoen een ongelijk liggende vloerplank af te tasten.

Toen Barnaby terugkwam met hun drankjes, keek hij haar bevreemd aan, maar hij stelde geen vragen.

'Wat is het verschil tussen "mild" en "best mild"?' vroeg Blue, terwijl ze het schuimende bier aandachtig bestudeerde.

'Een penny per pint,' reageerde Barnaby gevat, met een knikje naar de drankenlijst die met krijt op een bord boven de bar was geschreven.

Blue voelde zich meteen schuldig omdat hij een hele penny extra aan haar had uitgegeven, terwijl hij met een stuk of vierhonderd familieleden in één huis woonde. Ze wist niet eens of het extra geld wel goed besteed was. Het bier smaakte een beetje eigenaardig, maar ze vond het niet vies. 'Vertel nog eens wat meer over jezelf,' zei ze. 'Waar heb je op school gezeten? Neem me niet kwalijk, ik bedoel het niet verkeerd... Alleen schrijf je als iemand die erg hoogopgeleid is, terwijl ik me na wat je me eerder hebt verteld niet kan voorstellen dat je ouders het geld hadden om je naar de universiteit te sturen.'

'Dat klopt, daar hadden ze het geld niet voor. Het valt ook niet mee om je best te doen op school als je altijd honger hebt en 's nachts nauwelijks een oog dichtdoet omdat je broertje je in zijn slaap telkens tegen je schenen schopt. School ging me dus niet zo goed af, maar ik kende ook kinderen die vaak naar school kwamen met een blauw oog of vuile kleren. Kinderen die niet eens konden lezen. Zo was het bij ons niet, pa en ma stimuleerden ons juist. Toen onze schooltijd voorbij was en we allemaal een baantje zochten en ons afvroegen wat we in vredesnaam met ons leven moesten doen, kwam ik er al snel achter wat ik niet wilde. Ik wist dat ik niet de hele dag achter een bureau zou kunnen zitten om te tellen en te rekenen, en ook dat ik niet in de haven of in een fabriek zou kunnen werken. Ik heb wel een poosje fysieke arbeid verricht, maar dat vond ik vreselijk saai. Het enige positieve aan dat werk was de kameraadschappelijke sfeer die er hing, maar je komt daar om te werken en niet voor de goede gesprekken. Dat zei mijn baas tenminste, toen hij me ontsloeg.'

'O jee.' Blue giechelde.

'Zeg dat wel. Het laatste jaar van de oorlog moest ik in militaire dienst, en nadat de oorlog voorbij was, was ik vastberadener dan ooit om alles uit het leven te halen. Uiteindelijk kwam het hierop neer. Ik hield van boeken en taal, ik hield ervan om met mensen te praten en nieuwe dingen te zien en ik vond het leuk om op te schrijven wat ik gezien had. Het was niet zo moeilijk voor te stellen welk beroep daarbij zou passen, maar het was des te moeilijker om een baan te vinden. Mijn grammatica was niet goed, ik was niet welbespraakt. Zelfs schrijven ging me niet goed af. Ik kon amper spellen. Daarom heb ik het mezelf maar aangeleerd. Ik nam weer een saaie kantoorbaan aan, puur omdat de mannen daar een andere manier van spreken hadden dan ik en omdat ik daarnaar wilde luisteren. Ik werd lid van de bibliotheek, las allerlei boeken en vond een grammaticaboek. Eigenlijk ben ik een soort bastaard, Ishbel. De ene keer gaat netjes praten me beter af dan de andere keer. Het is niet dat ik van mijn accent af wil, ik wil gewoon geen fouten maken. Ik heb ook een boek over etiquette gelezen. Dat vind ik maar onzin, maar ik hou wel van goede manieren. Ik probeer mensen zo goed mogelijk te behandelen.'

'Dat is bewonderenswaardig,' zei Blue. 'Trots zijn op wie je bent, weten wat je wilt en hard werken om dat te bereiken. Dat zijn volgens mij de ingrediënten voor een goed leven.'

'Dat kan ik ook van jou zeggen.'

'Daar ben ik niet zo zeker van.' Ze nam nog een slokje van haar best mild, die steeds beter begon te smaken. 'Niet dat ik niet trots ben op wie ik ben, want ik heb een geweldige familie en mijn vader is mijn held. Alleen vraag ik me soms af of ik het wel verdien om zo'n bevoorrecht leven te leiden. Ik weet niet of ik er wel het beste van maak, vooral niet nu ik me "onder het echte volk begeef", zoals Cauderlie zou zeggen. Soms denk ik dat hij gelijk heeft, dat ik te gevoelig en verwend ben. Het leven valt me inderdaad zwaar, althans, bepaalde aspecten ervan.'

'Dat geldt voor iedereen,' kaatste Barnaby terug.

Blue trok een gezicht. 'Is dat zo? Soms heb ik het gevoel dat ik omringd ben door sterke, zelfverzekerde mensen die het leven nemen zoals het komt, zonder er vraagtekens bij te plaatsen. Zo zit ik niet in elkaar.'

'Maar wie hebben de wereld gemaakt zoals die nu is? Denkers. Einstein, Freud, Aristoteles, Thoreau... ik durf te wedden dat zij het ook moeilijk hebben gehad! Anders hadden ze nooit zo veel aan de maatschappij kunnen bijdragen. Als je het mij vraagt, doe je het juist prima. Je bent blij dat je zo'n fijn leven hebt, je breekt los uit het kasteel. Je hebt een droom. Schrijven is voor iedereen een lastig vak, zeker voor een vrouw. Dat weet jij ook, maar daar laat je je niet door weerhouden. Je enige fout is dat je Cauderlie serieus neemt. Je zou echt maling aan hem moeten hebben.'

'Dank je,' zei ze glimlachend. 'Lief dat je dat zegt. Meestal denk ik er ook zo over, maar soms ook niet.'

'Als we nooit aan onszelf twijfelden, zouden we niets kunnen leren en ons niet kunnen ontwikkelen. Twijfel vormt volgens mij het fundament voor echte kracht, zolang we ons er maar niet door laten leiden.'

'Zo jong nog, en toch al zo wijs!' Blue was verrast. 'Je filosofeert er zelf ook op los, nietwaar, meneer Tanner?'

'Vertel het maar niet door.'

'Bij mij is je geheim veilig.'

'Ik heb het zelf ook vaak moeilijk. Doe ik er wel goed aan om mezelf te ontwikkelen, om meer te willen dan de kaarten die me als kind zijn toebedeeld? Verraad ik mijn afkomst hiermee? Zijn dit werk en mijn ambities te hoog gegrepen voor me? Toch zie ik elke aanval van onzekerheid als een kans om er sterker uit te komen. Succes is niets waard als je nooit de tijd neemt om erbij stil te staan, nietwaar?'

'Misschien niet,' mijmerde Blue. Ze had haar angsten en twijfels altijd beschouwd als een teken dat er iets aan haar mankeerde, dat ze niet tegen de wereld was opgewassen. Misschien was het tegendeel juist waar. Dat wilde ze graag geloven.

'Hoe gaat het met je jonge vriend die in het ziekenhuis lag? Ik weet dat hij het gered heeft, dat heb ik nagevraagd, maar ik vroeg me af hoe het na zoiets ingrijpends...'

Blue sloeg haar ogen neer. De gedachte aan Foster maakte haar nog steeds somber. Gisteren had ze een kaart ontvangen van zijn moeder waarin stond dat Foster erg ontroerd was dat ze was langsgekomen, maar dat hij er nog niet aan toe was om bezoek te ontvangen. 'Laten we het maar uitstellen tot in het nieuwe jaar', had Clemmie geschreven. 'Volgens mij hebben we allemaal behoefte aan een rustige kerst. Het gaat goed met hem en hij kijkt ernaar uit om je te zien.'

Blue vroeg zich af of dit niet vooral de diplomatieke woorden van Clemmie waren, maar ze was ergens toch opgelucht dat ze Foster voorlopig nog niet onder ogen zou hoeven komen. Hoeveel zou ze aan Barnaby prijsgeven? Ze was bang dat hij haar een aanstelster zou vinden als ze hem toevertrouwde dat Foster geprobeerd had zichzelf van het leven te beroven vanwege zijn gevoelens voor haar. 'Volgens mij gaat het naar omstandigheden goed met hem. Hij brengt de kerstdagen thuis door, met zijn ouders.'

Barnaby leek aan te voelen dat ze niet het achterste van haar tong wilde laten zien. 'Dat is het voornaamste!' Hij hief zijn glas en tikte het hare ermee aan. 'Op gezondheid en geluk, voor oude en nieuwe vrienden.'

Na dat ene drankje vertrokken ze weer en voor de deur van Ryan's Castle namen ze afscheid van elkaar. 'Een plezierige avond nog, Ishbel,' zei Barnaby. 'Vrolijk kerstfeest.'

'Hetzelfde voor jou en je familie. En alsjeblieft, zeg maar Blue.'

40

Het werden de mooiste kerstdagen die Delphine ooit had beleefd. Sinds die gedenkwaardige dag waarop haar moeder en Esther opeens waren opgedoken op de brug, voelde het alsof ze van de ene verbazing in de andere viel. Onder het genot van thee en gebak hadden ze honderduit gepraat. Esther en Delphine hadden bijna drie jaar in te halen. Natuurlijk hadden ze wel het een en ander over elkaars leven gehoord van hun moeder, maar dat was niet hetzelfde als elkaar in het echt zien.

Esther was geen spat veranderd. Ze was een beetje mollig, met een roomblanke huid die glom wanneer ze het warm had, rood haar, oranje sproeten en grote blauwe ogen. Afgezien van haar ogen leek ze totaal niet op Delphine. Als kind had ze het niet makkelijk gehad, maar Delphine had het zwaarst geleden onder de mishandelingen van hun vader. Als haar lijdensweg Esther voor erger had behoed, was het misschien allemaal toch ergens goed voor geweest. Wellicht was Esther daardoor de uitbundigste van hen tweeën, of misschien lag dat gewoon in haar aard.

Na afloop neusden ze wat rond in de winkels en vergaapten Esther en haar moeder zich aan alle luxeartikelen. Delphine hield hun reacties nauwlettend in de gaten. Later, toen het donker begon te worden, gingen ze naar een andere theesalon. 'Je ziet er moe uit, ma,' merkte Delphine op. 'Rust nog maar even uit voordat we de heuvel op gaan.' Daarna deed ze alsof ze iets dringends was vergeten en maakte zich uit de voeten.

Toen ze terugkwam, reageerden ze ontstemd. 'Dat duurde een eeuwigheid!' zei Esther. 'We kunnen niet elke dag bij je op bezoek komen, hoor.'

'We dachten dat je weer in de rivier was gevallen,' viel hun moeder haar bij.

'Dat niet.' Delphine legde vier pakjes op de tafel. 'Maak maar open. Ze zijn voor jullie.' Ze had met de beste wil van de wereld niet kunnen wachten tot het diner om hun de cadeaus te geven en had hen al helemaal niet naar huis kunnen sturen met het verzoek om de pakjes pas tijdens Kerstmis open te maken.

Voor Esther had ze een groene hoed gekocht, waarvan ze al wekenlang hoopte dat ze die ooit aan haar zou kunnen geven, voor haar moeder een warme pastelblauwe trui en voor hen allebei een setje met handcrème en geparfumeerde zeep. Ze had de tien pond bijna helemaal verbrast en zou het zo weer doen vanwege de heerlijke roes die ze ervan kreeg om zo gul te zijn.

Ze waren door het dolle heen. Esthers kreetje toen ze de hoed uitpakte, leverde verbaasde blikken op van de andere gasten in het restaurant. De ogen van haar moeder, die precies dezelfde kleur hadden als de trui, vulden zich met tranen toen ze de zachte wol streelde. 'Wat zal die lekker warm zijn, lieverd,' fluisterde ze.

Toen ze aankwamen in huize Camberwell, bleek dat Midge speciale ingrediënten had besteld voor het diner, dat Avis perfect had bereid. In de pas geschilderde eetkamer stonden kaarsen op tafel en de nieuwe, dikke gordijnen waren dichtgetrokken om het duister buiten te sluiten. Het hele gezin, inclusief Elf, was bijeengekomen.

Esther begon tegen Cicely te kirren en Merrigan stelde haar trots voor als Cicely Audra Camberwell.

Het viel Delphine op dat Midge verdrietig keek. Ze had al vaker gemerkt dat Midge het gevoel had in Audra's schaduw te staan. Het was vast erg pijnlijk voor haar dat Kenneth twee schatten van dochters had gekregen met Audra, maar dat zij Percy was kwijtgeraakt. Arme Midge, dacht Delphine terwijl ze haar voor de zoveelste keer bedankte voor de heerlijke maaltijd.

De volgende dag zeiden de Greenbows dat ze de ochtend vrij mocht nemen.

'Ik heb net een vrije dag gehad,' protesteerde Delphine.

'Beschouw het maar als een vervroegd kerstcadeau,' zei Stephen.

Al die vervroegde kerstcadeaus bevielen haar wel. Die ochtend bracht ze in Ryan's Castle door met haar familie, maar nog voor de lunch bracht ze hen te voet naar het treinstation.

'Het is maar goed dat we zo vroeg weggaan,' zei Anne. 'Het duurt wel even voordat we weer thuis zijn, zeker aangezien we een omweg moeten nemen.'

Op dat moment drong het pas weer tot Delphine door dat ze nog steeds goed moesten oppassen dat Foley haar niet op het spoor zou komen. Dat besef overschaduwde hun afscheid. Opeens vroeg ze zich af of ze hun nieuwe aanwinsten thuis wel zouden kunnen dragen. Stel dat Foley argwaan zou krijgen bij het zien van de trui van haar moeder? Haar humeur klaarde echter al snel weer op. Ze hadden het samen geweldig naar hun zin gehad. Het mocht dan slechts iets meer dan vierentwintig uur geduurd hebben, het maakte de afgelopen maanden meer dan goed.

Daarna was Delphine weer aan het werk gegaan, en de dagen tot aan kerstavond waren voorbijgevlogen. Die avond liep Paul met haar mee de heuvel op naar Ryan's Castle. De wandeling in het park had ze gemist, maar ze hadden met de warme chocolademelk met brandy gewacht tot ze er was.

De volgende ochtend wachtte haar beneden een licht ontbijt, gevolgd door het openen van de pakjes rondom de hoge boom in de salon. Haar vermoeden dat het 'vervroegde kerstcadeau' van de Camberwells maar een smoesje was geweest bleek te kloppen toen Blue met een ernstig gezicht de naamkaartjes aan de cadeaus oplas en er maar liefst vier voor Delphine neerlegde. Eén van ieder lid van de familie Camberwell.

'Dat had echt niet gehoeven,' zei ze keer op keer, en zelfs in haar eigen oren klonk ze als haar moeder.

'Toch hebben we het gedaan!' riep Blue vrolijk uit.

Eerste kerstdag verstreek in een heerlijke roes van saamhorigheid en plezier en het duizelde Delphine toen ze om middernacht naar bed ging. De volgende ochtend trok ze de gordijnen open en bleek het een ijskoude dag te zijn waarop de vroege ochtendzon werd verzacht door flarden van mist. Ze kleedde zich aan en liep de tuin in.

Het gazon voelde hard en hobbelig aan onder haar schoenen en de fruitbomen glinsterden alsof er een laagje suiker overheen was gesmolten. Alles zag eruit alsof je het niet zou kunnen aanraken zonder het stuk te maken en ze merkte dat ze voorzichtig en met ingehouden adem liep, bang om dit droomlandschap te verstoren. Een roodborstje trippelde over de tak van een appelboom, keek haar recht aan en begon luidkeels te zingen.

Vanuit de richting van de cottage kwam Elf over het gras naar haar toe lopen. 'Dat is wel een heel bijzondere serenade.' Glimlachend bleef hij op een afstandje staan om het roodborstje niet te laten schrikken. Zonder een vin te verroeren bleven ze luisteren tot het vogeltje besloot een ander plekje op te zoeken.

'Goeiemorgen.' Elf liep naar haar toe.

'Goeiemorgen. Wat was het gisteren een heerlijke dag, hè?'

'Zeg dat wel. Wat zouden we toch moeten zonder de Camberwells? Heb je misschien zin om koffie bij me te komen drinken? Ik verwacht dat iedereen nog in bed ligt.'

'Dat klopt, maar ik wilde met volle teugen van deze dagen genieten. Koffie lijkt me heerlijk, bedankt.'

Op weg naar het houten hutje bleef Elf staan en fronste hij zijn voorhoofd.

'Wat is er?'

'Ik moest aan die arme Foster denken. Volgens mij weet ik hoe hij in de tuin is gekomen om de brieven uit de appelboom te halen. Kijk maar eens.'

Aan de rand van de tuin werd het gazon door een dikke haag van sparren gescheiden van de achterliggende straat. Achter de bomen bevond zich een hoge muur, maar Elf liet haar zien dat de bakstenen aan de zijkant waren afgebrokkeld, waardoor een opening was ontstaan waar een mager persoon zich net doorheen zou kunnen wurmen. Van daaruit was het niet zo moeilijk om tussen de sparrentakken door de tuin in te glippen.

Huiverend dacht Delphine aan die arme Foster, die romantische ziel die zo'n idyllisch plekje had uitgekozen voor zijn briefwisseling met Blue, tegen beter weten in hopend dat hij haar fantasie zou weten te prikkelen. Tot nu toe had hem dat weinig goeds opgeleverd. 'Je zult wel gelijk hebben,' zei ze. 'Die arme stakker.'

'Kom, dan gaan we naar binnen. Je hebt het koud.'

Het was de eerste keer dat Delphine in haar eentje bij Elf op bezoek kwam. Een tijdlang hadden ze het over koetjes en kalfjes, zoals haar werk bij de Greenbows en zijn voorliefde voor *mince pies*. Delphine dacht er al een poosje over om met hem te praten, maar ze wist niet of dit daar wel het aangewezen moment voor was. Tot hij vroeg hoe het met haar ging sinds het krantenartikel over haar vermeende dood was verschenen en ze haar kans schoon zag.

'Beter, nu mijn moeder op bezoek is geweest en we zo'n heerlijke kerst hebben gehad,' antwoordde ze. 'Dat heeft voor veel afleiding gezorgd, dat is een ding dat zeker is. En toch... ben ik bang. Bang dat iemand hem zal vertellen waar ik ben, dat ik hier niet zal kunnen blijven. Daarnaast zit ik met een heleboel vragen die alsmaar door mijn hoofd spoken.'

'Wat voor vragen?' vroeg hij vriendelijk. 'Of zeg je dat liever niet?'

'Juist wel, als je het niet vervelend vindt. Ik vroeg me af... Ik bedoel, hij was niet de eerste man die me, je weet wel, sloeg en dat soort dingen. Mijn vader deed het ook. En... er gebeurden nog veel ergere dingen dan slaan.' Ze sloeg haar blik angstvallig op naar Elf, in de hoop dat ze er niet over zou hoeven uitweiden. Gelukkig knikte hij om aan te geven dat hij het begreep. 'Ik vraag me af... waarom? Het zou niemand mogen overkomen, ik wens het mijn ergste vijand nog niet toe, maar ik heb wel met genoeg mensen gesproken om te weten dat het niet iedereen overkomt. Wat is het verschil dan tussen mensen zoals ik, die het wel meemaken, en anderen voor wie dat niet geldt? Mijn moeder… O, ik hou zielsveel van haar, ik zou alles voor haar doen, maar zij heeft voor zo'n man gekozen. Ben ik daarom zoals ik ben? Omdat ik op mijn moeder lijk?'

'Dat zijn goede vragen, ik begrijp heel goed dat je daarover tobt,' zei Elf. 'Zoals je je vast wel kunt indenken zijn er geen eenduidige antwoorden, maar als je wilt kan ik je vertellen hoe ik erover denk.'

Ze bleven nog een hele poos met elkaar praten. Delphine vertelde dingen die ze nog nooit aan iemand verteld had en had het gevoel dat ze om de paar minuten moest huilen, maar het voelde goed om het erover te hebben. Door naar Elf te luisteren drong het tot haar door dat er meer mensen waren die dergelijke dingen meemaakten. Hoewel het geen prettig idee was dat die mensen het ook moeilijk hadden, voelde ze zich er wel minder alleen door, minder een vreemde eend in de bijt. Hij gaf haar uitleg over een aantal theorieën die zouden kunnen verklaren waarom mannen, en sommige vrouwen, zich zo gedroegen. Het deed haar goed om te horen dat er mensen waren die zich in dit soort zaken verdiepten.

Hun gesprek duurde zo lang dat Blue op een gegeven moment op de deur roffelde, in een dunne kamerjas en met een lange wollen sjaal om haar nek. De haartjes op haar armen stonden overeind door de kou. 'O, hier ben je!' zei ze opgelucht toen ze Delphine zag. 'Een onderonsje met Elf, dat is prima.'

'Het spijt me, Blue,' zei Elf. 'Mijn schuld, ik blijf maar doorratelen. Je weet hoe dat gaat wanneer ik bezoek krijg.'

'Nee, het is mijn schuld,' wierp Delphine tegen. 'Ik heb hem bestookt met vragen over mijn leven. Eigenlijk zou ik hem moeten betalen voor zijn tijd.'

'Doe niet zo mal. Als je een cliënt van me was geweest, had ik dit gesprek heel anders aangepakt. Het was een heel interessante discussie. Hopelijk heb je er iets aan gehad.'

'O, dat is mooi,' zei Blue begripvol. 'Heel mooi. Het spijt me dat ik stoorde. Ik zal jullie verder met rust laten.'

Het werd echter tijd om een eind aan dit gesprek te maken. Delphine voelde zich uitgeput, alsof ze een dag hard had gewerkt, dus ging ze met Blue mee terug naar het huis en beloofde Elf dat hij later ook zou komen.

'Heb je er iets aan gehad?' fluisterde Blue toen ze door de tuin liepen. Het roodborstje was er weer, alsof hij de wacht over Delphine hield.

'Ja, zeker.' Ondanks de kou bleven ze even tussen de fruitbomen staan. Delphine trok haar mantel uit en gaf die aan Blue, haar trui was warmer dan Blues ochtendjas. 'Ik heb hem van alles verteld over F-Foley.... omdat ik het beter wil begrijpen, snap je? Hoe kan het toch dat ik niet doorhad hoe hij in elkaar zat? Mijn moeder... in het begin vond ze hem heel geschikt, omdat hij een vaste baan had, nette overhemden droeg en zo welgemanierd was, maar na de bruiloft.... Ze zag het aan mijn gezicht. Het was haar ook overkomen, met mijn vader. Alleen heeft hij haar verlaten en zonder hem was ze beter af, hoe arm we ook waren. Mijn vader bleef niet graag lang op dezelfde plek, maar dat geluk heb ik met Foley niet gehad. Die weet van geen ophouden. Elf zegt dat ik misschien de behoefte voelde om de onafgedane zaken van mijn moeder af te ronden of om me op de een of andere manier met haar verbonden te voelen door hetzelfde mee te maken, door niet gelukkiger te worden dan zij was. Zou dat kunnen, denk je?'

'Misschien wel.' Blue dook nog dieper weg in Delphines mantel. 'Het klinkt mij wel logisch in de oren. Als kind zijn je ouders het allerbelangrijkst, nietwaar? Die liefde zit zo diep dat we hen nooit willen kwetsen, en voor ouders is niets zo kwetsend als het besef dat ze zijn tekortgeschoten tegenover hun kind.'

'Zo had ik het nog nooit bekeken,' zei Delphine bedachtzaam. 'Toch denk ik dat het weleens zou kunnen kloppen. Ik kan me nog goed herinneren dat ik als kind niet wilde dat ma zich schuldig voelde. Dan zei ik bijvoorbeeld tegen haar dat ik het niet erg vond als mijn vader me een duw had gegeven, omdat ik het niet kon verdragen om haar overstuur te zien. Tjonge, als je eenmaal begint na te denken over je leven en waarom je bepaalde dingen doet, kan dat best overweldigend zijn, vind je niet?'

Blue knikte. 'Op een gegeven moment heeft het niet zo veel zin meer om daarover na te denken. Per slot van rekening moet je ook verder met je leven en gelukkig proberen te zijn. Al is dat soms makkelijker gezegd dan gedaan.'

'Mensen zijn gecompliceerde wezens,' zei Delphine huiverend.

'Zeg dat wel.' Blue gaf haar de mantel terug. 'Kom, dan gaan we naar binnen om op te warmen.'

41

Blue had een briefje ontvangen, geschreven in het zwierige handschrift van Dorian.

Blue,

Samen eten voordat we naar het feest gaan? Peach Tree, zeven uur.

D

Eerlijk gezegd had Blue tijdens die kostbare dagen van ontspanning vooral zin om thuis te zijn, bij haar familie. Elk vrij momentje besteedde ze aan het schrijven van haar roman en alleen al de gedachte daaraan voelde alsof ze een heerlijk geheim koesterde. Toch had ze afgesproken om zowel L.W. als Dorian te treffen voordat ze weer aan het werk moest. De afgelopen tijd had ze geen van beide heren veel gezien.

Terwijl ze een hoed opzette en zich de deur uit haastte om voorafgaand aan het nieuwjaarsfeest bij de familie Hatley-Gardner iets met Dorian te gaan eten, vroeg ze zich af of ze niet enthousiaster zou moeten zijn. Was het niet vreemd dat ze diep in haar hart liever thuis zou blijven om toffeetaart te eten met haar stiefmoeder of om zich in de erker op te krullen met een goed boek?

In elk geval zag ze er goed uit. Ze droeg een gewaagde zilverkleurige jurk die Merrigan haar voor Kerstmis had gegeven. De mouwloze jurk had een diep decolleté en was bezet met glanzende kraaltjes. De onderste vijftien centimeter bestond slechts uit franjes die onder de zoom van haar mooie nieuwe mantel uit kwamen, gemaakt door Midge en afgezet met biesjes van zilvergrijs fluweel. Ze had het geheel afgemaakt met haar paarse hoed, flink wat kohlpotlood en felrode lippenstift.

Haar hart mocht dan bij haar huis en haar boekenplank liggen, ergens zag ze er ook graag mooi en decadent uit. Die kant van haar leefde op wanneer ze bij Dorian was. Ze haastte zich de Peach Tree in en zag hem in een fauteuil bij de fel brandende haard zitten. Zijn lange benen had hij voor zich uit gestrekt, zijn ogen werden door de rand van zijn hoed aan het zicht onttrokken en hij zag er op en top uit als een bevoorrecht man. Gladjes, dacht Blue, zoekend naar het juiste woord. Lui. Louche. Ze glimlachte. Adembenemend.

'Dorian,' zei ze.

Met één vinger duwde hij zijn hoed omhoog, en hij keek haar kant op.

Ze trok haar mantel uit en terwijl ze naar hem toe liep, zag ze zijn ogen groot worden. Het deed haar goed om zich vrouwelijk en begeerd te voelen. Uit het niets dook er een ober op om haar mantel en hoed aan te nemen.

Dorian sprong op, gaf haar een zoen op haar wang en hield haar vervolgens lachend een eindje van zich af. 'Goeie genade!' Met zijn vuist sloeg hij tegen zijn hart. 'Je bent een plaatje, Blue! Een ware godin. Je ziet er spectaculair uit.'

'Dank je, schat.' Lachend liet ze zich door hem zoenen. 'Jij ziet er ook patent uit.'

Hij droeg een goed gesneden donkerblauw maatpak met een krijtstreepjasje met brede scharlakenrode revers. Onder het jasje ving ze een glimp op van een duizelingwekkend wit overhemd en scharlakenrode bretels. Het bovenste knoopje van zijn overhemd stond open, alsof hij wist dat hij er schitterend uitzag en geen zin meer had gehad om een das om te doen.

'We komen allebei goed voor de dag op een feestje,' beaamde hij. 'Zullen we hier eten?' Hij wees naar de lage tafel en twee fauteuils bij de haard. 'In de eetzaal is het vreselijk druk en bij de haard is het lekker warm.'

'Goed idee.' Blue liet zich in de lage stoel zakken en vroeg zich af hoe ze moest gaan zitten. De franjes van haar jurk vielen aan weerszijden van haar knieën opzij, waardoor er opvallend veel van haar benen te zien was. 'Kijk niet zo,' zei ze tegen Dorian, die zich vergaapte aan het uitzicht.

Ze bestelden een rijkgevulde soep van tomaat en komkommer en langzaam gegaard draadjesvlees, hartige kost om een stevige bodem te leggen voor het feest. Na het diner, onder het genot van een glas port – 'Een kelk!' riep Blue verheugd uit, terwijl ze de drank door haar bolvormige glas liet walsen – hadden ze het erover wat ze tijdens de kerstdagen hadden gedaan. Dorian had alle feestjes afgestruind en kende de laatste roddels over vrijwel al hun gezamenlijke kennissen. Blue vertelde hem over hun wandeling voorafgaand aan kerstavond en over de tijd die ze met Delphine en haar familie had doorgebracht, maar ze vond dat haar verhalen maar saai afstaken bij die van hem. Over de roman zei ze niets.

Even later was het al tijd om te vertrekken, en de rest van de avond ging in een wervelwind voorbij. De Hatley-Gardners stonden erom bekend dat ze kosten noch moeite spaarden wanneer ze een feest gaven. Voor zo'n uitbundige viering moest je in de stemming zijn, en dat was Blue na een paar uur flirten met de knappe Dorian zeker. Eerst praatte ze bij met alle mensen die ze al een poosje niet meer had gezien, maar naarmate de champagne steeds rijkelijker vloeide, deed ze er het zwijgen toe en danste erop los op haar zilverkleurige hakken. Ze danste met Dorian, met andere mannen en op een gegeven moment klauterde ze zelfs op een tafel om daar een dansje op te doen. Het gebeurde niet vaak dat ze zich zo liet gaan. Misschien kwam het wel door de jurk!

De volgende dag werd ze wakker met hoofdpijn en het gevoel dat er een zwerm vleermuizen door haar hersenpan fladderde. Ze ging rechtop in bed zitten en tuurde met samengeknepen ogen naar het magere winterzonnetje dat door de gordijnen naar binnen scheen. Toen ze uit bed stapte, begon alles te draaien. Kwam dat door de champagne, de korte nacht, of allebei? Hoe laat was ze eigenlijk thuisgekomen?

Het weer was niet erg opbeurend: een grauwe lucht, druilerige regen, zelfs geen briesje dat wat leven in de brouwerij bracht. Snakkend naar koffie en iets te eten sloop ze naar beneden.

'Ah!' riep Merrigan van achter de *Gazette*. 'Daar is ze dan, Extravagante Blue! Kom erbij, dan kun je ons alles vertellen.'

Moeizaam trok Blue een van haar wenkbrauwen op. Merrigan en Tabitha zaten als een stel heksen die iets in hun schild voerden bij elkaar aan tafel, keurig uitgedost en klaarwakker. Ze maakte een onverstaanbaar grommend geluid om aan te geven dat ze niet aanspreekbaar was voordat ze koffie had gedronken. Ze sloeg een kop achterover, schepte eieren met spek voor zichzelf op en viel aan.

'Extravagant?' vroeg ze uiteindelijk, terwijl ze opkeek van haar bord.

'Extravagante Blue,' bevestigde Tabitha. 'De koningin van het bal.'

Toen Merrigan suggestief met de krant schudde, stak Blue kreunend haar hand uit. Moest dat nou, Juno?

Er stond een foto van Blue in, breed glimlachend en met grote ogen dansend op de eetkamertafel van de familie Hatley-Gardner. Ze stond er goed op, moest ze toegeven. Haar franjes zwierden in het rond.

EXTRAVAGANTE BLUE, DE KONINGIN VAN HET BAL, ZORGDE GISTERAVOND VOOR SPEKTAKEL OP UITBUNDIG FEEST, verkondigde de schreeuwerige kop.

'O nee,' kreunde ze. Gek genoeg kon ze zich niet herinneren dat ze Juno op het feest had gezien. Vlug las ze het artikel door.

Het wordt alsmaar intrigerender! Ondanks een briefwisseling met minstens vijf aanbidders lijkt Blue Camberwell, ook wel bekend als Gazette-verslaggever I.C., het aantal kandidaten tot twee te hebben teruggebracht: hoedenmaker Latchley Winterson uit St. Albans en de plaatselijke bon vivant Dorian Fields. Ze woonde het nieuwjaarsfeest van de familie Hatley-Gardner bij samen met Delicieuze

Dorian, die naar de bescheiden mening van ondergetekende aan kop gaat in de strijd om haar hart, maar plezierde in de loop van de avond een groot aantal jonge mannen met een dans of een glimlach.

Geschokt hapte Blue naar adem. Hoe had Juno nou zoiets kunnen doen? Natuurlijk was het niet zo moeilijk uit te vogelen dat 'het lievelingetje van Richmond' en I.C. van de *Gazette* een en dezelfde persoon waren, maar Blue was Juno altijd dankbaar geweest dat ze het verband niet expliciet had benoemd. Hoe was ze er in vredesnaam achter gekomen wie Latchley was? Hij was niet het type dat graag uitgebreid besproken werd in een krant, zoals Dorian! Bovendien kwam ze nu over als een… een… nou ja! Nijdig las ze verder. Het stuk eindigde met de definitie van een vamp, volgens *Vogue* in 1923:

'Je doet haar een aanzoek door de telefoon en trouwt met haar via een telegram, ze is geen type dat een huishouden runt, ze gaat liever cocktails drinken en dansen.' Knoop dat goed in je oren, Dorian!

Daarna vielen haar pas de initialen onder het artikel op: R.C.

Cauderlie! Dat verklaarde een hoop.

'Dus het is serieus? Met Dorian?' vroeg Tabitha opgewonden.

'Serieus?' herhaalde Blue. 'Tussen ons?' Ze zwaaide heen en weer met de foto. Zij stond op een tafel te dansen, Dorian stond met een groepje toeschouwers op de achtergrond te schaterlachen.

'Je gaat al een paar maanden met hem om,' merkte Merrigan op. 'Het had gekund.'

'Volgens mij zit het… anders.'

'Hoe zit het dan?'

'Moet je dat echt nog vragen, schat?' vroeg Tabitha. 'Heb je hem weleens goed bekeken? Als ik hem in handen zou krijgen…'

'Zo zit het óók niet,' protesteerde Blue. 'Nog niet, tenminste. Alleen… O!' Ze liet haar hoofd in haar handen vallen. 'Ik wéét het gewoon niet!'

Het was bijna een opluchting om die middag een keurig pakje aan te trekken, voor een lichtroze lippenstift te kiezen in plaats van de felrode tint die een vamp zou prefereren, en naar haar afspraak met L.W. toe te gaan. Ze voelde zich een stuk beter op haar gemak toen ze op praktische schoenen naar het station liep en met een boek in de metro ging zitten. L.W. had voorgesteld om elkaar bij Liberty's te treffen voor een afternoontea. Dat paste bij haar, ook al had ze het gisteravond óók goed naar haar zin gehad!

Om vier uur werd ze vlak bij de ingang van Liberty's door L.W. opgewacht. Hij begroette haar met een hartelijke handdruk. Ze vond het fijn dat hij zo hoffelijk en bescheiden was. Heel anders dan Dorian, die er door zijn zelfverzekerde houding en kwajongensachtige charme vaak mee wegkwam om de fatsoensnormen te doorbreken met een zoen, een aanraking of een knipoog. Hoewel ze dat óók prettig vond! Ze wist duidelijk niet wat ze wilde.

'Zo,' zei hij toen ze aan een tafeltje bij het raam hadden plaatsgenomen, met uitzicht op de fonkelende lichtjes in Londen, en hij met onverholen vreugde naar haar keek. 'Vertel. Kerstmis, je werk bij de krant… het voelt alsof ik je al maanden niet meer gezien heb! Zei je nou dat je bezig bent een roman te schrijven? Is er ook iets wat je niet kunt?'

Zo hoort het te zijn, dacht Blue terwijl ze met een glimlach aanviel op een kleine komkommersandwich. Het was belangrijk om je op je gemak te voelen, dat wist ze zeker. Ze stak van wal en luisterde op haar beurt naar zijn belevenissen.

Hij vertelde over de capriolen die zijn neefje op eerste kerstdag had uitgehaald en merkte op hoe fijn hij het had gevonden om de feestdagen met zijn familie door te brengen.

'Ik weet precies wat je bedoelt,' mompelde ze met volle mond. Deze keer had ze een sandwich met gepocheerde zalm genomen.

Daarna begon hij over zijn werk. 'De laatste tijd heb ik veel inspiratie om te ontwerpen. Dat was al een poosje geleden, maar tijdens de kerstdagen heb ik een aantal ideeën op papier gezet. Nu ik het zeg, ik ben zo vrij geweest… Ik vroeg me af of je misschien zou willen zeggen wat je ervan vindt.'

'Natuurlijk,' zei Blue verheugd. 'Laat maar zien.'

'O, fijn.' Hij viste een klein schetsboek uit zijn binnenzak. 'Het zijn dameshoeden, zie je. Eerlijk gezegd…' Hij bloosde een beetje. '… zijn ze op jou geïnspireerd. Als je zoals ik voornamelijk bezig bent met de productionele kant, ben je al snel geneigd om vooral doelmatig bezig te zijn en vergeet je de magie die er ooit bij kwam kijken.'

'Wat lief dat je dat zegt.' Blue sloeg de bladzijden om. 'O, ze zijn prachtig, L.W. Erg vernieuwend. Gewaagd. Chic. Ik vind ze heel mooi.'

'Hoe noemde je me nou? L.W.? Je bent mijn naam toch niet vergeten?'

'O!' Ze schoot in de lach. 'Zei ik dat hardop? Dat had ik niet eens in de gaten. Zo noem ik je in gedachten. Je eerste brief heb je met je initialen ondertekend, en dat is blijven hangen. Vind je het vervelend? Ik wil je best Latchley noemen als je dat liever hebt. Je weet wel, je echte naam!'

'Och, welnee. Het heeft wel iets om een bijnaam te krijgen van een beeldschone vrouw.'

'Het heeft ook wel iets om zo'n compliment te krijgen van een schat van een man,' reageerde ze glimlachend.

Er viel een stilte waarin ze verlegen naar elkaar glimlachten.

Toen Blue haar blik afwendde, zag ze op het tafeltje naast hen een achtergelaten krant liggen. 'O nee!' Ze griste de krant weg alsof ze daarmee zou kunnen voorkomen dat haar reputatie bezoedeld werd. 'Wat doet die nou helemaal midden in de stad?'

'Dat is toch jouw krant?' vroeg L.W.

'Ja, maar vandaag word ik er liever niet mee geassocieerd.'

'Waarom niet?'

Blue aarzelde. Ze wilde het niet voor hem achterhouden en ze had ook niet aan hem beloofd dat ze niet met andere mannen zou uitgaan. L.W. en zij waren niet… Nou ja, wat dan ook van elkaar. Ze waren gewoon twee mensen die elkaar beter leerden kennen.

Met tegenzin bladerde ze naar de pagina die haar dwarszat. 'Gisteravond ben ik met een vriend van me, Dorian, naar een feest geweest. Vandaag stond dit in de krant. Het is geschreven door die akelige kerel op kantoor. Het spijt me verschrikkelijk. Ik heb geen idee hoe hij achter je naam is gekomen.'

Verbeeldde ze het zich, of werden zijn ogen een beetje groter toen hij de foto zag? Het leek een eeuwigheid te duren voordat hij het artikel had gelezen.

'Wat zijn kranten toch eigenlijk afschuwelijk, hè?' vroeg ze uiteindelijk, zo luchtig mogelijk. 'En dat zegt iemand die zelf bij een krant werkt.'

Hij vouwde de krant dicht en gaf hem aan haar terug. 'Dus ik ben eindelijk berucht,' zei hij gekscherend. 'Het zij zo. Weet je, het klinkt misschien onnozel, maar soms vergeet ik gewoon dat je een heel leven hebt, een écht leven, in Richmond. Met vrienden, aanbidders en je familie. Hemeltje, Ishbel, ik geloof niet dat ik je zou kunnen meenemen naar "extravagante" feestjes. Dat kun je maar beter meteen weten.'

'O, dat wil ik ook helemaal niet. Ik bedoel, die feestjes doen me niets. En zeg maar Blue, hoor.'

'Mag ik het op Ishbel houden? Dat vind ik zo mooi en sympathiek klinken.'

'O!' zei Blue. 'Natuurlijk. Dank je wel.' Ze wist zelf niet goed waarom ze hem bedankte. Voor het compliment over haar naam, waarschijnlijk. Ze kon er moeilijk bezwaar tegen maken nadat hij was meegegaan in haar belachelijke gewoonte om hem met zijn initialen aan te spreken. Als hij haar Ishbel bleef noemen, zou ze echter altijd het gevoel hebben dat hij een collega van haar was. En... sympathiek?

'Hoe zit het met Dorian? Niet dat je me een verklaring schuldig bent.'

'Ik vind het niet vervelend om over hem te vertellen, als je dat wilt. Dorian is een schat. We zijn al jaren met elkaar bevriend, we kennen dezelfde mensen, gaan naar dezelfde feesten. Al gaat hij naar veel meer feesten dan ik.'

'Zijn jullie... Nee, laat ook maar. Ik heb het recht niet om je uit te horen.'

'Als je je afvraagt of er sprake is van enige... romantiek tussen ons, dan heb je misschien wel een beetje gelijk. Ik vermoed echter dat het niet erg diep gaat. Ik kan erg met hem lachen, maar volgens mij hebben we niet hetzelfde toekomstbeeld.'

'Mag ik vragen... O, ik durf het bijna niet te zeggen. We hebben elkaar nog maar een paar keer gezien.'

Blue kreeg een kleur. Ze had zich zelden zo opgelaten gevoeld, maar vond dat hij recht had op eerlijkheid. 'Je wilt zeker weten hoe jij in dit plaatje past?'

'Ja. Ik vraag me af of dit wat jou betreft ook oppervlakkig is. Voel je alsjeblieft niet verplicht om daar antwoord op te geven, Ishbel. Ik mag van geluk spreken dat je überhaupt met me wilt omgaan. Je bent jong en beeldschoon. Je bent nota bene de koningin van het bal!'

'Och, welnee,' zei Blue. 'Hooguit één keer per jaar vind ik het wel leuk om me te laten gaan. Iedereen maakt er dan een hele heisa van, maar de rest van de tijd ga ik veel liever wandelen of doe ik al die andere dingen waarover we het hebben gehad. Wat ons betreft heb je gelijk, het is nog veel te vroeg om over de toekomst na te denken, daarvoor kennen we elkaar nog niet goed genoeg. Ik weet alleen wel dat ik erg op je gesteld ben en dat ik veel plezier beleef aan onze ontmoetingen en je brieven. Zo, nu weet je precies wat er momenteel in juffrouw Ishbel Camberwell omgaat,' sloot ze grijnzend af.

Haar reactie leek hem tevreden te stellen. 'Dan is de hoop nog niet verloren! Gelukkig maar. Jeetje, je bent wel recht voor zijn raap, hè?'

'Ja, al is dat misschien niet zo netjes. Ik geef veel om de gevoelens van andere mensen en hoewel het niet altijd te voorkomen is dat er iemand gekwetst raakt, wil ik daar zo min mogelijk de oorzaak van zijn. Volgens mij is eerlijkheid daarbij een goed begin.'

'Heel verstandig van je,' zei L.W. met een knikje. 'Heel verstandig. Je bent een buitengewone vrouw, Ishbel. Zullen we nu een stuk taart bestellen?'

42

Nu Kerstmis en de festiviteiten rondom de jaarwisseling achter de rug waren, werd het voor Midge weer tijd om zich op de keuken te concentreren. Dat was inmiddels het meest controversiële vertrek in het hele huis. Kenneth en zij hadden over alles ruziegemaakt, van het Keltische broodrooster tot aan de koelkast. Hun laatste verhitte discussie was over de oven gegaan.

'Ik wil het niet telkens wanneer de stroom uitvalt zonder fatsoenlijke maaltijd hoeven stellen,' had hij gezegd toen ze had opgemerkt van plan te zijn de oude gasoven te vervangen door een elektrische.

'Zo vaak valt de stroom niet uit,' wierp Midge tegen.

'Zo nu en dan wel, en dan lijden wij straks honger. Boven een kaars kun je niet koken, schat.'

'Dan neem ik wel zo'n moderne gasoven. Deze maand heb ik een mooie in de *Country Living* zien staan.'

'Wat heeft het dan voor nut om een andere te nemen? Onze oude gasoven doet het nog prima.'

Toen de voorbereidingen voor kerst haar aandacht hadden opgeslokt, was de verbouwing even op een laag pitje komen te staan, maar nu had ze de afleiding weer hard nodig. De keuken durfde ze niet meer zo goed aan te pakken, dus begon ze het nieuwe jaar met het inrichten van een onbelangrijke kamer om de smaak weer te pakken te krijgen

'Is het echt nodig om de tweede logeerkamer aan te pakken?' had Kenneth zich afgevraagd toen ze het hem had verteld. Bij het zien van haar gezicht had hij er meteen aan toegevoegd: 'Ik laat het aan jou over, schat, jij weet het het beste.'

Ze was erg in haar nopjes met het resultaat. De muren waren niet volgens de laatste mode crèmekleurig of citroengeel geverfd, maar strak, glanzend wit. Ze had de kamer ingericht met de zware mahoniehouten meubels die ze uit de andere kamers had weggehaald maar die Kenneth graag wilde bewaren. Het licht en het donker staken prachtig tegen elkaar af. In de andere vertrekken had ze lampen met omhooggerichte kappen aan de muren gehangen. 'Om een diffuus, elegant licht te verspreiden en een aangename sfeer te creëren,' aldus Harriet Orpington-Whistle. Hier had ze echter gekozen voor de nieuwste trend uit Parijs: bolvormige glazen hanglampen in rijke kleuren. Het geheel had ze afgemaakt met een al net zo kleurrijk oosters tapijt. Ze was er erg trots op en dagdroomde er regelmatig van om een foto naar Harriet te sturen, die dan natuurlijk zou terugschrijven om haar te complimenteren met haar smaak en haar een leerplaats aan te bieden. Dan zou zij ook een werkende vrouw zijn, net als Blue!

Als het op de keuken aankwam, was ze echter een stuk minder zeker van haar zaak. Per slot van rekening was die het hart van het huis. Een plek waar het hele gezin bij elkaar kwam, waar Avis werkte, waar al hun eten werd bereid. Stel je voor dat ze een maaltijd zouden moeten overslaan, dacht Midge vals toen ze door de lege keuken dwaalde en haar eerdere enthousiasme weer probeerde op te roepen.

Tegenwoordig ergerde ze zich aan alles wat Kenneth zei. Gisteren nog had hij haar geplaagd met 'haar minnaar, Sir Edwin Lutyens'. De bekende architect was inderdaad haar grote held en toen Lawrence had verteld dat hij de beste man een keer persoonlijk had ontmoet, had ze groen gezien van jaloezie. Hij had nota bene de Cenotaph ontworpen, het bekende oorlogsmonument in Whitehall! En het poppenhuis voor koningin Mary, compleet met werkend toilet en miniatuurboeken en -kunstwerken. Wat was er zo ongebruikelijk aan om een groot talent te bewonderen? Alsof híj reden had tot jaloezie. Het feit dat hij haar ermee plaagde, gaf al aan hoe zelfingenomen hij in werkelijkheid was.

Ze hoorde stemmen in de hal en spitste haar oren. Zo te horen waren Kenneth en Avis op hetzelfde moment thuisgekomen.

'Laat mij die maar voor je dragen,' hoorde ze hem zeggen. Zijn diepe, verfijnde stemgeluid deed haar nog altijd huiveren van genot. Avis liep verder en Kenneth kwam met een lading boodschappen de keuken in.

'Hallo, schat!' Toen hij om zich heen keek, zag hij dat ze midden in de keuken stond, zonder iets te doen. 'O nee,' zei hij. 'Is het weer zover?'

'Het zou fijn zijn als je me eens wat meer zou steunen,' beet ze hem toe. Zelf wist ze ook wel dat ze onredelijk was, maar ze kon er gewoonweg niets aan doen.

Hij zette de boodschappen neer en pakte haar handen beet. 'Midge, ik wil geen ruzie met je maken. We hebben zo'n heerlijke kerst gehad. Bedankt dat je je plannen even hebt uitgesteld. Als je een elektrische oven wilt, dan nemen we die. Ik zal niet eens klagen als de stroom uitvalt.'

Toen hij haar een kus gaf, kreeg ze onverwacht tranen in haar ogen omdat hij zo lief voor haar was. Het enige wat ze kon uitbrengen was echter: 'Tot nu toe heb je niets anders gedaan dan klagen.'

Geschrokken trok hij zich een beetje terug. 'Nee, schat, ik meen het. Alles wat je tot nu toe hebt uitgekozen heeft prachtig uitgepakt. Het huis ziet er schitterend uit.'

'Nu zing je ineens een toontje lager,' zei ze, terwijl ze steeds meer op dreef begon te raken. 'Eerst stak je alleen maar de draak met mijn ideeen! Toen ik een Keltische broodrooster wilde, zei je dat we geen van allen ook maar in de verste verte van Keltische afkomst zijn. Toen ik die geleivormpjes in de vorm van zwanen kocht, vroeg je je hardop af wanneer wij ooit gelei eten. En die keer dat ik vroeg wat je zou vinden van een samowaar om thee mee te zetten, vroeg je of we dan voortaan ook de badkuip met thee zouden vullen. Nou vraag ik je, Kenneth! Als ik nog één keer zo'n onnozele vraag van je moet aanhoren, zet ik het op een gillen!'

'Midge! Wat is er toch met je aan de hand, lieverd?'

Dus zette Midge het op een gillen. Dat had ze al niet meer gedaan sinds ze nog een klein meisje was en zelfs toen was het niet vaak voorgekomen. Ze was altijd een meegaand type geweest, maar nu zette ze haar voeten een eindje uit elkaar, gooide haar hoofd naar achteren en schreeuwde het uit. Het klonk vreselijk hard en galmde door de keuken. Kenneth keek haar stomverbaasd aan en ergens gedurende haar driftbui waren de meisjes thuisgekomen. Nu stonden Merrigan, Blue en Tabitha in de deuropening van de keuken, met hun monden open als jonge vogeltjes.

'Geen woord meer!' blafte Midge. 'Geen vragen meer, van niemand. Al die vragen, en nooit zit er eens een goede tussen. Er komt nooit eens iets belangrijks uit voort. Dus nee, Kenneth, we zijn niet Keltisch. Het zou best kunnen dat we ooit nog eens gelei eten en als ik mijn bad met thee wil vullen, dan doe ik dat. Neem me niet kwalijk, meisjes. Tabitha, moet jij onderhand niet eens een keer naar je eigen huis?'

Ze beende langs hen heen, erop gebrand om te ontsnappen of iets te vernielen, wat er maar als eerste kwam. Toen ze haar gummilaarzen netjes in de hal zag staan, stak ze haar voeten erin en rukte haar mantel van de kapstok, die daardoor vervaarlijk begon te wiebelen. Laat maar kapotvallen, dacht ze grimmig. Ergens in de verte merkte ze op dat Merrigan de kapstok nog net wist op te vangen en dat Blue aanstalten maakte om achter haar aan te gaan.

'Nee, Blue, zelfs jij niet. Niet vandaag.' Met die woorden vluchtte ze de voordeur uit. Ze beende over de heuvel en merkte nauwelijks dat het stortregende. De Terrace Gardens lagen er doorweekt en verlaten bij, in The Roebuck was het een drukte van belang. Uiteindelijk stormde ze Richmond Park in.

Gelukkig voor Midge was het park leeg, op een groepje herten na die zich normaal gesproken in dit seizoen niet lieten zien, maar die nu klaaglijk stonden te burlen onder een paar eiken. In elk geval waren er geen buren die konden zien dat Midge haar lange grijze jas niet had dichtgeknoopt en dat ze huilend over het natte gras stampte. O, wat was het een opluchting om te kunnen huilen. Nu besefte ze pas hoezeer ze daarnaar had verlangd. Aan de rand van Conduit Wood bezweek ze onder het gewicht van haar emoties, liet haar hoofd hangen en snikte het uit. Toen ze geen tranen meer overhad, sloeg het afgrijzen toe. Wat had ze gedaan? Wat had ze gezegd? O, Tabitha! O, Kenneth!

Het tafereel in de keuken bleef maar door haar hoofd spoken, alsof ze ernaar keek op het scherm in de bioscoop. Het gezicht van Kenneth, die had geprobeerd wijs te worden uit haar onsamenhangende tirade, de meisjes die als een stel figuranten in de deuropening waren verschenen, de wiebelende kapstok en haar dramatische aftocht. Wat had ze nou toch gezegd? Dat ze geen van allen vragen stelden die er echt toe deden? Nou, godzijdank! Als ze dat wel hadden gedaan, had Midge nooit dit leven kunnen leiden.

Wat mankeerde haar toch? Tijdens de kerstdagen had ze zich al niet goed gevoeld. Ze was vaak duizelig geweest, had soms geen trek gehad in al het lekkers en zo nu en dan was ze ondanks alle gezelligheid opeens vreselijk moe geworden. Stel dat ze iets ernstigs onder de leden had? Zouden ze… Zouden ze haar missen als ze er niet meer was? Of… goeie genade, ze zou toch niet weer zwanger zijn? Niet op haar leeftijd! Zo wreed kon het leven niet zijn. Niet na de vorige keer. Waarschijnlijk was ze gewoon moe door het harde werken en de emoties die ze jarenlang had opgekropt.

Soms vond ze het verschrikkelijk om een respectabele vrouw uit de Engelse middenklasse te zijn. Wat er ook in haar omging, de buitenwereld kreeg alleen een keurige, rustige, saaie vrouw te zien. Was ze maar een vurige flamencodanseres of een Amazone, iemand die haar woede, jaloezie, hartstocht en spijt kon uitdrukken als een schilder die aan een doek werkte. In een vlaag van zelfverachting stortte ze zich ter aarde, ernaar verlangend om zichzelf met de donkere, rijke modder te besmeuren. Ze kwam onhandig terecht, stootte haar knie aan een steen en ging meteen weer rechtop zitten. Waar was ze nu weer mee bezig? Ze was duidelijk het spoor bijster.

Dit was niet normaal. Er waren vast wel meer vrouwen die soms schreeuwend het huis ontvluchtten of dat op zijn minst zouden willen, maar wie rende er nou in de regen naar het park en stortte zich met haar gezicht in de modder? Misschien alleen mensen die net zulke afschuwelijke dingen hadden gedaan als zij. Ze haalde een paar keer diep adem. Gelukkig had niemand haar gezien. Het ergste zou ze verborgen kunnen houden. Ze krabbelde overeind en besloot dat het nu een kwestie was van de schade beperken. De regen spoelde de modder al van haar gezicht, haar handen en haar haar. Haar kleren waren ontoonbaar geworden, maar ze zou kunnen zeggen dat ze gewoon was uitgegleden.

Het beangstigde haar dat ze soms een gespleten persoonlijkheid leek te hebben, dat ze volkomen onredelijk kon reageren en zichzelf dan niet meer in de hand had. Ze zou het op de een of andere manier goed moeten maken met Kenneth. Dit gedrag maakte haar niet bepaald aantrekkelijk, of wel soms? Ze moest er niet aan denken om hem te verliezen. Alleen was ze het zo ontzettend beu dat ze zich altijd van haar beste kant moest laten zien om maar een beetje liefde en begeerte bij hem op te wekken. Als ze maar zeker zou weten dat hij echt van haar hield, net zoveel als zij van hem, dan zouden al haar onzekerheden verdwijnen. In plaats daarvan nam het beetje genegenheid dat hij voor haar voelde steeds verder af. Dat kon niet anders, als je bedacht hoe ze zich de laatste tijd gedroeg.

43

Januari sleepte zich voort.

Dit is misschien wel mijn minst favoriete maand, dacht Blue toen ze na het werk door de regen naar huis sjokte. Niet dat februari nou zoveel beter was, alleen was je dan wel weer een stuk dichter bij het voorjaar. Van die lange nachten en schemerige dagen werd je doodmoe. Het gebrek aan variatie, dag in, dag uit, zoog alle levenslust uit je weg.

Ze was nu sinds twee weken weer aan het werk. Over twee maanden zou Jimmy Griggs alweer terugkomen, mits zijn herstel volgens plan verliep. Blue was er nog niet aan toe om bij de *Gazette* weg te gaan. Sommige dingen zou ze niet gaan missen: het vroege opstaan, het steeds maar weer verslag moeten doen van onzinnige bezigheden en natuurlijk Robert Cauderlie. Andere dingen, andere mensen, zou ze wél gaan missen, net als het gevoel dat ze een doel en een eigen identiteit had. Ach, troostte ze zichzelf, dit was niet het einde van haar carrière, alleen het einde van deze baan. Na haar vertrek zou ze veel meer tijd overhouden om artikelen voor te leggen aan andere kranten en aan haar roman te werken. Hoe dan ook kon ze het Griggs moeilijk misgunnen om weer gezond te worden en aan het werk te kunnen. Ze had immers van meet af aan geweten dat ze alleen zijn stoel warm hoefde te houden.

Hemeltje, wat was het moeilijk om de moed erin te houden op zo'n druilerige dag. Haar geest werkte als een draaideur en liet Midge, Foster en Delphine om beurten eindeloos de revue passeren. Sinds Midge' uitbarsting van laatst liepen ze allemaal op eieren. Naderhand was ze doorweekt en besmeurd met modder thuisgekomen, bibberend als een windhond. Avis had een warm bad voor haar laten vollopen en na een poosje was haar vader naar haar toe gegaan. De volgende dag had Blue geprobeerd met haar te praten, maar ze had beweerd dat ze gewoon moe was door de feestdagen en het vele werk dat ze de maanden daarvoor had verzet. Ze zei dat ze het de komende tijd wat rustiger aan zou doen.

'Gaat het wel goed tussen papa en jou?' had Blue gevraagd, al was ze bang om te veel te zeggen. 'Hij houdt echt van je, weet je.'

'O, liefje toch. Ik hou van je vader, en van jou en je zus, meer dan van wie of wat dan ook. Misschien hou ik wel te veel van jullie. De gedachte dat ik jullie kwijt zou raken...'

'Daar hoef je niet bang voor te zijn, Midge. We gaan nergens heen. Wij houden ook van jou.'

Sinds Percy's verdwijning klampte de familie Camberwell zich zo nu en dan wanhopig aan elkaar vast. Liefde kon beangstigend zijn, dacht Blue. Doodeng zelfs. Ze had haar best gedaan om Midge gerust te stellen en voor Delphine kon ze ook niets doen, aangezien Foley gelukkig nog steeds niets van zich had laten horen. Voor Foster daarentegen...

In de twee weken dat ze weer aan het werk was, had ze nog steeds niets van Clemmie gehoord. Ondanks wat ze afgesproken hadden, wist Blue op de een of andere manier zeker dat Foster haar nooit bij zich zou roepen. Godzijdank was hun nog meer drama bespaard gebleven, maar Tabitha zei wel dat Foster nog steeds erg somber was. 'Hij is altijd thuis, maar ik heb hem nog nooit zo erg gemist als nu,' had ze verzucht.

Blue moest met hem praten. Misschien zou het meer kwaad dan goed doen en ze keek er niet bepaald naar uit, maar het moest gewoon gebeuren. En snel ook. Waarom niet nu, fluisterde een stemmetje in haar hoofd toen ze dichter bij The Vineyard kwam. Ze bleef staan. 'Nu?' fluisterde ze. Ze voelde zich nu niet dapper genoeg om het te doen. Als ze echter moest wachten tot ze de moed had opgevat, zou het er misschien nooit van komen. Ze zuchtte. Niet denken, maar doen.

Terwijl ze op de deur van de Foxtons klopte, ademde ze beverig in.

Vroeger was ze hier vaak komen spelen, had ze hand in hand met haar zus op deze drempel gestaan en op een warm onthaal kunnen rekenen, in de wetenschap dat ze niets dan plezier gingen maken. En nu dit.

Tab en haar ouders zaten al vroeg aan de avonddis. Foster was nergens te bekennen. Nadat Blue had uitgelegd waarom ze was gekomen, zag ze Clemmie en Anthony angstvallige blikken met elkaar uitwisselen en greep ze snel in om te voorkomen dat ze nee zouden zeggen. 'Ik weet wat jullie denken, maar ik heb echt het gevoel dat ik hier goed aan doe. Uitleggen kan ik het niet, maar vertrouw me alsjeblieft. Ik heb het beste met hem voor en ik denk echt dat het zou kunnen helpen. Vraag me niet waarom.'

'Volgens mij heeft ze gelijk,' zei Tab tot haar opluchting. 'Wij pakken hem met fluwelen handschoentjes aan, maar daar zijn we tot nu toe niks mee opgeschoten. Als we Foster moeten geloven, is Blue de oorzaak van dit alles. Laat hem dus maar de confrontatie met haar aangaan, want we weten allemaal dat er meer aan de hand moet zijn.'

'Het is moeilijk te zeggen waar we goed aan doen.' Anthony fronste zijn borstelige wenkbrauwen. 'Wat denk jij ervan, Clemmie?'

Na een lange aarzeling zei zijn vrouw: 'Ik ben het eerlijk gezegd met de meisjes eens, schat. Foster heeft Blue al sinds november niet meer gezien, maar hij gaat geen stap vooruit. De Camberwells zijn onze beste vrienden! Op de een of andere manier zal hij er toch mee moeten leren omgaan dat hij Blue nog vaker te zien zal krijgen. Ze maakt nog steeds deel uit van ons leven.'

'En ik ben nog steeds een vriendin van hem,' voegde Blue daar zachtjes aan toe.

Uiteindelijk knikte Anthony.

Blue voelde zich zwak worden van opluchting en angst.

Met een kneepje in haar hand zei Tab: 'Succes.'

Blue liep naar Fosters kamer en klopte zacht op de dichte deur. Een gedempte stem zei iets wat klonk als: 'Laat me met rust.' Zonder daar acht op te slaan ging ze naar binnen.

De gordijnen waren dicht en het enige licht kwam van een kleine tafellamp. Blue was hier al niet meer geweest sinds de tijd dat het nog de kamer van een klein jongetje was, met teddyberen en ingelijste prenten van kabouters en elfjes. Inmiddels zou er vast het een en ander veranderd zijn, maar het was te donker om dat goed te kunnen zien. Ze tuurde naar de ineengedoken gestalte in het bed en zag dat Foster in het zwakke schijnsel van de lamp lag te lezen.

'Floss?' vroeg ze.

Hij schoot overeind alsof iemand hem met een stok had geprikt. 'Blue? Wat doe jij hier in vredesnaam?'

'Ik wilde je graag zien, en je komt nooit meer bij ons langs. Dus als Mohammed niet naar de berg wil komen… Ik had je al eerder willen bezoeken, maar ik was bang dat ik het alleen maar erger zou maken. Daarom wachtte ik tot je iets van je zou laten horen, alleen kreeg ik na verloop van tijd het idee dat dat nooit zou gebeuren. Hopelijk vind je het niet erg, Floss. Ik wil echt graag met je praten.'

Foster sprong uit bed, trok een badjas aan over zijn pyjama en deed de plafondlamp aan.

Terwijl hij een kam door zijn warrige haar haalde, keek Blue om zich heen in de kamer. De prenten waren verdwenen en de muren zagen er nogal kaal uit, alsof hij niet had geweten wat hij in plaats van de aandenkens aan zijn kindertijd had moeten ophangen. Aan twee tegenover elkaar gelegen muren hing één boekenplank die zowel horizontaal als verticaal was volgestouwd met boeken. 'Had je niet nog een plank kunnen ophangen?' vroeg ze met een blik op de doorgezakte steunen.

'Je weet dat er tegenwoordig een tekort aan bouwmaterialen is.' Zijn poging tot een grapje werd ondermijnd door zijn nerveuze glimlach. Hij keek omlaag naar zijn pyjama. 'Ik ben er niet echt op gekleed om bezoek te ontvangen. Wacht je niet liever even in de bibliotheek terwijl ik me aankleed?'

Argwanend keek ze hem aan. 'Kom jij dan ook naar de bibliotheek?'

'Waarschijnlijk niet. Enfin, kan ik je een kop thee aanbieden?'

'Probeer niet de hele tijd van me af te komen, Foster. Ga zitten, dan doe ik dat ook.'

'Goed dan,' zei hij op verslagen toon. Hij liet zich op de rand van het bed zakken.

Blue pakte een paar hemden en vesten van een stoel, zodat ze zelf ook kon gaan zitten. 'Foster, ik vond het heel erg om te horen wat je is overkomen.' Ze had zichzelf voorgenomen om bij de feiten te blijven. 'Het nieuws was een enorme schok. Ik heb me vreselijke zorgen om je gemaakt. Ik wilde je vragen… Tja, eigenlijk heb ik zo veel vragen voor je dat ik niet goed weet waar ik moet beginnen.'

'Vraag maar raak.'

Even dacht Blue dat ze de moed zou verliezen, maar toen bracht ze zichzelf in herinnering dat ze heel lang op dit gesprek had gewacht en dat dit haar kans was. 'Ten eerste, denk je dat je het nog eens gaat doen?'

Zijn knokige adamsappel wipte op en neer, waardoor Blue weer moest denken aan de avond van haar verjaardagsfeest. Vóórdat haar vader die stomme toespraak had gehouden. Foster was buiten het vertrouwde kringetje van hun twee families altijd al een nerveus type geweest, herinnerde ze zich plotseling.

'Jeetje, je draait er niet omheen, zeg. Verder loopt iedereen in mijn buurt op zijn tenen. Ze zijn de hele tijd zenuwachtig en doen niets anders dan fluisteren.'

'Als ik heel eerlijk ben, is het ook moeilijk om met je om te gaan, Floss. We houden allemaal zielsveel van je en het is zo… Nou, ga je het nog eens doen?'

'Dat weet ik niet.'

'Juist.'

'Het spijt me, Blue. Dat is natuurlijk niet het antwoord waarop je had gehoopt, maar ik wil eerlijk tegen je zijn. Ik had nooit gedacht dat ik me zo… onverschillig zou kunnen voelen als die avond. Ik wil niet dat het nog eens gebeurt, maar soms kan mijn stemming opeens omslaan.'

Blue keek naar haar slanke vingers, naar de middelvinger van haar rechterhand waar een knobbeltje op zat doordat ze zo vaak een pen vasthield. De opaal in haar ring vlamde groen en roze op. Daarna keek ze naar de goudbruine sproetjes op Fosters bleke jukbeenderen, naar zijn grote ogen. 'Gaat dit echt om mij? Om het feit dat ik geen relatie met je wil, bedoel ik. Is dat de reden?'

Het duurde een hele poos voordat hij antwoord gaf.

In gedachten schreeuwde Blue het uit. Zeg alsjeblieft geen ja. Schuif mij alsjeblieft niet de verantwoordelijkheid in de schoenen. Snap je dan niet hoe oneerlijk dit is, wat het met mij doet? Ze hield zich echter in.

'Eerst dacht ik van wel,' begon hij, 'maar ik had het mis.'

O, godzijdank!

'Ik begrijp het niet helemaal, Blue. Ik heb zo mijn best gedaan. Toen je vader die toespraak hield en jij daar op de trap stond in je glanzende blauwe japon, met je goudkleurige haar... Je leek wel een engel, Blue. En ik dacht... ik dacht gewoon... dat je de mijne zou moeten zijn. Omdat niemand anders zo veel van je zou kunnen houden of zo veel bewondering voor je zou kunnen koesteren als ik en omdat ik je al zo lang ken. Ik weet ook wel hoe dat klinkt, maar zo voelde het op dat moment. Misschien was het een vlaag van verstandsverbijstering of misschien was de champagne me naar het hoofd gestegen.' Hij liet een verbitterd lachje horen. 'Of misschien kwam het doordat die verrekte klok precies twaalf uur sloeg. Hoe het ook zij, opeens was ik ervan overtuigd dat jij de oplossing was.'

'De oplossing waarvoor, lieverd?'

Foster zuchtte. 'Dat weet ik niet. Voor alles wat er mis was, denk ik.'

'Wat scheelde er dan aan?'

Het bleef een hele poos stil.

Blue dacht terug aan wat Clemmie had gezegd over een onvriendelijke leraar, en dat Foster er niet met haar over had willen praten. Nam hij haar maar in vertrouwen, dan zou hij vanzelf merken dat gedeelde smart halve smart was. Dat was haar als kind altijd ingepeperd, maar Fosters vader was eerder het type dat zijn emoties opkropte. Zonder iets te zeggen wachtte ze af.

'Vind jij het niet vreselijk moeilijk?' vroeg Foster uiteindelijk, zonder haar aan te kijken. 'Het leven, bedoel ik. Jezelf zijn, en dan maar hopen... dat mensen je gunstig gezind zullen zijn.'

Met gefronst voorhoofd dacht Blue aan een van zijn brieven aan haar. 'Ik ben een goed mens en deze wereld is zo wreed. Als ik me voorstel dat jij met iemand anders zou gaan, iemand die je zou kunnen kwetsen, voel ik me radeloos.'

'Wie is je dan niet gunstig gezind, Floss?' vroeg ze voorzichtig.

Hij schudde zijn hoofd en klemde ondanks de tranen in zijn ogen zijn lippen op elkaar, alsof hij koste wat kost moest zien te voorkomen dat zijn geheimen hem ontglipten. 'Dat doet er niet toe.' Hij deed een dappere poging om te glimlachen, maar zijn lip trilde vervaarlijk.

'Foster,' zei Blue streng. 'Begrijp je het nou echt niet? Ik geef om je. Dat doen we allemaal. Tot nu toe heb je me verteld dat je misschien nog eens zult proberen jezelf iets aan te doen, dat er iets mis is en dat je mensen nodig hebt die je gunstig gezind zijn. Geef mij dan de kans om er voor je te zijn. Vertel me wat eraan scheelt. Waar ben je zo bang voor?'

Hij staarde haar aan alsof ze een geest was, of een indringer. Haar vraag had duidelijk een gevoelige snaar geraakt.

'Waar ben je bang voor?' drong ze aan.

Net toen ze dacht dat hij geen antwoord zou geven, deed hij zijn mond open. 'Om in jouw achting te dalen, Blue, om in ieders achting te dalen. Pa en ma hebben zulke hoge verwachtingen van me. Ik moet een succesvolle man worden, nietwaar? Ik bedoel, Tab is er ook nog, maar zij is een meisje. Ook al is het al 1926 en zijn mijn ouders best ruimdenkend, hier in huis gelden nog de oude regels. Ik ben degene die naar de universiteit moet, naar Cambridge, als het aan hen ligt. Ik moet carrière maken en een geschikte echtgenote vinden. Van Tab hebben ze ook zo hun verwachtingen, maar zij trekt zich daar niets van aan. Ze is zo grappig en mooi dat ze ermee wegkomt. Als ík mijn ouders teleurstel, zullen ze daar kapot van zijn.'

'Waarom zou je hen teleurstellen? Wil je al die dingen dan niet? Dat mag best, hoor. Ik weet dat je vader streng kan zijn, maar hij houdt van je, hij zal het heus wel begrijpen.'

'Nee, niet waar.'

'Waarom niet?'

Het koppige stilzwijgen was weer terug.

Blue voelde tranen opkomen, maar ze vroeg in een opwelling: 'Komt het door meester Mathews? Je muziekleraar?'

Als door een wesp gestoken keek Foster haar aan.

Clemmie had gelijk!

'Wat weet jij daarvan?' vroeg hij geschrokken.

'Heel weinig. Alleen dat hij belangrijk voor je was en dat hij je gekwetst heeft.'

'Gekwetst? Meester Mathews? Nee, zo zit het helemaal niet!'

'O! Nou, dat is fijn om te horen. Wat is er dan? Floss, ik ga nergens heen. Vertel het nou maar gewoon. Het spijt me dat ik zo aandring, maar je hebt hulp nodig, en ik kan je niet helpen als ik niet weet wat er aan de hand is.'

'We hebben gezoend,' flapte hij eruit.

Even dacht Blue dat ze hem verkeerd had verstaan. 'Wat zei je nou?'

Hij wendde zijn gezicht af.

Dus ze had het toch goed gehoord, en nu dacht hij dat ze hem erom veroordeelde, precies zoals hij al had gevreesd. Ze pakte zijn hand. 'Het spijt me, Floss, je overviel me gewoon. Je moeder is ervan overtuigd dat hij je het leven zuur maakt, dus dit had ik niet verwacht. Goed, dus jullie hebben gezoend. En?'

Op zijn gezicht stond een mengelmoes van verwarring, hoop en verdriet te lezen. 'Hoe bedoel je, "en"? Vind je het niet walgelijk? Heb je geen hekel aan me?'

'Natuurlijk niet! Ik zei toch dat ik er voor je wil zijn. Wat is er gebeurd? Hoe gaat het nu verder? Jeetje.'

Nu begreep ze waar hij zo mee geworsteld had, waarom hij zo terughoudend was. Als Foster... op die manier geaard was, zou hij het niet makkelijk krijgen. Dan wachtte hem een leven in de schaduwen, een leven vol leugens of gedrag waardoor hij achter de tralies zou kunnen belanden. En zijn ouders... ja, hij had gelijk, ze zouden er kapot van zijn. Ze zouden van hem blijven houden, dat hoopte ze althans van harte, maar ze hadden hun zoon iets anders gegund.

'Dus je bent... Ik bedoel, je valt dus op mannen?' Ze hoopte maar dat ze neutraal en onverstoord klonk.

Hij liet zijn hoofd in zijn handen vallen en kreunde. 'O, Blue, dat weet ik niet eens zeker! Ik ben zo in de war. Eerlijk gezegd vind ik het verschrikkelijk dat het gebeurd is, maar het is wel zo.'

'En hij heeft je niet... gedwongen?'

'Nee! Hij was net zo geschrokken als ik. Ik bedoel, hij is docent! Zelfs al was ik een meisje geweest, dan nog had hij dat niet mogen doen. Volgens mij valt hij wel op mannen, en hij ging zo diep door het stof dat hij bijna moest huilen. En ik... Welnu, toen hij ons nog maar net lesgaf, aanbad ik hem gewoonweg. Hij is zo grappig, slim en inspirerend, Blue. En getalenteerd! Mijn hemel. Op een gegeven moment maakte ik er een gewoonte van om tijdens de lunchpauze binnen te blijven om voor hem te spelen. Hij begeleidde me, in zijn vrije tijd, omdat hij vond dat ik ook talent had. Zo gelukkig was ik nog nooit geweest.'

'Dat klinkt geweldig. Wat fijn. Maar je hebt tegen je moeder gezegd dat hij je niet goed vond, toch?'

'Ach, ik moest toch iets tegen haar zeggen. Voorheen kwam ik elke dag vol verhalen over hem thuis. Nadat het was gebeurd, was ik zo geschrokken dat ik daarmee ophield. Ik begon hem te mijden en durfde niet meer over hem te beginnen, voor het geval ze op de een of andere manier mijn gedachten zou kunnen lezen. Daarom verzon ik maar wat, zodat ik het niet meer over hem hoefde te hebben. Om het geloofwaardig te maken moest ik ook nog doen alsof ik geen viool meer wilde spelen. Ik mis het, maar het doet me ook aan hem denken, dus het is wel makkelijker zo.'

'Ik begrijp het. En... hou je van hem?'

Hij maakte een weids armgebaar. 'Geen idee! Ik heb bewondering voor hem, ik was graag bij hem, ik wilde bevriend met hem zijn. Die zoen voelde heel vanzelfsprekend aan, maar dat zou betekenen dat ik... dat ik...'

'En wat dan nog? Ik weet heus wel dat het niet makkelijk zou zijn,

Floss, maar het lijkt me toch beter om het toe te geven dan om je kop in het zand te steken. Geef het dan tenminste toe aan jezelf en een paar mensen die je vertrouwt, dan zie je daarna wel weer verder.'

Hij stak zijn armen naar haar uit en drukte haar even tegen zich aan. 'O, Blue,' mompelde hij in haar haar. 'Dank je wel. Heel erg bedankt. Je hebt geen idee hoeveel het voor me betekent dat je nog steeds om me geeft en dat je denkt dat anderen dat ook zullen doen.'

'Natuurlijk geef ik om je, en natuurlijk zullen anderen dat ook doen. Ik kan niet beweren dat ik er veel van weet, want ik heb verder geen vrienden die anders geaard zijn... voor zover ik weet, tenminste.' Dat laatste voegde ze er grijnzend aan toe. Na zijn bekentenis zou ze nergens meer van opkijken. 'Ik weet wel dat er meer mensen zijn zoals jij, dat je niet de enige bent. Er zijn natuurlijk mensen die een hekel hebben aan dingen die ze niet begrijpen, maar dat geldt niet voor iedereen. Het komt heus wel goed.'

Hij knikte en haalde diep adem. 'Ik weet niet eens of ík wel zo ben.' Zijn hele uitstraling was op slag veranderd. Hij was niet langer een kind dat bang was om betrapt te worden, maar een jongeman die probeerde zijn positie in de wereld te bepalen. 'Ik heb nog nooit zoiets voor een andere man gevoeld en ik had echt gevoelens voor jou, Blue. Ik was stapelverliefd op je. Toch was jij niet de reden waarom ik zo roekeloos ben geweest, waarom het leven zo ondraaglijk leek, waarom ik maar jacht op je bleef maken. Dít was de reden. Eerlijk gezegd heb ik altijd geweten dat je niet op die manier van me zou kunnen houden. Snap je nu waarom het zo belangrijk voor me werd, waarom ik je maar niet kon loslaten?'

'Ja, dat begrijp ik zeker. Zijn er ook... Het spijt me, Floss, ik weet hier echt niet veel van, maar zijn er ook mensen die zowel op mannen als op vrouwen vallen, denk je?'

Hij haalde zijn schouders op. 'Ik weet er net zo weinig van als jij. Misschien zijn die er wel en ben ik er een van. Of misschien was dat gebeuren met meester Mathews maar eenmalig en ben ik over een paar jaar gelukkig getrouwd. Of jíj was de uitzondering. In dat geval ga ik een moeilijk leven tegemoet, waarin ik aldoor de schijn moet ophouden.'

'Dat zul je nooit weten als je er nu een eind aan maakt. Foster, zeg alsjeblieft dat je niet nog een poging zult doen. Dat hoe moeilijk het leven ook wordt, je zult doorbijten om er het beste van te maken.'

'Ik denk... dat ik dat misschien wel kan, Blue. Ik wil erachter zien te komen hoe het zit, wie ik ben. Eerst wilde ik dat niet, ik was vooral bang en walgde van mezelf. Als jij me onvoorwaardelijk kunt accepteren, dan kan ik dat op zijn minst ook proberen, nietwaar?'

'Dat lijkt me wel. O, Floss. Je kunt het gerust tegen Tab zeggen, dat weet je toch wel? Ik begrijp best dat je je ouders niet wilt inlichten, maar Tab zou je kunnen helpen. Zij is het meest wereldwijs van ons allemaal! Ze zou je nooit veroordelen en ze zou het graag willen weten. Net als Merry overigens, al zal ik het natuurlijk aan niemand doorvertellen. Dat laat ik aan jou over.'

Hij knikte. 'Misschien heb je wel gelijk over Tab. Ik zal erover nadenken, Blue, dat beloof ik. Je zegt het toch niet tegen Dorian, hè? Alsjeblieft.'

'Tegen niemand,' herhaalde ze. 'Dat beloof ik. En Floss? Ga alsjeblieft weer vioolspelen, goed? Dat hoort bij je en je mag het jezelf niet ontzeggen, alleen omdat je hiermee worstelt.'

'Dat zou ik heel graag willen. Ik mis het. Wanneer ik muziek maak, kan ik mezelf daar helemaal in verliezen. Op die momenten voel ik me het meest mezelf.'

'Zo voel ik me ook tijdens het schrijven.'

'Pa zal er wel het zijne van denken. Die vindt het wel prima dat ik het vioolspelen heb opgegeven om me erop te richten de advocatuur in te gaan. Zelf zou ik me veel liever op mijn muziek concentreren, maar daar zal hij vast nooit mee akkoord gaan, denk je wel?'

'Foster, op dit moment zou je vader er waarschijnlijk zelfs mee akkoord gaan als je naar de maan wilde vliegen. Je had wel dood kunnen zijn! Ik weet dat hij star kan zijn, maar hij wil je echt niet kwijt.'

Foster wreef in zijn ogen. Hij zag er uitgeput uit, maar had eindelijk een heldere blik in zijn ogen en er hing een zweem van opluchting om hem heen die net zo tastbaar was als frisgewassen lakens. 'O, Blue, wat ben ik blij dat je gekomen bent. Je hebt me echt geholpen. Dat had ik niet verwacht.'

Eindelijk kon Blue opgelucht ademhalen. 'Wat fijn om te horen. Ik wil alleen maar dat je gelukkig bent. Ik ben opgelucht dat je niet gepest wordt, zoals je moeder dacht.'

Zijn gezicht betrok weer. 'Nou...'

'Wat? O, Floss, nee toch. Door wie? Waarom? Vanwege dit alles?'

'Een van de jongens heeft het geraden. Hij heeft ons niet zien zoenen, maar hij kwam vlak daarna binnen, toen we... emotioneel waren. En nu... ach, laat ook maar. Het is niet echt pesten, het zijn gewoon onaardige opmerkingen. Misschien houden ze nog wel op.'

'Wie zijn het? Kan ik iets doen? Wil je dat ik met iemand ga praten?'

'Nee, alsjeblieft niet! Dan kun je net zo goed meteen met een stok in een slangenkuil gaan prikken. Echt, Blue, ik red me wel. Mocht het erger worden, dan zal ik het tegen je zeggen.'

'Goed dan. Doe dat maar. Ik vind het echt heel erg voor je, Floss. Wat naar dat je je zo eenzaam hebt gevoeld.'

'Ik had het eerder tegen je moeten zeggen. Blue?'

'Ja?'

'Denk je dat je met Dorian gaat trouwen?'

'Nee,' zei ze met een lachje.

Foster glimlachte. 'Mooi zo, want hij is echt niet goed genoeg voor je.'

44

Op een donkere januariavond zat Delphine in de salon van Ryan's Castle. De gordijnen waren open en de tuin strekte zich als een lange zwarte rechthoek achter het glas uit, waarin zo nu en dan een beweging van een boom of struik te zien was. Het was een beetje een griezelige aanblik, de tuin leek wel afkomstig uit een andere wereld.

Kenneth en Midge waren samen uit eten en Blue zat opgekruld op de bank tegenover haar, afwisselend te lezen en in het haardvuur te staren. Het was duidelijk dat ze veel aan haar hoofd had, maar toen Delphine ernaar had gevraagd, had ze gezegd: 'Het zijn mijn zaken niet, dus ik kan er niet met je over praten. Maar o, wat zou ik dat graag willen.'

Dat had Delphine ontroerd. Ze had nog nooit een vriendin zoals Blue gehad. Natuurlijk hield ze zielsveel van Esther, maar hun band was altijd bepaald door wat er níét werd gezegd. Door wat in feite onuitsprekelijk was. Daarentegen konden Blue en zij alles met elkaar bespreken.

'Vind jij me sympathiek?' vroeg Blue, terwijl ze opkeek van haar boek.

Delphine grijnsde. 'Blue, je bent een schat, maar ik val niet op vrouwen.'

Blue sloeg haar ogen ten hemel. 'Ik bedoel, als je mij moest beschrijven, zou je dan het woord "sympathiek" gebruiken?'

'Dat woord heb ik nog nooit van mijn leven gebruikt, dus dat betwijfel ik. Jij bent goed met woorden, Blue. Zou jij jezelf zo noemen?'

'Nee, maar misschien is het gewoon moeilijk om jezelf te beschrijven.'

‘Waarom? Wie heeft je sympathiek genoemd? Dat is toch geen naar woord?’

‘Nee, helemaal niet. L.W. heeft het gezegd. Dorian noemt me altijd fantastisch, adembenemend en onweerstaanbaar…’

‘Dus je zit niet zomaar een beetje met woorden te spelen?’ plaagde Delphine haar.

Blue bloosde. ‘Nee, je hebt gelijk. Weet je, van Dorian verwacht ik nooit dat hij dingen zegt die waar zijn. Hij overdrijft altijd. L.W. is veel… bedachtzamer. Van hem verwacht ik dat hij de spijker op zijn kop slaat. Maar hij vindt me sympathiek, geloof ik.’

Delphine haalde haar schouders op. ‘Het kon erger.’

‘Hm.’ Blue knikte en las weer verder in haar boek. Even later vroeg ze echter: ‘Vind jij dat mensen tot na het huwelijk zouden moeten wachten met… seks, Delphine?’

‘Jeetje, daar heb ik eerlijk gezegd nooit over nagedacht. De mannen stonden niet bepaald voor me in de rij, als je begrijpt wat ik bedoel. Waarom? Overweeg je het te doen?’

Blue bloosde weer. ‘Ik geloof het wel.’

Daar dacht Delphine even over na. ‘Met Dorian?’

Blues wangen kleurden nog roder en ze knikte. ‘Hij is best wel… Nou ja, hij is heel erg…’

‘Dat heb ik gezien,’ zei Delphine. ‘Hij is heel energiek en knap om te zien. Wat vinden Merrigan en Tabitha ervan?’

‘O, die weten van niets, anders zouden ze me de hele tijd aan mijn hoofd blijven zeuren. Tab zou zeggen dat ik het meteen moest doen en vervolgens een verhaal afsteken over dat God zulke mannen met een reden heeft geschapen. Mijn zus zou me een standje geven omdat ik er zelfs maar aan durfde te denken en tegen me zeggen hoe blij ze is dat ze heeft gewacht op de ware.’

‘Wat vind je zelf?’

‘Dat is het probleem nou juist. Het klinkt allebei heel logisch.’

‘Moet je wel beslissen? Ik bedoel, kun je niet gewoon wachten tot je het zeker weet? Hij zet je toch niet onder druk, hè?’

'Nee, helemaal niet. Ze zijn allebei erg galant. Alleen lijk ik met L.W. vooral goed te kunnen praten, terwijl ik met Dorian alleen maar aan het dansen, lachen en flirten ben. Die uitwerking heeft hij op me. Bij hem voel ik me heel dapper en aantrekkelijk. Als je me echter op de man af zou vragen met wie van hen ik eerder een vaste relatie zou aangaan, dan zou ik niet voor hem kiezen. Wat zegt dat over mij?'

'Persoonlijk ben ik het met Tab eens. Puur omdat ik weet hoe gewoontjes het kan zijn als je getrouwd bent. Aan de andere kant denken niet veel mensen er zo over. Stel dat je met iemand anders zou trouwen en je zou het aan hem vertellen, wat zou hij er dan van vinden?'

Blue viel weer stil en staarde naar het haardvuur.

Omdat Delphine merkte dat ze diep in gedachten verzonken was, pakte ze haar eigen boek er weer bij. Momenteel worstelde ze zich door het gewichtige proza van D.H. Lawrence heen en na vijfentwintig bladzijden wist ze nog altijd niet goed wat ze ervan moest vinden.

'Zeg, wat zullen we nou krijgen?' schreeuwde Blue opeens. 'Hé daar!'

Delphine keek met een ruk op en zag tot haar schrik een gezicht door het raam naar binnen kijken. In het donker leek het wel in het niets te zweven. Ze slaakte een kreet en terwijl ze allebei opsprongen herinnerde ze zich dat Kenneth niet thuis was. De gestalte in de tuin maakte zich niet paniekerig uit de voeten, maar nam hen nog eens grondig op en slenterde vervolgens op zijn dooie akkertje weg, de schaduwen in.

Blue spurtte de kamer uit, maar Delphine bleef als aan de grond genageld staan. Ze hoorde Blue naar de voorkant van het huis rennen en daarna naar de achterzijde om te controleren of de deuren op slot waren.

Ondertussen kwam Avis aangerend. 'Wat is er, juffrouw Blue? Wat is er gebeurd?' Het meel dwarrelde van haar wringende handen op het tapijt. Ze was aan het bakken geweest.

'Er was een man!' legde Blue uit. 'Een man in de tuin. Alle deuren zijn op slot, maar hoe is hij in vredesnaam de tuin in gekomen?'

'Was het meneer Elf niet?' vroeg Avis bezorgd.

'Nee, hij was het niet. O, wat vreselijk. Het zal wel een inbreker geweest zijn die kwam kijken wat hier de moeite van het stelen waard is. Zou hij over de muur geklommen zijn? Maak je maar geen zorgen, Delph, hier zijn we veilig. Papa zal zo wel thuiskomen.'

Delphine had echter het gevoel dat ze in drijfzand was gestapt en elk moment kopje-onder kon gaan.

'Delphine?' Blue schudde aan haar arm.

Delphine was zich er vaag van bewust dat Blues mooie, bezorgde gezicht zich vlak bij het hare bevond, maar ze dreef steeds verder af, buiten bereik.

'Avis, zou jij een glas brandy voor haar willen inschenken? Ik wil haar niet loslaten, zo te zien kan ze elk moment flauwvallen.'

Delphine hoorde zacht gerinkel toen Avis de fles van de serveerwagen pakte.

'Delphine!' Door haar ongerustheid klonk Blue streng. 'Wat is er? Zeg nou iets!'

Langzaam schudde Delphine haar hoofd, en ze keek Blue aan. Toen ze haar mond opendeed, kwam er echter niets uit.

Avis drukte het glas brandy in haar trillende hand. 'Drink maar wat, juffrouw. En haal even diep adem.'

Delphine deed wat haar was opgedragen en slaagde er uiteindelijk in om antwoord te geven. 'Het w-w-was geen i-i-inbreker.' Ze zag het begrip en de schrik in Blues ogen bij het horen van die gehakkelde woorden. 'Het was F-F-F...'

'Foley,' fluisterde Blue. 'Hoe kan dat nou?'

45

De volgende dag ging Midge bij de familie Greenbow op bezoek om hun te smeken Delphine een paar dagen vrij te geven. Niet dat ze niet aan het werk wilde, ze was gewoon doodsbang om Ryan's Castle ook maar even te verlaten. Ze had het altijd beschouwd als een echt kasteel, een onneembare vesting. Nu bleven de deuren overdag op slot, zelfs de openslaande tuindeuren. In januari was dat niet zo erg. Pas in de zomer werden normaal gesproken alle deuren opengegooid om de bries en het vogelgezang vanuit de tuin binnen te laten. Zou Foley tegen die tijd nog steeds op vrije voeten zijn?

De Greenbows gaven direct toestemming. Tabitha bood aan om Fanny tijdens Delphines afwezigheid te helpen met dringende karweitjes, en de gedachte dat Tab zich zou bezighouden met huishoudelijke klusjes was het enige wat die week een glimlach om ieders lippen wist te toveren.

Kenneth aarzelde geen moment en ging bij het krieken van de dag op pad om met een plaatselijke politieagent te praten die hij nog uit zijn tijd in militaire dienst kende. Daarna ging hij door naar het East End. Pas uren later kwam hij terug, zonder veel wijzer te zijn geworden. Hij was zelfs naar de haven gegaan, waar hij te horen had gekregen dat Foley zijn avonddienst op vrijdag zoals gewoonlijk had afgemaakt en daarna niet meer gezien was. De buren hadden ook al enkele dagen niets meer van hem vernomen. Inmiddels was het al woensdag. Het viel niet te zeggen waar hij uithing.

De volgende dag ging Kenneth met Delphine naar het politiebureau in Richmond om met de uit de kluiten gewassen, besnorde inspecteur Bernard Cromley te praten. Hij had een bruuske manier van doen, alsof hij zijn oneindige zoektocht naar gerechtigheid belangrijker vond dan het tonen van sympathie. Hoewel hij niet zo deftig sprak als Kenneth en zijn accent meer weg had van dat van Delphine, was hij scherp van geest en rad van tong. Ook was hij net als Kenneth erg overtuigd van zichzelf en wist hij dat goed over te brengen. Hij was de belichaming van alles wat Delphine vreesde over de sterke arm der wet: hij was opdringerig, bot en had geen geduld met dwazen. Ze wist zeker dat hij haar alleen tolereerde vanwege zijn band met Kenneth.

'Als hij de klus weet te klaren, is dat meer waard dan duizend vriendelijke woorden,' zei Kenneth, die nu zelf ook behoorlijk kordaat uit de hoek kwam. 'Ik had mijn poot stijf moeten houden, liefje. Ik had je moeten dwingen om met de politie te praten. Je bent er niets mee opgeschoten dat die walgelijke vent van je al die tijd op vrije voeten is gebleven.'

Hoe klein Delphine zich ook voelde onder Cromleys scherpe, onderzoekende blik toen ze hakkelend antwoord probeerde te geven op de vragen die hij razendsnel op haar afvuurde, hoe schokkend, persoonlijk en cliché het ook was wat ze te vertellen had, ze wist dat ze zich niet langer kon verzetten. Inmiddels was zij namelijk niet meer de enige die gevaar liep. Zij had dit onheil over hen afgeroepen, dus onderging ze het verhoor, dat een eeuwigheid leek te duren, en daarna nog één, toen Cromley zich met nog meer vragen bij het huis meldde. De man was een onuitputtelijke bron van vragen, en beide keren vergoot ze na afloop bittere tranen. Het ergste was nog wel dat de politieman weinig hoop had dat dit alles tot een bevredigende oplossing zou leiden. Toen hij de bevindingen van dokter Harcourt had gelezen, was er even een grimmige uitdrukking op zijn verweerde gezicht verschenen, maar het was inmiddels al heel lang geleden dat Delphine misbruikt en mishandeld was.

'Wat de afgelopen dagen betreft, het is niet verboden om bij iemand door het raam te kijken, meneer C.' Zo te horen was hij teleurgesteld dat Foley niemand had aangevallen en zich niet schuldig had gemaakt aan vandalisme.

'Het betreden van privéterrein met de intentie om iemand te intimideren toch wel?' vroeg Kenneth woedend.

'Het betreden van privéterrein wel, maar de intentie om te intimideren? Neem me niet kwalijk, meneer C., maar dat is pure speculatie. Niet dat ik u niet geloof, maar zo zou een rechter erover denken.' Met een zucht vervolgde hij: 'Als hij niet gevonden wil worden, zal dat ook niet gebeuren, als we die jongedame moeten geloven.'

Op dat punt moest Delphine hem gelijk geven.

Inmiddels had ze er een gewoonte van gemaakt om elke dag af te sluiten met haar notitieboek en vulpen. Zelfs als het al laat was, zelfs wanneer ze doodmoe was, merkte ze dat ze door een kwartiertje de tijd te nemen om haar indrukken en herinneringen van die dag op te schrijven beter kon slapen dan anders het geval zou zijn geweest. Sinds ze Foley in de tuin had gezien, had ze het echter niet meer kunnen opbrengen. Het besef dat hij in de buurt was, gaf haar een onbehaaglijk gevoel, alsof ze niet meer het recht had om zichzelf te zijn in Richmond. Alsof ze geen recht had op geluk, op gemoedsrust.

Nu repte ze zich elke avond naar haar slaapkamer, kleedde zich haastig uit en dook onder de dekens weg als een kind dat bang was in het donker, hoe onnozel dat ook was. Hij zou hier nooit kunnen inbreken, want Kenneth deed elke avond alle ramen en deuren zorgvuldig op slot. 'Het gebied veiligstellen', noemde hij dat.

Alleen de wetenschap dat Foley zijn kans afwachtte, dat ze elkaar een paar avonden geleden nog hadden gezien, was al voldoende om haar te verlammen van angst. Het leek wel of het leven dat ze de afgelopen maanden had geleid niet echt had bestaan. Op droge dagen spoorde Midge haar aan om een wandelingetje door de tuin te maken, maar Delphine voelde zich niet prettig op de laatste plek waar ze Foley had gezien, zelfs niet nu het gat in de muur was gedicht.

'Ik had het eerder moeten zeggen,' had Elf op klaaglijke toon gezegd. 'Ik voel me zo schuldig! Het was echt mijn bedoeling om het aan te kaarten, ik heb Delphine er zelfs nog op gewezen. Door alle drukte met Kerstmis ben ik het gewoonweg vergeten.'

'Maak je maar geen zorgen, ouwe reus,' had Kenneth hem gerustgesteld. 'Het is hem alleen gelukt de tuin binnen te dringen. Dat is eerlijk gezegd nog wel de minste van mijn zorgen. Het feit dat hij hier in de buurt rondzwerft, vind ik veel erger. Als er geen gat in de muur had gezeten, was ze hem misschien op straat of ergens anders tegengekomen en hadden we er nu hetzelfde voor gestaan, of nog veel slechter.'

Delphine wist niet goed waar ze op moest hopen. Het was haar wel duidelijk dat de tijdelijke rust die haar gegund was nu voorbij was, maar hoe zou het nu verdergaan? Hij was te slim om zich in de kraag te laten vatten en zou nooit opgeven. Ze kon niet voorgoed hier blijven en nooit het huis uit komen. Alhoewel, Elf deed het ook. Misschien zou Ryan's Castle ook haar toevluchtsoord kunnen worden. Hoe zou ze de familie Camberwell echter ooit kunnen terugbetalen als ze geen inkomen meer had? En hoe kon ze haar werkzaamheden hervatten in de wetenschap dat hij weer zou kunnen opduiken? Want dat zou gebeuren, daar was ze van overtuigd. Wat had het leven nu nog voor haar in petto, behalve afwachten?

46

Ondanks de verschrikkelijke situatie thuis bleef Blue gewoon elke dag naar haar werk gaan. Aangezien Kenneth het druk had met allerlei dingen regelen voor Delphine, weekte Elf zich tot ieders verbijstering elke ochtend los van de cottage om haar te voet naar haar werk te brengen.

'Aan het einde van de dag moet je me bellen, dan kom ik je ophalen,' drukte hij haar op het hart. 'Ik wil niet dat je in je eentje door het donker naar huis gaat zolang die man nog op vrije voeten is.'

Aan de rest van de dag, wanneer Blue van de ene naar de andere afspraak en weer terug naar de redactie moest lopen, viel weinig te doen.

Elf drong erop aan dat ze vroegtijdig ontslag zou nemen. 'Over een paar weken komt die Griggs alweer terug. Tot die tijd kunnen ze het toch wel zonder je stellen?'

Kenneth stelde voor om eens met Gordon te gaan praten en te vragen of Blue een begeleider kon krijgen of gewoon op de redactie kon blijven om de kopij van de anderen uit te tikken, maar daar wilde Blue niets van weten.

'Ik ben geen typiste!' tierde ze. 'En de andere verslaggevers hebben geen invloedrijke vader of de luxe om zes weken salaris te kunnen laten schieten. Als ik niet bekend had gestaan als het lievelingetje van Richmond en in de echte wereld had geleefd, had ik gewoon door moeten werken, dus dat ga ik nu ook doen.'

Elke ochtend wanneer Blue naar Elf zwaaide en bij de *Gazette* naar binnen ging, vloekte ze binnensmonds. Waarom nu? Het was al een paar weken geleden dat Anne en Esther op bezoek waren gekomen.

Delphine was al maandenlang in Richmond. Hoe had Foley haar gevonden? Had iemand na het verschijnen van dat krantenbericht iets tegen hem gezegd? Was hij Anne en Esther gevolgd en had hij de weken daarna gewoon zijn kans afgewacht?

Het leek vooral niet eerlijk dat hij uitgerekend was komen opdagen nu het eindelijk weer iets beter leek te gaan met iedereen. Sinds hun lange gesprek had ze Foster nog maar één keer gezien en hij maakte nog steeds een bedachtzame, in zichzelf gekeerde indruk, maar de gekwelde blik was uit zijn ogen verdwenen. Bovendien had hij Tabitha in vertrouwen genomen, waar Blue bij was, dus wist ze dat hij thuis op liefde en steun kon rekenen.

Tab had hen allebei even laten schrikken door te zeggen dat ze het verontrustend vond dat mannen van mannen konden houden. Na een dramatische stilte verduidelijkte ze: 'Daardoor blijven er namelijk minder voor mij over!' Grijnzend had ze haar armen om haar broertje heen geslagen. 'Maak je maar niet druk, Foster. Ik sta aan jouw kant.'

Ook de band tussen haar vader en Midge leek een stuk inniger te zijn geworden. Ze gingen nu elke week samen uit en Midge straalde weer. Blue was zich net iets minder zorgen gaan maken om de mensen van wie ze hield... en nu dit!

'Blue heeft een nieuw liefje,' zei Cauderlie op een ochtend meesmuilend, terwijl hij zich van het raam afkeerde waardoor hij Elf zojuist afscheid had zien nemen van Blue. 'Ik had je niet ingeschat als een meisje dat op zoek was naar een vaderfiguur, maar op een oude fiets moet je het leren, zegt men.'

'Hou toch je mond, Cauderlie!' Blue was door haar voorraad gevatte weerwoorden heen. Daar was de situatie gewoonweg niet naar. 'Je weet niet waar je het over hebt.' Ze smeet haar mantel, sjaal en hoed in de richting van de kapstok, maar ze belandden stuk voor stuk met een deprimerend dof geluid op de vloer.

Juno raapte ze stilletjes op en Blue plofte neer op haar stoel en keek met een stuurs gezicht in haar agenda. Er ging een dreigende sfeer van haar uit en die hele dag wisselde iedereen amper een woord met haar.

'De geliefden hebben ruzie, ik weet het zeker,' fluisterde Cauderlie toen ze het gebouw verliet om naar een lunch van de damessociëteit te gaan.

'Vrouwen hebben meer aan hun hoofd dan alleen hun minnaar, hoor,' wees Juno hem terecht. 'Het zou van alles kunnen zijn.'

'En het zijn jullie zaken niet,' bracht Gordon hun in herinnering, terwijl hij voorbijliep in zijn drijfnatte jas en met een gleufhoed die droop van de regen. 'Zolang Ishbel haar werk goed doet, gaat het ons niets aan. Als ze ons wilde vertellen wat er aan de hand was, zou ze dat wel doen.'

'Dat hoop ik,' mompelde Barnaby, 'maar ik vraag het me af.'

Toen het om vijf uur al donker was, voelde Blue zich op haar slechtst. Het werk was nog niet af en de donkere schaduwen verstikten haar. Ze snakte naar het voorjaar, naar zonlicht en vrijheid. Die avond stond ze nadat ze haar kopij had ingeleverd op om te vertrekken, maar dacht toen aan haar belofte aan Elf en greep naar de telefoon.

'Blue, mag ik je iets vragen?' Barnaby kwam naast haar staan.

'O, neem me niet kwalijk, Barney. Ik heb je thesaurus geleend, hè? Hier, ik heb hem niet meer nodig.'

'Bedankt, maar dat was ik alweer vergeten. Ik vroeg me gewoon af of je misschien ergens over wilt praten. Gaat het wel goed met je?'

'Het gaat prima,' zei ze, maar vervolgens aarzelde ze. 'Of nee, eigenlijk niet.' Met een kreun sloeg ze haar handen voor haar gezicht. 'Valt het zo op?' vroeg ze door haar vingers heen.

'Enorm.'

'Fijne avond, luitjes,' zei Sam, een van hun collega's, voordat hij het licht uitdeed en naar de deur liep.

'Fijne avond, Sam,' reageerde Blue zonder op te kijken. 'Ja, Barney, ik zou heel graag met iemand praten. Heb je misschien tijd om met me naar The Roebuck te gaan?'

'Zeker.'

'En… zou je na afloop met me mee naar huis willen lopen? Ik mag na het donker niet alleen over straat.'

Barnaby trok zijn wenkbrauwen op. 'Natuurlijk, geen probleem. Ben je zover?'

'Eén momentje.' Ze pakte de hoorn op en belde naar huis. 'Midge, wil je tegen Elf zeggen dat hij me niet hoeft te komen ophalen? Ik ga nog iets drinken met een collega en daarna brengt hij me naar huis, dus jullie hoeven je geen zorgen te maken. Ja, Barnaby inderdaad. Dat is prima. Ik kom niet al te laat thuis. Toedeloe.'

'Sta ik bij jou thuis bekend als die vriend met wie je het telkens op een zuipen zet?' vroeg hij. 'Ik weet niet of ik dat wel zo prettig vind.'

'Maak je maar niet druk, ze zijn niet bang dat je een slechte invloed op me hebt,' verzekerde Blue hem terwijl ze de spulletjes op haar bureau recht legde. 'Daar heb ik Juno voor. Die is verzot op gin.'

Al snel zaten ze weer aan hetzelfde tafeltje bij het raam en stak Blue van wal. Toen ze eenmaal begonnen was, wist ze niet meer van ophouden. Niet alleen vertelde ze hem dat Foley was opgedoken, hoe alert ze sindsdien waren, dat Delphine weer net zo in zichzelf gekeerd was als vroeger en dat Elf erop stond om Blue overal naartoe te begeleiden, ook liet ze niet achterwege dat Midge een enorme driftbui had gekregen terwijl dat niets voor haar was, hoeveel zorgen ze zich om Foster had gemaakt en hoe bang ze was geweest dat haar afwijzing de oorzaak was geweest van alle ellende, al vertelde ze hem natuurlijk niet het hele verhaal. Ze beschreef hoe claustrofobisch ze zich voelde door de korte dagen, het gebrek aan onafhankelijkheid en het alsmaar sterker wordende gevoel dat aan alles een einde kwam.

'Mijn baan, de situatie thuis, misschien zelfs mijn onschuld.' Ze lachte en kon nog net voorkomen dat ze hem over Latchley en Dorian vertelde, want ze wist dat ze zichzelf later dankbaar zou zijn voor haar discretie.

Nadat ze haar hart had uitgestort, knikte Barnaby en duurde het even voordat hij reageerde. Niet alsof hij met stomheid geslagen was door alle informatie die ze over hem had uitgestort, maar alsof hij goed nadacht over wat ze had gezegd. 'Je bevindt je op een keerpunt,' concludeerde hij. 'Meerdere, zelfs. Geen wonder dat je je zorgen maakt, daar heb je alle reden toe. Ik maak me ook zorgen om je, Blue. Die Foley lijkt me een akelige vent. Ik weet dat je vader alles heeft geregeld, maar ik wil dat je weet dat ik voortaan ook een oogje in het zeil hou. Ik zal eens goed om me heen kijken. Ik mag dan geen politieman zijn, ik spreek wel veel mensen. Misschien kan ik wel iets meer te weten komen.'

'Dank je, Barnaby, dat is heel lief van je, maar dit is niet jouw probleem. Volgens mij is die man echt onberekenbaar, ik wil niet dat iemand anders iets overkomt.'

Hij pufte geringschattend. 'Die kerel mag dan wel gemeen zijn, ik ben net zo taai als hij. De buurt waar ik ben opgegroeid was niet bepaald aangenaam, maar ik heb het overleefd. Maak je om mij maar niet druk, Blue. We moeten dit oplossen. Dit is geen leven.'

Dat 'we' beviel Blue wel. Natuurlijk vormde haar familie een eenheid wanneer het om Foley ging, maar door die toestand met Midge, haar werk en Foster had ze zich toch een poosje erg alleen gevoeld. Tegen Dorian had ze alleen gezegd dat Foster het moeilijk had, maar over zijn zelfmoordpoging had ze met geen woord gerept, omdat ze wist dat Foster dat niet prettig zou vinden. Nu zou ze zeker niets meer aan hem vertellen, aangezien Foster haar dat nadrukkelijk had gevraagd. Toch deed het haar goed om buiten haar familie iemand te hebben met wie ze kon praten. Het was fijn om Barnaby aan je kant te hebben staan, bedacht ze plotseling.

47

Toen januari zuchtend en steunend overging in februari, was er voor Midge maar één lichtpuntje tussen de donkere wolken die zich boven hun leven hadden samengepakt. Het ging beter tussen Kenneth en haar, dat maakte alles draaglijk.

Na een heerlijk etentje hadden ze thuis het schokkende nieuws ontvangen dat Foley hun tuin was binnengedrongen. Daardoor was alles veranderd. Het was duidelijk dat hij Delphine niet met rust zou laten. Ze verkeerde in gevaar, en misschien gold dat wel voor hen allemaal. Zoiets zou je niemand toewensen, al plaatste het de zaken wel in perspectief. Opeens was Midge in staat om te doen wat haar maandenlang onmogelijk had geleken: ze piekerde niet meer over haar projecten en zorgen en liet alles voorlopig liggen. Haar familie ging nu voor.

Kenneth leek wel bezeten, zo vastberaden was hij om Foley te vinden en hem zijn gerechte straf te doen ondergaan. Naarmate de dagen zich aaneenregen tot een week en vervolgens twee, werd het echter steeds duidelijker dat Foley weer was ondergedoken. Nu Kenneths inspanningen niets opleverden, voelde hij zich als een gekooid dier. Hij wendde zich tot Midge om over zijn frustraties te praten en zocht ook in fysieke zin troost bij haar. Omdat het duidelijk was hoe hard hij haar nodig had, was het makkelijk om haar angsten en kleine irritaties opzij te zetten. Ze werd weer helemaal opnieuw verliefd op haar dappere, zorgzame man, die zo overtuigd was van goed en fout en zo veel overhad voor een vriendin.

Hoewel Elf nog steeds met Blue meeliep van en naar haar werk en hoewel Delphine nog steeds bij hen logeerde en zo angstig was als een gevangene in een toren, had Midge voor het eerst sinds lange tijd weer het gevoel dat ze opgelucht kon ademhalen. Ze zorgde voor iedereen en probeerde hen zo goed mogelijk op te vrolijken. Ze hield hun voor dat ze zich wel door deze merkwaardige tijd heen zouden slaan. En er ging amper een dag voorbij zonder dat Kenneth tegen haar zei dat hij niet zou weten wat hij zonder haar moest.

Voortaan zou ze niet meer zo piekeren, nam ze zich voor. Het verleden lag achter haar, het loerde niet naar haar vanuit de tuin, zoals dat van Delphine. Iedereen maakte fouten, iedereen had dingen die hij graag anders had willen doen. Dat betekende niet dat je niet gelukkig mocht zijn, dat je de draad niet mocht oppakken. God had haar met een reden bij dit gezin gebracht en met haar gedrag van de laatste tijd was ze hard op weg geweest om alles te gronde te richten. Van nu af aan zou ze haar zegeningen tellen. Zoals Elf had gezegd, kon je altijd maar één kant op, namelijk vooruit.

48

L.W. was naar Nottingham om een viltbeurs te bezoeken en kennis te maken met een paar potentiële klanten, waardoor Blue hem drie weken lang niet kon zien. Hij schreef echter wel regelmatig en zijn brieven sleepten haar door de sombere dagen van februari heen. Als ze thuiskwam van haar werk en een brief op het tafeltje in de hal zag liggen, vond ze het heerlijk om met thee en biscuitjes op de bank te kruipen en te lezen wat hij te melden had. Je moest het hem nageven, brieven schrijven kon hij als de beste.

De liefde vond ze nog steeds erg verwarrend. Als kind had ze gedacht dat ze later gewoonweg volwassen zou worden, een man zou vinden en een gezin zou stichten. Tot nu toe was het echter te zot of te bot. De afgelopen jaren was niemand bij haar in de smaak gevallen, maar nu leek ze Tabitha wel. Ze genoot van haar tijd met Dorian, én van haar tijd met L.W. Ze kon maar geen keuze maken tussen die twee. Natuurlijk wist ze dat er nog meer mannen op de wereld waren en dat ze met geen van beiden hoefde te trouwen, maar ze waren ieder op hun eigen manier heel aantrekkelijk. Wat mankeerde haar toch? Waarom was ze zo besluiteloos? Ze had zichzelf altijd als een romantische ziel beschouwd, maar wellicht vond ze plezier maken toch belangrijker.

In gedachten ging ze vaak terug naar haar verjaardagsfeest. Sindsdien was er zo veel gebeurd dat het al jaren geleden leek. Hoewel ze de uitdaging van haar vader in eerste instantie had afgedaan als klinkklare nonsens, moest ze er toch vaak aan denken wanneer ze de regen tegen het raam hoorde tikken, de haard brandde en de brieven van L.W. haar gezelschap hielden.

'Schrijvers zijn een slag apart,' had Kenneth die bewuste avond gezegd. 'Een man die indruk op zo'n vrouw wenst te maken moet niet alleen haar hart veroveren, maar ook haar fantasie weten te prikkelen... De band die de mannen door middel van hun woorden weten te smeden... Gedurende het verglijden van vier seizoenen... De man die Blues hart door middel van een brief weet te veroveren, krijgt mijn zegen om met haar te trouwen.'

Wat een flauwekul.

En toch vergleden de seizoenen en maakte L.W. haar het hof door middel van zijn brieven, precies zoals haar vader had voorgesteld. Ze herinnerde zich wat Foster over die avond had gezegd, dat hij een vlaag van verstandsverbijstering had gevoeld of dat de champagne hem naar het hoofd was gestegen... of dat het was gekomen door 'die verrekte klok' die precies twaalf uur sloeg. Misschien zat daar wel een kern van waarheid in. Ze vond het heerlijk om L.W.'s brieven telkens opnieuw te lezen. Hij was intelligent en gevoelig en had prachtige plannen voor de toekomst. Hoewel hij haar niet onder druk zette, had ze het idee dat hij die toekomst graag met haar zou opbouwen. Hij had een goedlopend bedrijf en zo te horen een lieve familie, en ze mocht hem erg graag. Daarnaast zag hij er ook nog eens goed uit. Had Kenneth dan toch een betovering uitgesproken?

Dorian was een schat, maar ze waren te verschillend. Hoewel verschillen soms een verrijking konden zijn en een relatie sterker konden maken, ging het bij hen om kleine dingetjes waar ze zich aan ergerde. Bijvoorbeeld dat ze een ander gevoel voor humor hadden. Zij vond het fijn om zich op haar carrière te storten, hij was blij dat hij rijk genoeg was om helemaal niet te hoeven werken. Ook al had hij er geen problemen mee dat Blue bij de krant werkte, begrijpen deed hij het niet. Op haar beurt snapte zij niet waarom hij zijn fortuin niet vaker inzette om minderbedeelden te helpen.

Toen ze hem daar op een dag naar had gevraagd, had hij met een glimlachje naar haar geknikt. 'Je vader is een filantroop in hart en nieren, daar ben je mee opgegroeid. Hij lijkt wel een personage uit een verhaal van Dickens, vind je ook niet? Een gulle man die de gewone mens graag helpt. Heel bewonderenswaardig.' Daarna had hij haar uitgedaagd om een potje whist te spelen.

De dingen die ze wél met elkaar gemeen hadden waren maar oppervlakkig: hun achtergrond, de mensen die ze kenden, enzovoorts. Daarnaast waren er ook dingen die ze met elkaar gemeen leken te hebben, maar waarvan dat bij nader inzien niet zo bleek te zijn. Zo waren ze allebei dol op kleding. Bij Dorian was het alleen echt een kwestie van 'kleren maken de man', terwijl Blue zich alleen graag opdofte voor speciale gelegenheden. De rest van de tijd beschouwde ze kleding vooral als iets waardoor je zonder schandalen te veroorzaken door het leven kon gaan.

Naarmate de seizoenen vergleden, bleek Dorian daarom niet aan kop te gaan in de strijd om haar hand, zoals Cauderlie in de *Gazette* had verondersteld. Toch vond ze hem nog altijd woest aantrekkelijk. Het had even geduurd, maar ze durfde nu wel aan zichzelf toe te geven dat ze daar iets mee wilde doen. Als ze nu haar kans niet greep, zou ze nooit weten hoe het voelde om zijn geur op te snuiven terwijl ze in elkaars armen lagen, zijn lange, sterke benen verstrengeld met de hare. Het feit dat ze zich geen toekomst met hem kon voorstellen maakte die drang des te groter. Haar romantische kant droomde nog steeds van ware liefde en wilde haar maagdelijkheid bewaren voor de man met wie ze uiteindelijk zou gaan trouwen, maar de kant van haar die door Dorians aandacht begon te stralen als de lichtjes in een kerstboom had een eigen wil.

Na een van hun dinertjes in Richmond nam ze daarom zijn uitnodiging aan om bij hem thuis nog een slaapmutsje te gaan drinken. Van hun avonden samen genoot ze net zozeer als van het lezen van L.W.'s brieven, maar dan op een andere manier. Bij Dorian voelde ze zich het toppunt van verleidelijkheid.

Hij woonde samen met zijn oudere broer Harrison in een appartement van hun ouders, vlak bij de rivier. Omdat Harrison op familiebezoek was, wist Blue dat ze het rijk alleen zouden hebben. Toen ze in Dorians weelderig ingerichte, maar rommelige woonkamer zaten en hun brandy door grote glazen met een steel lieten walsen, merkte ze dat hij hetzelfde dacht. Dat zag ze aan de manier waarop hij naar haar keek. Hij was zo charismatisch dat alleen naar hem kijken al veel weg had van lichamelijk contact. Je kon hem bijna voelen, puur door je blik op zijn mond te laten vallen en je fantasie de vrije loop te laten. Blue zuchtte.

Hij had de haard niet aangemaakt. Niet dat het koud was in het appartement, maar een haardvuur was altijd wel prettig, dacht Blue nerveus. Dat hulde alles in een gouden gloed. Voor dat soort dingen had Dorian echter weinig oog. Op sociaal vlak mocht hij dan erg begaafd zijn, op esthetisch of emotioneel vlak wilde hij weleens een steekje laten vallen. Ze sloeg haar brandy in één keer achterover.

'Nog een beetje, Blue?'

Ze stak hem haar glas toe en bedacht dat ze het gesprek gaande moest houden. Daardoor zou ze zich vast beter op haar gemak gaan voelen, als de brandy niet hielp. 'Vertel eens, Dorian. Wat heb je afgelopen week zoal meegemaakt? Je had het erover dat je Sally met Adam Erlington hebt zien zoenen. En verder?'

'Volgens mij heb ik je alle laatste nieuwtjes al verteld. O, gisteren kwam ik Tabitha tegen met haar broertje. Hij ziet er tegenwoordig uit als een wandelend lijk, vind je niet?'

'Echt? Was Foster met Tab op pad? Wat fijn. Hoe laat was dat? Hoe ging het met ze?'

'O, rond het middaguur. Ik vrees dat het nog wel even zal duren voordat die jongen eraan toe is om 's avonds naar een feest te gaan. Zoals hij er nu uitziet, zal hij trouwens ook niet snel uitgenodigd worden. Hij is niet bepaald het zonnetje in huis, vind je wel?'

'Dorian!'

'O, neem me niet kwalijk, Blue. Ik was even vergeten dat hij een vriend van je is.'

'Ja, dat ook, maar... Ach, je weet toch dat hij het de laatste tijd niet makkelijk heeft gehad? Ik ben blij dat hij weer de deur uit gaat, dat is een grote stap voor hem. Je hebt mijn hele avond goedgemaakt.'

Hij grijnsde. 'Dat was ook de bedoeling, al moet ik toegeven dat ik een andere methode in gedachten had.'

Opeens kreeg Blue zin om hem te zoenen, gewoon omdat hij haar het goede nieuws had gebracht en omdat hij zo onverbeterlijk was. Ze stond op, ging bij hem op schoot zitten en gaf hem een kus. Het was heerlijk om zo dicht tegen hem aan te kruipen, om elkaar te kunnen vasthouden.

'Blue,' mompelde hij. 'Wat ben je toch een bijzonder meisje. Ik krijg maar geen genoeg van je.'

Lachend trok ze zich terug. 'Zelf mag je er ook best wezen, Fields. Vertel eens wat meer over Tab en Foster. Hoe zagen ze eruit? Bezorgd of blij?'

'Lieve help, zulke dingen moet je echt niet aan mij vragen. Ik bedoel, Tab zag er goddelijk uit, zoals altijd. Groene jas, wijnrode jurk, zwarte schoenen. Om door een ringetje te halen.'

'O, jij bent echt hopeloos.' Ze haakte haar vingers door de zijne en genoot van de kracht in zijn slanke handen. Ze herinnerde zich dat Tab een keer had gezegd dat hij een perfect lichaam had. Dat had hij zeker.

'Maar Foster,' vervolgde hij om haar tegemoet te komen, 'droeg een oerlelijke gebreide trui met gele en groene strepen. Daar begreep ik niets van. Als hij zichzelf wil opbeuren, kan hij toch wel proberen een beetje beter voor de dag te komen?'

'Dorian,' sprak ze hem bestraffend toe.

'Ja, ik weet het, hij heeft het niet goed getroffen en dat soort dingen meer. Alleen vraag ik me wel af of hij tegen de wereld opgewassen is. Laatst sprak ik Carlton James op de club en vertelde ik wat jij had gezegd, je weet wel, dat hij zo in de put zit. Daarop vertelde Carlton dat hij had gehoord dat Foster zich een poosje geleden te schande heeft gemaakt op een of ander feest en dat hij met spoed naar het ziekenhuis was gebracht. Wat een vertoning!'

'Heb je met Carlton over Foster gepraat?'

'Ja, waarom niet?'

'Nou, omdat dat privé is. Ik heb alleen tegen jou gezegd dat Foster het moeilijk had omdat wij... nou ja, vrienden zijn.'

'Wel iets meer dan dat, schat,' fluisterde hij, terwijl hij met zijn vingers langs de binnenkant van haar arm streek.

'Ach, je weet best wat ik bedoel. We brengen veel tijd met elkaar door, we vertellen elkaar dingen. Ik vertrouwde je.' Ze was blij dat ze hem niet verteld had over het ziekenhuis, of over de rest.

'Blue, lieverd, het is toch logisch dat erover gepraat wordt als een jongen zich een stuk in de kraag drinkt en daardoor in het ziekenhuis belandt? Daar doe je niks aan.'

'Ja, dat zal wel. Maar toch, je weet hoeveel zorgen ik me om hem gemaakt heb.' Ze leunde achterover en keek hem in zijn diepblauwe ogen, omlijst door inktzwarte wimpers.

Hij keek een beetje verward, alsof hij helemaal niet had geweten hoeveel zorgen ze zich had gemaakt, alsof hij er niets van begreep waarom hij zoiets niet zou mogen bespreken met Carlton James, de meest loslippige man in Surrey.

Opeens wilde Blue dat ze er helemaal niet met Dorian over gepraat had. 'Er is een verschil tussen of je iemand in vertrouwen neemt, of roddelt om het roddelen,' legde ze uit, met het gevoel dat ze een strenge schoolmeesteres was. 'Als je het mij vraagt, valt Carlton in de tweede categorie.'

'Ach, Carlton is een prima kerel! Wist je dat hij ooit vijf sigaretten tegelijk heeft gerookt? Ze staken allemaal uit zijn mond, hij leek wel een vogelverschrikker! En hij is een keer in een jurk op een feest van Lucy Trent komen opdagen. Dat vergeet ik nooit meer.'

Blue glimlachte, maar deze lovende kritieken maakten haar er niet bepaald geruster op dat Carlton zich met respect en tact over Foster had uitgelaten. 'Laat ook maar.' Ze stond op. Opeens kwam het bij haar op dat Barnaby die avond in het ziekenhuis de voorpagina had kunnen halen met het nieuws over Foster, maar dat hij er tegen niemand met een woord over had gerept.

'Precies, we hebben het er niet meer over.' Dorian stond ook op en sloeg zijn armen van achteren om haar heen. Ze voelde zijn warmte tegen zich aan, maar in de kamer was het kil. Of liever gezegd, het zag er kil uit met alleen de elektrische verlichting aan, en Blue had het gevoel dat het moment al voorbij was. Waarom wist ze niet precies. Om de een of andere reden voelde ze zich niet meer op haar gemak, alsof het tapijt onder haar voeten een stukje was verschoven. Als ze met hem naar bed zou gaan, wilde ze dat die ervaring aan haar hoge verwachtingen zou voldoen.

Ze maakte zijn handen los van haar middel en draaide zich om zodat ze hem vluchtig kon omhelzen. 'Dorian, schat, ik merk nu pas hoe moe ik ben. Zou je het heel erg vinden als ik naar huis ging? Ik sta de laatste tijd erg onder druk en het is al laat.'

'O nee!' Zijn gezicht betrok, alsof hij een jongetje was dat een stuk chocoladetaart aan zijn neus voorbij zag gaan. 'Was ik nou maar niet over die knul begonnen. Kom op, Blue, zet het van je af. Neem nog een glas brandy en blijf nog een uurtje of wat.'

'Ik zou niets liever willen, maar ik moet nu echt weg. Loop je met me mee?'

Nu keek hij nog beteuterder. 'Meen je dat nou? O, Blue, ik heb geen zin meer om de deur uit te gaan. Nu je het zegt, ik ben zelf ook behoorlijk moe en het waait verschrikkelijk hard. Vind je het heel erg als ik hier blijf?'

'O! Welnee, natuurlijk niet. Bedankt voor de fijne avond en ik zie je snel weer.'

'In elk geval op zondag tijdens de lunch bij de Brierleys. Welterusten, schat.'

Nadat ze elkaar nog een zoen hadden gegeven, liep Blue naar beneden. Zijn stem dreef achter haar aan. 'Beeldige jurk heb je aan, lieverd.'

Ze trok de voordeur open. De gure wind kwam fluitend naar binnen en ze tuurde in het donker. Ze vond het niet erg om in haar eentje naar huis te lopen. Sterker nog, op dit moment wilde ze helemaal niet bij Dorian zijn, want hij werkte haar behoorlijk op de zenuwen. Alleen had ze haar vader beloofd dat ze onder geen beding in het donker alleen over straat zou gaan zolang de situatie met Foley nog niet was opgelost. Dat wist Dorian ook.

Het was vast niet gevaarlijk, hield ze zichzelf voor, anders had Dorian haar nooit alleen laten gaan. Met tot spleetjes geknepen ogen keek ze naar de schaduwen. Het was maar tien minuten lopen naar Ryan's Castle en ze snakte ernaar om alleen door de kou te wandelen om dit onbehaaglijke gevoel van zich af te schudden. Ze stapte naar buiten en snoof de frisse lucht diep op. Verbeeldde ze het zich, of ving ze behalve de wind en de nattigheid van februari ook een vleugje lente op? Ach, het zou heus wel goed komen.

Maar nee, ze had het beloofd. Het was een vernederende gedachte dat Dorian wel de liefde met haar wilde bedrijven, maar er niet alles aan wilde doen om te zorgen dat ze veilig thuiskwam. Haar trots gaf aan dat ze hier weg moest, maar als ze zich nu door haar trots zou laten leiden, zou haar vader haar vermoorden als Foley het niet deed. Ze beende de trap weer op en klopte op de deur.

'Blue!' Dorian deed grijnzend open, met zijn overhemd losgeknoopt en zijn bretels omlaag. 'Je bent bij zinnen gekomen. Kom hier, waar je thuishoort.' Hij trok haar in zijn armen.

'Nee, Dorian, daarom ben ik niet teruggekomen. Ik kan niet alleen naar huis lopen, weet je nog? Niet dat ik dat niet wil, maar ik heb mijn vader een belofte gedaan. Je weet toch van die toestand met Foley af?'

'Ja,' verzuchtte hij.

'Het spijt me, Dorian, maar papa zegt dat het niet veilig is, dus je moet met me meelopen of me je telefoon laten gebruiken zodat ik naar huis kan bellen of iemand me komt ophalen.'

Hij wierp een blik op de klok op de schoorsteenmantel.

Het was al half twee en ze kon zich wel indenken wat haar vader zou zeggen als ze hem om dit tijdstip belde met de mededeling dat Dorian haar niet naar huis wilde brengen.

Waarschijnlijk dacht Dorian hetzelfde, want hij knoopte zijn overhemd dicht en trok zijn bretels weer over zijn schouders. Nadat hij zijn jasje van de vloer had geraapt en zijn mantel van een stoel, viste hij zijn sleutels uit zijn zak en rammelde ermee.

Opeens voelde Blue zich niet meer het toppunt van verleidelijkheid, maar eerder een blok aan zijn been.

'Kom maar mee dan, meisje. We gaan de heuvel op.'

DEEL 4

LENTE

Takjes, twijgjes en onverwachte uitspattingen

49

Maart brak aan in een roes van krokussen en narcissen, en opeens gloorde er weer hoop. Felle windvlagen verjoegen de wolken en als het al regende, vielen er glinsterende druppels die eruitzagen als kristallen. Het was het soort regen dat je aan het lachen maakte, niet het soort waarvan je radeloos werd. De avonden werden langer en de vogels hipten weer over het gazon en de tuinmuren. Verdwaasd door het zonlicht begonnen ze weer te zingen. En tegen alle verwachtingen in ging Delphine weer aan het werk.

Nu de winter eindelijk zijn greep liet verslappen, kreeg ook de angst minder vat op haar. Met het terugtrekken van de schaduwen van de winter verdween ook de schaduw die Foley over haar leven had geworpen. Wanneer de wereld een en al vreugde en hoop uitstraalde, was het onmogelijk om zelf geen hoop te koesteren, takje na twijgje en met zo nu en dan een onverwachte uitspatting, zoals Blue het zo mooi verwoordde. Na verloop van tijd maakte haar paranoia plaats voor pragmatisme. Ze hadden samen hun toevlucht gezocht in Ryan's Castle, als een stel schapen die onder een heg wachtten tot de regen ophield. Zo konden ze niet eeuwig blijven doorgaan.

Desalniettemin stond Kenneth erop dat ze nog steeds bepaalde voorzorgsmaatregelen in acht namen, waardoor Delphines rooster er nu iets anders uitzag. Alleen op dinsdagen en donderdagen ging ze Richmond in om boodschappen te doen, de rest van de tijd was ze binnenshuis aan het werk. Op de dagen die ze in Richmond doorbracht, kwam Merrigan haar 's ochtends ophalen en bracht ze haar in de loop van de middag weer naar huis. Dat vond ze geen enkel probleem, zei ze. Het was fijn om even het huis uit te zijn en een volwassene om zich heen te hebben. Zelf hield ze die dagen ook vrij om boodschappen te doen, dus dat kwam prima uit. De enkele keer dat Merrigan haar niet kon vergezellen ging Midge met haar mee. Die dagen waren zo aangenaam dat ze bijna zou vergeten dat er een akelige reden was voor deze nieuwe regeling.

Het was prettig om weer bij de familie Greenbow te zijn. Hoe dol Delphine ook was op Ryan's Castle, aan Old Palace Lane voelde ze zich onafhankelijk en had ze een doel. Als ze 's avonds met Stephen en Fanny over koetjes en kalfjes zat te praten, had ze eerder het gevoel dat ze bij een stel lieve grootouders zat dan bij haar werkgevers. Ze vond het heerlijk om die arme, afgematte Sylvia de zorg voor de kleintjes uit handen te nemen. De kleine Max was een makkelijk kind, maar de kleine Oscar sliep slecht en moest telkens op slinkse wijze worden overgehaald om iets te eten. Delphine was dol op baby's en vond het fijn om een opgeluchte glimlach op Sylvia's gezicht te zien verschijnen wanneer ze een dutje kon gaan doen of in haar eentje een wandeling kon gaan maken. Als moeder was Sylvia net zo gespannen en emotioneel als dat Merrigan nuchter en kalm was. Het moederschap was dan ook heel ingrijpend en persoonlijk. Iedereen reageerde er anders op.

Merrigan was weer in verwachting, tot grote vreugde van Lawrence en Kenneth. 'Misschien wordt het deze keer wel een kleinzoon,' speculeerde die laatste erop los. 'Alhoewel, nog zo'n klein meisje erbij… De meisjes in deze familie zijn wel erg schattig. O, wat zou ik nou toch liever willen?'

Merrigan zelf was onverstoorbaar als altijd. 'Het komt zoals het komt, papa,' zei ze dan, voordat ze haar dagelijkse bezigheden weer oppakte, samen met Cicely, die inmiddels met haar mee hobbelde.

Het leven ging door, nieuw leven ontstond. Delphine had Fanny en Sylvia, Midge, Merrigan en Blue om de grote en kleine details van hun leven mee te bespreken. Ze begaf zich weer onder de levenden, zoals haar moeder zou zeggen. Na verloop van tijd begon ze ook weer in haar dagboek te schrijven.

Aan de verloren tijd wijdde ze slechts één korte alinea.

Mijn zogenaamde echtgenoot vond het nodig om zijn opwachting te maken bij R.C. en ons de stuipen op het lijf te jagen. Een tijdlang lukte het me niet om te schrijven of te spreken. Nu ben ik weer op de plek waar ze me nodig hebben en waar ik me nuttig kan maken.

Dat was het enige wat ze op die bladzijde schreef, slechts enkele regels met een grote leegte eromheen.

Daarna vatte ze haar gewoonte weer op om elke avond voordat ze naar bed ging te schrijven: over Oscars eetgewoonten, prettige gesprekken die ze had gevoerd, de bloemen van de magnolia die opengingen buiten haar raam, een lijster of leeuwerik die ze had gezien.

Op een avond zat ze te genieten van een prachtige parelmoerkleurige schemering. Hoewel ze zich ervan bewust was dat ze beter het licht aan zou kunnen doen om haar ogen niet onnodig te belasten, had ze geen zin om zich los te maken van de vredige rust die over haar was neergedaald. Er wandelden mensen langs de rivier, haar raam stond een klein stukje open en ze werd bijna in slaap gesust door het gezang van de merels. De betoverende geuren van houtrook, magnolia en kers dreven naar binnen. Ze was gelukkiger dan ze voor mogelijk had gehouden, gelukkiger dan raadzaam leek. In huis was het stil omdat Stephen en Fanny bij vrienden op bezoek waren, maar Paul en Sylvia waren gewoon thuis, in het huis ernaast. Het was prettig om alleen te zijn, terwijl ze zich toch veilig voelde.

Haar blik viel op een magere jonge man met zandkleurig haar die kwam aansjokken met een zwaar uitziende tas. Hij sleepte heel licht met één voet en keek ongelovig om zich heen, alsof hij hier vanaf een andere planeet naartoe gekomen was. Onwillekeurig moest ze daarom glimlachen, want hij zag er precies zo uit als zij zich had gevoeld toen ze net in Richmond was gearriveerd. Haar bron van vermaak werd echter al snel een bron van ergernis toen hij het tuinhek naar de cottage opendeed. Zijn schoenen tikten over het pad en ze verstijfde toen er op de deur werd geklopt. Nu was ze blij dat ze het licht niet had aangedaan. Aan niets was te zien dat er iemand thuis was. Ze ging naast het raam staan zodat ze hem zou kunnen zien vertrekken zonder zelf gezien te worden, maar hij klopte nog eens aan.

Geërgerd beet Delphine op haar lip. Ze vond het niet prettig om de deur open te doen wanneer ze alleen thuis was. Niet dat hij er zo gevaarlijk uitzag, er ging niets dreigends van hem uit. Aan de andere kant vonden veel mensen Foley ook een charmante man, dus de buitenkant zei niet alles. Stel dat deze jonge man door hem was gestuurd om het vuile werk op te knappen? Of dat hij een handelsreiziger was? Het was zo'n perfecte avond geweest, ze wilde niet gestoord worden.

'Kom op, begrijp de hint nou eens,' mompelde ze toen hij voor de derde keer aanklopte. Vanuit haar verdekte positie zag ze hem bij de deur vandaan stappen en omhoog en om zich heen kijken naar het huis. Daarna haalde hij een ouderwets zakhorloge tevoorschijn, keek erop en klopte weer. Met een zucht bedacht Delphine dat ze toch echt open zou moeten doen. Stel dat hij voor de familie Greenbow kwam? Dat hij belangrijk voor hen was? Het was haar taak om het huishouden in goede banen te leiden wanneer haar werkgevers er niet waren. Voordat ze de moed kon verliezen, liep ze naar beneden en deed de deur open. 'Wát?' snauwde ze.

Geschrokken keek hij haar aan. 'Eh… neem me niet kwalijk, ik ben op zoek naar de Greenbows.'

'Die zijn er niet.' Delphine keek naar zijn sjofele kleding waarin hij geprobeerd had respectabel voor de dag te komen, naar zijn dappere poging tot een glimlach, en kreeg het vermoeden dat hij geen crimineel of een handelaar was. Door het schuldgevoel kwamen haar volgende woorden er stamelend uit. 'W-Wat komt u doen? Ze zijn op b-bezoek bij vrienden.'

'O!' Zo te zien stond het huilen hem nader dan het lachen. 'Maar ze verwachten me. Ik ben Sid. Sidney Birch.'

Van die naam had ze nog nooit gehoord. Wat moest ze nu in vredesnaam doen? Ze wilde niet alleen in huis zijn met een vreemdeling, maar het voelde ook niet goed om hem weg te sturen.

Terwijl zij stond te treuzelen, leek hij zichzelf weer in de hand te krijgen. 'Neem me niet kwalijk, u had me duidelijk niet verwacht en ik wil u niet tot last zijn. Ik ga wel een uurtje langs de rivier wandelen. Denkt u dat ze tegen die tijd weer terug zullen zijn?'

'Ja, dat verwacht ik wel,' zei ze opgelucht. 'Fanny wordt de laatste tijd snel moe, ze maken het vast niet laat.'

'O! Is dit het huis van Stephen en Fanny? Neem me niet kwalijk. Ik ben op zoek naar Paul en Sylvia.'

Delphine kon zichzelf wel voor haar hoofd slaan. Waarom had ze daar zelf niet aan gedacht? 'Die wonen hiernaast. Aan die kant.'

'O, dank u wel!' Er verscheen een opgeluchte glimlach op zijn gezicht. 'Nogmaals mijn excuses dat ik u stoorde. Doe Stephen en Fanny alstublieft de groeten van me. Ik zal hen morgen wel zien, denk ik.'

'Ja, dat zal ik doen. Meneer Birch, zei u?'

'Sidney Birch.' Hij stak zijn hand naar haar uit. 'En u bent?'

'Delphine. Ik werk voor de familie Greenbow.'

'Aangenaam met je kennis te hebben gemaakt, Delphine.'

Dat betwijfelde ze.

Ze keek hem na, terwijl hij met zijn manke been en zware tas wegliep van het huis en bij het buurhuis aanklopte. De deur vloog meteen open en Delphine hoorde Paul verheugd uitroepen: 'Sid, je bent er! Wat fijn dat je gekomen bent. Kom binnen.' De deur ging achter hen dicht en Sidney Birch werd opgeslokt door de gastvrije, verwelkomende sfeer.

Nogal een contrast met mij, dacht ze wrang. Ze deed de deur dicht en ging terug naar haar kamer, maar inmiddels was het al bijna donker. Haar rust was verstoord, de betovering was verbroken. Ze schreef nog een paar regels en gooide vervolgens haar pen neer, deed het raam dicht en ging naar bed.

50

Het voorjaar had postgevat in de tuin van Ryan's Castle. Op een dag midden in maart gooide Midge de deuren van de salon voor het eerst dat jaar open en stroomde de koude, frisse lucht doorspekt met zonnestralen naar binnen. Als een witte satijnen jurk die was afgewerkt met goudkleurig kant, dacht Midge tevreden toen ze tegen het deurkozijn geleund naar het prachtige lied van de vogels luisterde. Onder de appelboom staken witte narcissen hun kopje op en hun koninkrijk werd omlijst door gele exemplaren, zag ze met een glimlach.

'Dag, schat,' zei Kenneth, die op het punt stond naar een bespreking met Lawrence te vertrekken. Er waren plannen voor een nieuw woningbouwproject in Twickenham en hij had toegezegd om te helpen met de financiering. Zelfs de maatschappij als geheel leek zich te roeren en op weg te zijn naar betere tijden.

'Dag, liefste. Succes met de bespreking. Ik zie je straks weer.'

'Ik kan niet wachten,' mompelde hij.

Toen hij een kus in haar hals drukte, begonnen haar knieën te knikken.

'Zullen we vanavond samen eten en daarna vroeg naar bed gaan?'

Aangenaam verrast keek ze hem aan. Dat hadden ze gisteravond ook gedaan, en ze waren niet meteen gaan slapen. 'Heel graag,' fluisterde ze. 'Uitstekend plan, schat.'

'Die combinatie doet het altijd goed,' zei hij grijnzend. 'O, vergeet je niet de deuren dicht te doen als je de kamer uit gaat? Voor het geval dat.'

Midge vond het niet prettig om aan Foley herinnerd te worden. Waarschijnlijk hoefden ze zich nergens zorgen om te maken. Het gat in de muur was gerepareerd en de tuin was weer net zo veilig als voorheen, maar het was natuurlijk wel verstandig om op hun hoede te blijven. Ze was allang blij dat de winter achter hen lag.

Inmiddels ging alles stukken beter. Delphine oogde gelukkiger, Merrigan was zwanger en zelfs Midge voelde zich meer ontspannen. Het leek wel of die duistere tijd een soort keerpunt had betekend voor haar huwelijk, alsof Kenneth en zij afzonderlijk van elkaar hadden besloten dat het tijd was om een streep te zetten onder hun oude frustraties en blij te zijn met wat ze hadden. Kenneth toonde de afgelopen tijd in elk geval een stuk meer genegenheid, en zij had zich aan haar voornemen gehouden om het verleden te vergeten en zich op de toekomst te richten. Misschien had dat het verschil gemaakt.

Ze snoof de frisse lucht diep op. Het was weer lente! Nog even, dan zou de zomer aanbreken. O, wat een luxe. En wat een opluchting dat ze zich beter voelde! Op een gegeven moment had ze zich echt zorgen gemaakt. Door haar vermoeidheid tijdens kerst en al die keren dat ze zich niet goed had gevoeld, had ze heel wat festiviteiten moeten missen... En dan die dag dat ze in de keuken in woede was uitgebarsten en de deur uit was gerend naar het park... Dat kon ze zich nu bijna niet meer voorstellen, ze voelde zich een compleet ander mens. Soms viel het gewoonweg niet mee om een vrouw te zijn.

Bea Standish, een prominent persoon in de society van Richmond, was erg uitgesproken over dat soort zaken, wanneer ze met vrouwen onder elkaar waren, uiteraard. Als kind had Midge geleerd om er het zwijgen toe te doen over vrouwenkwesties, maar daar had Bea lak aan. Ze hadden allemaal een maandelijkse cyclus, zo zei ze, en hoe geheimzinniger ze daarover deden, hoe minder goed ze anderen of zichzelf konden helpen. Zodoende sprak Bea openhartig over de ondraaglijke spanning die zich een week of langer voor haar maandelijkse bloeding in haar binnenste opbouwde en kwam ze er rond voor uit dat niemand in die periode veilig was voor haar scherpe tong.

‘Ik probeer me dan niet in beleefd gezelschap te begeven,’ had ze lachend gezegd.

Midge wist precies hoe het voelde, ze kende dat gevoel alsof iets of iemand het van je overnam. Het leek alsof je een vreemde was voor jezelf, maar tegelijkertijd dacht je dat dit diepste, donkerste stukje van jezelf altijd al onder de oppervlakte aanwezig was geweest en gewoon zijn kans had afgewacht om luid schreeuwend zijn eigen waarheden te verkondigen. Het was een troostende gedachte dat andere vrouwen dit ook meemaakten. Misschien hoorde het gewoon bij het natuurlijke biologische proces. Bea was een nuchtere vrouw en een fervent aanhanger van dr. Marie Stopes wanneer het over zaken als anticonceptie en seksualiteit ging. Veel van Midge’ eigen kennis was van Bea afkomstig.

Zo zit het dus, besloot ze. Het is gewoon de natuur en als het me nog eens overkomt, moet ik het over me heen laten komen. Of mezelf opsluiten, als het niet anders kan! Ze glimlachte in zichzelf, maar die glimlach verdween al snel weer. Het was namelijk al een hele poos niet meer gebeurd. Die dag in de keuken, bijvoorbeeld. Die had toch geen verband gehouden met haar cyclus, of wel? De moed zonk haar in de schoenen. Had ze zichzelf gerustgesteld met iets wat helemaal niet op haar van toepassing was? Ze wilde veel liever geloven dat ze last had van haar hormonen dan dat ze een kwalijk trekje had dat elk moment de kop kon opsteken.

Trouwens, wanneer had ze eigenlijk voor het laatst een bloeding gehad? Die vreselijke dag dat ze haar zelfbeheersing had verloren was nu… zes weken geleden, ongeveer. Op dat moment had ze al een poosje niet meer gemenstrueerd. Opeens voelde ze zichzelf ijskoud worden bij de herinnering dat ze in het park had staan huilen en even bang was geweest dat ze in verwachting was. Dat had ze meteen uit haar hoofd gezet en sindsdien had ze er niet meer aan gedacht. Ze was altijd erg voorzichtig geweest op dat gebied en bovendien waren er allerlei andere verklaringen te bedenken voor waarom ze zich zo ellendig voelde. Wanneer had ze voor het laatst een bloeding gehad? Ze dacht goed na.

Dat moest voor de kerst zijn geweest. En inmiddels was het al maart! O god.

Met toenemend afgrijzen nam ze in gedachten alles door wat Bea haar ooit verteld had over de maandelijkse cyclus. De tuin, vol weelderig bloeiend bewijs van nieuw leven, leek de spot met haar te drijven en ze kreeg het gevoel dat ze in een donkere, angstaanjagende tunnel stond. Ze zou toch niet zwanger zijn? Toen kwam er opeens een welkome gedachte bij haar op. De overgang! Daardoor ging je toch onregelmatig menstrueren? Ze was gewoon over tijd. Heel erg over tijd. Vanwege de overgang. Alhoewel… ze was pas vijfenveertig. Ach ja, bij sommige vrouwen begon de overgang nou eenmaal vroeg, toch?

Zonder ook nog maar een spoortje van haar eerdere tevredenheid klampte ze zich aan het deurkozijn vast. Ze zou naar de dokter moeten gaan. Alleen om bevestiging te krijgen, sprak ze zichzelf streng toe. Het moest gewoon de overgang zijn. Dat móést.

51

Het leven kon soms raar lopen, dacht Delphine in maart meermaals. Heel raar. Haar zegeningen waren nu zo talrijk dat ze haar geluk niet op kon; het voelde alsof ze op wolken liep. De Greenbows, de Camberwells, het leven in Richmond… en nu had ze er ook nog een nieuwe vriend bij: Sidney Birch.

Toch bleef Foley op de achtergrond aanwezig, als een zware hand die haar telkens weer naar beneden haalde. Nooit helemaal vergeten, nooit helemaal weg.

Sid was een jonge neef van Sylvia en zou voor onbepaalde tijd bij hen blijven logeren. Toen de familie hen officieel aan elkaar had voorgesteld, had Delphine haar excuses aangeboden voor de kille ontvangst en had hij dat met een glimlach weggewuifd. Omringd door de familie waarvan ze was gaan houden voelde ze zich veilig en op haar gemak en zag ze al snel dat hij een zachtaardige, zelfs een tikje nerveuze, ziel was. Om hem wegwijs te maken in de omgeving maakte ze lange wandelingen met hem door het centrum en langs de rivier, vol trots dat ze hem de plekken die haar zo dierbaar waren geworden in al hun voorjaarspracht kon laten zien. Tijdens die wandelingen kwam ze iets meer te weten over zijn verleden.

Sids vader was een oom van Sylvia. Jaren geleden was hij naar Essex verhuisd, waar hij was gevallen voor de charmes van een meisje uit Pitsea, met wie hij zich daar had gevestigd. Sidney was de jongste van hun vier kinderen. Uit wat hij haar vertelde, maakte Delphine op dat zijn vader als dag en nacht verschilde van Sylvia's kant van de familie.

Hij bracht zijn kinderen met harde hand groot, volgens het principe van het recht van de sterkste, waarbij de gevoelige Sid niet goed gedijde. Zijn twee oudere broers en zijn zus voelden zich er prima bij. Ze gingen zo snel mogelijk van school, zochten een baan, verdienden wat geld en gingen trouwen. Sid had graag willen doorleren. Hij wilde iets belangrijks doen voor de wereld.

Ook al had hij nog zo graag naar de universiteit gewild, nadat hij het middelbaar onderwijs had afgerond hadden zijn ouders hun poot stijf gehouden. Hij had werk gevonden als havenarbeider en hoewel hij geen hekel had aan hard werken, had het ontbreken van een doel in zijn leven hem moedeloos gemaakt. Daarbij kreeg hij ook nog eens regelmatig slaag van drie andere arbeiders die de beleefde, tengere nieuwkomer niet konden uitstaan. Tijdens de middagpauze ging Sid liever lezen dan gokken. Ook joelde hij die zeldzame keren dat er een vrouw langskwam niet mee en weigerde hij de twee zwarte arbeiders in hun ploeg uit te schelden.

Dat hij slaag kreeg, was hij wel gewend van thuis. Zijn vader en broers gaven hem er regelmatig van langs, 'en zo nu en dan kreeg ik zelfs een klap van mijn moeder,' had hij er met een bedenkelijk gezicht en overslaande stem aan toegevoegd. 'Dat krijg je als je de kleinste in het nest bent.'

Twee jaar geleden had hij ontslag moeten nemen in de haven omdat er een vracht hout op zijn voet was gevallen. 'Het is beter genezen dan ik ooit had kunnen denken,' vertelde hij glimlachend. 'Er is een tijd geweest dat ik dacht dat ik de rest van mijn leven met een wandelstok zou moeten lopen. Mijn baas nam me apart en zei dat hij me graag een baan bij hem op kantoor zou willen aanbieden. We wisten echter allebei dat ik die vracht zelf had gecontroleerd. Iemand had de touwen losgemaakt en we wisten allemaal wie. Ik mocht van geluk spreken dat het niet nog veel slechter was afgelopen. Als hij me in dienst zou houden, zou me alleen nog maar meer ellende te wachten staan, dus legden we ons allebei neer bij het onvermijdelijke.'

Daarna had Sid een baan gevonden als boekhouder van de plaatselijke pub, maar zijn nieuwe baas leek niet zozeer een goede boekhouder te willen, maar eerder iemand die met de cijfers kon knoeien. Sid was niet gelukkig en omdat hij zo veel vragen stelde was zijn baas dat ook niet. Net als zijn ouders, aangezien het maar een deeltijdbaan was. Al met al ging het van kwaad tot erger.

'Toen ging mijn zus trouwen. Ze wilde een groot feest, anders dan mijn broers die het klein hadden gehouden, zonder poespas. Omdat ze altijd al het lievelingetje van mijn vader was geweest, organiseerde hij een groot familiefeest in een zaaltje in een pub en nodigde iedereen uit. Paul en Sylvia kwamen ook. Ik had hen een keer of twee gezien toen ik nog klein was, maar dat kon ik me niet zo goed herinneren. Enfin, ze kwamen meteen op me over als fatsoenlijke mensen en die dag hebben we veel met elkaar gepraat. Ze zeiden dat ik van harte welkom was als ik ooit bij hen wilde komen wonen. Maar ik vroeg me af hoe ik mijn steentje zou kunnen bijdragen, wat mijn rol binnen het gezin zou zijn. Ik was niet gelukkig, maar dat leven was het enige wat ik kende. Als ik zou vertrekken, zou dat het einde betekenen van de band met mijn ouders. Het zijn trotse mensen en ook al zagen ze me liever gaan dan komen, ik wist dat ze het als een belediging zouden opvatten als ik bij een andere tak van de familie introk. Zo ging er een jaar voorbij, maar we hielden wel contact. Zo nu en dan schreven we elkaar brieven, en ze bleven hun aanbod maar herhalen.

Uiteindelijk besloot ik erop in te gaan. Op dat moment ging het niet goed met me. Voor mijn werk moest ik de wet overtreden, mijn familie was niet aardig voor me, ik kon het nooit goed doen, ik viel altijd buiten de boot. Kortom, ik was het beu en had niets meer te verliezen. Toen ik het aan mijn vader vertelde, zei hij dat ik nooit meer terug hoefde te komen. Ma wilde helemaal geen woord meer met me wisselen. En nu ben ik hier.'

Daardoor voelde Delphine zich nog schuldiger over de vijandige manier waarop ze hem te woord had gestaan. Hij had met zijn familie gebroken in de hoop op een beter leven en toen had er ook nog zo'n stuk chagrijn de deur opengedaan!

Toen ze dat tegen hem zei, moest hij eerst glimlachen en schoot vervolgens echt in de lach. Al snel deed Delphine mee en moesten ze op een bankje gaan zitten tot ze weer bedaard waren. Zo veel plezier had ze in jaren niet gehad.

Naarmate de dagen verstreken, gebeurde er iets wat ze nooit voor mogelijk had gehouden. Het viel haar op dat Sid soms teder naar haar keek, vol genegenheid. Vroeger had ze gedacht dat ze zich nooit veilig zou kunnen voelen bij een man, maar sinds ze Kenneth, Lawrence en Elf had leren kennen, en later Paul en Stephen, was daar verandering in gekomen. Ze had het gevoel dat ze Sid echt kende. Niet alleen omdat hij familie was van de Greenbows en aangetrouwde familie van Paul, die haar uit de rivier had gered, maar gewoon door hemzelf. Alleen was ze natuurlijk wel nog steeds getrouwd.

Ze dacht terug aan Merrigans woorden, kort nadat ze in Richmond was gearriveerd. Stel nou dat je iemand anders ontmoet? Op deze manier blijft hij altijd een blok aan je been. Op een dag zul je misschien van hem willen scheiden...

Op dat moment had dat Delphine belachelijk en onvoorstelbaar geleken en was het wel de minste van haar zorgen geweest. Toch bleek maar weer eens dat Merrigan, zoals ze zelf graag beweerde, altijd gelijk had.

Ze stelde Sid op de hoogte van haar situatie, zodat hij geen hoop zou gaan koesteren. 'Ik zal nooit vrij zijn,' zei ze op een avond. 'Op de achtergrond zal hij altijd aanwezig blijven.'

'Zullen we maar gewoon afwachten wat er gebeurt?' stelde Sid voor. 'Het leven kan soms raar lopen.'

52

'Nog maar een week te gaan,' verzuchtte Blue terwijl ze haar hoofd op haar gevouwen armen liet rusten en zo de over haar bureau verspreide aantekeningen plette. Soms had ze het gevoel dat zij de enige was die niet met volle teugen van het voorjaar kon genieten. Delphine had haar leven weer opgepakt, om nog maar te zwijgen van het feit dat de knappe meneer Birch vlak naast haar was komen wonen! Haar vader en Midge leken wel een jong, verliefd koppeltje. Merrigan was zwanger, en hoewel ze voor het ongeoefende oog net zo aangedaan was door het nieuws als door de bevestiging van een afspraak bij de kapper, herkende Blue de subtiele manieren waarop haar zus haar blijdschap liet blijken. Zelfs Foster was aan de beterende hand. Elf was opgewekt nu Blues dienstverband bijna afliep, maar Blue zag er vreselijk tegen op.

'Als dit mijn laatste week hier was, zou ik nu op de tafels staan dansen,' merkte Juno op van achter haar bureau. 'Eerlijk gezegd ben je veel te goed om hier te werken, Blue. Ik twijfel er niet aan dat je een baan zult vinden bij een echte krant, misschien wel bij *The Times*. Whisky denkt er net zo over. Je hebt hier ervaring kunnen opdoen, en nu ga je de wereld veroveren.'

'Bedankt, Juno. Ik zal het proberen.'

Hoewel Blue de complimentjes op prijs stelde, waren die op dit moment een schrale troost. Een baan zoeken bij een andere krant zou een eenzame onderneming worden, zonder garantie op succes. Hier bij de *Gazette* wist ze op elk uur van de dag waar ze moest zijn en wat ze moest schrijven en was ze omringd door mensen die hetzelfde soort werk deden, waardoor ze een soort tweede familie van haar waren geworden. O, wat zou ze hen missen. Zoals Juno graag fijntjes opmerkte, was ze dan ook een sentimenteel type.

Ze probeerde zich weer te concentreren op haar stuk over de opening van een nieuwe boetiek aan Duke Street, maar haar gedachten dwaalden telkens af. Gelukkig was de sfeer thuis tegenwoordig een stuk beter. Het was een hele opluchting om Midge weer wat ontspannener te zien. Een voordeel van het aflopen van Blues dienstverband was dat ze vaker thuis zou zijn. Sinds ze hier werkte, had ze minder dan ooit met Midge gepraat. Ook zouden Merrigan, Midge en zij voortaan om beurten Delphine naar Richmond kunnen vergezellen en zou ze kunnen bijspringen nadat Merrigans kindje was geboren… Familie was belangrijk voor haar en ze zou het fijn vinden om er vaker voor hen te kunnen zijn. Alleen… hemeltjelief, daar had ze niet genoeg aan. Trouwen en kinderen krijgen zou een enorme verrijking in haar leven kunnen zijn, als het ooit zover kwam, maar ze zou altijd willen schrijven, er altijd naar streven om de waarheid te ontdekken en nieuwe manieren te vinden om die te vertellen.

'Blue! Blue!' Door Barnaby's stem schrok ze op uit haar gedachten. 'Je moet meteen naar het politiebureau toe.'

Verbaasd keek ze hem aan. Hij was buiten adem, alsof hij de trap met twee treden tegelijk had genomen, en droeg een dunne jas die bezaaid was met regendruppels. 'Waarom? Wat heb ik misdaan?' vroeg ze gekscherend.

'O jee, ga me nou niet vertellen dat ze een modemisdrijf heeft gepleegd,' mompelde Cauderlie ergens achter haar. Sinds hij een artikel had geschreven over Alan Cobham, die was teruggekeerd van zijn gedenkwaardige vlucht naar Zuid-Afrika, was hij nog onuitstaanbaarder dan anders. 'Ik heb altijd geweten dat het hem zou lukken,' had hij tot Blues grote ergernis gepocht.

'Helemaal niets,' verzekerde Barney haar, 'maar ik was daar net voor een artikel en ik hoorde…' Hij wierp een blik op Cauderlie en ging wat zachter praten. 'Ik hoorde dat ze je vader belden. Hij is nu op weg daarheen. Er is een man opgepakt in verband met de zaak van Delphine.'

53

Delphine was nog nooit zo blij geweest om Blue te zien. Hoewel Sid meteen zijn jas had aangetrokken om met haar mee te lopen naar het politiebureau, was het een hele troost om Blue daar in het deprimerende wachtkamertje te zien zitten toen ze aankwam.

Blue omhelsde haar en voerde haar mee naar de balie, waar Kenneth op zachte, maar dringende toon in gesprek was met de dienstdoende agent.

'Ha, lieverd,' begroette hij Delphine. 'Ze hebben iemand gearresteerd en ze willen dat jij kijkt of je hem kunt identificeren.'

'Is het Foley?'

Kenneth fronste zijn wenkbrauwen. 'Daar heerst nogal wat onduidelijkheid over, maar we zullen er vast snel genoeg achter komen. Hallo, daar. Kenneth Camberwell.'

Delphine dacht weer aan haar manieren en stelde Sid voor. Nadat de twee mannen elkaar de hand hadden geschud, ging ze zitten. Ze kon nauwelijks geloven dat ze na al die tijd oog in oog met Foley zou kunnen komen te staan. Het maakte haar doodsbang en ze durfde er nog niet aan te denken hoe geweldig het zou zijn als deze situatie werd opgelost.

Na een tijdje wachten, waarin ze allemaal met hun voeten zaten te tikken en met hun vingers zaten te trommelen, verscheen inspecteur Cromley. Tot Delphines verbazing schudde hij eerst haar de hand alvorens zich tot Kenneth te richten. 'Het spijt me, meneer Camberwell, ik denk dat we u voor niets hebben laten komen. Mijn excuses, mevrouw Foley. Er zit een man vast vanwege een recent geweldsmisdrijf en mijn mannen hadden reden om aan te nemen dat hij uw echtgenoot was. Ik heb echter zojuist poolshoogte genomen en ik vrees dat hij het niet is. Hij voldoet niet aan het signalement en eerlijk gezegd kraamt hij allerlei onzin uit, al is het wel duidelijk dat er een verband moet zijn. Zou u even een kijkje willen nemen? Dan kunt u daarna weer naar huis.'

'Verdomme,' vloekte Kenneth. 'Neem me niet kwalijk, Cromley, jij kunt er natuurlijk niets aan doen. Ik wil gewoon dat dat stuk uitschot achter slot en grendel komt te zitten. Delphine, zou jij hem eens willen bekijken? Ik ga natuurlijk met je mee. Blue, blijf jij maar hier, bij meneer Birch.'

'Ik zal kijken,' zei Delphine, zowel opgelucht als teleurgesteld omdat het waarschijnlijk niet om Foley ging. Het vooruitzicht om hem weer te zien boezemde haar angst in en de sfeer op het politiebureau maakte het er niet beter op. Ze wilde gewoon terug naar de zon, het voorjaar en haar leven, al zou het wel een domper zijn als het Foley niet was en er dus nog niets was veranderd.

Cromley ging hun voor door een hal naar een cel met een kijkraampje in de deur. Daardoor kon Delphine de man in kwestie zien ijsberen met een rusteloze agressie die de indruk wekte dat hij zonder aarzelen alles op zijn pad zou verwoesten. Hij was een uit de kluiten gewassen kerel met tatoeages op zijn armen en een gezicht vol littekens. Hoewel hij eruitzag als het clichébeeld van een schurk uit een sensatieromannetje, vond ze hem in alle opzichten minder angstaanjagend dan Foley.

'Hij is het niet,' fluisterde ze.

'Hebt u hem ooit eerder gezien?' wilde Cromley weten.

Ze schudde haar hoofd. 'Nooit van mijn leven.'

'Dat dacht ik al.' Hij zag er teleurgesteld uit. 'Bedankt dat u even wilde kijken, en nogmaals mijn excuses dat we jullie gestoord hebben.'

Precies op dat moment keek de gevangene op. 'Ha, mevrouw Foley!' begroette hij haar. 'Wat aardig dat u even langskomt. Uw man zei al dat u een gevoelig type bent.'

Delphine verstijfde en Kenneth sloeg direct zijn arm om haar heen en voerde haar bij de cel vandaan.

'Weet u zeker dat u hem niet kent?' drong Cromley aan, terwijl hij achter hen aan liep.

'Heel zeker,' hield ze vol. 'Zo'n gezicht vergeet je niet snel, maar hij lijkt mij wel te kennen. Hij moet iets met Foley te maken hebben.'

'We gaan dit tot op de bodem uitzoeken,' beloofde Cromley. 'U mag in de wachtkamer plaatsnemen terwijl ik hem verhoor. Of u kunt naar huis gaan en dan bel ik u wanneer ik meer weet. Dat laat ik aan u over.'

Delphine keek naar Kenneth. Hoewel ze hier geen moment langer wilde blijven, wilde ze wel graag weten wat er te weten viel. Ze kende dit soort mannen, mannen die wisten dat ze andere mensen bang konden maken. Was ze maar dapperder, had ze hem maar onverschrokken in de ogen kunnen staren. Ze vond het allemaal vreselijk, de angst, het gevaar, de herinnering aan haar sneue bestaan voordat ze hiernaartoe was gekomen.

'Ik denk dat we beter kunnen wachten, als je dat aankunt,' stelde Kenneth voor. 'Ik wil graag antwoorden, voor zover we die kunnen krijgen. Wat zeg je ervan?'

Delphine knikte.

'Enig idee hoelang het gaat duren, ouwe reus?' vroeg Kenneth aan Cromley.

'Niet echt.' Cromley haalde zijn brede schouders op. Als het tot een gevecht zou komen tussen hem en de gevangene, zou Delphine niet goed weten op wie ze haar geld moest zetten. 'Ik ben niet van plan om meer tijd aan die gek te verdoen dan strikt noodzakelijk.'

De kleine wachtkamer nodigde niet uit om gesprekken te voeren. Blue zat naast Delphine en hield haar hand vast. Kenneth vroeg of Sid geen andere verplichtingen had, maar Sid ging alleen even naar de winkel op de hoek, waar hij een paar kranten kocht zodat ze iets te lezen hadden.

Na ongeveer een half uur, al leek het veel langer te duren, voegde Cromley zich weer bij hen. Hij trok een stoel bij en vertelde wat hij te weten was gekomen. 'Zijn naam is John Gross. Mevrouw Foley, uw man heeft hem maanden geleden in de arm genomen om u te zoeken.'

'O.' De moed zakte haar in de schoenen. 'Is hij ma en Esther vlak voor kerst hiernaartoe gevolgd?'

'Nee, hij is mevrouw Camberwell gevolgd nadat ze een bezoek aan uw moeder had gebracht.'

'Midge?' vroeg Kenneth vol afgrijzen. 'Heeft die bruut haar achtervolgd? Wacht eens even, dat is al tijden geleden! Wil je nou beweren dat Foley al bijna twee maanden wist waar Delphine was voordat hij zijn opwachting maakte? Waarom heeft hij dan zo lang gewacht?'

'Al sla je me dood. Volgens Gross heeft Foley het huis van de moeder en het huis van de zus van mevrouw Foley in de gaten laten houden om te kijken of er ongewone activiteit was. Uw vrouw was een onbekend gezicht in die buurt. Door haar gingen er meteen alarmbellen af bij Foleys mannetje.'

Hoofdschuddend zei Kenneth: 'En wij maar denken dat we zo voorzichtig waren geweest. We moesten mevrouw Painter wel laten weten dat Delphine nog leefde en durfden geen brief te sturen… Midge was zo trots dat het haar gelukt was.'

'Hadden jullie maar eerder met de politie gepraat,' merkte Cromley op. 'Dan hadden we misschien kunnen helpen.'

'Dat is mijn schuld,' gaf Delphine toe, toen ze eraan dacht hoe vaak Kenneth daarop had aangedrongen. 'Ik durfde niet, maar daar heb ik nu spijt van.' Ze zette zich schrap voor een minachtende opmerking van Cromley.

In plaats daarvan zei hij alleen: 'Dat komt vaker voor in dit soort zaken. Volgens Gross heeft Foley het inmiddels opgegeven en is hij naar het buitenland verkast. Ik weet niet hoe het met u zit, mevrouw Foley, maar volgens mij is dat flauwekul.'

Delphine knikte. 'Dat denk ik ook. Hij zal nooit naar het buitenland gaan en hij zal het nooit opgeven.' Ze wierp een blik op Sid, die zijn ogen discreet op de krant gericht hield maar duidelijk meeluisterde. Wat zou hij hier allemaal van vinden?

'Dan zijn we weer terug bij af,' zei Cromley nuchter.

54

De volgende dag was het donderdag. Merrigan had een afspraak bij de dokter, dus ging Midge met Delphine mee naar Richmond, ook al had ze helemaal geen behoefte aan gezelschap. Ook zij had deze week een bezoekje aan dokter Harcourt gebracht, en haar grootste nachtmerrie was werkelijkheid geworden. Ze was zwanger. Op haar vijfenveertigste, ook al was ze nog zo voorzichtig geweest en ging ze nog steeds gebukt onder de trauma's die het moederschap haar de eerste keer had opgeleverd... zwanger!

Ze kon wel janken, maar in plaats daarvan gingen ze snel naar de bank, het postkantoor en de bakkerij zodat ze daarna in hun favoriete theesalon aan de kille bries konden ontsnappen. Doorgaan met haar leven en aan niemand laten zien wat er onder de oppervlakte speelde, dat was haar plan. Alleen werd dat steeds moeilijker en zou het binnenkort onmogelijk worden.

De gelijkenissen en contrasten tussen haar situatie en die van Merrigan waren pijnlijk. Beide vrouwen waren in verwachting, hadden een liefhebbende man die voor hen zorgde en waren in de zomer uitgerekend. Merrigans kindje zou in juli geboren worden en Midge verwachtte een augustusbaby, net als Blue was geweest.

Lawrence was het toonbeeld van een trotse aanstaande vader en Midge wist niet hoe ze Kenneth diezelfde vreugde kon ontzeggen. Zijn vrouw en dochter die tegelijkertijd in verwachting waren... Nieuwe Camberwells die ter wereld zouden komen en daar later als ze groot waren een betere plek van zouden maken.

‘Gaat het wel, Midge?’ Vanaf de andere kant van het met een wit kleed gedekte tafeltje keek Delphine haar bezorgd aan. Op haar schoteltje lagen nog maar een paar kruimels, terwijl Midge nog geen hap van haar chocoladetaart had genomen.

‘Ik was in gedachten verzonken.’ Met een glimlach pakte ze haar vork op. ‘Neem me niet kwalijk, lieverd, ik heb veel aan mijn hoofd. Hemeltje, wat is die taart lekker, hè?’

‘Komt het doordat die man je heeft achtervolgd?’ wilde Delphine weten. ‘Daar hoef je je niet schuldig over te voelen. Hij had me hoe dan ook wel gevonden, en dankzij jou wist ma dat ze zich geen zorgen meer hoefde te maken. Daar zal ik je altijd dankbaar voor zijn.’

‘Och, wat lief van je dat je dat zegt. Ja, toen ik het hoorde voelde ik me inderdaad nogal onnozel. Ik dacht nog wel dat ik het zo slim had aangepakt… misschien ben ik toch niet zo’n goede spion als ik dacht. Maar let maar niet op mij. Jij hebt al genoeg aan je hoofd, na die vreselijke toestand gisteren. Ik vind het heel erg dat je dat voor niets hebt moeten doorstaan.’

‘Het viel wel mee. Blue en Kenneth waren erbij. En Sid…’

Het was Midge niet ontgaan dat Delphine geen kans onbenut liet om over Sid te beginnen en dat er altijd een lachje om haar mondhoeken speelde wanneer ze dat deed. ‘Ik zou graag eens met hem kennismaken,’ merkte ze op. ‘Kenneth vond hem heel aardig en volgens Blue is hij nog aantrekkelijk ook.’

Delphine bloosde. ‘Zei ze dat? Och, dat weet ik niet, hoor. Misschien ook wel.’

Midge probeerde zich groot te houden, maar halverwege haar kopje earlgreythee met citroen begon het haar te duizelen en ze moest haar kopje met een klap op het schoteltje zetten. Ze greep de rand van de tafel vast en deed haar ogen dicht. Gelukkig nam de duizeligheid al snel af. Ze haalde diep adem en glimlachte.

Delphine liet zich echter niet voor de gek houden. ‘O, Midge,’ zei ze zacht. ‘Waarom heb je het tegen niemand gezegd? Je bent in verwachting, hè?’

'Hemeltje, nee! Hoe kom je daar nou bij?'

Delphine keek haar ongelovig aan. 'Misschien moet je naar een dokter gaan. Ik begrijp niet dat ik het niet eerder heb gemerkt. Tijdens Kerstmis voelde je je al niet goed en nu zie ik het ook aan je huid.'

'Ach, mijn huid.' Op scherpe toon voegde ze eraan toe: 'Wat zie je dan precies?'

'Een bepaalde gloed, je straalt iets lichts uit. Ik weet niet goed hoe ik het moet omschrijven, maar ik heb het al zo vaak gezien. O! Dan zijn Merrigan en jij tegelijkertijd in verwachting, wat heerlijk! Of niet? Het spijt me, het zijn mijn zaken natuurlijk niet…'

'Dat is het niet.' Midge gaf een kneepje in Delphines hand. Ze was zo'n lief meisje en het was niet Midge' bedoeling om haar te kwetsen, alleen had ze het aan niemand willen vertellen. Zolang ze het niet hardop uitsprak, gebeurde het niet echt, hield ze zichzelf voor. Al was dat misschien ontzettend naïef. Als iemand het dan toch moest raden, dan kon dat waarschijnlijk maar beter Delphine zijn, die als geen ander begreep dat een happy end niet altijd de vreugde met zich meebracht die je zou verwachten.

'Wat scheelt eraan?' vroeg Delphine zacht.

Midge haalde diep adem. Hoe openhartig kon ze zijn? Delphine was zo veel jonger dan zij, hun levens waren zo verschillend geweest. En toch… 'Ik wil het niet. Het is al te laat om er nog iets aan te doen, maar ik zou willen dat dat niet zo was,' fluisterde ze. Ze zette zich schrap voor het geschokte, veroordelende gezicht dat Delphine waarschijnlijk zou trekken, maar in plaats daarvan zag ze alleen verwarring.

'Ik begrijp het,' zei ze. 'Waarom?'

'Ik ben hier veel te oud voor. Het was niet gepland, ik hóópte er niet eens op, en ik ben al vijfenveertig.'

'Zo oud is dat niet,' wierp Delphine tegen. 'Ik ken vrouwen die zelfs op nog latere leeftijd een kind hebben gekregen, en jij bent gezond en kunt op de beste zorg rekenen. Trouwens, het zou niet je eerste zijn… O, komt het door Percy? Het spijt me, Midge, ik snap dat dat moeilijk voor je moet zijn.'

‘Deels, ja. Dat is echter niet het enige. De eerste keer was ik eerlijk gezegd niet zo’n goede moeder. Niet alleen omdat ik hem ben kwijtgeraakt, maar daarvoor al. Sommige vrouwen zijn gewoon niet geschikt om moeder te worden, ook al probeert de maatschappij ons iets anders wijs te maken. Ik denk niet dat het me… zo blij zou maken als iedereen verwacht.’

Ook deze keer knikte Delphine slechts en voelde haar gebrek aan een oordeel aan als een verkoelend briesje.

‘Wil je het alsjeblieft tegen niemand zeggen? Ik weet het zelf nog maar net, ook al ben ik al een tijdje op weg. Ik ben er nog niet aan toe om het te vieren en erover te jubelen zoals iedereen dat van me zal verwachten. Dat kan ik gewoon niet.’

‘Natuurlijk zeg ik niets. Het is jouw kindje, jouw nieuws. Bovendien begrijp ik het wel een beetje. Het is een enorme verandering en de vorige keer heeft het je ontzettend veel verdriet gedaan. Misschien kun je er toch wel gelukkig mee zijn als je even de tijd hebt gehad om eraan te wennen. Het is per slot van rekening een nieuw leven vol nieuwe mogelijkheden.’

Ze klonk een beetje weemoedig, dacht Midge. Vanwege Foley zou Delphine waarschijnlijk nooit kinderen krijgen, hen nooit zien opgroeien, er nooit achter komen wat er van hen zou worden. Wat ontzettend zonde. Het maakte Midge’ schuldgevoel over haar eigen gevoelens des te groter.

‘Kon je het maar aan mij geven,’ vervolgde Delphine. ‘Begrijp me niet verkeerd, ik ben blij dat ik nooit een kind heb gekregen met Foley. Zo’n vader wens je niemand toe, maar ik ben wel dol op baby’s.’ Ze grijnsde.

‘Dat zou inderdaad een uitstekende oplossing zijn,’ vond Midge. ‘Jammer dat je een kind niet zomaar kunt weggeven…’

55

Op Blues laatste dag bij de *Gazette* schreef ze een stuk over het plan om een standbeeld van Aphrodite op te richten in de Terrace Gardens. Dat er een nieuw standbeeld moest komen stond vast, maar sommige conservatieve leden van het adviescollege vonden Aphrodite geen respectabele buurvrouw en hadden voorgesteld in plaats daarvan voor een oorlogsheld te kiezen. De aanhangers van Aphrodite weigerden dat op esthetische gronden. De discussie was al zo lang geleden vastgelopen dat neutrale partijen nu op de proppen waren gekomen met een heel ander idee: een beeldhouwwerk van Porter, de Duitse herdershond die een kind van de verdrinkingsdood had gered.

Van een Griekse mythe tot een legendarische viervoeter, schreef Blue, we zijn inmiddels ver verwijderd geraakt van het oorspronkelijke voorstel. Bovendien is er nog steeds geen overeenstemming bereikt. Welke mogelijke oplossingen zullen er nog meer worden aangedragen? Is er misschien een poes die iets prijzenswaardigs heeft gepresteerd? Komt er een eerbiedwaardige goudvis voor in de geschiedenis van Richmond?

Ze grinnikte in zichzelf en schrok toen ze Gordons ongeduldige stem hoorde.

'Camberwell, ben je nou nog niet klaar met dat stuk? Ga er nou verdorie niet op je laatste dag de kantjes vanaf lopen.'

Het verbaasde haar dat hij op haar laatste dag zo fel van leer trok. Ze had nog alle tijd. 'Maar ik...'

'Niks te maren. Ik wil het over vijf minuten op mijn bureau hebben liggen.'

'Ja, baas, maar waarom...'

'Mooi zo.' Gordon sloeg zijn deur dicht.

Met opgetrokken wenkbrauwen schreef Blue verder. Ze wilde dit stuk helemaal niet afmaken, want daarna had ze geen reden meer om te blijven en ze wilde niet vroeg naar huis. Niet vandaag. Toch zette ze door, schreef haar laatste regels voor de *Gazette* en zwolg stilletjes in een moment van nostalgie. Daarna liep ze in de richting van zijn kantoor, met haar gedachten bij haar sollicitatiegesprek maanden geleden. Het was nu drukker op de werkvloer dan destijds. Ongebruikelijk druk, nu ze er eens goed over nadacht. Iedereen was er, niemand was de deur uit voor een opdracht. Hoe groot was die kans?

Ze klopte op Gordons deur en ging naar binnen. 'Hier is het, helemaal af... O!'

Op zijn immer rommelige bureau stonden twee flessen goedkope champagne, naast een grote gele taart die bovenop en aan de zijkanten dik besmeerd was met glazuur. De taart zag eruit alsof hij met meer enthousiasme dan kennis van zaken was gebakken en bovenop prijkte een vlaggetje op een cocktailprikker. VAARWEL, BLUE. WE ZULLEN JE MISSEN, stond erop.

'Eindelijk!' riep Gordon uit. 'Ze is klaar, mensen!' richtte hij zich tot de rest van de redactie. 'Kom erbij! Gratis taart en champagne!'

'Dat is hier nog nooit voorgekomen,' zei Juno, die kwam aanzetten met een zilveren taartschep. 'Stukje taart, Blue? Het is citroentaart. Ik heb hem gisteravond gebakken.'

'Juno!' zei Blue ontroerd. 'Heb je die taart zelf gemaakt?'

'Ik weet het, dat had je niet achter me gezocht. Mijn hospita ook niet. Die kwam steeds snuffelend de keuken binnen omdat ze er niet gerust op was dat ik het huis niet zou laten afbranden.'

'Wat lief van je.' Blue voelde zich danig van haar stuk gebracht toen ze haar collega's het kantoor van haar baas zag binnendruppelen. Iedereen gaf haar een hand of een klopje op haar arm: Barnaby, Will, Roger, Sam… iedereen.

'Speech!' riep Roger toen iedereen een bodempje champagne in zijn glas had.

'Och, ja.' Gordon stond op en schraapte zijn keel. 'Natuurlijk. Een paar woorden. Zoals jullie allemaal weten is dit de laatste dag van onze gewaardeerde collega Ishbel. Aanstaande maandag komt Griggs weer terug en hoe aardig ik hem ook vind, niemand kan ontkennen dat Ishbel prettiger is om naar te kijken.'

'O, in 's hemelsnaam!' Juno snoof minachtend.

'Dat was een grapje, Forrester. Je weet toch nog wel wat dat is?'

'Nauwelijks. Daarvoor werk ik hier al te lang.'

'Ik kan me nog goed herinneren wanneer Ishbel me voor het eerst opviel. Ze had me een artikel toegestuurd over de financiering van scholen waarin ze exact de juiste toon aansloeg. Ik wist meteen dat ze een getalenteerd schrijfster was en nodigde haar uit. Sindsdien heeft ze ons getolereerd, om redenen die alleen zij kent, en ik kan alleen maar zeggen dat ik het jammer vind dat er geen vacature voor haar vrij is, hoewel ik vermoed dat er toch grootsere dingen voor haar in het verschiet liggen. Ishbel, bedankt dat je je werk zo goed hebt gedaan. Je bent een eersteklas schrijfster die ook nog eens professioneel is en tegen een geintje kan. Ik wens je heel veel geluk en succes toe. Laat nog eens wat van je horen, zoals ze zeggen, en het allerbeste!'

Om Blue heen hief iedereen zijn inmiddels lege glas. 'Bravo,' werd er gemompeld.

'Ik wil nog een toost uitbrengen,' vervolgde Gordon.

Snel schonk Juno voor iedereen nog een bodempje champagne in.

'Op Ishbel, bij ons allen bekend als onze eigen I.C., ook wel bekend als Blue. Op je geluk en gezondheid.'

'Op Ishbel!'

'Op Blue!'

Toen Blue al die stemmen om zich heen hoorde, voelde ze zich overweldigd. Ze had er nooit bij stilgestaan wat de anderen ervan vonden dat ze wegging, of dat ze misschien meer voor hen was dan een middel om artikelen op papier te krijgen.

'Speech!' spoorde Will haar aan. 'Kom op, een paar woorden maar, Camberwell.'

'Ja, natuurlijk. Allereerst, Gordon, bedankt voor dit prachtige vaarwel.'

'Zoveel glitter en glamour ben jij vast niet gewend,' merkte Cauderlie op.

Blue lachte er gewoon om. 'Ik had geen flauw idee dat jullie dit bekokstoofd hadden en ik ben diep ontroerd. Juno, bedankt voor de heerlijke taart. Jullie allemaal bedankt omdat jullie zijn gekomen om afscheid van me te nemen. Ik zal jullie en de *Gazette* ontzettend missen en als er wél een vacature zou zijn, waren jullie nog lang niet van me af geweest. Bedankt, allemaal, voor het warme welkom. Nou ja, bíjna allemaal.' Ze wierp Cauderlie een veelbetekenende blik toe, waar iedereen behalve Cauderlie zelf om moest lachen.

'Toen ik hier begon, was ik nog zo groen als gras en ik durf wel te beweren dat ik sindsdien het een en ander heb geleerd over het reilen en zeilen op een redactie. Dat ik die kans heb gekregen, waardeer ik meer dan ik kan zeggen. De komende maanden heb ik genoeg te doen, maar het zal niet kunnen tippen aan de tijd die ik hier heb doorgebracht, dat weet ik nu al. Ik wens jullie allemaal het allerbeste en ik hoop dat we contact zullen houden...' Haar ogen vulden zich met tranen en ze kon haar zin niet afmaken. 'Goeie genade,' mopperde ze terwijl ze haar gezicht afwendde.

Juno sloeg een arm om haar heen.

'Proost!' voegde Blue er nog aan toe, en ze hief haar glas.

Er steeg luid gerinkel op toen haar collega's hun glas tegen het hare aan tikten.

'Nu moet ik er helaas vandoor,' merkte Gordon op, 'maar wie genoeg tijd heeft, mag gerust hier blijven om nog een uurtje met Ishbel te kletsen. Neem nog een gla... O.' De champagneflessen waren inmiddels leeg. 'Ik vrees dat ik niet genoeg drank heb ingeslagen. Ach ja, er is nog wel taart.'

'Gelukkig voor Blue waren sommigen van ons daar al op voorbereid,' zei Juno. Zij, Barnaby en tot Blues verbazing ook Cauderlie liepen naar hun bureaus en haalden ieder een of twee flessen wijn tevoorschijn.

'Kijk eens aan. Goed gedaan, luitjes!' zei Roger met rode wangen van blijdschap.

'Hemeltjelief,' merkte Blue op. 'Jij bent zo te zien echt blij dat ik straks opgerot ben, Cauderlie.'

Nors keek hij haar aan, alsof hij het uitermate irritant vond dat ze hem zo voor het blok zette. 'Ik moet toegeven dat je het goed hebt gedaan. Daar valt niets op aan te merken. Proost.'

Blue nam aan dat hij met 'het' alles bedoelde: het schrijven, haar gedrag op de werkvloer, de manier waarop ze zich staande had gehouden gedurende al zijn pogingen om haar te ondermijnen. Dit was echter niet het moment om daar iets van te zeggen. Ze keek naar Will, die grijnzend zijn ogen ten hemel sloeg.

Naar Juno durfde ze helemaal niet te kijken, en ook niet naar Barnaby. Als ze dat deed, zou ze echt in tranen uitbarsten.

56

Het zoeken naar de juiste woorden was nog het moeilijkst. Sterker nog, het voelde als een onmogelijke opgave. Hoe kon je de volmaakte woorden vinden voor iets wat zo onvolmaakt was? Menselijke tekortkomingen, de teleurstellingen die mensen elkaar berokkenden, beschaamd vertrouwen, onbegrijpelijke daden… het leven.

Midge zat in haar naaikamertje, de plek waar ze de meeste kans op privacy had, en smeet haar pen neer. Hoe deed Blue dit toch? Waarom wilde zij de kost verdienen met iets wat zo moeilijk was? Waarom zou wie dan ook dit elke dag willen doen?

Ze zat met een stapeltje met zeeschelpen bedrukt briefpapier op schoot op haar naaikruk. Het lege vel leek haar te tarten. Tot nu toe had ze alleen 'Kenneth, mijn liefste' geschreven, verder niets.

Moest ze zich behalve tot hem ook tot de meisjes richten? Moest ze hun alle drie een aparte brief schrijven? Waarschijnlijk bestonden er geen etiquetteregels voor dit soort situaties. Dan maar één brief. Aan Kenneth. Wanneer hij die las, zou zijn wereld op zijn kop komen te staan. Uiteindelijk zou hij wel een manier vinden om Merrigan en Blue in te lichten.

O! Die gedachte kon ze niet verdragen. Vanuit een soort bijgeloof had ze gedacht dat als ze haar zwangerschap maar negeerde, die geen werkelijkheid zou zijn. Helaas werkte het niet zo. Haar zwangerschap mocht dan problematisch en niet welkom zijn, dit was wel de realiteit. Feit bleef dat er zaken meespeelden waarvan haar familie geen weet had en die het onmogelijk maakten om gewoon te blijven doen alsof ze een gelukkig gezin waren, ook al had ze nooit anders gewild.

Ze bukte zich om de pen op te rapen en voelde iets verstrakken bij haar middel, dat al iets voller was dan voorheen. Door de baby, dacht ze, maar ze schudde meteen haar hoofd. Een onruststoker was het, met als enige doel om de waarheid aan het licht te brengen en haar grootste angst uit te laten komen: dat ze voorgoed uit Ryan's Castle verbannen zou worden.

De gedachte aan een leven zonder Kenneth, zonder de meisjes, zonder Tabitha die te pas en te onpas op bezoek kwam en zonder Elf die vanuit de achtertuin kwam aanlopen voor het avondeten was ondraaglijk. Een kil, liefdeloos, somber bestaan. De gedachte dat ze haar zouden haten voelde als de hel. Toch kon het niet anders. Het waren geen van allen haatdragende mensen, maar sommige dingen waren nu eenmaal onvergeeflijk.

Met trillende hand schreef ze verder.

Kenneth, mijn liefste,

Ik weet niet hoe ik je dit moet vertellen. Als ik dat doe, zul je onmogelijk kunnen geloven dat ik van je hou, maar toch is het zo...

Lieve hemel, wat vreselijk ongeïnspireerd en ontoereikend klonk dit. Wanneer Blue schreef, stortte ze haar hart uit op de pagina. Midge zou haar lege bestaan niet opvullen met het schrijven van een roman, zoveel was wel duidelijk. Ze deed nog een poging.

'Midge, waar ben je?'

Het was Merrigan, die beneden ronddrentelde. Ook hoorde ze Cicely kraaien.

'Merrigan?' Ze schoot overeind en keek verwilderd om zich heen, alsof ze was betrapt op iets wat niet mocht. Snel verstopte ze het briefpapier onder een rol abrikooskleurige crêpe georgette, waarvan ze een jurk voor Merrigan had willen maken. Ze nam zich voor om al haar materialen mee te nemen en haar ideeën alsnog uit te voeren om ze naar hen op te kunnen sturen, al zouden ze waarschijnlijk geen cadeaus van haar willen aannemen. Ze zouden ze vast verbranden of, sociaal als ze waren, aan de armen geven.

Met bonkend hart liep ze de overloop op en zag ze Merrigan beneden in de hal staan, stijlvol in het felrood gehuld. Ze was als een wandelende bron van vreugde op een stralende voorjaarsdag.

'O, daar ben je!' riep Merrigan stralend uit. 'Zou je misschien een uurtje op de kleine kunnen passen? Ik heb Winnie Stanford beloofd om haar te helpen met het ophangen van haar gordijnen en deze kleine kabouter is uitgerekend vandaag extra dwars, nietwaar, Cicely Audra? Zonder een zekere stoorzender erbij krijgen we de klus veel sneller geklaard.'

Midge aarzelde. Vandaag moest het gebeuren. Ze had al haar moed bijeengeraapt, maar... misschien kon ze toch nog één dag als lid van de familie Camberwell doorbrengen.

'Natuurlijk, schat. Natuurlijk. Zullen we kersenbloesems gaan plukken in de tuin, Cicely?'

Het kind stak haar duim in haar mond, staarde Midge aan met haar grote bruine ogen en knikte.

'Je bent een engel!' riep Merrigan uit.

'Als jij het zegt, schat. Wil je nog een kopje thee voordat je gaat?'

'Ik ga liever, dan is het des te sneller gebeurd. Heb je misschien zin om straks samen te gaan lunchen? Of heb je al grootse plannen voor vanmiddag?'

'Dat lijkt me heerlijk,' zei Midge zacht. 'Nee, geen grootse plannen.'

57

Blue,

Ik hoorde van Ro dat ze jou ook heeft uitgenodigd voor haar partijtje. Dan kunnen we samen gaan!

D

'Blue, lieveling, wat geweldig dat je nu niet meer hoeft te werken!' zei Dorian op het verlovingsdiner van Rowena Lowrie. Hij droeg een bijzonder mooi indigoblauw smokingjasje met een lila cummerbund. Alleen Dorian kwam ermee weg om black tie te dragen zonder dat het echt zwart was. Zijn ogen staken er stralend blauw bij af.

'O? Waarom dan?' snauwde Blue. Dit had ze al vaak genoeg van Elf moeten aanhoren. Het voelde helemaal niet geweldig.

'Omdat je nu meer vrije tijd hebt, natuurlijk! Ik begrijp helemaal dat je bepaalde ambities hebt, daar steun ik je zoals je weet volledig in. Maar dat betekent niet dat ik niet wat meer tijd met je wil doorbrengen. Ik wist dat je het de laatste tijd druk had, dus heb ik je maar met rust gelaten.'

Is dat zo? Ik dacht dat het kwam doordat je wist dat ik laatst niet erg onder de indruk was van je gedrag, dacht Blue.

Ze zei echter iets neutraals en nam zichzelf voor om er pas over na te denken wanneer ze alleen was.

Dat deed ze de volgende dag, op een opvallend rustige zondag in Ryan's Castle.

Voor de verandering hadden ze geen bezoek. Lawrence probeerde Merrigan zover te krijgen dat ze het de rest van haar zwangerschap wat rustiger aan zou doen, Tabitha had het druk met Foster, die binnenkort een vioolsolo zou spelen tijdens een recital op school – dat moest een goed teken zijn! – en Delphine bracht de ochtend met Sid door. Midge had zichzelf weer eens in haar naaikamertje teruggetrokken. Waarschijnlijk werkte ze aan een verrassing voor iemand, dacht Blue. Haar vader had deze kans aangegrepen om te lezen.

Voor Blue duurde haar vrijheid inmiddels twee weken, al voelde die niet zoals vrijheid behoorde te voelen. Vrijheid zou moeten aanvoelen als een groot avontuur, zoals wanneer je op de voorsteven van een galjoen stond. In plaats daarvan vond ze het maar somber en saai.

Bij gebrek aan inspiratie om te schrijven dacht ze weer eens na over haar liefdesleven. De manier waarop Dorian zich had uitgelaten over Fosters toestand stond haar nog helder voor de geest. Evenals zijn ergernis omdat hij haar op een koude avond naar huis had moeten brengen terwijl hij liever binnen was gebleven om iets anders te doen.

Iedereen had zo zijn tekortkomingen, dat wist ze best. Haar vader, bijvoorbeeld. Kenneth kon ongevoelig en onbezonnen zijn. Dat hij een ongeleid projectiel was, had hij op haar verjaardag wel bewezen. Ondanks zijn minpunten was hij echter een man met karakter, een oorlogsheld die zich onvermoeibaar inspande om de wereld te verbeteren, een vriendelijke, gulle man die zijn vrienden onvoorwaardelijk tot steun was. Oppervlakkig gezien deed Dorian haar aan hem denken, realiseerde ze zich. Hemeltje, wat zou Elf daarvan vinden? Ze waren allebei knap, charmant en rijk. Waar Kenneth echter begaan was met de wereld om hem heen, laafde Dorian zich aan zijn bevoorrechte positie, als een man in een warm bad.

Blue zuchtte. Ze mocht Dorian graag, zijn enthousiasme was net zo aanstekelijk als een verkoudheid. Toch was het haar nu duidelijker dan ooit dat hij geen man was met wie ze een leven zou kunnen opbouwen.

Wat had het dan voor nut om op deze voet verder te gaan? Wat dat andere betrof... sinds die avond bij hem thuis was de zin haar vergaan. Ze vond hem nog steeds erg aantrekkelijk, maar het was net als wanneer je een prachtig ingepakt cadeau kreeg. Als je het eenmaal openmaakte en erachter kwam dat er niet veel bijzonders in zat, was het moeilijk om er nog enthousiasme voor op te brengen. Veelbelovend, maar met weinig inhoud. Ze besefte dat ze niet meer met Dorian naar bed wilde. Het moment was voorbij. Hemeltje.

Ze zou tegen hem moeten zeggen dat ze voortaan weer gewoon vrienden met hem wilde zijn. Om de een of andere reden dacht ze niet dat hij dat erg zou vinden.

Zo keerden haar gedachten weer terug naar L.W. Hij paste veel beter bij haar en was een man die niet alleen aangenaam was om naar te kijken, maar die ook karakter had. Daarnaast droeg hij haar op handen. Hij wachtte rustig af tot zij er klaar voor was om liefgehad te worden en was al met al een perfecte heer geweest. Sterker nog, hij was bijna té hoffelijk. Niet dat ze helemaal niet met elkaar geflirt hadden, maar daarna waren ze telkens weer teruggevallen in beleefdheden en verstandige praat. Daar was niets mis mee, maar Blue bedacht ongeduldig dat het nu al maanden zo ging en dat het hoog tijd werd voor een zoen.

58

April moest wel de heerlijkste maand van allemaal zijn, bedacht Delphine, bedwelmd door het aroma van kamperfoelie. De hagen stonden vol crèmekleurige, botergele en rozerode pluimen die je door middel van die verrukkelijke geur al op enkele meters afstand attent maakten op hun schoonheid. Op zondag maakte ze tegenwoordig met Sid lange wandelingen langs de rivier. Wat was begonnen als zo nu en dan een half uurtje kuieren was naarmate de dagen lengden uitgegroeid tot een wekelijkse gewoonte. Ze wandelden steeds verder: eerst tot aan St. Margarets, later tot aan Kew en nog later tot aan Mortlake, Putney, Barnes. Op een dag wandelden ze zonder erbij na te denken helemaal door tot aan Hammersmith, zagen daar tot hun schrik hoe laat het was en namen snel de bus terug, voordat de Greenbows hen als vermist zouden opgeven.

Tijd was relatief, had ze Kenneth weleens horen zeggen. Als ze eraan terugdacht hoe langzaam de tijd voorbij was gekropen wanneer Foley lichamelijke toenadering had gezocht, kon ze niet anders dan het daarmee eens zijn. Die vijf minuten hadden aangevoeld als een martelgang die een eeuwigheid duurde. Sinds ze in Richmond was aangekomen, had de tijd afwisselend voortgedanst of helemaal stilgestaan. Nu, met Sid, voelde de tijd aan als een glashelder beekje dat haar zo snel meevoerde dat ze nergens meer grip op had.

Van het begin af aan had Paul gehoopt dat Sid zijn draai zou vinden en zich permanent in Richmond zou vestigen. Inmiddels, wist Delphine, was daar geen twijfel meer over mogelijk. Niet alleen omdat

Sid geen andere keus had, maar ook omdat hij, net als Delphine, nauwelijks kon bevatten dat hij op zo'n mooie plek terecht was gekomen. En dan was Delphine er natuurlijk nog. Zonder dat hij het hoefde te zeggen wist ze dat hij zou blijven waar zij was.

Soms vroeg ze zich af of het wel verstandig was om hun vriendschap onbelemmerd voort te laten kabbelen. Per slot van rekening was het naïef om te doen alsof het alleen maar vriendschap was, zelfs al zou het nooit meer kunnen worden dan dat. Was dat wel eerlijk tegenover hen beiden? Zo niet, wat was dan wél eerlijk? Naast hem blijven wonen maar hem ontwijken? Verhuizen en haar heerlijke leven opgeven? Er was gewoonweg geen goede oplossing.

Al snel vond Sid een baan als assistent-hovenier bij een gezin in Hampton. Hij maakte deel uit van een klein team, zodat hij het vak al doende kon leren.

'Ik ben eerder een extra paar handen dan een hovenier,' zei hij. 'Ik vervoer stenen met een kruiwagen, metsel muurtjes en graaf kuilen. Maar ik leer ook gewassen te planten en te verzorgen. Het is heerlijk om elke dag in de tuin bezig te zijn.'

Hij bleef aan Old Palace Lane wonen, stond vroeg op om naar zijn werk te gaan en kwam weer thuis wanneer de schemering al inviel. Het voorjaar was een druk jaargetijde voor een hovenier en naarmate het langer licht bleef, werden ook zijn werkdagen steeds langer. Toch nuttigde hij zijn avondmaal vaak bij Stephen en Fanny thuis, en dan at Delphine met hem mee. Daarnaast hadden ze natuurlijk nog de zondagen en de lange wandelingen waar ze de hele week naar uitkeek.

Op een dag liepen ze terug vanuit Kew, met hun hoofden bijeengestoken en druk in gesprek. Zo nu en dan streken hun handen langs elkaar en opeens, alsof het de gewoonste zaak van de wereld was, zoende hij haar. Halverwege een zin. Ze was net iets aan het vertellen over *De hond van de Baskervilles*. Het was geen filmische zoen, waarbij hij zich met een broeierige blik in zijn ogen hartstochtelijk over haar heen boog. Hij leunde gewoon naar haar toe en beroerde haar lippen met de zijne om vervolgens zijn handen tegen haar gezicht te leggen, zowel aan de gave kant als aan de gehavende. Haar hart maakte een sprongetje en ze voelde zich heerlijk warm en licht worden. Zo had ze zich nog nooit gevoeld door lichamelijk contact met een man. Sterker nog, ze besefte nu pas dat ze nog nooit echt gekust was. Althans, niet op deze manier, zo teder en liefdevol.

'Het spijt me,' zei hij. 'Ik weet dat dit niet mag. Ik had het niet moeten doen, maar...'

Delphine knikte en ze liepen verder.

59

Blue las de brieven van L.W. nog een laatste keer voordat ze ze opborg in een la. Het leek haar niet netjes om ze nu al weg te gooien, maar haar hoop op romantiek was vervlogen.

Twee avonden geleden waren ze samen uit eten gegaan. Omdat ze nog steeds had gevonden dat het tijd was voor een zoen, had ze extra haar best gedaan op haar uiterlijk en had ze tijdens de maaltijd overduidelijk haar bedoelingen laten blijken door met haar kin op haar hand te leunen en hem dromerig aan te staren. Ze had ermee ingestemd dat hij haar naar huis zou brengen en bij de voordeur had hij haar eindelijk een nachtzoen gegeven.

Maar ze had niets gevoeld.

Een halve minuut lang, of misschien zelfs wel een hele, had ze zich door hem laten zoenen en had ze uit beleefdheid zelfs een beetje meegedaan. Het verbaasde haar hoe onaangedaan ze eronder bleef. Hoewel ze niet veel vergelijkingsmateriaal had, dacht ze niet dat het een slechte zoen was. Maar het deed haar niets, op wat voor manier dan ook.

Hemeltje, had ze gedacht toen ze hem uitzwaaide en opgelucht de deur achter zich dichtdeed. Een leven lang zo gezoend worden, dat zou ik niet volhouden. Nu had ze tenminste iets waar ze Dorian dankbaar voor was: door hem wist ze hoe opwindend een kus kon zijn.

Wat jammer van zo'n aardige man. Ze zou nog een keer met hem moeten afspreken om hem te vertellen wat ze voelde... of liever gezegd wat ze niet voelde. Dat zou vast gênant worden. Kon ze het hem beter schrijven? Misschien had ze het meteen moeten zeggen, maar ze was er niet op voorbereid geweest dat ze zich zo zou voelen en trouwens, hoe kon ze in het vuur van het moment nou zoiets zeggen? Dat was pas wreed geweest.

Met een zucht schoof ze de lade dicht. De brieven hadden haar door heel wat moeilijkheden en uitdagingen heen gesleept, maar wat kon ze eraan doen dat de passie ontbrak? Ach, ze kon maar beter weer aan de slag gaan, of in elk geval een poging doen.

De manier waarop Blue haar dagen doorbracht was enorm veranderd sinds ze niet meer bij de *Gazette* werkte. Ze staarde vaak uren voor zich uit, beet op haar nagels, tikte met haar pen, liet koffie brengen en schoot voor geen meter op.

De eerste drie dagen was ze juist erg kordaat geweest. Ze had haar recente stukken naar meerdere landelijke dagbladen gestuurd en geprobeerd de professionele houding die ze bij de *Gazette* had gekweekt toe te passen op haar bestaan als zelfstandig journalist, maar dat viel niet mee. Met deadlines en het schrijven van een vast aantal woorden kon ze prima omgaan wanneer Gordon haar opdrachten gaf en ze haar baan zou kwijtraken als ze niet aan zijn verwachtingen voldeed, maar als ze thuis was en niemand op haar lette, vond ze het moeilijk om zichzelf serieus te nemen. Merrigan had geopperd dat ze misschien aan een korte vakantie toe was, nadat ze een half jaar aan één stuk door had gewerkt. Dat klonk logisch, dus nam Blue een week vrij, maar ze verveelde zich stierlijk. Daarom schreef ze snel nog twee artikelen en stuurde die op. Na die laatste opleving voelde ze zich moe en lusteloos. Nu kon ze alleen nog maar afwachten.

Nee, dat was niet waar, sprak ze zichzelf streng toe. De roman was er ook nog. Ze had geprobeerd zichzelf te motiveren om duizend woorden per dag te schrijven en toen dat niet was gelukt, had ze gedacht dat ze de smaak wel te pakken zou krijgen als ze de grote lijnen van het verhaal, de personages en de plot op papier zette. Dat had echter ook niet mogen baten. Kennelijk was ze een minder goede baas dan Gordon.

Dat was eigenlijk de oorzaak van haar malaise. Ze miste het dat Gordon in en uit liep om opdrachten uit te delen of artikelen aan haar terug te geven waar hij met zijn rode pen doorheen was gegaan. Ze miste Juno met haar tulbanden en haar rauwe gevoel voor humor. Ze miste de behulpzaamheid van Will en Sheila's glanzend gestifte glimlach wanneer ze 's ochtends de receptie binnen kwam lopen. Ze miste het om I.C. de verslaggever te zijn.

Ze had gedacht dat de roman haar afleiding zou bieden, dat ze in haar werk zou kunnen vluchten, maar in plaats daarvan voelde ze iets van… heimwee. Hoe kon dat nou? Met gefronste wenkbrauwen keek ze door haar slaapkamerraam naar de tuin. De lavendel bloeide welig, de bloesems van de magnolia hingen er dromerig bij. Het wemelde van de roze tulpen, teer als satijn, en van het diepe blauw van de druifhyacinten. Dít was haar thuis. De *Gazette* was maar een werkplek.

Toch liet het gevoel haar maar niet los. Waar had ze dan heimwee naar? Niet naar de theepartijtjes, dat wist ze wel. Niet naar de discipline van het vroeg moeten opstaan en lange dagen moeten maken. En zeker niet naar Cauderlie! Telkens wanneer ze naar de map van prachtig bruin leer keek die ze had uitgekozen voor haar roman, telkens wanneer ze de lege bladzijden zag, roomkleurig en aanlokkelijk om te vullen, dacht ze aan een andere roman in wording, aan het notitieboek van een verslaggever dat vol stond met tekst, pijlen en doorgestreepte passages.

Ze zag het piepkleine keukentje van de *Gazette* voor zich. Een donkere avond waarop het licht van de straatlantaarns naar binnen viel. Ze zag Barnaby, die zijn rommelige manuscript naar haar toe schoof met die mengeling van verlegenheid, hoop en gêne die ze als schrijver zo goed kende. Ze zag Barnaby.

Ze zag Barnaby.

'Wat?' vroeg Blue hardop. 'Wát? O nee. Nee, nee, nee!'

Dat kon niet waar zijn. Ze miste Barnaby, meer nog dan Juno, Gordon of de anderen. Ach, wat zou het, dacht ze nerveus. Per slot van rekening waren ze best goed bevriend geweest. Die keren dat ze na het werk iets waren gaan drinken, de fijne gesprekken. Het was helemaal niet raar om een vriend te missen. Eerst had ze hem een half jaar lang bijna dagelijks gezien en nu al drie weken niet meer. Dat riep nou eenmaal bepaalde gevoelens op.

Alhoewel, bedacht ze, hij was de reden dat ze zich zo weemoedig voelde. Opeens werd ze overspoeld door herinneringen aan Barnaby. Elk daarvan was tien keer mooier, tien keer warmer, dan al haar andere herinneringen. Dat ze in The Roebuck over verborgen schatten had zitten dromen terwijl hij aan de bar een pint best mild voor haar had besteld. Dat hij zich naar het ziekenhuis had gerept in zijn jacht op een artikel en met lege handen weer was vertrokken omdat hij haar een belofte had gedaan. Dat hij haar had aangespoord om haar saaie artikel af te maken zodat ze samen weg konden gaan. Barnaby, die aan zijn roman had gewerkt in die piepkleine, donkere keuken. Barnaby op die allereerste dag, toen hij haar met een glimlach welkom had geheten in de hal. De eerste keer dat hij haar Blue had genoemd. O!

Het had van begin af aan gevoeld alsof ze een duo waren, alsof ze met elkaar in een complot zaten. Al had hij dat misschien heel anders ervaren. Hij was gewoon vriendelijk, dat hoefde niets te betekenen. Ze konden goed met elkaar opschieten, maar hij had dan ook vijf zussen! Natuurlijk kon hij goed met vrouwen overweg, Juno en hij hadden aldoor grapjes tegen elkaar gemaakt. Hij had Blue nooit laten merken dat hij haar als meer dan een gewone vriendin beschouwde, wat natuurlijk wel zo netjes was. Weer kreeg ze dat onbestemde gevoel, maar nu begreep ze dat dat kwam doordat ze niet hadden afgesproken om elkaar nog eens te zien. Barnaby maakte geen deel meer uit van haar dagelijks leven en eerlijk gezegd was er niemand met wie ze zo graag praatte als met hem. O jee.

Ze kon natuurlijk naar de *Gazette* gaan wanneer ze maar wilde. Hij was niet in rook opgegaan, als ze wilde kon ze gewoon naar hem toe. Maar dan? Moest ze een week later weer precies hetzelfde doen? Moest ze hem uitnodigen om iets met haar te gaan drinken? Blue was niet ouderwets, maar ze moest er niet aan denken dat hij alleen tijd met haar zou doorbrengen om haar een plezier te doen. Ze wilde dat hij zich… net als zij zou voelen!

Lieve hemel, waar kwam dit opeens vandaan? Ze stond op en begon te ijsberen. Hoe kon het toch dat ze dit niet eerder had gemerkt? Kwam het – o, grote gruwel – doordat Barnaby uit een ander milieu afkomstig was? Omdat hij niet het type was waar mensen aan dachten wanneer ze het hadden over een geschikte huwelijkskandidaat voor haar? Kwam het doordat ze collega's waren geweest en ze al die tijd dat ze met hem was omgegaan vooral bezig was geweest om niet kopje-onder te gaan in haar nieuwe omgeving? Of kwam het gewoon doordat hij er vanaf dag één voor haar geweest was?

Ze haalde haar handen door haar haar en stootte de paarlemoeren kam eruit waarmee ze het achter op haar hoofd had vastgezet. Ze raapte de kam op en stak hem achteloos weer in haar lokken. Zo zat het dus, dacht ze terwijl ze verder ijsbeerde. Met Dorian waren de vonken ervan afgevlogen maar het ontbrak hem aan inhoud. L.W. was een fatsoenlijke man, maar de vonk was niet overgeslagen... bij haar, althans. Foster, die schat, was en bleef als een broertje voor haar. Acht maanden na die absurde aankondiging van haar vader had ze wel het gevoel dat de romantiek in haar hart was aangewakkerd, maar had ze geen aanbidders meer over die ze de moeite waard vond. Al die afspraakjes, al die etentjes, al die gesprekken met haar vriendinnen hadden niets opgeleverd en haar liefdesleven was uitgedoofd als nat geworden vuurwerk.

Dacht ze daarom nu aan Barnaby? Omdat alle andere mogelijkheden uitgesloten waren? Was ze dan toch zo'n meisje dat altijd een man achter de hand moest hebben om betekenis aan haar leven te geven? Nee, wist ze. Barnaby was de enige reden dat ze die verrekte roman probeerde te schrijven. Dankzij hem had ze het niet alleen overleefd bij de *Gazette*, maar was ze er zelfs opgebloeid. Hij had het verhaal over Foster uit de krant gehouden. Hij was de reden dat ze het akelige staartje van de winter door was gekomen. Op de een of andere manier was hij, elegant en zonder dat ze het had gemerkt, haar rots in de branding geworden.

Ze plofte neer op een stoel en stak haar voeten voor zich uit. Die waren gehuld in dikke zwarte sokken, aangezien het in april nog steeds frisjes in huis kon zijn. Lachend bedacht ze dat ze er niet bepaald appetijtelijk uitzag met haar niet erg lustopwekkende sokken en haar haar opgefrommeld als een prop papier. Ze slaakte een zucht. Zou Barnaby haar aantrekkelijk kunnen vinden?

Ze was er zo op gebrand geweest om een man te vinden op de manier die haar vader verwachtte, de manier die Merrigan en Tab haar hadden aangeraden, dat ze had gewacht tot mannen haar het hof kwamen maken en zich had laten meeslepen door hun blijken van bewondering. Een tijdlang had het erop geleken dat ze op die manier haar doel zou kunnen bereiken, maar nu was ze blij dat daar abrupt een einde aan was gekomen, want tijdens haar serieuze gesprekken met L.W. en haar opwindende belevenissen met Dorian had er altijd iets ontbroken waar ze nu pas de vinger op kon leggen: het gevoel dat ze zichzelf kon zijn. Dat gevoel had ze bij Barnaby, maar daar had niemand het ooit met haar over gehad.

Het enige probleem was dat het vooruitzicht van een leven zonder hem ontzettend leeg aanvoelde. Ze gromde wat en leunde met haar hoofd op haar armen boven op het manuscript waar ze nog maar nauwelijks iets van geschreven had. Het volgende moment schrok ze door een brul van beneden op uit haar melancholische stemming. Haar vader schreeuwde haar naam, telkens opnieuw.

Ze sprong op. ‘Papa? Wat is er? Ben je ziek?’ Struikelend over haar slobberende sokken rende ze over de overloop en denderde ze de trap af. Alstublieft, God, niet mijn vader. Ze zou het niet kunnen verdragen als hem iets overkwam.

Ze trof hem met betraande wangen in zijn studeerkamer. ‘Wat heeft ze me nou geflikt?’ tierde hij. ‘Hoe is het mogelijk?’

Blue verstijfde. Hoewel ze geen idee had wat hij bedoelde, voelde ze aan dat dit een van die momenten was waarna het leven nooit meer hetzelfde zou worden en waarvan je achteraf wenste dat het nooit was gebeurd. ‘Wie, papa? Over wie heb je het? Wat is er?’

Hij keek haar aan alsof alle lucht uit zijn longen was geslagen, bracht slapjes zijn arm omhoog en stak haar een vel papier toe.

Blue pakte het aan en herkende het prachtige briefpapier van Midge, geïllustreerd met zeeschelpen.

'Het gaat om Midge,' zei Kenneth, en daarna voegde hij er het enige aan toe waarvan Blue zeker had geweten dat hij het nooit zou zeggen. 'Ze heeft ons verlaten.'

60

Delphine rende Richmond Hill op met het gevoel dat het voorjaar zijn intrek had genomen in haar hart. Het was vroeg in de avond en eigenlijk was het niet de bedoeling dat ze alleen op pad ging, maar het was nog licht buiten. De lucht strekte zich eindeloos boven haar uit, blauw doorspekt met lila. Het gezang van de vogeltjes maakte de sfeer er nog beter op en Delphine had besloten het erop te wagen. Het was maar een klein stukje lopen en er waren volop mensen op de been die haar groetten met een vriendelijke glimlach of een 'goedenavond'. Een week eerder was er een prinsesje geboren, prinses Elizabeth, en het leven leek haar toe te lachen. Het was moeilijk voor te stellen dat er ooit nog iets mis zou gaan nu Sid haar had gekust.

Ze moest dringend met Blue praten. Zij zou haar hoop geven, haar helpen inzien dat alles op de een of andere manier goed zou kunnen komen. Bovendien wilde ze het gewoon hardop zeggen: Sid heeft me gezoend!

Eenmaal aangekomen bij Ryan's Castle moest ze lang kloppen voordat de deur werd opengedaan. Ze begon al te vermoeden dat er niemand thuis was – wat een teleurstelling!

'O, jij bent het, juffrouw Delphine.' Avis zag er gespannener uit dan Delphine haar ooit had gezien. Haar gewoonlijk zo keurig opgestoken donkere knot was aan één kant uitgezakt. 'Jij mag wel binnenkomen, denk ik.'

'Is er iets aan de hand?' vroeg Delphine, terwijl ze de hal in liep en haar handschoenen uittrok.

'Dat moet je niet aan mij vragen,' mompelde Avis. 'Kom maar mee, ze zijn in de studeerkamer.'

Met 'ze' bleek ze Kenneth, Blue en Merrigan te bedoelen. Blue zat op de rand van het bureau van haar vader en had tranen op haar wangen. Merrigan had haar arm om haar zusje heen geslagen en Kenneth stond uit het raam te staren en straalde een en al verdriet uit.

'K-Kom ik ongelegen?' vroeg Delphine aarzelend vanuit de deuropening. 'I-Ik wil me niet o-opdringen...'

Kenneth draaide zich om en keek haar aan alsof hij haar even niet kon plaatsen. 'O, Delphine, jij bent het. Kom binnen, ga zitten. Jou kunnen we de waarheid wel vertellen. God mag weten wat we tegen alle anderen moeten zeggen. Misschien kun jij wel voor opheldering zorgen.'

'Waarover? Wat is er gebeurd?'

Toen hij zijn mond opendeed, kwamen er geen woorden uit.

Dat gevoel kende Delphine. Er moest wel iets heel ergs aan de hand zijn.

'Het gaat om Midge,' legde Merrigan uit. 'Ze is weg.'

'Weg?' Delphine fronste haar wenkbrauwen.

'Om precies te zijn, ze heeft ons in de steek gelaten. Ze is weggegaan uit Ryan's Castle. Ze heeft ons in de steek gelaten!' Het leek wel of Merrigan dacht dat het beter te begrijpen zou zijn als ze het maar vaak genoeg herhaalde.

Delphine wierp een blik op Blue, die er belabberd uitzag. Ze kon zich nauwelijks voorstellen hoe het moest zijn om nóg een moeder kwijt te raken, om Midge te verliezen. Midge! 'M-Maar... ik begrijp het niet. Dit gezin is haar alles. Ze houdt zo veel van jullie... Ze houdt van jullie,' zei Delphine vertwijfeld.

'Dat beweert ze, ja,' zei Kenneth kortaf. 'Hier.' Hij stak haar een brief toe.

Ze herkende het handschrift van Midge direct. 'Weet je het zeker?' vroeg ze verschrikt. Was er iets intiemer dan de afscheidsbrief van een vrouw aan haar echtgenoot?

'Heel zeker. Het spreekt vanzelf dat dit tussen ons moet blijven. Ik weet nog niet wat we de buitenwereld gaan vertellen, maar dit in elk geval niet. Jij... We willen dat jij precies weet hoe het zit. Elf weet er natuurlijk ook van. Je bent hem net misgelopen.'

Aarzelend knikte Delphine. Ze had al geweten dat ze een bijzonder plekje in het huishouden innam, maar de Camberwells waren altijd degenen geweest die haar hadden gered en beschermd. Dit betekende dat zij hun ook tot steun zou kunnen zijn, dat ze elkaars gelijken zouden worden. Ondanks haar ontzetting beschouwde ze dat als een eer. Ze begon te lezen.

Kenneth, mijn liefste,

Ik weet niet hoe ik je dit moet vertellen. Als ik dat doe, zul je onmogelijk kunnen geloven dat ik van je hou, maar toch is het zo. Dat heb ik altijd vol overgave gedaan en zal ik ook altijd blijven doen. Ik zou zonder ook maar een seconde te twijfelen mijn leven geven voor jou, voor Merrigan, voor Blue. Jullie geluk is voor mij belangrijker dan wat ook ter wereld of zelfs daarbuiten. Toch moet ik bekennen dat ik jullie iets vreselijks heb aangedaan. Helaas zorgt liefde er niet voor dat we geen fouten maken.

Achteraf bezien begrijp ik niet hoe ik het zo lang geheim heb kunnen houden, maar nu hou ik het niet meer vol. Liefste, toen ik in verwachting was van Percy, had ik net zo gelukkig moeten zijn als jij, maar in plaats daarvan voelde ik niets dan angst en afgunst. Door mijn tomeloze liefde voor jou was ik alleen op mijn eigen belang gericht. Het enige waar ik aan kon denken was dat ik niet mooi was. Dat Audra dat wel was, en Christie Dawson-Hobbs ook, maar ik niet.

Ik was geen droomvrouw, ik was niet je grote liefde. Ik had nooit met je moeten trouwen. Je bent een rechtschapen man en je had iemand nodig, maar dat zijn geen redenen om een levenslange verbintenis aan te gaan. Onder andere omstandigheden zou je keuze

nooit op mij zijn gevallen. Dat heb ik altijd geweten en ik heb me er altijd schuldig om gevoeld. Het spijt me.
Toen ik zwanger raakte, besefte ik dat ik het kleine beetje aantrekkingskracht dat ik bezat geleidelijk zou kwijtraken. Een vrouw van middelbare leeftijd, in een maatschappij die vrouwen nog steeds voornamelijk beoordeelt op hun uiterlijk. En dan had ik ook nog eens zo'n knappe echtgenoot. Ik vond het verschrikkelijk. Dat zul je je vast niet kunnen voorstellen, mijn liefste, maar het was echt waar. Mijn buik werd dik, mijn enkels zwollen op, en toen kwam Percy en voelde ik me een lekkend, verward, vermoeid en overweldigd hoopje ellende. Het moederschap zou gemakkelijk moeten zijn, iets natuurlijks. Ofwel dat is een leugen die in stand wordt gehouden om vrouwen te kwellen, ofwel er is iets heel erg mis met mij. Beide opties acht ik heel goed mogelijk.
De maanden dat Percy bij ons was, heb ik tot mijn schande geen blijdschap gevoeld. Voor mij was die tijd niets meer dan een aaneenschakeling van dagen waarop ik de ene na de andere miskleun beging en alsmaar onbekwamer overkwam op de man door wie ik aanbeden wilde worden. Tot ik het niet langer kon verdragen.
Jullie, mijn geliefde man en mijn lieve meisjes, waren allemaal weg. Ik bereidde Percy voor op een dagje uit en dat verliep net zo moeizaam en frustrerend als altijd. Uiteindelijk kwamen we aan bij de metro, maar we gingen niet naar Esher, zoals ik later tegen jullie heb gezegd. Ik heb hem meegenomen naar het East End in Londen, waar ik hem in een mandje heb achtergelaten voor de deur van een weeshuis, alsof ik de een of andere armoedzaaier uit een roman van Dickens was. In het mandje heb ik een briefje gestopt met de mededeling dat zijn naam Terence was. Nadat ik had aangeklopt, verstopte ik me om er zeker van te zijn dat hij binnen in veiligheid werd gebracht. Er deed een meisje open en toen ze het mandje zag, slaakte ze een zucht, alsof daar elke dag vrouwen kwamen om zich van hun kind te ontdoen als van een te zware boodschappentas. Ze gingen naar binnen en ik ging naar Esher.

Ik had nog een reiswiegje bij me, met een paar boeken erin om de indruk te wekken dat ik het gewicht van een baby meedroeg. Vanaf dat moment is het precies zo gegaan als ik verteld heb. Ik heb een broodje gekocht, gepicknickt in het park en ben in de zon gaan liggen. Daarna deed ik alsof ik in paniek was, alsof ik mijn kind kwijt was. Ik loog, en ik bleef maar liegen.
Nu kan ik al die leugens niet meer aan. Waarom doet er niet toe, maar ik kan gewoonweg niet op deze manier doorgaan. Ik kan niet meer met jullie samenleven. Eerlijk gezegd kan ik niet eens met mezelf leven, zowel omdat ik zo'n onmens ben als omdat ik de gedachte aan een leven buiten Ryan's Castle onverdraaglijk vind. Aangezien ik niet het type ben om er een eind aan te maken, zal ik het toch moeten verdragen. Mijn enige troost is dat de dood, wanneer die uiteindelijk komt, van harte welkom zal zijn.
Het spijt me meer dan ik kan zeggen. Het spijt me zo erg dat het me lichamelijk pijn doet. Hoe vaak ik dat echter ook zeg, het zal nooit genoeg zijn.

Midge

Toen Delphine de brief op haar schoot liet zakken, merkte ze dat ze huilde. Ze keek naar de familie van wie ze net zo veel was gaan houden als van haar eigen familie. Alle ogen waren op haar gericht, alsof zij alle antwoorden had. Hoe moest het nu verder met hen? Ze had geen idee wat ze moest zeggen.

Blue begon weer te snikken.

Voor Delphine was het bijna niet te bevatten hoe ingrijpend dit was. Midge was weg. Het gezin was uiteengevallen, alweer. Kenneth was in de steek gelaten door zijn vrouw, die zielsveel van hem hield. Zijn zoon leefde waarschijnlijk nog, maar was nog net zo onbereikbaar als altijd, ervan uitgaande dat hij geadopteerd was. Zelfs als dat niet zo was, als Kenneth hem weer terug kon halen naar Ryan's Castle, dan hadden ze jaren van zijn leven gemist. Niets zou ongedaan kunnen maken wat

Midge hun had afgenomen, en toch kon Delphine geen hekel aan haar hebben. Ze had medelijden met haar. Als het leven ondraaglijk werd, waren mensen tot extreme daden in staat, wist ze. Ze keek weer naar de brief. Het was gewoonweg niet te begrijpen. 'O,' zei ze, en ze sloeg haar handen voor haar gezicht.

Kenneth kwam naar haar toe en gaf een klopje op haar schouder. 'De ellende is,' zei hij op afwezige toon, 'dat we niet weten hoe we ons moeten voelen. Het is onvergeeflijk, nietwaar? Ik zou blij moeten zijn dat ik van haar af ben, ik zou de politie op haar af moeten sturen. Toch willen we niets liever dan dat ze terugkomt. Maar hoe dan? Het lijkt nu of de Midge die wij missen maar een hersenspinsel van ons was. De echte Midge is blijkbaar een vrouw die tot zoiets afschuwelijks in staat is. Dat kan ik haar nooit vergeven.'

'W-Wanneer?' vroeg Delphine hakkelend. 'Wanneer is ze…'

'Eergisteren,' zei Merrigan. 'We hebben haar een hele poos gezocht voordat we de brief vonden. Daarna heeft papa heel Londen afgestruind om haar te vinden, zonder succes.'

'Eerst ben ik naar het huis van haar moeder gegaan,' legde hij uit. 'Die had duidelijk geen flauw benul waar Midge was, dus nu zit er nog een vrouw in de zorgen. Ik heb het bij al haar oude vrienden geprobeerd, omdat ik er vrijwel zeker van ben dat ze niet in Richmond is gebleven, maar ook dat heeft niets opgeleverd. Aan de mensen met wie ze hier een goede band heeft opgebouwd, kan ik het niet vragen. Ik bedoel, hoe kan ik dit nou vertellen? Ik zou niet weten waar ze naartoe kan zijn gegaan. Weet jij toevallig niet…'

'Het spijt me.' Delphine schudde haar hoofd. 'Ik heb geen idee.'

'Nee,' verzuchtte Kenneth. 'Tja, dat is het dan. Ze wordt vermist. Net zoals Percy al jaren vermist wordt. Ik heb dinsdag de hele dag naar Midge gezocht en gisteren ben ik alle kindertehuizen in Oost-Londen afgegaan. Ik wist helemaal niet dat het er zo veel waren. Kennelijk is hij na drie maanden al geadopteerd. Ik heb ze zelfs zover gekregen dat ze me vertelden waar hij is. Eerlijk gezegd weet ik niet wat ik daarvan zou vinden als ik zijn adoptievader was, maar vooruit. Ik ben onder valse voorwendselen naar dat huis toe gegaan en daar heb ik Percy gezien... of Terence, zoals zij hem noemen. Hij is gelukkig, Delphine. Het is een goed gezin, welgesteld en vriendelijk. Het ontbreekt hem er aan niets, net zoals hier het geval zou zijn geweest. Hij is gezond en er wordt van hem gehouden. Ik kon het niet over mijn hart verkrijgen om te zeggen wie ik echt ben. Zij zijn de enige ouders die hij ooit gekend heeft en hij is nog maar zo klein. Het zou wreed zijn om zijn leven overhoop te halen. Ik vraag me zelfs af of dat wettelijk wel is toegestaan. Allemachtig!' Hij greep naar zijn hoofd en zijn zandkleurige haar piekte tussen zijn vingers door.

Delphine dacht eraan terug dat Midge hem altijd over zijn haar had gestreeld, alsof ze er gewoonweg niet vanaf kon blijven. O, wat had haar liefde voor hem hun veel gekost. 'Wat verschrikkelijk voor jullie,' fluisterde ze. 'Ik weet niet goed wat ik ervan moet denken. Ze is mijn vrouw of mijn moeder niet, maar zelfs ik kan me geen leven zonder haar voorstellen. Ze is zo goed voor me geweest. Als ik iets kan doen, wát dan ook, dan hoeven jullie het maar te zeggen.'

Blue snifte en stak haar armen uit.

Meteen stond Delphine op om haar te omhelzen, zoals Blue haar tijdens hun korte vriendschap zo vaak had getroost.

'Je treft ons niet in goeden doen, liefje,' zei Kenneth na een poosje. 'Neem ons niet kwalijk dat we je ontvangen met zulk schokkend nieuws en zo'n stortvloed aan emoties. Kwam je met een bepaalde reden op bezoek?'

'Hemeltje, dat spreekt toch vanzelf!' zei Delphine. 'Nee, ik wilde gewoon even gedag komen zeggen.' Dit was niet het moment om aan Blue te vertellen dat ze gekust was.

'Ik ben zo blij dat je er bent.' Blues stem klonk gedempt, omdat ze nog steeds tegen Delphine aan gedrukt stond. 'O, Delph, hoe kon ze nou zoiets doen? Hoe kon ze me mijn broertje afnemen en mij vervolgens ook nog in de steek laten? Hoe kón ze?'

Delphine zuchtte. Het was inderdaad onmogelijk voor te stellen. 'Mocht het een troost zijn, ik denk dat ze op dat moment zichzelf niet was. Vrouwen die een kind hebben gekregen… Vaak gaan hun emoties alle kanten op. Dat heb ik al zo vaak gezien. Volgens mij moet ze er heel slecht aan toe zijn geweest om zoiets te kunnen doen. En toen het eenmaal gebeurd was… Tja, hoe kun je zoiets nou opbiechten?'

'Wat ik niet begrijp…' Kenneth trok een bedenkelijk gezicht en liet een kort, vreugdeloos lachje horen. 'Nou ja, een van de véle dingen die ik niet begrijp, waarom nu? Wat jij zegt klinkt logisch, Delphine. Daar heb ik weleens iets over gelezen. Misschien was Midge in die tijd niet helemaal toerekeningsvatbaar en was ze daarom in staat om mijn zoon bij me weg te halen. Ik kan ook nog wel begrijpen dat ze het ons niet durfde te vertellen nadat ze weer bij zinnen was gekomen, maar dat is al jaren geleden. Waarom lukte het haar nu opeens niet meer om het geheim te houden? Waarom heeft ze uitgerekend nu besloten om alles op te biechten en bij ons weg te gaan?'

'O,' zei Delphine weer. Daarna kneep ze haar lippen stijf op elkaar. Moest ze het hun vertellen?

'Wat?' drong Kenneth aan. 'Weet jij soms iets?'

Delphine beet op haar lip. Ze wilde Midge niet verraden, maar Midge zou misschien nooit meer terugkomen en deze mensen hadden al genoeg te lijden gehad onder haar geheimen. Het zou niet goed zijn om nog iets voor hen achter te houden. 'Er is wel iets, ja,' zei ze voorzichtig. 'Ik ben erachter gekomen toen we de laatste keer thee zijn gaan drinken, maar Midge zei dat ze van plan was het aan jullie te vertellen.'

'Wat?' vroeg Blue angstig.

Delphine haalde diep adem en gooide het eruit. 'Midge is weer in verwachting.'

61

Alles was nu op zijn plaats gevallen, dacht Blue, terwijl ze in de schemering langs de rivier beende. Vanwege haar woede en verdriet stroomde er een pijnlijke energie door haar heen, als een soort tragische, onnatuurlijke kracht. In de jaren nadat Percy was verdwenen leek het wel of er een bepaald omslagpunt was gekomen waarop het hele gezin, zonder het erover te hebben, had aangenomen dat hij dood was. Dat was bijna makkelijker geweest dan je blijven afvragen of hij nog altijd ergens was, ver bij hen vandaan. Nu wist ze niet meer wat ze moest denken. Zou hij ooit nog bij hen terugkomen?

Ze wist dat ze beter niet alleen naar buiten had kunnen gaan, maar Foley kon haar rug op. Sterker nog, hij moest het eens wagen achter haar aan te komen. Ze zou hem vermorzelen! Op dit moment zou ze geen enkele moeite hebben om iets te vernielen.

Delphine was ook in haar eentje naar huis gegaan, besefte Blue opeens. Ze waren er geen van allen met hun gedachten bij geweest. O jee, ze hoopte maar dat Foley niet deze avond had uitgekozen om zijn opwachting te maken. De dreiging die er van hem uitging, leek wel naar de achtergrond te zijn verdwenen door alle drama's die zich momenteel in Ryan's Castle ontvouwden. Midge die zwanger was. Midge die met de noorderzon was vertrokken. Midge die haar kind, Blues broertje, had afgestaan. Als het moederschap haar de eerste keer zo zwaar was gevallen dat ze Percy's verdwijning in scène had gezet en die leugen nog jaren had volgehouden, hoe moest het dan zijn geweest om erachter te komen dat ze weer in verwachting was?

Terwijl de maan zich crèmekleurig aftekende tegen de steeds donkerder wordende paarse lucht schudde ze haar hoofd. Hoe groot was die kans? Er waren zo veel vrouwen op de wereld die ernaar hunkerden om moeder te worden, en Midge, die dat niet wilde, overkwam het maar liefst twee keer. De ontdekking dat ze opnieuw zwanger was moest haar woedend hebben gemaakt, haar hebben verscheurd... En het schuldgevoel dat ze had geprobeerd weg te stoppen moest dubbel zo hard zijn teruggekomen. Blue wist niet goed wat ze ervan moest denken. Ze wilde Midge niet haten, maar ze zat vol met woede en afgrijzen, plus een dosis kinderachtig, egoïstisch verdriet dat Midge háár dit had aangedaan. Hoe had ze Blue haar broertje kunnen afnemen? Hoe had ze haar kunnen laten denken dat hij dood was? Hoe kon ze haar in de steek hebben gelaten?

Bovenal voelde ze zich in de war. Waarom, waarom, waarom? Dat woord vergezelde elke stap die ze die lenteavond zette. Ze stormde langs Old Deer Park, of 'Old Dear Park', zoals Kenneth in zorgelozer tijden graag gekscherend zei. Waarom hadden ze destijds geen van allen geweten hoe moeilijk Midge het had? Waarom had ze niemand van hen in vertrouwen genomen? Waarom hadden ze het niet gemerkt? Waarom had die verrekte vader van haar zo veel geflirt? Waarom had Midge, als het allemaal zo zwaar was, niet gewoon een kindermeisje in dienst genomen? Dat was toch veel minder een teken van zwakte geweest dan zich helemaal van Percy ontdoen? Waaróm? Blue wilde het graag begrijpen. Elf had haar een boek over postnatale depressie geleend en ze was van plan om elk woord daarvan te lezen, maar eerst had ze behoefte aan lichaamsbeweging.

Toen ze opmerkte dat ze in Kew was en dat het al donker was, draaide ze zich om en liep terug. Nog steeds voelde ze die pijnlijke energie, nog steeds was ze in de war en had ze de behoefte om zich af te reageren. Op weg naar huis bedacht ze hoe erg ze ernaar verlangde om Barnaby te zien. In de tijd dat ze met elkaar omgingen had ze hem vaak in vertrouwen genomen, over Foster, over haar twijfels over het werk, over Midge, Delphine en Foley. En dan nu ook nog een vermiste stiefmoeder? Hij zou denken dat haar leven alleen maar uit drama bestond. Misschien was dat ook wel zo, maar ze wilde niet dat hij dacht dat ze hem alleen beschouwde als een schouder om op uit te huilen. Als ze ooit de moed opvatte om naar de redactie te gaan, wilde ze ervoor zorgen dat hun vriendschap ook na hun tijd als collega's kon blijven voortbestaan.

Al snel kwam ze weer aan bij de spoorbrug en de afslag die haar naar het centrum zou voeren, naar de redactie. Aarzelend stelde ze zich voor dat hij daar nog laat aan het werk was of misschien in het bekrompen keukentje aan zijn roman werkte. Misschien was hij daar wel, helemaal alleen. Misschien zou hij blij zijn om haar te zien. Blue wilde niets liever dan bij hem zijn, in de warmte en gezelligheid van The Roebuck, in plaats van thuis in Ryan's Castle, waar haar vader woedend ijsbeerde en eindeloos veel telefoontjes pleegde, waar Avis doelloos taarten bakte en waar Merrigan in en uit liep.

Blue schopte tegen een steen en keerde huiswaarts. Vanavond zou ze niet naar Barnaby toe gaan.

Het was verrassend rustig bij de rivier. Waar waren de werknemers die laat naar huis gingen? Waar waren de koppeltjes die een romantische wandeling maakten? Blue was opgelucht toen ze voetstappen achter zich hoorde, want de stilte had iets griezeligs. Toen ze zich omdraaide, zag ze echter niemand. Ze ging iets sneller lopen.

Op dat moment hoorde ze weer voetstappen naderen. Met een ruk keek ze om. Een eindje achter haar, op gepaste afstand, liep een man. Terwijl ze verder liep, zag ze hem in gedachten voor zich. Gemiddelde lengte, tenger gebouwd, met een pet laag over zijn voorhoofd getrokken. Een spits gezicht, als ze zich niet vergiste. Dat konden zo veel mannen zijn, hield ze zichzelf voor, maar vlak voor Richmond Bridge kon ze de neiging niet weerstaan om nog eens om te kijken.

Hij was weg.

Wat vreemd. Aangezien ze de laatste van de hoge toegangspoorten langs de rivier al waren gepasseerd, kon hij hier geen kant op, tenzij hij rechtsomkeert had gemaakt. In de verte zag ze echter niemand weglopen.

Ze haastte zich de stenen trap naar de brug op, en op dat moment hoorde ze weer voetstappen achter zich. Deze keer renden ze en namen ze twee treden tegelijk. Toen ze zich omdraaide, zag ze diezelfde tengere man achter haar aan komen. Uitglijdend over de gladde stenen maakte ze nog meer vaart om boven te komen, waar ze zich door de passerende auto's en voetgangers weer wat veiliger voelde. Op datzelfde moment zag ze Foster en Tab en riep ze naar hen.

Of het Foley echt was wist ze niet, want hij tikte tegen zijn pet en liep door. Misschien was hij gewoon een man die haast had en dezelfde kant op moest als zij, maar de uitdagende manier waarop hij haar blik vasthield, was in strijd met zijn eerbiedige gebaar, en hij leek even te aarzelen alsof hij iets duidelijk wilde maken. Of zag ze nu spoken?

Het was een hele opluchting om haar vrienden te zien, om meerdere redenen. Bij hen was ze veilig, Foster zag er stukken beter uit en het weerzien leidde haar af van de vreselijke toestand thuis.

'Kom je bij ons thuis een cocktail drinken?' stelde Tab voor.

Blue nam het aanbod dankbaar aan. Foster en Tabitha kon ze vertrouwen. Toen ze hun over Midge vertelde, reageerden ze verschrikt, maar vol medeleven. Daarna zorgden ze voor afleiding met hun eigen nieuwtjes. Tabitha had een nieuwe vriend over wie ze erg lovend sprak. Ze hadden al vijf afspraakjes met elkaar gehad, een persoonlijk record voor Tab.

Met Foster leek het de goede kant op te gaan. Meester Mathews werkte niet meer op zijn school en hoewel Foster hem miste, maakte dit het makkelijker om zich weer met muziek bezig te houden. De nare opmerkingen hielden aan, maar die kwamen slechts van één of twee mensen en raakten hem niet meer zo diep nu hij twee andere mensen had die ervan wisten en toch nog van hem hielden. Hij had besloten om te proberen zijn podiumvrees te overwinnen, vandaar zijn vioolsolo tijdens het recital van vorige week.

Ze bleven zo lang met elkaar praten dat het al veel later was dan Blues bedoeling was geweest toen Foster en Anthony met haar meeliepen naar huis. Geschrokken bedacht ze dat ze Delphine had moeten bellen om haar te waarschuwen dat Foley misschien weer in de buurt was. Grote gruwel, ze dacht echt niet meer helder na sinds Midge was vertrokken. Elf uur was te laat om te bellen, zeker naar het huis van een bejaard echtpaar, maar het was te belangrijk om het tot morgenochtend uit te stellen. Daarom belde ze in plaats daarvan Paul en Sylvia en hoopte ze maar dat ze de baby's niet wakker zou maken.

'Het gaat prima met Delphine,' stelde Paul haar gerust. 'Ik kom er net vandaan en ze is naar bed gegaan toen ik daar was. Ik heb haar zelf welterusten gewenst.'

'O, godzijdank,' zei Blue. 'Ik had het mezelf nooit vergeven als er iets was gebeurd.'

'Dit is wel het laatste wat ze nu zal willen horen,' merkte Paul op. 'Ik gun haar een goede nachtrust en ga morgenvroeg meteen langs om te zeggen dat ze extra op haar hoede moet zijn. De laatste tijd zijn we wat lakser geworden, omdat Foley zijn gezicht al zo lang niet meer heeft laten zien. Voortaan zullen we weer beter opletten.'

'Goed idee.' Blue moest een zucht onderdrukken. Alsof ze nog niet genoeg aan haar hoofd had.

62

De volgende ochtend gaf Kenneth het nieuws van Blue aan inspecteur Cromley door en daarna belde Blue de Greenbows.

'Ik heb geen kans gezien om naar haar toe te gaan,' zei Paul op vermoeide toon. 'Oscar is de hele nacht ziek geweest. Hij schreeuwt moord en brand en heeft hoge koorts. Sylvia heeft geen oog dichtgedaan en toen we de dokter maar niet te pakken kregen, zijn we de tijd uit het oog verloren. Tegen de tijd dat ik er weer aan dacht, was Delphine al weg, maar geen zorgen, juffrouw Blue, ze is niet alleen. Sid is bij haar. We zullen het tegen hen zeggen zodra ze weer terug zijn.'

'Dat is prima. Dank je, Paul. Hopelijk knapt Oscar snel weer op.'

Blue had zich zelden zo gefrustreerd gevoeld. Niets was zo slecht voor je ziel als machteloosheid. Aan de situatie omtrent Midge kon ze evenmin iets veranderen als aan de situatie omtrent Foley. Nu ze geen baan meer had, voelde ze zich net de heldin uit een victoriaans verhaal, die handenwringend door haar huis dwaalde. Die rol paste haar niet. Het ergste was nog wel dat ze niet kon schrijven. Het was al moeilijk genoeg geweest, maar als ze nu werd geconfronteerd met een blanco pagina fladderden haar gedachten alle kanten op als een in de val gelokte vleermuis en kon ze niet de gemoedsrust vinden die ze nodig had om zelfs maar een artikel te kunnen schrijven. Voor haar roman ontbrak het haar al helemaal aan inspiratie.

Ze plofte neer op de nieuwe bank in de salon, waarvan ze moest toegeven dat die een stuk comfortabeler was dan de oude. Daardoor moest ze aan Midge denken en ging er opnieuw een pijnlijke steek van tederheid, nostalgie en woede door haar heen. Hoe kon je ergens mee in het reine komen wanneer alles in je huis daaraan deed denken? Ze besloot de kranten te gaan lezen.

De buitenwereld weerspiegelde Blues innerlijke chaos. Het was 4 mei, de algemene staking was begonnen. Dat was niet erg verrassend. De afgelopen drie dagen was er onderhandeld, maar de discussies en voorbereidingen duurden nu al negen maanden en de geruchten hielden zelfs nog langer aan. Sinds gisteren konden miljoenen mijnwerkers de kolenmijnen niet meer in. De eigenaren van de mijnen wilden dat ze meer uren gingen draaien voor minder geld.

Toen Kenneth dat voor het eerst hoorde, moest hij lachen. 'Menen ze dat nou?' vroeg hij zich hardop af. 'Terwijl er in dit land sinds de oorlog al zo veel armoede en chaos heerst? Willen ze nu ook nog dat ze met mínder loon genoegen nemen?'

Dat was voordat Midge verdween. Sindsdien had hij niet meer zo veel belangstelling voor de actualiteiten.

Blue merkte echter dat dit voor haar een welkome afleiding was. Sommige kranten wilden de stakers koste wat kost neerzetten als oproerkraaiers. Natuurlijk zouden er heus wel mensen bij zijn die deze kans aangrepen om zo veel mogelijk herrie te schoppen, maar Blue vond het niet meer dan redelijk dat er gestaakt werd. Niemand kon er iets aan doen dat de kolenproductie was afgenomen, maar de mijneigenaren weigerden halsstarrig hun verlies te nemen en stelden daarom een salaris voor waarvan een gezin niet kon rondkomen.

Vandaag was de eerste volledige dag dat er gestaakt werd. Tussen de 1,5 en 1,75 miljoen mensen deden mee, las Blue. Wie zou er namens de *Gazette* verslag van uitbrengen? Ze twijfelde er niet aan dat Cauderlie zichzelf de beste verhalen had toegeëigend. Misschien was Griggs wel op pad gestuurd om deze wondere wereld met eigen ogen te bekijken. Ze betwijfelde of hij naar theepartijtjes toe hoefde.

Er werd zacht op de deur geklopt en Avis kwam binnen. 'Bezoek voor u, juffrouw Blue. Juffrouw Forrester en ene meneer Tanner. Zal ik zeggen dat u niet beschikbaar bent?'

Blue ging met een ruk rechtop zitten, waardoor de kranten op de vloer gleden. 'Nee! Nee, dank je, Avis. Ik wil ze graag zien. Laat ze maar binnen.'

Het leek wel of ze hen met haar gedachten had opgeroepen! Hun komst voelde aan als een rivier in het midden van een woestijn. Het liefst zou ze hen verwelkomen met een 'Gegroet, brengers van leven!', maar dan zouden ze misschien acuut weer vertrekken.

Ze sprong op van de bank en keek in de spiegel boven de schoorsteenmantel om haar haar zo goed en zo kwaad mogelijk te fatsoeneren. Ze kneep wat kleur in haar wangen en wilde dat ze een beetje make-up had opgedaan. Tot nu toe had Barnaby haar alleen netjes gekleed gezien. Godzijdank had ze haar zijden kamerjas verruild voor echte kleding, ook al droeg ze wel een slobberige oude rok en een blouse van het soort waar Merrigan een gruwelijke hekel aan had.

'Zal ik thee brengen, juffrouw Blue?'

'Nee, dank je, Avis. Ik laat het je wel weten als we iets nodig hebben.' Intuïtief voelde ze aan dat die twee verslaggevers niet waren langsgekomen om een kopje thee met haar te drinken.

'Blue, schat van me!' Juno droeg een zelfs voor haar doen opvallende tulband, saliegroen met zilveren details en met een klein sierpaardje tussen de vouwen gestopt. Ze kwam binnen in een wolk van Emeraude van Coty. 'Hoe gaat het met je? En met die goddelijke familie van je?'

'Eh...'

'Ishbel. Blue.' Met een glimlach schudde Barnaby haar de hand. 'Hopelijk vind je het niet vervelend dat we onaangekondigd binnen komen vallen.'

'Helemaal niet, je moest eens weten hoe blij ik ben dat jullie er zijn.' Ze bloosde en bukte zich om de kranten op te rapen. 'Willen jullie gaan zitten?'

'Even dan.' Juno nam plaats op het uiterste puntje van een stoel, alsof ze ten prooi zou vallen aan luiheid als ze zich te veel ontspande.

Barnaby ging aan het uiteinde van de bank zitten.

‘Wat voert jullie hierheen? En hoe gaat het met jullie? Wat fijn om jullie te zien.’

‘Insgelijks,’ zei Barnaby. ‘We zijn hier uiteraard vanwege de staking.’

‘Daar zat ik net over te lezen.’

‘We hadden niet anders verwacht. Blue, heb je al een opdracht om verslag uit te brengen van de staking? Ben je van plan om op pad te gaan om de arbeiders te interviewen of iets dergelijks?’ vroeg Juno op zakelijke toon.

‘Nee, was dat maar waar. Ik vind het vreselijk om hier thuis te zitten terwijl er zoiets belangrijks gaande is. Natuurlijk zou ik gewoon zelf op pad kunnen gaan en een artikel kunnen schrijven dat puur op speculatie berust, maar de situatie hier… Het kon gewoon niet, laten we het daar maar op houden.’

‘Gelukkig maar,’ zei Juno. ‘Een staking is geen plek voor een vrouw alleen, dat weet zelfs ik! Gordon wil ons helemaal uit de vuurlinie houden, ouderwets als hij is, maar ik vind dat hij ons gewoon met een collega op pad moet sturen, zodat we ons werk kunnen doen. Daarom komen we je halen.’

‘Mij?’

‘Gordon zei laatst nog dat hij wilde dat je nog bij ons werkte, nu er zo veel gaande is,’ legde Barnaby uit. ‘Volgens mij had hij je graag een week terug laten komen om het team te versterken, maar het budget liet dat niet toe. Zo ben ik, zijn *wíj*, op het idee gekomen.’

Het was zijn idee, dacht Blue verheugd.

‘We wisten dat je zo’n kans met beide handen zou aangrijpen, dus zijn we naar je toe gekomen,’ voegde Juno er stralend aan toe.

‘Natuurlijk,’ zei Blue, met haar eerste oprechte glimlach sinds dagen. ‘Ik moet me even omkleden. Hebben jullie twee minuutjes?’

‘Twee dan,’ gaf Barnaby toe.

Blue nam de trap met twee treden tegelijk, trok iets netters aan en denderde weer naar beneden. ‘Kom mee!’ riep ze, terwijl ze de eerste de beste hoed van de kapstok pakte. Het was er toevallig een van Midge. Weer een pijnlijke herinnering.

63

Delphine vond het heerlijk wanneer Sid met haar meeging om boodschappen te doen. Hij droeg haar mand en als ze naast elkaar van winkel naar winkel slenterden, dagdroomde ze dat ze man en vrouw waren en dit regelmatig deden. Vanmorgen was ze nog verdrietig geweest omdat Merrigan niet met haar mee zou gaan nu ze nog zo overstuur was over Midge. Zelf kon Midge natuurlijk ook niet mee. Dat had haar voor een praktisch probleem gesteld, totdat Sid was komen opdagen omdat hij graag wilde ontbijten en het gehuil van de zieke Oscar wilde ontvluchten. Hij had een vrije dag omdat hij het hele weekend had doorgewerkt om de onlangs uit Japan gearriveerde jonge boompjes te planten. Daarmee was Delphines probleem in één klap opgelost.

Ze deed er langer over dan gewoonlijk, deels omdat ze treuzelden om zo lang mogelijk van hun tijd samen te kunnen genieten, maar ook omdat er in elke winkel, op het postkantoor en bij de bank over de algemene staking werd gediscussieerd.

'Oproerkraaiers, stuk voor stuk!' zei meneer Pike, de schoenmaker door wie Delphine twee paar van Fanny's schoenen van nieuwe hakken moest laten voorzien. 'Nog even, dan worden we allemaal vermoord in onze slaap. Het zou me niets verbazen als we geen van allen het einde van de week halen.'

'Moedige mensen!' merkte meneer Frobisher bij de bank op. 'Er moet nu een grens worden getrokken, tot hier en niet verder. Het valt niet mee om in opstand te komen tegen de gevestigde orde.' Met een zucht ging hij verder met het afstempelen van leningaanvragen.

'Alles goed en wel,' riep een goedgeklede dame bij de hoedenmaker uit. 'Ik heb natuurlijk vreselijk te doen met die arme mensen, maar dit is wel funest voor mijn plannen! Ik wilde morgen bij mijn nicht in Reigate op bezoek gaan, maar het schijnt dat de treinen dan nog stééds niet rijden!'

Delphine betaalde de rekening en Sid en zij grijnsden naar elkaar.

Daarna volgde een reeks gebeurtenissen die op zichzelf zo alledaags waren dat Delphine later nauwelijks kon geloven waartoe ze hadden geleid. Allereerst had Sid gezien hoe laat het was. 'We moeten terug,' zei hij op spijtige toon. 'Ik heb Paul beloofd dat ik om twaalf uur thuis zou zijn. Hij wil dat ik hem ergens mee help.'

Op de terugweg kwamen ze een vriendin van Sylvia tegen, Annette Bryce, die haar nukkige baby in een wandelwagen probeerde te krijgen. De baby kronkelde zo hevig dat Delphine vreesde dat hij uit Annettes armen zou ontsnappen en met zijn hoofd op het trottoir zou vallen. Als hij dat overleefde, zou hij waarschijnlijk uitgroeien tot olympisch gymnast.

Annette moest met de driftige baby naar de kinderarts en smeekte Delphine om mee te gaan. 'Ik kan hem niet in mijn eentje aan,' zei ze radeloos. 'God sta me bij, maar ik kan het niet. We hebben vijf enorme Deense doggen en die kan ik zonder enige moeite allemaal tegelijk uitlaten, maar met één kleine baby weet ik me geen raad. Zeg alsjeblieft dat je tijd hebt, Delphine. Na afloop trakteer ik je op gebak.'

'Ze kan niet,' zei Sid. 'Ik moet met haar mee naar huis lopen.'

'Dat doe ik wel!' beloofde Annette wanhopig. 'Het is een mooie dag voor een wandeling. Geen enkel probleem.'

'Ik vind het niet erg,' stelde Delphine Sid gerust. 'Zo te zien kan Annette wel wat hulp gebruiken, en ik blijf niet lang weg. Wat maakt het uit als Annette me naar huis brengt?'

'Weet u zeker dat u haar na afloop naar huis kunt brengen, mevrouw Bryce?'

'Ja, heel zeker! Gaat u maar, meneer Birch, en laat haar aan mij over.'

Even later bleek echter dat Annette niet met Delphine mee naar huis zou kunnen lopen. Toen ze de kliniek uit kwamen, bleef een van de wielen van de kinderwagen achter de drempel haken. Er ontstond een slag in het wiel, waardoor Annette de kinderwagen niet verder kon duwen. Daarom besloot ze de wagen in de kliniek te laten staan tot die gerepareerd kon worden en de baby naar huis te dragen. Zodra ze hem uit de wagen tilde, begon hij weer te krijsen en te spartelen. Ze waren vijf minuten bij Annettes huis vandaan en Delphines huis lag op tien minuten lopen in de tegengestelde richting.

Gezien de omstandigheden leek het wreed om Annette te vragen om zo ver om te lopen, en Delphine vreesde voor de schedel van baby Bryce als ze dat wel zou doen. 'Ga maar,' zei ze. 'Vergeet het gebak en breng hem naar huis.'

'Weet je het zeker? Maar meneer Birch... ik heb het beloofd!'

'Maak je maar niet druk,' hield Delphine vol. 'We gaan wel een andere keer een gebakje eten. Ga maar, Annette, ik meen het.' Het was klaarlichte dag en in Richmond was het een drukte van belang. Wat kon het voor kwaad?

Eenmaal onderweg kreeg ze echter het vermoeden dat ze een fout had gemaakt. Ze had iemand moeten bellen om te vragen of ze opgehaald kon worden bij de kliniek. Of ze had aan Annette moeten vragen om tot aan het politiebureau met haar mee te lopen. Daar had vast wel iemand haar willen helpen. Alleen was dat allemaal niet bij haar opgekomen, omdat een wandeling naar huis niet zo ingewikkeld behoorde te zijn.

Ach, er was nu niets meer aan te doen. Ze was al op de helft. Nog even, dan zou ze weer thuis zijn, zou Fanny haar vanuit haar luie stoel in de salon toelachen en zou alles weer in orde zijn.

Toen ze langs The Cricketers liep, barstte er opeens luid mannengelach los. Het klonk gemeen en agressief en ze draaide zich geschrokken om. Het geluid was echter uit de pub gekomen en had niets met haar te maken. Opgelucht legde ze haar hand tegen haar hart, maar toen ze haar pas versnelde, knalde ze tegen een hard lichaam op.

Meteen daarna werd ze vlak boven haar ellebogen bij haar armen vastgepakt en klonk de stem van haar man: 'Dus je bent nog steeds zo'n zenuwlijer, Delphine. Nog steeds een bang muisje.'

Ze keek op en haar blik vond die van Foley. Het was zover. Hij was gekomen. Eén kort, bedrieglijk moment voelde ze zich heel rustig worden. Het zij zo. Al die maanden had hij haar opgejaagd zonder zijn gezicht te laten zien. Het was bijna een opluchting dat het voorbij was. Misschien zou ze dankzij haar nieuwe leven, dankzij haar hernieuwde zelfvertrouwen, eindelijk wél tegen hem op kunnen. Toen ze haar mond opendeed om iets te zeggen, kwam er echter niets uit. Pas toen drong het tot haar door hoe bang ze nog steeds voor hem was.

64

Blues dag als onverschrokken verslaggever liep uit op een domper. Het voornaamste effect van de staking op de eerste dag was dat het transportstelsel was platgelegd. Barnaby had een auto van een vriend kunnen lenen om naar de binnenstad van Londen te rijden, maar iedereen leek op hetzelfde idee te zijn gekomen. Het was druk op de weg, er heerste chaos, de mensen waren verontwaardigd. Toen ze Piccadilly eenmaal hadden bereikt, namen ze er dan ook maar genoegen mee om iedereen te interviewen die ze konden aanklampen.

Toch was het een opluchting voor Blue om het huis uit te zijn, weg uit Richmond. Omdat het haar aan een specifieke opdracht ontbrak, kon ze zich op andere zaken concentreren dan Juno en Barnaby. Zij hield zich bezig met de publieke opinie, zowel onder de stakers als onder de mensen die getroffen waren door de staking. Hoewel ze nog niet goed wist wat ze met al die informatie zou doen, voelde het goed om weer een project te hebben, iets om haar zorgen mee te verdrijven. Zodra ze die middag weer in Richmond arriveerden, kwamen ook haar zorgen terug. Ze zetten Juno af op de redactie en daarna bracht Barnaby Blue met de auto naar huis.

'Ze hebben de man van je vriendin zeker nog steeds niet gevonden?' vroeg hij toen ze alleen waren.

'Jammer genoeg niet,' antwoordde Blue. 'Het is een tijdje heel rustig geweest, maar volgens mij heb ik hem gisteravond gezien.' De rit duurde maar heel kort, ze waren alweer bij Ryan's Castle. 'Nou, bedankt voor de lift,' zei ze. 'En voor vandaag. Ik ben heel blij dat jullie aan me gedacht hebben.' Ze overwoog hem binnen te vragen, maar haar vader was er net zo slecht aan toe als in de dagen nadat haar moeder was overleden. Het ene moment staarde hij stilletjes voor zich uit, dan ontstak hij in woede, en het volgende moment ijsbeerde hij al plannetjes smedend door het huis. Soms leek het alsof hij er helemaal niet was, dan trok hij zich terug in zijn studeerkamer of zijn slaapkamer tot hij plotseling weer opdook en Blue de stuipen op het lijf joeg. Al die tijd schold hij op Midge en zwoer hij dat hij haar nooit zou vergeven. Kortom, de sfeer thuis was er niet naar om gasten te ontvangen, in elk geval geen gasten van wie je hoopte dat ze nog vaker zouden komen.

'Graag gedaan. Het spijt me dat het niet méér heeft opgeleverd. Zeg, Blue, moet je meteen naar huis, of zullen we nog even iets gaan drinken? Ik mis onze gesprekken in The Roebuck.'

'Is dat zo? Ik ook, eerlijk gezegd. Heel graag.'

In The Roebuck liep Barnaby naar de bar. Terwijl Blue aan een tafeltje bij het raam zat te wachten, voelde ze een onverwachte vlaag van geluk. Hoe kon ze zich nou zo voelen na het slagveld dat Midge in haar geliefde familie had aangericht? Mocht ze zich wel zo voelen? In elk geval begreep ze nu, of dacht ze te begrijpen, wat mensen bedoelden wanneer ze het hadden over genieten van het moment. Hierna zou ze weer terug moeten naar dat sombere, door Midge verlaten huis, en morgen zou Foley nog altijd op vrije voeten zijn. Daar zou een uurtje in de pub met Barnaby niets aan veranderen, maar toch was het zo'n welkome afwisseling dat ze dacht dat ze er nog wel een poosje op zou kunnen teren.

Hij kwam terug met een pint bier voor zichzelf en een limonade voor haar. 'Zullen we buiten gaan zitten? Daar was het weer eerder nooit goed genoeg voor, maar het uitzicht is hier wel bijzonder, vind je niet?'

Dat vond Blue ook. Ze staken met hun drankjes de weg over, waarbij Barnaby haar elleboog lichtjes vasthield. De schemering wierp dezelfde zachte gloed als gisteren, hoewel ze op dat moment niet in de stemming was geweest om van het weer te genieten. Huiverend dacht ze terug aan de rennende voetstappen die ze achter zich had gehoord. Zo'n groot risico zou ze niet snel meer nemen.

Het uitzicht was inderdaad spectaculair. Ver beneden hen strekten de weilanden zich uit en kronkelde de zilverkleurige rivier, die langs de randen dicht was begroeid met wilgen en eiken. Hoewel Blue het uitzicht goed kende, was het des te mooier nu ze ervan kon genieten met een drankje erbij, in goed gezelschap. Ze gingen op een bankje zitten en knikten naar de andere mensen die de schoonheid van de heiige voorjaarsdag bewonderden. Het Star and Garter Hotel gaf het geheel met zijn torenspits een sprookjesachtige uitstraling.

Met een zucht leunde Blue achterover. 'Vertel eens wat meer over het werk,' zei ze. 'Hoe bevalt het Griggs om terug te zijn? Is Cauderlie nog net zo irritant als altijd? Wie brengt nu verslag uit van de theepartijtjes?'

Barnaby schoot in de lach. 'Griggs is blij dat hij terug is. Hij is Whisky dankbaar dat hij zijn baan heeft vrijgehouden en hij is jou dankbaar omdat je zijn plaatsje warm hebt gehouden. Hij is een aardige kerel, maar we missen je allemaal, Blue. Al is Cauderlie inderdaad nog net zo irritant als altijd, dus wat dat betreft mis je niets. De theepartijtjes... die heeft Juno een tijdje voor haar rekening genomen, tot ze op haar strepen ging staan. Nu worden Will en Spencer er om beurten naartoe gestuurd.' Bij die gedachte moest hij grijnzen. 'Zie je het al voor je, Spencer die over de geneugten des levens schrijft? Dit zou weleens de ondergang van de societyverslaggeving kunnen inluiden.'

'Hoe gaat het met je familie? En met je roman?' Blue merkte dat ze vragen op hem bleef afvuren in een poging hun oude vriendschap voort te zetten en zich weer te voelen zoals in de tijd dat Midge nog thuis was en alles tot op zekere hoogte logisch was geweest.

Barnaby vertelde haar een paar grappige anekdotes over zijn zussen, die haar wonder boven wonder aan het lachen maakten. Toen echter het moment aanbrak dat zij iets moest zeggen, besefte ze dat ze geen grappige verhalen of goed nieuws te melden had, en dat maakte haar des te somberder.

'Met Foster gaat het een stuk beter,' zei ze, naarstig op zoek naar de lichtpuntjes in haar leven. 'Ik durf nu echt te hopen dat hij een nieuwe weg is ingeslagen. Op de details ga ik liever niet in, dat zijn Fosters zaken, maar hij lijkt nu veel gelukkiger.'

Barnaby knikte. 'Dat is fijn om te horen. Maar wat zei je daarstraks nou over Foley?'

Ze vertelde hem over haar zenuwslopende wandeling langs de rivier.

'Gelukkig is het goed afgelopen,' reageerde hij. 'Ik weet dat het naar is om van je vrijheid beroofd te worden en alsmaar bang te zijn, maar Blue, ik hoop dat je weet dat ik je met alle liefde wil vergezellen als je ergens naartoe moet. Er zijn heel veel mensen die willen dat je veilig en gelukkig bent.'

Ze knikte. Hoewel gelukkig zijn momenteel wat veel gevraagd was, zou ze er op zijn minst voor kunnen zorgen dat ze veilig was. Barnaby was zo lief voor haar dat ze haar eigen stem niet vertrouwde. Vriendelijk. Zachtaardig. Zorgzaam. Geweldig! Ze nam een slokje limonade.

'Als ik vragen mag… Hoe staat het nu met het verhaal over het lievelingetje van Richmond dat zich door middel van brieven het hof laat maken? Cauderlie is er kapot van dat hij zijn betrouwbare bron kwijt is, om nog maar te zwijgen van het feit dat hij jou er niet meer elke dag mee kan kwellen. Wellicht ten overvloede, maar ik vraag dit natuurlijk als een vriend, niet als verslaggever.'

Blue bloosde. Ze vond het gênant dat Barney dit allemaal wist, maar aan de andere kant wist de hele redactie ervan. 'Er valt niets te melden. Het is momenteel heel rustig. De twee mannen met wie ik zo nu en dan omging zijn vrienden van me, meer niet. O, zou ik dit nu de rest van mijn leven moeten aanhoren?' Dat laatste voegde ze er op theatrale toon aan toe, ook al had ze nu wel grotere zorgen.

Barnaby grijnsde. 'Ik denk het wel. Hoe gaat het met je familie?'

De gevreesde vraag. 'Mijn zus verwacht over twee maanden weer een kindje.'

'Dat is goed nieuws.'

'Zeker.' Er viel een veelzeggende stilte waarin Blue normaal gesproken zou uitweiden. Barnaby keek uit over de weilanden, waar tussen de eiken koeien te zien waren, al leken het vanaf hier slechts kleine zwarte stipjes. 'Verder is het nogal ingewikkeld, maar ik wil niet dat je denkt dat alles aan mij ingewikkeld is.'

Hij draaide zich naar haar toe. 'Natuurlijk niet. De afgelopen tijd heb je het flink voor je kiezen gehad, hè? Daar is toch niet nog meer ellende bij gekomen, hoop ik?' In zijn donkere ogen lag een vriendelijke, bezorgde blik.

'Toch wel, vrees ik.' Zo kwam het dat ze hem vertelde over Midge, over Percy, over hoe de familie was gereduceerd tot een versplinterde versie van zichzelf. Nadat ze het hem had verteld, voelde ze zich... niet per se beter, maar alsof ze er iets meer afstand van kon nemen.

'Stel je dit eens voor.' Met zijn handen vormde hij ruwweg een bol in de lucht. 'Alles wat je me verteld hebt, de hele situatie en alles wat je daarbij voelt. Nu kan het wegzweven over de weilanden en voorbij de horizon verdwijnen. Kom, dan helpen we het een handje.' Hij begon luidruchtig te blazen, alsof hij een ballon wegblies.

Even keek Blue hem verbijsterd aan, maar toen hij haar aanstootte, blies ze met hem mee en pufte net zo lang tot het hele treurige verhaal ver bij haar vandaan was, ze buiten adem achterbleef en weer kon lachen. De andere drinkers, wandelaars en vogelspotters keken hen bevreemd aan, maar daardoor schoot ze des te harder in de lach.

'Zo,' zei Barnaby. 'Zie je wel, het is maar een wolk vol gedoe. Je zult je niet eeuwig zo blijven voelen, Blue.'

Hij had gelijk, dat wist ze. Op dit moment was het onmogelijk voor te stellen dat ook maar iets van dit alles goed zou komen, maar op de een of andere manier zou het op een dag toch gebeuren. Ondanks alles had ze nog steeds zegeningen die ze kon tellen. Ze had haar vader, Merrigan, Lawrence, Cicely en de nieuwe baby. Ze had Ryan's Castle, haar ambities en haar vrienden. Ze woonde in een prachtige omgeving, kwam in materieel opzicht niets tekort en kon in drie minuten vanuit haar huis naar deze magische plek wandelen. En dan was dit moment met Barnaby er nog. Het voelde alsof hij haar geluk bracht. Ze keek hem recht aan. 'Je bent een heel vriendelijke man,' zei ze tegen hem.

Hij glimlachte. 'Dat mag ik graag hopen. En jij bent een heel bijzondere dame, als ik zo vrij mag zijn. Vergeet dat nooit. Als je ooit een vriend nodig hebt, mag je altijd een beroep op me doen.'

'Dank je, Barney. Dat waardeer ik echt, en misschien hou ik je er wel aan. Heb je… Heb je misschien een telefoonnummer dat ik kan bellen?'

'Thuis hebben we geen telefoon, maar je kunt me altijd op de redactie bellen, of een briefje voor me achterlaten. Misschien kun jij me jouw nummer geven?'

'Natuurlijk.' Ze schreef het in het kleine notitieboekje met zilveren gesp dat ze altijd bij zich droeg en scheurde het velletje papier eruit.

Nadat ze hem het velletje had gegeven, borg hij het zorgvuldig op in zijn borstzakje. 'Misschien komt het helemaal niet gelegen nu je zo veel aan je hoofd hebt, maar als je wilt, zouden we alvast een nieuwe afspraak kunnen maken. Voor volgende week, bijvoorbeeld? Iets om naar uit te kijken?'

'Heel graag.'

Hij glimlachte en zag er verheugd uit, maar niet half zo verheugd als zij zich voelde. Iets om naar uit te kijken? Het voelde als een reddingsboei.

'Mag ik je nog iets vragen?'

'Natuurlijk.'

'Ik vraag me af – en je hebt gezegd dat je het me ooit nog zou vertellen – waarom word je eigenlijk Blue genoemd?'

Ze schoot in de lach, op de een of andere manier verbaasd omdat hij dat nog niet wist. Hij leek zo bij haar leven te horen dat ze het idee had dat hij alles wist wat er van haar te weten viel, maar natuurlijk was dat helemaal niet zo. 'Ach, dat is waar ook. Toen ik nog heel klein was, namen mijn ouders me in de zomer vaak mee naar Richmond Park. Daar komen we nog steeds geregeld, want bij ons in de familie zijn we dol op picknicken. Enfin, toen ik klein was, was ik helemaal weg van icarusblauwtjes.'

Vragend trok hij een wenkbrauw op. 'Verdiepte je je toen al in de Griekse mythologie?'

Ze moest zo hard lachen dat ze zich in haar limonade verslikte en het goedje in haar neus voelde prikken. 'Dat zijn vlinders.'

'Aha. Daar heb ik niet veel verstand van.'

'O, ze zijn prachtig. Klein en mooi, met een wonderlijke kleur. Heel zacht, bijna wazig blauw, met een vleugje lila. Prinsessenblauw noemde ik dat als kind, omdat ik vond dat prinsessen die kleur zouden moeten dragen. Midge was zo lief om stof in die kleur op te scharrelen om een jurk te maken voor mijn eenentwintigste...' Ze maakte haar zin niet af en trok een bedenkelijk gezicht.

'Ondanks al haar tekortkomingen heeft ze veel liefde in zich,' concludeerde Barnaby.

'Ja. Kennelijk heeft ze er maanden over gedaan om de juiste kleur te vinden en heeft ze de jurk daardoor in vijf dagen moeten maken. Ze was dag en nacht bezig om al die kleine, glinsterende kraaltjes erop te naaien... Echt liefdewerk.'

'Dan moet je wel heel veel voor haar betekenen.'

Blue kon wel janken bij de gedachte aan Midge die zich een slag in de rondte had gewerkt om te zorgen dat Blue de perfecte kleur zou kunnen dragen tijdens die speciale gelegenheid, al was het maar één keer. Een jurk zo fragiel als de vleugels van een vlinder, elk steekje met liefde aangebracht. Dat was nog veel magischer dan de toespraak van haar vader. Maanden later was Midge echter het huis ontvlucht met de bedoeling om nooit meer terug te keren. Op slag kwamen alle nare dingen die Blue de afgelopen tijd over haar had gedacht weer naar boven, maar ze herpakte zich. Ze had nog steeds niet aan Barnaby verteld hoe ze aan haar bijnaam kwam.

'Toen ik klein was, rende ik in het park altijd achter de vlinders aan. Niet de witte of de bruine, altijd de icarusblauwtjes. Dan riep ik: "Blue! Blue!" Daarnaast was ik hoogst verontwaardigd als de prinsessen in mijn prentenboeken een roze of gele jurk droegen. Zo'n boek smeet ik meteen aan de kant, en ook dan riep ik: "Blue! Blue!" Dat is blijven hangen. Al snel noemde iedereen me Blue en werd ik alleen nog Ishbel genoemd als ik ondeugend was. "Ishbel Christina! Hou daar onmiddellijk mee op!"' Ze grijnsde bij de gedachte aan hoe vaak ze dat wel niet gehoord had.

'Wat een leuk verhaal,' merkte Barnaby op. 'En Blue past bij je. Veel beter dan Ishbel, vind ik. Ik zou graag eens zo'n icarusblauwtje zien, zodat ik me kan voorstellen op welke kleur je als kind zo dol was.'

'Als je wilt, kunnen we wel een keer in het park gaan wandelen. Het is mei, dus ze zullen nu wel net tevoorschijn komen. Daarna kun je ze nog een paar maanden zien.'

'Afgesproken.'

Hij zette haar thuis af en Blue rende door de taxusboog die de poort naar Ryan's Castle omlijstte. Het liefst zou ze nog even blijven dralen om te dagdromen, maar ze wist dat Barnaby zou wachten tot ze veilig binnen was, dus zwaaide ze snel en deed de deur open.

Ze nam zich voor om naar de tuin te gaan. Daar kon ze tussen de appelbomen dwalen, terugdenken aan hun gesprek en zich afvragen wat het te betekenen had. In de hal zag ze Elf echter ijsberen, en achter hem zag ze haar vader, met een asgrauw gezicht. Het zou dus weer zo'n avond worden.

'Lieveling.' Kenneth liep naar haar toe om haar te omarmen. 'Het spijt me dat ik je nog meer slecht nieuws moet brengen. Het is bijna niet voor te stellen dat er zo veel tegelijkertijd mis kan gaan.'

'Wat?' vroeg Blue angstig. 'Is er iets met Midge?'

'Het gaat om Delphine. Ze is verdwenen. Ik kom net bij het politiebureau vandaan. Ze zijn er vrijwel zeker van dat Foley haar te pakken heeft gekregen.'

65

Door de staking was het erg druk op de weg. Met de auto kwamen ze nauwelijks vooruit en Delphine had er makkelijk uit kunnen springen en het op een lopen kunnen zetten, maar er waren twee dingen die haar tegenhielden. Ten eerste zou ze Foley nooit te snel af kunnen zijn. Dat hij bliksemsnel was, wist ze al door de honderden klappen die ze niet had zien aankomen. Binnen een seconde kon hij verpletterend hard toeslaan, als een kat die een nietsvermoedende muis besloop.

De andere reden dat ze stokstijf op de passagiersstoel van de zwarte Lancia bleef zitten, was dat Foley Midge had. Kennelijk had hij haar opgesloten in hun oude huis in Whitechapel, waar ze zou blijven tot Delphine weer was waar ze thuishoorde. Dat had hij tegen haar gezegd toen ze bij het park in de zon hadden gestaan.

'Daarna laat ik haar gaan,' had hij schouderophalend gezegd. 'Dan heb ik niks meer aan haar.'

Midge zal meteen hulp gaan halen, wilde Delphine zeggen. Ze zal een agent aanklampen en Kenneth bellen en dan komen ze me redden. Het enige wat eruit kwam was echter: 'M-M-M...'

Foley lachte. 'Mooi werk, Foley?' opperde hij. 'Meesterlijk plan, ik weet het, ik weet het. Kom mee, schat, dan gaan we naar huis. O, wat heb ik die glimlach op je gezicht toch gemist.' Zijn sarcasme had ze altijd nog het ergst gevonden.

Delphine walgde van het feit dat ze zich na al die tijd en na alles wat er veranderd was nog steeds zo makkelijk door hem had laten overhalen. Hij had de Lancia vlakbij geparkeerd, aan de rand van het park.

Het duurde hooguit een minuut voor ze daar waren en hij het portier voor haar openhield en haar hielp met instappen, als het toonbeeld van de hulpvaardige echtgenoot. Ze was met stomheid geslagen en kon niet geloven wat er gebeurde, ook al had ze het diep in haar hart altijd al geweten. Dat toonde maar weer eens aan hoe diep ze haar kop in het zand had gestoken om zich door de dagen heen te kunnen slaan. Als hij Midge inderdaad had ontvoerd en Delphine er op de een of andere manier in slaagde om te ontsnappen, zou hij regelrecht naar huis gaan om Midge iets aan te doen. Dus bleef ze gedwee zitten terwijl hij omliep naar de bestuurderskant en instapte. Daarna kon hij zonder problemen wegrijden.

Hij zag er nog hetzelfde uit. Zijn ogen waren diepbruin. Tijdens hun verkeringstijd had ze dat nog mooi gevonden, maar als hij boos op haar was, werden diezelfde ogen zwart en indringend. Nu ook, ondanks zijn glimlach en zijn rustige manier van praten. Niemand in Richmond zou vermoeden dat hij kwaad in de zin had, tenzij ze toevallig zagen hoe hard zijn vingertoppen zich in haar armen priemden. In zijn bruine haar zaten een paar sprietjes grijs, maar dat was niets nieuws, en zijn gezicht zag er nog net zo sluw en spits uit als altijd.

In stilte dankte Delphine de algemene staking die ervoor zorgde dat de rit langer duurde dan gewoonlijk. Hoe meer tijd er verstreek tussen nu en wat haar ook te wachten stond, hoe beter.

Ook was ze blij dat hij niet veel zei. Nadat hij er aan het begin van de rit op had aangedrongen dat ze de door hem 'geleende' Lancia zou bewonderen en nadat hij een paar neerbuigende opmerkingen had gemaakt over de elegante huizen en uitgestrekte grasvelden in Richmond, had hij er het zwijgen toe gedaan. 'Met jou valt toch niet te praten,' was zijn laatste opmerking geweest. 'Het duurt veel te lang voordat je er iets uit weet te persen.' Alsof hij ook maar een greintje interesse had in wat zij te zeggen had. De stilte gaf haar de tijd om na te denken. Ze probeerde zichzelf wijs te maken dat het allemaal wel meeviel, ook al wist ze wel beter.

Ze bracht zichzelf in herinnering dat ze nu vrienden had, dat de politie op zoek was naar Foley en dat het niet lang zou duren voordat ze gemist werd. Hoe zouden ze haar echter kunnen vinden? En wat zou Foley tegen die tijd met haar gedaan hebben? Huiverend dacht ze terug aan haar oude leven.

Die herinneringen gingen gepaard met beelden van haar nieuwe leven: wandelingen langs de rivier, thee in de salon van Ryan's Castle, de magnolia buiten haar raam en haar dagboek op de kleine schrijftafel. Mooie, waardige beelden van een manier van leven die was gebaseerd op vriendelijkheid en het beste uit jezelf halen. Het contrast maakte het geweld en de vernederingen van Foley des te lelijker. Vroeger had ze er op de een of andere manier tegen gekund, maar dat kon ze zich nu niet meer voorstellen. Voorheen had ze elk stukje van zichzelf uitgeschakeld dat ooit naar liefde had verlangd, dat het had aangedurfd om te dromen dat de wereld een mooie plek zou kunnen zijn. Nu ze wist hoe anders het kon zijn, kon ze dat niet meer uitschakelen. Bovendien wilde ze de afgelopen negen maanden niet uitwissen. Wat er ook gebeurde, die herinneringen zou ze blijven koesteren wanneer haar wereld weer in duisternis werd gehuld.

Dichte bebouwing, ronkende automobielen, grijze wegen. Ze had geen idee meer waar ze zich bevonden. Dit was de eerste keer dat ze zich per auto door de stad verplaatste. Zonder metrostations en bushaltes kon ze geen touw vastknopen aan de route. Zeker tien keer stelde ze zich voor dat ze naar de portierklink zou grijpen, dat ze uit de auto zou springen en het op een lopen zou zetten tot ze in de menigte kon verdwijnen. Het leek echter onvermijdelijk dat ze zou blijven. Alleen al door het feit dat ze naast hem zat voelde ze zich net zo klein en kwetsbaar als een van die blauwe vlinders die Blue haar een keer in het park had laten zien. Ze was heel lang bang geweest voor Foley, en slechte gewoontes waren niet makkelijk af te leren.

Nu werd het lot van Midge bepaald door de vraag of Delphine zich bij haar eigen lot zou kunnen neerleggen. Midge zat opgesloten in dat naargeestige huis dat niets dan ongeluk uitstraalde en waar je het dak op je voelde drukken alsof het je ziel verpletterde. Wat vreemd dat hij

Delphine daarheen wilde brengen, bedacht ze opeens. Dat zou immers de eerste plek zijn waar ze haar zouden zoeken. Er ging een huivering door haar heen. Die fout zou hij niet maken, daar was hij te slim voor. Als hij haar ergens anders naartoe bracht, waar was Midge dan? Had hij haar eigenlijk wel ontvoerd? Hij had iets nodig gehad om haar over te halen bij hem in te stappen, voor het geval dat haar angst alleen niet genoeg was. Als hij Midge met een koffer van huis had zien gaan, had hij dat in zijn voordeel kunnen gebruiken.

Nu ze weer een beetje bij haar positieven kwam, herinnerde ze zich hoe geslepen hij was. Met een ruk ging ze rechtop zitten, maar hij pakte pijlsnel haar arm beet. 'Jij gaat nergens naartoe, lieveling.'

Lieveling. Jarenlang was dat haar minst favoriete woord geweest. Hij was de enige die haar zo noemde, maar natuurlijk schuilde er nooit liefde achter. Ze vond het vreselijk wanneer hij de spot met haar dreef en haar lieveling, liefje of schat noemde. In Richmond hadden die woorden een nieuwe betekenis gekregen. Het waren koosnaampjes die terloops werden uitgedeeld door de Camberwells en hun vrienden. In hun wereld was iedereen een lieveling. Met name Blue.

Toen de Lancia eerst rechts afsloeg en vervolgens links, werd het haar eindelijk duidelijk dat ze niet naar huis gingen. 'Je h-h-hebt M-M-Midge helemaal niet, hè?' hakkelde ze.

Minachtend keek hij haar aan. 'Natuurlijk niet. Wat moet ik met zo'n mager scharminkel? Die denkt toch alleen maar dat ze beter is dan alle anderen. Al heb ik het wel overwogen. Ik heb haar op het station een half uur in de gaten gehouden toen ze huilend op de trein naar Reading zat te wachten. Ik vroeg me af of ze misschien nog van pas zou kunnen komen, maar toen bedacht ik dat ik alleen hoefde te doen alsof ik haar had. Denk nou maar niet dat je kunt weglopen, alleen omdat je je vriendin niet hoeft te redden. Nog voordat je de weg kunt oversteken heb ik je al onderuitgehaald, als je dat maar weet. Dat hoofdje van jou is zo teer als een eierschaal. Zou dat niet hartverscheurend zijn? Een liefhebbende echtgenoot die per ongeluk zijn vrouw de dood in jaagt terwijl hij haar smeekt niet bij hem weg te gaan, ook al heeft ze hem bedrogen met de eerste de beste invalide?'

Natuurlijk was hij op de hoogte van Sid. Delphine deed een schietgebedje dat hij er genoeg aan zou hebben om haar iets aan te doen, dat hij niet achter Sid aan zou gaan. Even later reden ze tussen twee hoge stenen pilaren door en vervolgden hun weg over een lange, rechte straat die haar deed denken aan de startbaan van een vliegveld die ze in een van Kenneths boeken had gezien. Ook zonder het te vragen wist ze waar ze waren: Foleys werkplek, het Royal Albert Dock. Het was laat in de middag, dacht ze aan de stand van de zon te zien. Vanwege de staking lag het dok er verlaten bij. Ze slikte moeizaam. Dit werd geen terugkeer naar de nachtmerrie van haar oude leven. Ze hoefde zich geen zorgen te maken dat ze een van die grauwe, onderdrukte vrouwen zou worden die voor het oog van de hele wereld een afgrijselijk leven leidden maar op de een of andere manier onzichtbaar leken. Nee, Foley wilde zijn vrouw helemaal niet terug. Hij was van plan haar te vermoorden.

66

'Het ergste is nog wel dat die verrekte Cromley ook nergens te bekennen is!' riep Kenneth uit terwijl hij voor de haard ijsbeerde en zowat uit zijn vel sprong van de spanning. 'Nou gebeurt er eens wat en weet niemand waar hij uithangt! Niemand heeft hem de hele dag gezien, dus hij weet niet eens dat Delphine verdwenen is.'

'Niet best,' zei Elf. Hij zat naar voren geleund op de rand van een chaise longue en tikte onophoudelijk met zijn vingers op een bijzettafeltje. 'Niet best, niet best, niet best.' Tik, tik, tik.

Blue zat onderuitgezakt op de bank, duizelig van wanhoop. Dat Midge was verdwenen was al erg genoeg, maar bij haar hadden ze tenminste nog goede hoop dat ze veilig was. Hoe ongelukkig ze ook mocht zijn, het was haar eigen keuze geweest om te vertrekken. Bij Delphine was het een heel ander verhaal. Blue wilde haar zoeken, voor haar vechten. Maar hoe? Niemand wist waar ze moesten beginnen.

'Ik moet er wel bij zeggen dat de andere mannen op het bureau behoorlijk goed op de hoogte leken,' vervolgde Kenneth. 'Ze wisten meteen wie ik was en waar het over ging. Cromley heeft hen goed op de hoogte gehouden en ze hebben mannen naar alle voor de hand liggende plekken gestuurd: Delphines voormalige woning, het huis van haar moeder en dat van haar zus. Maar door alles wat ze ons verteld heeft, hebben we toch geen enkele reden om aan te nemen dat hij haar daarnaartoe heeft gebracht? Daarom hebben we Cromley nodig, die is wat vindingrijker. Verdorie, ik kan hem zijn nek wel omdraaien. Wat vreselijk om je zo nutteloos te voelen!'

'Vertel nog eens wat er precies is gebeurd. Ik kan het bijna niet bevatten.' Na de plezierige tijd die Blue met Barnaby had doorgebracht, had de overgang niet groter kunnen zijn.

Kenneth herhaalde wat de politie hem had verteld: dat Sid snel naar huis had gemoeten en dat Delphine was achtergebleven bij Annette Bryce en haar nukkige baby. Toen Delphine na een uur nog niet was komen opdagen, had Stephen naar Ryan's Castle gebeld om te vragen of ze daar was. Daarop had Kenneth direct de politie gebeld. Er was meteen een agent naar Annette toe gegaan, die had uitgelegd dat de kinderwagen was stukgegaan en dat Delphine had volgehouden dat ze best alleen naar huis kon lopen. De vrouw was in alle staten en gaf zichzelf de schuld van het hele gebeuren.

'En terecht,' zei Kenneth boos.

Sid was radeloos, voegde Elf eraan toe, en de hele familie was diep geschokt. Ondanks alle voorzorgsmaatregelen die ze hadden genomen, hadden ze haar door hun vingers laten glippen. Tik, tik, tik.

Deze keer dwong Blue zichzelf om rustig te blijven luisteren, om alles in zich op te nemen. 'Heeft niemand haar naar huis zien lopen? Heeft niemand haar met hem zien praten?'

'Ze hebben nog geen getuigen gevonden. Er zijn meerdere routes die ze kan hebben genomen, maar ik ga ervan uit dat ze vanuit de kliniek de kortste weg heeft genomen, dwars door het park.' Kenneth haalde zijn schouders op. 'Al valt dat niet met zekerheid te zeggen.'

'Kunnen we toch op pad gaan?' vroeg Blue. 'Ik weet dat de politie al op zoek is en dat het niet lang meer duurt voordat het donker wordt, maar misschien valt ons wel iets op. Ik kan hier niet de hele avond blijven zitten, papa. Echt niet.'

'Natuurlijk kan dat. We gaan alles uitkammen. Blijf jij hier, Elf?'

'Geen denken aan.' Elf hield op met tikken en kwam overeind.

Kenneth knikte. 'Ik zal je nog eens wat vertellen, Blue. Ik ben het spuugzat dat er alsmaar mensen verdwijnen. Als we Delphine vinden, zou dat geweldig zijn. Als we Midge vinden, en ik ga ervan uit dat ze op een gegeven moment wel contact met ons zal opnemen, haal ik haar naar huis. Het kan me niet schelen wat ze gedaan heeft, we komen er op de een of andere manier wel uit. Ik heb er schoon genoeg van dat ons prachtige leven de vernieling in wordt geholpen.'

'En als we Cromley vinden?' vroeg Blue, terwijl ze een tikje vermoeid haar jas pakte.

'Dan draai ik hem echt zijn nek om.'

'Ik kan alleen maar hopen dat Delphine nog in de buurt is,' verzuchtte Blue. 'We moeten haar zien te vinden voordat er iets verschrikkelijks gebeurt.'

67

'Aardig van je dat je belangstelling toont voor mijn werkplek,' zei Foley geamuseerd, terwijl Delphine verwoed probeerde achterom te kijken.

Ze wenste vurig dat ze Kenneths koningsblauwe Duesenberg achter hen aan zou zien komen, dat hij op de een of andere manier zou weten waar ze was. Natuurlijk was er niemand te zien. Het was vroeg in de avond, de hemel was lichtpaars gekleurd. Voor andere mensen, op een andere plek, zou het waarschijnlijk een mooie aanblik zijn.

De haven had iets griezeligs. Het was een enorm terrein vol ankerplaatsen, pakhuizen, machinerie, steigers en looppaden, dat er op deze merkwaardige dag nutteloos bij lag. Bewegingloos, als iets uit een vergane tijd. Delphine zag een kolossaal hoekig gebouw met afgedekte transportbanden die naar de waterkant leidden en dicht op elkaar liggende schepen in afgebakende stukken water dat zo kalm was dat de boten niet eens dobberden. Dat waren de lichters, wist ze. Kleine vaartuigen waarop de bemanningsleden, zoals Foley, goederen tussen de kade en de schepen overhevelden. Ze dacht terug aan de droom die ze had gehad op de dag dat ze per ongeluk in Richmond terecht was gekomen. Samen met Esther had ze veilig en tevreden op een bootje rondgedobberd, totdat ze kapseisden en verdronken.

Foley zette de auto stil bij het grote hoekige gebouw. De ramen leken op nietsziende, onvriendelijke ogen. Hij had een sleutel en nadat hij de deur van het slot had gedaan, trok hij haar mee naar binnen. Veel weerstand bood ze niet, het voelde alsof haar benen van gelei waren. Ze begon zichzelf weer af te sluiten, zoals ze ooit gewend was geweest, en had amper nog oog voor haar omgeving. Het enige wat haar opviel waren de kou en de hoge plafonds.

'De koelcel,' legde Foley uit. 'Daar bewaren we de geslachte dieren.' Hij sleepte haar door een gang mee naar een kantoor, duwde haar naar binnen en smeet de deur dicht. Daarna sloeg hij haar hard tegen haar hoofd, waardoor ze haar evenwicht verloor. Ze kwam op haar zij neer en schoof over de vloer, tot ze tegen een wand tot stilstand kwam. Het liefst zou ze opgekruld op haar zij blijven liggen, met haar gezicht naar de muur zodat ze niet kon zien wat er komen ging. Toch worstelde ze zich op haar andere zij, misselijk van de pijn in haar hoofd, en keek vanaf de vloer naar hem op, zoals ze al zo vaak had gedaan.

Hij sleepte een metalen kluis onder een groot bureau vandaan en haalde een in een zakdoek gewikkeld scheermes uit zijn zak. Nadat hij snel had gecontroleerd of Delphine nergens heen ging, begon hij het slot open te wrikken. Golven van misselijkheid en angst trokken door haar heen terwijl ze tegen de muur leunde. Hij brak de kluis open. Geld. Een dik pak bankbiljetten, waarmee hij in haar richting wapperde. 'Mijn baas begint me behoorlijk op de zenuwen te werken,' zei hij. 'Ik ben een vakman, een trots lid van mijn gilde. Zonder mannen zoals ik zou hij niks kunnen beginnen. Maar krijgen we loonsverhoging? Nee. Daarom pak ik nu wat me toekomt en neem ik het eerstvolgende schip hiervandaan. Niet vanaf hier, niet nu de staking nog aan de gang is, maar verderop langs de rivier. Daarna kan ik mijn goddelijke gang gaan. Een jonge, sterke man met een hoop geld, die onlangs weduwnaar is geworden – voor zo iemand liggen de kansen voor het oprapen. Zie je, Delphine, je hebt me een dienst bewezen toen je bij me wegliep. Daardoor ben ik aan een hoop dingen gaan twijfelen. Ik ben tot het inzicht gekomen dat ik veel beter verdien.'

Hij stopte het geld in een van zijn diepe jaszakken en boog zich over haar heen. 'Sta eens op, schat.' Hij trok haar aan haar haren overeind en gaf haar met de rug van zijn hand nog een klap tegen haar gezicht.

Delphine voelde haar wenkbrauw opensplijten. Het bloed gutste eruit en belemmerde haar zicht. Ze had altijd al een afschuwelijke hekel gehad aan het gevoel van bloed in haar ogen. Hoewel ze wist wat er zou komen, kneep ze haar rechteroog dicht om er geen bloed in te krijgen.

En ja hoor, hij kneep ook zijn oog dicht en verdraaide zijn mond alsof hij Quasimodo was. 'Echt knap ben je niet, hè?' vroeg hij spottend. 'Waarom heb ik eigenlijk ooit de keus op jou laten vallen?' Een korte stomp in haar maag was genoeg om ervoor te zorgen dat haar benen het begaven. Je kon veel van hem zeggen, maar niet dat hij niet efficiënt was. 'Je moet je wel realiseren,' zei hij op geduldige toon, terwijl hij haar weer aan haar haren overeind trok, 'dat je mijn vrouw bent, in voor- en tegenspoed. We hebben een gelofte afgelegd, lieveling! Dat betekent dat je niet bij me kunt weglopen. Dat je geen nieuw leven kunt opbouwen, geen baan mag zoeken en geen andere mannen mag zoenen. Dat ik je niet meer wil, betekent niet dat je niet meer van mij bent.'

Hoewel haar oren suisden, hoorde ze buiten een geluid. Door de hoop maakte haar hart een sprongetje.

Foley hoorde het ook en verstarde.

Het bleek echter slechts het razendsnelle getik van een ekster te zijn. Ze zag zijn gevederde silhouet langs het raam flitsen, alsof hij bij haar probeerde te komen.

'Stom beest,' zei Foley.

Delphine vroeg zich af of hij het over haar had, of over de ekster.

'Kom op, liefje. Ik moet de boot halen.' Hij dwong haar met haar armen op haar rug om mee te lopen door de gang.

Haar voeten zochten wanhopig naar houvast. Nu haar hoofd weer helder begon te worden, vroeg ze zich af wat hij nou precies had gezegd. Onlangs weduwnaar geworden? De koelcel? De havenarbeiders waren aan het staken. Hij was van plan haar hier achter te laten. Wie weet wanneer haar stoffelijk overschot gevonden zou worden. Diep in haar hart had ze altijd geweten dat hij gewoon wachtte op zijn kans, op het uitgelezen moment. Wat was er perfecter dan dit? Er heerste chaos in de stad, het pakhuis lag er verlaten bij, zelfs de vlucht van Midge had een rol in het geheel gespeeld. Foley voelde dit soort dingen feilloos aan. Hij kon uitstekend pokeren. Het heerlijke leventje dat ze had opgebouwd had nooit stand kunnen houden, besefte ze nu. Vroeg of laat moest het hier wel van komen.

Desondanks wist ze toen ze de deur aan het eind van de gang zag opdoemen dat ze zich niet zonder slag of stoot gewonnen kon geven. Dat kon ze gewoonweg niet. Ook al wilde ze dat het zo snel mogelijk achter de rug zou zijn en wist ze dat ze het toch niet van hem zou kunnen winnen, ze móést terugvechten, al was het maar één keer. Daarna zou ze met een geruster hart kunnen sterven. Zijn greep op haar arm was niet bepaald stevig te noemen, waarschijnlijk omdat ze toch geen greintje vechtlust meer in zich leek te hebben. Opeens stelde ze zich voor dat de deur naar de donkere koelcel, met daarachter al die zwijgende stukken vlees, zich aan de ene kant van de gang bevond, terwijl Blue, Sid en alle anderen haar in het zwakker wordende licht aan de andere kant van de gang stonden op te wachten.

Met hen in gedachten stampte ze op Foleys voet, ramde zo hard ze kon haar elleboog tegen zijn maag, rukte zich los en rende weg. Het bloed stroomde uit haar hoofdwond en haar benen leken zich wel onafhankelijk van haar lichaam te bewegen, maar de woede maakte haar snel. Misschien had ze hem bij toeval op een gevoelige plek geraakt, want het duurde een volle minuut voordat ze zijn rennende voetstappen achter zich hoorde. Delphine was bijna bij de deur, ze zag de paarse lucht erachter al, en er vormde zich een plan in haar hoofd. Als ze maar buiten wist te komen, zou ze zich in het water kunnen verstoppen, tussen de wirwar van boten. Als hij ver genoeg de verkeerde kant op liep om haar te zoeken, zou ze misschien naar de weg kunnen rennen…

Het volgende moment klapte ze tegen de grond, met Foley boven op haar. Ze voelde dat hij haar omdraaide en haar met zijn volle gewicht in bedwang hield.

Tot nu toe was hij voor zijn doen best mild geweest, maar nu was het gezicht uit haar nachtmerries weer terug, alsof het beetje menselijkheid dat hem nog had gerest was verdwenen. In zijn hand hield hij het scheermes waarmee hij de kluis had opengebroken. Delphine deed haar ogen dicht. Ze dacht aan Blue. Aan Sid. Aan alle leden van de families Greenbow en Camberwell. Ze voelde dat ze wegzakte, maar schudde zichzelf weer wakker en keek hem recht in de ogen. 'Ik haat je,' zei ze, zonder ook maar over één letter te struikelen. Daarna hoorde ze buiten weer een geluid. Geen ekster, maar een auto.

Foley leunde op zijn hurken naar achteren en leek oprecht geschokt.

Op dat moment wist Delphine zeker dat het iemand moest zijn die voor haar kwam, want waarom zou hier vandaag anders iemand naartoe komen? Maar hoe was dat mogelijk? En was diegene al te laat?

Toen ze vlak buiten het pakhuis een portier hoorde dichtslaan, voelde ze dat ze werd omringd door donkere schaduwen. Haar ogen zaten vol met bloed en Foley hield haar nog steeds vast. Het volgende moment gleed ze alsnog weg, weg bij Foley, weg van de angst en de pijn, maar jammer genoeg ook weg bij de hoop. Alles werd zwart.

Delphine had flauwvallen altijd als een opluchting ervaren. Wanneer ze weer bij kennis kwam, was er altijd iets veranderd. Meestal hooguit dat Foley even het huis uit was, maar zelfs dat was in die tijd een zegen geweest. Vandaag merkte ze tot haar ontzetting echter dat ze nog steeds op de koude vloer lag, onder het hoge grijze plafond van het pakhuis. Ze vroeg zich af wat er gebeurd was met de persoon die in de auto was aangekomen. Langzaam draaide ze haar hoofd opzij, en ze kromp ineen van de pijn in haar nek en haar schedel. Ze probeerde in haar ogen te wrijven, maar alles deed pijn.

'U bent wakker.' De stem kwam haar bekend voor, maar ze kon hem niet plaatsen. 'Probeert u zich maar niet te bewegen. Ik heb een ambulance gebeld. Het komt wel goed met u, maar u hebt een paar lelijke verwondingen opgelopen. Blijf voorlopig maar rustig liggen.'

Foley was het in elk geval niet, maar toch durfde ze nog niet te geloven dat ze veilig was. Op dat moment wilde ze maar twee dingen: weggaan uit dat koude, hoekige gebouw, en begrijpen wat er gebeurd was.

'W-Waar is...' Deze keer was het probleem niet dat ze stotterde, maar dat haar mond pijnlijk opgezwollen was.

'Uw man? Die is er niet meer. Blijf maar rustig liggen, het zal nu niet lang meer duren.'

'Ik k-kan niet...' Ze probeerde te gaan zitten, ze moest het weten. 'Wie bent u?'

'Wacht. Als u dan toch wilt bewegen, help ik u wel.' Twee sterke armen werden onder haar oksels geschoven en hielpen haar te gaan zitten, een hand ondersteunde haar hoofd. Er werd een mannenjas over haar heen gegooid voor de warmte. 'Neem me niet kwalijk, ik dacht dat u me wel zou herkennen. Ik ben het, inspecteur Cromley.'

'Inspecteur?' mompelde ze. Van alle mensen van wie ze het minst zou verwachten dat ze voor haar zouden zorgen, haar hoofd zouden ondersteunen en haar gerust zouden stellen, stond Foley bovenaan de lijst, op de voet gevolgd door deze man. 'Ik kan niet zo goed zien. Maar... zei u nou dat hij er niet meer is?'

'Foley is dood, mevrouw.'

'Dood? Hoe kan dat?' Het duurde even voordat het tot haar doordrong. Een dode Foley was beter dan een Foley die in de gevangenis zat. Uit de gevangenis kon je nog wegkomen. Als dit waar was, was het nu echt voorbij. Het voelde verkeerd om blij te zijn dat er iemand dood was, maar toch was dit te mooi om waar te zijn. Even vroeg ze zich paniekerig af of ze hem had gedood tijdens hun worsteling, of haar angst, afschuw en wanhoop dit op de een of andere manier hadden veroorzaakt. Ze zou er nooit voor kiezen om iemand van het leven te beroven, hoe erg ze hem ook verachtte. Als het echter per ongeluk was gebeurd...

'Dat is een lang verhaal. Eerst zullen we maar eens zorgen dat u in het ziekenhuis komt, dan roepen we uw familie erbij en vertel ik het u... officieel, bedoel ik.'

'Is hij echt dood?'

'Ja, echt.'

'Dan kan het me niet schelen wat er gebeurd is. Zolang ik het maar niet heb gedaan, mag hij voor mijn part een fatale klap tegen zijn hoofd hebben gekregen van een vliegende ananas.'

Ondanks de waas voor haar ogen zag ze een glimlachje om zijn lippen spelen. 'Dat komt aardig in de buurt,' zei hij. 'Rust nu maar even uit.'

De volgende keer dat Delphine wakker werd, lag ze in het ziekenhuis, waar de ochtendzon naar binnen viel in de lelijke zaal. Blue, Kenneth en inspecteur Cromley zaten aan haar bed, samen met nog een man die ze niet herkende.

Toen ze met samengeknepen ogen naar hem tuurde, leunde hij naar voren en schudde haar voorzichtig de hand. 'Hallo, Delphine. Ik ben Barney. Barnaby Tanner, van de *Gazette*. Al kan ik je verzekeren dat ik hier niet uit hoofde van mijn beroep ben.'

'De Barnaby van Blue?' mompelde ze.

'Zo zou je het kunnen zeggen.' Er leek een lachje in zijn stem door te klinken bij de gedachte dat hij bij Blue hoorde. Ze had al zo'n voorgevoel gehad.

'We hadden je nooit uit het oog mogen verliezen, nog geen minuut,' zei Kenneth. 'Het spijt me zo dat je dit hebt moeten meemaken, liefje. Ik zal mezelf nooit vergeven dat ik dit zo verkeerd heb aangepakt.'

Opeens zag hij er oud uit, vond Delphine. Het leek of hij jaren ouder was geworden sinds Midge was vertrokken. Nu oogde hij niet meer charmant en jong voor zijn leeftijd, maar grijs en vermoeid.

'Je arme gezicht,' zei Blue. 'Je arme, arme hoofd. Het is allemaal onze schuld.'

'Wat? Nee!' Haar lippen voelden nog steeds dik en pijnlijk aan, maar ze was vastbesloten om duidelijk te maken hoe zij erover dacht. 'Jullie hebben het allemaal geweldig gedaan. Jullie zijn gewoon geweldig! Bovendien is het nu voorbij. Inspecteur Cromley zei dat hij...' Ze dacht weer aan het heerlijke, onwaarschijnlijke nieuws dat ze in het pakhuis te horen had gekregen. Hoe dan?

'Ja, hij is dood,' bevestigde Kenneth.

Dat kon Delphine niet vaak genoeg horen.

Inspecteur Cromley schraapte zijn keel. 'Mevrouw Foley, daar wil ik het nog even met u over hebben, als u zich ertoe in staat voelt.'

'Zolang ik maar niet in de problemen zit,' zei Delphine. Ze kon nauwelijks geloven dat de zaak was opgelost op de manier die haar het beste uitkwam, zonder dat haar iets te verwijten viel. Foley had haar altijd het gevoel gegeven dat alles haar schuld was.

De inspecteur schudde zijn hoofd. 'U niet, mevrouw Foley. Alleen was hij nog altijd uw echtgenoot. Het is mijn plicht om u te vertellen wat er gebeurd is.'

Delphine knikte. 'Ga uw gang, inspecteur. Maar noem me alstublieft geen mevrouw F-Foley. Zo beschouw ik mezelf al heel lang niet meer. Nu mag ik mezelf volgens de wet weer Delphine Painter noemen, nietwaar? En jullie...' Ze keek naar Blue en Kenneth. 'Jullie hoeven je nergens voor te verontschuldigen. Dit zat er altijd al aan te komen, dat realiseerde ik me toen hij me eenmaal te pakken had. Jullie hebben gedaan wat jullie konden, en het had veel erger kunnen aflopen.' Ze dacht terug aan de klap waardoor ze door het kantoor was geschoven. Op dat moment was ze ervan overtuigd geweest dat ze het niet zou overleven, maar hier was ze dan. Er was een nieuwe dag aangebroken en ze werd omringd door vrienden. 'Eigenlijk ben ik er nog goed van afgekomen.'

'Niet als wij niet op tijd waren gearriveerd,' merkte Cromley op. 'Hij was van plan u te vermoorden, dat vat ik niet licht op.'

'Ik ook niet, maar het ergste was nog wel de gedachte dat ik jullie nooit meer zou zien, niet dit.' Ze gebaarde vaag naar haar wonden. 'Waar zijn we eigenlijk?'

'Het Poplar Hospital, liefje,' antwoordde Kenneth. 'Het Mile End was te ver weg, ook al was je dan dichter bij je moeder geweest. Ze is onderweg, al kan dat vanwege de staking nog wel even duren.'

Blue hielp Delphine om te gaan zitten. Er lagen kussens achter haar en Blues vestje was om haar schouders geslagen. Nadat ze aangespoord door Blue een slokje water had gedronken, kwam er een verpleegster binnen om haar verband te controleren en werd haar eindelijk verteld wat er gebeurd was.

Hoewel Kenneth inspecteur Cromley had vervloekt omdat hij was verdwenen op het moment dat ze hem het hardst nodig hadden, bleek nu dat Cromley iedereen een stap voor was geweest.

'Die man achtervolgde u continu, juffrouw Painter,' legde hij uit. 'Wanneer u met die jonge neef van uw werkgevers naar Kew liep, wanneer u bij de Camberwells op bezoek ging, wanneer u ging lunchen met mevrouw Camberwell of juffrouw Merrigan… continu.'

Delphine huiverde.

'Ik denk dat hij tijdens de oorlog is opgeleid als spoorzoeker, anders had hij zich dat soort vaardigheden nooit eigen kunnen maken. Ik durf te wedden dat u niets in de gaten hebt gehad.'

'Dat klopt.'

'Onder andere omstandigheden zou ik misschien bewondering hebben gehad voor zijn tactiek. Hij heeft maar één fout gemaakt.'

'En dat is, inspecteur?'

Hij glimlachte zelfgenoegzaam. 'Hij was er zo op gebrand om de perfecte jager te zijn dat hij niet doorhad dat hij zelf ook een prooi was. Al die tijd dat hij u volgde, volgde ik hém.'

'Overal?'

'Overal. Ik heb nachtenlang niet geslapen. Het was precies zoals u zei, juffrouw. Hij wachtte zijn kans af.'

'Het perfecte moment.'

'Precies. Dat kon ik aan alles merken. Hij was ontzettend berekenend bezig. Ik wist dat hij zijn kans zou krijgen en die wilde ik hem laten grijpen. Als ik hem al eerder had gearresteerd, wat had ik hem dan ten laste moeten leggen? Het betreden van privéterrein? Rondzwerven? Zelfs als we in zijn verleden waren gedoken en hem op geweldpleging hadden kunnen pakken, was hij niet lang de gevangenis in gedraaid. Ik wilde hem genoeg touw geven om zichzelf mee op te knopen, zogezegd.'

Delphine hoorde het rillend aan. Het had niet veel gescheeld, of zíj had aan datzelfde touw gehangen.

'Het enige waar ik geen rekening mee had gehouden was hoe snel hij zou toeslaan. Het ene moment stond hij nog buiten The Cricketers met u te praten…'

'Was u daar ook?' vroeg ze verwonderd. Kennelijk waren er beschermengelen in alle soorten en maten, zelfs in de vorm van boomlange, uit de kluiten gewassen mannen in een blauw uniform.

'Inderdaad. Het ene moment stonden jullie nog met elkaar te praten, het volgende moment reden jullie al weg in de auto. Uw man houdt… hield… van aanpakken. Ik had geen tijd om er een collega bij te halen of iemand te laten weten waar ik naartoe ging, dus vorderde ik een auto en zette de achtervolging in.'

'Echt waar? Dank u wel, inspecteur. Ontzettend bedankt. Als ik dat toch eens had geweten… Ik dacht dat niemand me ooit zou kunnen vinden.' En dan te bedenken dat ze Cromley altijd maar een hork had gevonden. Hij had zich juist tot het uiterste ingespannen en was geen moment van haar zijde geweken tot de zaak op deze gruwelijke wijze was afgesloten.

Ze kreeg te horen dat de inspecteur met een slakkengang Richmond uit was gereden, drie auto's achter Delphine en Foley. Onderweg had hij Eric Stanley, de nieuwste rekruut van het politiebureau, zien lopen. Hij had het raampje omlaaggedraaid en naar de jonge agent geschreeuwd dat hij moest instappen. 'Normaal gesproken zou ik hem niet uitgekozen hebben om me bij een dergelijke missie te ondersteunen,' gaf hij toe, 'maar ik moet zeggen dat hij het uitstekend heeft gedaan. Achteraf bezien was het maar goed dat hij erbij was. Ik ben blij dat hij kan getuigen.'

'Waar is hij nu?' vroeg Delphine.

'Nog in de haven, om alles op te ruimen en… te regelen.' Hij schraapte zijn keel.

Delphine slikte moeizaam. Nu kwam het.

'In de buurt van de haven werden we opgehouden en verloren we jullie even uit het oog, maar tegen die tijd was het al duidelijk dat hij u wilde meenemen naar zijn werkplek. Bij aankomst op het Royal Albert Dock zagen we de auto buiten het gebouw met de koelcel staan. U was daar al veel te lang met hem alleen. Toen we naar binnen renden, lag u zwaar toegetakeld op de vloer. Hij zat over u heen gebogen met een scheermes in zijn hand… De uitdrukking op zijn gezicht zal ik nooit vergeten. Hij vond zichzelf erg slim, nietwaar? Hij kon niet geloven dat iemand hem betrapt had.' Cromley schudde zijn hoofd. 'Ik ben in mijn leven heel wat schoften tegengekomen, maar zo'n kil figuur als hij had ik nog nooit gezien.'

Blue slaakte een zucht en kneep in Delphines hand.

Foley was ervandoor gegaan. Omdat Cromley en Stanley de deuropening hadden versperd, was hij in de richting van de koelcel gerend. Daarbinnen was het donker en in tegenstelling tot de agenten kende Foley er de weg. Cromley schoot op hem, maar miste. De tweede kogel schampte zijn been, en Foley kwam ten val. De politiemannen snelden eropaf, maar Foley was alweer overeind gekrabbeld.

'Deze keer liep hij maar half zo snel en gutste het bloed uit zijn been, maar toch was hij ons te snel af en verdween uit het zicht. Ik was ten einde raad. Ik had hem al zo lang achtervolgd, nu mocht hij echt niet meer ontkomen. Toen zag ik hem weer. Hij spurtte tussen de geslachte dieren die aan het plafond hingen door, in de richting van een van de transportbanden die naar de schepen voeren. Als hij daar was aangekomen, had hij omlaag kunnen glijden en kunnen ontsnappen. Er zijn daar ontelbaar veel plekken waar hij zich had kunnen verstoppen, tussen de steigers, de lichters en de *dolphins*.'

'Dolfijnen?' vroeg Blue met gefronst voorhoofd.

Delphine glimlachte. Ze zag Blues fantasie al aan de haal gaan met beelden van prachtige zeewezens die de gekste capriolen uithaalden tussen de steigers in de Londense haven.

'Zo noemen ze de meerpalen daar, juffrouw Camberwell. Enfin, mevrouw F… juffrouw Painter. Die geslachte dieren zijn zwaar. Meestal worden ze aan ijzeren haken opgehangen, maar een paar hingen aan een touw. Waarom weet ik niet. Zelf zou het me niet zijn opgevallen, moet ik bekennen. Daarvoor was ik te druk bezig om uw man in het oog te houden. Stanley maakte me erop attent. Prima jongen, die komt er wel. Dus schoot ik op de touwen. Ik wilde niet op uw man schieten. Vanaf die afstand was een gericht schot onmogelijk en ik wilde niet voor de rechter gesleept worden omdat ik een ongewapende man had gedood. Het was alleen mijn bedoeling om hem tegen te houden. Twee van de karkassen vielen naar beneden. Een daarvan trof uw man, waardoor hij werd verpletterd. Hij was op slag dood. Stanley was gisteren zijn gewicht in goud waard. Nu u helemaal op de hoogte bent, ga ik maar eens naar hem toe, mevrouw... Delphine. Dit is niet de afloop die ik voor ogen had, al kan ik niet zeggen dat ik er rouwig om ben.' Hij stond op om te vertrekken en blokkeerde met zijn kolossale gestalte het licht.

Delphines ogen vulden zich met tranen bij de gedachte aan wat hij voor haar had gedaan. Ze stak haar hand naar hem uit en toen hij die schudde, klampte ze zich aan hem vast en drukte haar gezicht tegen zijn enorme kolenschop. 'Dank u wel,' fluisterde ze, en ze kuste zijn hand. 'Duizendmaal dank dat u hem hebt achtervolgd, dat u het niet hebt opgegeven, dat u mijn leven hebt gered. Ik zou willen dat ik iets voor u terug kon doen.'

'Dat is niet nodig, juffrouw. Ik ben allang blij dat uw leven nu echt kan beginnen. Ik wens u nog een prettige dag. Tot ziens, allemaal.'

Nadat hij vertrokken was, stapte Blue naar voren om Delphine voorzichtig te omhelzen.

Delphine leunde met haar hoofd achterover en deed haar ogen dicht. Het was nog steeds moeilijk te bevatten dat ze nu echt vrij was, dat Foley nooit meer een schaduw over haar dagen zou werpen. Wat was hij gruwelijk aan zijn einde gekomen.

'Vaarwel, Foley,' mompelde ze. 'Ik hoop dat je in de dood meer rust zult vinden dan in je leven.'

Vlak voordat ze weggleed in een vredige, genezende slaap, hoorde ze Blue zeggen: 'Delphine, lieveling, dat was de eerste keer dat ik je zonder stotteren zijn naam heb horen zeggen!'

68

Twee dagen later ontwaakte Blue uit de eerste goede nachtrust die ze in tijden had gehad. Dat was zo fijn dat ze zich heel even gelukkig voelde. Zelfs zonder de gordijnen open te doen wist ze dat de zon scheen. Beneden hoorde ze de stem van haar zus, daar moest ze om glimlachen. Merrigan zou samen met hen ontbijten.

De afgelopen dagen en nachten had ze amper een oog dichtgedaan. Gisteren waren ze laat teruggekomen uit het ziekenhuis. Blue was volkomen uitgeput op het bed neergeploft en in een diepe slaap weggezonken, opgelucht omdat er ten minste één enorme zorg van haar schouders was gevallen. Nu werd ze wakker in de wetenschap dat Delphine aan de beterende hand was. Anne en Esther waren bij haar en over een paar dagen zou ze alweer in Richmond zijn.

Blue was van plan de logeerkamer voor haar in orde te maken, al zou ze daar weinig werk aan hebben, want Midge had de kamers altijd keurig netjes onderhouden. Bij die gedachte sloeg haar stemming opeens om. De somberheid was terug en drukte als een baksteen op haar maag. Midge.

Midge had Percy bij hen weggehaald. Midge was weer in verwachting. Midge was weg. Nu was Blue de vrouw des huizes.

Ze stond op en trok haar ochtendjas aan. Als ze nog langer bleef liggen zwelgen in zelfmedelijden, zouden de woede en het verdriet haar de hele dag in hun greep houden. Blue was erachter gekomen dat het heel makkelijk was om alles te laten overschaduwen door de dingen die mis waren of ontbraken. Het liefst zou ze in elkaar duiken om de gruwelijke pijn buiten te sluiten, maar toch zou ze haar zegeningen moeten tellen. Niet omdat ze het verkeerd vond om je emoties te tonen, maar omdat dit voor haar de enige manier was om zich hierdoorheen te slaan. Dat was het belangrijkste. Ze zou zich bij Merrigan voegen en proberen wat van het ontbijt naar binnen te werken.

Met driftige slagen borstelde ze haar lange blonde haar. Welbeschouwd waren er heus wel dingen waar ze blij van kon worden. Delphine was veilig. Niet alleen voorlopig, maar voorgoed. Dat was meer dan ze ooit had durven hopen.

En dan was Barnaby er nog. Op de avond dat ze had gehoord dat Delphine vermist werd, waren zij, Elf en haar vader doelloos op pad gegaan, omdat ze de gedachte om niets te doen niet konden verdragen. Nadat ze een uur of twee over straat hadden gedwaald, vragen op mensen hadden afgevuurd die de politie al had gesteld en niets wijzer waren geworden, waren ze langs de redactie van de *Gazette* gekomen en hadden ze boven licht zien branden. Blue wilde Barnaby zien. Als hij er niet was, zou ze wel een briefje voor hem achterlaten, dacht ze. Natuurlijk was hij er wel, om de aantekeningen die hij die dag over de staking had gemaakt in een artikel te vatten. Het bleek dat hij net op het punt stond om naar hén op zoek te gaan. Vlak daarvoor was hij gebeld door inspecteur Cromley, die de Camberwells niet thuis had kunnen bereiken. Elf was teruggegaan naar Ryan's Castle en Barnaby had Blue en Kenneth naar het ziekenhuis aan East India Dock Road gebracht. Daar was hij geen moment van haar zijde geweken.

Toen Delphine hem 'de Barnaby van Blue' noemde, wist Blue niet waar ze het zoeken moest! Gelukkig leek hij het niet erg te vinden.

Ze streek haar haar naar achteren en bekeek haar gezicht aandachtig. Misschien had Merrigan gelijk en zag ze er ouderwets uit. Wat zou Midge ervan zeggen als ze haar haar zou laten knippen?

Ach, Midge was er toch niet meer.

Ze plensde wat water uit de oude lampetkan op haar tafel in haar gezicht. Het water was 's ochtends niet meer zo koud als in de winter.

De meimaand vorderde gestaag, de staking duurde nog steeds voort. De zomer was in aantocht.

Blue glimlachte. Alles zou goed komen. Als ze zich maar op Barnaby en Delphine bleef concentreren, op haar vader, op Merrigan en het kindje dat op komst was… Alleen was Merrigan niet de enige die een kindje verwachtte, nietwaar?

In zijn paniek over Delphine had haar vader gezegd dat hij Midge naar huis zou halen als hij haar vond, ongeacht wat ze gedaan had. Blue wist niet goed wat ze daarvan vond. Momenteel moest ze er niet aan denken om Midge te zien, maar dat wilde niet zeggen dat ze zonder haar verder wilde. Toch vroeg ze zich af hoe het voor haar vader zou zijn om te leven met een vrouw die hem, en hun allemaal, zo veel had afgenomen.

Blue staarde uit het raam naar de tuin. Hoewel Midge iets vreselijks had gedaan, twéé vreselijke dingen zelfs, kon ze zich geen leven in Ryan's Castle voorstellen zonder Midge die met een bundeltje stof onder haar arm in een deuropening opdook en zei: 'Ik heb een kleinigheidje voor je gemaakt, lieverd, hopelijk vind je het mooi.' Een leven zonder Midge die zich als gastvrouw tijdens hun cocktailparty's rustig maar elegant op de achtergrond hield en erop toezag dat Kenneths impulsieve gedrag niet uit de hand liep, dat Blue gelukkig was, dat het met iedereen goed ging. Een leven zonder de enorme liefde die Midge voor hen allemaal voelde. Die liefde zou haar toch wel weer naar huis voeren? Maar hoe moest het dan verder? Door haar was Percy er niet meer! Hoe konden ze erop vertrouwen dat ze hen nooit meer zou kwetsen?

Een ander probleem was, vermoedde Blue althans, dat Midge niet wist dat zij net zo veel van haar hielden als andersom. Misschien had ze dat nooit echt geweten. Misschien dacht ze wel dat ze woedend op haar waren, wat ook klopte, en dat ze haar niet meer wilden zien, wat niet waar was.

Waar kon ze toch zijn?

69

Een straat bij het pension vandaan was er een kleine brink, een park kon je het niet noemen. Nu alles door het voorjaar in volle bloei stond, ging Midge daar zo vaak als ze kon naartoe. Dan ging ze met haar handen in haar schoot gevouwen op het bankje onder de kersenboom zitten om naar het vrolijke lied van een merel te luisteren. De kersenbloesems waren al gevallen en lagen vertrapt tot een pastelroze mat aan haar voeten. Voor haar stonden tulpen in vol ornaat en ze staarde naar de zee van donkerpaars, kaneelbruin en kersenrood als iemand die als gebiologeerd naar een haardvuur keek. Ze praatte met niemand.

Het was nu ruim een week geleden dat ze van huis was weggelopen. Toen ze haar moeder had gebeld, had ze gehoord dat Kenneth haar daar was komen zoeken. Om zijn gal te spuwen, ongetwijfeld. Op een dag, vele jaren in de toekomst, zou ze hem misschien onder ogen moeten komen, maar nu kon ze dat nog niet. Een piepklein stemmetje in haar binnenste fluisterde dat hij best eens uit liefde naar haar op zoek kon zijn gegaan, of op zijn minst uit bezorgdheid. Naar dat stemmetje wilde ze echter niet luisteren, het zou haar alleen maar valse hoop geven en haar hart breken. Kenneth mocht dan een lieve man zijn, hij had ook een sterk rechtvaardigheidsgevoel. Wat Midge had gedaan was fout, zo eenvoudig was het.

Haar moeder was des duivels. ‘Waarom ben je bij je man weggegaan, domme meid?’ had ze getierd. ‘Hij is zeker vreemdgegaan. Ach, dat doen mannen nou eenmaal. Slik je trots in en ga terug, voordat de deur voorgoed voor je gesloten blijft. Je bent niet onvervangbaar, hoor!’

Midge had stilletjes de hoorn op de haak gehangen. Ze vond het vrij typisch dat overspel de enige verklaring was die haar moeder kon bedenken. Zelfs zij geloofde niet dat Kenneth haar dochter trouw zou kunnen blijven. Het gaf echter wel aan dat Kenneth haar niet had verteld wat Midge had gedaan, en daar was ze hem dankbaar voor. Ze wist niet of ze haar moeder ooit de waarheid zou kunnen vertellen over Percy, maar op een gegeven moment zou ze haar niet meer kunnen ontwijken en zou uitkomen dat ze weer zwanger was.

Tot nu toe was daar nog amper iets van te zien. Hoewel Midge al vijf maanden heen was, was ze door haar lange, tengere gestalte nog niet dikker geworden, maar hooguit iets voller. Door de frisse lentebries stond het nog niet raar om een jas te dragen, en de vormeloze kleding die in de mode was hielp ook. Ze droeg een pastelblauwe jas die vanaf haar schouders in een A-lijn uitliep en tot aan haar knieën reikte. De jas viel klokkend om haar heen en kleedde mooi af. Haar trouwring had ze nog steeds om. Het leek haar beter om zich als weduwe voor te doen dan als alleenstaande zwangere vrouw, dus ging ze in het pension waar ze een kleine studio op de tweede verdieping huurde als mevrouw Smith door het leven.

Het meisje boven haar was ballerina en Midge werd op de gekste tijdstippen wakker van het gebonk omdat ze haar jetés en fouettés oefende. De vrouw onder haar had het grootste appartement, met een eigen keuken van waaruit de geur van geroosterde rode bietjes opsteeg. Voordeel was wel dat er alleen vrouwen in het pand woonden en dat haar studio over twee kleine raampjes beschikte. Desalniettemin toog ze al bij het minste zonnestraaltje naar de brink. Het was een compleet ander leven dan in Ryan's Castle, maar als ze hier zat, voelde ze zich tenminste verdoofd en dat was het beste waar ze tegenwoordig op kon hopen.

Om eerlijk te zijn was de rest van de tijd een martelgang. Ze miste Kenneth en de meisjes vreselijk. Hun afwezigheid drukte op haar als zware balken die haar gevangenhielden in een gebouw dat op instorten stond. Van het kindje dat in haar groeide had ze weinig last, maar toch kon ze er niet omheen. Elke nacht lag ze te woelen in bed, door alle vragen die door haar hoofd spookten niet in staat om de slaap te vatten. Ze zou het kind weer naar een tehuis kunnen brengen, maar de gedachte om dat een tweede keer te moeten doen was het oppervlakkigste wat ze maar kon bedenken. Ze had zelfs overwogen het kind zelf groot te brengen, maar het voelde als verraad ten opzichte van Percy als ze een ander kind wel zou houden, terwijl ze hem had afgestaan. Daarom had ze besloten het kind nadat ze het op de wereld had gezet naar Kenneth te brengen. Ze wist dat het kind bij hem welkom zou zijn, en op die manier zou haar baby in elk geval een vader en twee zussen hebben. Op die manier zadelde ze Kenneth op met de vraag wat hij het kind op een dag over zijn moeder zou moeten vertellen, maar daar zou hij vast wel iets op verzinnen.

Ook zou het hem geen moeite kosten om het kind groot te brengen. Hij had immers de hulp van Avis, Merrigan en Blue. Als de vrouwen in Surrey er eenmaal lucht van kregen dat Kenneth Camberwell weer beschikbaar was, zou hij vast niet lang vrijgezel blijven.

Ze moesten scheiden. Misschien kon dat wel per post, ze zou als voorwaarde kunnen stellen dat hij haar niet zou komen opzoeken. Op die manier zou hij vrij zijn, en zij een gescheiden vrouw... Wat zou het leven haar daarna in 's hemelsnaam nog brengen? Zou ze weer bij haar moeder intrekken? Dat kon ze zich niet voorstellen. Ze zou op zoek moeten naar een baan, misschien als naaister of als verkoopster in een warenhuis. Bovendien zou ze hier ver vandaan moeten gaan wonen, want ze moest er niet aan denken dat iemand haar zou herkennen als Midge Camberwell, de vrouw die Ryan's Castle was ontvlucht.

Misschien zou ze wel naar Yorkshire gaan. Dat was hier ver vandaan en misschien zou het weidse landschap haar troost bieden. Voortaan zou ze weer als Margaret door het leven moeten, want de naam Midge was onlosmakelijk verbonden met liefde en genegenheid, twee dingen die ze achteloos had weggegooid. Jammer was het wel, want Margaret was een passieve vrouw geweest, zo kleurloos als een zondag in Dulwich. Ze zou het missen om Midge te zijn.

Eerst moest ze de baby ter wereld brengen. Ze had genoeg geld om het de laatste maanden van haar zwangerschap en nog even daarna te kunnen uitzingen... Ze zou naar een dokter moeten gaan, want op haar leeftijd was een zwangerschap niet zonder risico's... En zo duurden de nachten voort, vol overpeinzingen en conclusies die weinig ruimte voor slaap overlieten.

Overdag zat ze in haar kamer of staarde ze naar de tulpen en dacht aan de mensen van wie ze hield. Ze werd gekweld door de herinneringen aan haar huis en haar familie. Vreemd genoeg liet Percy haar net zomin los als de anderen. De afgelopen jaren was ze vooral bezig geweest met het beeld van hem dat ze in haar hoofd had: hoe zou hij eruitzien nu hij vier was? Wat had hij aan toen hij zijn eerste stapjes zette? Waren zijn ogen net zo helder als die van Kenneth, of bruin en bedachtzaam, zoals de hare? Tegenwoordig zag ze de echte Percy voor zich, zoals ze hem korte tijd had gekend. Ze herinnerde zich de dunne, vochtige krulletjes die aan zijn schedel geplakt zaten, ze voelde zijn hoofdje, zo rond als een sinaasappel, in de palm van haar hand. Ze zag zijn lieve, tandeloze grijns en verlangde ernaar om bij hem te zijn. Eindelijk had ze het juiste gevoel voor haar zoontje gevonden, nu pas, nu het veel te laat was. De spijt en het schuldgevoel waren ondraaglijk.

Het volgende moment zag ze Kenneths springerige goudblonde haar voor zich, dat het afgelopen jaar een beetje grijs was geworden en dat altijd weerbarstig omhoogpiekte bij zijn voorhoofd, waardoor hij iets aandoenlijks had. Zijn intelligente ogen, zijn elegante figuur. De lach die rond zijn mondhoeken en in zijn ogen schuilde. De immense trots die ze altijd voelde wanneer ze hem zag.

Ze dacht aan Merrigan, met haar sluike notenbruine haar en haar kleurige, stijlvolle kleding, altijd op de voet gevolgd door de ondeugende Tabitha. Merrigan was uitgesproken, maar had ook een groot hart en Midge zag voor zich hoe ze achter Cicely aan jakkerde of de keuken in stapte om Avis te helpen. Ze wist altijd wat er moest gebeuren, zonder het te hoeven vragen.

En dan Blue, die lieve, gevoelige Blue, die worstelde met de zin van het leven maar tegelijkertijd over een enorme kracht beschikte, die haar zelfs op de moeilijkste momenten motiveerde om zich vast te houden aan magie en schoonheid. Midge stelde zich voor dat ze zich fronsend over een notitieboek boog, dat ze het huis uit beende in een van haar lange, ouderwetse rokken of dat ze haar hoofd schuin hield terwijl ze naar je luisterde, alsof ze alles in zich opnam wat je zei en ook een heleboel dingen die je onuitgesproken liet. Dat ze in Blues achting zou dalen, vond Midge nog wel het moeilijkst. Dat meisje had al zo veel te verduren gehad voor iemand van eenentwintig, en nu had Midge het nog erger gemaakt. Ze zou er alles voor overhebben om dat terug te kunnen draaien.

Hoe had ze echter bij hen kunnen blijven nu ze weer zwanger was? Hoe had ze blijdschap kunnen veinzen, in de wetenschap wat ze de vorige keer had gedaan? Dit kindje betekende het einde van dat leugenachtige bestaan dat ze ondanks alles zo had gekoesterd. 'O, kindje toch,' fluisterde ze, 'je hebt alles bedorven.'

DEEL 5

ZOMER

Door het prachtige weer werd alles
in blauw- en goudtinten gehuld

70

In Ryan's Castle was zonder Midge een nieuw tijdperk aangebroken. Mettertijd was de woede die Blue voor haar stiefmoeder voelde vervaagd tot een doffe blauwe plek. Zich vasthouden aan haar haat jegens Midge voelde net zo slecht als al het andere wat er gebeurd was. Hoewel ze het nog steeds moeilijk had en het rouwproces om Percy weer van voren af aan was begonnen, had ze zo veel mooie, liefdevolle herinneringen aan Midge dat ze wilde dat ze gewoon terug zou komen. Liefde, daar kwam het uiteindelijk allemaal op neer.

Het leven leek langzaam voort te kabbelen, als een rivier die dichtslibde. Het voelde alsof er een naargeestige betovering was uitgesproken over deze plek, dacht Blue, alsof er een waas van berusting en teleurstelling over hen was neergedaald, terwijl de wereld buiten nog net zo mooi was als altijd.

Het was juli in Richmond, de tuinmuren waren begroeid met rozen en er weerklonk wederom gelach langs de oevers van de rivier. Op Richmond Hill klonk het gerinkel van kristal en porselein in de tuinen, omdat de families buiten theedronken. In het park begon het gras al iets te verdorren, met het verstrijken van de dagen zou het alsmaar geler en stroachtiger worden.

Op een middag aan het einde van juli gingen Blue en Merrigan met Cicely picknicken in het park, om Cicely een plezier te doen. Het kind waggelde rond onder de strakblauwe lucht, zat zachtblauwe vlinders achterna en plukte gras om haar moeder en tante mee te kietelen. Blue rende achter het meisje aan, terwijl Merrigan als een gestrande walvis onder een parasol lag. Daar had Blue haar voorzichtig op de grond laten zakken, en toen het tijd werd om te vertrekken moest ze haar niet al te zachtzinnig weer overeind hijsen.

'Hoe kun je nou zo kolossaal zijn en dan nóg niet bevallen?' vroeg Blue puffend.

'Daar moet je mij niet op aankijken!' zei Merrigan nijdig, terwijl ze haar evenwicht probeerde te zoeken. 'Ik loop toch zeker niet voor de lol zo rond? Dokter Harcourt zei dat het elk moment zover kon zijn… acht dagen geleden. Ik zou hem weleens met zo'n buik willen zien rondlopen in deze hitte.'

'Lukt het zo?' Blue durfde het eindelijk aan om haar zus los te laten en snelde achter Cicely aan, die ervandoor ging nu ze merkte dat de picknick voorbij was.

'Ik ben zover.' Merrigan knikte en wachtte als een koningin af terwijl Blue alles opruimde. 'Gut, het is hier echt niet hetzelfde zonder Midge erbij, hè?'

Tijdens het opvouwen van het kleed aarzelde Blue even. 'Nee, zeg dat wel.' Meestal was zij degene die hardop treurde over het verlies van Midge, terwijl Merrigan er stoïcijns onder bleef en zich vooral op de toekomst richtte. Per slot van rekening was er een kindje op komst waar ze zich op diende te concentreren. Voor Blue was het een opluchting om te horen dat haar zus hun stiefmoeder ook miste. In het begin hadden ze het vaak gehad over Percy, het feit dat Midge opnieuw zwanger was en de vraag hoe Midge, die ze allemaal kenden als lief en zorgzaam, toch zulke verschrikkelijke keuzes had kunnen maken. 'Zou je nog willen dat ze terugkwam?' vroeg Blue voorzichtig, omdat ze wist dat Merrigan hier niet graag over praatte.

'Natuurlijk,' antwoordde Merrigan. Vol ongeloof schudde ze haar hoofd. 'Ze heeft ons voorgelogen, ze heeft ons ons broertje afgenomen, ze heeft ons onvoorstelbaar veel verdriet gedaan… maar ze hoort bij ons, nietwaar? En we weten dat ze veel meer is dan de vrouw die die dingen gedaan heeft. Ze dacht destijds niet helder na en het is duidelijk dat ze er net zo erg onder lijdt als wij. In sommige opzichten zelfs erger dan wij, denk ik. Stel je voor dat je zo veel ellende hebt aangericht! De gedachte dat ik Cicely zoiets zou aandoen...' Ze huiverde. 'Daar moet ik niet aan denken. Toch kan ik me nog wel herinneren dat er toen Cicely nog heel klein was momenten waren waarop ik óók dacht dat ik gek zou worden. Niemand durft toe te geven hoe zwaar het moederschap eigenlijk is. Godzijdank heb ik het niet zo zwaar te verduren gehad als Midge. Ik denk dat we allemaal weer bij elkaar moeten komen om dit verdriet te kunnen verwerken, maar ik verwacht niet dat dat zal gebeuren, want dat maffe mens heeft het zelf niet in de gaten.' Met een tijdschrift wapperde ze zichzelf koelte toe. Het was niet zo'n warme zomer als vorig jaar, maar door de zwangerschap raakte ze al snel oververhit.

'Denk je...' Blue aarzelde even en vroeg zich af wat ze nou echt wilde vragen. 'Denk je dat het zou werken als ze weer terug was? Ik bedoel, het is natuurlijk geen kleinigheid wat ze heeft gedaan.'

'Dat klopt, maar soms zijn mensen niet eens in staat om elkaar veel kleinere dingen te vergeven. Het gaat niet om de omvang van het vergrijp, maar om wat iedereen wil en bereid is daarvoor te doen. Het zou moeilijk worden voor papa. Ze heeft hem nota bene zijn zoon afgenomen! Ook al is hij nog zo ruimdenkend en heeft hij een hart zo groot als Amerika, in wezen is hij een ouderwets type en hoopte hij op een prins voor Ryan's Castle. Als hij haar echter net zo erg mist als wij... en als we allemaal heel hard ons best doen...'

Blue knikte. Zo dacht zij er ook over. Het zou niet makkelijk worden, maar wanneer was het leven dat nou wel?

Met een zucht vervolgde Merrigan: 'Volgens mij zal het Midge nog het zwaarst vallen om zichzelf te vergeven. Denk ik. Het blijft speculeren, hè?'

Al die tijd hadden ze maar één keer iets van Midge vernomen, via haar moeder. Midge had haar gevraagd om hun te laten weten dat ze het goed maakte. 'Vraag me niet waar ze is,' had mevrouw Fawcett gezegd, 'want ik heb geen flauw idee. Ik kan mijn eigen dochter niet eens bereiken! Als ik haar iets wil vragen, moet ik wachten tot ze me belt. Als het dan eindelijk zover is, weet ik van de weeromstuit niet meer wat ik wilde vragen, dus heb ik nu maar een lijstje bij de telefoon neergelegd.'

Ze hadden mevrouw Fawcett tevergeefs bestookt met berichten voor Midge waarin ze haar smeekten om contact met hen op te nemen en zeiden dat ze er samen wel uit zouden komen. Ze hadden zelfs brieven geschreven die Blue persoonlijk in Dulwich had afgeleverd, maar de moeder van Midge had slechts haar schouders opgehaald.

'Ik zie haar nooit en heb haar adres niet,' had ze op effen toon gezegd. 'Ik wil ze best aannemen voor het geval dat ze hier komt opdagen, maar wie zal het zeggen?'

Blue vertrok met het onaangename gevoel dat mevrouw Fawcett hen op de een of andere manier allemaal verantwoordelijk hield voor het feit dat haar dochter was weggelopen. Misschien was het in zekere zin ook wel hun schuld.

'Kom op, mevrouw neushoorn,' zei Blue nu, terwijl ze haar arm door die van Merrigan haakte. 'Op naar huis, voordat dat kind eruit valt. Ik sta niet te springen om een spontane buitenbevalling.'

Langzaam, heel langzaam, liepen ze de heuvel op, in Merrigans tempo. Net als alle anderen betwijfelde Blue of het wel verstandig was dat haar zus zo laat in haar zwangerschap nog op pad ging, maar als Merrigan eenmaal ergens haar zinnen op had gezet, was ze niet op andere gedachten te brengen.

'Hoe gaat het met het schrijven?' vroeg Merrigan in een opzichtige poging om Blue af te leiden van haar gepieker over Midge. 'Heb je nog iets van die L.W. gehoord?'

Na die nietszeggende zoen had Blue nog één brief naar L.W. gestuurd, waarna ze hadden afgesproken in een koffiehuis in Hammersmith. Ze had hem persoonlijk willen meedelen dat ze hem weliswaar erg aardig vond, maar liever vrienden wilde blijven. 'Als je het niet vervelend vindt,' had ze eraan toegevoegd, omdat ze zich slecht op haar gemak voelde. Het viel niet mee om tegen iemand te zeggen dat je je niet tot hem aangetrokken voelde.

Die arme man had er geschrokken en overstuur uitgezien. Blue had zich nog schuldiger gevoeld toen hij zei dat hij graag vrienden wilde blijven, maar dat dat misschien moeilijk zou worden omdat hij zo lang valse hoop had gekoesterd. 'Mag ik erover nadenken?' vroeg hij. 'Als ik het gevoel heb dat ik je als een vriendin kan beschouwen, schrijf ik je wel.'

'Dat is prima,' had Blue op ernstige toon gezegd, en daarna had ze nooit meer iets van hem vernomen.

Ze had zijn brieven nog eenmaal gelezen en ze vervolgens verbrand. Ze hadden veel voor haar betekend, maar als puntje bij paaltje kwam was liefde niet in woorden te vatten. Brieven waren niet genoeg.

Toch had ze L.W. een keer geciteerd toen ze het op een avond met haar vader over Midge had. Het ging erover hoe moeilijk het was om te aanvaarden dat de Midge die ze gekend dachten te hebben tot dit soort dingen in staat bleek. 'Toen las ik dit nog eens,' zei ze, 'en daar heb ik veel aan gehad: "Als we alleen dingen zouden doen die bij ons passen, zou ons wereldje wel heel klein worden." Zo is het precies, papa. Het leven duurt te lang om altijd maar hetzelfde te kunnen blijven. Weet je nog, toen je terugkwam van het front en tegen me zei dat er in de werkelijkheid ruimte is voor heel veel dingen, zowel goed als slecht? Dat geldt volgens mij ook voor mensen.'

Kenneth kauwde nadenkend op zijn duimnagel. 'Dat vind ik een mooi citaat, lieveling,' zei hij na een poosje. 'Is dat van Plato?'

'Nee, van L.W.'

Tegen Merrigan zei ze nu: 'Ik heb geen contact meer met hem.'

'Niet?'

'Nee. Uiteindelijk drong het tot me door dat ik alleen vriendschap voor hem voelde, terwijl hij meer wilde. Het was een teleurstelling voor hem, maar de vonk was er gewoon niet bij mij.'

'Bij Dorian was die er wel.'

'Dat kan wel zijn, maar dat was geen echte vriendschap, of anders een heel oppervlakkige. Ik wil het allebei. Zoals jij hebt met Lawrence,' voegde ze er snel aan toe, voor het geval dat haar zus zou zeggen dat ze wel realistisch moest zijn.

'Ja, maar ik heb heel veel geluk gehad.'

'Nou, dat wil ik ook.'

Merrigan keek haar aan en gaf een kneepje in de arm waar ze op steunde. 'Zo hoort het ook, lieveling, zo hoort het.'

Met een glimlach vroeg Blue zich af of ze haar zus over Barnaby moest vertellen. Ze had er nog tegen niemand met een woord over gerept, al had Delphine wel geraden wat er gaande was. Na twee maanden waren Blues gevoelens voor hem alleen maar sterker geworden. Ze hadden elkaar nog een paar keer gezien en ze kon merken dat hij haar graag mocht, maar meer wist ze niet. Misschien voelde hij wel voor haar wat zij voor L.W. voelde. Om de een of andere reden wist ze bij Barnaby niet goed hoe ze moest flirten of naar informatie moest vissen... Misschien kwam het doordat ze eerst collega's waren geweest, of misschien doordat hij zo direct en rechtdoorzee was. Of misschien was ze gewoon bang om afgewezen te worden en hield ze liever alle opties open. Ze wist niet of ze die tedere gevoelens wel met haar nuchtere zus wilde delen.

Eenmaal terug bij Ryan's Castle bleek dat Delphine op bezoek was. Na haar ontslag uit het ziekenhuis had ze een maand bij hen gelogeerd. Het feit dat ze ontvoerd was en dat Foley op dramatische wijze aan zijn einde was gekomen, waren geen dingen die ze van de ene op de andere dag kon vergeten. Zowel inspecteur Cromley (die onverwacht meelevend bleek) als dokter Harcourt had haar aangeraden om de gebeurtenissen in alle rust te verwerken. Toch werkte ze inmiddels alweer enkele weken bij de Greenbows en was ze in lichamelijk opzicht volledig hersteld. Op emotioneel vlak zou ze nog wat langer de tijd nodig hebben. Door de lange gesprekken die ze met elkaar hadden gevoerd, wist Blue dat Delphine zich vreselijk schuldig voelde omdat Foleys dood haar zo goed uitkwam. Dat begreep Blue best. Het was moeilijk te aanvaarden dat andermans dood reden kon zijn tot vreugde of diepe opluchting, maar het was niet anders.

'Wat fijn je te zien, lieveling.' Blue omhelsde haar, gaf haar vader een kus op zijn wang en schonk een kop thee voor zichzelf in.

‘Merrigan, je bent gigantisch,’ merkte Delphine op. ‘Het kan nu gewoonweg niet lang meer duren.’

‘Zeg dat maar tegen de baby,’ reageerde Merrigan kortaf. Ze reikte naar de theepot, maar ze kon er door haar dikke buik niet bij.

‘Ik schenk wel voor je in,’ bood Blue aan.

Er viel een korte stilte. Soms kon zelfs iets vrolijks als Merrigans baby hen verdrietig maken, omdat die hen deed denken aan dat andere kindje dat zo kort na dit kindje geboren zou worden, maar dat ze geen van allen zouden mogen zien. Merrigans kindje zouden ze echter wel zien, sprak Blue zichzelf streng toe, terwijl ze haar zus met een stralende glimlach een kopje overhandigde.

‘Delphine en ik hadden het er net over dat de tijd zo snel gaat,’ vertelde Kenneth, die een piepklein stukje vruchtencake afsneed. Voorheen was hij een enthousiaste man met een gezonde eetlust. Toen Midge hier nog woonde, zou hij nooit zo’n zuinig stukje hebben genomen. Nu deed hij denken aan een bloem die was gedroogd tussen een album. ‘Die vreselijke ervaring van haar is alweer twee maanden geleden. Wat ziet ze er goed uit, hè?’

‘Nou en of,’ beaamde Merrigan. ‘Weet je, Delphine, telkens wanneer ik van streek raak over Midge, denk ik eraan hoe slecht jij het hebt gehad en hoe heerlijk vrij je nu bent. Dat helpt me om me weer gelukkig te voelen.’

Blue glimlachte. Ze had helemaal niet doorgehad dat haar zus er net als zij elke dag bewust voor moest kiezen om niet toe te geven aan haar verdriet.

‘Ik kan het nog steeds niet goed geloven,’ gaf Delphine toe. ‘Soms loop ik ergens en bedenk ik tot mijn schrik dat ik aan Merrigan of Sid had moeten vragen om met me mee te gaan. Daarna dringt het pas weer tot me door dat ik nu veilig alleen op pad kan. Vanmorgen liep ik langs The Cricketers en zat er een groepje mannen binnen. Van die schreeuwerige types, net als die dag. Dat maakte me zo bang, want ik moest meteen weer denken aan het moment dat Foley opeens voor me stond. Ik hield mezelf voor dat zoiets nooit meer kan gebeuren, maar daarna voelde ik me direct schuldig omdat ik zo opgelucht ben dat hij dood is.'

'Ik kan nog steeds niet geloven dat je niet hebt gegild of bent weggerend, alleen omdat hij zei dat hij Midge had,' merkte Blue op. 'Wat ben je toch een schat, dat je zo'n groot risico hebt genomen omdat je haar wilde helpen. Konden we haar maar laten weten wat je gedaan hebt.'

'Het was dom van me,' reageerde Delphine. 'Pas toen we bijna bij de haven waren, besefte ik dat hij haar helemaal niet had ontvoerd.'

'"Moed is vuur en pesten is rook,"' zei Kenneth. 'Een citaat van Benjamin Disraeli. Foley was rook, Delphine, en jij was een en al vuur. Wij vinden dat je ongelofelijk dapper bent geweest. We zijn het er allemaal over eens… Wat? Wat is er, liefje?'

Blue keek naar Delphine, die lijkbleek was geworden. Onwillekeurig wierp ze een blik op het raam, half in de verwachting om Foley daar te zien staan. Ze kon best begrijpen dat Delphine tijd nodig had om tot zich door te laten dringen dat hij er echt niet meer was.

'O,' zei Delphine. 'Niet te geloven. Ik herinner me opeens iets! O jee, dit had ik natuurlijk meteen moeten vertellen, maar ik was het helemaal vergeten. Het schiet me nu pas weer te binnen.'

'Wat dan?' vroeg Merrigan, die net haar kopje naar haar lippen had willen brengen.

'Foley zei toch dat hij Midge had zien vertrekken? Hij is haar naar het station gevolgd en overwoog haar te ontvoeren, maar hij besloot het niet te doen. Hij zei… Ik weet zeker dat hij zei dat hij had gezien dat ze zat te huilen en dat ze op de trein naar Reading zat te wachten. Foley heeft haar op de trein naar Reading zien stappen.'

Blues hart maakte een sprongetje. Eindelijk een aanknopingspunt!

Haar vader trok een bedenkelijk gezicht. 'Reading? Wat heeft ze daar nou te zoeken?'

'Misschien niets,' zei Blue enthousiast. 'Misschien was dat juist wel de bedoeling.'

'Een neutrale plek, waar we niemand kennen,' viel Merrigan haar bij. 'Heeft hij verder nog iets gezegd?'

Delphine schudde haar hoofd. 'Nee, dat weet ik zeker. Het staat me nu weer heel helder voor de geest.'

'Misschien is ze niet helemaal tot aan Reading meegereisd,' mijmerde Kenneth. 'Er zijn nog meer haltes op die lijn, en Reading is niet bepaald een kleine stad.'

'Maar het is tenminste iets, toch, papa?' vroeg Blue. 'Ga je kijken...'

Kenneth was de kamer echter al uit.

'O, hij is al weg. Zo snel heb ik hem in tijden niet zien bewegen.'

Gehuld in een dunne zomerjas en met een hoed op zijn hoofd stoof hij weer naar binnen. 'Ik ga ervandoor, dames.' Hij gaf hun om beurten een kus op de wang.

'Weer iemand weg,' verzuchtte Blue toen ze de voordeur hoorde dichtslaan.

Daarna viel er een stilte. Met een zacht gerinkel zette Delphine haar kopje terug op het schoteltje. Aan de andere kant van de muur klonk het geblaf van een hond. Zou hij Midge na al die tijd nog kunnen vinden?

'Meisjes?' zei Merrigan op verstikte toon. 'Eh... het spijt me dat ik jullie hiermee lastigval, maar volgens mij komt de baby eraan.'

71

Het kindje van Midge maakte zijn of haar aanwezigheid nu duidelijk kenbaar. Ze zag de baby nu als een hij of een zij, ondanks haar vaste voornemen om het bij 'het' te houden. Deze keer kwam ze er goed vanaf, de zwangerschap van Percy herinnerde ze zich heel anders. Wat vreemd dat al het andere zo veel makkelijker ging nu ze alleen in een eenkamerappartementje woonde. Misschien hoorde dat wel bij het leven, misschien moest het een altijd het ander compenseren, zodat de balans niet verstoord raakte.

De pensionhoudster had een wenkbrauw opgetrokken toen er zich bij Midge een buikje begon af te tekenen, maar ze had niets gezegd. Midge was een rustige huurder die nooit voor problemen zorgde en altijd op tijd de huur betaalde. Of de vrouw geloofde dat er echt een meneer Smith had bestaan wist Midge niet, maar ze zou hier toch niet lang meer blijven. Nog steeds maakte ze elke dag een wandeling naar de brink, belde ze elke week haar moeder en was ze van plan om de baby naar Ryan's Castle te brengen en vervolgens naar Yorkshire te verhuizen.

Haar gebroken hart vertoonde nog geen tekenen van herstel. Elke dag werd ze overspoeld door herinneringen aan hen allemaal, als de zon die zijn stralen over een heuvel wierp. Haar herinneringen waren het enige wat ze nog had, verder kon ze alleen speculeren. Misschien was Merrigan inmiddels al bevallen, misschien ook niet. Misschien had Blue een andere baan als verslaggever gevonden, misschien ook niet. Misschien had ze inmiddels een man uitgekozen, misschien ook niet. Delphine was misschien veilig voor Foley, misschien ook niet. Kenneth had zich misschien neergelegd bij wat er gebeurd was en had haar misschien zelfs een beetje kunnen vergeven. Misschien ook niet.

Ze zou willen dat ze hem gerust kon stellen door te zeggen dat ze de baby naar hem toe zou brengen. Als ze zijn stem zou horen, zou dat haar goede voornemens echter meteen aan diggelen slaan. Daarom bleef ze maar eenzaam lijden.

Op een warme dag in juli zat ze bij de tulpen, die inmiddels vaal en verwelkt waren. Bij Ryan's Castle zouden ze inmiddels al lang en breed gesnoeid zijn. Hier lagen de bleke stengels op de grond en rustten de verlepte kelken op de aarde. Onwillekeurig dacht ze terug aan de eerste keer dat ze de liefde had bedreven met Kenneth. Die herinnering bleef haar maar achtervolgen, ook al zou ze die het liefst vergeten. Ze deed haar best om zich erbij neer te leggen dat je in het leven soms fouten maakte die zo ernstig waren dat er geen hoop op vergiffenis meer was. Misschien kon je hooguit enige gemoedsrust vinden als je maar ver genoeg wegging. Hoe kon ze dat echter geloven, terwijl ze wist hoe het was om zo intens van iemand te houden dat alleen al de aanblik van die persoon je hele dag goed kon maken? Zo intens dat de gedachte aan zijn gezicht je aan het glimlachen maakte, zelfs wanneer er niets te lachen viel? Wat was de zin van het leven als je dat moest missen?

De baby schopte. Hij of zij zou volgende maand geboren worden. In Blues geboortemaand. Midge zou willen dat ze een feest voor haar kon organiseren. Misschien zou Merrigan dat wel doen, maar ze wilde erbij zijn, het werk doen, haar liefde erin stoppen. Er drong zich een herinnering aan haar op: Blue in haar blauwe jurk, op haar vorige verjaardag, beeldschoon en aan het begin van haar volwassen leven. Had ik haar maar naar die Barnaby gevraagd, dacht Midge. Hij leek veel voor haar te betekenen. Dorian paste helemaal niet bij haar. Het is niet goed om je met dat soort zaken te bemoeien, maar misschien had ik toch iets moeten zeggen.

Door de brandende zon had ze het gevoel dat ze begon te verwelken, als een tulp. De afgelopen twee maanden was ze een nauwe verwantschap gaan voelen met die lange, ranke bloemen die zo makkelijk onder hun eigen gewicht bezweken. Nu was ook hun bloeitijd voorbij.

Ze stond op en dwaalde tussen de rozenperken door naar de poort aan de oostzijde, die zich het dichtst bij haar studio bevond. Op dat moment zag ze een man lopen die zoekend om zich heen keek. Haar hart maakte een sprongetje. Hij leek wel een oudere, magerdere versie van Kenneth. De gelijkenis was zo treffend dat ze vertederd naar hem bleef staren, in de hoop dat hij het niet zou merken. De man zou haar vast voor gek verklaren omdat ze zich zo aan een vreemdeling stond te vergapen.

Hij zag haar echter wel en bleef abrupt staan. Zijn blik dwaalde niet langer rond, maar bleef op haar gericht.

Er kwam een gedachte in haar op die zowel heerlijk als afschuwelijk was. Zou het?

Ja hoor, nu zag ze het. Het was Kenneth, hier in haar toevluchtsoord, en hij zag er beroerd uit.

Wegrennen leek de enige optie. Nu hij voor haar stond, kon ze haar blik echter niet van hem losrukken. Zo was het altijd al geweest, hoe vaak ze zich ook aan hem had vergaapt, de dorst van haar ogen was niet te lessen geweest. Hoe vaak ze ook de liefde hadden bedreven, het verlangen in haar buik was nooit gestild. Hoelang ze ook met hem praatte, ze had nooit ook maar een greintje verveling gevoeld. Dus hoewel haar verstand haar toeschreeuwde dat ze moest vluchten, wilde haar hele wezen niets liever dan haar armen om hem heen slaan en zich nog één laatste keer aan hem laven.

'Midge.'

Zijn stem, zo vertrouwd, bezorgde haar tranen in haar ogen. Hij leek net zozeer gebiologeerd door haar en ze bleven aan weerszijden van de rozenperken naar elkaar staan kijken. Na een poosje kwam hij naar haar toe lopen. Toen hij bij haar was, kromp ze zonder het zelf te willen in elkaar. Nog even, dan zou ze alles horen waar ze zo bang voor was.

'Midge...' Zijn stem klonk licht bestraffend en hij stak zijn hand uit om een lok haar onder haar hoed te stoppen. 'Je bent toch niet bang voor me?'

Sprakeloos staarde ze hem aan. Niet voor jou, maar voor het gevoel dat je me geeft. Daar ben ik altijd al bang voor geweest. Dat zou ze gezegd hebben, als ze het had gekund. In plaats daarvan staarde ze alleen naar de grijze ogen waar ze zo van hield, naar zijn door zorgen getekende gezicht. Haar blik gleed omhoog naar twee goudblonde krullen die onder zijn hoed vandaan waren gekropen.

Hij zette zijn hoed af, alsof hij zich opgelaten voelde over hoe hij eruitzag, en streek zijn haar naar achteren.

Ze hief haar hand op, maar hield zich in. 'Je haat me,' zei ze. 'Dat weet ik, ik begrijp het. Ik haat mezelf ook. Zeg het maar gewoon, Kenneth, dan hebben we het achter de rug. Nadat de baby is geboren, breng ik hem of haar naar jou toe. Ik zal je niet nóg een kind ontzeggen. Het is misschien een schrale troost, maar meer kan ik nu niet doen.'

Met gefronste wenkbrauwen keek hij haar aan. 'Denk je dat het zo makkelijk is?'

'Makkelijk? Kenneth, niets aan onze relatie is ooit makkelijk geweest, maar wat kunnen we daar nu nog aan doen? Ik begrijp dat je me bent komen zoeken. Ik had tegen je moeten zeggen waar ik was, maar daar was ik te laf voor. Ik ga akkoord met een scheiding, Kenneth, dat beloof ik je. Ik weet dat het te laat is voor jou en Christie, maar er komt wel iemand anders op je pad, dat weet jij ook. Iemand die je gelukkig zal maken.'

'Een scheiding?' Zijn stem schoot omhoog en er stoven een paar mussen weg uit de struiken. 'Geen sprake van. Je bent mijn vrouw! Kom op, Midge. Laten we nou eens goed met elkaar praten. Na al die tijd is het een schok om elkaar weer te zien, maar ik ben niet voor niets gekomen, dus toe nou.'

'Waarom ben je dan gekomen?' fluisterde ze.

'Om jou mee naar huis te nemen natuurlijk!'

Haar hoofd begon te tollen. 'Nee, Kenneth, dat kun je niet menen.'

'Toch wel. Niet dat ik niet boos op je ben geweest. Er is een tijd geweest dat ik dacht dat ik je nooit meer wilde zien. Maar de tijd staat niet stil, Midge… het leven gaat door. Ik heb je nodig. Het kan me niet schelen wat er gebeurd is. Kom alsjeblieft terug.'

Ze zou in zijn ogen kunnen verdwalen. Dat wist ze maar al te goed, het was haar al zo vaak overkomen. Hij wilde haar terug. Het lag op het puntje van haar tong om ja te zeggen, maar ze slikte het in. De afgelopen twee maanden had ze gepiekerd over de huidige stand van zaken, die volgens haar niet meer dan terecht was. Ze kon niet gewoon de draad oppakken alsof er niets was gebeurd. Dat weerhield haar er echter niet van om te willen dat het anders was. Ze wankelde een beetje en hij hield haar overeind.

'Ik moet de schaduw opzoeken. En een beetje water drinken.'

'Zullen we naar een theesalon gaan? We moeten praten. Dan gaan we daarna terug naar dat malle appartementje van je om je spullen te pakken.'

'Nee! Nou, praten kan wel, maar ik ga niet mee terug.'

'Waarom niet? Zeg alsjeblieft dat ik nu alles weet, Midge, dat je geen geheimen meer voor me hebt. Heb je soms iemand anders leren kennen? Was je vóór mij met iemand anders getrouwd? Is het kind wel van mij?'

'Kenneth!' Geschokt staarde ze hem aan. Hij was dus nog wel boos. Natuurlijk was hij dat.

'Vind je het gek dat ik dat soort dingen denk? Ik had ook nooit gedacht dat je Percy te vondeling had gelegd, of dat je ons in de steek zou laten. Ik weet niet meer wat ik moet geloven, Midge. Dus vertel het me alsjeblieft.'

'Nee,' fluisterde ze. 'Geen geheimen meer.'

'Goed dan,' zei hij ongeduldig. 'Dat ik zelfs met de kennis van nu denk dat we hieruit kunnen komen, moet toch genoeg zijn. Ik vergeef je, Midge. Wat wil je nog meer?'

Ze zette haar hakken in het zand, als een kind dat in opstand kwam tegen haar kindermeisje. 'Heel veel, Kenneth. Ik wil nog veel meer. Ik wil onmogelijke dingen, die jij me nooit zult kunnen geven.'

Gefrustreerd keek hij haar aan. 'Toch gaan we praten,' zei hij na een poosje. 'Dan kun je me vertellen waar je behoefte aan hebt en geef ik wel aan of dat onmogelijk is of niet.'

'O, dus alleen jouw mening doet ertoe?' sneerde ze, maar ze liep toch achter hem aan, ook al kende zij de weg en hij niet. Daardoor duurde het langer dan noodzakelijk voordat ze konden neerstrijken aan een tafeltje achter in Crawshaw's Coffee House. Het daglicht reikte niet helemaal tot hier en in zekere zin voelde Midge zich gerustgesteld door het halfduister. Tegen de tijd dat ze daar aankwamen, had ze zichzelf weer enigszins in de hand. Al gold dat aan Kenneths gezicht te zien niet voor hem.

Hij hielp haar uit haar jas en zijn blik viel op de bolling van haar buik. Hoewel het nog steeds een bescheiden buikje was, was ze onmiskenbaar zwanger. 'Midge!' mompelde hij. Heel even legde hij zijn hand op haar buik. Zo bleven ze even staan, als het toonbeeld van echtelijk geluk, voordat ze zich van hem losmaakte en ze gingen zitten.

'Lieve help, waarom kom je niet gewoon naar huis?' vroeg hij toen de thee was ingeschonken en de taart geserveerd.

Midge keek verwonderd naar de alledaagsheid om zich heen: rinkelend servies, pratende mensen, ongemanierd bedienend personeel... en dat terwijl zij een bepaald niet alledaags gesprek te voeren hadden.

'Ik dacht dat je wegbleef omdat je dacht dat ik woedend was en je niet meer wilde. Dat is niet zo, dus waarom kan alles niet gewoon weer worden zoals het was?'

'Kenneth, lieveling...' Door zijn naïviteit voelde ze zich opeens weer net zo verstandig als vroeger. 'Hoe kan het nou ooit weer worden zoals het was? Ik heb je je zoon afgenomen. Ik wilde je liever voor mezelf hebben dan dat ik hem bij ons hield, waar hij thuishoorde. Wat ben ik in vredesnaam voor iemand? Je hebt nooit veel van me gehouden, maar nu je dit van me weet... Je verdient veel beter!'

'Waarom zeg je dat ik nooit veel van je gehouden heb? Natuurlijk hield ik van je. Ik ben nota bene met je getrouwd.'

Met gefronst voorhoofd keek ze hem aan. 'Heel veel mensen trouwen om andere redenen dan liefde, schat, dat weet jij ook wel. Een vrouw voelt dat soort dingen aan. Enfin, laat me even uitpraten. Dit is niet makkelijk voor me. Toen ik erachter kwam dat ik weer zwanger was, voelde ik geen vreugde of opwinding, Kenneth. Voor mij was het de druppel die de emmer deed overlopen, waardoor ik mijn leugenachtige bestaan niet langer kon volhouden. Dat jij het nu weet, doet niets af aan het feit dat ik die dingen gedaan heb. Je vroeg waarom het niet genoeg was dat je me vergeeft. Welnu, ik kan het mezelf niet vergeven, Kenneth, en dat is nog veel belangrijker. Ik kan niet met mezelf leven, met het feit dat ik zo ben. Maak je maar geen zorgen, ik zal geen gekke dingen doen. Ik ben Foster niet. Ik ga regelmatig naar de dokter, eet gezond en zorg ervoor dat ik voldoende frisse lucht en rust krijg. Ik leef gezond en nadat ik je kind op de wereld heb gezet, ga ik hier ver vandaan proberen de rest van mijn dagen zo aangenaam mogelijk uit te zitten. Jij kunt een frisse start maken met iemand die je hetzelfde gevoel geeft als Audra je gaf.'

'Audra? Gaat dit allemaal om haar? Midge, je bent niet goed wijs! Natuurlijk hield ik van Audra, maar ik hou ook van jou. Toen we trouwden, wist je dat ik weduwnaar was, je wíst dat ik gelukkig met haar was geweest. Hoe kun je me dat nu voor de voeten werpen? Dat is niet eerlijk.'

Midge keek hem aan en zag dat het geen echte vraag was. Hij wilde helemaal niet begrijpen hoe het voor haar zover had kunnen komen. Hij wilde dat ze deed wat hij wilde, namelijk bij hem terugkomen. Een week geleden had ze nog gedacht dat ze ja zou zeggen in het onwaarschijnlijke geval dat hij haar dat zou vragen. Nu drong het tot haar door dat het niet zo eenvoudig was.

Ze plukte een stuk cake uit elkaar met haar vingers, perste de kruimels samen tot een bal en plukte die weer uit elkaar, steeds opnieuw. Ze probeerde niet te letten op de smekende blik in zijn ogen, op alle dingen die ze zou willen doen om hem gerust te stellen: de zorgrimpeltjes om zijn ogen wegstrijken, een glas whisky voor hem inschenken, hem beloftes doen. 'Als ik zou doen wat jij wilt,' begon ze langzaam, 'zou ons leven samen ondraaglijk worden, Kenneth. Je zou proberen me goed te behandelen, dat zit gewoonweg in je, maar diep vanbinnen zou je me verachten. Je zegt nu wel dat je niet boos op me bent, maar dat ben je wel, dat voel ik. Dat kan ik je ook niet kwalijk nemen, maar als je de rest van je leven moest doen alsof, zou je nooit meer de oude worden. Ik weet waar ik het over heb, vergeet niet dat ik jarenlang heb gedaan alsof. En Kenneth, deze zwangerschap roept zo veel vragen op. Daar worstel ik al mee sinds ik hier ben. Hoe kan ik dit kind nou houden, terwijl ik Percy heb weggedaan? Zou dat betekenen dat ik meer van dit kind hou dan van hem? Geloof het of niet, ik hou echt van Percy, ontzettend veel zelfs. Dat besefte ik pas toen het al te laat was. Als we bij elkaar zouden blijven, wat zouden we dan tegen het kind zeggen? Zou je willen dat hij of zij opgroeit in de wetenschap dat ik bij je ben weggelopen toen ik in verwachting was? Zouden we het kind over Percy vertellen? Zou je dan kunnen liegen? Kenneth, dit soort dingen behoort een kind niet van zijn moeder te weten. Als ons kind me nooit leert kennen, zal het makkelijker voor je zijn om het uit te leggen.'

'Dat zijn allemaal dingen die ik mezelf ook afvraag, al sinds ik je brief heb gelezen. Het kan me alleen niet schelen, Midge. Echt niet. Ik wil gewoon dat je naar huis komt.'

'Waarom?'

'Nou... daarom! Ik wil het graag, waarom is dat niet genoeg? Als je zo veel van mij houdt, van óns, kom dan gewoon terug! Mis je de meisjes niet? Zij jou wel, heel erg.'

Midge kneep haar ogen even dicht. 'De schatten. O, Kenneth, natuurlijk mis ik hen. Ik mis jullie allemáál, elke minuut van elke dag. Het is de hel op aarde. Maar dit is mijn straf, begrijp je dat dan niet? Dit is allemaal gebeurd omdat ik zo veel van je hield. Omdat ik zo bang was om je kwijt te raken. Omdat ik wilde dat jij net zo veel van mij zou houden als ik van jou. Als ik nu terugkom, wordt dat alleen nog maar erger. Ik zou het gevoel hebben dat je alleen uit medelijden bij me bleef. Wie weet wat er dan zou gebeuren? Ik vertrouw mezelf niet, Kenneth! Laat me alsjeblieft met rust. Als ik naar jou kijk, wil ik niets liever dan met je meegaan en doen alsof we opnieuw kunnen beginnen. Het kan alleen nooit meer worden zoals het vroeger was, dus ga alsjeblieft weg. Mijn besluit staat vast.'

Zo ging het nog een tijdje door, totdat Kenneth zich uiteindelijk gewonnen gaf.

'Als ik ga, moet je me één ding beloven,' zei hij. 'Beloof me dat je niet weer zult verdwijnen. Blijf hier, of beter nog, trek bij je moeder in, zodat je niet alleen bent. Ik zal je niet lastigvallen als je dat niet wilt, maar ik móét weten waar je bent. Alsjeblieft, Midge. Het is wreed om spoorloos te verdwijnen. Beloof het me!'

'Goed dan, ik beloof het. Ik ga wel naar mijn moeder. Je hebt gelijk, dit is geen goed moment om alleen te zijn.'

'Dank je wel. Zal ik je er meteen naartoe brengen? Ik ben met de auto.'

'Nee, bedankt. Dat zou te moeilijk zijn. Ik kan er zelf wel naartoe gaan, maak je maar geen zorgen. Het zou ook niet verkeerd zijn om een maand of twee huur in mijn zak te houden...' mijmerde ze, met haar gedachten al bij het leven dat ze zou moeten opbouwen wanneer de baby weg was.

'Huur!' barstte Kenneth uit. 'Begin nou niet over de huur, mens, of überhaupt over geld. Daar zou ik jou nooit voor laten opdraaien, dat weet je onderhand toch wel? Het kan me niet schelen wat je gedaan hebt!'

'Dat weet ik, Kenneth, daar gaat het niet om. Ik verdien het niet...'

'Hou daar nou toch eens over op!' brulde hij.

De andere gasten keken op en de ober wierp een bedenkelijke blik op hen.

Midge had Kenneth nog nooit zo zijn zelfbeheersing zien verliezen.

'Bekijk het nou eens niet alleen van jouw kant,' vervolgde hij op redelijker toon. 'Wat er ook tussen ons is voorgevallen, ik ben niet het type dat zijn vrouw laat ploeteren of lijden, zelfs niet als ze iets onvergeeflijks heeft gedaan. Jouw woorden, niet de mijne. Ook al ben ik het niet eens met de keuzes die je maakt, ik wil de ellende niet nog groter voor je maken door je elke cent te laten omdraaien.' Hij pakte zijn portefeuille en schudde die leeg. Alle bankbiljetten dwarrelden op tafel, totdat er niets meer in zat.

Vol afgrijzen zag Midge het aan.

'Ga verdomme de huur betalen,' zei hij op verbeten toon. 'Neem de trein naar Dulwich, of een taxi. Voor mijn part ga je er op een witte eenhoorn naartoe! Als je het jezelf maar niet zo moeilijk maakt. Als je echt dat belachelijke idee van een scheiding wilt doorzetten, dan moet je alles aannemen waar je recht op hebt. Ik stem pas in met een scheiding als je een volledige schadeloosstelling accepteert, wat vind je daarvan? Kennelijk ben ik een vreselijke echtgenoot voor je geweest, maar ik zal verdorie de beste ex-man worden die je ooit hebt gezien!' Hij stond op en pakte zijn jasje van de rugleuning van zijn stoel. 'Hou je aan je belofte, Midge Camberwell. Dat is wel het minste wat je kunt doen.' Met die woorden beende hij de zaak uit.

Stilletjes huilend bleef ze achter. Ondanks de warme julimiddag zat ze te bibberen. Na een poosje raapte ze de bankbiljetten van de tafel bijeen, maakte er een keurig stapeltje van en stopte dat opgevouwen in haar zak, op een paar biljetten na om de rekening te voldoen. Ze had hem helemaal niet gevraagd wat ze zo graag wilde weten. Ze had niet naar Merrigans kindje geïnformeerd, of naar Blue. Ze wist niet eens hoe het met Delphine en Foley was afgelopen. Daar zou ze nu wel nooit achter komen.

Hij was gekomen om haar te smeken mee naar huis te gaan en weer zijn vrouw te worden, maar zijn laatste woorden waren over een echtscheiding gegaan... En dat had Midge helemaal aan haar eigen koppigheid te danken. 'Goed gedaan, Midge,' fluisterde ze verbitterd. 'Goed gedaan.'

72

De tranen stroomden over Blues wangen en haar hart zwol op als een ballon. Wat een wonder…

Op de kraamafdeling in het ziekenhuis zat Avis in een hoekje te snotteren van geluk, terwijl Blue Lawrence omhelsde. Merrigan, die tijdens de bevalling had gebruld als een krijger, lag nu bezweet en met een glimlach in bed. De nieuwe baby was een meisje.

Het nog naamloze kindje lag tegen het sleutelbeen van haar moeder genesteld, met haar piepkleine neusje in Merrigans hals gedrukt en haar ogen dicht omdat ze heerlijk in dromenland was. Blue kon niet wachten om haar vast te houden. Zo klein! Zo zacht! Gloednieuw, stralend en puur, als een regenboog.

De deur achter haar ging open en Delphine kwam binnen met Kenneth. Tijdens de zes uur durende bevalling was Delphine af en aan gelopen. Eerst had ze erop toegezien dat Merrigan veilig en wel in het ziekenhuis aankwam, daarna was ze snel naar de Greenbows gegaan om te vertellen dat bij Merrigan de weeën waren begonnen. Zij hadden erop gestaan dat ze weer naar de Camberwells toe zou gaan, dus was ze teruggekomen, maar vervolgens was ze weer weggegaan om een briefje voor Kenneth achter te laten in Ryan's Castle, zodat hij zou weten dat hij meteen naar het ziekenhuis moest komen wanneer hij terugkwam uit Reading. Daar hadden ze geen van allen aan gedacht toen Merrigans vliezen waren gebroken. Na de geboorte was Delphine weggegaan om de Greenbows te bellen met het goede nieuws, en precies op dat moment was Kenneth aangekomen.

'Weer een kleindochter?' Hij snelde naar het bed. 'En ze is helemaal gezond? O, Merrigan, lieveling! Gaat het goed met je? Zo te zien wel, je straalt helemaal. Goed gedaan, schat. O, meisje toch.'

'Papa!' Merrigan greep zijn hand en barstte in tranen uit.

Hij gaf haar een kus op haar voorhoofd en streelde voorzichtig de baby over haar hoofdje.

Delphine ging naast Avis zitten, die een arm om haar heen sloeg en haar dicht tegen zich aan trok. Wat een heuglijke dag.

'Hoe laat is ze geboren?' vroeg Kenneth vol ontzag.

'Nog geen uur geleden,' antwoordde Lawrence. 'Merry heeft zich kranig gehouden. Het was een droombevalling.'

Merrigan snoof. 'Nou, als je dat een droom vindt, mag jij de volgende baren, Lawrence Miller. Trouwens, ik moet nog maar zien of ik me ooit nog door je laat aanraken. Maar inderdaad, over het algemeen is het allemaal heel soepel verlopen, papa. Ik bof maar.'

'En nu heb je twee dochtertjes,' zei Kenneth ontroerd.

Hij zag eruit als een man die zijn toevlucht zocht in een moment van geluk, dacht Blue, net zoals zij had gedaan toen ze die dag met Barnaby over de weilanden had uitgekeken.

'Zusjes.' Merrigan glimlachte. 'Net als Blue en ik.'

'Ze boffen maar,' merkte Blue op. 'Het is fijn om een zus te hebben.' Ze veegde haar tranen weg met haar omslagdoek, en Lawrence reikte haar een zakdoek aan. Dit was waarschijnlijk geen goed moment om ernaar te vragen, maar toch kon ze niet wachten. 'Papa? Is Midge er niet bij? Heb je haar niet gevonden?'

Hij zuchtte en ontweek haar blik. 'Nee, lieveling. Dat zou ook wel een wonder zijn geweest, vind je niet? Zonder enige informatie, op een plaatsnaam na?'

'Je gaat toch nog wel een keer terug? Anders kan ik wel gaan. Of wij samen?'

Kenneth aarzelde. 'Nee, schat. Midge is vertrokken vanwege ons huwelijk, niet vanwege jou. Ik ben degene die haar moet vinden. En ja, natuurlijk ga ik nog een keer terug, maar verwacht er alsjeblieft niet te veel van.'

Blue knikte. Ze zou haar uiterste best doen om de teleurstelling nu niet toe te laten. Ze richtte haar blik op het bed. Haar zus, haar nichtje. Haar familie. Na een poosje kwam er een zuster die hun verzocht om te vertrekken, zodat moeder en kind konden rusten.

'Dan trekken we thuis maar een fles champagne open,' stelde Kenneth voor. 'Kom mee, luitjes.'

'Pestkoppen,' mopperde Merrigan.

'Ik kom straks weer terug,' beloofde Blue.

'Dat is je geraden. Zeg, Blue, kom eens hier.' Merrigan bleef de hand van haar zus vasthouden terwijl de anderen haar een kus gaven en met tegenzin de kamer uit liepen. Toen ze allemaal weg waren, trok ze Blue dichter naar zich toe. 'Ik heb bedacht hoe ik haar ga noemen.'

'Echt? Vertel.'

Dat deed Merrigan.

Blue glimlachte verdrietig. 'Ik vind het prachtig, Merry. Perfect.'

73

Delphine en de Greenbows deden niet langer hun best om de schijn op te houden dat hun band niet méér was dan een normale relatie tussen werkgever en bediende.

'We zijn hier met de beste bedoelingen aan begonnen,' zei Stephen, die tegen de keukentafel aan geleund stond terwijl Delphine het avondmaal bereidde, 'maar het is helemaal in de soep gelopen. We merken dat we ons niet meer professioneel kunnen opstellen, Delphine. Om het heel eenvoudig te zeggen, we houden van je.'

'Inderdaad,' beaamde Fanny vanaf haar plaatsje aan de tafel, waar ze gemberthee zat te drinken.

Delphine deed het deksel op de pan, veegde haar handen af aan een keukendoek en draaide zich naar hen om.

De aanleiding voor dit gesprek was haar stortvloed aan verontschuldigingen omdat ze zo veel vrije dagen had opgenomen. Eerst waren er de kerstdagen geweest, daarna had ze moeten herstellen van wat Foley had gedaan en onlangs had ze nog twee dagen vrij genomen om bij Merrigan, Blue en de baby te kunnen zijn. Het waren de jaren twintig en je mocht van geluk spreken als je een baan had. Als je er de kantjes vanaf liep, kon het zomaar gebeuren dat je werd vervangen.

'Ik heb het gevoel dat ik misbruik maak van jullie goedheid,' had ze gejammerd toen ze als één bonk emoties uit het ziekenhuis was teruggekomen. 'Het is altijd wel wat met mij. Als iemand niet aan de omschrijving "vakbekwaam dienstmeisje" voldoet, ben ik het wel!'

'Vakbekwaam... O! Onze advertentie! Ach, dat is toch helemaal niet waar, liefje,' had Fanny haar gerustgesteld. Daarna had ze erop gestaan dat Delphine naar bed zou gaan om uit te rusten.

'Alles blijft bij het oude,' vervolgde Stephen nu. 'Je mag hier zo lang blijven wonen als je wilt, je kunt voor ons blijven werken en wij zullen je daarvoor betalen. Maar laten we niet meer doen alsof je alleen een "vakbekwaam dienstmeisje" bent. Je bent als een dochter voor ons.'

Delphine legde de keukendoek neer en omhelsde hen. 'Ik hou ook van jullie,' fluisterde ze. 'Echt waar.'

'O, pas op met die keukendoek, liefje, hij staat een beetje in brand,' zei Fanny doodgemoedereerd.

Ja hoor, Delphine had de punt op het fornuis laten hangen en die had vlam gevat. Ze snelde de keuken door en doofde de vlammen onder de kraan.

'Trouwens, we zouden er geen enkel bezwaar tegen hebben als je daadwerkelijk familie van ons zou worden,' vervolgde Fanny. 'Het is maar dat je het weet.'

'Als ik daadwerkelijk... O!' Daarmee doelden ze natuurlijk op Sid. Ze begon te blozen en wist niet wat ze moest zeggen.

Tot haar opluchting werd er op dat moment op de deur geklopt. Ze gooide de verbrande keukendoek weg, pakte een nieuwe uit het kastje en ging opendoen.

Het was Kenneth. De Greenbows boden aan om hem thee te serveren in de salon, maar dat wuifde hij weg. 'Ik wil je niet van je werk houden, ik loop wel mee.' Zo kwam het dat hij bij hen aan de keukentafel ging zitten, terwijl Delphine verderging met het bereiden van de forel.

'Heb je zin om mee te eten?' vroeg Fanny.

'Ja, graag.'

Delphine vroeg zich af wat hij kwam doen. Toen Kenneth die dag als een wegtrekkende gans Ryan's Castle was ontvlucht, was ze weer hoop gaan koesteren, maar toen hij was teruggekomen om kennis te maken met zijn kersverse kleindochter, was Midge nergens te bekennen geweest. Hij had gezegd dat hij haar niet gevonden had, maar toen Delphine eens goed naar hem keek, vroeg ze zich af of hij de waarheid sprak.

De avondmaaltijd verliep grotendeels zwijgzaam, tot hij ter zake kwam. 'Ik heb Midge wél gevonden,' gaf hij toe.

'Ik wist het!'

'Ik heb haar gevonden, maar ze weigerde met me mee naar huis te gaan.' Hij liet zijn hoofd in zijn handen rusten en keek vervolgens gekweld naar haar op. 'Ik begrijp niet hoe het zo verkeerd heeft kunnen gaan. Het was een vreselijk gesprek. Toen ik haar gevonden had, dacht ik dat het moeilijkste achter de rug was. Ik dacht dat ik tegen haar kon zeggen dat ik haar vergaf, dat zij daar blij om zou zijn, en daarmee uit. Ze zei echter dat ze méér nodig had. Uiteindelijk ben ik tegen haar uitgevallen. In een theesalon, nota bene! Hoe krijg ik het voor elkaar?'

'Dat krijg je als een man en een vrouw elkaar proberen te begrijpen wanneer er iets belangrijks aan de hand is,' merkte Stephen op.

'Maar... Maar...' Kenneth spreidde zijn handen in een hulpeloos gebaar.

Delphine kreeg de neiging om hem te omhelzen. Hij had haar altijd beschermd. Hij had haar in huis genomen toen ze een volslagen vreemde voor hem was geweest, een drijfnatte verschoppeling die was behangen met waterplanten. Hij had het als zijn persoonlijke missie gezien om ervoor te zorgen dat de politie Foley gevangennam, hij had plannetjes gesmeed om te zorgen dat haar niets overkwam. Hij had gevochten voor zijn land en sindsdien maakte hij zich sterk voor sociale gerechtigheid en keek iedereen naar hem op. Nu hij werd geconfronteerd met een opstandige echtgenote, bleek hij echter gewoon maar een machteloze, verwarde man te zijn. Als Delphine niet zo'n medelijden met hem had gehad, had ze erom moeten lachen.

'Ja, precies!' Stephen knikte enthousiast, alsof Kenneth een indrukwekkende openbaring had gehad. 'Precies!'

'Dat is allemaal leuk en aardig, ouwe reus, maar met begrijpen dat we elkaar niet begrijpen krijg ik haar niet terug. Wat moet ik nu? Zou ik haar nog op andere gedachten kunnen brengen? Twee mensen krijgen een relatie, ze trouwen, en vijf jaar later... dit! Hoe heeft het zover kunnen komen?'

'Misschien kun je dat beter met meneer Elphwick bespreken.' Fanny zag er verontrust uit. 'Wij hebben de wijsheid ook niet in pacht.'

'Ja, wat zei Elf ervan?' wilde Delphine weten.

'Dat ik met júllie moest gaan praten!' riep Kenneth verontwaardigd uit. 'Althans, hij zei dat ik dit moest bespreken met mensen die verstand hebben van liefde, van vrouwen. Daardoor moest ik aan jullie denken, want jullie twee houden van elkaar… en Delphine, jij bent een vrouw.'

'Dat is wel zo, maar iedere vrouw is anders. Ik kan je niet vertellen wat er in Midge omgaat.'

'Je kunt er toch wel naar gissen? Wat zou volgens jou helpen? Ik reken je niets aan als je het mis hebt, liefje.'

Delphine had hem nog nooit zo radeloos gezien.

'Ik wil nog een keer naar haar toe gaan,' vervolgde hij, 'maar ik kan niet telkens maar blijven opduiken, terwijl ze me heeft gevraagd dat niet te doen. Ik wil haar niet opjagen, ik wil haar wensen respecteren. Dus de volgende keer moet ik het goed aanpakken.'

Dat was waar, dacht Delphine. Als hij Midge bleef lastigvallen en tegen haar bleef schreeuwen, zou het alleen maar erger worden. Zijn enige hoop was dat er iets zou veranderen.

'Ik zal het proberen,' verzuchtte ze. 'Ik weet dat ze heel veel van je houdt. Als je ons nou eens vertelt wat je in Reading tegen haar hebt gezegd en wat zij tegen jou heeft gezegd, kunnen we misschien iets bedenken. Vertel ons alles maar.'

74

Blues verjaardag naderde met rasse schreden. Die dag had ze altijd gezien als een moment om de balans op te maken en terug te kijken, maar dit jaar had ze daar geen behoefte aan. Er heerste nog zo veel onduidelijkheid. Over haar toekomst als schrijver, over Midge, over Percy… En ze wist nog steeds niet wat Barnaby voor haar voelde. Dat kon ze toch moeilijk aan hem vragen?

Aan de blikken en opmerkingen van Delphine kon ze merken dat zij ook wachtte tot er iets zou gebeuren, maar voorlopig waren Barnaby en Blue alleen vrienden. Daar zou ze genoegen mee nemen, mocht er niet méér in zitten. Een leven zonder hem, in wat voor hoedanigheid dan ook, zou ze niet aankunnen. Toch bleef ze hopen en twijfelen.

Er konden allerlei redenen zijn waarom hij zijn gevoelens niet uitsprak. Misschien vond hij het verschil in afkomst en financiële situatie te groot. Misschien had hij niet door wat ze voor hem voelde. Misschien dacht hij dat ze niet op zijn avances zat te wachten nu ze zich zo veel zorgen maakte om Midge. Of misschien had hij het gewoonweg te druk.

Hij had voor de *Gazette* een artikel geschreven over Foleys laatste daden en zijn dood. Dat zou hij zonder Delphines toestemming niet hebben gedaan, maar ze wisten allemaal dat de pers er toch wel lucht van zou krijgen. Omdat Foley op dramatische wijze aan zijn eind was gekomen, had dit in de verkeerde handen kunnen uitlopen op een sensatieverhaal. In plaats daarvan had Barnaby er een tactvol artikel van gemaakt dat tot nadenken stemde en een discussie op gang zou kunnen brengen over huiselijk geweld. Sinds die tijd was hij door meerdere tijdschriften en kranten benaderd en had hij het drukker dan ooit.

'Ach, ik kan toch niet mijn hele leven in hetzelfde veilige baantje blijven hangen?' had hij gezegd. 'Dit is mijn kans, die moet ik grijpen.'

Op een zondag waarop hij voor de verandering had besloten om niet te schrijven, had hij Blue meegenomen naar huis, om haar aan zijn zussen voor te stellen.

Ze namen de bus naar Acton en hij ging haar voor naar een huisje dat zo klein was dat ze zich in alle oprechtheid niet kon voorstellen dat daar zo veel mensen woonden als hij had gezegd. Omdat het zondag was, waren zelfs de Tanners die er niet woonden aanwezig. Het was, zoals Barnaby het noemde, 'een vuurdoop in de familie Tanner'.

'Je bent dapper,' was het eerste wat zijn zus Ella zei toen ze haar met een glimlach de hand schudde.

Mevrouw Tanner had grijs haar, was mager en maakte een versleten, maar opgewekte indruk. Ze schudde Blue de hand en was dolblij met de potten door Avis gemaakte jam die Blue als geschenk had meegebracht.

Blue bood aan te helpen met de lunch, maar Barnaby's moeder werd bijgestaan door een efficiënt groepje dochters dat zo goed op elkaar was ingespeeld dat Blue hen amper uit elkaar kon houden.

Meneer Tanner zat in de hoek van de keuken, verdiept in een boek. Toen Barnaby en Blue binnenkwamen, keek hij op, haalde zijn pijp uit zijn mond om haar vriendelijk te groeten en las vastberaden verder.

'Zondag is de enige dag waarop hij kan lezen,' legde Barnaby uit.

De anderen lieten meneer Tanner met rust en reikten indien nodig over hem heen, terwijl hij onverstoorbaar verder bladerde.

Blue kon best begrijpen dat hij liever niet gestoord werd.

Barnaby's twee broers zeiden haar gedag en gingen vervolgens de voordeur uit om te roken. Dat zorgde voor iets meer ruimte. Uiteindelijk schoven ze allemaal aan in een eetkamer waar een tweede tafel naast de eettafel was gepropt, zodat er aan weerzijden ongeveer tweeenhalve centimeter ruimte overbleef.

Blue zat naast Barnaby's jongste zusje, Polly. 'Wat leuk om je eindelijk eens in het echt te zien,' zei ze met een kneepje in Blues hand. 'Barnaby heeft het de hele tijd over je.'

'Helemaal niet!' protesteerde hij blozend. 'Ik praat heus ook wel over andere dingen.'

'De héle tijd,' benadrukte Polly, waarop enkele van haar zussen knikten en begonnen te gniffelen.

'Hij heeft het ook vaak over jou,' zei Blue, om zijn gêne en haar eigen blijdschap te verhullen. Dit leek haar het uitgelezen moment om de zachtroze rozen die ze voor Polly had meegenomen tevoorschijn te halen. Ze wurmde zich uit haar stoel, klauterde over een paar benen en pakte ze uit de hal.

Polly was er verguld mee.

'Ik zet ze wel in het water,' zei Grace, die het dichtst bij de deur zat. Mevrouw Tanner ging aan het hoofd van de tafel schuil achter de rest van de familie. Grace kwam terug met de rozen in een glazen vaas en zette die op tafel. 'Ziezo,' zei ze tevreden. 'Elegant.'

'Ze komen bij mij uit de tuin,' vertelde Blue.

'O, wat leuk,' zei Polly. 'Veel beter dan uit de winkel.'

De onafhankelijke Ella hoorde Blue uit over haar leven als werkende vrouw bij de *Gazette*. 'Mis je het?' vroeg ze nadat Blue haar alles had verteld wat ze kon.

'Elke dag,' antwoordde Blue naar waarheid. 'Dat had ik nooit kunnen denken toen ik er nog maar net werkte.' Ze zag dat Barnaby haar scherp in de gaten hield.

Toen Blue zag dat Mavis bewonderend naar haar eenvoudige ivoorkleurige jurk keek, legde ze met een steekje van verdriet uit dat haar stiefmoeder die had gemaakt.

'Dan bof je maar,' zei Mavis. 'Ma kan goed koken, maar naaien zou haar nog niet lukken als haar leven ervan afhing, toch, ma?'

'Brutaal nest. Zelf ben je ook niet bepaald Michelangelo met naald en draad.'

'Aangezien hij schilder was, was naaien vast ook niet zijn sterkste punt.'

'Je weet heus wel wat ik bedoel, wijsneus. Eet je vlees nou maar op.'

Na een drukke en lawaaiige, maar overheerlijke lunch nam Barnaby Blue mee uit wandelen. 'Mooie uitzichten heb je hier niet, hoor,' waarschuwde hij haar met een glimlach. 'Niet zoals in Richmond.'

'Dat geldt voor heel veel plekken,' zei Blue. 'Waar zou jij willen wonen als je het voor het kiezen had?'

Hij keek haar aan. 'O, ik denk dat het me in Richmond wel zou bevallen.' Na een korte aarzeling voegde hij eraan toe: 'Ik bedoel, het is daar heel mooi, dat vind ik belangrijk. Ik hou van ruimte. Het is ook dicht bij huis, dat is fijn. Ik zou geen uren willen reizen om bij mijn familie op bezoek te kunnen. Alleen is het er wel prijzig, ik zou het me nu nog niet kunnen veroorloven.'

Blue glimlachte. Die aarzeling was veelzeggend geweest. Ze begon te vermoeden... Sterker nog, ze wist bijna zeker...

Toch liepen ze zonder elkaar aan te raken verder, terwijl hij haar wees op alle plekken waaraan hij jeugdherinneringen bewaarde. Daar had hij gevochten, daar was hij gekust, daar was zijn oude school. Hij vertelde haar anekdotes over zijn familie en vrienden en had het meerdere keren over iemand die Sam heette en die nu in Petersham woonde.

'Is dat die vriend met wie je toen in The Roebuck had afgesproken?' vroeg Blue.

Barnaby keek haar wezenloos aan.

'Weet je nog, die eerste keer dat je met me mee naar huis liep? Je zei dat je toch die kant op moest omdat je met een vriend had afgesproken om iets te gaan drinken in The Roebuck.'

Opeens leek Barnaby zich helemaal niet meer op zijn gemak te voelen.

'Weet je dat niet meer?' drong ze aan.

'Jawel, maar... om eerlijk te zijn had ik die avond met niemand afgesproken, Blue. Ik was zelfs nog nooit in The Roebuck geweest. Ik wilde gewoon met je meelopen en ik dacht dat het op die manier wat nonchalanter zou overkomen.'

Blue kreeg vlinders in haar buik. 'Is dat zo?' vroeg ze onschuldig. 'Waarom dan?'

Hij haalde zijn schouders op. 'Je leek me gewoon een interessant meisje,' zei hij laconiek. 'Kijk, in die pub heeft Lewis vroeger gewerkt, en daar...'

Die avond, toen ze naar bed ging, bleef ze even op de vijfde traptrede staan. Vanaf die plek had Kenneth bijna een jaar geleden die opvallende dronk uitgebracht.

Op welke eigenschappen van mijn toekomstige schoonzoon hoop ik als liefhebbende vader? Tja, dat is niet zo moeilijk. Eerzaamheid, vriendelijkheid, kracht...

Allemaal eigenschappen die Barnaby bezat, dacht Blue. Sterker nog, in hun hart leken Barnaby en Kenneth net zo veel op elkaar als Kenneth en Dorian op het eerste gezicht op elkaar leken. Barnaby was misschien niet de verfijnde, rijke jonge man die Kenneth zich had voorgesteld, maar hij was wel een warm en integer mens dat ernaar streefde om de situatie voor zichzelf en anderen beter te maken. Ze wist dat Kenneth hem graag mocht. Zijn zegen hadden ze zeker, als er tenminste iets te zegenen viel.

Kenneth liep langs haar heen, op weg naar bed. 'Je staat zeker aan je vorige verjaardag te denken?' vroeg hij. 'Nogmaals mijn excuses dat ik me toen zo dwaas heb gedragen, Blue.'

Ze glimlachte. '"Ik durf best een dwaas te zijn, als dwaasheid ervoor kan zorgen dat er onverwachte deuren voor me opengaan,"' citeerde ze.

'Is dat van Plato?'

'Wederom van L.W.'

'Is dat gebeurd? Zijn er onverwachte deuren voor je opengegaan, bedoel ik? Is er iemand in je leven, lieveling?'

'Dat weet ik niet, papa. Misschien. Vind je het erg als ik het daar nog niet over wil hebben?'

'Neem de tijd,' zei Kenneth, nauwelijks in staat om zijn tevreden grijns te verhullen. 'Betekent dit dat ik eens en voor altijd vergeven ben?'

Daar dacht Blue even over na. Indirect had die toost haar inderdaad naar Barnaby toe geleid. Als ze niet zo woedend was geweest en niet zo graag had willen bewijzen dat haar interesses op een ander vlak lagen, had ze misschien niet het lef gehad om die artikelen naar Juno te sturen. Dan had ze die baan bij de *Gazette* nooit gekregen en Barnaby niet leren kennen. Als ze dat tegen haar vader zei, zou hij vast erg met zichzelf in zijn nopjes zijn, op het onuitstaanbare af. Daarom sloeg ze haar armen om hem heen en gaf hem een kus op zijn wang. 'Het is je vergeven, lieve papa.'

Over een week was ze weer jarig. Hier was ze dan, op het punt om tweeëntwintig te worden. Als je keek hoe de zaken ervoor stonden toen ze bijna eenentwintig was, leek haar leven er op het eerste gezicht alleen maar op achteruit te zijn gegaan. Midge was weg, Blue kon haar aandacht niet bij het schrijven houden en van de dromen die ze als kind had gehad was nog maar weinig over. Aan de andere kant… een jaar geleden had ze Delphine nog niet ontmoet. Ze had Barnaby niet gekend. Ze had nog nooit een baan gehad. En ze had niet half zo goed geweten hoe ze over bepaalde zaken dacht.

Blue wilde geen feest. Na alles wat er gebeurd was, kon ze daar geen enthousiasme voor opbrengen, en de sfeer was er ook niet naar. Zonder Midge voelde het alsof het hart uit hun huis was verdwenen. Toch had ze op dit soort momenten altijd veel waarde gehecht aan rituelen. Ze vond het belangrijk om te beseffen dat er altijd iets te vieren viel, hoe slecht het ook ging. Om erbij stil te staan wat er was geweest en wat er nog zou komen…

Misschien zou ze in plaats van een verjaardagsfeest een speciaal etentje organiseren. Avis had aangeboden te koken en hoewel Blue in eerste instantie nee had gezegd, kwam ze daar nu van terug. Het gemis van Midge voelde nog steeds aan als een grote splinter, maar er waren nog volop andere mensen om haar verjaardag mee te vieren. Kenneth, Merrigan, Lawrence en hun dochtertjes, Avis en Elf, Delphine en de Greenbows. O, en Sid natuurlijk. Barnaby, en misschien Juno, mits ze beloofde als vriendin te komen, niet als verslaggever. En de familie Foxton. Dat was een flink gezelschap, maar ze konden voor een eenvoudig menu kiezen en ze zou Avis helpen met de voorbereidingen. Ja. Het was belangrijk dat ze al die mensen op haar verjaardag om zich heen had, dat ze omringd zou worden door hun liefde. Anders zou het een vreselijke dag worden. Dat mocht ze niet laten gebeuren.

75

Tegenwoordig was de keuken van de Greenbows nogal in trek bij bezoekers, dacht Delphine terwijl ze een pot thee zette voor Barnaby. Het ontroerde haar dat hij haar was komen opzoeken. Per slot van rekening was hij niet echt haar vriend, maar die van Blue, al vond ze het teleurstellend dat die twee nog steeds niet meer dan vrienden waren. Het lag op het puntje van haar tong om hem ernaar te vragen. Nadat ze hen die dag samen in het ziekenhuis had gezien, was ze ervan overtuigd geweest dat het slechts een kwestie van tijd zou zijn. Ze kon zich bijna niet voorstellen dat hij niet van Blue hield. Toch beheerste ze zich. Het waren haar zaken niet, en Barnaby was langsgekomen om Delphine op de hoogte te stellen van de nasleep van Foleys verhaal.

De begrafenis had een week na wat ze allemaal eufemistisch Het Incident waren gaan noemen plaatsgevonden. Het was een armzalige uitvaart geweest op een druilerige dag. De enige gasten waren Barnaby, Cromley en een vrouw die beweerde een zus van Foley te zijn van wie Delphine het bestaan nooit had gekend. Het was een raadsel hoe ze had geweten dat ze moest komen.

De staking had negen dagen geduurd. Uiteindelijk waren de partijen tot een akkoord gekomen en sindsdien werd er in de havens weer druk gewerkt. 'Voorlopig, althans,' zei Barney, die het gevoel had dat er nog meer moeilijkheden op komst waren. Hij nam waarderend een slok van de sterke zwarte thee en vertelde haar dat er in de pakhuizen aan de Royal Docks zevenhonderdvijftigduizend geslachte dieren waren opgeslagen. Tijdens de staking was er geen elektriciteit geweest en dat had het havenbedrijf bijna een fortuin gekost, maar de marine had dat op het laatste nippertje kunnen voorkomen door twee onderzeeër-generatoren aan te sluiten.

Delphines hoofd tolde bij de gedachte dat haar persoonlijke drama zich had afgespeeld tegen de achtergrond van een zaak van nationaal belang. Het idee dat er zo veel kadavers in dat koude, donkere pakhuis hingen en dat zij er daar bijna een van was geweest, bezorgde haar de rillingen, alsof ze de ijskoude lucht van hieraf kon voelen. Moed is vuur, bracht ze zichzelf in herinnering. Het betekende veel voor haar dat Kenneth zo over haar dacht.

'Geplet worden door een vallend kadaver,' mijmerde Barnaby. 'Dat is nog eens een passend einde.'

Opeens werd het Delphine te veel. Haar verbijstering dat Foley was omgekomen – en hóé! – en haar uit schuldbesef onderdrukte blijdschap omdat ze eindelijk vrij was, kwamen naar buiten in een onbedaarlijke, volkomen ongepaste lachbui. Geschokt sloeg ze haar handen voor haar mond.

'Wat?' Barnaby grijnsde.

'Nou, Foley was altijd zo... Hij was zo tróts op de haven! Het feit dat hij lid was van een gilde, dat ze daar altijd werk hadden terwijl andere mensen geen baan konden vinden... en de goederen waarmee ze werkten! Daar schepte hij altijd over op. "Hout, wijn, tabak," zei hij dan. "Wol, graan, suiker, rubber, fruit..." Op die momenten wreef hij vergenoegd in zijn handen, alsof dat allemaal zijn verdienste was. Maar uiteindelijk is hij niet aan zijn einde gekomen door hout, wijn of iets exotisch. Hij is geplet door een homp vlees!'

Barnaby bulderde van het lachen. 'Dat is nog eens gerechtigheid,' zei hij toen hij zichzelf weer in de hand had. 'Blijf je hier alsjeblieft niet de rest van je leven schuldig over voelen, Delphine. Voor hetzelfde geld had jij daar die dag gelegen, niet hij. Dan was de wereld nu slechter af geweest. Het had maar een haartje gescheeld of je had deze tweede kans helemaal niet gekregen. Het heeft zo moeten zijn. Maak er het beste van.'

'Wees daar maar gerust op, Barney. Dat ga ik doen. De afgelopen tijd voelde ik me... een beetje verdoofd, denk ik. Je hebt gelijk, vanaf nu wordt het alleen maar beter, let maar op.'

76

Midge hield zich aan haar belofte. Ze betaalde de pensionhoudster de huur tot aan het einde van de maand, maar verhuisde de dag erop al naar Dulwich. Hoewel ze haar twijfels had gehad bij deze regeling, bleek ze van harte welkom bij haar moeder. Misschien was ze blij dat haar dochter toch eindelijk een beroep op haar deed nu ze het zo moeilijk had.

Inmiddels waren ze twee weken verder. De eerste dagen had Rose Fawcett geen enkele vraag gesteld. Zelfs over het feit dat Midge overduidelijk zwanger was had ze niets gezegd, behalve dan dat ze had gevraagd of ze een afspraak voor haar moest maken bij de dokter. Er heerste een rustige sfeer waarin weinig werd gepraat, maar waarin ze wel kleine rituelen ontwikkelden. 's Avonds aten ze warme broodjes in de salon, 's ochtends vroeg wanneer alles nog stil was maakten ze wandelingen en de middagen brachten ze lezend door, zij aan zij. Midge had nooit kunnen denken dat ze zich hier zo op haar gemak zou voelen.

In één ding had ze wel gelijk gekregen: dat ze Kenneth in Reading had gezien, had alles erger gemaakt. Al haar verlangens waren weer naar boven gekomen, haar herinneringen aan hem voelden weer verser aan. Tegenstrijdig genoeg koesterde ze weer hoop. Hoewel ze hem had opgedragen om weg te blijven, maakte haar hart nu bij elke klop op de deur een sprongetje en dacht ze hem tijdens het wandelen keer op keer te zien. Dat zou niet gebeuren, bracht ze zichzelf alsmaar in herinnering. Daar had ze zelf voor gezorgd door hem weg te sturen.

De ene keer dat hij had gebeld had hij haar moeder gesproken, die hem had verzekerd dat Midge bij haar was. Hij klonk opgelucht, had Rose gemeld. Daarnaast had hij haar gevraagd om Midge te laten weten dat Delphine veilig was en dat Foley nooit meer terugkwam. Hoe dat zo was gekomen had hij er niet bij gezegd, maar het was geweldig nieuws. Hij had niet gevraagd of hij Midge mocht spreken. Waarschijnlijk respecteerde hij haar wensen, of misschien was hij toch tot de conclusie gekomen dat hij zonder haar beter af was. Het zou een opluchting moeten zijn dat ze niet meer hoefden te worstelen met hun gevoelens.

Op een dag kwam hij op bezoek. Rose ging hem voor naar de salon en liet het verder aan hen over. Zo veel discretie had Midge nooit achter haar gezocht.

Toen hij haar buik zag, waar haar kleding zich nu strak omheen spande, stonden er allerlei emoties op zijn gezicht te lezen. 'O, lieveling,' zei hij, en hij liep naar haar toe om haar te omhelzen.

Ze stond zichzelf toe om zich aan hem vast te klampen, om hem tot in al haar poriën in zich op te nemen. Daar zou ze niets mee opschieten, maar ze kon niet langer weerstand bieden aan haar verlangens.

'Wanneer...' vroeg hij, en hij gebaarde naar haar buik.

'Nog ongeveer een week, denken we.'

'Misschien wordt dit kindje wel op dezelfde dag als Blue geboren.'

'Dat zou kunnen.'

'Zullen we gaan zitten, schat? Ik zou heel graag even met je willen praten en het beter willen aanpakken dan de vorige keer.'

'Goed dan,' verzuchtte ze.

'Eerst wil ik iets tegen je zeggen. Meerdere dingen, eigenlijk. De vorige keer was ik zo bang dat ik je niet zou vinden dat het niet eens bij me opkwam dat je niet met me mee naar huis zou willen. Eerst was er de opluchting dat ik je zag, daarna kwam de schok dat daarmee niet alles opgelost was... Enfin, daar ben ik niet goed mee omgegaan en het gesprek was... Ach, dat hoef ik jou niet te vertellen.'

Haar hart smolt bij het zien van zijn schuldbewuste, guitige glimlach.

'Ik heb je een heleboel vragen gesteld en niet echt op de antwoorden gewacht. Deze keer wil ik wél naar je luisteren. Wat heb je nodig om met me mee naar huis te gaan? Waarom denk je in 's hemelsnaam dat ik niet van je hou? Hoe heeft het allemaal zover kunnen komen? Ik beloof je dat ik niet ga schreeuwen of met je in discussie ga. Ik wil het gewoon begrijpen.'

In eerste instantie kon Midge geen woord uitbrengen. Er spookte al zo lang zo veel door haar hoofd zonder dat ze het had uitgesproken. Dat ze nu de gelegenheid kreeg om het tegen hem te zeggen was angstaanjagend. Wat zou hij wel niet denken van de kleinzielige, gemene dingen die ze had gedacht?

Aan de andere kant had ze weinig te verliezen, dus vertelde ze hem alles wat haar al sinds de begintijd van hun huwelijk dwarszat. Haar schuldgevoel omdat ze dacht dat ze op de een of andere manier misbruik van hem maakte, het idee dat hij puur uit radeloosheid met haar was getrouwd, haar overtuiging dat hij te beleefd was om toe te geven dat hij er spijt van had. Ze vertelde dat ze zich bedreigd voelde door iedere mooie jonge vrouw die haar aan Audra deed denken en dat ze altijd het gevoel had gehad dat zij heel anders was dan die vrouwen. Ze probeerde uit te leggen hoe vernederend het was om als vijfenveertigjarige vrouw nog steeds jaloers en onzeker over haar relatie te zijn en dat hij het er met zijn tomeloze charme, flirterige manier van doen en belachelijk knappe uiterlijk niet beter op had gemaakt. Ze vertelde hoe afzichtelijk ze zichzelf tijdens haar eerste zwangerschap had gevonden, hoe nutteloos en dom ze zich daarna had gevoeld en hoe bang ze was geweest dat ze in zijn achting zou dalen.

Ze deed alles uit de doeken wat ze maar kon bedenken, terwijl de augustuszon om het huis draaide en de warme lichtvlek op het vloerkleed van de ene kant van de kamer naar de andere schoof.

Nadat ze was uitgepraat, bleef hij rustig zitten knikken en zag hij eruit alsof hij nadacht. Het viel haar op dat hij haar hand vasthield. 'Ik wil dat je weet dat ik goed heb geluisterd naar alles wat je hebt gezegd en dat ik het goed op me heb laten inwerken.'

Ze knikte, want die indruk had zij ook.

'Het voelt alsof je me zojuist een treurig verhaal hebt verteld over een man die overhaast getrouwd is, uit wanhoop over de dood van zijn eerste vrouw. Een man die daar later spijt van heeft gekregen omdat hij besefte dat hij onder andere omstandigheden nooit voor deze vrouw gekozen zou hebben, met allerlei moeilijkheden voor hen allebei tot gevolg.'

Weer knikte Midge. Dat vatte het wel zo ongeveer samen.

'Lieverd, ik begrijp dat het voor jou zo voelt, maar mag ik zeggen dat ik ons helemaal niet herken in de twee personen die je zojuist hebt beschreven? Mag ik je vertellen hoe het voor mij is geweest?'

Midge huiverde. In alle eerlijkheid was dat wel het laatste wat ze wilde, maar hoe kon ze hem nou de gelegenheid ontzeggen om zijn hart bij haar uit te storten terwijl zij zojuist precies hetzelfde had gedaan? 'Goed dan,' zei ze zacht.

'De inleiding van het verhaal ken je al,' zei hij. 'Er was eens een man die gek was van verdriet. Hij had zijn vrouw verloren, van wie hij zoals je al zei zielsveel hield. Die radeloosheid voelde hij echter vóórdat hij een heerlijk eigenzinnige vrouw leerde kennen die Margaret Fawcett heette. Tegen de tijd dat hij… O, wat een onzin, dit. Tegen de tijd dat ík jou leerde kennen, was ik niet gek van verdriet meer, Midge, al had ik het natuurlijk nog steeds moeilijk. Daarnaast voelde ik me soms een beetje verdoofd, waardoor ik niet erg opmerkzaam was. Er zijn me veel dingen ontgaan,' verzuchtte hij.

'Het had nog heel lang kunnen duren voordat ik er weer helemaal bovenop was, maar met jou kwam er weer een lichtpuntje in mijn leven. Daardoor ontdooide alles in mij wat nog steeds bevroren was. En ik mocht je graag. Heel graag. Je was lief, intelligent en aantrekkelijk, je medeleven met anderen kende geen grenzen en de gesprekken met jou waren nooit saai. Ik zou je hoe dan ook graag hebben gemogen, Midge, ongeacht de omstandigheden. Naarmate de tijd verstreek en onze band hechter werd, sloeg die genegenheid om in liefde. Ik vond je altijd al aantrekkelijk, maar vanaf dat moment begon ik ook je schoonheid te zien.'

Met opgetrokken wenkbrauwen keek ze hem aan. Schoonheid?

Hij knikte. 'We waren al intiem met elkaar voordat we getrouwd waren, en ja, dat zat me dwars. Zoals je weet ben ik in dat opzicht ouderwets. Maar dat ik puur uit beleefdheid met je getrouwd zou zijn? Hemeltje, Midge, dan schat je me toch echt te hoog in. Ik zou nooit met je getrouwd zijn als ik dat niet had gewild. Inderdaad, je bent Audra niet, maar dat is niemand. Christie Dawson-Hobbs was Audra niet, alle vrouwen om wie je je druk hebt gemaakt waren Audra niet. En zij zijn ook geen van allen jóú. Jij en Audra zijn heel verschillend, maar jullie hebben met elkaar gemeen dat jullie uniek en onvervangbaar zijn. Liefde is niet eindig, dat weet je toch! Mijn verleden met Audra weerhoudt me er niet van om ook van jou te houden. Ik ben met je getrouwd omdat je de enige vrouw was met wie ik een toekomst voor me zag en omdat ik die toekomst wilde. Die wil ik nog steeds.' Op zijn gezicht lag een gespannen uitdrukking omdat hij zijn best deed zijn gevoelens zo goed mogelijk onder woorden te brengen.

Het liefst zou Midge zich nu al in zijn armen storten, maar ze hield zich in. Er moest nog veel meer uitgepraat worden.

'Het enige waar ik achteraf spijt van heb is dat ik zo snel met je ben getrouwd,' vervolgde hij. 'Omdat jij al die tijd niet het gevoel hebt gehad dat onze relatie een stabiele basis had. Alleen had ik op dat moment geen idee dat jij die indruk had. Dat is een van de dingen die me zijn ontgaan omdat ik me nog verdoofd voelde. Nu zou ik willen dat we nog een jaar hadden gewacht. Dan had je met eigen ogen kunnen zien dat ik niet meer radeloos van verdriet was, dat ik je geen aanzoek deed omdat ik me verplicht voelde. Dat is het enige wat ik anders had willen aanpakken.'

Met gefronst voorhoofd keek Midge hem aan. 'Waarom flirtte je dan altijd met andere vrouwen? Dat doe je nog steeds. Ik dacht altijd dat je dat deed omdat je niet echt tevreden was met mij, omdat ik niet aan Audra kon tippen.'

'Nee, Midge, dat zie je helemaal verkeerd. Eerlijk gezegd weet ik zelf niet zo goed waarom ik dat doe. Audra was een flirt, zie je. Ze was een toegewijde echtgenote en het stelde allemaal niet veel voor, maar ze was net zo'n grote flirt als ik. Toch twijfelden we geen moment aan onze gevoelens voor elkaar. Misschien kwam het doordat we nog zo jong waren toen we elkaar leerden kennen. We hadden het soort onbezorgde, glamoureuze huwelijk waarvan jij dacht dat ik het weer zou willen. Ik was gewoon niet anders gewend. Ik realiseerde me niet hoe anders jij in dat opzicht was, hoe jij je erbij voelde. Nu vind ik dat onnozel van mezelf, maar het was gewoon weer zo'n blinde vlek. Nog iets wat misschien anders was geweest als we langer hadden gewacht met trouwen. Als dat verdoofde gevoel van mij nog wat verder was weggetrokken, had ik vast meer oog gehad voor jouw gevoelens. Het spijt me.'

Weifelend keek ze hem aan. Had hij echt van haar gehouden? Had hij er nooit spijt van gehad, had hij nooit naar een andere vrouw verlangd? Had zijn hart echt al die tijd bij haar gelegen? Eén verblindend mooi moment geloofde ze hem en voelde ze zich geliefd. Daarna dacht ze echter aan Percy en voelde ze dat het haar allemaal weer door de vingers glipte. Ze had het verpest, ze had al die verschrikkelijke dingen gedaan, helemaal voor niets. 'Maar Percy, onze lieve Percy...' fluisterde ze, en ze begon te huilen.

'Stil maar.' Met de rug van zijn hand veegde hij haar tranen weg en daarna drukte hij haar dicht tegen zich aan. 'Dat was nog niet alles. Ik heb vijf jaar met je samengeleefd, Midge Camberwell, en je was alles wat ik zocht in een echtgenote. Ik ken geen enkele vrouw die zo elegant, hartstochtelijk en intelligent is als jij, en dan heb je ook nog eens mijn dochters in je hart gesloten. We hebben onze pieken en dalen gekend, we hadden soms ruzie en soms begreep ik niets van je buien, maar ook al ben ik daardoor misschien wel de minst opmerkzame man in heel Surrey, ik dacht echt dat dat gewoon bij het huwelijk hoorde. We hebben ook een ontzettend moeilijke tijd doorgemaakt toen we onze zoon kwijtraakten. Toen, op een dag, was je opeens weg. En ik kwam erachter dat we onze zoon helemaal niet waren kwijtgeraakt, maar dat jij hem had weggegeven, dat je had gezorgd dat ik hem nooit meer zou kunnen vinden en dat je had gelogen dat je barstte over die dag in Esher. Kijk me aan, Midge.'

Angstig gehoorzaamde ze hem.

'Dat was verschrikkelijk,' gaf hij zachtjes toe.

Ze knikte. Het was bijna een opluchting om het hem te horen zeggen.

'Je hebt iets slechts gedaan, Midge. Iets heel slechts.'

Weer knikte ze.

'Een tijdlang heb ik gedacht dat ik je nooit zou kunnen vergeven. Sterker nog, daar was ik van overtuigd. Ik voelde me net een boos dier en had geen idee wat ik ermee aan moest, zo absurd vond ik het. Maar Midge, je kent me toch? Ik ben geen type dat uit woede al zijn schepen achter zich verbrandt. Diep in mijn hart heb ik altijd geweten dat je geen slecht mens bent. Daarom ging ik me afvragen waarom je het had gedaan, wat mijn aandeel in die situatie was geweest. Had ik je er op de een of andere manier toe gedreven? Ik ben met Elf gaan praten en hij heeft me wat leesmateriaal gegeven over postnatale depressies bij vrouwen. Weet je nog dat Delphine...'

Haar adem stokte. 'O, Delphine! Is ze echt veilig, Kenneth? Is het echt voorbij, zoals mijn moeder zei?'

'Godzijdank wel, maar laten we ons voorlopig even op onszelf concentreren, lieveling. Hopelijk krijg ik later nog eens de kans om je over haar te vertellen. Weet je nog dat we het door Delphine een keer hadden over het effect van de oorlog op de soldaten die zijn teruggekeerd? Over de opmerkelijke dingen die zij soms doen vanwege het trauma dat ze hebben opgelopen? Dat vond ik fascinerend, zoals je weet. Daardoor heb ik er veel over nagedacht hoe het moet zijn als je persoonlijkheid wordt aangetast door externe factoren waarop je geen enkele invloed hebt. Door wat ik in de oorlog heb gezien, kan ik me dat heel goed voorstellen.'

Ze gaf hem een kus, ze kon het gewoonweg niet laten.

Daarop glimlachte hij en kuste haar op haar wang, maar hij liet zich niet afleiden. 'Voor mij als man is het niet makkelijk om een vrouw te begrijpen, om me voor te stellen hoe het is als je lichaam en zelfs je hersenen, durf ik wel te stellen, een tijdje worden overgenomen. Maar denk je dat ik wel zou proberen om begrip op te brengen voor soldaten die het moeilijk hebben, en niet voor mijn eigen vrouw? Natuurlijk niet, Midge. Ik ben niet over één nacht ijs gegaan en wat ik nu ga zeggen, zeg ik niet uit beleefdheid. Na heel lang nadenken geloof ik dat jij nog steeds de vrouw bent op wie ik destijds verliefd ben geworden, dat er allerlei redenen waren voor wat je gedaan hebt en dat je aan een deel daarvan niets kon doen. Natuurlijk zul je de verantwoordelijkheid op je moeten nemen, maar dat is niet hetzelfde als jezelf straffen, lieveling. Daar schieten we niets mee op. Dus hier ben ik dan, en ik vraag het je nog eens. Ik wil nog steeds dat je naar huis komt. Dat is *míjn* kant van het verhaal.'

Midge kon het bijna niet bevatten. De zon viel nu direct op haar gezicht en droogde haar tranen net zo snel als dat ze vielen. Toen Kenneth haar in zijn armen nam, smolt ze weg. Ze voelde het snelle kloppen van zijn hart, de kwetsbaarheid die achter zijn kracht schuilging. Zo bleef hij haar een hele tijd zonder iets te zeggen vasthouden, totdat ze bijna het gevoel kreeg dat ze in slaap zou kunnen vallen. Het gaf zo veel rust dat alles nu was gezegd, dat ze was aangekomen aan het einde van de lange, donkere weg die ze had bewandeld. 'Jij moet wel de meest opmerkelijke, grootmoedige man op aarde zijn,' verzuchtte ze.

'Ongetwijfeld.'

Daar moest ze bijna om glimlachen, maar…

'Percy,' fluisterde ze.

Hij knikte en leunde achterover. 'Percy,' herhaalde hij. 'In Reading zei je dat je jezelf nooit zou kunnen vergeven. Misschien kun je dat inderdaad niet, dat weet ik niet. Maar schat, ik wil je iets vertellen, als je bereid bent om het aan te horen. Ja? Nou, ik heb het tehuis gevonden waar je hem hebt achtergelaten en het personeel daar overgehaald om me te vertellen waar hij is. Ik ben onder valse voorwendselen naar dat adres toe gegaan en heb hem gezien. Hij is een prachtige knul en hij is heel gelukkig. Voor mij was het hartverscheurend om ons kind te zien en hem niet mee te kunnen nemen, daar ga ik niet over liegen. Wat is wijsheid in zo'n situatie? Daar heb ik het antwoord niet op, maar kunnen we dat alsjeblieft samen bedenken? In elk geval weten we nu waar hij is en dat het goed met hem gaat. Hij is bij een rijk, vriendelijk gezin geplaatst waar hij duidelijk alles krijgt wat zijn hartje begeert. Het zou niet goed zijn om hem daar weg te halen, Midge. In elk geval is hij niet dood en heeft hij het ook niet slecht. Dat is tenminste iets.'

Ze knikte. 'Alleen had jij veel beter verdiend.' Zelf had ze altijd al geweten dat Percy niet dood was, maar ze had niet geweten waar hij was, onder welke omstandigheden hij leefde, of hij gelukkig was... Ze zuchtte.

'Ik vraag me af of we tegen zijn adoptieouders moeten zeggen wie we zijn,' vervolgde hij. 'We zouden hun ervan kunnen verzekeren dat we er niet op uit zijn om hem terug te krijgen, maar wel kunnen vragen of ze ons zo nu en dan een foto willen sturen, met een kort berichtje erbij. Zoiets zou ik nooit doen zonder het eerst met jou te bespreken, maar ze lijken mij fatsoenlijke mensen die daar best voor open zouden staan, als we tenminste besluiten het te vragen.'

'Dan zouden we hem misschien op een dag, als hij volwassen is, kunnen zien,' mijmerde Midge. Voor de zoveelste keer stond haar wereld op zijn kop. Misschien was alles toch nog niet verloren... Maar zo makkelijk kon het toch niet zijn?

'Het zal niet makkelijk worden, lieveling.' Hij glimlachte alsof hij haar gedachten kon lezen. 'Het belangrijkste is volgens mij om nu een besluit te nemen en daar iets mee te doen. We zullen met Percy's nieuwe ouders gaan praten, dat beloof ik je. We vinden wel een manier om verder te gaan.'

'Dit komt allemaal doordat ik het gevoel had dat ons huwelijk op de een of andere manier een leugen was,' fluisterde ze uiteindelijk. 'Dat maakte het makkelijk om steeds meer leugens op elkaar te stapelen. Hoe kan ik toch zo in de war zijn geweest? Hoe kan ik je zo verkeerd hebben begrepen?'

Met een verdrietig glimlachje zei hij: 'Je had nog nooit een relatie gehad, en al helemaal niet met zo'n gecompliceerde vent als ik.' Dat laatste kwam er plagerig uit. 'Wat wist jij er nou helemaal van?'

'Heel weinig, geloof ik,' mompelde ze. 'Helemaal niets, om eerlijk te zijn. Maar Kenneth, hoe moet het nou met Blue en Merrigan? En alle anderen die ervan op de hoogte zijn? Elf? Onze vrienden? Jij bent misschien wel in staat me te vergeven, maar zijn zij dat ook? Hoe kan ik nou gewoon terugkomen en verdergaan alsof er niets gebeurd is? O, die arme, lieve meisjes. Ik heb altijd zo mijn best voor ze gedaan, maar toen het erop aankwam, heb ik ze in de steek gelaten.'

'Ja.' Hij keek haar doordringend aan. 'Dat is zo, maar het is niet anders. Is het waarschijnlijk dat zoiets nog eens zal gebeuren? Dat betwijfel ik. Je kent onze meisjes toch, Midge. Niemand is zo ruimhartig als zij. Ze houden van je. Ze missen je. Ze willen dolgraag dat je terugkomt.'

'En Elf?'

'Schat, vergeet niet wat hij voor de kost doet. Trouwens, zoals hij zelf tegen me zei, wat weet híj nou van het huwelijk? Hij woont in een schuurtje in onze tuin. Ondanks al zijn wijsheid durft hij niets aan zijn leven te veranderen. Dat geldt niet voor jou en ook niet voor mij. Wij proberen het leven vorm te geven, we duiken erin, we maken fouten, proberen die recht te zetten en richten daardoor nog meer schade aan. Dat hoort bij het leven, als je het mij vraagt.'

'Vind je echt dat we zo moedig zijn, liefste?'

'Jazeker. Dit gesprek was niet voor tere zieltjes bestemd. En wat onze vrienden betreft... ik heb niet veel mensen verteld hoe de vork in de steel zit. Alleen Delphine en de familie Greenbow weten ervan. En Tab. Ze houden allemaal nog steeds van je, dat spreekt voor zich.'

Ademloos staarde Midge hem aan. Hij haalde een voor een al haar bezwaren onderuit. 'Waar denkt iedereen dan dat ik ben?'

'Ik heb gezegd dat je bij een verre nicht logeert die ernstig ziek is. Ik wilde niet dat iedereen het wist, sommige mensen zouden het misschien niet begrijpen. Zie je wel, er is geen enkele reden waarom je niet terug naar huis zou kunnen komen en een elektrische oven zou kunnen bestellen.'

Er ontsnapte haar een lach die een mengeling was van verdriet, opluchting, ongeloof en hoop. Zijn luchthartigheid was voor haar altijd al een bron van vermaak en van leed geweest. 'O, Kenneth. Dat rotfornuis! Ik heb er zo'n spijt van wat ik met het huis heb gedaan. Volgens mij wilde ik op de een of andere manier een soort... schone lei voor ons creëren.'

'Dat is juist goed.' Hij pakte haar handen beet en staarde haar diep in de ogen.

Op dat moment voelde ze haar eigen liefde veranderen, net zoals haar kijk op zijn liefde voor haar was veranderd. Ze zou durven zweren dat ze haar liefde voor hem zelfs nog dieper voelde worden. Voorheen was haar liefde als een bosbrand geweest, nu voelde die zo stevig aan als een eik.

'Jij hebt een goed begin gemaakt,' vervolgde hij op ernstige toon, 'maar nu moeten we samen proberen met een schone lei te beginnen. Toe, Midge, geef het nu niet op. Ik wil je terug, de meisjes ook, maar de belangrijkste vraag is of je het zelf wilt. Of je het jezelf gunt om het te doen. Nou, Midge?'

77

Drie dagen voor haar verjaardag keerde Blue terug van een wandeling in Richmond Park met Barnaby. Jammer genoeg hadden ze geen enkel icarusblauwtje gezien.

'Vlinders zijn wonderlijke wezens, als je het mij vraagt,' merkte ze op. 'Je kunt het niet afdwingen om er een te zien. Daar moet je gewoon op wachten.' Net als op de liefde, voegde ze er in gedachten aan toe.

'Ik vind het niet zo erg.' Barnaby haalde zijn schouders op. 'Nu kunnen we binnenkort weer samen gaan wandelen.'

Toen ze Ryan's Castle naderden, zag Blue een bekende gestalte op hen afkomen, iemand met een lichte tred en een zorgeloze uitstraling. 'Barnaby!' riep ze uit. 'Dit is mijn vriend Foster. Floss, schat! Wilde je bij mij op bezoek komen?'

Glimlachend drukte hij een kus op haar wang. 'Inderdaad. Ik moest er even tussenuit na een hele dag studeren, en het kwam opeens bij me op dat ik vroeger heel vaak bij je langskwam en nu al heel lang niet meer.'

Haar hart maakte een sprongetje vanwege dit teken dat alles weer zoals vroeger zou worden tussen hen. 'Wat fijn. Foster, mag ik je voorstellen aan mijn goede vriend en voormalig handlanger bij de *Gazette*, Barnaby Tanner. Barney, dit is mijn goede vriend Foster Foxton, de jongere broer van Tabitha.'

'Aangenaam kennis te maken, meneer Tanner.'

'Zeg maar Barnaby, hoor. En insgelijks. Hoe gaat het met de studie? Als ik me niet vergis, zei Blue dat je de advocatuur in wilt?'

'Dat klopt. Eerlijk gezegd voelt het alsof ik door een enorme sloot modder moet waden, maar uiteindelijk zal alles vast op zijn plaats vallen. Hoe staat het ervoor bij de *Gazette*? Ik weet dat Blue het daar heel erg mist.'

'Het gaat prima, bedankt. Het is druk, frustrerend en niet half zo gezellig meer sinds Blue is vertrokken, maar ik hou van mijn werk, dus ik mag niet klagen.'

Blue vond het fijn om te zien dat het zo goed leek te klikken tussen die twee. 'Kom binnen, Floss, dan drinken we een kop thee. Ga je ook mee, Barney?'

'Nee, bedankt, ik moet echt weer aan de slag. Hopelijk tot snel weer. Tot ziens, allebei.'

Foster keek hem na. 'Hij lijkt me erg aardig.'

'Dat is hij ook,' reageerde Blue, die deed alsof ze haar sleutel moest zoeken. 'Kom mee.'

Ze besloten thee te drinken in de tuin, waar de eksters af en aan vlogen en de met roze dahlia's begroeide muur een lust voor het oog was. Blue keek er aandachtig naar. 'Ze staan er netjes bij. Dat zou Midge fijn vinden. Dahlia's trekken oorwurmen aan, zie je. Dat kan ze niet uitstaan. Kon, bedoel ik.'

'Nog steeds geen nieuws?'

Blue schudde haar hoofd. 'Daar wil ik het nu niet over hebben. Vertel eens, heb jij nog nieuws te melden?'

'Het gaat allemaal heel goed, eigenlijk. Dankzij jou.' Toen Avis de thee kwam brengen, zei hij: 'Dank je, Avis. Hoe gaat het met je?'

Ze bleven nog een tijdje kletsen, en Blue stelde tevreden vast dat haar eerste indruk klopte. Foster leek zich in alle opzichten beter te voelen en gelukkiger te zijn.

'Ik word nog steeds angstig wanneer ik terugdenk aan die kus en hoe goed die voelde,' gaf hij even later zachtjes toe. 'Door wat dat misschien betekent. De laatste tijd ga ik veel om met Primrose Ashton, een schat van een meid en ook nog eens heel mooi, maar ik durf niet... verder te gaan, als je begrijpt wat ik bedoel. Stel dat dat niet goed voelt, dan weet ik het zeker. En ik wil haar niet kwetsen. Verder gaat het goed, hoor. Iedereen heeft toch weleens iets wat hij een tijdje uit zijn hoofd moet zetten om verder te kunnen? Kijk maar naar Delphine, toen haar man nog leefde. Kijk maar naar jullie, nu Midge weg is. Ik zie dit wel onder ogen wanneer ik eraan toe ben. In de tussentijd ben ik er door dat hele gedoe in elk geval achter gekomen hoeveel geluk ik heb gehad met jou en Tabitha. Ik mag dan niet veel begrijpen van...' Hij bloosde. 'Je weet wel, van seks, maar nu weet ik tenminste wat liefde is.'

Blue gaf een kneepje in zijn hand en liet een paar schijfjes citroen in de earlgreythee vallen. 'Ik ben ontzettend trots op je, Floss, trotser kan niet. Ik weet zeker dat je een goed leven te wachten staat, wat er ook gebeurt.'

Op zijn gezicht verscheen een ernstige uitdrukking. 'Eén ding nog, Blue. Ik moet het vragen. Ga je nog met Dorian om?'

'Nee,' antwoordde Blue verrast. 'Al een paar maanden niet meer, waarom?'

'Maar jullie zijn nog wel goed bevriend?'

'Zo zou ik het niet willen noemen. We zijn beleefd als we elkaar toevallig tegenkomen, maar dat is nog maar een keer of twee gebeurd. Ik heb het heel druk gehad met Delphine en de nieuwe baby. Bovendien ben ik eindelijk aan mijn roman begonnen! Maar om op Dorian terug te komen, hoe charmant hij ook mag wezen, hij heeft niet het karakter dat ik zoek in een vriend of een geliefde. Dus nee, we zijn niet goed bevriend.'

Hij sloeg zijn blik neer naar de smeedijzeren tafel, die gedekt was met een roze bloemetjeskleed. 'Mooi zo. Daar ben ik blij om.'

'Waarom? Wat doet dat er nu nog toe?'

'Ik wil je nog iets vertellen. Eerder leek me dat niet zo gepast, je mag immers zelf bepalen met wie je omgaat. Het gaat over mij en meester Mathews. Weet je nog dat ik zei dat een aantal jongens op school vervelend tegen me deed? Dat ze lelijke en dubbelzinnige opmerkingen maakten en me zelfs in bedekte termen bedreigden?'

Blue knikte. 'Natuurlijk, maar sindsdien heb ik je daar niet meer over gehoord.'

'De laatste tijd gaat het beter. Sinds Mathews is vertrokken, lijken ze hun interesse te hebben verloren. Gelukkig lijkt alles weer bij het oude, ook al had ik dat nooit verwacht. Toch wil ik je graag vertellen wie er zo naar tegen me deden.'

'Vertel maar, dan draai ik hen de nek om.'

'Nee, dat wil ik niet. Maar Blue, het was Mallory Fields.'

'Dorians kleine broertje? Goeie genade! Wat een rotjoch! En wie nog meer?'

'Op school verder niemand, Blue. Alleen Mallory. De andere persoon die me ermee pestte en... en... een beetje met me solde, was Dorian.'

'Dórian? Meen je dat nou, Foster? Wat deed hij dan? Wanneer? Niet te geloven dat je dit niet eerder tegen me hebt gezegd.'

'Dat wilde ik wel! Ik maakte me zo'n zorgen om je, Blue. Ik wist dat al die charme, al die opgewektheid, maar oppervlakkig was. Ik was bang dat je verliefd op hem zou worden en pas zou merken hoe hij echt in elkaar zat nadat je al een leven met hem had opgebouwd. Als het zover was gekomen, had ik het je verteld, Blue, hoe dan ook. Op dat moment durfde ik het gewoon niet. Als ik tegen je had gezegd dat Dorian lelijk tegen me deed, had je willen weten waarom. Dan had je hem ermee geconfronteerd en had hij tegen je gezegd hoe het zat, op die hatelijke manier van hem. Dat was nog voordat ik het je verteld had, toen ik nog bang was dat je me niet meer aardig zou vinden. Trouwens, ik was ook bang dat je me niet zou geloven. Iedereen mag Dorian graag. Misschien had je wel gedacht dat ik gewoon jaloers was en een wig tussen jullie probeerde te drijven.'

'Ja, dat begrijp ik wel.' Blue schudde haar hoofd en liet het tot zich doordringen. Hierdoor vielen er veel dingen op hun plek: die vreemde brief van Foster over dat de wereld zo wreed was en dat hij haar wilde beschermen, Foster die had gezegd dat Dorian niet goed genoeg voor haar was, het opgelaten gevoel dat ze had gekregen toen Dorian zo achteloos over Foster had gepraat... en dat hij nota bene met Carlton James over hem had geroddeld! Nu begreep ze het. O, en óf ze het begreep! Al die tijd dat hij haar het hof had gemaakt, geprobeerd had haar met het ene na het andere compliment het hoofd op hol te brengen en haar had gezoend, had hij moedwillig iemand om wie ze gaf het leven zuur gemaakt. Al die tijd had hij twee gezichten gehad en…

'Ik ga hem vermoorden,' zei ze koeltjes, terwijl ze opstond.

'Nee, Blue! Je mag niets tegen hem zeggen. Het gaat net beter, en Mallory laat me ook met rust. Het is overgewaaid en ik wil geen ouwe koeien uit de sloot halen. Beloof het me.'

Al buitelden haar gedachten over elkaar heen, ze ging weer zitten. 'Het is al goed, Floss, ik beloof het. Ik ben blij dat je het me nu verteld hebt.'

Nadat Foster was vertrokken, bleef ze nog een tijdje naar de dahlia's zitten staren en nam ze alles wat er tussen haar en Dorian was gebeurd in gedachten nog eens door, met de kennis van nu. Hoe had hij dat nou kunnen doen? Wat een zelfingenomen, luie, egoïstische wezel was hij toch! Bij de gedachte aan het herfstfeest hield ze het niet meer. Die schoft had hier in deze tuin gestaan en Foster voor haar ogen getreiterd! Hij had geïnsinueerd dat het serieus begon te worden tussen Blue en hem, gezegd hoe jammer het voor de dames zou zijn wanneer hij zich zou settelen en Foster aangeboden om hem tips te geven over hoe hij met meisjes moest omgaan! En dat terwijl hij had geweten… wat hij wist. O. Blue stond weer op. Tot nu toe had ze zich altijd aan haar beloftes aan Foster gehouden, maar deze zou ze moeten verbreken.

Ze beende de heuvel af naar Dorians appartement bij de rivier. Zijn oudere broer Harrison liet haar binnen. Het was misschien maar beter dat dat snotjong van een Mallory er niet was. Harrison ging Dorian halen, die met loshangende bretels en een champagneglas in zijn hand uit een van de slaapkamers kwam. Door de open deur zag Blue Cassandra Tilley in een mooie groene jurk op het bed zitten. Huiverend dacht ze terug aan de laatste keer dat ze hier was geweest. O, wat was ze toen goed weggekomen.

'Blue! Wat een aangename verrassing! Je ziet er geweldig uit.' Na een korte aarzeling deed hij de slaapkamerdeur achter zich dicht. 'Ik heb je gemist. Wat voert je hierheen?'

'Eén ding, Dorian,' zei ze. 'Ik vind je een weerzinwekkend, rancuneus, achterbaks stuk stront en als ik erachter kom dat je Foster blijft pesten, of iemand anders om wie ik geef, of wie dan ook, dan krijg je met mij te maken.'

Hij verbleekte en zijn mond viel open.

Onverstoorbaar tierde ze verder. 'Jij lummelt hier maar rond in je ivoren toren, die overigens niet eens zo fraai is, want ik denk dat de architect straalbezopen was toen hij dit gebouw ontwierp, en het boeit je niet eens hoe moeilijk het leven voor sommige mensen is. Hoe moeilijk het vroeg of laat voor iederéén wordt. Op een dag zul jij het ook moeilijk krijgen, Dorian, en ik hoop dat je dan op meer compassie zult kunnen rekenen dan jij Foster hebt getoond. Hoe dan ook wil ik je nooit meer zien. En blijf bij Foster uit de buurt, anders zwaait er wat.'

Ze draaide zich om en nadat ze de deur zo hard ze kon achter zich had dichtgeslagen, hoorde ze een bonk, alsof er misschien een schilderij van de muur was gevallen. Ze rende de trap af en sloeg de voordeur ook achter zich dicht. Daarna stormde ze weg langs de rivier.

Pas tegen de tijd dat ze bij Isleworth aankwam, begon ze langzamer te lopen en kwam haar hart weer tot bedaren.

78

Nu de dreiging van Foley niet meer als een donderwolk boven hun hoofd hing, was de vriendschap tussen Sid en Delphine nog verder opgebloeid. Langzaam maar zeker was hen, en alle anderen, duidelijk geworden dat ze bij elkaar hoorden, net als de zwanen die een nest hadden in de buurt van de White Cross.

Lange tijd veranderde er niets. Ze hadden het alleen over de kleine dingen in het leven: hun plannen voor de dag, het weerbericht en de mensen die ze kenden. Nu dat alles niet meer overschaduwd werd, voelde het voor Delphine als een kostbare schat. Dat ze het met Sid kon delen, deed haar onuitsprekelijk veel genoegen.

Op een ochtend zaten ze een uur lang op een bankje naar de rivier te kijken en te praten. Grote wolken fluitenkruid en spitse veldzuring stonden als beschermengelen om hen heen, en op de een of andere manier kwam het zover dat ze hun hoofden naar elkaar toe bogen en hun vingers in elkaar haakten. Delphine voelde dat haar hart sneller begon te slaan. Zo hadden ze elkaar nog nooit aangeraakt, in elk geval niet langer dan een fractie van een seconde, maar nu voelde het alsof ze nooit anders hadden moeten doen.

'Je moet weten dat ik met je wil trouwen, Delphine,' zei Sid, terwijl hij voor zich uit tuurde over het groene water. 'Niet dat dit een aanzoek is. Daar is de tijd nog niet rijp voor.'

'Nou,' reageerde Delphine, met haar blik gericht op een achttal eenden die ruzieden in het riet, 'ik wil ook met jou trouwen, maar ik ben het met je eens dat de tijd nog niet rijp is.' Daarna klemde ze haar lippen op elkaar om haar vreugde te beteugelen. Dit moment had iets plechtigs, door het groene water dat schitterend voor hen lag en het zachte geruis van de bomen om hen heen.

'Wanneer zou de tijd wel rijp zijn, denk je?' vroeg Sid. 'Voor mij zou dat zijn wanneer ik genoeg geld heb gespaard om iets met je op te kunnen bouwen. Nog een jaar zou wel genoeg moeten zijn, maar hoe denk jij erover? Ik weet dat je niet echt in de rouw bent, maar je bent wel weduwe. Ik zou niet weten wat gepast is na het verlies van een echtgenoot die die titel niet waard was. Of hoeveel tijd jij nodig hebt om aan het idee te wennen.'

'Dat weet ik ook niet.' Ze glimlachte. 'Nog een jaar zou wel genoeg moeten zijn.'

Kleine woorden, luchtig uitgesproken, maar helemaal niet luchtig bedoeld. Ze keken elkaar aan en hielden elkaars hand stevig vast. Delphine legde haar hoofd op zijn schouder. 'Wij worden wel gelukkig samen, hè, Sid?'

'Ja. Ik zou willen dat iedereen zo gelukkig kon zijn.'

'Dat is ook een reden waarom ik wil wachten. Ik hoop dat Midge tegen die tijd weer thuis is. Ze is zo goed voor me geweest, ik wil haar er graag bij hebben op de bruiloft.'

Sid tilde voorzichtig haar hoofd van zijn schouder en keek haar aan. 'Daar hoeven we niet per se op te wachten, toch?'

Op dat moment besefte Delphine dat hij dacht dat Midge nooit meer naar huis zou komen. Ze schudde haar hoofd, nestelde zich met een zucht weer tegen zijn schouder aan en staarde naar het water.

79

Uiteindelijk besloten ze het bij een lunch te houden. Dat leek gepaster en minder nieuwswaardig dan een soiree. Na lang nadenken had Blue Juno uitgenodigd, op voorwaarde dat ze op persoonlijke titel zou komen. 'Een lunch ter gelegenheid van een tweeëntwintigste verjaardag is niet bepaald een vermelding in de krant waard,' had ze erbij gezegd.

'Dat kan wel zijn, maar het is niet de eerste de beste tweeëntwintigste verjaardag, of wel soms? Het is die van Blue Camberwell. De dag waarop een geluksvogel haar vader om haar hand zal mogen vragen. Er wordt al het hele jaar over geschreven. Ik moet wel komen, of je dat nu wilt of niet. En als ik er niets over schrijf, word ik ontslagen.'

'Maar Juno, je weet net zo goed als ik dat dat niet meer doorgaat! De brieven die ik heb ontvangen hebben nergens toe geleid, er zijn geen huwelijkskandidaten meer. Wat wil je nou, dat ik uit het niets een man tevoorschijn tover?'

'Je zou het kunnen proberen,' antwoordde Juno gepikeerd. 'Ik weet niet hoe ik een artikel kan maken van "iedereen at rozijnencake en had het prima naar zijn zin".'

'Probeer het toch maar,' hield Blue vol.

Vastbesloten als ze was om er geen feest van te maken hield ze zichzelf voor dat ze gewoon iets kon aantrekken waar ze zich prettig in voelde en dat ze zich in tegenstelling tot vorig jaar niets hoefde aan te trekken van de wensen van haar zus op modegebied. Toen ze bedacht dat Barnaby zou komen, besloot ze Merrigan echter toch maar te raadplegen.

'Ik heb net een kindje gekregen, Blue,' zei zij, tegendraads als altijd. 'Je verwacht toch zeker niet dat ik haar in de steek laat om met je te gaan winkelen?'

'Juist wel,' antwoordde Blue. 'Toe nou!'

Blue was dit jaar verdacht meegaand als het om het opvolgen van Merrigans adviezen ging. Althans, Blue was meegaand en dat vond Merrigan verdacht.

'Het zal wel iets te maken hebben met die Barnaby op wie je indruk wilt maken,' zei ze verveeld, terwijl ze de jurken in het rek kritisch bekeek.

'Ja, dat klopt.' Blue streelde een paar lange satijnen handschoenen en wachtte tot ze een preek zou krijgen.

Haar zus zei echter slechts: 'Dan kunnen we maar beter groots uitpakken, lijkt me.'

Een uur later verlieten ze de boetiek met een prachtige jurk. Het was nog mooier geweest als de jurk met liefde door Midge vervaardigd was, maar desalniettemin was het volgens Merrigan een jurk waarmee Blue gegarandeerd succes zou hebben. Dat was tenminste iets. Om het af te maken ging Blue ook nog naar de kapper en liet ze haar haar in een boblijn knippen. Merrigan, die sinds de geboorte van de baby ongewoon emotioneel was, moest van blijdschap een paar traantjes wegpinken.

Op Blues verjaardag werd door het prachtige weer alles in blauw- en goudtinten gehuld. Het was niet zo zinderend heet als vorig jaar en Blue had er alle vertrouwen in dat haar gasten zowel zouden kunnen ademhalen als eten. Kenneth en Elf sjouwden tafels het gazon op, die door Blue en Avis van linnen tafelkleden werden voorzien en gedekt.

Daarna ging Blue zich omkleden. Haar jurk bestond uit een roestbruine satijnen onderjurk met een bovenjurk van scharlakenrood chiffon. Door die combinatie ontstond er een kleur die het midden hield tussen een roos en een vlam. Piepkleine scharlakenrode steentjes in een vlammend patroon rond de hals en schouders wierpen fonkelende lichtjes op haar gezicht. De onderkant was voorzien van een extra laag stof die was bezaaid met dezelfde piepkleine kraaltjes, alsof ze van de bovenkant van de jurk waren getuimeld en daar waren neergekomen. Ze droeg lange scharlakenrode handschoenen, al zou ze dat door de warmte vast niet lang volhouden, en een scharlakenrood met gouden haarband, nog smaller dan een lint, die glansde in haar golvende, pas geknipte haar.

'Goeie genade, Blue,' verzuchtte Merrigan toen ze haar zag. 'Ik zou mijn kinderen zo opgeven als ik daardoor zo'n jurk aan zou kunnen. Nu heb ik zo'n typisch stevig moederfiguur. Godzijdank bestaan er elastische korsetten. Wie die heeft uitgevonden, mag van mij een lintje krijgen.'

Blue snoof verachtelijk. 'Als jij stevig bent, ben ik een gordeldier. Vind je dit niet een beetje overdreven voor een lunch? Mijn jurk, bedoel ik.'

'Het is niet de bedoeling dat je gepast gekleed bent,' bracht Merrigan haar in herinnering. 'Het is de bedoeling om onweerstaanbaar te zijn.'

Nadat Blue haar lippen rood had gestift en kohlpotlood rondom haar ogen had aangebracht, hoopte ze dat ze inderdaad onweerstaanbaar was. Toen ze haar opwachting maakte op het gazon, werd ze begroet met veel 'oehs' en 'ahs', alsof ze een vuurwerkshow was.

'Lieveling, je ziet er betoverend uit,' zei haar vader. 'Ik ben ontzettend trots op je. Niet alleen omdat je zo mooi bent, maar ook om de vrouw die je bent geworden.'

'Goh, ik ben blij dat het niets is geworden tussen ons,' mompelde Foster. 'Dit had ik helemaal niet aangekund.'

Te midden van alle grapjes en vriendelijke opmerkingen keek Blue om zich heen of ze Barnaby zag. Toen ze hem in het oog kreeg, glimlachte hij en knikte naar haar.

Iedereen die ze had uitgenodigd kwam opdagen. Om één uur waren de hors-d'oeuvres al drie keer rondgegaan. Bij aankomst was er een klein glaasje champagne geschonken, maar daarna waren ze overgegaan op ijskoude vlierbloesemlimonade, omdat het geen drankfestijn moest worden.

Ze gingen allemaal aan tafel voor de lunch. Tussen de salade met rosbief en de kruisbessenmousse door stond Kenneth op en tikte met een theelepel tegen zijn glas.

'Dames en heren,' begon hij met een zwierige buiging, 'als ik even jullie aandacht mag, wil ik graag een dronk uitbrengen.'

'O jee,' kreunde Tabitha, die er nu ze in zwart satijn gehuld was uitzag als een echte vamp. 'Moeten we hem niet tegenhouden?'

Juno, in een schitterende aquamarijnkleurige jurk en een kersenrode tulband, fleurde helemaal op.

Deze keer was Kenneth echter nuchter, net als iedereen. 'Ik heb geen schokkende mededelingen,' stak hij van wal.

Sommige mensen juichten, anderen gromden wat. Wat Kenneth ook mocht zijn als hij dronken was, interessant was hij zeker.

'Ik wil gewoon mijn lieve dochter Blue feliciteren met haar verjaardag en jullie allemaal bedanken voor jullie komst. Voor velen van ons is het een moeilijk jaar geweest, maar ik ben blij dat we elkaar tot steun hebben kunnen zijn. Echte vrienden zijn lastig te vinden en Blue, Merrigan en ik voelen ons gezegend met de onze. Hoewel Blue absoluut geen feest wilde, is een samenzijn met onze dierbaren altijd een genoegen. Daarom, bedankt dat jullie zijn gekomen om deze dag samen met haar te vieren. En jij ook bedankt, Blue, omdat je een van de twee beste dochters bent die een vader zich maar zou kunnen wensen. Op het lievelingetje van Richmond.'

'Proost,' zeiden de overige aanwezigen.

Blozend hief ze haar glas. 'Bedankt, papa. Bedankt, allemaal.'

'Dat viel alles mee,' merkte Merrigan opgelucht op.

Toen Blue om zich heen keek, bedacht ze dat ze het al met al niet slecht hadden getroffen. Delphine droeg een nieuwe crèmekleurige linnen jurk met blauwe borduursels en wierp telkens blikken op Sid, alsof hij elk moment in rook kon opgaan. Niemand die haar zo zag, zou kunnen denken dat ze de afgelopen jaren onder het juk van een gewelddadige man had geleefd. Foster zag er ontspannen en minder onbeholpen uit. Zijn adamsappel was niet zo prominent aanwezig en hij werkte zijn eten met smaak naar binnen. Wat waren mensen toch opmerkelijke wezens. Ze konden de verschrikkelijkste dingen doorstaan. Misschien kostte het jaren om daaroverheen te komen, maar als er liefde in het spel was, ging het vaak een stuk sneller. Liefde, en het voornemen om gelukkig te zijn. Haar vader zag er ook beter uit. Hij straalde luchtigheid en hoop uit en ook al begreep Blue daar niets van, ze was blij het te zien. De laatste tijd hield hij zich bezig met een nieuw project dat voor betaalbare woningen in Battersea zou moeten zorgen, dus misschien had hij daardoor het gevoel dat hij weer een doel in zijn leven had.

Toen hij haar blik opving, glimlachte hij.

Een gevoel van trots maakte zich van haar meester. Wat hij ook meemaakte, hij veerde altijd terug, zorgde voor andere mensen en deed zijn best om verder te gaan. Hij was een goed voorbeeld, en ze nam zich voor hem dat later te vertellen. Het volgende moment zag ze dat hij naar het huis keek en dat zijn hele gezicht begon te stralen. Zijn grijze ogen lichtten in de zon goudkleurig op van blijdschap.

Toen Blue zijn blik volgde om te zien waar hij zo vrolijk van werd, ontsnapte haar een kreetje. Want daar, in de deuropening naar de salon, stond Midge. Ze droeg een ruime jas van bruine stof en goudbrokaat met een pastelroze voering en had een intens liefdevolle uitdrukking op haar gezicht. Ze was nog net zo slank en elegant als altijd, op haar bolle buik na.

'Midge!' riep Blue uit, waardoor iedereen opschrok. 'Midge!' Binnen een mum was ze van haar stoel opgesprongen en het gazon overgestoken. Ze sloeg haar armen om haar stiefmoeder heen en ze omhelsden elkaar alsof hun leven ervan afhing. 'Midge, lieverd,' smeekte ze fluisterend, 'je komt toch niet alleen op bezoek? Zeg alsjeblieft dat je blijft.'

In Midge' ogen lag een door tranen omfloerste blik. 'Ik ben weer thuis, lieveling. Het spijt me zo dat ik ben weggegaan.'

'O, zit daar nu maar niet over in. Als je wilt, kunnen we het er later wel over hebben, maar kom je nu met ons mee-eten?'

'Heel graag. Gefeliciteerd met je verjaardag, Blue.'

Blue voerde Midge mee naar de tafel, waar ze hartelijk werd begroet met de ene na de andere handdruk of omhelzing.

Kenneth schonk een beetje champagne voor haar in.

'Dat kan ik beter niet doen,' protesteerde Midge met een klopje op haar bescheiden babybuik.

'Zó oneerlijk,' snifte Merrigan.

'Nooit van mijn leven,' merkte Tabitha huiverend op.

'Een vingerhoedje, lieveling. Een klein slokje maar,' drong Kenneth aan.

Daarop glimlachte Midge. 'Nou, vooruit dan.'

'Dat is nog eens nieuws,' zei Juno, doelend op de terugkeer van Midge. Bij het zien van Barnaby's waarschuwende blik voegde ze er echter snel aan toe: 'Maar van mij hoort niemand iets natuurlijk.'

80

Voor de deur van Ryan's Castle was Midge even blijven staan, met het gevoel dat ze er slechts op visite kwam. Ze was echter niet zomaar een bezoeker, ze hoorde hier thuis. Nadat ze die gedachte even tot zich had laten doordringen, pakte ze haar sleutel en liet zichzelf binnen. Ze wist dat iedereen in de tuin zou zijn.

Toen Kenneth haar in Dulwich was komen opzoeken, had ze direct geweten dat ze naar huis zou gaan. 'Mag ik een dag of twee aan het idee wennen, liefste?' had ze gevraagd. 'De afgelopen zes jaar heb ik rondgelopen met een bepaalde overtuiging waarvan jij nu beweert dat er niets van waar is. Dat is moeilijk te bevatten. Bovendien wil ik graag nog een paar dagen bij mijn moeder blijven, nu ik weet dat ik weer gelukkig kan zijn. Ik wil haar nog het een en ander vertellen. Ze heeft erg goed voor me gezorgd.'

'Maar je besluit staat vast?' drong Kenneth aan.

'Ja, ik verander niet meer van gedachten.'

Vanochtend had ze Kenneth gebeld, omdat ze twijfelde of Blues verjaardag wel een geschikt moment was om naar huis te komen. Hij had gezegd dat dit juist het ideale moment zou zijn. Toch had ze daarna nog getwijfeld of ze niet beter tot de avond kon wachten, zodat ze in alle beslotenheid haar opwachting kon maken. Kenneth mocht dan wel denken dat vandaag het uitgelezen moment was, ze was bang om kritiek te krijgen van andere mensen.

'Vergeet niet dat de mensen die vandaag komen niet snel met een oordeel klaarstaan,' had hij haar in herinnering gebracht. 'Ik weet alleen dat Blue zich geen mooier verjaardagscadeau zou kunnen wensen dan dat jij terugkomt. Ze zou jou erbij willen hebben op haar verjaardag.'

Natuurlijk had hij daar gelijk in gehad. Als ze haar leven en haar positie binnen de familie weer wilde oppakken, zou ze al deze mensen toch onder ogen moeten komen, dus waarom niet allemaal tegelijk, tijdens een blijde gebeurtenis? Even was ze vanuit de deuropening van de salon naar hen blijven staan kijken, nog steeds in haar lichte zomerjas, verwonderd over de schoonheid van de wereld... háár wereld. Daarna was Blue haar om de hals gevlogen, en nu kreeg ze een dessert, vleeswaren en aardappelen aangeboden, in willekeurige volgorde.

'Dat werd tijd,' merkte Merrigan op. 'Volgens mij hadden we het geen dag langer zonder je volgehouden, Midge.' Ze omarmde haar stiefmoeder.

Midge bespeurde in haar opgewekte bruine ogen de vermoeidheid van een kersverse moeder die nauwelijks aan slapen toekwam. 'Het spijt me, lieverd,' fluisterde ze. Hardop voegde ze eraan toe: 'Kenneth zei dat je een dochtertje...'

'Wacht, dan ga ik haar halen. Als voorproefje van wat je te wachten staat.'

Ze nam haar soezende dochtertje over van haar man en liep met haar naar Midge toe. Ondertussen kwam Cicely tussen de appelbomen vandaan gebanjerd en probeerde ze tegen de benen van Midge op te klimmen. 'Cicely,' waarschuwde Merrigan haar. 'Pas eens een beetje op met Midge. Ze krijgt binnenkort ook een kindje.' Ze legde haar pasgeboren dochtertje in de armen van haar stiefmoeder.

Midge, die nooit echt een moederlijk type was geweest, keek naar het hoge voorhoofdje, de twee halvemaantjes van wimpers en de mond als een rozenknopje. In gedachten zag ze Percy voor zich, en ze knipperde verwoed met haar ogen. Was het mogelijk dat hij toch niet zo onbereikbaar voor hen was als ze altijd had gedacht? 'Wat een schatje,' mompelde ze. 'Hoe heet ze?'

'Lieve Midge,' zei Merrigan plechtig, 'mag ik je voorstellen aan Francine Margaret Miller.'

‘O, wat een mooie naam, zeg. Wacht eens. Francine Márgaret?’

‘Natuurlijk. Cicely heet Cicely Audra, dus moest Francine wel naar mijn andere moeder vernoemd worden. Het is maar goed dat ze een meisje is.’

‘Eerst wilden ze haar Felicity Margaret noemen,’ bemoeide Tab zich ermee, ‘maar daar heb ik een stokje voor gestoken. Cicely en Felicity, dat klinkt als een slecht komisch duo.’

‘Vreselijk, inderdaad,’ zei Midge met een glimlach. ‘Dat had echt niet gepast.’ Ondertussen kon ze er alleen maar aan denken dat Merrigan ondanks alles haar dochtertje naar haar vernoemd had.

81

Naarmate de middag vorderde, gingen de omslagdoeken, handschoenen en jasjes uit en haalde Midge de oude grammofoon tevoorschijn zodat er op het gazon gedanst kon worden. Blue danste met haar vader, Foster en Lawrence en werd daarna door Barnaby ten dans gevraagd. Tegen die tijd knelden haar schoenen verschrikkelijk, dus schopte ze ze uit en danste op blote voeten over het gras. Na een snelle charleston waren ze allebei buiten adem en aan het lachen.

'Ik begrijp nog steeds niets van die dans,' hoorde ze Midge zeggen. 'Helemaal niets.' Daarna zette ze een langzaam, ouderwets nummer op.

Blue keek Barnaby aarzelend aan. Ze wilde niet te vrijpostig overkomen, maar ze wilde hem ook niet loslaten. Gelukkig trok hij haar in zijn armen, waardoor ze tegen hem aan smolt.

'Geen grootse bekendmaking van je vader vandaag?' mompelde hij. 'Wordt je verloving niet aangekondigd?'

'Nee.'

'Ik heb met Juno te doen. Het zal haar wel tegenvallen dat ze hier zonder primeur moet vertrekken. Dat zal ze nog een hele poos moeten aanhoren van Cauderlie. Daarom dacht ik... misschien kunnen wij haar iets geven om over te schrijven?'

Grijnzend keek Blue in zijn fonkelende ogen. 'Wat attent van je,' zei ze droogjes.

Hij glimlachte. 'Ik heb een groot hart.'

'Zoals ik al vaker heb gezegd, Barney, je bent een heel vriendelijke man.'

Ze bleven nog een tijdje op dezelfde plaats heen en weer wiegen, voordat hij trage rondjes met haar begon te walsen, steeds verder bij de anderen vandaan, tot ze aankwamen op een rustig plekje tussen de bomen. Daar boog hij zich naar haar toe om haar te zoenen.

Het begon haar aangenaam te duizelen. O, dacht ze. Dus zo hoort een zoen te voelen.

Toen ze de kus verbraken, staarde ze hem in de ogen, dolverliefd en gewichtloos in zijn armen.

'Blue, mijn lieveling,' zei hij zacht, 'ik heb je nooit een brief geschreven en ik weet niet of ik erg tot de verbeelding spreek. Ik ben maar een gewone sterveling met een te grote familie en een slechtbetaalde baan. Hoewel jij lief, slim en dapper bent en bovendien de mooiste vrouw die ik ooit heb gezien, heeft het lot er op de een of andere manier voor gezorgd dat onze wegen elkaar kruisten en nu... Nou ja, ik hou van je. Dat weet je toch wel?'

Verwonderd keek ze hem aan en streelde ze de zijkant van zijn gezicht, de contouren van zijn jukbeen. Nu begreep ze pas waarom Midge haar vader zo vaak aanraakte. Als je je zo voelde, was het onmogelijk om van iemand af te blijven. 'Godzijdank,' zei ze ademloos. 'Ik was al bang dat je alleen vrienden wilde zijn.'

'Nee, daar heb ik niet genoeg aan. Ik heb je nodig in mijn leven, Blue, voor altijd. Als mijn echtgenote. Ik heb je niet veel te bieden, nóg niet, maar je weet dat ik daar verandering in ga brengen. Je weet dat ik hard zal werken, zodat we het goed krijgen samen. Zodat we samen geweldige dingen kunnen doen. We gaan er een avontuur van maken. Ik heb me een hele poos afgevraagd of ik zou moeten wachten tot je iemand gevonden had die beter bij je paste, maar wij passen juist zo goed bij elkaar, vind je ook niet? Dat is gewoon zo.'

'Ja, dat is gewoon zo,' beaamde ze dromerig. 'Trouwens, jij bent verre van gewoontjes, Barnaby Tanner. O!' riep ze uit. 'Kijk dan, niet te geloven!' Ze wees. 'Een icarusblauwtje,' fluisterde ze. 'Die heb ik hier nog nooit gezien. Niet één keer.' Toeval? Een goed voorteken?

'Dat is inderdaad een mooie kleur, zeg,' fluisterde hij terug. 'Prinsessenblauw.' Samen keken ze naar het vleugje kleur dat om hen heen fladderde, hij met zijn arm stevig om haar middel geslagen.

'Blue!' riep haar vader, die hun bladerrijke paradijs kwam binnenvallen. 'O! Neem me niet kwalijk dat ik stoor, Barnaby. Blue, ik heb meer champagne laten aanrukken en Midge heeft een poosje geleden een cocktailshaker gekocht, dus ik denk dat we die maar eens moeten uitproberen. Een cocktailshaker in Ryan's Castle, wat vreselijk modern! Heb je daar geen bezwaar tegen? Je zei dat je geen feest wilde.'

Blue schoot in de lach. 'Dat zit wel goed, papa. Inmiddels denk ik daar heel anders over. We hebben wel reden voor een feestje, nietwaar?'

'Inderdaad, lieveling, inderdaad.' Kenneth bleef nog even staan en schudde Barnaby de hand. 'Ik ben blij voor jullie,' voegde hij eraan toe. 'Barnaby, ik had me geen betere man voor Blue kunnen wensen.' Daarna ging hij ervandoor, weer net zo onstuitbaar als vanouds.

Het leek erop dat het toch een feest zou worden.

DANKWOORD

Elk boek dat ik schrijf is anders dan zijn voorgangers, en dit boek is geen uitzondering. Het was een genoegen om me tijdens de research voor dit boek onder te dompelen in de geschiedenis, de mode en het taalgebruik van de jaren twintig van de vorige eeuw. Ik vond het erg fijn (maar ook een beetje zenuwslopend) om te ontdekken dat er zich drie afzonderlijke lijnen ontvouwden in het verhaal. Beverley Rogers was er een kei in om me te helpen met de research. Haar enthousiasme en vastberadenheid om informatie te vinden over de kleinste twijfelpuntjes waren van onschatbare waarde, en ik ben haar immens dankbaar voor haar hulp.

Zoals altijd wil ik al mijn vrienden en familie bedanken voor hun steun, hun gezelschap en de afleiding die ze me bieden tijdens het intensieve, eenzame proces om een roman de wereld in te helpen. Daarnaast bedank ik mijn vroege lezers, die feedback hebben gegeven op de eerste opzet: Jane Rees, Marjorie Hawthorne, Ellen Pruyne en, bij de eerste paar hoofdstukken, Stephanie Basford-Morris. Ook gaat mijn dank uit naar mijn ouders, omdat ze zo goed omgaan met de stress en de buitensporige ideeën die een auteur in de familie met zich meebrengt, en voor hun niet-aflatende steun en bemoedigende woorden, telkens wanneer ik aan een nieuw project werk.

Het was heerlijk om mijn oude woonplaats Richmond te gebruiken als achtergrond voor dit boek en dagenlang op die prachtige plek te kunnen ronddwalen onder het mom van research. De Richmond Local Studies Library and Archive is een geweldige bron van informatie gebleken. Ik wil al het personeel daar graag bedanken omdat ze me zo vriendelijk hebben geholpen en omdat ze me urenlang in oude kranten van halverwege de jaren twintig hebben laten neuzen.

Mijn enorme dank gaat ook uit naar Katy Green van het London Transport Museum en het team vrijwilligers bij het LTM, omdat ze geduldig antwoord hebben gegeven op allerlei vragen over Delphines reis toen ze aan Foley ontsnapte en per ongeluk in Richmond terechtkwam. Jullie zijn geweldig.

Bedankt, Fleur Johnson van het Fashion Museum in Bath, voor al het fascinerends wat je me hebt geleerd. Het is een wereld van verschil om kledingstukken uit een ander tijdperk daadwerkelijk te kunnen zien en aanraken, in plaats van er alleen over te lezen.

Tot slot, maar zeker niet het minst, wil ik mijn fantastische uitgeefteam bedanken. Mijn agent, Eugenie Furniss, je bent een bron van inspiratie. Bedankt voor je steun, je bemoedigende woorden, je briljante inzichten en de heerlijke gesprekken. Ook bedank ik mijn nieuwe redacteur bij Quercus, Emily Yau. Het was een genoegen om met je samen te werken, en ik hoop dat we dat na dit boek nog veel vaker zullen doen. En dan de rest van het team bij Quercus: Cassie Browne, Jon Butler, Corinna Zifko, Alainna Hadjigeorgiou, Frances Doyle, Emma Thawley en alle anderen die zich zo hard inspannen voor mijn boeken. Jullie zijn fantastisch en ik zou niet weten wat ik zonder jullie zou moeten.

BIBLIOGRAFIE

McDonald, Fiona, *Britain in the 1920s* (Barnsley: Pen and Sword Books Ltd, 2012).

Opie, Robert, *The 1920s Scrapbook* (Londen: Museum of Brands, 2003).

Shepherd, Janet en Shepherd, John, *1920s Britain* (Oxford: Shire Living Histories, 2010).

Shrimpton, Jane, *Fashion in the 1920s* (Oxford: Shire Publications, 2013).